大地长歌

关仁山 著

长江出版传媒　长江文艺出版社

图书在版编目（ＣＩＰ）数据

大地长歌 / 关仁山著.-- 武汉：长江文艺出版社，
2018.12
　　ISBN 978-7-5702-0705-3

　　Ⅰ. ①大… Ⅱ. ①关… Ⅲ. ①长篇小说－中国－当代
Ⅳ. ①I247.5

中国版本图书馆 CIP 数据核字(2018)第 250637 号

策　　划：尹志勇　　阳继波
责任编辑：杜东辉　周　聪　黄文娟　　责任校对：陈　琪
封面设计：颜　森　　　　　　　　　　责任印制：邱　莉　胡丽平

出版：　长江出版传媒　　长江文艺出版社

地址：武汉市雄楚大街 268 号　　　　邮编：430070
发行：长江文艺出版社
电话：027—87679360
http://www.cjlap.com
印刷：湖北新华印务有限公司

开本：730 毫米×1060 毫米　　1/16　　印张：27　　插页：1 页
版次：2018 年 12 月第 1 版　　　　2018 年 12 月第 1 次印刷
字数：476 千字

定价：48.00 元

第一章

1

响马河村姑娘不嫁本村小伙。

响马河村小伙娶不来外村媳妇。

响马河村男人们抬不起头。

响马河村男人们盼着一年一次元宵节。

这一天，滦河流域两岸赶庙会。看花灯、猜灯谜，男女老少挤在一块，可以胳膊碰胳膊，屁股挨屁股。男人们利用人挤人的机会，在女孩子们鼓胀胀的奶子上蹭来蹭去。光顾看花灯、猜灯谜的女孩子，少有意识到自己被"睡了"。二十世纪八十年代初的滦河两岸，被男人碰了就是被"睡了"，就不是黄花大闺女了，出门子嫁人的时候就不值钱了。

这一天，对于响马河村男人们来说，是最体面最有尊严的一天。可以体会一下当新郎官的感觉了。羞涩、暧昧、冲动、紧张、激动，裆部那个东西鼓胀胀，好长时间下不去，害得他们走路弯着腰，想象力不受阻挡泛滥得一塌糊涂。响马河村的光棍们日子过得穷，对媳妇的饥渴和想象从来不穷。

其实，响马河村有一个小伙子不这样。因为本村有一个长得挺好看的女子，可以让他随便蹭来蹭去。他叫周东旺，女孩叫谷香。周东旺是村子里的能人，泥瓦活干得比谁都好，他爸爸周秋山都不如他。四邻八村谁家翻修房子盖个猪圈啥的，都得拎着包大果子登门请他。谷香是村子里有名的"庄稼把式"，谷大贵的独生闺女。村子里唯一的女高中生，高学历哩。一个会挣钱，一个有文化，长得好看。当真是郎才女貌，天做一对地造一双啊。

响马河村的光棍们眼热周东旺。响马河村就一个扬言不往外嫁的姑娘，凭啥叫周东旺给划拉到手了呢？自从谷香说要嫁给本村小伙后，光棍们都惦记着，在梦里娶她都多少回了。急性子的，梦里已经让谷香生了好几个孩子了。就都不怀好意地想：哪一天，谷香突然改了主意，说啥不跟姓周的就好了；要不就是东旺干活砸坏了裤裆中间的那个地方，谷香咋能守活寡呢？再要不就是东旺在外面跟女人花花，叫谷香逮了个现行，从此再也不搭理东旺了，哈哈。响马河村的光棍们日子过得穷。对自己情敌倒霉的想象从来不穷。

想象总是离现实有一段距离。就在响马河村的光棍汉们在庙会占女孩子便宜的时候，周东旺跟谷香正猫在麦秸垛里搂着亲嘴哪。是东旺先亲的谷香。这可是第一次。谷香只觉得嘴唇一阵火热，脸像吃了辣椒一样"腾"地烧了起来，心窝窝里也钻进一只小兔子，怦怦怦乱跳个不停。她极力要推开东旺，可空间太小，咋推也跟没推一个样。干脆就不推了，就任由东旺亲呗。死鬼，咋亲人家亲了这么长时间，好像亲了一年，谷香心里嗔怪道。发酵了一秋一冬的麦子发出醉人的香味，谷香被朦胧着了。突然，谷香想起被男人亲嘴就是"睡了"，睡了就会怀上孩子的，心里一慌，咬了一口东旺的嘴唇。"哎哟！"东旺疼得叫出了声，捂住嘴唇，吸着凉气。谷香趁机爬出了麦秸垛，一扭身子，跑了。

谷香往自己家跑了一节，慌乱的心稍稍平复了，站住脚，想了想，又折回原来的地方。东旺正在黑暗里喃喃呼唤着谷香的名字，看清是谷香跑回来了，冲上去搂住她，把嘴凑了上去。刚平静下来的谷香一下子又慌了，用力一推他，跑了。这一次没再跑回来。东旺靠坐在麦秸垛上，咬着麦秸秆，痴痴地笑着，一遍遍回放刚才跟谷香亲嘴嘴的幸福时光。

夜啥时候这么深了。星星的光亮啥时候这么淡了。月亮啥时候这么偏了。小虫子们啥时候叫得不欢实了。谷香踩着月光，两条腿轻飘飘地往家里走。街道安静极了，能听得见月光奔跑的声音。突然，一种声音宛若一道晴天霹雳打破了眼前的宁静："你他娘的，甭想在当村找婆家！"啊，这是爸爸谷大贵发狠的话。她看见夜幕中的月亮瞬间钻进了云朵里。奔跑着的月光"咕咚"跌了个大跟头，爬起来不见了踪影。响马河村黑得啥也看不见。这不打紧，谷香闭着两眼也能找到回家的路，很快她就到了家门口。大黄狗挠响了高粱杆编的栅栏门，伴着呜呜咽咽的呼唤声。她推开门，大黄狗立刻蹿上来，蹭她的腿，舔她的手。她蹲下身搂着它的脖子，贴着它的脸，暖得想哭。轻轻推开过堂屋的门，老门板放心地"吱吱呀"叫了一声，她慌忙关紧，逃进了自己的屋子。没敢拉灯绳，灯却自己亮了。谷香一眼看见爸爸坐在炕头上，叫了一声"爸"，脸"腾"的一下着了火。

"又跟那个周家小子鬼混去了是吧？"谷大贵的脸色在昏黄的灯光下，跟腌咸菜的粗瓷坛子一个色。

谷大贵的脸色黑，看闺女的眼神却不黑。谷香感觉到了一种疼爱。她站着不说话。"你说你咋就一根筋，不听你妈我们的话呢？咋就非要在当村找婆家呢？"谷大贵唠叨着蹲到地炉前。拿起炉钩子扒拉开炉盖添煤。炉火映红了他的脸。谷香觉得浑身上下一片暖洋洋。

"今儿个晚上，你刚走，高粱杆就来了，他没去赶庙会，特意看你妈我俩来了。提溜着两盒大果子，两瓶衡水老白干，跟我一个劲笑嘻嘻，说了一大堆溜须

2

我的话。"

谷香怯怯地说："你跟妈少搭理他，烦他，不是个东西。"

谷大贵白了闺女一眼："你当你妈我俩就不烦他呀？可人家叔是支书，是咱村的皇上，惹得起吗？"

谷香说："爸你啥意思啊？你想叫我嫁给高粱杆啊？我……我可不依……"说着，眼泪扑簌簌掉下来。

谷大贵站起身瞪着闺女，心里可软乎了："不嫁高粱杆你也不能嫁周东旺啊，这不明摆着叫高贺支书下不来台，叫高粱杆的脸没地儿搁吗？那咱一家还有法在村里待了吗？"

谷香抽噎着说："我不管，反正除了东旺，我谁也不嫁。"

谷大贵扬起一只胳膊，呵斥道："我看你再嘴硬，惯得你没样儿！"

谷香一挺胸脯："你打你打你打，打不死我就嫁周东旺！"

"你，反了天啦啊，毛丫头，看老子打不死你！"谷大贵的大巴掌就要落在闺女的身上。

门帘子一挑，谷香妈钱彩凤冲进来攥住丈夫手，叫喊道："她爸，香儿长这么大你都没舍得动一根指头，今儿个你是咋的了？打坏了她，将来谁给咱们打幡抱罐啊？"

谷大贵本来就不想真打，顺势放下了胳膊。但嘴上还说着硬话："你就是剩家当一辈子老姑娘，也不许嫁给姓周那小子！"

谷香说："我就不明白了，你咋就这么看不上东旺呢？人家靠本事吃饭，地里的庄稼侍弄得也挺好的，不比村里那帮二流子强多了？"

谷大贵说："我跟你说八百遍了，周东旺不是个本分的庄稼人，整天走东村串西村的，油嘴滑舌，抽烟喝酒的，就不是过日子的人。"

谷香说："他不就是见啥人说啥话吗，咋就成了油嘴滑舌的了？他抽的烟喝的酒不都是拿自己挣来的钱买的吗？再说了，你不是说过吗，男人不抽烟不喝酒白来世上走。到了他这，咋就成了毛病了呢？"

钱彩凤说话了："香儿，不许跟你爸顶嘴。"转过身对谷大贵说，"她爸，有啥话咱明儿个说，睡觉去，啊。"

谷大贵吼："我睡个屁觉，死了得了！"

窗户外头有人喊："大贵叔，深更半夜的折腾啥呢？唱戏那咋的？"是东隔壁的光棍懒汉蒋状。

钱彩凤赶紧捂住丈夫的嘴，朝外喊："啊，他蒋状大哥，没事儿，你叔他……他跟香儿拉庙会的事哪。"

蒋状喊："哈哈，我叔可真是的，家里有老婆有闺女的，咋还上庙会凑热闹，跟我们一帮光棍抢着蹭大闺女啊？"

谷大贵吼："滚你娘的蛋！"蒋状没声了。

钱彩凤朝谷香递了个眼神，拽着丈夫的胳膊："走走走，睡觉去，叫蒋状听明白了咋回事，明儿个一早一广播，全村就全都知道了。"

谷大贵说："知道了咋的？"

钱彩凤说："你不怕高贺来质问你是吧？"这话真管用，谷大贵闭了嘴，悄无声息地回了东屋。

屋子里就剩下谷香一个人。她爬上炕，拉灭灯，在黑暗中和衣躺下，却没有一丝困意。眼前总晃动着东旺一双细长细长的眼睛，感受着他的体温还在自己的嘴唇上发烫，发痒……

谷香睡不着想周东旺。周东旺正跟爸爸周秋山说着他和谷香的事。

周秋山说："旺啊，你十二岁就没了妈，我又当爹又当妈地把你跟你姐拉扯大，吃了多少苦遭了多少罪，你心里头自然有数。如今，你姐嫁到了承德，老爷们是个庄稼地里的好把式，待她也不赖，吃不好也饿不着，穿不好也冻不着，用不着我咋惦记。我就是放不下你呀……"

周东旺说："爸你咋老说放心不下我呢？我有手有脚有泥瓦手艺，到哪不能吃碗饱饭呢？"

周秋山说："我是说你跟……"

周东旺说："我知道，你是说我跟谷香的事是吧？放心吧，谷香已经成了我的人了，我……"

周秋山"啪"地打了东旺一巴掌："你个浑小子，你把她咋了？睡了是吧？"

东旺说："我们俩亲嘴了，是她愿意的，爸。"

周秋山又打了儿子一巴掌："咱们老周家的脸全叫你给丢尽了，你还靦着个脸蛋子好意思说哪，没羞没臊的玩意儿！"

东旺说："我丢谁的脸了？爸，我们俩是你有情我有意，谁也没强迫谁，是正常搞对象，是受国家法律保护的。"

周秋山说："你先别跟我说法律保护，先说说高贺保护不保护你俩吧。"

东旺说："不就是他侄子高粱杆惦记着香吗，可香不喜欢瘦得跟高粱杆似的高粱杆，最主要的是，香压根就没看上这个依仗着他当支书的叔，在村子里横行霸道的小子。"

周秋山说："可他娶不到手，也不让你跟香入洞房。你说你有辙没辙吧？还有，香她爸那个一根筋谷大贵，人家就没瞧得上你，你亲了香的嘴不也是瞎子点灯白费蜡吗？"

说到谷大贵，东旺一下子像泄了气的皮球，蔫了。周秋山倔倔嗒嗒地回他屋睡觉去了。

4

东旺抽了大半宿的烟,也没想出个好主意。天快亮了,他有点迷迷瞪瞪的。突然外面响起"啪啦"一声,他爬到窗台上往外看,白茫茫一片,下雪啦!院子里的柿子树在风雪中,没有方向地胡乱晃动着。刚才准是啥东西被风刮掉到哪了。想起明天上午,还得给西王庄四门楼子家盖厢房,没睡好觉干不好活丢手艺。就赶紧强迫自己躺倒,拉上被子眯上一觉。睡不着,眯瞪一会儿也好啊。

第二天早上。东旺正似睡非睡。院门"呼啦"响了一声。他欠起身隔着玻璃窗向外看,爸爸勾着老腰出去了,嘴里头哼唱着他平日最喜欢的皮影戏。这大雪天,老爷子干啥去了呢?田野全都被雪盖上了,哪还有粪可捡呢?要不就是拾柴去了,这么冷的天多冻手啊。咳,劝他也劝不住。总是甩给你一个字不带差的一句话:"庄稼人睡懒觉,人家不笑话,自己个都臊得慌。"他想起盖厢房的事,赶紧从炕上跳下去,胡乱洗把凉水脸。从碗架子上抓了个冰凉的玉米饼子,咬着出了家门,朝村西深一脚浅一脚地走去。

东旺正走着,迎面走来了在乡里小学教语文的金元宝。"这不是金老师吗,这么早顶风冒雪的回村送元宝来了?"金元宝比东旺大一岁,说话、动作挺像教书先生的。"啊,东旺兄弟,我要是有元宝先送给咱村那帮光棍们,好早点娶上媳妇儿。"

东旺笑:"你现在不也是光棍一根吗?"金元宝也笑:"先天下人之忧而忧,后天下人之乐而乐嘛。"东旺说:"这当老师的就是跟我们农民不一样啊,有媳妇也要先让给别人。"金元宝摆摆手说:"此话差矣。媳妇可不是让来让去的,爱可是自私的哦。"东旺咧嘴乐:"哈哈,不让啊。哎,元宝哥,你们学校那么多女老师,你就一个也没有相中?"元宝认真地说:"他人之妻,我岂能夺爱做下不道德之龌龊事哪。"东旺嘎嘎乐了。

金元宝环视着雪景,激情勃发地吟诗一首:"飞雪带春风,徘徊乱绕空。君看似花处,偏在洛阳东。"东旺一挑大拇指,说:"得了大诗人,我不跟你在这扯淡了,西王庄的四门楼子家还等着我盖房子哪。"金元宝说:"雪天路滑,谨慎行走啊。"东旺问:"哎,你咋走着回来了?飞鸽自行车呢?"金元宝说:"雪润土成泥,岂能脏了爱车呢?还是顺便走走赏赏雪景锻炼锻炼身体为佳啊。"

东旺摇摇手,走了。金元宝喊:"像你这样勤奋的手艺人,秋山叔的亲绝不会白提呀。"

东旺停住脚转回身看着金元宝:"提亲?你瞎说啥呀。"

金元宝说:"教书育人者可不敢胡言。刚才,我亲眼看见你爸爸进了谷家大门,手里拎着提亲的点心和白酒。"

东旺眨巴眨巴眼睛,自言自语地说:"这老爷子,提哪门子亲啊,这不是上赶着拿自己个的热脸贴人家的冷屁股吗。"朝金元宝胡乱摇摇手,转身朝谷香家走去。走到她家院门口,停住脚,想了想,一拍脑袋,拔腿向村口走去。

2

周秋山拎着点心匣子和两瓶高粱酒，哼着皮影戏拍响了谷家的栅栏门。

谷香正蹲在院子里刷牙。看清是秋山叔，愣了一下，跑过去拉开门，说："叔你来了，外面冷，快屋里坐。"周秋山边往里走边问："你爸在家吧？"

谷香看见秋山叔手里的东西，明白他是来提亲的，脸红了一下，但紧接着心里头不安起来。爸爸是不会因为秋山叔亲自上门提亲，而同意这门亲事的。

周秋山又问了一遍："你爸在家吧？"谷香回答："他一早就上西王庄看我表叔去了。"

周秋山又问："你妈在吧？"

钱彩凤出现在屋门口："我在，我在，快进屋暖和暖和，大哥。"

周秋山进了屋，把点心和酒小心翼翼地放在躺柜上，转脸看看钱彩凤。他坐在炕沿上，拿出烟袋吧嗒吧嗒地抽，一句话也不说。谷香倒了碗水放在炕沿上，看了一眼母亲，出去了。

钱彩凤说："大哥呀，我们当家的出门走亲戚去了，下午回来。有啥话要不你就明儿个跟他说？"

周秋山又吧嗒了两口烟，清清嗓子，说话了："我说大贵媳妇啊，我今儿个厚着一张老脸来，是给我家那个没出息的货说说他跟香的事，跟你说跟大贵兄弟说一个样。我要说的是，既然俩孩子有情有意的，要不咱们就成全他们算了，你说呢？彩凤。"

钱彩凤张着嘴巴，不知说啥才好。咋说呢？直接告诉周秋山，我们家大贵不同意这门亲事？说我其实喜欢东旺这孩子，我同意他跟我闺女的亲事？不中啊，谷大贵这个一根筋，还不得把我剁吧剁吧喂狗啊？钱彩凤长这么大，还没遇上这么为难的事哪。

钱彩凤嘬牙花子犯难。周秋山瞅着亲家母犯难。钱彩凤别着脸看窗户外面的雪花。

谷香进来了，看了母亲一眼，对周秋山说："叔，你告诉东旺哥，就说我谷香除了他谁也不嫁。"

周秋山笑着抹了一把嘴唇，转脸看钱彩凤。钱彩凤仰脸看谷香，嘴上说："香啊，这么大的事还是等你爸回来商量商量，再回你叔的话吧。"周秋山也说："就是，不急，不急。"谷香问母亲："妈，你同意我跟东旺的事吗？"

钱彩凤打了个愣，看了一眼周秋山："这孩子，你叔不都说不急了吗。"谷香说："你就直接说同意还是不同意吧。"

周秋山不作声地看钱彩凤。钱彩凤咳嗽了一下，说："我……这事……

我……我当然同……同意了……"

周秋山松了一口气，看着谷香笑了，说："你们娘俩忙吧，我回了，回了。"

钱彩凤说："大哥坐会儿吧。"

周秋山摆着手，嘴里说着"不坐了不坐了"，抬腿朝外走。

雪花还在漫天飘舞，纷纷扬扬不开晴。稍远一点的景物就看起来影影绰绰的。

周秋山刚从谷香家出来，看见村支书高贺和他侄子高粱杆走过去了。高粱杆为高贺撑着伞。他不喜欢高粱杆，嫌这小子仗势欺人。高贺这老小子还算正派，就是管不住高粱杆。就不想跟这叔侄俩打招呼了。

高贺脚底一滑往地上倒，被高粱杆搀扶住了。高贺就看见了周秋山。高贺对周秋山是比较敬重的，敬重老头子的倔强、正直。就主动打招呼："秋山大哥，干啥去呀？"

高粱杆瞄了周秋山一眼，没说话。周秋山看都没看高粱杆，看着高贺说："啊，我……串了个门儿……"

高粱杆注意到周秋山身后的门口，一下子就明白了。他两眼一瞪，操着沙哑嗓子说道："我说秋山叔，你闲着没事上我丈人家瞎串啥去呀？"

周秋山立刻来了火气，反问道："谷大贵啥时候成你丈人了？"

高粱杆说："他闺女谷香要成我老婆了，他可不就是我丈人了吗，难不成还能成你丈人？"

周秋山骂道："你那嘴是嘴还是鸡屁股啊？咋说驴话呢？"

高粱杆刚要再说，被高贺掐断了："你忙吧大哥，我上大队部接待公社来的干部去。"拉着高粱杆走了。周秋山狠狠地瞪了高粱杆几眼，倔倔嗒嗒地往家走。

雪说停就停了，天空还是灰蒙蒙的，到处白茫茫一片。小孩子们从家里跑出来，乱哄哄地堆雪人打雪仗。狗儿在雪地上尽情撒着欢。

甩着大鼻涕的四门楼子从正房里出来，拎着一个半拉嘴的茶壶，朝正站在脚手架上干活的周东旺嘻嘻笑。

东旺弯下腰看着四门楼子："你傻乐个啥？别以为盖上个厢房就能娶上媳妇儿啦？"四门楼子不说话，就是笑嘻嘻。

旁边的一个叫大栓子的小伙子说："东旺哥你还别说，现如今在我们西王庄，还就数人家四哥家阔气了，一间大瓦房，一个大猪圈，这间大厢房眼瞅着就盖好了，娶个媳妇儿不是啥难事啦。"

四门楼子嘿嘿笑，朝大栓子直作揖。

东旺朝四门楼子喊："哥哥我口渴了，快把茶水递上来。"

四门楼子乐颠颠地将茶壶和茶碗举过头顶。东旺接过来倒了一碗，一口气喝干。再倒一碗刚要喝，听见一声喊："东旺！"咋这像谷香的声音啊？朝院门口一看，还真的是她。这大雪天的，跑来一定是有啥急事啊。东旺跳下脚手架，迎着谷香走过去。四门楼子一瞅见谷香，立刻直了眼，鼻涕泡流到了下巴上都没觉出来。

大栓子嘀咕了一句："妈呀，东旺媳妇儿咋跟仙女一样好看呢？"

"咋的了？谷香。"东旺问道，指着正房说，"上屋里说去，暖和。"

谷香摇摇手说："我这就回。我是来跟你说，秋山叔上我家提亲去了……"东旺接过话："你爸不同意，是吧？"谷香点点头："我爸还好说，麻烦的是刚才高粱杆上我家提亲去了。"

东旺一听就急了："这个王八蛋，癞蛤蟆想吃天鹅肉，他也不撒泡尿照照自己个长得啥德行，要人儿没人儿，要个儿没个儿，要……"谷香打断他的话："要权势人家可有权势。"东旺打了个愣："你啥意思啊？动心啦？"

谷香捶了他一拳："我要动了心还来找你干啥呀？小心眼儿。"

东旺想起啥，坏坏地笑了："对呀，我已经把你给睡了，你是我的人了，我还怕啥嘛。"

谷香红着脸狠劲捶了东旺几拳，低声骂道："死鬼，不要脸。"

大栓子朝这边喊："嗨，上没人的地方打情骂俏去啊，别在这馋着我们。"

这句话引来干活人的一片哄笑。

谷香的脸更红了。东旺说："别搭理他们。"谷香说："我得紧溜回家了。我来是叫你有个心理准备，别让高粱杆打个措手不及。我走了啊。"说完，转身跑出了院门。

东旺在她身后喊："雪天路滑，小心着点儿。"

大栓子喊："嗨——亲一个再走啊——"

又是一片哄笑。

东旺却笑不出来了。谷香说得对，高粱杆可是村里最大的官高贺的亲侄子啊，人家可是有权势的人哪。谷香一心跟着咱，可她爸到现在还不乐意呢。要是高粱杆非要娶谷香咋办呢？支书的侄子他谷大贵敢得罪吗？

东旺越想越心窄，也没心思干活了，就对四门楼子说："我有点不舒坦，明儿个再干吧。"四门楼子点点头，光是嘿嘿笑，也不说话。东旺对大栓子他们招招手，朝院门口走。

大栓子在他身后喊："憋不住了，回去跟相好的亲热去了吧？"

东旺没搭理他，就是想赶紧回家。

周东旺心急火燎往家赶。谷大贵从亲戚家赶回了家。钱彩凤赶紧给老头子拍打身上的积雪，蹲下身往地炉子里添了几根玉黍骨。谷大贵"哎呀"了一声，从炉膛里抢出了几根玉黍骨："败家娘们，说你多少回了，少搁点儿，省着点儿。"

钱彩凤嘟啵一句："老抠门儿。"起身给老头子沏了一壶茶。

谷大贵眨巴着眼睛看着老婆子忙乎，觉得有点怪，就问："你有啥事吧？"

钱彩凤刚要说话，谷香从外面走了进来。看见爸爸低下头扭身就走。

谷大贵喊："站住，回来。"谷香站住，转身看着父亲。谷大贵问："又去找那个周东旺去了，是吧？"谷香说："高粱杆提亲来了。"

谷大贵转脸看老婆子。

钱彩凤说："是啊，老头子，咱得赶紧把闺女嫁出去啊。"谷大贵叹口气说："那高粱杆那儿咱咋交代呀？"谷香说："除了东旺，我谁也不嫁。"

谷大贵一听就急了："你这孩子咋就一根筋呢？高粱杆是个啥人你又不是不知道，能善罢甘休吗？再说了，高支书是他亲叔，你要嫁给他，不是明摆着吃香饽饽吗？"

谷香说："我宁死也不嫁给他。"

谷大贵说："那你就嫁外村去。"

谷香说："我就嫁东旺。"

谷大贵"啪"地一拍炕沿，大声说："不中，不中，这件事绝对不能依了你。"谷香一挺胸脯说："那我就去死。"谷大贵吼："我看你敢。"

谷香走到躺柜前，弯腰从底下拿出一瓶"敌敌畏"，就要拧盖。

钱彩凤大惊失色，伸手夺过女儿手里的瓶子："好闺女，可是不敢走这条路啊，你死了，我跟你爸该咋活啊？"

谷大贵说："你长本事了是吧？会寻死了是吧？惦着气死我们老两口是吧？"

钱彩凤连忙说："她爸你就别说了吧，有事咱们慢慢商量，千万别跟闺女较劲了啊。"说完，搂住谷香的身子，央求道，"香啊，好闺女，你跟东旺的事要不再过些日子，先把那个高粱杆按下再说，你看这么着中吧？"

谷香问："高粱杆是个油盐不进的犯浑人，你们咋能按下他呢？"

谷大贵说："这你就甭操心了，豁出我这张老脸了，我就不信共产党的天下他高粱杆敢强娶强霸！"

钱彩凤趁机搂着谷香去她那屋了。

谷大贵坐在炕沿上喘着粗气。一会儿，钱彩凤返回，笑着对他说："老头子，你千万别再逼咱闺女了，真要出点啥事你后悔都来不及啊。"

谷大贵猛地拍了下炕沿说："你说咱辛辛苦苦养这么个闺女干啥呀，这不是作孽吗。"

钱彩凤叹了口气。谷大贵一眼看见了躺柜上放着的点心匣子和白酒。"这是哪来的？"

钱彩凤说："早上，秋山大哥来了……"谷大贵霍地站起身："他来提亲啦？"钱彩凤点点头。谷大贵问："你咋说的？"钱彩凤躲避着大贵的目光，低下头说："我……没咋说……"谷大贵急了："你是不是答应他了？啊？是不是？是不是？"

钱彩凤辩解说："你别急，我是心疼闺女才……才……"谷大贵吼："你个糊涂蛋，你咋能答应呢？你可气死我了！""咳咳……"谷大贵一阵急火攻心，不停地咳嗽起来。

钱彩凤连忙拍打着丈夫的后背说："你别发火啊，我也是怕咱闺女受不住啊……哦，对了，你还没吃饭吧，我去给你拿个菜饼子啊。"

谷大贵问："这还没出正月，你就给我吃菜饼子？"钱彩凤说："不吃这个吃啥呀，家里的米缸面缸眼瞅着都要见底了，等开春野菜下来了就好熬了。"谷大贵啐了口吐沫："这过的叫啥日子啊！"

忽然想起啥，一拍大腿道："有办法了。"钱彩凤问："啥办法啊？"谷大贵起身拿起点心和白酒，拔腿就往外走。

钱彩凤追着问："你干啥去呀？"

谷大贵回了一句："你甭管，在家老实待着。"

3

周东旺气喘吁吁地跑到村东口，不想迎面撞上了高粱杆。真是冤家路窄。两个人揉着肩膀，像斗鸡一样瞪视着对方。

高粱杆吼："周东旺，你他娘的瞎眼了咋的？没看见我这么大个活人吗？"周东旺反唇相讥吼叫道："你他娘的才瞎眼了哪。"

高粱杆攥紧了两只拳头，牙齿咬得咯咯响。周东旺弯腰从地上捡起一块石头，斜眼看着高粱杆。

高粱杆说："听着，谷香是我的。"周东旺说："谷香已经是我的女人了！你要再胡说八道，老子就一石头拍死你！"

高粱杆骂了一句粗话，抡圆了胳膊朝东旺砸来。东旺敏捷地闪身躲开了，举起手里的石头向高粱杆的脑袋拍下来。忽然响起一声大喝："都给我住手！"二人循声一看，是高贺，身边还站着公社党委书记兼主任马童力。

高粱杆喊："二叔，周东旺不要脸，抢我媳妇儿。"

周东旺说："你放屁，谷香是我媳妇儿，你才无法无天哪。"

高粱杆喊："谷香喜欢的人是我，你少跟老子耍光棍儿。"

高贺喝道："都给我住嘴，也不怕马书记笑话。'文革'都结束好几年了，你俩还在这动手动脚的来武斗，都啥素质啊？"

马童力严肃地看着两个年轻人。

周东旺说："是你侄子先要动手的。"

高粱杆说："谁叫你抢我媳妇儿哪。"

高贺说："好啦好啦，都先各回各家，有啥事等我有空了再解决。"

周东旺瞪了高粱杆一眼，抬腿走了。

东旺直接往谷香家快步走去。刚走过村中心那个水坑，迎面走过来谷大贵。东旺连忙迎了上去，喊了一声："大贵叔。"谷大贵抬眼看清是周东旺，翻了下眼珠子，勾着腰朝前走去。

东旺在后面跟着："叔，你这是上哪儿啊？"大贵不搭理他，大步走着。东旺说："叔，你是去我家吧？有啥话就跟我说吧。"大贵不说话，就是大步走。东旺猜出他这是要去谁家，就跟在后面走。果然，大贵进了周家的门。

周秋山正在扫院子里的雪。东旺喊："爸，大贵叔来了。"

秋山直起腰对大贵笑："来了，屋里坐。"放下扫帚跺着脚走向谷大贵。

大贵摆摆手说："不坐了，我还有事。"

秋山说："外头冷，别冻着你。"

大贵说："庄稼人没那么娇性，就在这说。"秋山对东旺说："去给你叔搬个凳子来。"

大贵说："用不着，我就两句话。"

东旺刚要说话，被秋山用眼神制止住了。秋山说："有啥话，你就说吧。"大贵咳嗽一声说道："第一句，这是你提亲拿我家的，现在还给你。"东旺说："叔，你这不是寒碜我爸吗，送出去的东西哪有要回来的道理呢？"秋山说："东旺你进屋待着去，这没你说话的份儿。"东旺气鼓鼓地进屋去了。

秋山看着大贵："第二句呢？"大贵说："第二句，你家东旺要娶我闺女，可以……"秋山喜出望外："啊？可以？你……你答应这门亲事了？那可……"

大贵打断秋山的话说："我的话还没说完哪。可以是可以，不过你得给我一胶皮大车粮食，一半是棒子，一半是大米当彩礼。"

秋山惊讶地张大了嘴巴："啊？一大车粮食？这……我……"

大贵说："就这几句话，我说完了，走了。"说完，头也不回地消失在了院门口。

东旺从大屋跑出来，看着发呆的父亲，问道："大贵叔走了？他说啥了？"

秋山说："他说要娶谷香可以，但必须得拿一大车粮食当彩礼。"

东旺一听就急了："一大车粮食？家里没几颗粮食粒了，我们上哪弄那么多的粮食啊？这不是逼着我们去偷去抢吗？"

秋山说："你大叫驴似的瞎叫唤啥呀？想办法借呗。"

东旺说："借？爸你当吹糖人那么容易啊？乡亲们谁家的日子好过呀？不少家还比不上咱家哪，你说上哪借去啊？"

秋山斩钉截铁地说道："就是砸锅卖铁也要凑够一大车粮食，娶上媳妇儿，咱们家就有了女人，有了女人那才叫真正的过日子哪!"

东旺气呼呼地一屁股坐在了地上。

秋山说："地上凉，快起来。你先去借粮食，看能借多少来。快去。"东旺爬起身，赌着气走了。周秋山叹了口气，仰起脸来看天空。天空还是灰蒙蒙的。好像还要下雪。他自言自语道："老天爷呀老天爷，你下的要是白面该多好啊!"

"哈哈哈，秋山叔，你这是馋白面吃了啊。"秋山不用看就知道是蒋状这个懒鬼来了。仰着脸问他："是不是又饿得要吃墙窟窿里头的耗子了啊?"

蒋状笑嘻嘻地说："还是叔心疼我呀。你老这望天儿玩吧，我自个儿上碗橱子里拿吃的去啊。"

秋山看着蒋状缩着身子进屋去了，叹口气摇了摇头。

蒋状很快啃着一块凉白薯出来了："我说叔啊，咋除了白薯一颗粮食粒也没有啊?"秋山说："咳，有白薯吃就不错了。"蒋状嘟囔着："真抠门儿，连个棒子饼子也舍不得给我吃。"

燕子这时出现在了院门口。蒋状的两眼立刻冒出光来。"燕子来了，嘿嘿。"燕子瞥了他一眼，对周秋山说道："叔，东旺哥在家不?"秋山说："没在。有事啊?"燕子说："团支部让我通知他，今儿个夜里八点在大队部会议室，集体看报学习。"

周秋山说："中，我告诉他。"燕子答应一声，转身走了。

一直盯着燕子傻看的蒋状，丢了魂一样追了出去。

周秋山骂了一声："没出息的玩意儿。好吃懒做的，哪家闺女乐意嫁给你呀。"

第二章

4

　　高贺抄起一把炉钩子，揭开炉盖往炉膛里填煤块。马童力坐在办公桌旁搓手哈气。煤块发出轰轰的燃烧声，一股热浪直扑两人的面部。

　　高贺倒了一杯热水递给马童力。"来，喝点水暖和暖和。"马童力接过茶缸子，喝了一大口，抬头看着高贺，说："我说高支书啊，你那侄子跟周东旺到底是咋回事啊？那个谷香到底是谁的未婚妻啊？"

　　高贺摆下手说："年轻人的事，我一个老头子可不想掺和进去。"

　　马童力说："不是掺和不掺和的事啊，高支书，处理不好可是会造成不良影响的啊。"

　　高贺点点头："我知道，你放心吧，马书记，我会妥善处理好这件事的。"

　　马童力说："还有，叫你的侄子收敛着点儿，别太张扬了，得给自己个儿留条日后好走的路啊。"高贺心里敏感地一动，眯起两眼看着马童力，问道："咋的，形势要变？"

　　马童力笑了："真不愧是老基层干部了，政治上就是敏感。县委李同舟书记说，中央要专门召开农村工作的会议，估计就要有新的政策出台了。"

　　高贺思忖了一下，说："就是再有新政策出台，总得有人做基层工作吧？"

　　马童力说："那是自然。不过，工作的形式或者说工作的范围，不一定老是千篇一律的，对吧？"

　　高贺沉默不语了，站在窗户前一动不动。

　　院门响了一声。高贺看到大队长江天成拉着一辆排子车进来，他的身后跟着金元宝。高贺与江天成不大对脾气，不过大面上还是过得去的。他刚要闪身就被金元宝看见了。

　　"支书在啊，我来跟你商量点事儿。"金元宝边说边走了过来。江天成放好排子车也走了过来。

　　高贺出屋到院子里，对金元宝说："有啥话在这说吧。"金元宝说："咋的，屋里不方便啊？"高贺对江天成说："马书记来了，你进去陪陪吧。"江天成点点头，进屋。

江天成对马童力说："马主任来了。"马童力说："江队长忙啥去了？"

江天成轻描淡写地说："村北口的道路不少地方坑坑洼洼的，一开春搞起生产来多不方便哪，拉了点土垫垫。"

马童力说："好啊，当干部就得像你这样为集体为群众着想啊。来，坐炉子边上烤烤火。"

高贺站在台阶上，居高临下地看着金元宝，说："说话呀，有啥事要跟我商量啊？"

金元宝笑笑："是这么回事支书。你不是让我在大队部办一个夜校吗，我写了一个方案，请你过过目。"

高贺摆摆手："我哪有工夫看这个呀，你看着操持就中了。"金元宝问："那办学经费照多少钱花呀？"高贺说："别超十块钱吧。"金元宝惊讶地瞪大了眼睛："十块钱？"高贺说："多点就多点吧，省着花，啊。"金元宝哭笑不得："叔你听我说，不是多点，是差了点，不，应该说差了好多点儿。"

高贺说："你是不当家不知柴米油盐贵呀。你知道咱们队的账面上还趴着多少钱吧？实话告诉你，没几个十块钱了。要不是乡里要求办夜校，我还省着这十块钱哪，等着花钱的地方多着哪。"

金元宝说："叔，我不是个乱花钱的人，这你知道。办夜校课桌椅子书本这都是必备的呀，十块钱无论如何也是不够花的呀。"

大队会计梁满仓从茅房拎着裤子出来了。高贺朝他喊："满仓啊。"梁满仓答应一声。高贺说："你把账册拿给金老师看看。"

梁满仓眨巴眨巴眼看着金元宝。金元宝连忙说："别别别，支书啊，那我就有多少钱办多少事吧。你忙，我走了啊。"说完，转身出了院门。高贺拍拍屁股，进了办公室。

江天成正和马童力说着话。江天成说："不管咋说，是农民就得跟土坷垃打交道，是庄稼人就得种庄稼，总不能不务正业吧？"

马童力看了一眼高贺，笑着说："看起来，你们这两个响马河当家人思想认识上并不是统一的啊。"

高贺说："各执己见，正常，正常。你们在说啥呢？"

马童力说："我们在说春耕生产上的事。我对他说，队干部要转变思想，不要光想着地头上那点事，要放眼全局，合理安排劳力，天成就跟我急了。"

江天成纠正说："我可没跟你急，我你还不了解，说话大嗓门儿。"

高贺说："天成啊，你求稳的做法也是对的，可过于求稳就是缩手缩脚，会给党的事业造成不必要的损失啊。"

江天成说："你这话是啥意思啊？难道我这个大队长工作求稳不是为党的事

业着想?"

马童力说:"你这个同志,不要这样激动嘛。眼下春耕生产在即,我们集中人力物力抓生产是对的,但不能只盯着地里的生产,可以抓一抓副业,抓一抓村民的口袋问题。人家范家庄弄的那个小果园就很不错,走在了咱们芳草公社的前头,你们俩应该抽空参观一下,学习学习。"

江天成说:"你不就是说不顾春忙,想法跑外挣点钱吗?我想不通,这不是鼓励农民不安心农田生产吗?"

马童力看着高贺,一摊两手,无奈地摇了摇头。

高贺说:"天成啊,你咋这么一根筋呢?咱们村有五个生产队,一千多个青壮劳力,田里哪用得上这么多人呢?完全可以抽出一部分干点别的,给乡亲们谋点福利,上级一定是支持的,咋能说鼓励农民不安心农田生产呢?"

江天成不说话,闷着头抽烟。

马童力对高贺使了个眼色,站起身说道:"走走走,上地里转转去,顺便看看乡亲们。"

江天成说:"我得去趟五队,马主任,我就不陪你了。"

马童力说:"你忙你的。"

马童力在高贺陪同下走出队部,来到大街上。

整个村庄沐浴在初春的阳光中。房屋、街道、树木被太阳镀上了一层黄色的光,明晃晃、亮闪闪的。牛羊在暖洋洋的春光中打着懒洋洋的盹,似乎还没从冬天的慵懒中醒来。家家户户都在忙着从猪圈里起粪、装筐,往地里送。空气中弥漫着粪便和刚翻新过的土地的气味。不时有村民跟马童力打着招呼,对高贺恭恭敬敬地行注目礼。马童力注意到,不少村民在高贺面前不由自主地缩下身子。马童力还注意到,高贺在村民们面前点头哈腰,仿佛面对的是他的长辈。他不由得对高贺感叹道:"干群关系如果都像你们村这样互相敬重该多好啊,何愁工作开展不好呢?"

高贺笑笑,谦虚地说:"我永远是农民的儿子,是村民们的勤务员。"

马童力点点头:"说得好,说得好啊!"

高贺一高兴,随口唱起了平常一高兴就喜欢唱的皮影戏:"摸一摸我的天,亲一亲我的地。娘织了毛布衣,姐编了苇炕席……"

马童力朝他一挑大拇指,夸赞道:"唱得真好,有滋有味儿的。"

高贺摇摇手说:"嗓子不豁亮了,老喽老喽。"

两个人出了村,走向田野。天空湿润润的了,地上潮乎乎的了。初春的大自然此刻是如此的美丽。到处洋溢着明媚的阳光,到处飞扬着悦耳的鸟叫虫鸣,到处弥漫着令人陶醉的气味。空气凉凉爽爽的,微风习习,吹来禾草的清香。马童力深深吸了一口气,向远处眺望,山青幽幽的了,树绿乎乎的了,麦苗绿油油的了，遥远的地平线上飘飘悠悠的。往近处看，解冻的小河水潺潺流动着，枯萎了一个冬天的小草返青了，满目生机勃勃。

"哎呀，又是一年春来到啊！"高贺感叹道。

马童力的明亮情绪被这句话弄得暗淡了下来。他呼出一口长气，低声朗诵道："燕草如碧丝，秦桑低绿枝。当君怀归日，是妾断肠时。春风不相识，何事入罗帏？"

高贺看了马童力一眼，跟着又深看了一眼。马童力回看了高贺一眼，蹲下身，出神地看着泛绿的野菜，一动不动。

高贺蹲在马童力身边，拍拍他的肩膀，说道："你的情绪不高啊，出啥事了吗？"马童力摇摇头。高贺接着说："我不懂诗，可我多少能听出点啥来。是妾断肠时，春风不相识，这都不是好词啊。这儿就咱们两个人，大哥就不叫你书记主任的了，喊你老弟。童力老弟，有啥话跟老哥我都说一说，说出来心里痛快点儿。"

马童力笑笑，说："老哥呀，自从我到咱们芳草公社工作以来，承蒙你对我关心，支持，客气话我就不说了。事倒是没啥事，我只是有一种担忧，担忧农村要来一场大风暴，会有不少人承受不住啊！"

高贺心头一阵凛冽，呆呆地看着马童力，品味着他这句话的分量，感到心里忽然沉甸甸的。

"呦，这不是高支书、马主任吗，欢迎领导来地里检查指导啊。"高贺不用回头就知道是蒋状来了，高声说道："蒋状，给你个任务，去告诉你秋山叔，中午上我家陪马书记喝几盅。你跟你婶子嫂子她们在西屋吃。"

蒋状立刻两眼放光，兴奋地搓着两手，转身就跑。高贺朝他的背影喊："吃完饭到立满家倒粪去，听见没有啊——"蒋状喊："听见啦——"高贺骂了一句："这个懒蛋二流子，吃啥啥没够，干点活就抽筋儿。"

马童力意味深长地说了一句："风暴来了，这种人可咋活着呀！"

高贺说："咋活着，还能饿死人？"

马童力说："不劳而获的人，饿死几个不是没有可能啊。"

高贺说："走，上河西边瞅瞅去吧。你不是说叫我们学学范家庄的小果园吗，帮我们参谋参谋选选址。"

这里地段的滦河河面有两三百米宽。岸边河水不深，一块石头投进去，激起很小的浪花。夏天雨水多的时候，河水会涨满河床。五年前曾经发过一次大水，淹毁了两岸上万亩丰收在即的庄稼。

高贺和马童力走到河岸西边，站在河滩上环视着这里的环境。"你们准备搞点啥副业啊？"马童力问。

高贺说："我还没想好。我就觉得这个地方干点啥比较合适，第一，它不是大田。第二，离滦河这么近浇个水啥的方便。第三，正对着我们村口，照看着也便利。"

马童力说："这样吧，过两天我带着科技站的罗平技术员来考察考察，帮你们定定位。"高贺问："罗技术员？新来的？"马童力说："不是我批评你，人家范家庄的范占山支书在这方面就比你做得好。罗平到科技站的第二天，范占山就请他到村里指导，顺便宴请了他一顿。你可倒好，还不认识这个人哪。"

高贺挠挠脑皮，咧着嘴笑了。

<h1 style="text-align:center">5</h1>

周秋山老爷子走进屋。顾不上拍打身上的尘土，换掉沾满泥水的胶鞋，一屁股坐在炕沿上，呼哧呼哧喘粗气。他刚从大王庄远房表姐家来，借来了一小口袋高粱米，30斤。表姐家也没多少粮食了，心里过意不去，在他临走时硬塞给他几个白薯、几个土豆，抹着泪一直送他出了村口。

父子俩东奔西走好几天，拢共借来不到五百斤粮食，只够装半大车。

咋办呢？一大早，东旺爬起来又去借粮食了，到现在还没回来。咳，娶个媳妇儿可真难啊。谁叫咱家穷哪。要是凑不够一大车粮食做彩礼，那东旺跟谷香的事就成不了啦。也罢，成不了就成不了，省得谷香这孩子到周家跟着过穷日子。可东旺这孩子受不了啊。可叫我这当爹的有啥好法子啊。怪我没本事，不能给孩子遮风挡雨啊。

周秋山正胡乱想着，院门响了一声，一阵脚步声响到了过堂屋。周秋山问："是蒋状吧？"门帘子一挑，果真是蒋状。"叔在家哪。"蒋状进屋。一眼看见了躺柜上一个玉米饼子，奔过去抓在手里，想了想又放下了。周秋山奇怪地看着他："今儿个这是咋的了？知道这是叔的中午饭，心疼叔了？"蒋状嘿嘿笑了说："这个饼子你留着明儿个吃吧。走走走，高大支书请我和你到他家赴宴去哪，快走啊，吃大肉炒鸡蛋去呀。"周秋山更奇怪地看着蒋状："你刚才说啥？请你跟我？你大白天这是说啥梦话哪？"蒋状急了，拽着周秋山的胳膊就走。

周秋山挣脱着："放开我，绑架是咋的？"蒋状说："哎呀，叔，是真的，我哪敢糊弄你呀。"周秋山盯视着蒋状，蒋状一本正经地迎着周秋山的目光。周秋山皱起了眉头："高贺咋会请我这个老头子呢？还请你这个连狗都嫌的懒汉呢？"蒋状说："叔，我要是瞎掰，就叫我明儿个一大早娶仨媳妇儿，天天吃满汉全席……"周秋山"扑哧"一声笑了："去你娘的，想得个美。"

周东旺推着自行车进院，后座上驮着一个口袋。看见父亲和蒋状在拉拉扯扯，就说："蒋状，你这小子，又来混吃混喝，外带着气我爸来了是吧？"

蒋状嘿嘿一笑说："告诉你，今儿个是你老爸跟着我混吃混喝去，哈哈，对吧？叔。"

东旺没搭理他，支好车子卸口袋。周秋山走到儿子跟前，摸着口袋问道："这是谁家的啊？"东旺回答："我一个高中同学的。"周秋山问："把人家记在小本子上了吧？"东旺说："放心吧，一个也没漏，全都记清楚了。"

蒋状走过来说："哎呀，东旺，这是啥呀？"东旺说："你该干啥干啥去。"

蒋状一撇嘴说："哼，甭拿我不当回事。告诉你，今儿个高大支书亲自请我上他家吃饭喝酒去，知道谁陪着我吧？听清楚了，别吓着，马大书记马大主任。"

东旺说："你就吹吧。去去去，一边去一边去。"周秋山说："看样子蒋状说的是真的。"东旺哼了一声，扛起口袋进了厢房。

蒋状急不可待了，说："叔啊，时候不早了，咱快走吧。"

周秋山摆摆手说："我不去。你去吧。"

蒋状说："啥？你不去？不给高大支书面子，也不给马大书记面子，你老人家可真是玩大了呀。"

周秋山眨巴眨巴眼睛："你小子说得还真有点道理。东旺啊——"

东旺从厢房门口探出脑袋："干啥？"

周秋山说："要不我上高支书家瞅瞅去？人家招呼了，我不露个面不合适啊。"

东旺说："还真招呼了你咋的。乐意去就去呗，我不管。"

高贺家住在村队部对面，也是响马河村中心。院门口盖着一座门楼子，门口两边各栽种着一棵核桃树。院子分前后院，收拾得整齐干净。前院东边是一个猪圈，里面养着两头大肥猪。西边盖了一间厢房，房上堆放着麦秸子和树枝子。后院有一块菜园子，眼下，韭菜开始长小嫩芽了。高贺的家跟响马河村民的家没有什么两样。

在过堂屋里，高贺的老婆耿翠芝正和闺女高玉兰忙着做饭。周秋山和蒋状走进来的时候，耿翠芝手里拿着筷子搅和鸡蛋。"来了，大哥。"翠芝主动打招呼。

玉兰喊了声叔，对蒋状喊了声哥。蒋状直勾勾地盯着玉兰，笑嘻嘻地说道："玉兰妹妹越来越好看了。"

周秋山对娘俩笑笑。高粱杆从大屋迎了出来。"叔来了，请进。"周秋山进屋。蒋状留在了过堂屋，确切地说，待在了玉兰的身边，看着她切菜切肉。

蒋状和玉兰一般大，从小一块长大，一块下河打水仗，一块偷队里的白薯，一块玩泥巴。蒋状爹娘出车祸双双死那年，他整20岁，还没娶媳妇。他对玉兰有那个意思，玉兰却对他不来电。玉兰21岁嫁到了城里。如今，儿子壮壮都上小学三年级了。29岁的他还光棍一根。

玉兰知道蒋状的心思，催他说："快进去陪马书记说话去吧。"

蒋状嘻嘻笑着说："马书记有支书陪着，我陪你。"

玉兰笑:"你来我家了,该是我陪你才对呀。"

蒋状心花怒放地说:"好啊,你陪我,我陪你,咱们俩正好是一对儿。"

玉兰捶了蒋状一拳:"该死的,多大岁数了还这么没正形。"

蒋状趁机在玉兰的脸蛋上捏了一下。玉兰赶紧看了一眼从后院进来的母亲,一本正经地对蒋状小声说道:"你听着,别跟我动手动脚的。"

蒋状自知理亏,连忙点头说是是是。转身对翠芝说道:"婶子,你看我帮着干点啥呀?"

翠芝说:"这都是女人家干的活,你进屋给乡长倒个水啥的,去吧。"

蒋状答应着,刚要进屋,周秋山出来了,后面跟着马童力。周秋山的脸色不太好看。马童力脸上挂着微笑。

蒋状说:"马书记,你咋走啊?"马童力说:"啊,我和秋山大叔出去说会儿话。"两个人出了过堂屋去了前院。

高粱杆跟了出来,脸上的笑不太自然。翠芝问:"杆子,咋的了?"高粱杆说:"秋山叔自打进屋就一句话没说。马书记问他有啥困难吗,他上来就跟书记借粮食,还说借不来一大车粮食他儿子就得打光棍,整不好还得出人命。马书记一听这话,让他有话直说,他拉着马书记的胳膊说出去再说。"

玉兰看了高粱杆一眼,说:"不是姐说你,城里大姑娘有的是,你偏跟东旺抢人家谷香干啥。"

高粱杆看了一眼玉兰:"你知道啥呀,是周东旺跟我抢谷香。"

玉兰较上了真:"你还不承认是吧?待会我去找谷香一问就知道了。"

高粱杆撇下嘴:"瞎掺和啥呀,老老实实守你的活寡得了。"

玉兰急眼了:"你放屁!"

翠芝不高兴了,说:"你这孩子咋回事啊,咋说话总这么难听呢?啥叫守活寡呀?我们家姑爷在外面跑销售是不假,可一个礼拜少说得有三五天回家守着他们娘俩,是吧?玉兰。"

蒋状喊了一声:"说曹操曹操真到了嘿。"大家朝门口看去,高玉兰的丈夫苏志新穿得西装革履,拎着几个大小盒子兴冲冲进来了。进来先喊妈,再喊杆子兄弟,再喊蒋状哥。

高粱杆一皱眉头说:"杆子也是你叫的?"

苏志新打了个愣,看媳妇儿。玉兰反击道:"你不叫杆子叫个啥呀?总不是石头缝儿里蹦出来的吧?志新,你别搭理他,属狗的说翻脸就翻脸。"

高粱杆瞪了玉兰一眼。翠芝接过女婿手里的两个盒子,说:"走,进屋说话喝茶去。她爸,志新来了。"

高贺的声音:"进来,进来。"几个人进屋了。高粱杆去了前院。

前院的麦秸垛跟前,周秋山的情绪显得有些激动,正急扯白脸地跟马童力说着："种粮食的四处跟人家借粮食，你当我这张老脸还有地方撂啊？我没脸哪。可又有啥好法子呢？我说都是高粱杆给搅和的，你还替他说话……"

高粱杆喊："叔，你说谁搅和的呀？我还说是你给搅和的哪。"

马童力说："小高你回屋待着去，这没你事儿，叫你说了你再说。"

高粱杆梗着脖子不走。马童力说："我说话当耳旁风是吧？"高粱杆这才嘟嘟囔囔着回屋了。

马童力对周秋山解释说："大叔你错怪我了，我是一个公社干部，是公家人，咋能替哪一个群众说话呢？我的意思是，谷大贵跟你家要一大车粮食作彩礼的事，未必就是因为高粱杆在中间，兴许是他趁机想多储备点粮食，现在哪一家不缺粮食啊，你说是吧？粮食是农民的命根子啊。"

周秋山叹了口气说："马书记，我真整不明白，问题到底出在哪了呢？为啥我们农民起早贪黑脸朝黄土背朝天，汗珠子掉地摔八瓣儿，都是为了种好粮食多打粮食，可咋就吃不饱呢？咋就粮食缸里没几颗粮食睡觉都不踏实呢？"

马童力沉吟了一下，说道："这个问题牵扯很多方面，我作为一名党员，不能随便发言。不过，我可以负责任地告诉你，你老人家要相信，这种现象就要被彻底解决了。"周秋山眼睛一亮："真的？"马童力点点头："这种现象中央比我们还清楚，一定会尽快解决的，党是代表广大人民群众利益的党，不可能视而不见的。"

周秋山情绪好了起来，喃喃自语道："好啊，老百姓都盼望着党领导我们早一天吃饱饭，都过上吃馒头摊鸡蛋的好日子啊！"

马童力看着两眼泪汪汪的周秋山，内心感到一股说不出来的滋味。

周秋山与马童力在前院说着话。高贺在大屋跟女婿苏志新说着话。他打量着志新的一身穿戴，皱起眉头，说道："你穿的这是啥衣裳啊？挺好的领子咋扒了个这么大的口子啊？咋还把裤腰带系脖子上了？这不是胡闹吗。"

坐在旁边的高粱杆冷笑了两声。苏志新解释说："爸，这是西服，是外国人穿的。这不是裤腰带，是领带，跟西服是配套穿的。"高贺说："中国人穿外国人的衣裳干啥呀？这不是忘了祖宗吗。"高粱杆补充了一句："电影上的日本鬼子翻译官跟汉奸都这么穿。"

高玉兰猛地一掀门帘子冲了进来，大声对高粱杆说道："高粱杆，你要是懒得在我家待着就滚回你那狗窝去，少在这摇着尾巴乱咬人。"

高贺一瞪眼睛："兰子，不许你对你兄弟这么说话。"

高粱杆要说话，被高贺用眼神制止住了。玉兰一扭身子气呼呼地出去了。

马童力进屋。高贺看看他身后："哎，老周呢？"马童力说："他说有点胃疼，回家了。"高粱杆说："马书记，你看见了吧，周秋山这是……"

高贺打断他的话："杆子，别逮啥说啥。"朝过堂屋喊，"翠芝啊——"翠芝进屋。高贺说："秋山大哥走了，你把大贵兄弟喊来吧。"

蒋状探身进来，翠芝一躲闪，蒋状身子踉跄了几下，扑到了餐桌上，嘴巴拱到了小葱拌豆腐上。高粱杆捶了他一拳："你干啥呀，还有点规矩没有啊？真是烂泥扶不上墙，当着马书记的面寒碜不寒碜哪。"

蒋状吧嗒几下豆腐："嗯，真香，好吃，好吃。高叔，我去喊吧。"

高粱杆说："拉倒吧你，姑爷请丈人，我才是正根儿。"

高贺摆摆手，对翠芝说："你去吧。"

6

金元宝路过谷香家门口的时候，谷香正端着猪食盆子往猪圈那边走。她家的院墙不高，加上金元宝个子高了点，两个人的目光正好碰到了一起。"喂猪啊？谷香。"金元宝先打的招呼。谷香平日很少和金元宝接触。她对金老师是尊重的，但她的表达方式是对金老师敬而远之。

金老师主动跟她说话，她"嗯"了一声，不再看金老师了。

金元宝以为谷香不喜欢自己，有点尴尬地想应付了之。偏偏这个时候谷大贵从屋里出来了，看见了金元宝，赶紧招呼了一声："元宝啊，金老师——"

金元宝停下脚步看着谷大贵："有事啊？叔。"

谷大贵快步走出院门，热情地对金元宝说道："走，家里坐会儿喝口水去。"

金元宝看一眼正在喂猪的谷香，摇摇手说："不了，大叔，我得抓紧时间上趟县城，给夜校置办点东西。有事就在这说吧。"

谷大贵说："是这么回事。你是识文断字的教书先生，世界上的事就没有你不知道的。叔没文化，大字认不下一篮子，有啥为难事不请教你不中啊，咱真不懂啊，叔知道你忒忙，可你说……"

金元宝笑了："大叔你就别绕圈子跟我客气了，有啥事你就说吧。"

谷大贵嘿嘿一笑："中，那我就直说。我问你，周东旺给别人家做泥瓦工犯法不犯法呀？"

金元宝愣了一下，沉吟了一下，回答说："那得看他收没收工钱。眼下，政策不允许个人做生意，但要是纯粹是乡亲们互相之间帮个忙，不收取一分钱工钱，也就是不存在剥削和被剥削之间的关系，那就不是非法的。"

谷大贵问："那收了东家给的礼物违不违法呢？"

金元宝用余光看到谷香不知啥时候几乎要到墙根前了，她在听。金元宝知道她关心的是周东旺，就提高了声调回答道："这岂能算作违法呢？礼尚往来嘛，符合我们老祖宗传下来的礼仪风俗啊。"

谷香的神情告诉金元宝她明显松了口气。

谷大贵似乎对这样的回答不太满意。他追问一句："周东旺真的没犯法？"谷香白了父亲一眼。金元宝笑了："你还不相信我这个识文断字懂得多的人啊？"谷大贵点点头："信得过，信得过。"

正说着，高粱杆迈大步踢着石头子走来了，老远就喊了声："大贵叔——"

金元宝一看是高粱杆，对他扬扬胳膊，转身走了。

谷香转身快步进了屋。

大贵迎着高粱杆："有事啊？杆子。"高粱杆满脸堆着笑走到了谷大贵跟前，笑眯眯地说道："马书记在我叔他们家哪，我叔请你陪陪马书记。"

谷大贵连忙摇着手说："使不得使不得，我一个小老百姓哪敢跟大领导平起平坐吃饭喝酒呢？你跟高支书的心意我领了，我可不敢，不敢不敢不敢……"说着转身要回院子，被高粱杆一把拽住了："哎呀，大贵叔，有我跟我叔在场，你怕啥嘛。再说了，马书记你又不是不认识，挺没架子的，挺亲民的。走吧走吧走吧。"

高粱杆强行拖着谷大贵往前走，谷大贵挣扎着。谷香从屋子里跑出来，冲出院门，对高粱杆喊道："高粱杆，你干啥呀，我爸他咋着你了？"

高粱杆笑："香啊，我是来请大叔上我叔家陪马书记吃饭的，你忙你的，忙你的。"

谷大贵担心谷香跟高粱杆要脾气，连忙说："我去我去，香啊，你跟你妈说一声，我跟马书记待会儿去啊。"

高粱杆朝谷香笑笑，摇摇胳膊，搀着谷大贵的胳膊摇摇晃晃着走了。

谷香看着他们消失在一个拐角，转身进了院子。听见有人说话："干啥去呀？东旺。"谷香一听"东旺"两个字，急忙转回身跑出院门，看见东旺骑着自行车正要走，喊了一声："东旺。"

东旺身子晃了一下，差点儿摔下车子。他下了车，回身看着谷香，说："香，我去莲子村干点活去。走了啊。"

谷香喊："你给我站住。"东旺再次下车："有事啊？"谷香走到他跟前："这几天咋没来找我呀？"东旺说："忙活计来着。"

谷香看后座上有一个布口袋，问："你这出去干活还自带粮食啊？"

东旺笑笑，没说话。谷香突然发现东旺车头的方向冲着他家，警觉起来："你这是出村还是回家呀？你给我老实说，出啥事了？"

东旺咧咧嘴："能有啥事啊。"

谷香问："我听我爸说，那天他去你们家，说咱俩的事等忙完春播再说，是吧？"

东旺点点头。谷香感觉东旺的眼神不对劲，说："东旺，我铁了心嫁给你了，你到现在还不跟我说实话是吧？"

东旺说："我没有……咋不说实话了……"

谷香说："这袋粮食是咋回事？你要不说实话，从今往后咱俩就谁也不认识谁。"

东旺支吾着。谷香转身就走。东旺喊："别走，我……我说。"谷香转回身看着他。东旺说："你爸要我准备一大车粮食作彩礼……"

谷香惊讶地瞪大眼睛："一大车粮食？那得多少啊？你家有吗？"

东旺说："我家有没有你还不知道啊。这几天我到处借粮食，嘴唇都磨破了，只凑够了半车……"

谷香一跺脚说："我爸咋这样啊，这不是要逼人走绝路吗。不中，我跟我爸说去，彩礼有啥算啥，我嫁的是人，又不是彩礼。"

东旺说："谷香，你别着急，你一个挺文静的人咋沉不住气了呢？"

谷香说："这事我能沉得住气吗？"

东旺说："你听我说。那个高粱杆不也惦着你吗，你爸肯定也特别作难，惹不起你，也不敢得罪高贺，只好想出这么一个办法跟高家那头儿做个交代。他了解我的脾气秉性，我要是真拿不出来一车粮食来，我会主动提出跟你吹……"

谷香急眼了："啊？你想跟我吹呀？你说你又看上谁了？哪村的？"

东旺摆着手："哎呀，我就看上你了。听我慢慢说呀，你说我是那种愿赌就服输的人吗？凑不够粮食我不还有门手艺嘛，给谁家干完活东家要表示心意，我别的不要，就要粮食不就结了嘛，对吧？"

谷香想了想，笑了，使劲捶了东旺一拳："坏蛋，急死我了。"

东旺说："我得赶紧回家了，我爸该着急了。"

谷香问："高粱杆老缠着我咋办啊？"

东旺说："你就直接告诉他，咱俩已经那个了，他就死心了。"

谷香一扭身子："我可说不出口，臊死个人。"

东旺说："那你就等着他纠缠你吧。"说完，骑上车子就跑。

谷香"呸"了一下，追着打他。

在高贺家大屋，高贺、谷大贵、高粱杆、苏志新正陪着马童力边吃边说着话。蒋状和耿翠芝、高玉兰坐在过堂屋吃着。高粱杆站起身举着白酒瓶子："马书记，俗话说无酒不成席，你还是多少喝点吧。"

马童力摇摇手："干部下乡在谁家吃饭一要交饭钱，二不许喝酒，这是规定，我当书记的咋能带头违反呢？你们喝你们喝。"

高贺说："杆子，你就别劝了，马书记又不是外人。等节假日放假了再跟书记好好喝喝。"马童力说："中。我负责买酒。哎，志新哪，你接着说去南方的所见所闻，我们也跟着长长见识。"

高粱杆给谷大贵酒盅里倒满酒，撇下嘴说："南方有啥好说的呀，又不是外国。"过堂屋里玉兰喊："井底之蛙，夜郎自大。懒得听抓把鸡毛把你耳朵塞上。"

蒋状大笑。玉兰喊："哎呀，你干啥呀，把饭粒子都喷菜里啦，还叫人咋吃啊？"轮着高粱杆大笑了。不过他是背过身笑的。

高贺对志新说："别听他的，说你的。"志新夹了块肉搁进岳父碗里。再夹了块搁进马童力碗里。这才继续说道："这几天啊，我去了安徽凤阳小岗村，这个村从1978年就开始大胆试行了家庭联产承包责任制，到现在搞了两年了，农民的积极性可高了，粮食产量比承包前增长了两倍多呀。"

谷大贵惊讶地问："啥叫家庭联产啥制的啊？"高贺说："那叫家庭联产承包责任制。马书记，既然有试点，那推广就是早晚的事了？"

马童力点点头，说："所谓家庭联产承包责任制，就是把土地分给各户进行承包，自己个儿种自己个儿的粮食，自己个儿交自己个儿的公粮。国家搞这种试点，目的是要改变我国农村旧的经营管理体制，解放农村生产力，调动广大农民的生产经营积极性。"谷大贵想说话，看看马童力，没敢说。

马童力说："大贵叔，有啥话你老就说吧。"谷大贵摇摇手，还是不敢说话。高粱杆说："我替我叔说。把地分给各家种好啊，想咋种就咋种，谁也管不着啦。"马童力说："那可不是谁也管不着谁。不然，那还不乱套啦？"

高贺问马童力："马书记，你说的大风暴是不是就是这个呀？"马童力点点头，说道："1979年，国家就在深圳设立了经济特区，这说明经济改革已经拉开了帷幕。农村改革是迟早的事。"高贺与高粱杆对视一眼沉默了。谷大贵眨巴眨巴眼睛，看看这个，看看那个，最后将目光定在了盘子里的菜上面。

蒋状跑进来说道："分啥那分，大伙儿一块种多好啊，我坚决反对。"高贺说："你肯定反对呀。要是把地分给你了，你这个懒蛋不把地给撂荒了才怪哪。"大伙笑。蒋状没笑，对高贺连连作着揖，可怜巴巴地说道："叔啊，你可得给你侄子我做主啊，我哪会种地呀，不不不，我心脏不好，我风湿，我干不了活啊……"

高贺挥着胳膊说："去去去，好好吃你的饭去。你呀，从今天起好好学着干农活，舍得流汗卖力，保管你到啥时候也饿不着了。"

玉兰喊他："蒋状，别在那现眼了，快回来伺候我们娘俩吃饭。"蒋状答应着，边走边说："咱可说好了啊，真要分地给我了，我就伺候你们娘俩吃饭，你们帮我种地。"玉兰说："瞧你这点出息。"

马童力听着他们的对话，陷入了沉思之中。

第三章

7

又一个黄昏降临响马河村。东旺坐在饭桌前，两手托着腮帮瞅着饭菜没有食欲。周秋山晚上特意给儿子买了块豆腐拌小葱，到小卖部割了二两猪肉，炒了个豆角，炒了个辣椒。可儿子一口也吃不下。他当然也吃不下了。知道劝也劝不了，就心疼地看着儿子不说话。

父子俩正吃着，院门口有人喊："秋山叔在家吧？东旺在吧？"父子俩同声答应了一声。东旺迎了出去。"是金老师啊，快屋里坐，屋里坐。"

金元宝走进过堂屋。"吃饭哪秋山叔。"

周秋山放下筷子站起身："你吃了吗？元宝。"

金元宝说："吃了吃了，你老快吃吧，我跟东旺商量点事儿。"

东旺递给金元宝一个小板凳："来，坐下说，啥事？"

金元宝接过板凳，坐下，说道："是这么回事。高贺叔叫我把咱村的夜校操持起来，批了十几块钱，给了一间房子当教室，就是大队部西边靠门口的那间。刚才我去瞅了瞅，发现里面顶棚有的地方都漏了，夏天肯定得漏雨啊。我想请东旺帮着给修缮修缮，大礼给不起，我请你上城里下回馆子吃顿好的还是请得起的。"

东旺笑了："就这事啊？没问题，说吧，啥时候干？"

元宝说："当然是越快越好了。不过，别耽误你应承下来的活计啊。"

东旺想了想："嗯……你还别说，我手里还真有早就应承人家的活儿……陈家庄陈三丑家……彩霞村二枕头家……这么着吧，我先上队部看看房子去，要是不费工夫，我插着空儿捎带脚儿也就干了。"

元宝说："中，你吃完了咱就去。"东旺抄起一块白薯，喝了一口咸菜汤，说："走吧。"

金元宝对周秋山说了声："我走了啊，叔。"跟着东旺出了周家大门。

大队部在周家斜对过。东旺和元宝很快就走进了大队部院子。

院子里静悄悄的，一个人也没有，几只鸡在屋檐下拽着脖子东张西望，几只小鸟在光秃秃的树枝间跳来跳去。两个人走进西边靠门口那间屋子，没有开灯，光线灰暗暗的，墙壁黑乎乎的，玻璃脏兮兮的，几乎所有的墙角都有蜘蛛网。

"这间屋子原先是盛乱七八糟东西的，老支书叫人给腾出来了。"金元宝说。

东旺仰起脸看顶棚，查看着有漏眼的地方。"一共有四个漏眼儿。"东旺说。他说着出了屋，两眼寻找着什么。"你找啥呢?"元宝问。东旺说:"梯子。"元宝也跟着寻找着。

梁满仓走进院子。元宝问:"满仓大哥，咱队部的梯子呢?"

满仓说:"干啥使啊?"

元宝说:"修房顶漏儿啊。"

满仓说:"在我们家哪，啥时候使啊?"

元宝说:"不急。"

东旺说:"你还是快点抓空给扛回来吧。"

满仓瞥一眼东旺:"着啥急呀? 火上房了咋的?"

东旺斜了一眼满仓:"不着急哪中啊，你家我嫂子还在屋子里头哪。"

元宝笑出了声。满仓骂了一个脏字: "这小子，反应还挺快，不吃亏儿是吧?"冲过去在东旺肩膀上捶了好几拳。东旺还了满仓两拳，拔腿朝大门口走去。

元宝问:"东旺，你走啊?"东旺头也不回地说:"上满仓家扛梯子去。"满仓说:"这个急性子。"元宝说:"这才是干事的人哪，只争朝夕。"满仓问:"啥意思?"元宝说:"不跟你似的磨磨蹭蹭的呗。"说完，转身大步跑出了大门口。

梁满仓家在大队部后面那条街上。东旺大步朝他家走着，元宝很快追上了他，两人边说边走。

元宝说:"眼看着要春忙了，你那些盖房垒墙的家伙事儿，该搁置起来睡大觉了吧?"

东旺说:"可以早早晚晚抓空儿干。"

元宝说:"真有你的，就不知道啥叫累。"

东旺说:"年轻轻的整天喊累，丢人不丢人哪。"

身后有人喊:"金老师，等等我——"两人回头一看，是三队队长朱明理的老婆张荷花，外号惹不起，挑着一担肥料走过来了。响马河村最能打架的人。谁都躲着她走。眼下金元宝来不及躲，只好站住脚迎着她。东旺是全村人唯一一个不躲着她的人。惹不起也就最喜欢周东旺。

元宝问:"有事啊? 嫂子。"惹不起说:"废话，可不有事嘛。"说完，却走到东旺跟前，在他的脸蛋上掐了一把，笑嘻嘻地说道，"东旺兄弟，你说，我咋这么稀罕你呢?"元宝顶看不惯惹不起这种轻浮了，就将脸转向一边不看。

东旺比惹不起小十岁，把她当大姐看待，心里自然没有杂念。他打趣说:"这好办哪，姐，我就跟你上你家吃饭去，你不就可以敞开儿稀罕我啦?"

惹不起开怀大笑起来，说："好啊好啊，就这么办啦。"

元宝看了惹不起一眼，说："啥事，你说吧。"他不理解东旺咋就跟这种女人合得来。

惹不起不笑了，扒拉一下元宝的胳膊，一本正经地说："你当老师的见多识广，我跟你说个事，你给我解答解答啊。我表妹呀，在县城里头住，是城镇居民户口。她想在咱们村买块宅基地盖房子，你说中不中啊？"

金元宝说："哦，是这事啊。你应该上省城咨询去啊。"

惹不起捶了元宝一拳："问你不是一样吗，还省得我往城里跑，怪远的。不心疼你嫂子是吧？"

元宝连忙解释说："我可不是这个意思。我是说，我毕竟不是法律专业人士，万一说错了，岂不是……"

惹不起又捶了元宝一拳："你瞎谦虚啥呀，谁不知道你是金大明白呀，啥问题儿也难不倒你呀。哎呀你就别卖关子了，快点说，中还是不中，痛快点儿。"

东旺说："就是嘛！元宝哥，这方面的政策你肯定懂。"

元宝笑笑："那好，我就说说。目前，国家没有相关城镇户口的人到农村买宅基地的政策，反正我是不知道。"

惹不起第三次捶了元宝一拳："这不结了，不叫买咱就不买呗。知道了，你们忙去吧，我走了啊。"走出好几步站住，扭身对东旺说，"东旺，晚上上姐家吃菜包子去啊，干白菜馅儿的。金老师你也来啊。"金元宝朝她摇摇手。

东旺说："给我留着啊。"

惹不起答应一声，扭着肥嘟嘟的大屁股走了。

金元宝对周东旺说："快走吧，不早了。"

两个人快步走进梁满仓家的院子。院子里静悄悄的。

"有人吧？"元宝喊。无人应答。东旺说："准是都下地去了。"元宝说："大中午的，还没到上工的时候啊。"

东旺说："刚才你没见惹不起挑着肥料啊？你要是不找我，吃完饭我也往地里送肥料去了。"

元宝点点头："我不经常回来，还真不知道乡亲们的干劲这么足。"

东旺径直朝靠在猪圈上的梯子走去，扛起来就走。元宝跑过去要帮他。东旺摆摆手："两个人抬着还不如我自己个儿扛哪。"

在大队部门口，东旺跟高粱杆走了个脸对脸。高粱杆说："站住，你敢偷梯子。"东旺说："你瞎了？有从外边往里边偷东西的吗？"

元宝说："杆子，忙啥去呀？"

高粱杆看了元宝一眼，背着两只胳膊，哼着小曲走了。

东旺朝高粱杆的背影啐了口吐沫。元宝拍拍他的后背说："别跟这种人一般见识。该出工了吧？快忙去吧。把梯子给我吧。"

东旺摆摆手，扛着梯子进了院子。

高贺从他的办公室里出来，喊了一声周东旺。东旺停住脚步看着高贺。高贺说："你先去放梯子。上我这屋来，我有话跟你说。"

金元宝跟高贺打了个招呼，转身走了。

东旺把梯子靠在墙上，走过来说："高支书，有话就在这说吧，我该下地送肥料去了。"高贺说："不急，晚点下地你们队长不会说你的，工分该给多少给多少，回头我跟你们队长打个招呼。"东旺跟着他进了屋。

高贺对跟进来的东旺说了句："喝水自己个儿倒啊。"东旺说："我不渴。你说吧。"高贺说："坐下说话。嗯……是这么回事，你知道，杆子挺稀罕谷香的……"

东旺说："谷香是我对象，他凭啥稀罕哪。"

高贺说："不要激动，听我把话说完嘛。东旺啊，你是我看着长大的，你是个啥人叔我还不了解？像你这样识大体顾大局懂事的青年，在咱们村可是真没几个呀。你听叔说，我那是老支书了，眼瞅着打光棍的越来越多，我这心里头真的是挺难受啊，尤其是我这当村干部的，亲侄子讨不到老婆，不能把本村的姑娘留住，你说我这张老脸往哪搁呀！"

东旺说："谷香答应嫁给我，我这不就把她留下来了吗？"

高贺说："可你不是我亲侄子啊。"东旺问："你啥意思啊？"高贺说："只有嫁给了我家杆子，我这张老脸才能有光彩啊。这是政治影响，你明白了吗？"东旺摇摇头："不明白。"

高贺皱了下眉头，瞬间又舒展开了，他说："我是支书，哪方面都得给群众做个榜样，这样才能团结带领大家很好地完成党交给的各项任务。这下你明白了吧？"

东旺说："明白了。但我稀罕谷香你老也是知道的，响马河村一千多口子老少爷们全都知道。我不能为了你脸上有光，我就把自己个儿的媳妇儿让给别人啊。"

高贺又皱起了眉头，这次没有舒展开，他拍拍东旺的肩膀，说："这事你回去跟你爸爸再合计合计。对了，你们的团支部书记红云出门子（出嫁）走了，我打算叫你接手，等着支部会讨论通过哪。好了，下地忙去吧。"

东旺说："叫我当团书记？我可不中，不会当官，干不好。"

高贺说："不会就学嘛。叔相信你，你一定能干好的。去忙吧，啊。"

东旺出去了。

高贺舒了口长气，看着东旺的背影，自言自语地说道："这个倔驴，我非把你调教好了不可！"

东旺走了不大会儿，满仓"咣当"一下推门进来了："高支书，高支书，马书记来了，马书记来了。"

高贺白了他一眼："马书记又不是一百年来一回，你这么紧张啥呀？"

满仓说："我瞅着马书记脸上有点不高兴，你可小心着点儿啊。"

高贺看看满仓，没说话，起身走出办公室迎了出去。

马童力站在院子里的宣传栏前，正在看贴在上面的"响马河村远景规划图"。高贺走过去，说了声："书记来了。"马童力看高贺。高贺发现他的脸色的确不好看，眉头紧蹙。他心里敲起了小鼓，面上却不动声色地说道："进屋坐吧，书记。"

马童力走进书记办公室。高贺从抽屉里拿出茶叶准备沏茶。"江天成呢？"马童力问。高贺说："这会儿应该在地里头吧，我叫满仓在大喇叭里边喊喊他。"说着，出去了。刚出去又进来了。后边跟着江天成。

江天成说道："马主任，你找我？"马童力沉着脸看着他，说道："我问你，上礼拜四开会我要求，各村要在这礼拜三之前，上报各自的副业项目，今天都礼拜五了，你为啥还不报啊？"

高贺松了一口气，有点幸灾乐祸地看着江天成。

"对不起马主任，我这儿一忙地里的活儿，就把这事给忘了。"天成解释说。

马童力说："你的意思是，我布置的工作没有你地里的工作重要啊，是吧？"

天成看着马童力，一时不知该如何回答。

高贺说话了："天成啊，你得好好跟书记做个检讨啊。公社党委可是咱们十二个行政村的领导机关，布置的任何一项工作我们都要不折不扣地认真完成，咋能给忘到脑袋后头去呢？这种工作态度可是危险的，会耽误大事的啊。"

天成的脸色有些不好看起来。他看了一眼高贺，对马童力说道："马主任你别生气，是我的不对。我这就填好内容顺便给你带回去。"

马童力没有再说话，端起茶杯喝茶水。

高贺对天成使了个眼色。天成说："主任你们坐着，我这就填去。"天成出去了。

高贺给马童力的茶杯续了点水，说道："马书记啊，有啥指示啊？"马童力说："眼看着就要责任制了，乡亲们都有啥反映，特别是有啥困难，你这个做支书的可得心里有数啊。"高贺点点头："你放心，我一定做到心中有数。"童力说："不光是心中有数，还必须要帮助乡亲们解决实际困难哪。"高贺郑重地点了点头。童力放下茶杯，两眼放出光来，他站起身，在屋地上来回踱着步子，说道："农村改革的春风终于吹过来了，这可是一件千载难逢的大事啊！人事有代谢，往来成古今。忽如一夜春风来，千树万树梨花开啊！嗯，好兆头，好兆头啊！"

马童力的情绪变得亢奋起来，摩拳擦掌，跃跃欲试。高贺对他这种状态感到茫然。

马童力停住脚步，看着高贺说道："走，上地里转转去，看看乡亲们。"说完，快步走出了办公室。高贺挠挠脑袋，机械地跟了出去。

大街上空无一人。道两边大树小树静静伫立，墙根的大花小花默默开放。谁家的葡萄蔓爬到了院外，染绿了整个一面墙头。谁家的小哈巴狗跟小花猫成了一家，追逐打闹相亲相爱。空气里有了丝丝凉意。高贺抬头望天，说："我回家给你拿把伞来吧。"马童力拽住他的胳膊："这时候的雨下不大。"高贺说："说不准下的时间长啊，身上都得浇湿喽。"

马童力摆摆手说："你不知道，我最喜欢冒着小雨漫步田野了。要是跟同学们在一起哪自然是更加兴致勃勃了。来咱们乡之前，一到小雨天气里，我就约上几个要好的同学，到郊外野游。天上细雨蒙蒙，地上万物生长，满眼的绿树红花，满耳的自然之声，那份惬意呦，真的是很难用语言描绘出来的。想起毛主席老人家写的《沁园春·长沙》里的不朽的诗句，我们不禁都热血沸腾。'独立寒秋，湘江北去，橘子洲头。看万山红遍，层林尽染；漫江碧透，百舸争流。鹰击长空，鱼翔浅底，万类霜天竞自由。怅寥廓，问苍茫大地，谁主沉浮？携来百侣曾游，忆往昔峥嵘岁月稠。恰同学少年，风华正茂；书生意气，挥斥方遒。指点江山，激扬文字，粪土当年万户侯。曾记否，到中流击水，浪遏飞舟？'"

高贺怔怔地看着马童力，越看越陌生。他还从来没见到今天的马童力，简直就是一个刚毕业的大学生，一个稀罕做梦的孩子。他不明白，家庭联产承包责任制咋就让马童力这么激动呢？对他有啥好处吗？肯定有，不然他不可能这样高兴。

马童力没有注意到高贺的反应，侧过脸看着他。高贺意识到马童力在审视他，笑笑说："马书记还能背主席的诗，佩服，佩服啊。"马童力问："我喜欢主席的诗。哎呀，高支书，你是不知道啊，我特别喜欢古诗词。上高中的时候就在《诗刊》发表过我写的诗，一共六首哪。"高贺挑起大拇指："了不起，了不起啊！"马童力说："可惜呀，参加工作以后，特别是走上领导岗位以后啊，诗兴不知咋就消失了呢？"高贺说："你主要是工作太忙，全乡一万多口人的吃喝拉撒你都得操心不是嘛。"

马童力摇摇手，想起一件事，问道："对了高支书，你们村叫周东旺当团支书的事定下来了吗？"高贺心头冷了一下，敷衍道："还没哪，恁着再考察一段时间。年轻人嘛，还不成熟啊。"

马童力说："组织上得多给他们锻炼提高的机会呀，得多叫他们挑担子啊！"

高贺笑了笑，点点头。

两个人说着话走到一块农田地头。满目是翠绿的玉米苗，到大人小腿肚子位置了。燕子、小云等一帮年轻人正在挑水浇地。根发拄着铁锹观察水流情况，看见高贺和马童力过来了，走过来打招呼："马书记来了。"

马童力说："啊，忙着哪？根发大哥。"燕子他们向马童力招手致意。马童力朝年轻人晃着手，喊道："你们辛苦了——"燕子喊："马书记辛苦——"

高贺说："马书记你看，今年跟去年一样，还是缺水呀。"根发说："是啊，春玉米出苗跟拔节以后啊，就怕碰上春旱，可今年还是碰上了。那就得浇拔节水了。"高贺说："在玉米需要水的关键期，要是降水量不够，春季保墒，大喇叭期，还有抽穗前后的灌溉，可是保证春玉米高产的重要一步啊。"

马童力说："我听罗平说，套作玉米在六月底跟七月初拔节雌雄穗分化的时候，需要的水量会很大，要是雨季雨水很少，就是浇过了春水，因为天热气温高蒸发量大，失墒也快，发生旱情的可能性非常大。所以说，必须得多灌溉，是吧？"

高贺点点头说："是啊，必须浇水防旱、抗旱，保证雌雄穗发育跟以后生育期的需水，不这样就保证不了产量啊。"根发补充说："要是碰上连续的大雨天，雨停了以后得及时排除田间里的积水。要是赶上大风天，还得及时培土，防止庄稼倒伏哪。"

马童力点点头，说了句："农活多技术啊！"蹲下身，看着发干的土地。

高贺说："走吧，马书记，上别处瞅瞅去吧。"

马童力站起身，对根发说道："忙着啊，根发大哥。"根发说："哎，慢点走，马书记。"

高贺和马童力并肩向滦河边走去，老远就看河西岸一群人忙碌的身影，两人加快了脚步。身后有人喊："马书记——高支书——"二人回头看，是梁满仓骑着自行车跑来了，挺着急的样子。

高贺问："啥事啊？"满仓骑到了跟前，刹住车，喘着粗气说道："公社来了电话，是办公室宣主任打来的，他说县里通知，各公社一二把手领导上午十点前必须赶到县政府大会议室参加紧急会议。不许请假，不许迟到。"

马童力与高贺对视一眼，抬腕看看手表，对满仓说道："快把车子给我，我得上你们大队部换我的车子去。"高贺说："你直接骑走吧。改天再换回来呀。"马童力点点头，骑上车子一溜烟跑远了。

高贺看着马童力的背影，自语道："又要有场大风暴来了咋的？"满仓问："你说啥支书？大风暴？哎呀，要下大雨呀？你听见天气预报了？"高贺看一眼满仓，说道："快回队部去，那儿不能没人照看着。"满仓小跑着走了。

8

今天是十五。滦河两岸赶大集。沿途十里挤满了熙熙攘攘的人群。

县政府宣布：从五月一日起，恢复赶大集活动，允许村民在集市上自发买卖，前来赶集的村民从四面八方聚拢到市场，杨树宽领着他的市场执法队更忙碌了。

一大早，大队喇叭里就响起了高贺略带沙哑的声音："各家注意啦啊，经过支部研究决定，各生产队在不影响地里活计的前提下，可以自行安排本队人员去赶大集，也可以自由买卖，但是必须遵守法律法规……"

响马河村立刻热闹开了。大家纷纷聚集到本队队长家门口，争着吵着要去赶大集。想想看，已经有多少年没有赶过大集了。已经有多少年不允许自由买卖了。庄稼人的日子过得苦啊，过得没滋没味的。如今政府允许了，咱得赶紧过过瘾哪。有不少人开始盘算把家里的啥东西拿到市场上卖了。菜园子里的黄瓜豆角，刚出锅的大菜包子，有不少人掂量着手里的钱，计划为家里添置点啥。给老人买双鞋，给孩子扯块布料做件新衣裳，每个人都坐不住了。激动得有点眩晕。整个村子都沉浸在过大年一样的氛围中了。

这种情况下，让谁去赶大集呢？又不让谁赶大集？各队队长都愁得嗓子眼冒烟，全都聚到大队长江天成的办公室里唉声叹气。天成理解小队长们的苦衷，理解村民们的心情。但生产不能因为赶集而耽误啊。在昨晚的支部会上，当高贺提出给部分社员放假赶大集的时候，他是明确表示反对的。但高贺执意要这么做。其他几个委员全都举手赞同。少数服从多数，他只能保留意见了。现在可好，大家都要去赶集，谁来干地里的活呢？他真想一个也不让去，显然是会遭到激烈反对的。于是，他让小队长们用抓阄的形式决定谁去谁不去。小队长们一听，也只能这么办了。

周秋山没参与抓阄。他没心情赶大集。谷大贵也没心情赶集，却参与抓阄并且抓住了。根发想去赶集，却没抓住"去"的那个阄。谷大贵暗示他可以转让给他。条件是得花五毛钱买这个阄。根发在跟谷大贵一番讨价还价后，花三毛钱买下那个阄。乐颠颠跑回家准备去了。

在大家闹腾着抓阄的时候，谷香正带着一群年轻人在地里干活。她不反对去赶大集。但冬闲的时候去多好啊。二阳子、小云和燕子和她并肩劳作。谷香不说话，大家理解谷香的心情。

天气一天天热了起来，空气里散发着燥热的气息。一根根玉米叶子在微风中起起伏伏，划过人的脸和脖颈、胳膊，火辣辣的痒痛。太阳白亮白亮的。阳光照得人睁不开眼。一望无际的田野热气升腾。

天热人容易犯困。地里干活的村民们，三三两两坐在地头喝水聊天。还有的干脆躺在树荫下睡觉。队长催促好几遍之后，才懒洋洋地走进地里继续干活。

谷香舍得出大力。她把气力都用在了眼下的锄头上，一心一意地干着活。"谷香姐，来喝水呀——"燕子在喊她。谷香直起身，朝燕子那边看去。燕子在朝她招手。她放下锄头，走到地头，从燕子手里接过水碗，咕咚咕咚喝干，抹下嘴唇，仰起脸来看天。瓦蓝瓦蓝的天空中纯净无比，几朵白云慢悠悠地飘荡着。谷香的心情有些舒缓了。

金元宝骑着车子过来了。燕子问："哥，你干啥来了?"元宝看了一眼谷香，对她笑一下，从内衣口袋里掏出一块玉米饼子递给妹妹，说道："没吃早饭就上工了，趁着休息了快吃吧。"二阳子说："元宝哥对你这个妹妹可真好啊，燕子你多幸福啊。"燕子嘻嘻笑。

谷香不禁多看了一眼金元宝，感觉这个男人心挺细致的，感染得她心里有些热乎乎的。

小云问道："金老师，就今儿个不是礼拜天吗? 咋还去学校啊?"

金元宝说："啊，我上大集看看去。"

二阳子说："哈，老师也去赶集玩儿啊?"

金元宝认真地说道："我这个玩儿可不是贪图自己快乐，更不是为了买点便宜东西。我呀，是搞社会调查去了，重点了解一下咱们农民如今的生活状况，以及他们的所思所想所需。"

谷香把金老师说的话一字不落地听进了耳朵里。心里头颤动了一下。"咱农民如今的生活状况? 你了解这些干啥用啊?"她这样想着，嘴上已经说出来了。觉得挺不好意思的。想收回来肯定是来不及了。

金元宝笑了，对谷香，也是对其他人说道："紧紧把握时代脉搏，做一个和我们这个时代和社会与时俱进的人，是每一个做老师应该具备的最起码的素养啊。"

在场的几个年轻人谁都没听懂这句话，全都睁着疑惑的眼睛注视着金元宝。

金元宝解释说："时代脉搏说的就是一个国家发展变化的历程，我们都要热情关注，思考每一个变化说明了啥，跟我们老百姓的生活有啥密切的关系。我们还需要或者说还希望党和政府为广大人民群众制定出啥样的新政策。只有人人都关心国家的发展建设，国家才能越来越进步，越来越好。你们都明白了吗?"

年轻人纷纷点头。谷香打心眼里敬佩金元宝。真不愧是老师，就是有学问，而且不是一般的学问，就忍不住向金元宝投去赞许的目光。金元宝看到了谷香的目光，也读懂了目光里的内容，对谷香和其他几个人摇了摇手，说道："你们忙吧，我走了。"

谷香说："金老师，等你有空给我们说说你的脉搏，啊，不，是……哦，你看到啥了想到啥了吧。"

二阳子、燕子等人纷纷附和，还说谷香这个提议好。

金元宝朝谷香笑笑，点点头，骑上车子走了。奇怪，今天的金元宝老是感觉谷香在看着他。他的心情变得越来越好，脚下的踏板越蹬越快，车子像长了翅膀就要飞上天空。

就在金元宝赶往大集市的时候，高贺正在办公室看报纸。这是一份县委宣传部主办的内部报纸，一周出版一期。每一期他都认真品读，从中可以了解到县委县政府的工作脉络。现在，他正对着这样一个名字动心思。这个名字叫云秀。上面标明她的职务是县委书记。新来的女书记。是从哪里调来的呢？她有啥政治背景吗？过去她是啥官儿呢？报纸上写道：云秀书记一到任，一没有急着跟各乡干部见面；二没有接受宴请走关系。而是独自悄悄下基层进行考察，为今后工作的顺利开展，准备第一手可靠的资料。

高贺自言自语地说道："看样子，这个云书记可不是一个简单人物啊，不稀罕客套，不稀罕拉关系，稀罕实干。嗯，实干……我高贺下一步该咋跟着这个新书记的步子实干呢？干些啥呢？"他正寻思着，电话铃声响了。他抄起话筒："喂，哪儿啊？……哦，是宣主任哪……哦，下午两点到乡党委大会议室开会，各村支书和大队长参加……不许请假，中，我记下了……哎，好。"高贺放下话筒，说了一句，"大风暴终于来啦！"他看看小闹钟，起身快步走出办公室。

金元宝推着自行车走进集市。人山人海，摩肩接踵。他将车子放到一棵柳树下，空手而行。他看到村民们菜色的不健康的脸上都挂着惊奇和欣喜。他看到商品目不暇接。他看到卖家的表情大都显得局促和羞涩。他看到太阳格外耀眼。他看到很多人不是来买东西的，是来看热闹的，感受热闹的。他隐隐约约感觉到，中国农民的新方式的生活已经拉开了帷幕。他心潮澎湃，为自己为父老乡亲感到庆幸。

忽然，一阵骚动引起他的关注。在一个拐角处围了不少人，里三层外三层的，还有不少人往上围。他问一个大叔："那边出啥事了？大叔。"大叔说："听说一个摆摊的是新来的县委书记。"他惊讶地瞪大了两眼，反应过来后立刻围了上去。人太多，挤不进去。他正在着急，杨树宽领着两个队员赶了过来。

杨树宽一边推搡着村民，一边大声叫喊道："都散开散开，快点散开，把道儿都给堵住啦。"

老实本分的村民们缓慢散开。金元宝趁机挤了进去。他看到一群村民中间站着一个气度不凡的女子，三十多岁的样子，正在与村民们交谈。这就是新来的县委书记？他疑惑地看着这个女子。那个女子注意到了金元宝。金元宝对她笑笑。女子朝他点点头："你好。"元宝对她说："你好。"

杨树宽走到女子跟前，问道："刚才我听说你是新来的县委书记，真的是的?"

女子笑笑,点点头:"我叫云秀。你是这个集市的管理人员吧?"

杨树宽连忙堆上笑脸:"是是是,云书记,我叫杨树宽,是市场监督执法队队长。"

云秀向杨树宽伸出右手,握住他的手,说:"辛苦了杨队长。"杨树宽说:"云书记辛苦了。请到办公室喝口水去吧。"云秀摇摇手,说:"我不渴,想跟乡亲们再多聊聊,你去忙你的吧。"杨树宽答应着,带着两个队员走了。

元宝和村民们怀着复杂的心情注视着云秀,小声议论着。

云秀走到元宝跟前,微笑着说道:"你好,我看你好像是一位老师,是吗?"

元宝吃惊地回答说:"云书记好眼力呀,我是公社中心小学的语文老师,叫金元宝。"

云秀说:"呵,金元宝,好厉害的名字,价值连城啊。"

元宝笑:"我对这个名字很不满意,太功利了。可我爷爷亲自给起的名,擅自改掉了实为大不敬嘛。"

云秀问:"你在县城住吗?"元宝答:"不,在响马河村。""能给我介绍一下你们村的情况吗?""当然可以。""走,我们找个地方喝点水,边喝边聊吧。""好啊,我请书记喝茶。""我今年三十二岁,比你大,还是我先请你吧。""中,下次我请你。"

金元宝和云秀找茶摊。高贺正在吃中午饭,他吃得比较慢,边吃边思忖着。耿翠芝知道老头子的脾气,进来出去都是轻手轻脚的,生怕惊扰了老头子招致风暴一样的发疯。耿翠芝在过堂屋给老头子炒鸡蛋,高粱杆来了。翠芝小声对他说:"别进去打扰他了,你叔琢磨工作哪。"高粱杆眨眨眼:"我听说我叔下午上乡里开会去?"翠芝点点头:"你吃饭了吧?"高粱杆点点头,说:"我找二叔有话说。"翠芝说:"晚上再来吧。"高粱杆只好走了。

金元宝领着云秀走进一个茶摊棚子里,对摊主说:"来两个大碗茶。"转身对云秀,"叫云书记。"云秀说:"叫我云秀吧。"元宝说:"你可是县委书记呀,直呼姓名恐为不敬吧。"云秀摆着手说:"我反感带着职务称呼谁。"元宝说:"要不,我就叫你云姐吧。"云秀点点头:"好啊,这样亲近。"

两个人喝着茶水聊了起来。云秀问:"元宝老师,你认为我们的土地是分给乡亲们好哪,还是吃大锅饭一起过日子好呢?"元宝不假思索地回答道:"我认为,还是承包给各家各户好。因为这样可以在很大程度上调动农民生产积极性,适应咱们国家农业的特点。从根本上体现了农民和生产资料的直接结合,农民和土地更紧密地结合在了一起。"

云秀赞许地点点头,继续问道:"就你们村来说,现在的集体生产是个啥现状呢?"

元宝说："上岁数的人还是有干劲的。一部分思想觉悟比较高的年轻人也还积极肯干。大部分人出工少出力，要不就是出工不出力。反正一样记工分，年终一样分粮食。"云秀说："这么说，大家都盼望着分田到户喽？"元宝说："除了懒惰之人，我想应该是愿意的。"云秀思忖了一下，问道："未必吧。一定会有些人想不通啊，集体日子过习惯了，冷不丁单干了，难免有一种失落感，心里头不踏实啊。"元宝思忖着。

云秀和金元宝喝茶聊着天，谷香骑着自行车沿着一条田间小路朝前猛蹬。中午时分，天气更加燥了。不一会儿她就满脸流汗了。她抬起袖子擦了把汗加快了车速。她急着上集市上看看去。要在下午出工之前赶回来。她觉得金老师说得真好：我们都要热情关注时代脉搏，思考每一个变化说明了啥，跟我们老百姓的生活有啥密切的关系。只有人人都关心国家的发展建设，国家才能越来越进步，越来越好。对呀，哪有中国农民不关心农村发展建设的呢？

她这样想着来到了集市口。大中午的，赶集的人还是不少，东张张西望望，摸摸这件东西，看看那件东西，依旧兴致勃勃的。自从取消集贸市场以后，谷香这还是头一回见到这么热闹的市场，这么多可以自由买卖的东西。咋感觉跟过大年一样热热闹闹的呢？谷香一个摊位一个摊位地走着看着。各种各样的东西可真多，她的眼睛都看花了。她就想：政府恢复了集贸市场，老百姓终于又可以自由买卖了。这说明啥？跟咱老百姓的生活有啥密切的关系呢？她寻思来寻思去，没寻思出啥道道儿来。索性就不寻思了，明儿个问问金老师不就明白了吗。

"哎，那不是谷香吗，谷香——谷香——"是谁在喊？谷香循声看去，啊，是金老师。这么巧。她跑到茶摊前，看着金元宝，问："金老师，你咋还没回家哪呀？"元宝说："不急，多看看。"转身指着云秀对谷香介绍说，"谷香啊，这是咱们县新来的县委书记云书记。云书记，她叫谷香，我们村的青年委员。"

谷香长这么大头一回见到这么大的官，紧张得不知所措。云秀站起身一把攥住她的手，亲切地说道："你好啊，谷香同志。我叫云秀，云彩的云，秀丽的秀。"谷香局促地朝云秀笑笑，手心都是汗了。云秀说："来，谷香，坐。"谷香坐下了。云秀问谷香："吃饭了吗？"谷香摇了摇头。云秀拿起桌子上的一张烙饼塞进她的手里。谷香慌忙扔下烙饼："我不饿，不饿……"

云秀转脸看金元宝。元宝笑笑，拿起烙饼对谷香说："云书记给你吃你就吃吧，我刚才也吃了。"谷香摇摇头，低了下去。云秀拍拍谷香的手背，柔和地对她说："吃吧。吃完了陪我去你们村看看，好吗？"

谷香眨眨眼看着云秀："你去我们村干啥呀？"

云秀说："了解一下情况。顺便看看乡亲们。"

谷香看向元宝。元宝对她点了点头，说："我也陪着去。"

谷香感到一颗心"吧嗒"一下着了地。

9

马童力坐在办公室里在看文件。

快两点了，前来开会的支部书记和大队长应该到得差不多了。

办公室主任宣世杰推门进来，说道："马书记，人都到齐了。"马童力说："嗯，我这就过去。"宣世杰转身要出去，马童力喊住了他，"云书记要是来了，你要马上去会议室告诉我。"宣世杰点点头："知道了马书记。"

马童力将《全国农村工作会议纪要》复印件夹进文件夹里，端起水杯出了办公室，朝会议室走去。

在走廊里，他碰见了范占山。"马书记，我想跟你反映一个情况。"马童力边走边说："啥情况？说吧。"范占山说："眼瞅着麦收时节就要到了，咱们公社的收割机不是各村轮流着用吗，可农技站到现在安排还没出来，说是正在大检修。"马童力问："谁这么说的？"范占山说："农技站的邱文意。"马童力说："好，我知道了。先开会去。"

马童力走进会议室。正在说笑的村干部们立刻鸦雀无声。已经就座的公社党委副书记叶光明、副主任张楠、纪委书记王青山、工会主席秦劳、妇女主任李卫红，先后站起身注视着他。他走到正中间，落座。其他领导干部落座。大家注意观察着马童力脸上的表情，发现跟平常没啥两样。高贺在心里说：这个马童力还真能沉得住气啊，要不咋叫人家当乡领导呢？

"下面，咱们开会了啊。"马童力敲敲话筒，用洪亮的声音说道，"大家都知道，土地是人类赖以生存最基本的资源，也是农民兄弟祖祖辈辈辛勤耕种的地方。英国古典经济学家威廉·配第曾经说过：劳动是财富之父，土地是财富之母。土地如果具有了保障功能跟发展功能，对于咱们广大的农民来说，那就等于有了活下去的命根子啊。一位中央领导同志在一次重要谈话中，公开肯定了小岗村'大包干'的做法。国务院主管农业的副总理对这一举动表示全力的支持。这说明，农村改革势在必行。"

马童力说了这段开场白，逐一巡视了一下在座的每一个干部，然后说道："下面请副主任张楠同志给大家宣读中央一号文件《全国农村工作会议纪要》。"

张楠开始宣读起来。在场的村干部们认真地聆听着，不时做一下笔记。

文件宣读完了。村干部们表情各异：有的振奋，有的思忖，有的疑惑，马童力观察着大家的表情，敲敲桌面，说道："同志们，这个纪要可是咱们党历史上第一个关于农村工作的文件，明确指出了在农村实行的各种责任制，包括小段包工定额计酬，专业承包联产计酬，联产到劳，包产到户、到组，包干到户、到组，等等，都是社会主义集体经济的生产责任制。一号文件的重大创举是在广大乡村实行联产承包制。这是在党的领导下我们国家农民的伟大创造，是马克思主义农业合作化理论在咱们国家实践中的新发展。它突破了'一大二公'和'大锅饭'的旧体制，相信随着承包制的推行，个人的付出跟收入的挂钩，一定会让咱农民生产的积极性大大增强，农村的生产力也一定会得到进一步的解放。"

在场的村干部们互相交换着眼神，思量着这一新政策实施后将会带来哪些后果。高贺看了一眼江天成，说道："马书记，你还是给我们讲讲搞家庭联产承包责任制有哪些好处吧，我们回去以后好给乡亲们做工作呀。"

马童力说："高书记这个提议好啊。要说好处嘛，首先是将会改变咱们农村旧的经营管理体制，解放农村生产力，调动广大农民的生产经营积极性。为啥这样说呢？第一，就全国来说，农业发展水平这么些年来一直挺低，主要是手工劳动，它不适合大规模的经营，如果把经营的单位划小到家庭，同这种手工劳动的生产水平也就适应了。第二，原来那种大规模经营下的集体劳动，也就是以生产队为基本生产经营单位，农民评工记分年终分配。这对每个人的劳动数量、质量很难准确统计，因而必然是平均主义的'大锅饭'。以家庭为经济单位的承包责任制，就可以克服干多干少一个样的平均主义了。第三，农业生产活动要求的劳动对象是咱们农民，劳动对象的这种特性要求劳动者必须有更强的责任心。而实行以家庭为经营单位，必定有助于这种要求的实现。大家觉得是不是这个道理？"

村干部们思忖着纷纷点头。但看得出，有些干部还是心存疑虑的。马童力说："大家有啥顾虑，或者说有啥想法，都可以说一说。这对我们贯彻落实好这项具有划时代意义的工作，是很有必要的。"

高贺是有话要说的。譬如：联产承包后，村级党组织要以啥种形式存在？譬如：村级领导的职权会发生啥样的变化？但他不敢说，担心落个对新政策没有信心的嫌疑，这样会提前终结他的政治生命的啊。他看看周围的村干部，没有一个人准备发言，他紧紧闭着嘴巴，生怕不小心漏出一个字来。

马童力扫视着大家。他早就预料到不会有人发言的。于是，他宣布了下一项议程："下面，由副书记叶光明同志代表公社党委，就如何贯彻落实党的这一重大改革，做具体的工作部署。"

公社党委的重要会议进行着。谷香和金元宝陪着云秀走进了村里的大田地里。早玉米已经有一米来高了，一棵挨着一棵，叶子连着叶子，一片碧绿的海洋。在滦河西岸，罗平从一个窝棚里钻出来，指着挖了一部分的鱼塘，对二阳子、燕子、小云他们说着啥。村子里响起了敲钟声。云秀看到，从村口涌出来的村民走进地头之后便坐下了。有的躺在树荫下不动，有的相互追逐打闹，只有少部分人钻进庄稼林里干活。

谷香对云秀说："云书记，我得上工干活去了。"云秀点点头："好，不耽误你劳动。再见。"

元宝看着谷香走远，对云秀说："谷香可是个好姑娘啊，可惜婚姻不顺啊。"云秀问："咋个不顺哪？"元宝说："她在村里有个对象叫周东旺，都到了谈婚论嫁的地步。可村里高支书的侄子高粱杆也想娶谷香，因为这他处处找茬跟东旺过不去，还动手打人哪。"

　　云秀一听很是惊讶："会有这种事情？那村党支部是咋处理的呢？"

　　元宝说："不了了之。"

　　云秀问："你说高支书的侄子？高支书平时对他这个侄子管教是不是不严呢？"

　　元宝说："表里不一。"

　　云秀问："难道其他村干部就没有意见？"

　　元宝说："有。大队长江天成和高支书很不对路子。"

　　云秀沉思了一会儿，对元宝说："你带我上村里的老人家去看看吧，不要说我是县委书记。"元宝问："那咋介绍你呢？"云秀想了想，说："就说我是你的同事，下来搞社会调查准备写论文的。"

　　两个人朝村头走去。快到村口的时候，迎面来了朱明理。他看见了元宝，朝这边摇了摇手。元宝对云秀说："他是三队队长朱明理。"云秀点点头，迎上去，伸出右手。"你好啊，朱队长，我是金老师的同事。"朱明理连忙在自己的衣裳上蹭蹭手，握住云秀的手，憨厚地笑。

　　元宝说："朱队长，我这位同事在写一篇论文，需要下乡了解第一手资料，正好需要你的帮助。"明理说："我？我能帮上啥忙啊？"云秀说："我问你，你把你知道的告诉我就行。"明理说："中。"

　　云秀问："去年你们大队全年收成咋样啊？"

　　明理想了想，回答说："还凑合吧，全公社排了个第三名。"

　　云秀问："满足了？"

　　明理挠挠脑袋，咧咧嘴说："不满足，应该继续革命嘛。啊，不，继续加紧生产，力争赶上来。"

　　云秀说："目前乡亲们的生产热情高不高啊？"

　　明理说："说不上高，也说不上不高，也就那样吧。"

　　云秀说："看样子，你的情绪本身就不高啊。"

　　明理看一眼云秀，没说话。

　　云秀换了一个话题说道："你认为，农民是按现在这样集体生产好哪，还是以家庭为单位单干好呢？"

　　明理说："哎呀，这我可不敢随便乱说。"

　　云秀说："就发表一下你的看法，我不做记录。"

　　明理想了想，说："还是集体生产好。单干了，大伙各干各的，各忙各的，乡亲们感情上恐怕越来越不亲了。最重要的是，我担心人心会不会越来越散了呢？"

云秀点点头："你的担心不是没有道理啊。这就要求我们的基层干部在这方面未雨绸缪，采取相应的措施防止这些现象的发生啊。"

明理说："对不住了，我得上地里瞅瞅去，有一部分人你不看着点儿，他就不好好干活。"

云秀点点头："谢谢你啊，朱队长。"明理说了声："不用谢。"对元宝笑笑，走了。

两个人进了村。元宝指着院墙上爬满爬墙虎的一家门口，说："这是老烈属秦大娘家。"云秀说："进去看看老人家。"元宝跨进院子，秦奶奶正坐在一个小板凳上剁菜叶子。

"奶奶，忙着哪。"元宝大声说道。他知道秦奶奶耳朵背。秦奶奶仰起脸看清是元宝，长着没有门牙的嘴巴笑了。当她看见云秀时，眨巴眨巴眼睛，问元宝："这是谁呀？瞅着这么眼生啊。"云秀趋前一步，说："奶奶您好，我是金老师同事，来咱村搞社会调查的。"秦奶奶点点头，要站起来，元宝和云秀上前搀扶。老人颤颤巍巍地站起来，说："上屋说话去吧。我给你们烧点水。"

云秀搀扶着老人的胳膊，说："我和您一块儿烧。"秦奶奶笑，说："这孩子真喜兴，瞅着你我就想乐。"云秀咯咯咯笑，说："那好啊奶奶，我有空就来看您，陪您老乐个没完。""中中中，那敢情好。"秦奶奶乐得眼泪都流出来了。忽然，她打了个愣，瞪大两眼盯视着云秀。云秀不解地看着老人。

秦奶奶问："闺女，你叫个啥名儿啊？"云秀说："我叫云秀。云彩的云，秀丽的秀。"秦奶奶又问："你老家是哪儿啊？"云秀说："平安县。"云秀搀扶着秦奶奶进了过堂屋。和老人一起坐在灶台前烧火。熊熊火光映红了她的脸庞。边烧着水，云秀边和老人说着话。"奶奶，您家里几口人啊？""六口。我，老爷子前年秋天抢救队里仓库的粮食死了。儿子跟儿媳妇都在新疆当武警。一个闺女在解放那年的开春牺牲了。一个孙女叫小云跟我在一块儿，陪着我，照顾我。"云秀说："您又是烈属又是军属，真让我们晚辈人敬佩不已啊！"

元宝说："秦奶奶在我们村当过二十多年的妇女主任哪。现在，村里有啥活动奶奶还都积极参加不落后哪。"

云秀一把攥住老人的手，诚恳地说道："奶奶，您的家庭是光荣之家，为革命做了这么大贡献，党不会忘了您的。您在生活上有啥困难尽管跟组织上说，一定会千方百计为您解决的。"

秦奶奶摇摇手，说道："我没啥困难，饿了有吃的，渴了有喝的，冷了有穿的，逢年过节的组织上还来我家慰问，送大米送白面的，我挺知足，感谢党和政府惦记着我这个老太婆。我老了，干不动了，给组织上净添麻烦啦，心里头真不忍心哪！"

云秀说："奶奶，别这么说，组织上关心您是应该的。"

水开了。秦奶奶拿起水舀子往暖壶里灌水。云秀透过水蒸气注视着老人。心里边暖暖的。

元宝拎着暖壶进了大屋。秦奶奶对云秀说："你等着啊，闺女，我去后院给你摘几根黄瓜去，可甜了。"云秀说："好啊，我跟您一块儿摘去。"

云秀挽着秦奶奶进了后院。只见大半个院子长满了蔬菜，茄子、辣椒、豆角、黄瓜、西红柿应有尽有。墙上爬满了倭瓜秧。西屋窗户前是一架葡萄秧，一个个葡萄珠有米粒那么大了。她呼吸了一口新鲜空气，心情格外舒畅。

秦奶奶指着挂满架子的大黄瓜，对云秀说："你瞅瞅，水灵灵的，多招人稀罕。"

云秀说："是啊奶奶，我都舍不得吃它们了。"

秦奶奶说："别舍不得，你摘它，吃它，它们高兴。"

云秀回味一下秦奶奶的话："嗯，您说的这句话蛮有品位的哪，赶上文学家了。"

秦奶奶摆着手张嘴嘎嘎嘎地笑出了声。

云秀问："奶奶，您还记得自己种地的年月吗？"

秦奶奶说："记得，记得，咋能忘了哪。1950年开春闹春耕，那是我们翻身户头一年种上自个儿的地，那股子高兴劲就别提了，夜里头睡觉都能笑醒啊。我们一家人趴在自己个儿家的土地上，捧着喷香喷香的土坷垃都哭了，下定一个决心，努力生产，多打粮食，支援社会主义建设，为党作脸哪！"

秦奶奶陷入了对往事的美好的回忆中。云秀被她的神情所感染，心潮澎湃。她问老人："如果要是再把土地分给大家，您说还能像过去那样亲近土地吗？"秦奶奶思忖一会儿说："我说呀，照样还亲近分给自己个儿家的土地。你想啊，东西是自己个儿的了，能不珍惜吗？"云秀问："您说，所有的人都珍惜再次分到自己名下的土地吗？"秦奶奶想了想，摇摇头，说："到啥时候都有一些懒人把分给他的地当成累赘，不是撂荒了，就是找机会转卖给别人。"

云秀点点头，又说："要是各种各的地了，您觉得人心会慢慢散了吗？"秦奶奶说："那就看咱们的组织有没有能力啦，能把大伙的心还聚拢到一块儿，就散不了了呗。"云秀问："您看，咱们响马河党支部有这个能力吗？"秦奶奶思忖了一会儿，说道："这得两说着。一个得看高支书这个带头人有没有这个决心，得看那几个班子成员好好配合不配合；二那得看我们村社员们乐意不乐意往一块堆儿聚。依我看哪，还真不好说。"

"走，咱进屋坐着说话去。"秦奶奶抱着几根黄瓜进了过堂屋。云秀跟进屋。元宝正仰着脖子踮着脚尖，看糊在墙上的一张报纸。云秀笑笑说："你可真好学啊。"元宝笑笑："习惯了，不看几眼心里头不踏实。"云秀问："看见啥了？"元宝说："1977 年的报纸，登载的都是恢复高考的消息。"云秀感叹道："一晃恢复高考好几年了，真是时光如梭啊！"元宝说："是啊，一晃我大学毕业都快两年了。"云秀说："哦，你是恢复高考头一年考上的大学生啊，了不起！"元宝笑笑。

云秀环视起屋子里的陈设。火炕对面是一溜躺柜，锁是铜的。柜子上面正中间摆着一尊毛主席瓷像。两边各放着一个花瓷瓶，上面插着一个鸡毛掸子。正面墙上贴着毛主席画像。两边各挂着一个镶满照片的镜框。元宝指着镜框里一张军人戎装照，对她说："这是秦大爷在入朝作战前一天照的。"云秀仔细端详着照片上的秦大爷。身着志愿军军装的秦大爷目光如炬，英姿勃发，仪表堂堂，令人肃然起敬。

秦奶奶端着一个茶壶进来了。云秀指着照片对老人说："秦大爷好英武啊！"秦奶奶欢畅地笑了，凑跟前瞪大两只昏花的眼睛注视着丈夫，她的眼睛里放射着光芒。她出神地仰望着丈夫，嘴唇微微颤抖着，眼角儿淌下泪珠。她一定忆起了和丈夫在一起的美好时光。

云秀感觉到老人动了感情。她不禁鼻子发酸，眼眶瞬间便湿润了。

元宝侧脸看着云秀。直觉告诉他：这个年轻的女县委书记是一个重感情、有情有义的领导干部。他想：这可是全县老百姓的福分啊！他预感到：响马河村即将迎来一场前所未有的大变革。

第四章

10

马童力宣布散会的时候，窗户玻璃恰巧全都亮了一下。

与会的村干部中，不少人注意到了这个现象，大家，都知道是太阳穿出了乌云，但心里却感受到了几分玄幻。这破云而出的光亮预示着啥呢？预示着即将施行的家庭联产承包责任制，开始时是艰难的，熬过去了就会拨开云雾见青天吗？

"好了，会就开到这吧。大家赶快都回村开个会研究一下，该咋落实好公社党委制定的工作安排。"马童力说完，站起身第一个走出了会议室，其他几个领导干部鱼贯而出。

剩下十几个村干部面面相觑，各想各的心事。从初级合作社到今天的集体生产就要结束了。几十年的"大锅饭"就要散伙了，村干部呼风唤雨的日子也就要成为历史了。土地到了自己个儿手里，人家想啥时候出工就啥时候出工，人家想咋种这个地就咋种，你村干部管不着。纪委书记王青山宣读了"两委"干部的岗位职责。可真正执行起来心里不托底，重要是村民们还像过去那样听我们的话吗？人家的生产生活都属于个人行为了，不可能还听村干部的话啊。差不多都这么想，越想越心烦。

高贺站起身拍拍巴掌，说道："我说哥哥兄弟们，别瞎琢磨了，没用。车到山前必有路。马书记不是说了吗，共产党的农村，不论咋包，都不能没有党组织，不能没有村干部管理本村的各种事务。有乡领导给咱们撑腰，咱怕啥呀，对不对呀？"

村干部们有的点头，有的没反应。

范占山说："高支书这话说得有道理，走啦，回村该干啥干啥去呀。"

高贺说："等一等。我有个提议，农村改革大风暴刮起来了，既然我们还当这个村干部，那就得站稳脚跟，别叫大风给刮倒喽。我提议，今儿个都先别急着回村哪，上饭馆撮一顿去纪念纪念今儿个这日子，咋样？"郁闷的村干部们立刻纷纷响应。范占山说："大伙都装着钱儿吧？没装的我给垫上啊。"

一直没说话的江天成说话了："我还有事就不跟你们吃去了。高支书，我先走了啊。"

高贺看了天成一眼，皱下眉头，点点头，摆了下手。

天成对大伙摇摇手，走了。

高贺问："还有谁去不了？"

没有人应答。高贺一挥手，带头走出了会议室。

大家骑上自行车出了乡政府大院，不约而同地朝红旗饭店驶去。在饭店门口，高贺他们刚放好车子，小秦从里面出来了，对高贺说："高支书，今儿个你们咋来这么多人啊？"高贺说："刚开完会，聚聚，喝点儿再回家。"小秦看看门口，凑近高贺，小声说："炒菜的师傅正不高兴哪，我怕你们人多，他不乐意给炒。"高贺说："这个大刘儿，没事，他不好好炒，我骂他去。"小秦说："今儿个配菜的大力没来，那个配菜的文生不好好干活，大刘儿因为这正生气哪。"高贺问："不是还有一个厨子吗？"小秦说："那个不干了，调商业局去了。听我们头儿说，暂时不进人了。"

高贺眨巴眨巴眼睛，脱口而出一句话："哎呀，你们商业系统是不是也要来一场大风暴啊？"小秦迷茫地看着他。没听明白高贺这句话的意思。高贺说："跟前就你们这一家饭店，不在这吃只能回家吃去了。"小秦说："可惜我不会炒。"

范占山走过来，对高贺说："你俩搁这嘀咕啥？整几个菜就中，多了花钱不也多嘛。"高贺看看抽烟说话的村干部们，对小秦说："走，上厨房找大刘儿说说去。"范占山问："赶紧点菜呀，上饭馆吃饭跟厨师说啥呀？"高贺说："你们想吃啥就跟小秦说吧。小秦，给他们记上。"

高贺进了厨房，却不见大刘儿。文生一个人坐在板凳上咬黄瓜吃。高贺问他："大刘儿哪去了？"文生懒洋洋地摆摆手，话都懒得说。他有点生气，真想转身走了，不吃了。可又不忍心叫大伙扫兴，就耐着性子等大刘儿。

小秦进来了，拿着菜单。发现大刘儿不在，直接去了库房。不一会儿，大刘儿出来了，对高贺摆下手，说："哎呀，脑瓜子忒疼啊。"高贺掏出一包烟塞进他的口袋，说："不管咋着，那帮村干部是我领来的，你咋着也得给爷们一个面子。"大刘儿咧咧嘴，拍下脑门，点点头，站到了灶台前。小秦赶紧把菜单递给了他。

高贺出了厨房到了大厅。村干部们正说着话。李家庄的大队长李平原说："就我们村那点地多一半都是薄地，没几块肥的，大伙肯定都得盯着，咋分呢？"青石坡支部书记张立秋说："那还不好分，抓阄呗，撞大运，抓不着也就落个干生气。"李平原说："哼，你说得轻巧。就我们村那几个胡搅蛮缠的主儿，没理都能搅和出一大堆来，他们要是没抓着啊，谁抓着了也甭想顺当喽。"桃花沟大队长姚国庆一拍桌子说："还没了王法了，大队民兵干啥吃的？抓起来一个就全都他娘的草鸡喽，我还就不信啦。"

高贺插话道："哥几个爷几个的听我说啊，往后的形势不比从前了，单干了，集体这个大家分家了，我们得琢磨琢磨分家以后的工作该咋做，还使过去那套恐怕不灵啦。"范占山挑起大拇指说："哎，高大哥的话在理儿。就跟咱的孩子们，分家单过了，能啥都听咱的吧？"

小秦端着一盘西红柿炒鸡蛋、一盘尖椒豆片过来了。高贺说："来来来，都把酒倒上倒上，谁也别谈工作了啊，就一个字，喝。"大家倒酒，开喝。

高贺这些村干部们喝酒发泄着内心的不安。

天渐渐黑了下来，夜幕覆盖了一切，响马河村影影绰绰像是一座海市蜃楼。东旺匆匆扒拉一碗稀粥，拿起一个玉米饼子就往外走。周秋山在他身后喊："粮食还没凑够半车哪，别找人家谷香去了吧。"东旺说："我消化消化食儿去。"周秋山嘟囔了一句："喝了一肚子稀粥，消化你娘个啥啊！"

其实东旺的确去找谷香了，地点还是在打谷场的麦秸垛。东旺先到的，四下看看没有一个人，压低了嗓子喊了几声谷香。听不到谷香答应，也不见她出来。就靠着麦秸垛坐了下来，刚咬完最后一口，忽听不远处有人吵嘴。"我见不见东旺跟你有啥关系啊？一边待着去。""谷香，我告诉你，你要再跟周东旺眉来眼去的不正经，我就叫牛所长抓你在全乡游街示众去。"是谷香和高粱杆。"妈的，这个王八蛋又纠缠谷香哪，真是骑人脖子拉屎，忒欺负人了！"东旺骂了一句，拔腿朝争吵声那边跑了过去。跑到跟前，只见谷香正奋力推搡着高粱杆。高粱杆嘻嘻笑着，一边拦截她不让走，一边喘着粗气说道："谷香你就跟了我吧，我保证比周东旺对你还好，保证分一块全村最好的地给你家……"谷香怒斥道："我不稀罕，你给我滚一边去！"东旺的肺都快气炸了，大吼了一声："高粱杆你不是人，我跟你拼了！"扑到高粱杆身后，飞起一脚将他踹了个趔趄。高粱杆骂了一句，弯腰捡起一块石头刚举起来，谷香一把推开了东旺，用自己的身体护住了他，同时尖声喊道："我看你敢砸！"高粱杆喊："谷香你躲开——"东旺骂了一句，推开谷香扑了过来。高粱杆脚底下滑了一下，"啪叽"一下摔倒在了地上。谷香趁机拽住东旺胳膊，喊了声："快走。"

两个人一口气跑到了村西头的小树林里，一块蹲在地上喘粗气。东旺没顾上喘匀气急火火问谷香："那个王八蛋没把你咋样吧？"谷香摇摇头，说道："他不敢。"东旺用力捶打一下自己的脑门，懊恼地说道："都怪我家实在是太穷，一车粮食到今儿个也没凑齐。我要是娶了你，他高粱杆就不敢打你的主意了。"谷香说："别着急，马上搞联产承包了，好日子就要来了。"东旺眨眨眼看着谷香："承包了日子就能好起来了？"谷香说："咱得相信党和政府，搞联产承包责任制一定是为了叫咱们过上好日子。"东旺点点头说："嗯，我信。"停了会儿，他又说："你家就你一个姑娘家加上俩老人，地里的活哪能干得过来呢？到时候，我帮你去。"谷香不说话，攥住东旺的手揽进自己的怀里，扬起脸来看夜空里的月亮和星星。

江天成回到家后，一直没作声，表情凝重。他老婆苏琴猜测一准是丈夫不愿意单干，一句话也没说。她知道丈夫的脾气。集体上的事他从来不跟家里人唠叨。吃饭的时候，天成倒是该吃吃，还给苏琴和他们的儿子大强各夹了块炒鸡蛋。睡觉的时候，苏琴听见丈夫一会儿一翻身，呼吸粗粗的。她在黑暗里摸了摸丈夫的手，一句话没说，心里隐隐作痛。

第二天一大早，江天成就起身下了地，无声无息地出了家门，朝大队部走去。单干开始了，集体出工的日子就要成历史了。他心里说不出是啥滋味。大喇叭在头顶上响了，是高贺的声音："所有的村干部马上到大队部开会来，所有的村干部马上到大队部开会来……"他立刻加快了脚步，走着走着，小跑了起来。

在大队部会议室里，高贺开始主持今天的会议。他的对面坐着大队长江天成、青年和宣传委员谷香、治保委员高粱杆、民兵队长常二阳，还有六个生产队的队长。每个人脸上的神情都是凝重的。

"生产队解散了，我们这些当队长的也就没啥用处了，是吧。"朱明理叹口气说道。

高粱杆一拍桌子说："可不就没用了呗。他娘的，这纯粹是复辟，又回到旧社会啦。"

高贺把手里的茶缸子"啪"地往桌子上一放，严厉呵斥道："杆子，想当反革命是吧？活腻歪了是吧？"

高粱杆低下头不敢言声了。

燕子说："高叔你小点声儿，别这么激动啊。"

天成看一眼高贺，说道："我说高支书，别发火啊，大伙有啥心里话咋能不叫说出来呢？"转脸对高粱杆，"杆子你是个村干部，说话得注意着点儿，想说啥琢磨好了再说。"

高贺看一眼天成，环视着几个村干部，说道："这是党中央发出的新号召，我们必须无条件地落实执行，绝不允许怀疑党的大政方针。一句话，我们开会要讨论的不是该不该搞联产承包，而是咋落实，咋执行。"

谷香说："联产承包既发挥了集体统一经营的优越性，又调动农民的生产积极性，我完全赞成和拥护。分田到户，自主生产，空闲时间可以随便干点自己个儿想干的事，老百姓没有不赞成的。"看了一眼高粱杆，"对了，懒汉肯定不赞成。那活该，谁叫他懒得抽筋不好好干地里的活儿呐。"

高粱杆听出了谷香这番话里的弦外之音。他两眼一瞪，要发作。高贺敲敲桌子，说道："谷香说得对，承包责任制就是养勤不养懒。这回呀，不好好干地里活儿的人，往后啊，就得琢磨琢磨咋好好干了，要不，国家分给你的那块地给撂荒了，可就得跟政府好好说道说道了。"谷香白了高粱杆一眼。高贺说："谷香啊，你接着说。"

谷香说："我在想，单干了大家伙心不能散，我们当村干部的咋样做，才能把大伙的心还聚拢在一块呢？"

她这句话叫大家都凝眉沉思起来。

过了会儿，高贺不动声色地说道："关键得看乡亲们还把我们当不当干部。"江天成放下手里的茶缸子说："我琢磨着，只要咱们真心实意为群众办事，群众到啥时候也会拥护咱的。"

谷香说："我同意天成哥说的，咱们当干部的就得当群众的贴心人，只要做到了这一点，人心就散不了。"

高粱杆冷笑了一声，举起水缸子喝水。喝得猛了，灌鼻子眼里了。一个劲咳嗽，眼泪都下来了。

高贺皱着眉头瞪了侄子一眼。

朱明理说："我担心单干以后，咱们就帮不上乡亲们啥忙了啊。"五队长赵金生说："我看哪，就是再单干，只要你家不是在房顶开门，挑家过日子，吃喝拉撒睡的，我就不信啥事都能自己个解决不求人。"

在座的三队长朱明理和一队长张平、二队长田兴文点了头，高贺也点了头，其他都没有点头。

高粱杆显得有点兴奋，他站起身说："到啥时候，你只要是响马河村的人，就得听咱的管，谁不服就收拾谁。"高贺狠狠瞪了他一眼："你给我坐下，胡说八道啥呀。"高粱杆梗了下脖子，坐下了。

二阳子问："支书啊，啥时候分地到户啊？"

高贺说："公社要求秋收以后就分。我的意见是，先提前把地测量好分下去，等秋收以后就正式生效了。天成你们看看，有不同意见没有啊？"

江天成摇摇手。其他人也都摇了摇头。

高贺说："那好，这几天，谷香、二阳子你们几个负责量地，量完了再做阄，一块地一个阄，抓到哪块是哪块，免得乡亲们说不公平，大伙看哪？"

大家几乎异口同声道："同意。"

江天成没说话，神情凝重。

高贺看了他一眼，心里头也不是个滋味。

高粱杆重重地叹了口气。

11

高贺坐在办公桌前看着报纸，桌上的电话铃声响了，他走过去抓起话筒。电话里传来马童力的声音："高支书,我是马童力。"

高贺说："马书记啊,有啥指示啊?"

马童力笑了一声,说："今儿个晚上方便不啊?"

高贺说："方便。哎,晚上上我家吃来吧,我叫你婶子给你蒸大菜饺子。再炒几个鸡蛋,喝二两。"

马童力说："我正想吃婶子包的大菜饺子哪。不过,今儿个晚上是吃不上了,改天吧。我想带你认识一下科技站的技术员罗平,顺便一起吃顿饭,加深一下印象,我请客。"

高贺说："好啊,童力。哎呀,还是你关照我呀,谢谢,谢谢。在哪吃?我带上钱找你去。"

马童力说："还在上次咱俩去的那家红旗饭馆吧,味儿好。"

高贺说："中,那就这么定了。我六点在饭馆等你们。"

挂了电话,高贺想了想,转身要出门,忽然看见梁满仓的背影闪出去了。他喊:"满仓,你小子鬼头鬼脑的干啥呢?"

满仓转回身进屋,对他笑嘻嘻地解释说:"领导领导,我想跟你待会儿,见你正忙着怕打搅你,就出去了。"

高贺说:"我看你的动作不像是怕打搅我。往后你给我注意点儿,别神神叨叨的,听见没有?"

满仓连忙说:"是是是,我我我……一定注意,注意……"

差五分六点钟的时候,马童力正在看新送来的《人民日报》。

响起敲门声。马童力喊了声:"进来。"门一推,进来的是罗平。细溜个儿,细眉细眼的,戴着副近视眼镜。

"马书记,您找我?"罗平说话的时候有个毛病,爱眨巴眼。

马童力热情地指着椅子说道:"快坐,小罗。"

罗平坐下了,一副正襟危坐的样子。

马童力看看他一本正经的模样,笑了笑,弯腰拎起暖壶,倒了一杯热水,说:"来,喝点水。"

罗平连忙起身接过水杯,"咕咚"一口,烫了舌头,又不好意思让马童力看到,只好强忍住了。

马童力看看手表上的时间,说道:"是这样,小罗,晚上啊,响马河村的高书记过来,想跟你认识认识,顺便坐一坐。我从工作角度考虑,往后你们需要经常打交道,人熟好沟通,便于相互支持嘛,就答应了他,也没跟你打个招呼。你不会怪我吧?"

罗平恭恭敬敬地回答:"我哪能怪领导哪,这是为我今后顺利地开展工作着想,我应该感谢书记主任对我的关怀才是啊。"

马童力说："那好，你再喝口水，下班铃儿一响咱们就出发。"

"丁零零……"话音刚落，下班铃就响了。罗平站起身。

马童力摆摆手说："再坐会儿，注意影响。"

罗平意识到自己的不成熟，脸红了。端起水杯喝水，掩饰窘状。

马童力将报纸上的一篇文章裁剪下来，夹进一个大笔记本里，对罗平说道："小罗啊，平时读书看报的时间多不多呀？"

罗平赶忙放下水杯回答："不……不少……跟看科技方面的书籍差不多……"

马童力有些语重心长地说道："小罗，你可一定要加强政治学习啊，可不能光拉车不看脚底下的路啊！"

罗平点点头，感受到这句话的分量着实不轻。

马童力继续说："作为一个年轻的工作人员，生活阅历少，政治上不成熟，都是正常的事情。但必须尽快使自己成熟起来，以适应不断发展的形势的需要。"

罗平面色凝重地点点头，说："我记下了，马书记！我一定按照您嘱托的去做。"

马童力点点头，拍拍罗平的肩膀："我们走吧，估计高支书早就到了。"

高贺的确早就到了那家红旗饭馆，确切地说是5点整。工作人员正在擦桌子板凳烧水做着准备。负责收钱的小秦认出了高贺，热情打招呼道："这不是高支书吗，早啊，请客呀？"

高贺说："你认识我？"

小秦说："我叫小秦。你不是响马河村的高支书吗？前些日子你跟马书记来这吃过饭，结账的时候，你跟马书记抢着结，末了，你没抢过他，你还说下回必须我结啊。"

高贺笑了，说："你的记性真好使。哎！对了。"他从口袋里掏出十块钱递给小秦，"你先拿着，免得领导又跟我抢。"

小秦说："好嘞。"

高贺选了一个雅间，坐下抽烟，顺便想一想高粱杆和周东旺打架的事。正琢磨着，外面响起小秦的声音："马书记来了，高支书在2号雅间等着你们哪。"

高贺站起身迎接到门口。"来了，书记。啊，这就是咱们公社罗大技术员吧？"罗平的脸立刻就红了。

马童力对罗平介绍说："小罗啊，这位就是响马河村当家人高支书。"

罗平向高贺鞠了一躬："高支书好。"

高贺伸手握住罗平的手，亲切地拍着他的手背，笑哈哈地说道："一看小罗技术员就是个热心人，有才的人哪。快请进，请进。"

三个人进了雅间。马童力朝外喊："小丁——"

小丁快步进来："马书记，上点啥菜？"

高贺说："马书记，罗技术员，想吃啥上啥，随便点。"

马童力说："小罗，今天你是主角儿，不要客气，点。"

罗平不好意思地摆着手，说："我吃啥都中，书记您点吧。"

高贺说："那这样吧。"对小丁说，"你叫你们厨师大刘儿给我们掂对五个菜，三个热的俩凉的，拣好的上，啊。"

小丁点点头，刚要出去，高贺说："等等小丁，我这有茶叶，你给我们沏上。"小丁接过茶叶出去了。

马童力对罗平说："小罗啊，你有时间多下去转转，多了解了解基层的工作，有了第一手材料，你才能想为群众所想，急为群众所急啊。"

高贺说："小罗技术员，我们基层热烈欢迎你多到我们村指导啊。"

罗平连忙摇着手说："高支书您言重了，我在您和书记面前还是个小学生，哪敢指导啊，我得多向您学习请教才是啊。"高贺哈哈笑着摆着手。

马童力说："小罗这话说得好。谦虚谨慎，戒骄戒躁。年轻人，你有这种态度，一定会不断取得更大进步的。"

小丁拎着茶壶进来，放到桌上，出去了。高贺要拎茶壶，罗平抢先拎过茶壶要给马童力倒茶，马童力暗示他先给高贺倒。高贺却让罗平先给马童力倒。罗平不知如何是好。最终，还是马童力要过茶壶，先给高贺倒上，要给罗平倒，罗平捂住茶杯，说啥也不敢接受。

小丁进来，掀开门帘，厨师大刘儿端着大托盘进来了，里面有三个冒着热气的茶菜，分别是海米腐竹、粉条炖肉和熘腰花；两盘凉菜，分别是炸花生米和糖醋拌白菜心。

大刘儿对马童力等三人分别哈下腰，说道："请各位领导慢用，菜做得不好，请批评指正。"

马童力对大刘儿点点头："谁不知道刘师傅的手艺，在咱们公社可是出了名儿的好啊。好了，你去忙吧。"

高贺说："谢谢了啊，刘师傅。"大刘儿笑眯眯地退出去了。

马童力对罗平说："来来来，小罗，动筷子动筷子。"

高贺说："是啊，罗技术员，别客气。也不知道合不合你的口味儿。"

罗平说："二位领导请先动筷子。"

高贺与马童力同时做了个"请"的手势，同时伸出筷子夹了一口菜搁进嘴里，品品味道，同时满意地点了点头。

高贺举起茶杯说："来，马书记，罗技术员，我知道，政府工作人员上午不许喝酒，我就以茶代酒敬你们一杯。"

罗平站起身说："应该是我敬马书记和高支书。"

三个人碰杯，喝一口茶水，边吃边聊了起来。

高贺说："罗技术员……"罗平说："您还是叫我小罗吧，亲切，我也自然。"高贺笑了："好，我就叫你小罗。家是哪里的啊?"罗平回答："唐山的。"

高贺说："哦，唐山的啊。1976年大地震赶上了吗?"罗平说："赶上了，我爷爷奶奶和我妈遇难了。"高贺叹口气："咳，真是不幸啊。你没伤着是吧?"罗平说："当时，我被我妈护在了她的身底下，我没啥事，她却……当时就没了。"罗平眼里噙上了泪花。

马童力对高贺说："后来，一九七七年，也就是恢复高考的第一年，小罗以优异的成绩考上了咱们省的农业大学，毕业后被分配到了咱们公社科技站。小伙子工作可扎实了，群众基础挺不错的，有发展前途啊。"

高贺对罗平伸出了大拇指，罗平不好意思地红着脸低下了头。

马童力说："高支书，你不是想在滦河跟前开发一个副业吗，跟小罗说说吧。"

高贺夹了块猪肉放进罗平的碗里，说道："小罗啊，我们村离滦河边不远的地方有片荒地，我想把它利用起来种点啥，为群众谋点福利。你帮我们参谋参谋，看种点啥好。"

罗平说："吃完饭我跟您去看看中不?"

高贺说："好啊，下午你有空儿啊?"

罗平说："我们孙站长要我这两天下乡了解情况，这不正好吗。"

高贺一拍大腿说："那可太好了。最好能多住两天，我家宽绰，就住我家就中。"

罗平说："咋能给您添麻烦哪。"

高贺说："你这话可就见外了，往后我们就是同志加好朋友了，跟一家人似的了，你还客气个啥呀。"

马童力对罗平："如果方便你就多住两天，反正吃饭我们都要按规定交伙食费的，也好多了解点情况。"

罗平点点头，对高贺笑了笑，表示同意。

高贺开心地举起茶杯："来来来，干一杯，今儿个我真是太高兴了，谢谢你啊，小罗。"

罗平摆摆手："这是我们的本职工作，您可千万别说谢。"

高贺问马童力："鱼塘建成以后，联产承包一实行，还归集体所有吧?"

马童力点点头，问道："你们村家庭联产承包工作进展得咋样了?"

高贺说："这几天已经把大田地量完了，准备先把地分下去。"

马童力说："一定要做到公平公正啊，千万不要让乡亲们闹意见啊。"

高贺说："我们准备采取抓阄的老办法，你就放心吧。"

马童力点点头，举起茶杯："来，祝你们两个合作愉快!"

高贺在饭馆跟马童力和罗平吃饭，谷香跟她父亲正在一边吃饭一边争吵。

"我跟周家要一车粮食还多咋的？我和你妈养了你二十几年，难道还不值一车粮食咋的？"谷大贵瞪视着闺女。

谷香也瞪视着父亲，毫不示弱地说道："你这不是把你闺女当商品做买卖吗？我是人，不是一件东西！再说了，东旺家家里啥情况你不知道啊？这不是成心难为人家吗？"

谷大贵吼："你他娘的还没咋着就胳膊肘往外拐是吧？我咋难为他周东旺了啊？难道一丁点儿彩礼不要，把你白送给他就是不难为他了啊？"

钱彩凤喘着粗气跑进屋，扎扎着两只胳膊说道："哎呀！你们别吵吵了，叫外人听见多叫人家笑话呀。"

谷大贵朝老伴吼："都是你惯坏的她，我今儿个把话撂在这儿，没有一马车粮食，周东旺休想娶走谷香！"

谷香"啪"地一摔筷子，"咚"地一放粗瓷碗，碗里的玉米粥洒了一摊。她站起身瞪了父亲一眼，一阵风一样出了屋。

"你给我站住！"谷大贵先是猫下腰，把桌上的玉米粥舔干净，然后追了出去。

钱彩凤慌忙叫喊了一声："哎呀！你们别吵吵了，别吵吵了……"追了出去。

谷大贵追出了院门，却看不见了谷香，急得四处张望。看见蒋状过来了，连忙问道："状子，看见谷香了吧？"蒋状摇摇头，反问道："出啥事了？大贵叔。"谷大贵摇摇手，转身回了院子，"咣当"一下狠狠地关上了门板。蒋状正抬腿朝里迈步，膝盖撞到了门上，疼得直哎哟。

街上大喇叭响了，传出梁满仓的声音："各家注意了啊，按照公社党委的指示，家庭联产承包责任制就要开始了，各家当家的马上来大队部开会，马上来大队部开会，快点啊……"蒋状叹了口气，自言自语道："咳……单干了，不出力照样分粮食吃的好日子到头喽……"无精打采地朝大队部走去。

大队部院子里已经挤满了人。说笑声喊叫声打闹声热闹非凡。小孩子们在大人之间追来追去，快活得像条鱼。高贺和江天成从办公室里出来了。有人喊："支书啊，快开会吧。"高贺说："大伙别着急，现在开始开会啊。"高贺扫视一下在场的乡亲，喊道，"下面由天成大队长宣读一下《全国农村工作会议纪要》。"

江天成一字一句地宣读着《纪要》，大家专心致志地听着，生怕漏掉一个字。天成宣读完了，人们小声地议论开了。整个会场乱哄哄的。高贺喊："大伙都听清楚了吧，我们就要开始分地单干了，这是党和政府推行的改革新政策，是为了让咱农民得到更多的实惠，早一天过上好日子，我们坚决拥护。党支部研究，并且经过公社党委批准，决定先把咱村的大田地分下去，等秋收以后正式分给各家。为了体现公平公正的原则，我们量好了地，做好了阄，下面，就排好队开始抓阄啊。"

大家开始说说笑笑着排队。东旺把手里的一个鸡蛋塞进了谷香的手里。谷香对东旺暖暖地笑了一下，把鸡蛋又塞回他手里。东旺把鸡蛋塞进谷香口袋里，拔腿跑了。谷香攥着鸡蛋，闻着香味，幸福地笑了。高粱杆白了谷香一眼，心里酸溜溜的。

高贺心情复杂地看看谷香，再看看东旺，对天成说道："开始抓阄儿吧。"

天成朝村民们喊："好了，下面开始抓阄啦。谷香，二阳子，把阄儿瞅好了啊，别抓乱喽。大伙排好队，各小队队长整队，别乱别乱啊。"

朱明理、李之悦他们几个小队长咋呼着整队。有人喊："明理呀，眼瞅着单干了。你这个小队长就要当到头了，还整啥队呀。"朱明理认真地说道："你这话可不对啊，再单干也得守规矩守纪律。"有的人喊明理说得对。有的起哄随声附和道："分了地你们当干部的可就管不着我们啦。"高贺听见了，说道："开玩笑也不分个场合，别瞎说了啊。"

村民们说说笑笑吵吵闹闹，等待抓阄开始。惹不起抓了一个阄看了一下又扔掉了。抓了另一个阄，还是不满意，要抓第三个。谷香一把推开惹不起，喊："哪有你这么抓的，下一个下一个。"下一个是蒋状。但他不敢上前抓阄，他怕惹不起。根发看了蒋状一眼，上前抓了一个阄。惹不起一把推开根发，伸手要抓阄，谷香攥住她的手腕，说："嫂子，抓了这个阄就不许再抓了啊。"惹不起说："大队都解散了，你算老几啊，管我。"谷香说："大队解散了，可响马河村没解散啊。"惹不起抓了一个阄，这回还算满意，咧着嘴乐着走了。

东旺坐在台阶上，看着人们抓阄。抓到阄的村民到地里认领自家的地去了。周秋山拿着阄对儿子招了招手。他跟着父亲也上地里去了。

这会儿，惹不起跟外号大柿子的牛桐花扭打到了一起。两个人的脸颊都挠出了血。旁边看热闹的都不拉架。天成跑了过来，大声喊道："别打了别打了，都给我住手。"两个女人没听见一样，继续扭打。有人喊："牛所长来啦——"这句话管用，两个人立刻不打了，站起身寻找牛所长。

牛所长真来了，推着自行车。天成迎了过去："哎呀，牛所长，你来得正是时候啊。"牛清扬朝天成招招手："忙着哪，大队长。"天成说："我们这正分地哪。"牛清扬说："这不是各村都分田到户嘛，马书记要求我们派出所的人都下来，为这项工作顺利推进保驾护航。"天成说："好啊，马书记想得可真周全啊。"

两人正说着，一群村民吵吵嚷嚷着过来了，围着天成和牛清扬乱哄哄地说话。天成喊："别嚷嚷别嚷嚷，一个个说，一个个说。"一个村民急扯白脸地说："为啥把那块破刀把地给我们家了，这不是欺负人吗？"另一个说："大队长，牛所长，我觉着分给我们家的地少了，得重新量。"还有一个村民愤愤地说道："凭啥村干部家的地分的都是好地呀，这不是明摆着搞特殊化吗？"牛清扬听着大伙说话，平静地看着江天成。

天成看着惹不起和大柿子："刚才你俩因为啥呀？"惹不起说："大柿子嫌她家的地不好，硬说我家的地是她的。"大柿子辩解说："你家的地本来就是我家的，是你把我家的阄抓走了。"惹不起说："那上边写着你家的名儿咋的？真逗乐，你叫牛所长给评评理，阄是不是谁抓着就是谁的？"牛所长说："理是这么个理。问题是这个阄是咋抓的。乡亲们，大伙都别吵吵，有意见慢慢说。"天成说："大伙的意见我都听明白了，听完我慢慢给你们解释解释啊。这次分地，你们都知道，为了避免村干部担嫌疑，所有的地都是谷香、二阳子他们共青团丈量的，那些阄也是他们做的。做完阄之前这几天他们谁都没有回家，都吃住在大队部，没有一点作弊，请大伙相信他们。所以说，说欺负人也好，少给量地不公平也罢，这些问题都是不存在的，谁要信不过可以请牛所长调查一下。至于刚才牛桐花说的，张荷花抓了好几次阄，把她家好地给抓去了，回头我调查一下，要是真这样，荷花你得把那块地退给牛桐花。"

惹不起刚要瞪眼睛，看看牛清扬，把话咽回去了。

12

整个天地暗了下来，隐隐约约响起雷声。高贺的心情也跟着暗了下来。有风从南边吹过来，风里面携着小雨星，要下雨了。

高贺背着两手朝村里走，他想快点走，可脚步说啥也快不起来，索性就慢点走。他对自己说："老高啊老高，家庭联产承包责任制一铺开，那你呼风唤雨，跺一脚全村都颤悠的风光日子也就到头啦！地我自己个儿种，牲口我自己个儿使唤，我想啥时候出工就啥时候出工，地里我想种啥就种啥，你村干部管得着吗？管不着啦！"他越寻思心越窄，满脑子全都是"我谁也管不着了"这几个字，雨下起来了他都没觉察到。

突然，耳朵边有股子热气，还响起两声嘿嘿的干笑声。高贺循声一看，是蒋状。他右手举着把伞，龇着牙花子乐，一点内容也没有。高贺一皱眉头说："滚蛋。"蒋状说："别呀，支书大叔，下雨了，您老可别浇感冒了啊，我给您老打伞来了。嘿嘿嘿。"高贺想想往后还有人给他打伞吗，没再搭理他，大步往村口走。蒋状屁颠屁颠地跟着。

在大道上，高贺看见一个人蹲在路边大杨树底下，两手撑着一件褂子在脑袋顶上，走近了，问："这是谁呀？咋在这蹲着哪？"那人站起身，是范占山。"老范哪，你这是……咋在这哪？"范占山说："咳，别提了。我跟我儿子上公社办点事，回来赶上雨了。我寻思挨浇就可着我一人吧，就叫范田先骑着车子跑了。"

高贺说："走，我这有伞，上我那避避雨去，吃了中午饭再走。"

范占山看看蒋状，说："一把伞仁人咋打呀？"

高贺对蒋状说："把伞给我俩，快回地里干活去吧。"

蒋状答应一声，脱下褂子顶在脑袋上，走了几步，想起啥，说："叔，我想吃鸡刨豆腐啦，上回我婶子做的真好吃。"高贺说："瞅你这点出息。先干活去，中午上我们家吃来吧。"

蒋状乐得蹦了个高，唱着歌跑了。高贺冲他喊："你给我好好干活，不好好干就别到我家蹭吃蹭喝去。"

这个时候，周东旺扛着一口袋玉米径直走进自家厢房。屋里的周秋山正弯着腰挨个抚摸一袋袋粮食，满屋窸窸窣窣的声响。听见脚步声，扭头看看东旺，叹了口气，没出声。东旺看看父亲日渐苍老的神态，心里叹了口气。

父子俩相视无言，一前一后默默地走出厢房，走进过堂屋。周秋山走到灶台前，掀开锅盖，一股水蒸气一下子将父子俩吞没了。东旺挥着胳膊驱赶着蒸汽，看看锅里的饭菜：几块白薯；一碗咸菜汤。

东旺说："爸，一点粮食粒也没有啊？我顶得住，你可是上了岁数的人，老吃这个咋中啊？"

周秋山摆摆手说："我也顶得住。眼瞅着单干了，咱爷俩铆足劲干，快点攒够一大车粮食，早一天把谷香娶进家门，日子就好过了。"东旺看一眼父亲那张瘦削的老脸，心里感到酸酸楚楚的。

第二天一大早，马童力就骑着自行车来到了范家庄大队蹲点。

他没有事先通知支书范占山。他没有这个习惯，不能让下面有所准备。

范家庄坐落在一面落差比较大的斜坡上，一百多户人家散落在方圆五里的范围内。

范占山一大早就催促老伴张素娥快点做早饭。张素娥知道老范这是要出门，就麻溜地熬好了高粱米粥，蒸了一锅玉米饼，还炒了俩鸡蛋。范占山看一眼炒鸡蛋。素娥把炒鸡蛋往他跟前推了下。占山转头喊："娟子——"素娥打了下他的后背："吃你的，闺女才十二，吃好东西的日子在后头哪。"占山问："田儿呐？"素娥笑了："上对象家去了。"占山不再说话，埋头吃饭。

素娥忽然想起啥，捅咕一下丈夫："哎，昨儿个我在河边洗衣裳，碰见小萍她妈了，她说抓阄分地的时候，想让你给照应着点儿。"占山眨巴眨巴眼睛，点点头。素娥说："你别光点头不办事，人家可是咱的亲家。"占山说："八字刚有一撇。"素娥说："有了这一撇，就有那一撇。"占山笑笑，没说啥。素娥说："反正你必须给办了，耽误了儿子亲事，我跟你没完。"

院子里突然响起叫喊声："范支书——范支书——"占山站起身，朝外喊：

"二力，我在哪——"二力气喘吁吁进屋："范……范支书，不好……不好了，果树……果树……"占山说："别急，喝口水，坐下说。"二力接过水碗，喝了两口，抹下嘴唇，接着说："常有理在果园里头刨苹果树哪，谁也劝不住。她说地都要分了，果树早晚也得分，我先刨走俩再说。"占山猛地把碗筷往桌上一放，拔腿就朝外跑去。

村北头的果园子里，负责看果园的老奎子牵着大黑狗在巡逻。要是再有果树丢了，我真的得跳河去死了。集体财产被人抢走了，我该咋向队上交代呢？要是再有丢的，那就只能说明我这个护林员是个窝囊废了。连个果树都看不住要你还有个屁用啊。要是再有人怀疑我监守自盗，我可就浑身是嘴也说不清了。

刚才，常有理刨倒了一棵苹果树，正往排子车上装的时候，被巡逻的他发现了。当即予以制止。可常有理说出了一大堆歪理。老奎子是一个不会说话的人，面对能言善辩可以把死人说活的主儿，他更是张口结舌了。翻来覆去就只会说一句话："这是队上的，不是你们家的。"常有理刨树刨得早就累了，哪有工夫跟他狡辩理儿啊。就把老奎子推了个大跟头，在围观看热闹的几个村民的注视下，打了胜仗一样拉走了那棵苹果树。

范占山和二力赶到果园，早已不见常有理的人影了。二力问："支书，咋办啊？"范占山吼了一声："你快去集合民兵排，等候命令。"二力答应一声撒腿就跑。范占山想了想，喊道："二力，等会儿再集合，听我话。你先干活去吧。"二力站住脚走了。范占山大步流星朝村里走去。

在常有理家后院，常有理正跟她丈夫牛老蔫栽种苹果树。老蔫扶着苹果树，常有理在往坑里铲土。老蔫看着老婆，蔫蔫地问道："我说，范支书要是来了咱咋办啊？"常有理呵斥道："好好扶着，亏你还是个老爷们儿哪。集体的地都要分了，果树不分还留着干啥？"

墙头上出现一个人，是云秀，旁边是她的秘书孔学文。刚才这对夫妻的对话她都听见了，她不动声色地看着常有理，因为一棵柿子树遮挡，常有理没看见她。

范占山风风火火地进了后院。"常有理。"占山吼了一声。老蔫吓了一哆嗦，慌忙松开了果树。常有理朝范占山嘻嘻笑着："呦，支书来了，走，进屋喝茶去。"说着，过来搀扶范占山。占山甩开常有理的手，说道："啥也别说了，赶快把果树送回果园去。"常有理说："你先别发火啊，我的范大哥。你听我说，分田到户好啊，分果树到户好啊，我常桂红举双手赞成，一百个赞成……"范占山说："现在不是还没分嘛，先送回去。"常有理说："哎呀，支书，现在不分，明儿个分不是一样吗。你在大会上说，要加强新农村建设，我这后院空落落的，栽上这苹果树显得多气派呀。"

拥进来一群看热闹的，都是老人和孩子。站在人群中的马童力格外显眼，范占山一眼看见了他，常有理也认出了马童力。范占山说："马书记来了，上队部听你指示去吧。"常有理走过来，拉住马童力的手，嘻嘻笑着说："哎呀，我的马书记，马乡长，亲人哪，快进屋坐，我给你包饺子吃，韭菜鸡蛋馅儿的。嘻嘻嘻。"

范占山对围观的村民挥着胳膊说道："大伙都散了吧啊，散了吧……"马童力说："范支书，别叫大伙走。"面对村民们说道，"今儿个这事大伙都看见了，常桂红同志擅自挖来了果园里的一棵苹果树栽在了自己个儿家里，这是绝对错误的。因为这是集体财产，一天在集体，一天就不属于哪个个人的。不经允许就拿走集体财物，这是啥性质的问题啊？不用我说，大家心里都明白。"

村民们小声议论着。云秀依旧不动声色地看着眼前的一幕，看着马童力。

常有理说："我说马书记啊，咱们不是要单干了吗，单干了集体就散伙了，散伙了还留着集体的东西干啥呀？"马童力说："谁说散伙了？单干只是以家庭为单位组织生产。范家庄啊，乡亲们还在，党支部还在，共青团组织还在，民兵组织还在，妇联组织还在，咋能说散伙了呢？地分了，不代表啥东西都要分下去，你咋能擅自拿走集体财物呢？"

常有理刚要张嘴说话，牛老蔫赶紧拽了下她的胳膊。

马童力与范占山低声说了几句话。范占山严肃地对常有理说道："常桂红同志，你必须马上把这棵苹果树送回原处。然后，写出一份书面检查，在全体社员大会上做检讨。如果不深刻还要考虑对你进行罚款处理。"

常有理看看同样表情严肃的马童力，心虚地低下了头。

云秀看到这里，轻轻点了点头，对孔学文做了个手势。二人转身悄悄离开。

在响马河村大田地里，谷香和二阳子、燕子、高粱杆他们干活。她一扭脸看见高粱杆一副懒洋洋的样子，咋看他咋不顺眼，转身走了。二阳子喊："谷香，你干啥去呀——"谷香喊："我去跟高支书，把那个懒蛋退回去——"大家都看高粱杆。高粱杆谁也不看，坐在地上喝着水。

谷香赌着气往村口走。快到村口的时候，看见高贺和蒋状迎面走了过来。谷香说："高支书我正要找你哪。"高贺问："啥事啊？谷香。"谷香说："你们家高粱杆不好好干活，你再给我派一个吧。"高贺叹了口气："这孩子，真不给我长脸哪。"对蒋状说，"你去吧。"谷香说："换一个吧，不要他。"蒋状朝谷香嬉皮笑脸地说道："别不要我啊，我保证听你的话，保证好好干活儿。"

高贺说："谷香啊，咱们得给懒蛋们一个改过自新的机会是吧？中不中，看行动嘛。蒋状啊……"蒋状连忙哈着腰答应一声："哎，我在。"高贺说："你必须好好表现，好好学学地里活儿。要不，分田单干了你就得饿死。"蒋状鸡啄米似的点着头，嘴里唯唯诺诺说道："是是是是是是……"高贺对谷香笑笑。谷香说："我要秦小云。"高贺无奈地摇摇头："中啊。"

57

谷香反身朝大田地走去。高贺看着谷香背影，捶了蒋状一拳，说道："瞅见了吧，不好好干活儿谁都不稀罕你。"蒋状咧着嘴说："叔啊，我这不是觉悟了吗。分地的时候你老心疼心疼我，就给我一小疙瘩得了。"高贺白了他一眼："我一丁点儿也不想分给你。"转身背着手朝村里走去。蒋状喊："叔，今儿个我干啥活啊？"高贺吼："找你们队长去。"蒋状嘟囔一句："哼，斗不过谷香，跟我吼啥。"

蒋状是三队的社员，朱明理根本不搭理他，就当本队没这个人，社员们有意见他也没啥好法子。总不能不分给他口粮吧？社会主义农村咋能饿死人呢？现在，蒋状竟然主动来要活儿干了，这可真是太阳从西边出来。鱼长毛，猪上树了哈。他斜眼看着蒋状，说道："你跟我走。"蒋状问："上哪儿啊？"朱明理没搭理他，朝麦地走去。蒋状在后边跟着，边走边喊："哎呀，热死了，这破天儿。"

正是麦梢发黄的时节。远远看过去一望无际的麦子半绿半黄，在微风中起起伏伏，像鸟儿长着翅膀飞来飞去。空气中已经弥漫甜甜的麦香。明理走到地头，朝正在看麦子的根发喊："根发哥——"根发喊："哎——"明理喊："今儿个叫蒋状跟着你看麦子吧——"根发喊："好嘞——"明理对蒋状说："去吧。好好的啊，别偷懒。"蒋状点头哈腰："哎哎哎。"乐颠颠跑向根发。蒋状问："根发大哥，我咋看麦子呀？"根发说："跟稻草人一块儿轰着家雀儿，别叫它们糟蹋麦粒子。"蒋状看见一个稻草人脑袋上停着一只麻雀，使劲舞动着胳膊大声喊，动作大了点，脚底下没站稳，栽进了麦地里，扑倒一片麦秆。根发气得直骂："你他娘的真是狗肉上不了台面，赶紧找个水井扎进去死了得啦。"

明理走远了，云秀和孔学文走过来了。她从范家庄出来直接走进响马河村大田地，满眼绿色的海洋让她心旷神怡，现在满眼的半黄半绿的麦田又让她神清气爽。蒋状从麦地里爬起来手忙脚乱扶麦秆。云秀走过去，蹲下身帮着他扶。

根发走过来，问云秀："你们是干啥的？"云秀说："走走，看看。"蒋状盯着云秀看，笑嘻嘻说："你长得真好看。"孔学文说："你说话注意点儿。"蒋状说："是好看嘛，我注意啥呀？"根发踢了蒋状一脚："你他娘的别一瞅见女的就眼珠子冒光，好好看你的麦子。"

云秀笑笑，站起身问根发："老乡，我想问你几个问题，行吗？"根发说："啥问题啊？你问吧。"云秀说："你对要施行的家庭联产承包有啥看法啊？"根发挠挠脑袋，说道："我早就想单干了。"朝蒋状努下嘴，"跟这种出工不出力的人一块干活憋气。干多干少一样分红分粮食，窝火。"云秀点点头，接着问："你希望单干后，过怎样的集体生活呢？"根发想了想说："收工以后，大伙在一块打打牌，下下棋啥的，挺好的。"云秀又问："你觉得村干部还有存在的必要吗？"根发打了个愣，看着云秀，反问道："你们是干啥的呀？"云秀笑笑，说："我们是报社的记者，想了解一些情况。你随便说，没事的。"蒋状插话说："单干了，村干部还要他干啥，谁也管不着谁了。"根发捶了蒋状一拳，说："去去去，看麦子去。"

蒋状嘟囔了一句啥，走了。根发对云秀说，"我觉得还得要村干部。为啥这么说哪，咱过日子除了种庄稼，还有不少事哪。要是没有了村干部给协调啊，帮着找找上头啥的，那还不乱套啊？"云秀点点头，往笔记本上写字。

高贺朝麦地这边走过来。看清楚孔学文便扬扬胳膊喊道："那不是小孔吗，咋没上村里去呀——"孔学文对高贺也扬扬胳膊，喊道："高支书，你好啊——"高贺走到了跟前，握住孔学文的手，说道："走走走，到队部坐坐去，中午给你做点好吃的。"看看云秀，"小孔啊，这位是……"根发说："她是报社的记者。"高贺握住云秀的手说："欢迎，欢迎啊。走，进村吧。"

云秀问："你是高支书是吧？"高贺说："是，我叫高贺，祝贺的贺。"云秀说："正好，我准备采访你哪。"高贺说："采访我？好啊，到队部采访去。"

在往村里走的路上，云秀看见三三两两的村民追逐打闹。有的踩倒了玉米，若无其事。还有的躺在地头或树荫下睡大觉。她凝眉沉思着。高贺注意到了云秀的表情，悄悄问孔学文："小孔啊，你帮我照应着点儿，别叫这个记者写对我们村影响不好的文章啊。"孔学文笑笑没说啥，问题是他实在不好说啥。

高粱杆不知道从哪冒出来了，手里攥着一根杨树枝子，嘴里骂骂咧咧的。高贺怕这个侄子又给他丢人现眼，连忙招呼道："杆子啊，快去麦地那边瞅瞅去，家雀忒多呀，快点的啊。"偏偏高粱杆不明白二叔的用意，竟然跑过来了，边跑边说："他娘的，谷香真不是东西，说啥不叫我……"高贺打断他的话，说："就这么这吧，快去看麦子吧。"云秀打量着高粱杆。高粱杆还是没明白二叔的用意，接着骂道："二叔，咱爷们不能叫一个黄毛丫头给镇住了，你说句话，我这就拿树枝子抽她去。"高贺吼了一声："滚你娘的蛋！"高粱杆吓了一跳："咋的了？二叔，谁惹你生气啦？你告诉我，我他娘的……"高贺一股急火攻心，两眼一黑就要倒地。孔学文反应很快，一把抱住了他。

高粱杆连忙过来，着急地问道："哎呀！二叔你咋的了？咋的了呀？"云秀瞪了高粱杆一眼，对孔学文说道："扶着他坐下，别动他了。"云秀和孔学文搀扶着高贺坐在草地上，孔学文给高贺摩挲着胸口。高粱杆还在喊："二叔，你咋的了？"云秀皱着眉头说道："你是他侄子？你没看出来你二叔不愿意你在这儿吗？不是叫你看麦子吗，那就赶紧去吧。"高粱杆一瞪眼珠子说："你是干啥的？敢管我高粱杆？"云秀说："哦？你就叫高粱杆？"高粱杆一梗脖子说："你咋知道我的？"高贺清醒过来了，挣扎着举起胳膊，示意高粱杆到他跟前来。高粱杆凑近了他。高贺抡起胳膊"啪"地扇了侄子一巴掌。

高粱杆捂着发疼的脸蛋子没反应过来。

第五章

13

马童力急匆匆走进会议室，副书记叶光明和副主任张楠随后跟了进来。马童力对纪委书记王青山说："王书记，受累把组委跟宣委喊来听会。"工会主席秦劳说："我去吧，马书记，正好我去办公室拿点东西。"

妇女主任李卫红拎着暖壶走过来，给马童力的水杯添了点水。马童力喝了两口，解开风纪扣，摇晃着右手给自己扇风。

叶光明问马童力："你啥时候去县委啊？"马童力说："开完会就去。你去的青石坡咋样啊，兜回来点儿情况没有啊？"叶光明说："兜回来啦。"马童力转头问张楠："你们那呢？"张楠说："群众有不少反映，我都记下了。"

组织委员雷鑫和宣传委员邵天翔一前一后走进会议室，坐在了一个角落里。

马童力看看人都到齐了，敲敲桌面，说道："开会了啊。"大家的目光都集中了过来。马童力喝口水，继续说道，"下午咱们召开这个紧急会议，主要议题就一个：如何加强承包责任制开展前的宣传思想工作。昨儿个一天跟今儿个上午，我、光明、张楠我们三个到咱们公社这几个村子蹲点，了解干部群众对家庭承包责任制都有啥反映，有啥想法，有啥建议。下面哪，就把兜上来的情况向大家通报一下。光明，你先说吧。雷鑫，天翔，你俩把情况都记下来。"

叶光明点点头，摊开笔记本，说道："我去的是青石坡，张立秋支书他们已经召开了社员大会，群众反响强烈。全村共有四百二十口子人，其中年满十八周岁以上的成年人是二百七十九个人，二百四十八人表示拥护分田到户。三十一人心存顾虑。一是那些长年闹腾有病干不了活的人，其实就是懒散混日子的人，这部分人有二十一个。二是一些缺少劳动力的家庭全村有八户，五保户有三户，老烈属户有五户，的确是个实际问题。"

马童力点点头，对张楠说："张楠，说说你去的桃花沟。"张楠清清嗓子说道："桃花沟有三百八十二口子人，十八周岁以上的成年人有二百零六个人。有四户烈军属，一户是五保户。缺少劳力的家庭有十二户。长年有病下不了地的有十七个人。村民们大都盼望着尽快分田到户，盼望着都过上好日子哪。"

大家互相对视一眼，一齐看向马童力。马童力对王青山说道："青山哪，该你了。"王青山点点头，面对大家说："我去的是李家庄，这个村一共有五百一十六户人家，成年人占二百四十八人。有五保户七家，缺少劳力的有二十六户，另有八个长年有病出不了工的。村民们都表态拥护分田到户。"

　　马童力对秦劳和李卫红扬扬下巴颏。秦劳说道："卫红叫我说，那我就汇报一下，不足之处卫红再做补充。我们俩去的是响马河村。这是个大村，一共有一千二十一口子人，分成了五个生产队。成年人是五百三十九个人。五保户是二十四户，军烈属是十八户，缺少劳力的是四十五户。长年下不了地的一户也没有。没有人反对分田到户。只是那些有实际困难的家庭担心单干后种不好地，向国家交代不了啊。"

　　马童力点点头，说道："我去的是范家庄。这个村也是个大村，一共有九百八十二口子人，成年人是五百七十七个人。有九户五保户，十五户军烈属，二十一户缺少劳力，长年有病下不了地的有二十二个人。群众对分田到户搞家庭联产承包的意义都有认识，都表示一定要好好种地，努力生产，多打粮食，支援国家建设。咱们公社基本情况就是这样。下面，我要说一件突发事件。今儿个上午我去范家庄，正赶上一个叫常桂红的妇女，擅自到大队果园里刨走一棵苹果树，栽种到了她家的后院里，理由是，马上就要单干了，果园子早晚也得分掉，往后就没有集体了，谁也管不着谁了。"

　　在座的干部们互相交换着眼神。张楠说："我在桃花沟也听到了这样的议论。"叶光明说："我那也听到了。"王青山说："还有李家庄。他们村还发生了一起仓库被盗案件。"马童力问："丢啥东西了？"王青山说："两口袋玉米。已经报案了。"

　　马童力神情阴沉下来，他问秦劳和李卫红："响马河呢？"他俩点点头，异口同声地回答道："也听到了。"李卫红补充道，"我们在这个村大田地里，看到不少村民已经无心干活了，追逐打闹，蒙头睡觉。"张楠说："我那也是。"王青山说："还有我那里。"叶光明："看起来，这个现象很普遍哪。"

　　马童力的神情变得十分凝重。他环视一下每个人，语气深沉地说道："同志们哪，我记得《诗经》里边有一篇标题为'鸱鸮'的诗，描写的是一只失去孩子的母鸟，仍然在辛勤地筑巢，其中有几句诗：'迨天之未阴雨，彻彼桑土，绸缪牖户。今女下民，或敢侮予。'意思是说，趁着天还没有下雨的时候，赶快用桑根的皮把鸟巢的缝隙缠紧，只有把巢弄坚固了，才不怕人的侵害。后来，人们把这几句诗引申为'未雨绸缪'，告诫人们做任何事情都要事先做好准备，以免临时手忙脚乱。刚才各村反映上来的带有共性的情况说明了啥，值得我们每个人深思啊。任何一项决策都有一个被广大群众从认识到接受的过程，我们必须具备各项工作的预见性，防患于未然。否则，有可能会给党的事业，造成不可估量的损失啊！"

叶光明说："是啊，军事上讲'兵马未动，粮草先行'。目前这项中心工作，我们得做到单干未动，思想先行啊。我建议，宣传口和组织口密切配合，抓紧就现在已经出现的问题，还有可能出现的问题，做出一套思想教育宣传材料，迅速下发到各村党支部，及时对群众进行宣讲，为群众解疑释惑，统一思想。"

马童力说："嗯，光明同志这个建议非常好，雷鑫和天翔你们要马上去落实。"

雷鑫和邵天翔点点头，在笔记本上不停地做着记录。

公社党委的工作会议持续进行中。云秀坐在响马河村书记办公室，向高贺明确了她县委书记的身份。高贺当时就呆愣住了，事情来得太突然了，他咋也没想到。新来的县委书记就这样出现在他的面前，毫无思想准备。更糟糕的是，刚才在村外高粱秆的表现，简直就是个土匪。这会让云书记咋看我这个老支部书记呢？这不是存心给我老头子上眼药吗？高贺心里想。

云秀微笑着看着高贺。孔学文看出了高贺的窘状，提醒道："高支书，水洒了。"高贺反应过来，连忙扶正水杯，朝云秀笑着，说："真没想到，云书记这……这么年轻……"云秀说："心胸开阔的人都年轻啊。高书记今年五十几了？"高贺说："五十八了。"云秀说："你可不像这个岁数的人，保养得挺好的。"高贺说："我跟你一样，心胸开阔。"云秀说："所以，才能够放纵你侄子的言行？"高贺心里"咯噔"一下，有些紧张地注视着云秀。

云秀温和地看着高贺，说道："高书记，关于家庭联产承包这项工作，你们的工作计划应该已经做出来了吧？"高贺心里一惊，脸上平静地回答说："做出来了。"云秀说："拿给我看看。"高贺心里说：妈呀，这个县委书记果然务实，我还没做哪。嘴上说："在……在我家，这两天我还想再补充补充，完善完善。等我弄好了再请云书记过目指正吧。"

高贺感觉到云秀的目光像一架透视仪器，照得他的五脏六腑都一清二楚了，包括他现在说的话。为了掩饰自己，他拿起水壶给云秀倒水。

云秀说："你先给我说说也行。"高贺立刻紧急组合该说哪些词。糟糕，脑子有点乱，一个词也想不起来。汗珠瞬间在他的脑门上出了一层。见此情景，云秀换了个话题："等你准备好了再说吧。我问你，你们村是不是有一对恋人，男的叫周东旺，女的叫谷香啊？"高贺下意识地点了点头。云秀接着说："听说你的侄子也想娶谷香，还跟周东旺动过手，有这事吗？"

高贺脑门上又出了一层汗珠，他开始心慌。他不知道该咋回答才好，只能点点头，不敢看云秀。心里说：这种事云书记是咋知道的呢？一定是谷香告的状。

云秀站起身，严肃地看着高贺："你应该管住你的侄子，怎么能干涉别人的恋爱自由呢？"

高贺说："云书记，我保证……管好我的侄子……"

云秀点点头，对孔学文说："我们回县委。"

高贺说："吃了中午饭再走吧，云书记。"

云秀摆摆手说："不打搅了。"说着话，人已经走到了门口，又转回身对高贺说，"高书记，亲情难舍我是理解的。可作为一个共产党员，一个村的领头人，可不能任人唯亲，拿感情做交易啊！"高贺点点头，说："我记下你的指示了云书记。"

送走了云秀和孔学文，高贺感觉到自己里面的衣裳几乎湿透了。我的娘哎，这个云书记太厉害了，简直就是穆桂英在世。初次见面就这么毫不留情面，整得我这个快六十岁的老头子忒丢面啊。妈的，都是杆子这个兔崽子害得。心里这样想着，就更加恨亲侄子了。他一边朝家走，一边在心里骂着杆子。走进家门了，他脑门上忽然又冒出一层汗珠。他想到了云书记会不会撤他的职。不是没有这个可能啊。眼看工作计划拿不出来，杆子在她面前骂大街要土匪，杆子跟周东旺抢谷香，逼走他的事业，叫她也知道了。我高贺的形象在这个云书记心里头肯定好不了啦。

耿翠芝见老头子站在院子里愣神，知道他在琢磨啥事，就开始轻手轻脚干活，生怕惊扰了他。偏偏蒋状来凑热闹添乱。"支书大人，嘻嘻。"高贺入了神，没听见他说话。蒋状刚要拽他的胳膊，翠芝已经跑到他跟前，一手捂住他的嘴巴，一手把他拖出去好几米。然后，在他耳边小声说道："你娘个腿儿，没瞅见你叔琢磨正事哪？上屋里等他去，你咋就不明白啥叫政治哪。"

蒋状缩缩脖子，在翠芝推搡下进了过堂屋。他瞅瞅放在菜板上的一节香肠，口水立刻流出了嘴角。"嘻嘻，婶子，这是啥好吃的啊？"翠芝说："你咋这能装哪，香肠都不认识？"蒋状眼珠子死盯着香肠，嘻嘻笑："婶子我真不认识，好吃不啊？"翠芝打一下他的后背，说："帮我烧火。待会儿陪你叔吃。"蒋状心花怒放，坐在灶台前烧火。

高贺慢吞吞走进来。翠芝说："回来了，老头子。"蒋状说："叔，我有重要事跟您老汇报。"高贺不耐烦地挥挥胳膊进了大屋。蒋状要跟进去，翠芝喊住了他："先别进去了，没见你叔皱着眉头子哪？这是政治，懂吗？"蒋状点点头，缩下脖子，只得又坐回灶台前。

高贺觉得牙有点疼。他一上火就牙疼，疼得要死要活的。他捂着腮帮子想：杆子这事该咋处理呢？处理不妥，云书记会不会也不叫我当支书了呢？他娘的，当支书风风雨雨几十年了，啥沟沟坎坎没遇见过，啥急流险滩没闯过来呀，难道今儿个眼瞅着要翻船咋的？哎呀，想得老子脑瓜子疼。妈呀，想得老子牙更疼。就在屋地上走来走去，像一个陀螺走个不停。

耿翠芝说："老高啊，你得转圈病了咋的？老老实实坐会儿吧，你不累我瞅着都累。"

高贺看看她没说话。他没法说话，她一个家庭妇女不会想到，承包责任制的施行，我这个响马河村当家人可能就成了一个摆设。成了摆设的我难道也要伺候一块责任田吗？全村人会咋看我呢？能把自己这些心里话说给她听吗？不能，老婆也不能说。一是免得她心疼，二是哪一天她的嘴巴万一把不住门儿，跟别人说了，那可就大大减低我高贺的威信啊。人家就会说我高支书是个"官迷"。下去多少年也忘不了我这个外号，恐怕我死了以后也忘不了。可问题是我就是不说，摆设这事也是早早晚晚的。还有一个问题，这么些年没干农活了，啥活都不上手了。就指望耿翠芝咋中呢？这不眼睁睁等着叫村里人看我的笑话吗？

高粱杆气喘吁吁地推门进来了。"二叔，刚才我看见有个男的上周秋山他们家去了。"

高贺霍地站起身，问："谁呀？"

高粱杆摇摇头："没看清楚。"

高贺寻思了一会儿，已经不觉得牙疼了，说："你先去吧，我上周秋山家瞅瞅去。"

高贺出了大队部，向周秋山家走去。

周秋山没在屋里，在后院的菜园子里浇菜。他捧着一只大水瓢勾着腰时不时咳嗽几声。水桶里的水用光了，他拎起水桶去水缸打水。戴春雨跨进了后院，喊了声"爸"。周秋山惊讶地看着女婿。春雨以为岳父没认出他来，往前走了几步，说："爸，我是春雨呀。"

周秋山点点头，说："春雨，你……你咋来了？"春雨说："我来看看您哪。您老浇菜哪。"周秋山把瓢扔进水桶里，对他说："走，进屋去。东梅没来呀？"春雨说："孩子上学，离不开。爸，东旺没在家？"周秋山说："上李家庄给人盖猪圈去了。"

翁婿俩进了大屋。春雨把包里的衡水老白干酒和两包蛋糕、十几个苹果放到柜子上。周秋山看看那些东西，说："花啥钱哪。"春雨笑笑。

周秋山刚要再说啥，"啪啪啪"响起敲院门的声音。周秋山去打开了院门，出现在眼前的是高贺，手里拎着一瓶二锅头，一个小纸包。

"在家哪啊，秋山大哥。"高贺一脸笑容。周秋山眨眨眼："是支书啊，你这是……"高贺说："啊，我姑爷拿来一瓶二锅头，自己个儿喝啥意思啊，咱老哥俩干了它。"周秋山想起屋子里的女婿："哎呀，我……那个……"高贺说了句："客气啥呀。"抬腿进了院子，直接进了屋。

高贺认识戴春雨，戴春雨也认识高贺。他是晚辈，先说话："高支书。"高贺一看是春雨，内心的石头落了地。笑着说："春雨来了，啥时候到的呀？"春雨说："刚到。您坐，高叔。"高贺对周秋山说："姑爷肯定还没吃饭哪，来来来，正好，喝一杯。"

周秋山说："春雨给我拿酒来了，喝这个吧。"高贺说："哪个都一样。我既然拿来了，就先喝我这个吧。"春雨说："等会儿喝，我去整俩菜。"高贺说："快点啊。"

春雨走了。高贺看着周秋山，问道："东旺呢？"周秋山说："上李家庄给人盖猪圈去了，一准是吃了饭再回来了。"高贺说："本想叫东旺当团支书，可这小子怕自己个儿干不好，老哥你劝劝他，给他鼓鼓劲儿。"周秋山觉得挺突然的，不知道说啥好。高贺忽然问了一句："秋山大哥你说，这些年我高贺干得咋样啊？"周秋山打了个愣，看着高贺一脸的不解。高贺说："你咋想的就咋说，实事求是嘛，我一定虚心接受。"周秋山想了想说道："这还用问，不赖，挺好。"高贺又忽然问了一句："大哥你说，承包责任制以后，我的工作该咋做呢？"周秋山连忙摇着手说道："我可不懂你们当干部那些事，我咋会知道该咋干呐。不管咋说，你还是咱响马河的当家人。"高贺心头泛起一股暖意，追问道："这可是你的心里话？"周秋山说："我周秋山啥时候说过不着边儿的混账话啊？"高贺点着头，说道："就是不知道全村老少爷们是咋想的了。"

周秋山看着高贺没说话。春雨端着两盘菜进屋，放到桌上，招呼道："高书记，我也不会做菜，您老担待着点儿啊。"

14

今天是礼拜天。八点多了，马童力还在呼呼大睡。昨晚上，他和叶光明、张楠商议家庭联产承包工作到了深夜四点。叶光明和张楠走了以后，他衣服没顾上脱，倒在办公室的小床上很快进入梦乡。

"铃……"电话铃声骤然响起。马童力"嗖"的一下从床上蹦到地上，抓起话筒。"喂，哪位……啊，宣主任哪……我在办公室哪……上午十点到县委第一会议室开会，嗯，书记主任、副书记副主任参加……哦，云书记主持会议，不许请假。好，我知道了。中，你通知他们吧。"

挂了电话，马童力端起洗脸盆到洗漱间刷牙洗脸。刚回到办公室，叶光明和张楠就到了。两个人都不停地打哈欠流泪。马童力问："你俩吃饭了吗？"他俩摇头。马童力指指办公桌抽屉："饼干，正好一人一包。"叶光明拉开抽屉，张楠抓起一包拆开，吃得狼吞虎咽。叶光明转身拎起暖壶倒水。马童力拿起一包饼干说："一边走一边吃吧，时候不早了。"

三个人出了办公楼。宣世杰站在乡里唯一的一辆212吉普车旁边等候，见三个领导出来了，连忙拉开车门。拉的劲儿大了点，车门子下来半截。宣世杰的脸顿时白了。张楠玩笑道："我说宣主任，你是担心我们仨挤在一起热得中暑啊，那也别把车门子拽下来呀。"宣世杰脑门上的汗也冒出来了。

马童力说:"中了张楠,你就别吓唬世杰了,没见他脑门冒汗哪?没事世杰,这门子早该修修了,你做个维修预算,我批一下。"宣世杰高兴地答应一声,抹了把脑门上的汗。三个人上了车。车子摇摇晃晃开出了公社党委大门口,差点撞上一个人。司机二亮朝那人喊:"看着点啊,不要命啦?"那人说:"马书记在上面吧?"马童力摇下车窗玻璃,一看是金元宝。"找我啥事啊?金老师。你快点说,我等着去县里开会哪。"金元宝走到车窗前,递给马童力一个信封,说:"你先看看吧,等你回来我再跟你详细说。"马童力招招手,吉普车开走了。

差二十分十点。马童力他们走进了县委第一会议室,已经坐了十几个人。大家彼此都认识,乱哄哄地打着招呼。相互握手,递烟。马童力跟北洋公社党委书记童志是大学同学,不在一个班,但在一个校组织:学生会。他当主席,童志当副主席,两人都还单身,单身男人关系亲密无间,到了一起自然会聊女孩。"咋样,有目标了吗?"马童力问童志。童志反问他:"你咋样,有眉目了吧?"马童力装作很神秘的样子,摇头笑着不语。

"笑啥呀?看样子对上象了是吧?哪的?干啥的?快告诉学长。"童志有点急了。

马童力说:"现在还不能告诉你,保密。"

童志说:"好啊,对我还保密?真不够意思,我决定,取消下礼拜天跟你的约会。"

马童力连忙解释说:"别别别,我跟你开玩笑哪,哪有啥对象啊。真要有了肯定会第一个告诉你啊,好大吃你一顿以示庆贺啊。"

童志笑了,捶了他一拳:"谅你也不敢哪。"

会议室大门被推开了。云秀走在最前面,身后跟着其他几位县领导。已经认识云秀的乡干部纷纷跟她打招呼,握手。云秀笑容可掬地朝大家点头致意,握手。

马童力和童志注视着云秀。马童力不由自主地自语道:"这么年轻就当上县委书记了!"童志说:"工作水平一定很高啊!"说话间,云秀走到了他俩跟前。当马童力的目光与她的目光相遇的时候,她竟然对他说道:"马童力同志,你好啊。"马童力惊讶地看着她:"你认识我?"云秀说:"在范家庄。果树那件事你处理得很好。"马童力回想着在范家庄常桂红家后院的情形。啥时候见到过云书记呢?咋一点印象也没有啊。

云秀已经坐在了两排长条桌的正中间。马童力还是没想起来和云书记在哪见过面。云秀环视了一下干部们,再看向办公室主任万德华。万德华会意,对她说道:"人都到齐了,云书记。"云秀点点头,对大家说道:"同志们,现在我们开会。首先做一下自我介绍。云秀,女,今年三十六岁,已婚,有一个七岁女儿上小学一年级。父母双亲均在河南老家务农。丈夫是县人民医院内科医生。公婆双亲均是事业单位退休干部。来咱们县任职以前在邻县锣鼓县任县委副书记兼副县长。介绍完毕。"

乡干部们热烈鼓掌。云秀摇摇手，继续说道："这次奉调来咱们县工作，我感到非常荣幸。为啥这样说呢？一是这充分体现了组织上对我的信任，这是我努力工作的动力。接下来，我要用我的勤奋务实的工作成绩，换取群众的信任。二是，咱们的老县委书记林信达同志主政三十余年，呕心沥血，兢兢业业，以一种'筚路蓝缕，以启山林'的奋斗精神，硬是把一个落后县建设成了一个红旗县，而且连续十年红旗不倒，这其中也有你们这些在座的同志们的一份功劳啊。你们说，我云秀接手这样的先进县是不是一种荣幸？"

乡干部们笑，再一次热烈鼓掌。

县长许援朝说："咱们云秀书记在锣鼓县的时候主管农业，一年三百六十五天至少两百天在基层，和群众同吃同住同劳动，倾听群众呼声，为群众排忧解难，使锣鼓县的农业像锣鼓一样当当响，响到了省里，响到了北京，连续五年当选国家级劳动模范，受到过中央领导的亲切接见呐。"干部们向云秀投来敬佩的目光，长时间鼓掌。许援朝补充一句，"这样的好干部到我们县来当领头人，也是我们的荣幸啊，对不对呀？"大家异口同声地喊道："对。"

云秀微笑着摆摆手，大家立刻安静下来。她继续说道："刚才许县长把我捧得太高了，幸亏我提前吃了降压药，不然非从窗户飘出去上天不可。好了同志们，开场白说完了，下面赶紧转入正题。今天着急大伙来开这个会呀，议程只有一个，那就是土地未动，思想先行。按照省委部署，秋后我们就要开始推行家庭联产承包责任制了，这是中央制定的一项农村发展的重要战略，是调动农民生产积极性，进一步体现社会主义优越性的重要举措。从各公社反映上来的情况看，广大农民是热烈拥护这一改革的。但我们不能因此而过于乐观，要注意倾听来自基层的不同的声音。要特别注意产生的带有倾向性的思潮。我报到来咱们县以后，一直在下面走走看看。咱们县所属的十二个公社我转了一大半了，掌握到了大量一手资料。昨天，我去了芳草公社的范家庄……"

马童力和叶光明迅速交换一下眼神，疑惑地看着云秀。

"这个村有个妇女叫……常桂红，她听说要分田到户了，觉得集体的果园早晚也要分，就私自挖了一棵苹果树栽到了自家的后院里。当时啊，我和孔秘书站在院墙外边目睹了整个过程。常桂红的错误行为受到了这个村支部书记范占山同志严肃批评。正赶上这个公社的党委书记兼主任马童力同志来蹲点，及时展开了一次现场会，当场宣布了对常桂红的处理意见，对在场的群众进行了一次引导教育。我认为这两位干部同志政治素质很强，处理问题果断又适当，希望其他干部今后要多向他们学习。"

大家的目光一齐看向马童力。他在众人注视下显得有些不好意思。叶光明和张楠对视一眼，脸上现出自豪的表情。

云秀接着说："这件事情不是孤立的，在其他公社也有。说明了一个严肃的问题：部分乡亲已经坐不住了！同志们哪，这可不是一个小问题啊，它反映出当前农民的思想素质的高低，反映出我们的工作还缺乏预见性，搞不好，是要阻碍这项改革的进程的，会给我们党的农村建设事业造成难以预料的损失啊！所以，必须要给予高度的重视啊，同志们！"

大家脸上的表情都很严肃。马童力与叶光明和张楠都陷入了沉思。

许援朝举起一份文件，对大家说道："这是省纪委最新下来的通报，说的是天源县发生的两起违纪现象。一个是两个村干部思想脱岗，在队部喝得酩酊大醉，吸烟引发火灾，烧毁了仓库里的一千多斤粮食。另一起是几个村民哄抢集体农具，在场的村干部竟然没有积极制止，更没有主动向上级汇报，在群众中造成恶劣影响。这两起事件的当事人都受到了党内严重警告处分。同志们，我们都应当引以为戒，切实加强组织纪律性，时时刻刻不能忘记并认真履行好自己的职责啊！"

云秀神情凝重地说道："我们是受党教育多年的干部，全心全意为人民服务的宗旨必须时刻牢记在心头，并且付诸行动。大家会后要认真排查本单位存在的懒政不作为现象，包括这种现象的苗头，坚决杜绝此类事件的再发生。县委组织部会同纪委要深入下去，做好检查督导工作，发现问题及时予以纠正，直至上报县委严肃处理，无论是谁，无论他过去做出过多少贡献，绝不姑息！"

马童力注视着年轻的县委书记云秀，听着她铿锵有力的话，从内心深处感受到一种泰山一般的压力。他在想：这个女书记好厉害呀，旗帜鲜明，雷厉风行，省委领导真是有眼光啊！

"马童力同志。"云秀点名道。童力没有反应，还在沉思。云秀又喊了一声，他身边的童志赶紧推了他一下，童力愣愣地看着童志。童志小声说："云书记在叫你哪。"童力立刻站起身，对云秀答了声："云书记，请指示。"云秀说："坐下。你刚才思想上开小差了吧？"童力不好意思地点点头。

云秀盯视着童力说道："我问你，你们公社响马河村是不是有一个叫高粱杆的治保委员？"马童力点点头，看着云秀。云秀继续说道："听说，这个高粱杆依仗他亲二叔当本村支部书记，恣意妄为，村民们敢怒不敢言。你知道吗？"马童力脖子上的喉结上下乱动，不知如何回答。云秀接着说："他明明知道本村周东旺和谷香相爱多年，却硬要拆散这两人，处处给周东旺制造麻烦，有几次都动了手。这些你都知道吗？"

马童力的眼睛越听瞪得越大。心说这都是啥时候的事啊？我咋一点都没听说啊。他只好摇摇头如实回答："我……不知道。"

云秀环视一下大家，严肃地对马童力说道："作为一个公社的党政一把手，对本乡村存在的这样的恶势力，你竟然毫不知情，更谈不上从快处理了。还有，这种人居然还是村里的治保委员，你难道不知道吗？马童力同志，你这是失察，失职啊，童力同志！"

马童力脸上一阵发热，愧疚地低下了头。少顷，他又抬起头，诚恳地说道："云书记，我完全接受你的批评。我回去后马上赶到响马河村，对这个害群之马一定严肃处理，绝不姑息。"

云秀说："还有那个高支书，他侄子的所作所为，难道他一点都不知道吗？不可能。说轻了，他是在睁一眼闭一眼地装不知道；说得严厉一些，他就是在渎职，纵容自己的亲人违法乱纪！"

所有人的目光都投向马童力。刚才还得到云书记表扬的马童力，此时被云书记狠狠点名批评的马童力。

童志不安地看着马童力。

叶光明和张楠看着马童力，都暗中为他捏了一把汗。

马童力真恨自己没有孙悟空的本事。若是有马上扒开一条地缝，逃他个无影无踪。

十二点半，云秀宣布散会。然后补充了一句："没给大家准备饭，各位请自便吧。"

与会干部们纷纷离座出了会议室。童志问马童力："上哪吃去，我请你。"马童力摇摇头："不想吃，改天我请你吧。"童志知道他为啥没有食欲，不再说话，看着童力上了吉普车走了。

在车上，叶光明和张楠看着马童力不说话。马童力对司机二亮说道："去响马河村。"然后，闭上眼睛，一句话也不说了。叶光明和张楠也一路上沉默不语。

到了响马河村东口。叶光明说："马书记，到了。"马童力睁开眼，头也没回地说道："光明你俩走吧，我去跟高支书谈谈。"说完，推开车门下了车，头也不回地朝村里走去。走了一段，迎面走来了周东旺。

"马书记来了。"东旺开口打着招呼。

马童力对东旺点点头，说了句："忙啥去呀？东旺。"

东旺说："我……找谷香去……"

童力笑笑，从东旺跟前走过去了。

东旺看着童力的背影，自言自语了一句："马书记今儿个咋这不高兴啊？"

马童力径直走到了高贺家门口，刚抬腿迈进院子，耿翠芝从厢房里出来，一眼看见了他，连忙喊了一声："哎哟，马书记来了，快进来，进来。"屋子里的高贺听见了，迎了出来。"大中午的，马书记你咋来了？还没吃饭吧？"马童力说了声："不想吃。走，跟我上队部去。"高贺注意到马童力的脸色不好，心脏缩了一下。心说：是不是要换掉我这个支书啊？翠芝看了眼丈夫，一脸的紧张。

马童力转身出了院门。高贺对老伴使了个眼色，跟了出去。

一路上两人谁也没说话。一个不想说，一个不敢说。

两个人走进队部。高贺推开支书办公室的门，侧身等候马童力先进去。童力进去了。高贺跟进去，立刻关上了门。走到柜橱前拿水杯。童力说："我不喝水，你坐下。"高贺看着童力，小心地说道："马书记，我做错啥事了你就批评我，别给我留面子，啊。"童力坐到椅子上，盯视着高贺，说道："我问你高支书，我嘱咐过你没有，要管住你的侄子，不要叫他太嚣张，你说，是不是把我的话当成了耳旁风？"高贺连忙赔着笑脸说："马书记的话我咋能当成耳旁风哪，我真的没少骂杆子这小子啊，可我毕竟不是他爸爸，再加上这小子真不是个东西，他不听我的呀，气得我直犯高血压……"

马童力一摆手打断了高贺的话："你马上召开支委会，通过一下，撤了高粱杆治保委员的职。"

高贺呆愣愣地看着马童力。

马童力说："你甭不理解。我之所以同意叫他当治保委员，是想用这个职务约束一下他，谁叫他不争气哪。"

高贺长出了口气，点点头："我明白了马书记，下午就开支部会。"

马童力问道："你准备叫谁当这个治保委员？"

高贺说："一时半会我还说不好，支部会上讨论一下，有了人选再汇报给你吧。"

马童力思考了一下，说："你先兼着吧。秋后就要全面铺开家庭承包责任制了，这之前的工作你们必须做深做细，绝不能出一点差错。"

高贺连忙说道："你放心马书记，我们响马河绝不给你掉链子。"

15

周东旺扛着一把锄头走在田野上。

他的脚步重而沉稳。起风了，有些凉飕飕的。东旺把上衣扣子全都解开了，露着里面的白色的粗布衫。他的头顶上冒着热气，两只大眼睛炯炯有神。此刻，他紧蹙眉头，一脸的纠结。

那天在大队部，高贺对他说的那些话，他越想越来气。气的是高贺为了自己个儿的脸面，竟然要帮侄子抢走谷香。这话亏他说得出口。他还生自己的气。气的是自己个儿没本事，借了这么些日子的粮食，还没凑够一大车。拿不出一车粮食，谷大贵就不把谷香嫁到周家。这边谷大贵咬着一大车粮食彩礼不放，那边高贺叔侄俩一心惦记着抢走谷香。这可如何是好呢？他自语："难道我跟谷香这辈子就没有夫妻缘分了吗？我还就不信了！"

东旺想着心事，脚板子不知不觉就慢了下来，先后有好几个村民超过了他。

高粱杆骑着自行车上来了，歪着脑袋看着东旺，东旺没注意到他。高粱杆咳嗽一声，东旺还是没有注意到他。高粱杆突然大吼一声，吓了东旺一跳。

东旺吼："你干啥呀？瞎他妈叫唤啥呀？"

高粱杆下了车子，瞪视着东旺："妈的，你骂谁呢？"

东旺说："谁叫你吓唬老子哪，就骂你了，咋的？"

高粱杆一扔车子，指着东旺的鼻子吼："你他妈的肉皮子痒痒了是吧？找揍是吧？"

东旺一挺胸脯子，吼："你他妈敢碰我一下试试。"

跑上来几个村民要拉开他俩。拉不开。

高粱杆在东旺的肩膀上杵了一拳头，喊："我他妈就碰你了，咋的吧。"

东旺猛地出手，一拳就把高粱杆干倒在了地上。高粱杆骂了一声，想爬起来还手。东旺抬腿一脚踹翻了他，又补踹了两脚。高粱杆趴在地上起不来了，杀猪一样干号。东旺啐了口吐沫，拉着车走了。村民们憋着笑，互相挤眉弄眼地走了。

人们都走了。高粱杆躺在地上哼哼着。

耿翠芝走过来了，看见地上趴着一个人。走近了一看，叫出了声："哎呀妈呀，这不是杆子吗，杆子杆子，你咋的了？啊？咋的了？"她跑过去蹲在高粱杆跟前，想扶他起来。高粱杆"哎哟哎哟"地叫唤着，挣扎着爬了起来。

翠芝说："赶紧上医院吧。"

高粱杆咬咬牙，说："要去也得叫周家爷俩背着我去。"

翠芝问："你叫人家送干啥呀？"

高粱杆吼："刚才就是周东旺打的我。"

翠芝"啊"了一声："他……为啥打你呀？打人可是犯法的啊。"

高粱杆说："刚才我看见这小子磨磨蹭蹭跟个蜗牛似的慢慢腾腾的，就批评了他一句，妈的这小子上来就动手打我……"

翠芝说："这个周东旺，他咋这么浑哪，磨洋工，还打人。你在这坐会儿，我去找你周大叔去。"翠芝转身撖起自行车，骑上向地里跑去。

周秋山正在玉米地里锄草。大队长江天成扛着铁锹大步走了过来。"忙着哪？秋山叔。"周秋山一看是江天成，咧着嘴笑了。

他喜欢江天成，喜欢这个心里头装着全村老少爷们的当家人。他发现天成胡子拉碴的，就说："你瞅瞅你，忙得都顾不上收拾胡子啦，该歇歇就歇歇，别累伤力喽。"

天成十分敬重这个老爷子，敬重老爷子不卑不亢，敬重老爷子脚正心正。他摸摸胡子笑笑说："哎，我这就刮，这就刮。"

东旺拉着排子车走到地头停下来，朝天成喊了一声："天成大哥。"天成朝东旺招招手。

周秋山看了儿子一眼，将目光投向远处大大小小的景物，他细眯起眼睛，使劲耸动着鼻翼深呼吸，带着醉意呼出一口长气。对天成说道："天成啊，你说，这世界上啥是最美滋滋的事儿？"

天成说："依我说呀，站在大田地里看丰收是最美滋滋的事儿。"

周秋山满意地点着头，也笑了。他蹲下身，轻轻捧起一把沃土，好像捧起一把珍宝，满目的柔情，凑近鼻子闻了一会儿，轻轻放下。再捧起一把，再闻。他喃喃自语道："真香啊，一辈子也闻不够啊！庄稼人有了它，过日子才踏实哪！"说着说着，他张开双臂缓缓地趴到土地上，一张老脸紧紧地贴在了泥土上，两手一遍遍地抚摸着一块块土坷垃，动作是那么轻柔，生怕惊醒了这片土地。神情是那么的虔诚，好像面对的是自己的父母。

天成被老爷子对土地的一片挚爱深情感染了，眼眶湿润了，情不自禁地流下了热泪。

东旺的注意力没在父亲那边。他看着绿油油的玉米秆出神。这块地是他和父亲负责的，就差脚下这一小片地就要除完草了。他感觉到自己今天干活有些心浮气躁，他知道是啥原因，就在心里骂开了高粱杆。

正骂着，耿翠芝骑着自行车风风火火地跑来了。人还没下车子，吼声先砸过来了："周东旺，你个兔崽子，下手咋那狠哪？"

东旺一看是翠芝，回了句："谁叫他先动手打我哪。"弓着腰继续撒粪。

周秋山和江天成也听见了翠芝的吼叫，赶忙跑了过来。

周秋山问翠芝："他婶子，出了啥事啦？"

江天成说："别嚷嚷别嚷嚷，慢慢说，好好说。"

翠芝气愤地说道："正好大队长也在，你给评评理儿，看看到底谁办错事了。刚才，东旺在半道上磨磨蹭蹭不快走，我们家杆子批评了他几句，这小子驴脾气上来了，上来就把杆子打得起不来了，到现在还在地上趴着啊。"

周秋山和江天成都吃了一惊。周秋山瞪视着儿子："你跟老子说，是不是这回事？"

天成看着东旺："兄弟，你咋动手打人呢？人家批评你批评得对呀。"

东旺气鼓鼓地分辩说："根本不是这么回事。我承认，刚才我光顾着寻思点事儿，走得是慢了点。可高粱杆不该上来就带脏字骂我，更不该动手打我。"

天成问："你说啥？是杆子先动的手？"

东旺嗯了一声。

翠芝问："谁能证明是杆子先动手的啊？"

东旺说："多了。有芒种大叔，有菊花婶子……还有水草嫂子，嗯……还有大柿子兄弟，还有……"

天成说："中了中了，别说了别说了。"转脸看着翠芝，"你领我先把杆子扶到家里头躺着，有啥话以后再说。"

周秋山说："要不，送卫生院看看去吧。"

天成说："先看看杆子的伤势再说吧。"

翠芝一听有不少人可以证明高粱杆先动的手，自知理亏，但还是对东旺抱怨道："你这孩子也真是的，就是他先动的手，你也不该下那么狠的手啊。"

东旺说："婶子我可以肯定，他是装的，我根本没下那么重的手。"

天成说："先别说了，过去看看就知道了。东旺你也跟我去。到了那你一句话也别说啊。"东旺点点头。

周秋山问天成："我还跟去吧？"

天成说："你老就别去了，忙吧。"

东旺和天成推着排子车，跟在翠芝后边跑着到了高粱杆身边。高粱杆看见天成过来了，哼哼声一声比一声大。东旺想说什么，看了一眼天成又咽了回去。

翠芝问："杆子，东旺说是你先动的手，还有人证明，是吧？"

高粱杆光哼哼不说话。

翠芝瞪了他一眼，骂道："兔崽子，不跟你婶子说实话，敢做不敢当的玩意儿。"

天成说："婶子你就别说杆子了。杆子，你说，咱们要不要上卫生院看看去？"

高粱杆咬咬牙，狠狠地剜了东旺一眼："我感觉我要死了，浑身都骨折了，哎哟，疼死我了……"

翠芝说："你是真的还是假的呀？"

高粱杆咧着嘴说："你还是我亲婶子吧？咋这么不心疼侄子呢？"

天成说："杆子，我可跟你说啊，医生要说你没啥大事，你可得立马给我回家炕上躺着去啊，听见没有？"

高粱杆说："废话少说，感激你送我上医院，哎哟，我要死了……"

几个人连搋带抱地把高粱杆整到了排子车上。高贺骑着自行车飞快地跑来了。

翠芝问："当家的，这么快你就知道杆子跟东旺打架的事儿了？"

高贺摆摆手，对高粱杆说道："杆子，快跟我走，谷香要跟你商量定亲结婚的大事儿。"

东旺大吃一惊。天成和翠芝也都惊呆了。高粱杆一听，一脸的喜出望外。他"嗖"的一下坐起身，动作敏捷地跳下车，跳到后座上，连声催促道："快走啊叔，谷香在咱家等着我吧？"

高贺不说话，也不骑走，阴着脸瞪视着高粱杆。

高粱杆奇怪地看着高贺："咋的了叔？"

天成反应过来了："杆子，你不是受伤挺重的，要去医院吗？"

高粱杆的脸一下子红了，红得跟猴屁股似的。

翠芝说："这个兔崽子，他还真是装的。"

高粱杆还嘴硬："我这是高兴的，咋的，犯法呀？"

高贺一撒车龙头，高粱杆跟车子一块倒在了地上，那副滑稽相把东旺和天成都逗乐了。

高贺指着坐在地上揉着屁股的高粱杆，骂道："你就给你叔丢人现眼吧。还不快点起来。"

高粱杆问："见谷香去啊？"

高贺说："就你这瞎掰说谎的，人家谷香能嫁你吗？我刚才是考察考察你，看你是真伤得重，还是装的。"

高粱杆又气又恼地爬起身，对高贺说了句："叔你可真中啊。"转身，朝着村子方向一瘸一拐地走去。

高贺微笑着对东旺说道："刚才我在村子里听人说你把杆子给打伤了，我就不相信。你不是那种人，我还不了解你呀。中了，没事了，干活去吧。"

东旺看了一眼天成，推着排子车走了。

高贺对翠芝使了个眼色。翠芝会意，转身也走了。

天成对高贺说："这个杆子真该好好管教管教了，老是依仗着你的权力胡作非为哪中啊，撤了他的治保主任算是撤对了。"

高贺白了他一眼，说："杆子这孩子从小没了爹妈，我把他当亲儿子一样拉扯，娇惯了点是人之常情。年轻人嘛，心高，气傲，做了一些讨人嫌的事儿，我真没少骂他。可要说胡作非为，你不觉得这个帽子太大了吗？这要是在'文革'时期，还不进监狱枪毙呀？"

天成说："怪我，没文化，乱说话，你忙，我也忙去啦。"说完，转身朝大田地走去。

高贺盯视着江天成远去的背影，一直到眼睛发酸流下泪来。

收工了，人们三三两两回家吃饭去了。周秋山利用中午歇着时间，在滦河西岸开垦小片荒。他没回家，在地里吃了怀里揣着的两块凉白薯。他已经有段时间没好好吃到粮食了，凑不够一大车彩礼就娶不来谷香，他怎能咽得下那么多粮食呢？脚下这小片荒在这里睡大觉已经有些年头了。"文革"的时候，他也动过心思，但害怕被扣上一顶大帽子游街批斗，不得好死，就没敢动过一镐头。如今，形势变了，党和政府关注农民了，马上搞家庭联产承包责任制了。这说明啥呀，

74

说明咱庄稼人的好日子就要开始啦。庄稼人靠啥过上好日子啊？还得靠不怕流大汗，不怕在土地上花心血啊。有了好日子，还愁娶不来谷香？自从听说搞家庭联产承包责任制以后，他就开始盘算起那个小片荒了。今儿个中午他还就悄悄一个人干上了。

这块小片荒的土质说不上好，主要是碎石子多，还有石灰层。可要是舍得下力气，花上个十天半月的工夫挑挑拣拣，完全可以把那些杂碎东西过滤出去的。再说，这里离滦河多近，抽个水浇个地啥的多方便哪。天道酬勤，人勤，地保管不懒。我周秋山种了大半辈子的地，流的汗都盛一百口大缸，还在乎多流点汗？

周秋山越干越带劲，高高举起又落下的镐头虎虎生风，一块一块僵硬的土地一寸寸在他的身后苏醒，散发出淳朴的醉人的馨香。周老爷子的身体可真好，一大把年纪的人了，干起翻地的力气活一点也不输年轻人。一闻到泥土的馨香，他更觉得浑身有使不完的力气了。他太投入了，以至下午上工的钟声敲响他都没听见。

三队长朱明理清点人数的时候，发现少了周秋山，就问身边的人看见周老爷子没有。大家都摇头说没看见。周东旺扛着铁锹走过来了，朱明理就问他。

东旺说："我爸中午没回家吃饭，我也不知道干啥去了，他没跟我说。"

朱明理就觉得很奇怪：秋山大叔这些年，上工可从来没迟到过，更没有无故不出工的时候。今儿个他这是咋的了呢？朱明理对东旺说："你去找找你爸去。"

东旺答应一声，拔腿却不知道该往哪边跑。想了想，向滦河那边跑去。跑了一段河湾，隐隐约约看见西岸附近的荒地里，有一个人影在晃动。东旺一眼就断定是自己的老子，连忙跑了过去。

周秋山感觉到腰有些发酸，就停下来坐在地里。瞅着新翻过的土地，心里头一阵阵惬意。"爸——"东旺边喊边跑了过来。

周秋山喊："啥事啊？"

东旺喊："你咋不去上工啊？"

周秋山这才想起中午早该过去了，扛起镐头就往地里跑。

东旺在后边追赶着，喊："爸你慢点儿，别跌喽——"

周秋山不搭理他，就是跑，一直跑到了玉米地里。

朱明理走过来问："秋山叔，你干啥去了？"

周秋山如实回答："开小片荒去了。"

朱明理打了个愣："开小片荒？在哪开的呀？"

周秋山指一下滦河岸边："河西边。"

朱明理说："大叔，所有的土地都是国家的，您老不知道啊？"

周秋山说："我……我瞅那地都撂荒了，寻思着怪可惜了的，就惦着……"

朱明理说："别说了大叔，别再上那块地里头去了啊。"

周秋山刚要说话，高粱秆风风火火地过来了，一边走一边喊："是谁动河西边那片荒地了，啊？谁？是谁？"

大家都偷偷看周秋山，暗暗为他捏了一把汗。

朱明理朝高粱秆喊："杆子，别喊了，过来。"

高粱秆走过来："是你动了，是吧？"

周秋山说："是我。"

高粱秆瞪视着周秋山："是你？好啊，你们爷俩存心跟大队过不去啊，打人，私自动集体的地，响马河村盛不下你们了是吧？"

周秋山不紧不慢地说："听着，你要再给老子扣帽子，看我不砸折你的腿。"

高粱秆下意识地捂住自己的大腿，吼："你敢！"

东旺突然一声吼："那你再胡说八道一个试试。"

高粱秆扭脸看看东旺，心里一阵哆嗦。他咬咬牙，一边朝后退着身体，一边发着狠地说道："你们爷俩给我等着，别以为我不当治保主任了就没法治你们了，以后有你们的好果子吃！"

第六章

16

　　"今晚上的月亮咋这圆哪，咋瞅咋像大烙饼。"东旺仰望着夜幕上的月亮这样感叹了一句。偎在东旺肩膀头上的谷香打了他的手掌一下，嗔怪说："你还有心思寻思吃烙饼哪，真不知道心窄。"

　　东旺问："我心啥窄呀？有啥可心窄的啊？"

　　谷香反问："我问你，那一大车粮食你都操持齐了？"

　　东旺恨恨地说道："他娘的，都怪高粱杆那个王八蛋！"

　　谷香叹了口气："也怪我爸，不敢得罪高家人。"

　　东旺说："哼，我和我爸才不怕他们高家人哪。不就是支书家吗，有啥了不起的！"

　　谷香问："那你说咱俩的事该咋办呢？就这么拖下去了？"

　　东旺说："这事咋能拖呢？我已经想好了，我下工后去揽泥瓦活挣粮食，就是干一宿不睡觉，就是累吐血，我也要攒够一大车粮食，顺顺当当把你娶进家门儿。"

　　谷香捶了东旺一拳："胡说啥呀，就是你豁出去了，我还舍不得哪。"东旺狡猾地笑笑："没事啊，有啥舍不得呀。我一个大老爷们儿，脱层皮掉点肉算个啥呀。"谷香说："就怕你脱一百层皮，掉两百斤肉，也挣不来一大车粮食啊。"

　　东旺咂了几下嘴，哑口无言了。谷香抚摸着东旺一双粗粗糙糙的大手，心里一阵难受，眼睛酸胀胀的，想掉眼泪，又不舍得叫东旺看见，就别过脸去让泪水悄悄流淌。

　　有人说话，是高贺跟高粱杆。东旺和谷香竖起耳朵细听。

　　高粱杆说："叔，你慢着点儿。"

　　高贺说："中，你回去歇着去吧。"

　　高粱杆说："哎，你也快歇着吧。那周秋山私开小片荒的事咋处置啊？"

　　高贺打了个哈欠说："明儿个再说吧。"接下来就没声了。

　　东旺咬咬牙骂道："高粱杆这个王八蛋，铁了心跟我们爷俩过不去啊，好啊，姓高的，骑驴看唱本，咱走着瞧。"

谷香说："你去找金老师问问，开小片荒算不算犯法。"

东旺答应一声，拽着谷香的胳膊说："走，我先送你回家。"两个人朝谷香家默默走去。

街道上安安静静的，偶尔跑过去谁家的狗，偶尔传来谁家发出的叮当乱响的声音。东旺的步子迈得大，谷香小跑着才能跟上。谷香听见东旺的喉咙呼噜呼噜的，仿佛看见他的胸膛起起伏伏的。黑暗中的谷香逮住了东旺的一只手，紧紧地攥着。东旺感受到谷香的手有些凉。两个人沉默着，谁也没有说话。

东旺走到金元宝家门口的时候，突然想到是不是有点晚了。正犹豫间，金元宝妹妹金燕子从大屋出来泼水。发现门口站着东旺，就走到他跟前，辨认出是谁，问道："东旺哥，你咋不进来呀？是找我哥来的吧？"

东旺说："啊，忒晚了，明儿个早上我再找你哥来吧。"

燕子说："我哥还没睡觉，正备课哪。"

东旺说："那我更不能打搅他了，我回了啊。"东旺转身就走。

燕子在他身后说："我告诉我哥，叫他明儿个早上等着你。"

东旺答应了一声，钻进了夜幕中。走了没几步，谷香跟上来了。"你咋跟来了？""不放心叔的事。""明儿个再问元宝。""嗯，我听见了。""回家吧，我送你。""不用，陪你走一段。"两个人默默地朝前走。

燕子拎着洗脸盆走进过堂屋。金元宝在他屋问："燕子，跟谁说话哪？"燕子说："是东旺哥，我说你备课哪，他说明儿个早上再来找你。"

元宝掀开门帘，边系着上衣扣子边朝外边走。

燕子问："哥你干啥去呀？"

元宝说："我一会儿就回来。"

元宝匆匆出了家门，在后面追赶东旺。很快就追上了他，喊了一声："东旺。"东旺和谷香停住脚步，转过身看着他。谷香说："金老师。"元宝看清是谷香，答应了一声："啊，是谷香妹子啊。"

东旺问："你这是干啥去呀？"

元宝说："你刚才不是找我去了吗？明儿个早上我们学校有活动，走得早，就追你来了。找我有事啊？"

东旺说："啊，是这么回事，我爸今儿个在响马河边上开了一小片荒地，因为这我跟高粱杆干了起来。我惦着问问你，开小片荒犯不犯法啊？"

元宝沉吟了一下，说道："荒地虽然不属于大田地，从没种过庄稼，但到啥时候也是集体的，绝对不是个人的。所以，不经大队批准，任何人都不能擅自开垦的呀。"

东旺一听心虚了："这么说，我爸是犯法啦？"

元宝笑了："说犯法过分了，没那么严重，把小片荒还给集体，别再开了，做个检讨，承认自己自私自利，事情也就了结了。"

谷香松了一口气。

东旺挠挠脑袋："这么说，高粱杆是对的了？"

元宝点点头："我建议秋山叔主动找高支书承认错误去，虚心听取支书的批评。"

东旺叹了口气："他娘的，这回叫高粱杆占了上风，我们输了。"

元宝拍拍东旺的肩膀："别担心，秋山叔不会有事的，快回家休息去吧。"

东旺说："中。你也回吧，明儿个还得起早哪。对了，过两天，我去给夜校那间屋子抹顶漏去。"

元宝摇摇手，转身回家去了。

东旺站着不动，琢磨着。谷香推了他一下，说："别瞎想了，金老师说叔没事，那就是真没事了。回家吧。"东旺说："你也回家吧，我送你。"谷香说："不用，这离我家近。我看着你走。"

东旺点点头，转身而去。

谷香看着东旺消失在黑暗中，心里依然酸楚楚的。

谷大贵在黑暗里摸摸索索爬起身。钱彩凤睡觉轻，醒了，抬胳膊抓住灯绳，屋子里亮了。谷大贵埋怨道："开灯干啥，费电，快关了。"

钱彩凤说："你别跌了。"

谷大贵说："住了几十年了，睡着了也走不差道儿。"

钱彩凤"啪"地拉灭了电灯。谷大贵开了门，出了过堂屋，顺顺利利走进了茅房里，解完了小便刚走出来，忽听院门"哗啦"响了一下，停住脚，缩回茅房里，顺手抓住一根棍子，瞪大两眼朝门口看去，借着月亮光很快看清是谷香，扔下棍子走出茅房。

"别老回来这么晚，大姑娘家家的叫人说闲话。"他说。

谷香答应一声，进她那屋去了。

一阵夜风吹过。谷大贵打了个哆嗦，回他那屋去了。"哼，臭丫头，早晚都出事儿。"他说给老婆听。

钱彩凤嘟囔了一句："你就不盼闺女个好是吧？"翻身不再言声了。

谷大贵爬上炕，嘟囔了一句："看样子，周东旺就是砸锅卖铁，也凑不上那一大车粮食啦。"

夜走到了深处，却有人还没困意，高粱杆就是其中的一个。跟谷香的婚事，跟周东旺较劲的事，二叔向着周东旺的事，搅得他咋也睡不着。索性坐起来，瞪着大眼珠子瞅房梁。越瞅越没觉儿。周秋山爷俩肯定凑不够一大车粮食。可那又咋样呢？谷香照样不拿正眼瞅我高粱杆。老子也拿不出一大车粮食啊。谷大贵拿他这个倔巴闺女能有啥好法子呢？一点法子也没有。周东旺这小子想当娶本村黄花大闺女的新郎官，野心真他娘的不小哪。老子娶不到手，也叫你小子干瞪眼，不信咱就走着瞧，谅他谷大贵也不敢把谷香送进周家门里去，可二叔为啥向着周东旺来了呢？不管咋说，周东旺把我干倒在地上了，老子装着伤挺重的，二叔完全可以治周东旺的罪啊，咋使了个诈当众戳穿了我呢？还有二婶，看她的表情好像也不向着我似的。这老公母俩到底是咋的了？难不成打探到周家有当北京大官的亲戚了？刚才在村头碰见从城里回来的二叔，本想跟他上家说会儿话的，可二叔说啥也不让我去。咋回事呢？

高粱杆索性不睡了，跳下炕去了过堂屋，从碗橱下层拿出一把生花生米，再从上面取出半瓶子二锅头，倒了一盅，"吱"地撅下一口。捏了几粒花生米搁进嘴里，嚼着。再倒一盅，一仰脖喝干。再捏几粒花生米搁进嘴里。这次却不嚼，含着。含一会儿吐出来，放到桌上。花生米多珍贵呀，得省着吃啊。

他突然想起过世的爹娘，想起自己没有一个兄弟姐妹，想起自己的治保主任被撤了职，想得心里酸酸的，眼泪就开始流淌。本来想掉几滴就拉倒的，可一想起自己到现在三十大几了还没老婆，家里天天冷锅冷灶的，就越掉越多。他娘的，全都是周东旺这小子害的，不然早就娶了谷香，孩子都该会打酱油了。一想起周东旺那个七个不服八个不忿的德行样儿，高粱杆就气得咬牙切齿，真恨不得攥着一把大菜刀找这小子拼命去，可又怕进监狱吃苦受罪去。再加上二叔总是劝他说：心急吃不了热豆腐，一锹挖不出一眼井，耐心等着吧。耐心等着啥呀？再等下去，我高粱杆成老爷子了，更没人乐意跟咱过日子啦。哼，真想不出来，二叔究竟是咋寻思的。

忽然，响起几声狗叫。接着，全村的狗差不多都叫唤起来。这是闹啥哪？接下来，响起一阵乱糟糟的叫喊声。出啥事了？高粱杆正满肚子怨气无处撒哪，岂能错过这个爆发的好机会呢？他霍地站起身，拔腿冲到了院子里。正好看见一条黑影从西院墙墙角跳了进来。小偷！高粱杆脑子里立刻闪过了这么一个念头。

他环顾一下四周，看见墙根下戳着一把大扫帚，立刻蹿过去抓在手里，同时，大喝一声："看你往哪跑！"抡着大扫帚扑过去就打。那个人捂着脑袋，低声喊："别打，杆子哥，我是蒋状，你蒋状好兄弟呀。"

高粱杆一愣："蒋状？"

蒋状凑近高粱杆叫他看清楚。"哥，真的是我呀。"

高粱杆问："黑更半夜的，你跑我家院子里干啥来了？"

院墙外传来说话声，是根发。"奇了怪了，刚才我明明瞅见那个人跑进这里来了呀，咋不见了呢？"

蒋状慌忙对高粱杆使劲摆着手，压低嗓音说："哥千万别出声啊，兄弟求你啦。"

院墙外有人说："难不成上天入地了？不可能啊，他又不是孙悟空。"这是他儿子二阳子。另一个声音说："会不会跳进谁家院子里了呢？"这是根发隔壁老烈属秦奶奶的孙女小云。根发说："嗯，有可能。那边是东升大哥家，这边是高粱杆家。走，上这两家瞅瞅去。"

蒋状一听，"扑通"一声跪在了高粱杆脚下，一个劲地作揖磕头。高粱杆想了想，小声对蒋状说："快进屋，找个地方藏起来。"蒋状哆哆嗦嗦跑进了屋。

响起拍打院门声，伴随着叫喊声："开门哪杆子，快开门啊。"高粱杆磨磨蹭蹭地朝院门口走去，嘴里说着："来啦来啦，谁呀？"外面回答："我是根发呀。"高粱杆打开了院门。根发和二阳子、小云。

"出啥事了？"高粱杆问。

小云说："杆子哥，刚才我家进贼了，丢了一只鸡。根发叔跟阳子哥帮我追小偷，眼瞅着那个小偷跑进这条街不见了，可能跳进你家院子里头啦，让我们进去找找吧。"

高粱杆装出一副气愤的样子："这小偷太他娘的不像话了，胆子也太大了点，居然敢偷鸡摸狗，没了王法了是吧。等老子抓住他了非……非，哎，小云，那句话咋说来着？嗯……"

根发说："杆子咱们待会儿再琢磨那个词中吧？咱们还是先搜搜那个小偷吧。"

高粱杆说："中中中，我跟你们一块搜。"

几个人在院子里搜开了。

高粱杆还提醒哪："搜仔细着点儿，别叫这个小偷漏网跑喽。"

几个人瞪大眼珠子，举着手电筒仔仔细细地搜着。搜了一遍，自然搜不到了。高粱杆说："再搜一遍。"几个人开搜第二遍。正搜着，上东升家搜查的金元宝和他妹妹燕子进来了。

高粱杆看着元宝："呦嗬，金老师亲自参加了抓小偷的战斗啊，看样子没抓到啊。"

元宝说："是啊，这个窃贼实在是太狡猾了……"

高粱杆一撇嘴说："狡猾？你快拉倒吧。瞅他那个德行样儿也不是个狡猾人哪。"

几个人打了个愣。元宝问："你见着窃贼了？"

高粱杆意识到自己走嘴了，连忙解释说："啊，我的意思是狡猾的人能干偷鸡摸狗的事吗？不可能啊。你们这几个邻居也真够意思，帮秦奶奶追小偷。这个小偷也真够气人的，偷谁家的不好啊，咋偏偷秦奶奶家的呢？不知道这个家除了一个老人家就是一个弱女子啊？"

燕子说："要是秦奶奶家有俩大老爷们，这个小偷还不敢进去哪。哎，对呀，这个小偷肯定是离咱们村不远的，了解秦奶奶家的情况。"

二阳子说："我看哪，就是咱们家门口的家贼。"

小云说："时候不早了，找不着就算了，一只鸡偷走就偷走吧。根发叔，金老师，咱们回吧，麻烦你们了，也打搅杆子哥了啊。"

高粱杆说："不麻烦不麻烦。你们……都慢走啊。"

17

高粱杆关好院门，走进大屋，却不见蒋状。就喊："状子，状子，你他娘猫哪个耗子窟窿里去啦？"

响起蒋状瓮声瓮气的回答声："哥呀，我在这里头哪。"

高粱杆循着声音走过去，走到一口大粗瓷缸跟前，掀开盖子。

蒋状"唰"地站了起来，连着打了好几个喷嚏。

高粱杆说："你他娘的还挺会找地方猫。哎呀，你小子，我这可是盛水的缸啊，叫你小子臭烘烘的一熏，还咋使啊？"

蒋状连忙解释说："哎哎哎，杆子哥杆子哥，你放心，刚才猫在缸里我一个屁也没放，真的，一个也没放。"

高粱杆捶了蒋状一拳："别给老子扯淡了。我问你，那个鸡呢？"

蒋状一拍大腿，嘻嘻笑着说："瞅我这个雀儿脑袋，咋还一慌张把那个大公鸡给忘了呢？"回到缸前弯下腰拎出一只公鸡。公鸡一动不动，已经死了。

高粱杆踢了蒋状一脚。"你他娘的真是个笨蛋，干点啥也干不好，咋还把鸡给弄死了呢？"

蒋状说："哥呀，我不弄死它，根发他们就会弄死我呀。"

高粱杆说："你他娘真没出息，偷个鸡还叫人发现了，要不是我可怜你救了你，你他娘的非叫根发他们给整派出所去不可。"

蒋状勾着腰，像鸡啄米一样作着揖，嘴里头连声说道："感谢杆子大哥的救命之恩，你对我的好，我蒋状永远记着不敢忘了，往后你就是我的祖宗，我永远是你的孙子，重孙子，重重孙子，重重重孙子……"

高粱杆不耐烦地摆着手："中了中了中了，再往下说老子该成兵马俑了。拿着死鸡快给我滚吧。"

蒋状说："杆子哥，兄弟我这就滚，可这只鸡不能滚哪，留你炖了吃吧，你要嫌一个不解馋，我这就再给你偷一个去。"

高粱杆说："老子啥好东西没吃过呀，比公鸡好吃上百倍的都吃过……"蒋状眨眨眼："啊？比公鸡好吃上百倍？那是啥玩意啊？杆子哥。"

高粱杆寻思着："嗯……"说不出来，便踢了蒋状一脚，吼，"滚滚滚，老子吃过那么多好东西，一时半会儿哪想得起来呀。"

蒋状做了个噤声的手势："小点声儿杆子哥，万一周东旺正好从门口过去，叫他听见我可就傻眼子啦。"

高粱杆一听"周东旺"仨字，立刻恶从胆边生，瞅着那只死鸡动起了歪主意。

蒋状看看愣神琢磨事的高粱杆，拎起那只死鸡轻手轻脚往外走。"给老子站住——"高粱杆轻声喝道。蒋状吓了一跳，回过身看着高粱杆，笑嘻嘻地不情愿地把死鸡放在了地上。高粱杆招手叫他进屋说话。蒋状疑惑地进了屋。

高粱杆说："我刚才突然想起来了，我是咱村最大的官儿高贺支书的亲侄子啊，我咋能眼睁睁看着你犯法不管，还把你给放了呢？我应该抓你上派出所啊，对不对呀？"

蒋状一听连忙又是一阵作揖鞠躬，后来索性跪在高粱杆面前磕起头来了，嘴里头还忙不迭地说着："饶命啊！杆子哥，杆子爷，杆子太爷……"

高粱杆见时机成熟了，蹲在蒋状跟前，拍拍他的肩膀，说道："叫我饶你一命可以……"

蒋状一听乐了，说："我就知道杆子哥最心疼我，最……"

高粱杆说："不过，你得帮我做一件事儿……"

蒋状一拍胸脯说："啥事你说，杆子哥，再偷几只鸡？"

高粱杆说："你咋就知道偷鸡呢？听着，限你三天之内，把周东旺家的那只老母猪给弄死！"

蒋状吓了一跳："杆子哥，你……你在说着玩吧？"

高粱杆突然一把揪住蒋状的脖领子，恶狠狠地说道："走，跟老子上派出所。"

蒋状打着哆嗦道："杆子哥，弄死人家的猪，是比偷人家一只鸡罪过更大了吗？兄弟不……不敢哪……"

高粱杆说："有啥不敢的，你不用怕，一切有你杆子哥做主，你尽管去做就中了。"

蒋状想了想，看看高粱杆冒着凶光的眼睛，怯怯地问道："那……咋弄死啊？"

高粱杆说："那是你的事儿。"

蒋状说："一个月以内中不中啊？"

高粱杆说："不中，就限你三天，做不了就蹲监狱去。"

蒋状一咬牙一跺脚："妈妈的，豁出去了，干就干。嘿嘿嘿……"

高粱杆踹了他一脚，吼道："滚吧。"

蒋状可怜巴巴地慢慢吞吞地走了。

蒋状走了以后，高粱杆的心里略微舒坦了些。总算有人可以替他出口恶气了。他一高兴，连着喝了三盅二锅头酒，吃了十好几粒花生米。他感觉身子有点发飘，就摇摇晃晃进了屋，衣服也没脱，躺在炕上不一会儿就打起了呼噜。

在梦里，高粱杆看见周家的院子里全都是死猪死鸡死猫，躺了一大片。再仔细瞅，周秋山躺在死猪旁边一动不动。"哈哈，这个老家伙也死了。"高粱杆在梦里笑出了声。周东旺终于服气了，跪在他跟前一个劲磕头作揖。谷香也跟着跪下了，说："杆子大哥，我乐意嫁给你了，你今儿个就娶了我吧，我给你生个大胖小子，再生个仙女一样的闺女……"哈哈哈，响马河村的老少爷们全都瞅见了吧？谷香到了还是成了我的人啦！周东旺，老子批准你小子今儿晚上，在我的洞房外头的窗户根下听声儿。好好听听我跟谷香亲热时候的动静儿。哈哈哈哈……忽然，周东旺一声大吼，扑上来，狠狠地捏住了高粱杆的嘴巴和鼻子，叫他喘不上气来了。高粱杆拼命挣扎，可这周东旺劲太大了，挣不开，眼瞅着要憋死个人哎。哎呀呀，救命啊……

高粱杆一折腾，两眼一睁，醒了。出现在眼前的是二叔高贺。高贺松开捏着高粱杆嘴巴和鼻子的大手，板着脸看着他。

"二叔，你咋来了？"高贺指指窗户，"你自己个儿瞅瞅，太阳都上树梢了，你他娘的还在睡大觉，做梦娶媳妇儿。"

高粱杆嘬嘬嘴巴，嘟囔说："哼，你要给我娶来谷香，我还用得着做梦娶媳妇儿？"

高贺捶了下高粱杆的肩膀头："我就知道你小子对你二叔我不满意了。你小子好好寻思寻思，谷香想要嫁的人到底是你，还是人家周东旺？你跟东旺来硬的能把谷香娶到手吗？就算娶到手了，周东旺能饶了你吗？"

高粱杆说："那就眼睁睁干瞅着周东旺把谷香抢走了？"

高贺说："你傻呀？硬的不中，你不会来他个软刀子杀人哪？"

高粱杆问："啥意思啊？"

高贺说："那天你跟东旺打架，知道我为啥当着东旺的面儿，拆穿你装受伤吗？知道吧，刚才一大早，周秋山那个老东西上赶着上我家请罪去了，承认他私自开小片荒是犯法的，求我别把他送派出所去……"

高粱杆来了精神："二叔你可千万别可怜这个老家伙，是他犯在咱们爷们手里，那就别怪我们依法办事啦。"

高贺摆摆手说："我已经答应放他一马了。"

高粱杆打了个愣："为啥呀？"

高贺说："因为他是周东旺的爹。"

高粱杆疑惑地看着二叔。高贺笑笑，严肃地看着侄子："人心都是肉长的。更何况他周家爷俩有短处，在我高支书手里攥着呢？既然我高支书三番五次对你们爷俩网开一面了，你们还好意思跟我侄子抢谷香吗？嗯？"

高粱杆寻思寻思，乐了，说："哎呀！二叔，姜还是老的辣呀，原来你是使的计策，都是为了你侄子我呀，服了服了，侄子我服你了，彻底服你啦……"高粱杆猛地搂住二叔，在他的脸蛋子上狠狠地亲了两口。

高贺抹了把脸上的吐沫，说："谁教给你的，亲不着谷香亲我这老头子是吧？"

高粱杆嘻嘻笑着。外面有人喊："杆子在家不啊？"高贺说："快去上工去，惹不起喊你来了。"

门帘子一挑，三队长朱明理的老婆张荷花惹不起出现在门口。"呦，支书也在啊……"

高贺说："啊，我这正骂他哪，太阳都晒屁股了，他还在炕上挺尸，懒得他没边儿。"

惹不起说："谁说不是哪。你这个侄子忒懒，是得好好骂骂他。杆子你说你，眼下正是大忙季节，大伙都恨不得再长出一双手来，你可倒好……"

高粱杆说："哎呀！我说惹不起嫂子，不是就要单干了吗，还这么认真干啥么。"

惹不起踹了高粱杆一脚："你还支书侄子哪，这都啥觉悟啊？"高粱杆捂着屁股喊道："哎呀！好啦好啦，我这就给你下地去，中了吧？"

惹不起一瞪眼珠子："你说啥？你给谁下地？"

高粱杆作揖："我惹不起你这个奶奶中吧？我给集体下地去，这回说对了吧？"

惹不起捶了高粱杆一拳："废话少说，臭屁少放，赶紧走，麻溜的。支书，我们走了啊。"

高贺扬扬手，没说话。

高粱杆和惹不起刚走出院门口，迎面走过来蒋状。想起昨晚的事，高粱杆没搭理他。蒋状看见了惹不起，龇牙乐着看她。

惹不起白了蒋状一眼："瞅我乐啥呀？吃耗子药了？"

蒋状说："队长奶奶，我是来找你请假来的。"

惹不起说："请假找我们家明理呀，你找我干啥？"

蒋状咧着嘴巴说："可朱队长不批假给我，我就只好跟你请假来了。"

惹不起说："队长不批，那你就改天再请呗。"

蒋状说："你听我说呀，奶奶，啊，不，队长奶奶……"

惹不起说："去，哪是你奶奶呀。"

蒋状说："啊，嫂子，嫂子，你就可怜可怜我吧，我今儿个去跟一个姑娘见面相亲，你兄弟好不容易有这么一个机会，你就忍心眼睁睁不帮我呀？"

高粱杆问:"你说的是真的,还是假的呀?"

蒋状说:"我发誓,绝对是真的,真的。"

高粱杆对惹不起说:"看样子像是真的。可朱队长没批准,肯定是因为眼下地里的活儿多,人手紧。"

蒋状连连作着揖:"求嫂子可怜可怜我吧,我一辈子也忘不了嫂子的大恩大德呀。"

惹不起摇摇手说:"哎呀呀,啥大恩大德的呀。中了,我批准啦,去相你的亲去吧。"

蒋状一听乐了,看了一眼高粱杆,对惹不起连着鞠了仨躬,转身屁颠屁颠地跑远了。

这会儿,周秋山正坐在玉米地里,嘴里含着大烟袋嘴儿,"吧嗒吧嗒"地抽着,看着坐在地头歇着的东旺。东旺摆弄着手里的几个石头子,一句话也不说。

"你倒是放个屁呀,死人哪?"周秋山瞪了儿子一眼,说道。

东旺看了父亲一眼,说:"我不是跟你说了吗,人家金老师说了,你开小片荒是不对,可没犯法。"

周秋山说:"金元宝说没犯法就是没犯法呀?他是法院院长咋的?他是公安局长咋的?"

东旺说:"人家元宝是老师,懂得多,懂得法律。咱没犯法,他高贺能把你咋着呀?所以说,你甭觉得咱欠他的情儿,念他的好儿。更不用操持请他吃饭喝酒。"

周秋山张嘴要说话,剧烈咳嗽了起来。

谷香跟耿翠芝走了过来。

东旺没看见他们。周秋山看见了,摩挲着胸脯子站起身,朝耿翠芝摇摇手,说不出话。东旺这才注意到谷香和耿翠芝。

耿翠芝问东旺:"你们惦着请谁吃饭喝酒啊?"

东旺说:"谁也不请。有那个钱儿赶紧换成粮食才是正经事儿。"

谷香走到周秋山跟前,给他捶着背。

耿翠芝看了闺女一眼,对东旺说:"你看你对象多孝顺哪。哎,谷香,走了,干活去了。"

周秋山对谷香挥挥手边咳嗽边说:"去吧,干……干活去吧……"

谷香走到东旺跟前,小声说道:"别老气着大叔。我走了啊。"

东旺看了谷香一眼,点了点头,起身朝爸爸走去。

谷香走出一段了,不放心回头看,见东旺跟周秋山说着话,这才放心地走了。

东旺对父亲说:"爸你别生气,你要请高支书吃饭那就请吧。我想说的是,那天我跟高粱杆干架，高粱杆装作伤挺重惦着整我，高贺却当众拆穿了他。还有，你开小片荒，高贺不追究你的责任，连检讨都不叫你写了，他这是别有用心，是惦着叫咱们爷俩念他的好，在谷香这门亲事上让步，好成全高粱杆跟谷香。你琢磨琢磨是不是这回事儿呢？”

周秋山说："你别把高贺看得那么坏，我就不信，他高贺堂堂一个大支书当着，会这么自私？"

东旺说："也可能我想多了。反正我觉得高贺后脑勺上好像还长着俩眼睛。"

传来朱明理的喊声："干活了，干活了啊——"周秋山摆摆手："不说这个了，干活吧。"老爷子佝佝嗒嗒地干活去了。东旺看着父亲的背影，叹了口气。

18

高贺跟江天成一边干着活一边谈着队里的工作。高贺说："今儿个早上马书记来了个电话，问我今年开发副业的事儿。我跟他说等咱俩商量商量再汇报，你看这项工作咱咋开展啊？"

江天成说："你是支书，你说了算。"

高贺白了江天成一眼，说："我可不能搞一言堂啊，我是支书，你还是副支书，大队长哪。工作咱俩得商量着来，不能牛蹄子分瓣儿啊。"

天成笑笑。高贺指着响马河那边，说："我琢磨了，河西边有一大片荒地，咱把它开出来，看种点啥合适。过两天，科技站的技术员罗平过来，帮咱们参谋参谋，出出主意。"

天成说："那就等罗技术员来了再说吧。"

高贺说："也中。不过，咱不能光等着罗平说啥是啥，咱心里也得有个数儿，你说是吧？"

天成点点头："你有啥想法啊？"

高贺说："那块地离河边挺近的，浇个水啥的方便，我琢磨着栽种点苹果啊葡萄啥的应该可以。"

天成说："修剪果树枝子那可是个技术活儿啊。"

高贺说："没事儿，到时候可以上范家庄的范占山支书那取经去。"

天成说："那中。先这么着，等罗平来了咱再好好合计合计。"

朱明理扛着铁锹大步流星地走过来了，四四方方的国字脸上红扑扑的，头顶上冒着热气。

天成喊："明理啊，啥事走得这么急啊？"

明理喊："我找你俩有急事儿。"

三个人到了一起。

朱明理说："是这么回事。刚才，我闺女跑到地里告诉我，说她看见谷大贵在市场偷着卖高粱米，叫市场执法队的给抓了个现行儿。""他人呢？"高贺问。明理说："不知道。"

天成说："我估摸着，肯定在市场执法队办公室呗。"

高贺问明理："谷大贵今儿个没上工？"

明理说："他跟我请假说，一个亲戚病了，他去探望探望，哪知道他是倒卖粮食去了呀。"

天成看着高贺："要不，你上市场执法队瞅瞅去？"

高贺叹口气："这个谷大贵呀，大忙季节的他净添乱。明理呀，嘱咐你闺女千万别外传了啊。"

明理说："我已经嘱咐她了。"转身快步走了。

天成思忖着说道："眼下正是青黄不接的时候，哪家也没多少粮食啊，他咋还有粮食卖呢？"

明理说："就说是哪。看样子，谷大贵日子比哪家都过得精细啊。"

两个人正说着话，钱彩凤哭嚎着跑来了，一把扯住天成的胳膊，说道："哎呀，大队长啊，我可……可活不了了呀……我家老头子……"

天成说："别着急，婶子，支书已经去市场执法队队部去了。"

钱彩凤止住哭声，说："你们都知道了啊？大队长，你可得给你大贵叔做主啊。"

天成说："不是我说大贵叔你们，咋能偷着倒卖粮食呢？不知道犯法呀？"

钱彩凤一听又哭开了。

天成对明理说："明理呀，你先把婶子搀回家去吧，等支书回来。"

钱彩凤说："我也上执法队队部去，我不能叫你叔受委屈啊……"

天成说："听话婶子，你回家等消息去，千万别去添乱，啊。"

明理说："是啊，婶子，有支书，有大队长哪，大贵叔不会受半点委屈的。走吧走吧，我送您老回家。"明理搀扶着钱彩凤朝村子走去。

这会儿，高贺骑着自行车，沿着通往市场的柏油马路用力蹬着，忽然感觉到天色暗了下来。抬头一看，一朵乌云遮住了太阳。他自言自语道："要下雨。哼，这个时候下也下不大呀。"继续猛蹬车踏板。走着走着，天空中掉起了小雨点，星星点点的，掉进脖颈里凉了吧唧的。不一会儿，又停了。直到他骑进了执法队队部院子，雨也没再下起来。

高贺来过这里几次，环境比较熟悉。他直接推开了执法队队长杨树宽的办公室。杨树宽正和一个年龄相仿的女子手拉着手，深情对视。

高贺连忙转身要出去。杨树宽喊住了他："快来坐高支书。"指着那个女子介绍说，"这是我对象孟小玲。小玲，快叫高叔。"孟晓玲喊了声："高叔。"

高贺打量几眼孟晓玲，对杨树宽打趣说："中啊，杨队长，找了个跟仙女一样的对象，嗯，艳福不浅哪。"从口袋里掏出一张十块钱的票子，递到孟晓玲眼前，说道："拿着，叔的一点心意，买双袜子穿。"孟晓玲连忙推开高贺的手，躲到杨树宽身后。

杨树宽说："高叔，你太客气啦，这咋好意思呢？心意领了心意领了，谢谢，谢谢。"

高贺把钱塞进孟晓玲手里，说："要是不接着可就是撅叔的面子啊，你俩瞧着办吧。"

杨树宽只好对孟晓玲说："那就收下吧，小玲。"

孟晓玲鞠了个躬，甜甜地说道："谢谢您，高叔。"杨树宽示意孟晓玲回避。孟晓玲对高贺说了句："您坐啊，高叔。"低下头出去了。

杨树宽问："有事吧？高叔。来，坐下说。"

高贺问："今儿个上午，你们是不是抓到一个倒卖粮食的？叫谷大贵。"

杨树宽想了想，说："是有一个叫谷大贵的，我还没来得及问他哪个村的。"

高贺说："都怪我这些日子净忙着抓生产了，给一些不法分子造成了可乘之机，我先向你检个讨，再到乡里做检讨去，豁出我这张老脸不要了，哪叫咱的村民不争气哪。"高贺一屁股坐到椅子上，两手捂着脑门儿，低下头光唉声叹气。

杨树宽说："哎呀！你看你高支书，咋还心窄到这份儿上了？告诉你，抓住谷大贵的时候啊，他还没来得及成交，也就是说还没卖出一颗粮食。我可以治他的罪，也可以批评教育一顿就拉倒了。"

高贺抬起头，两眼放着光："啊？这么说，只要你一句话，谷大贵就可以跟我回家了啊？"

杨树宽点点头："把人领走吧。"

高贺一把拉住杨树宽的手，高兴地说道："哎呀，这可多亏你杨队长给我这个老家伙这么大的面子啦，我心里有数，有数啊。"

杨树宽摆摆手："咱们爷俩哪跟哪呀，就别客气了。"

当下，杨树宽领着高贺走进一间小屋。谷大贵正坐在一堆干草上闭着眼睛胡思乱想。门开了，杨树宽先进来的。

谷大贵朝杨树宽一个劲作着揖，哀求道："把我放了吧，杨队长，下回我说啥也不敢了。我错了，求你千万别把我送派出所去呀，我可一颗粮食也没卖哪呀。"

杨树宽说："大贵叔，你看谁来了。"

谷大贵一看高贺站在了眼前，立刻像捞着一根救命稻草，一把攥住高贺的手，带着哭音说："支书啊，你可来了呀，都怪我鬼迷心窍，给你丢人现眼啦，我再也不敢啦，快救我出去吧。"

高贺拍拍他的手背说："没事了，大贵兄弟，跟我回家吧。"

谷大贵愣了一下："啊？真的？"

高贺说："你要不信，那就住这好啦。"

谷大贵慌忙拽住高贺的胳膊："我信，我信，我信哪……"

高贺用自行车驮着粮食口袋往村里走。高贺问他："你家哪来这么多粮食？"

谷大贵说："支书啊，天地良心，这口袋高粱米可是我们一家子，从牙缝里攒下来的啊，没有一颗是偷来的。"

高贺问："你们家粮食挺够吃的是吧？"

谷大贵说："哪儿啊，我那点家底支书你还不知道啊？一天就吃一顿粮食啊。"

高贺问："那你咋还偷偷卖粮食呢？"

谷大贵不言声了。

高贺停住脚步，盯视着谷大贵。谷大贵感觉到高贺的目光在他身上，像一根根刺儿，扎得生疼。

高贺说："就你那点小心眼儿。你说，是不是怕周东旺凑不够一大车粮食，你家谷香偷偷把你家粮食给东旺背去凑数？是不是，嗯？"

谷大贵点点头，低下了脑袋。

高贺说："你咋这么糊涂呢？你自己个儿的闺女啥脾气秉性你还不清楚啊？惹恼了她将来不给你养老了，看你咋活着。"

谷大贵说："你的意思是，别再跟周东旺要粮食了，乖乖把谷香嫁给他？"

高贺笑笑，不说是，也不说不是。

谷大贵说："支书啊，今儿个我办的这事不光彩，求你千万别跟乡亲们说呀。更别叫我闺女知道啊。"

高贺说："你就放心吧。"

两个人说着走着，不知不觉又下起雨来。雨不大，但密实。谷大贵连忙脱下上衣要给高贺顶在脑袋上。高贺推开他的衣裳，说："快给粮食苫盖上。"

谷大贵忽然说道："支书你看那边，有个小窝棚。"

高贺顺着他指的方向看去，一块地头上，果然有一个小窝棚。就说："走，进去避避雨去。"

高贺骑着车子，谷大贵小跑着，奔向小窝棚。雨大了起来。高贺先到了窝棚口，推着车子钻了进去。看见里面坐着两个人，仔细一看，竟然是马童力和罗平。

马童力和罗平也看清了高贺，一起站了起来。罗平说："是你呀，高支书。"

高贺笑着说："这可真是无巧不成书啊，想不到在这碰上你们啦。马书记，你们这是上哪啊？"

谷大贵进来一看是马童力，转身出去了。但很快他又进来了，站在高贺身后，像个害羞的小姑娘。

马童力说："还能上哪啊，去你那呗。"

高贺明白了："你这是带着罗技术员去我们村滦河西边，给我们的副业勘察地形去，对吧？"

马童力笑了。罗平点点头，对谷大贵说："大叔，您往里面站点，别浇着了，这个时候的雨水凉。"

谷大贵答应一声，朝马童力哈下腰："嘿嘿，马书记。"

马童力朝谷大贵点点头，转脸问高贺："你们老哥俩这是干啥去了？"

谷大贵的脸"腾"地红了。

高贺说："啊，随便走走，转转。"

马童力拍拍粮食口袋："这里面是粮食吧？"

谷大贵的脸"唰"地又白了。

高贺说："啊，这是大贵从他亲戚家借来的。"

窝棚外突然响起一阵叫骂声。几个人一齐朝外面看去，只见一个女人惊慌失措地跑了过去。后面有四个男人追了上去，边追边叫骂着。

看着那几个男人追着一个女人，且边追边叫骂，马童力大喊一声："嗨，你们都给我站住。"然后，就冲出了窝棚，朝那几个人跑去。几个男人全都站住了。那个女人却还是跑，一眨眼就消失在了一片小树林里了。

几个男人中的一个显然认出了马童力，对伙伴们低声说着啥。然后，他们一齐朝马童力点头哈着腰。高贺、谷大贵、罗平都跟了过去。

高贺认出其中一个，刚要说话，马童力先开口了："你们几个为啥欺负一个女人呢？"

几个男人低下了头不敢说话。

马童力问："你们是哪个村的？"

其中一个回答说："范各庄的。"

马童力又问："你叫啥名儿？"

"范田。""范占山是你啥人啊？""我爸。"高贺说："你这孩子，净给你爸惹事儿。快给马书记认个错。"

范田对马童力鞠个躬，说道："马书记，我错了。"转身就跑。

马童力喊："站住。"

范田转回身，对马童力解释说："马书记，那个女的是我们村有名的'常有理'，刚才她偷了一棵苹果树苗，藏进麦地里了，我们要她交出果树苗，她不交，扭头就跑，我们就追过来了。"

马童力问："真的是这么回事吗？"

范田说："你要不信，可以问我爸爸呀。"

马童力说："追上这个人交给你爸爸，注意，要批评教育，不能骂人家，更不能打人家。"

范田答应一声，转身跑走了。

雨停了。天空还是阴沉沉的。一阵阵微风吹过来，感觉凉丝丝的。柳树枝条随风飘舞，开始发黄的麦子给大地铺上了一层厚厚的地毯。高贺和谷大贵、罗平簇拥着马童力朝滦河走着，一边走一边说着话。

高贺对马童力说："马书记，还是你们家乡那边好啊，一年四季都是春天。"

马童力欣赏着眼前的景色，说："我还是喜欢四季分明，春夏秋冬，各有各的特点，养眼又养心，岂不更好？"

高贺点点头，拍着巴掌赞叹道："马书记说得太好了，养眼养心，真是大学问的人哪。"

罗平说："我也觉得还是我们北方景色好，四季分明，真的是养眼又养心。"

谷大贵看看这个，看看那个，不说话，推着高贺的自行车低着头走。

几个人骑着自行车上了滦河河堤。河堤长长的，弯弯曲曲地向前延伸。两岸栽种着一行行垂柳，高大挺拔，垂下的柳条和水中的倒影连成一片。河水缓缓地流淌着，阳光洒在水面上，闪烁着碎金子般的光芒。一座石板小桥横亘河的两岸。

高贺指着河西岸，对罗平说道："罗技术员你看，过了那个小桥就是我说的那块荒地了。"转身对谷大贵小声说，"你先把粮食送回家去再回来上工，顺便叫天成上这儿来。"

谷大贵全身立刻松弛了下来，连忙调转车头骑上就跑，像一阵风似的很快就没了影儿。高贺领着马童力和罗平向小桥走去。

谷大贵快骑到村口的时候，忽然停下了，想了想，悄悄绕到了村落的南边，沿着一片小树林里的小道朝自家走。快到自家后院的时候，迎面走过来老婆钱彩凤，一边走一边东张西望着。看见了谷大贵，连忙跑了过来。"哎呀！当家的，你可回来啦。"钱彩凤仔细打量着老头子，忙不迭地问道，"当家的，没受啥委屈吧？他们打你了吗？伤着哪了？"

谷大贵连忙说："小点声儿，别嚷嚷了，回家说去，回家说去。"

钱彩凤说："我推着车子吧。"

谷大贵说："哎呀别啰唆了，快走吧。哎，你咋知道我从后边回来了？"

钱彩凤说："刚才蒋状来咱们家告诉我说，在村东口瞅见你朝南边去了，我就知道你是想从后门进家了。"

两个人从后院进了家。钱彩凤帮着卸下口袋，怯怯地看着老头子，问道："当家的，他们真的没难为你？"

谷大贵说："没有。就是跟我大声咋呼着，叫我老实交代倒卖了多少粮食，我说一颗也没卖出去哪。他们就把我关在一个小屋子里叫我反省。后来，支书就进来了，那个杨队长就把我给放出来了。哎，香儿没在家吧？"

钱彩凤说："这个大忙季节，你那个青年突击队女队长能在家闲着吗？"

谷大贵说："这事可别叫她知道啊。我走了。哎，你也回地里干活去吧。"

钱彩凤说："咱俩一块走。"她说着，朝前院走。

谷大贵说："还走后门。"

钱彩凤眨巴眨巴眼睛，转身朝后院走。

第七章

19

这个时候，蒋状正跟在根发身后，摇摇晃晃无精打采地为玉米地浇水。根发不时回身看蒋状浇水的样子，不放心地嘱咐说："你瞅着点儿，把水浇匀着点儿。"蒋状答应着，照样心不在焉。

根发看不过眼了，停下脚步，把铁锨一扔，转身就走。蒋状对他的背影喊："是尿尿去吧？哼，懒驴上磨屎尿多，不好好干活。快去快回啊——"

根发喊："我去叫队长过来瞅瞅你干点活儿——"

蒋状慌了，连忙追了上去。"根发大哥，别上队长那告我的状去呀，我听你的话，撒均匀了还不中吗？"

根发喊："狗改不了吃屎。我才不跟你搭伙了哪——"根发说着走远了。

蒋状看着他的背影，叫喊了一句："我还不稀得跟你搭伙哪，反正该单干了。"

过了会儿，高粱杆踢着土坷垃走过来了。"蒋状——"高粱杆喊了一声。蒋状见高粱杆来了，急忙朝他身后看。

高粱杆说："看把你给吓的。我把咱队长给哄住了，他叫我来跟你搭伙来了。"

蒋状说："根发真不够意思，浇个破地这么多事儿，马上就要归个人家了，至于这么拿着鸡毛当令箭吗。"

高粱杆看看四周干活的人，都离这有些距离。扒拉一下蒋状，说道："今天可是第二天了啊。"

蒋状眨巴眨巴眼睛明白了，低声说："我……害怕……"

高粱杆一把揪住蒋状的脖领子，喝道："走，跟我上派出所。"

蒋状连忙求饶："我干，我干。""啥时候？""今儿个晚上。""你说的啊。""我保证……说到……做到。"

钱彩凤的声音突然从他们身后响起。"呦，你们哥俩这是练啥功呢？"高粱杆松开蒋状，看着谷大贵和钱彩凤，忽然有了主意，"大贵叔，过来。婶子，你也过来。"

谷大贵和钱彩凤走到跟前。

高粱杆指着玉米地对谷大贵说："今儿个这片地浇水活儿，就归你老跟我婶儿啦啊。"

钱彩凤急了："哎呀！杆子，队长分给我们的地不是这块儿。"

高粱杆一扬手说："我问你婶子，是小队长大还是大队长大？"

谷大贵眨巴眨巴眼睛，不敢贸然回答。

钱彩凤心直口快："那还用说，当然是大队长大啦。"

高粱杆又问："那我大还是大队长大呢？"

钱彩凤寻思了一下，刚要说话，谷大贵一把推开她，说道："杆子给咱划工分，在哪块地干不是一样啊。"

高粱杆笑了："哎，这就对了嘛。识相，听话，有你们好果子吃。"

钱彩凤愣愣地看着高粱杆。谷大贵拽着她的胳膊，说了句："你猪脑子啊，咋这不开窍呢？"

蒋状朝高粱杆龇着牙乐，说："领导，我干啥活啊？"

高粱杆两手一背，使劲踢飞一块土坷垃，仰着脸说道："你去河北边刀把地里，给白薯翻翻秧子去吧。"

蒋状乐得直蹦高："嘿嘿，这活儿好，谢谢杆子领导啦。哎，领导，弄家庭承包啦，你可得照顾我，别叫我干活，就跟你屁股后头当保镖啊。"

高粱杆踢了他一脚："就你这点尿儿，给我倒尿罐子也不要你呀。别扯淡了，先去干活去。"

蒋状答应一声，乐颠乐颠地跑了。

这个时候，高贺和马童力坐在一块大石头上，看着罗平蹲在荒地里忙乎着。

马童力问："天成咋还没来啊？"

高贺说："兴许忙得脱不开身吧。要不，我去地里找找他去。"

马童力说："算了。恕我直言啊，高支书……"

高贺说："你说。"

马童力说："我感觉……你和江天成有些不合拍呀？你作为一班之长，得高姿态点儿啊。"

高贺说："江天成这个人有点一根筋，眼睛跟心思老死盯着生产上头，典型的光拉车不看路。我提醒过他多少次，可不管用啊。"

马童力看着高贺："不管用那就反复做他的思想工作嘛，总不能放弃吧，得为自己的同志负责任哪。"

高贺笑笑："你说得对，在这方面我做得不够，往后我一定多和他谈谈，帮助他提高思想觉悟。"

罗平兴致勃勃地走过来，对他两人说："我仔细勘察了这块地，是典型的湿地和沼泽地，非常适合搞养殖。因为湿地的气候和土壤是动物、植物生存的最好环境。"

马童力问："那养殖点啥好呢？"

罗平说："我建议养鱼。理想的鱼塘要求有比较大的面积，池水要比较深，光照充分，水源畅通，交通方便，有利于鱼类的生长和产量的提高，并且有利于生产管理。这个地方正好适合这些条件要求。"

高贺点点头，说："好啊，回头我跟支委们开个会商量一下，定下来就开始操持。鱼苗儿好买不啊？"

马童力说："我的一个同学在水产部门当科长，没问题。"

高贺一拍巴掌高兴地说道："中，今儿个晚上我就召集开会。哎，乡长，几点了？"

马童力看看手表："十一点半了。"

高贺说："走走走，上我们家吃饭去，干白菜菜馇馇，豆角炒鸡蛋，咋样？"

马童力摆摆手说："改天吧，我们回乡里食堂吃还来得及。"

高贺说："何必哪，我还有事跟罗技术员请教哪。"

马童力说："得注意群众影响啊，再说，我下午两点还有个会。小罗，咱们走了。高支书，你回吧。养殖这事抓个紧啊。"

高贺说："中，我抓紧。那你们慢走啊。"

罗平朝高贺摇摇手："再见，高支书。"

高贺看着马童力和罗平骑着车子过了小桥，上了河堤，他才朝村子方向走去。

他的身体状态一直不错。每天坚持晨练，每天晚上饭后要步行到滦河边，在河堤上走几个来回。从河边到村口，也就五里地远。他步子大，步速快，很快就看见村东口第一家，老庆叔家门口的石狮子了。村口静悄悄的，一个人也没有。准是都吃上午饭哪。有一个人骑着自行车从村口蹿了出来，朝这边猛跑，看情形很着急的样子。高贺的眼睛还没花，一眼就看清了是江天成。他这是干啥去呀？出了啥事了吗？

天成看见了高贺，扬起胳膊喊道："高支书，出事了出事了……"

高贺喊："出啥事了？"

天成骑到高贺跟前，气喘吁吁地说道："秋山叔家的一头母猪一头小猪被人下毒药死啦！"

高贺打了个愣："啥时候的事儿啊？"

天成说："刚才秋山叔爷俩收工回家发现的。"

高贺问："有证据证明猪是毒死的吗？"

天成说："你忘了，咱村春喜叔不是干过兽医吗？他给诊断的，没错。"

高贺说："快走。"

天成说："上来，我驮着你。"

这个时候，周家猪圈墙边围满了看热闹的人，指着圈里的两头死猪七嘴八舌议论着。蒋状站在人群中，跟着唉声叹气。高粱杆赶来了，听春喜说完情况后，叉着腰叫骂着："他娘的，我要查出这猪是谁药死的，老子非把这个王八蛋千刀万剐了不可。这药死的是周家的猪，可丢的是整个响马河村老少爷们的脸……"

村民们听着高粱杆破口大骂，都不敢说话了。有的悄悄走了。

周秋山蹲在死猪旁，唉声叹气。站在父亲身后的东旺，劝说道："中了，爸，别难受了，还是赶紧报警吧。"

周秋山摇摇头，说："你让乡亲们都走吧，我在这待会儿。"

东旺对乡亲们说道："大伙都忙去吧，别看了别看了啊。春喜叔，吃饭去吧，麻烦你了啊。"

春喜摆摆手，走了。

蒋状看看高粱杆。高粱杆看看蒋状。

谷香进来了，看看圈里的死猪，对东旺说："报警了吗？"

东旺说："我爸不叫报。"

谷香趴在墙头，问周秋山："叔你咋不叫报警呢？还是报吧。民警帮咱找出凶手来，可以得到赔偿的。"

周秋山说："不报，不报。"

高贺和天成进来了。高贺问东旺："你爸呢？"东旺指了指猪圈。高贺走到猪圈跟前，看见了周秋山，说道："秋山大哥，你快出来，别难受了。该吃饭吃饭，该报警报警。"

周秋山说："我吃不下呀。养大这两头猪我花了多少心血啊，突然就死了，就跟摘我的心肝儿一样啊！"

天成说："秋山叔你快出来上屋歇着去，我去公社里派出所找牛所长报警去。"蒋状的身子哆嗦了两下。没人注意到他。

高粱杆看了蒋状一眼，对天成说："秋山叔不叫报。"

天成问周秋山："叔你为啥不叫报警啊？"

周秋山说："又不是啥光彩事儿，这么一闹，咱村的治安模范村的锦旗就得丢了，还不一定能找到那个下毒的人。算了，我就认倒霉啦。"

天成说："可也不能叫你老受这么大的损失啊。"

周秋山摇摇手，没说话。

高贺说："天成啊，我想这么办，你看中不中啊。在没找到投毒的那个人之前啊，秋山大哥家的损失由队上承担，按市场价折折价，看一共多少钱。你要是同意的话，咱就开个支委会通过一下。"

天成说："我觉得这么办不妥。往后哪家受点损失就找大队赔，大队那点家底哪够赔的呀。"

高贺皱了下眉头，转脸看东旺。

东旺说："我也觉得，叫大队赔我家不合适。可我爸就是不让报警。"

谷香走到猪圈跟前的院墙根下左看右看。蒋状神情有点紧张。还是没人注意到他。

高贺对东旺说："快把你爸劝出来进屋歇着去吧。都吃饭去吧，下午还得上工哪。"

天成喊："大伙都回家该干啥干啥去吧，走了走了。"

大家散去。高贺转身往院门口走去。

高粱杆走到谷香跟前说："香，咱们走吧。"

谷香没搭理他，钻进猪圈，搀扶住周秋山的胳膊，说道："叔，回屋歇着去吧。"

周秋山看一眼谷香，站起身，出了猪圈，回屋去了。

谷香对东旺说："好好劝劝大叔。我走了啊。"

谷香见高粱杆站在门口分明在等她，跟东旺进了屋。蒋状走到院门口，看了一眼高粱杆，走了。高粱杆尴尬地站立了会儿，跺下脚，悻悻地走了。

谷香从窗户前看见高粱杆走了，对东旺说道："我走了。还没吃完饭哪。"

东旺说："在这吃吧。"

谷香说："我爸妈等着我哪。"

她刚出了屋，钱彩凤出现在院门口。谷香赶快跑过去。

钱彩凤问："到底咋回事啊？你爸不叫我来，我偷着跑出来的。"

谷香说："回家我跟你说吧。"

娘俩刚走进自家院子，高粱杆就跟了进来。钱彩凤先看见高粱杆的："杆子来了，进屋坐，你叔在家哪。"

谷香看着高粱杆："有啥话上工再说吧，我们还没吃完饭哪。"

高粱杆说："我跟叔说几句话就走。"走在前面进了屋。

谷大贵正端着大粗瓷碗呼噜呼噜地喝粥，以为是谷香进来了，说："哼，死俩猪有啥好看的呀，那就是不好好喂，饿死的。还到处嚷嚷叫人给药死的，扯淡，这不是给社会主义抹黑吗，乡里乡亲的，谁会这么缺德干出这种事儿来呀。"

高粱杆笑。谷大贵一抬头见是高粱杆，连忙放下碗筷，说："哎呀！是杆子来了呀，你看我这眼罩儿，快坐这儿，一块吃点儿。香，拿双筷子来。"

高粱杆说："叔我吃完了，你老快吃吧。"

谷香没进来。钱彩凤拿着双筷子和一只碗进来，说："杆子啊，你就是吃了也得尝尝婶子做的干白菜饽饽，可好吃啦。"说着，递给高粱杆一个饽饽。

高粱杆接过来咬了一大口："嗯，真香。好吃，好吃。"

谷大贵看着他，问道："有事吧？杆子。"

高粱杆点点头："不忙，吃完再说。"

谷大贵说："你说吧，吃完该上工了。"

高粱杆看一眼门口。谷大贵说："香，你进来跟着听听。"

谷香在外面说："没空儿，我上工去了。"

钱彩凤抓起俩饽饽追了出去。

谷大贵有点恼怒地说："这孩子，你看她……"

高粱杆摆摆手说："谷香是突击队长，就叫她忙去吧。叔啊，我从小是您老看着长大的，我是个啥人，您老最清楚。您老说，我配得上配不上咱们谷香啊？"

这句话真把谷大贵给难住了。说配不上吧，高粱杆肯定挂不住脸，那也就给他得罪了。说配得上吧，这小子肯定就坡下驴，张口就该提结婚这档子事了。谷大贵正掂量着该咋说好，钱彩凤进来了。

谷大贵把"球"踢给了老婆子。"香她妈，杆子问他配得上配不上咱们香？"

钱彩凤心直口快："叫我说呀，配不上。"

高粱杆的脸色立刻变了。谷大贵的脸"唰"地白了。

钱彩凤接着说："我还没说完哪，是咱家香配不上杆子。"

高粱杆的脸色又变回来了。谷大贵的脸色也变回来了。

高粱杆说："香绝对配得上我。我说二老啊，我跟谷香都老大不小的了，不如选个黄道吉日把婚事办了得啦，免得梦长夜多。"

钱彩凤说："不是梦长夜多，是夜长梦多。"

高粱杆嘻嘻笑："一个意思，一个意思。我的意思就是紧溜把我俩的婚事给操持喽。"

谷大贵与钱彩凤对视一下，对高粱杆说道："杆子，你听叔说啊。你看，老秋山家的俩猪刚叫人给药死，我们就操持香出门子的事儿，我怕人家怀疑是我谷大贵干的坏事啊。"

钱彩凤说："他们真要怀疑咱干的也不怕，你有啥证据呀……"立刻意识到不能够这样说，连忙改口，"不过，就怕拿不出证据硬是怀疑咱，也够缠磨人的。"

高粱杆"啪"地一拍桌子，大嗓门叫喊道："我看他们敢，看把他们爷俩能耐的，没了王法了是吧？在咱响马河村我二叔就是天，我就是地，跟我们爷俩过不去，还惦着在村里待了吧？叔，婶，你俩甭怕。"

谷大贵看一眼高粱杆，再看一眼钱彩凤。

钱彩凤说："你叔和我都知道杆子你们爷俩的厉害。这么着吧，咱先上工，晚上我们跟香合计合计再给你回话，啊。"

高粱杆说："中，我等你们回话。"

一面鲜艳的红旗迎风招展，红旗上面六个烫金大字格外醒目：铁姑娘突击队。红旗下一帮姑娘站成一条长龙正在挖泄水渠，谷香站在这支队伍的最前面。她弓着腿，弯着腰，两只胳膊有节奏地挥舞着手中的铁锹。一块块冒着热气的新鲜土被移送到渠岸上，然后被另一群姑娘铲进小推车上的柳条筐里，运送到远处的大田地里。

离铁姑娘突击队大约有五百米之隔的是壮汉子突击队。红旗下领头的是周东旺，穿着一件白色的汗衫，敞着怀，露出健壮的肌肉。小伙子们真能干，挥汗如雨，却力不亏。东旺还在鼓动弟兄们："兄弟们，再加把劲啊，要是输给她们女的，咱可就没脸吃滦河岸边的麦子啦啊。"男女双方挖渠的不停歇地挥舞铁锹，运土的快马加鞭拼命跑。生机勃勃的田野上呈现出一片热火朝天的繁忙的劳动景象。

高粱杆拖着一把铁锹晃晃悠悠地走过来了，看见谷香和周东旺分别领着一帮人在进行劳动竞赛，撇了几下嘴，嘟囔道："他娘的，死了两头猪他还这么大劲头儿……"

身后有人拍他的肩膀。回头一看，是江天成。高粱杆白了天成一眼，转过头朝前走。天成跟他并肩走。

天成说："杆子，听说你私自叫大贵叔公母俩替你跟蒋状浇来玉黍地着？"

高粱杆唔了一声："咋的了？"

天成说："还咋的了，不许你再这么干了，听见没有？"

高粱杆歪过脑袋看着天成，好像不认识似的。

天成明白他的意思，说道："你甭不服气，再有一回你得掏工分钱。"

天成说完，甩下高粱杆大步走了。

高粱杆喊："叫我掏工分钱？养活孩子没屁眼儿——没门儿。装傻大尾巴狼啊你。"

天成站下脚，转过身瞪视着高粱杆，喊："那你就试试，看有没有门儿。"

高粱杆跳起双脚，吼："试试就试试，老子谁也不怕。"

"杆子！"高贺大喝一声。高粱杆回头看是二叔。

高贺瞪着侄子，呵斥道："给我好好干活去。"

高粱杆假装挺委屈："二叔，江天成欺负我。"

高贺吼："干活去！"

高粱杆梗着脖子看着二叔。高贺说："就你这个德行还惦着娶人家谷香？烂泥扶不上墙的东西！"

一说娶谷香，高粱杆立刻温顺了下来，乖乖扛着铁锹走了。

"高支书——"身后有人喊他。高贺回身看是周秋山。

"有事啊？秋山大哥。"高贺掏出一盒烟迎了过去，抽出一支递给周秋山。周秋山摆摆手，扬了扬烟荷包。想说话，却又一副不好开口的样子。高贺猜到他想要说啥，就说："我是惦着在破案之前，由队里赔偿你的损失。可东旺不同意，天成大队长也不赞成，你看……"

周秋山摇摇手说："这事往后再说。我……我惦着今儿个晚上请你上我家吃点肉喝点酒……"

高贺打了个愣，想了想，说道："我这几天胃口不大好，咱们老哥俩有的是机会喝酒。"周秋山说："你要不喝，就是不给我这张老脸面子。"高贺笑了，说："眼瞅着麦收了，等忙完这阵子，中吧？"周秋山点点头，偍偍嗒嗒地走远了。高贺看着周秋山的背影，思忖着。

谷香她们挖的泄水渠那边。谷香兴奋而大声地宣布道："我们铁姑娘突击队比壮汉子突击队提前二十分钟挖好了泄水渠！我们胜利啦——"姑娘们互相拥抱欢呼着。

东旺他们挖的泄水渠那边，小伙子们全都垂头丧气的。东旺给兄弟们打着气说："一个回合说明不了啥，不是还有两个回合较量吗，出水才看两腿泥哪，大伙别泄劲儿，下边俩回合我们一定能赢这帮黄毛丫头。"

小伙子们又来了精神，一个个摩拳擦掌的。东旺坐在地上捡来块石头磨起铁锹头。

二阳子悄悄对他说："东旺哥，高粱杆又骚扰谷香姐去了。"

东旺朝谷香那边一看，只见高粱杆正拿着一条毛巾要给谷香擦汗。谷香一边躲避一边推搡着他。"姓高的，你给我住手！"东旺大吼一声冲了过去。高粱杆看见东旺冲过来了，转身撒丫子就跑，跟一只兔子似的，一会儿就没了影儿。姑娘小伙子们笑成一片。

谷香朝东旺笑笑，举起右手大拇指。然后，喊："别看你救了我，下一个回合照样对你们不留情——"

东旺喊："别看你是我媳妇儿，下一个回合保证能赢了你——"

谷香喊："是骡子是马——"

东旺接过话头喊："拉出来遛遛就知道啦——"东旺喊，"第二个回合，准备开始了——"

谷香喊："我喊一二三就开始。一……二……三！开始！"

姑娘小伙子们又热火朝天地干起来了。

今天是开镰割麦子第一天。

也是单干之前的最后一次麦收。

高贺、江天成、张平、田兴文、李之悦、赵金生这几个村干部站在最前排。人人心里心情不同寻常，说不出是个啥滋味。

他们的后面是周秋山、谷大贵、周东旺、谷香、燕子、小云、根发等一群生产积极分子，再往后就是广大的村民了。大伙像要去打仗一样，严阵以待，整装待发，全场黑压压一大片，场面喧闹火爆。

昨天的抢收动员大会非常成功。高贺就告诫乡亲们一句话：麦子歉收，大家全都少吃馒头大烙饼。这句话说到了大伙疼处。活儿可以少干，白面不能少吃。那得赶紧抢收，颗粒归仓，多分麦子多吃面。因此，会还没散，村民们就等不及了，就摩拳擦掌了。大晚上就磨刀霍霍了。这个夜晚，整个响马河村"嚓嚓嚓"的声音响了一整夜。

一大早。天还蒙蒙亮，高贺就躺不住了。他一宿没睡沉。想的不是抢收麦子，是麦收以后离秋收就不远了。秋收过了，就该正式单干了。我高贺呼风唤雨的日子就该到头了。就无论多困也睡不着了。鸡叫头遍的时候，他就不顾耿翠芝劝说，硬撑着身体下了炕，拎着镰刀出了家门，朝村外的麦地走去。他必须确保第一个出现在麦地。他是村里一把手，当家人必须有当家人的气势。

广阔的麦地里静悄悄的，没有第二个人。高贺背着两只胳膊驻足在地头，满眼的金黄金光耀眼，饱满的麦粒安逸地躺在舒适的麦壳里，有些急不可待等候人们开镰收割。高贺咋看这些麦穗咋像他的村民，收割完了就得入仓，就得老老实实待在库房里。我高贺说把谁分进谁家的口袋里，谁就得乖乖听话。哎呀，要是村民们往后还跟过去一样听话该多好啊。

高贺这样想着，江天成两口子到了。"早啊支书。"天成媳妇苏琴招呼道。高贺笑笑："来了苏琴。"忽然意识到耿翠芝还没到，心里就埋怨自己没有拽着老婆子一块来。周秋山、谷大贵、谷香、钱彩风到了。张平两口子、田兴文两口子、李之悦两口子、赵金生两口子都来了。后边是根发、燕子、小云，一大串人。高贺看到村口正不断走出村民，三三两两地。人们手挽磨好的镰刀，迎着薄雾晨曦，踏着晶莹的露珠进入麦田，等待高贺书记一声令下。

此情此景让高贺泪眼蒙眬。他回忆起自己当支书的第一个麦收。那是1959年的麦收。遍地金黄，麦子长势十分喜人。全村男女老少齐整整聚集在地头。年仅三十岁的高贺，魁梧健壮，挺拔向上。他是1936年入党的老共产党员、老支书林大奎培养的接班人。乡亲们投出一颗颗豆粒表达对他的拥护。那个时候，高贺可是响马河村的头面人物，威信相当高，说一不二。这么些年，他就没有说话不算话的时候。他当选村支书的第一个麦收，就是在他大喊一声"开镰"之后轰轰烈烈开始的。那个盛大场面跟打仗没啥区别。这些让他浑身的热血一下子都燃烧起来。

想起第一个麦收场景，高贺就豪情满怀。时光如梭，光阴似箭啊。二十多个春秋如过眼云烟。今天的高贺已经老了，不再年轻了。可他照样要摆出当年的勃勃雄姿，照样要喊出当年的气势。天成走到他跟前，说了声："能来的都来了，开镰吧。"高贺点点头，用严肃的目光检阅一遍抢收大军，像当年一样，甩掉外罩，只剩一件月牙背心，左手叉腰，右手高高举起，再猛地一挥，吼了一声："开镰——"一股丹田气瞬间从口腔爆发而出，搅得他眼前的空气四下奔跑。

无边无际的麦地立刻响起了"咔嚓咔嚓"的割麦声。如滚滚惊雷，从这里一直响到遥远的天边。人们弯下腰身，揽住麦秆，挥动镰刀，割下麦秆，搭腰、扎捆、立堆，动作熟练而优美。没有人叫苦喊累，没有人顾得上擦一把汗。大家心里头都只有一个念头：快收，快上打谷场，快脱粒进粮仓。

高贺的心得到了很大满足。瞅瞅，今儿个还跟1959年一个样。我高贺一声令下，所有的人全都行动了。谁敢不听我高贺的？我是当了二十三年响马河村当家人的高贺。我高贺跺一下脚，全村子就得颤三颤。

起风了，吹来徐徐凉风，麦浪此起彼伏。人们干得更欢实了。都憋足了劲甩着膀子大干。

高贺只割了一会儿就气喘吁吁、腰酸背疼了。他直起腰，捶着背，看到江天成、张平、田兴文、李之悦、赵金生这几个村干部动作依旧洒脱刚劲，毫无疲乏征兆。他还看到，周秋山、谷大贵这些老一辈人也还没有疲乏的征兆。他知道，这是干了一辈子农活的结果。他还看到，谷香、燕子、小云这些年轻人更是没有一点疲乏的征兆。他清楚，这帮孩子思想觉悟高，一直是村里的劳动积极分子。他感觉到一些人的目光在偷偷窥视他。他赶紧又弯下腰，咬牙强撑着割麦。

耿翠芝走过来，拍拍他的后背，说道："歇会儿，喝点水吧，别累着。"

高贺猫着腰，摆着手："快去吧，快去吧，我不渴，我不渴。"

耿翠芝说："干这么半天了能不渴吗，你都多大岁数了，别跟那伙子小年轻的比。"

高贺没搭理她，继续坚持，自语道："我就不信了，我高贺服过谁呀……"

耿翠芝叹了口气："这就是政治啊。"

日过上午。镰刀上下翻飞，蚂蚱禁不住烈日的暴晒，匆匆逃匿，去向不明。人们头上的草帽挡不住强光照射，裸露的脊梁淌满道道汗水，点点滴滴洒在脚下的这片土地上。有人偶尔抬起头来，脸上挂满丰收的喜悦。满载麦捆的马车、架子车、拖拉机奔跑在田间小路上。打谷场上熙熙攘攘，人欢马叫，十几头强壮的

103

牛马拉着粗重滚圆的碌碡，"吱吱呀，吱吱呀……"地欢叫着，碾过厚厚的麦穗，麦粒纷纷脱落。人们挥动木锨，铲起珍珠般的麦粒抛向空中，金黄的麦粒唰唰落下，草节随风飘去，纷纷扬扬如天女散花。

麦田地一块块裸露成空旷，麦根茬依旧金黄。学校组织孩子们唱着《少先队员之歌》来拾麦穗，体会"谁知盘中餐，粒粒皆辛苦"。带队的是金元宝。他今天显得格外精神，一双细长的眼睛在浓黑的眉毛下熠熠生辉。嘴唇上新剃的胡须，表露青青的胡茬儿。上衣口袋里别着两支钢笔，浑身上下弥漫着一股淡雅的书卷气。他的出现立刻引起了高贺的注意。高贺注意的不是别的，而是元宝身上的书卷气。他就想不明白，过去咋就没发现他身上的书卷气呢？

江天成走了过来，对他说："咱们还是跟往年一样，给孩子们做点凉粉吃吧。"高贺的思绪还在元宝身上，愣愣地看着天成。天成看了一眼高贺，笑笑，转身走了。

高贺朝他喊："我说，你刚才跟我说啥来着？"

天成摆摆手，走远了。

高贺瞪了一眼天成的背影，一屁股坐在地上。他说啥也干不动了，胳膊抬不起来了，腰像折了一样疼。

翠芝走过来了，关切地问道："还行吧？当家的，不中我扶你回家躺着去吧。"

高贺晃晃手说："大伙都得挑灯夜战，我咋能回家呢？"

翠芝说："我明白，这就是政治，对吧？可你在这坐着影响就好了？"

高贺一琢磨，真的，这坐着不干活也不像话呀。站起身说："我上打谷场上瞅瞅去。"

翠芝说："慢着点儿，累伤力了不好养回来呀。"

高贺走出几步，忽然看见马童力推着自行车走过来了，金元宝走在他旁边，边走边说着话，就连忙迎了过去。

"马书记来了。"高贺招呼道，对元宝点点头。

元宝说："高支书身先士卒，老将出马，风姿不减当年哪。真是老骥伏枥，志在千里，烈士暮年，壮心不已啊。"

高贺笑："哎呀，这元宝就是有才呀，夸起人来一套套的。"

马童力说："高支书爱才知才，有机会可以考虑咋样用才呀。"

高贺心里一惊，对呀，马童力这句话可是点醒了我高贺，有机会还真得琢磨琢磨金元宝这孩子，最好是对巩固我高贺的地位帮上大忙。

元宝不习惯有人如此夸奖他，更何况当着乡领导的面，有一种与高贺相互吹捧的嫌疑，就不自然地仰脸看天空。天空暗了一下，略黑的云朵遮住了太阳。少顷，太阳强行从云朵的缝隙间射下万道光芒，直直地射到了脚面上。元宝自言自语道："日落射脚,三天内必定落雨啊。"低下头对高贺说,"支书啊,你看这天儿,这几天恐怕要下雨啊。"

高贺抬头看了下天,吸了一口凉气:"嗯,我看也悬哪。"

元宝对高贺说:"支书,我去看看孩子们。"对马童力说,"马书记,我去和孩子们捡麦穗去了。"

马童力点点头:"忙去吧,有空再聊。"

元宝走了。高贺对马童力说:"上队部坐会儿去吧?"马童力摆摆手说:"给我找把镰刀来吧。"高贺朝满仓喊:"满仓,给马书记拿把镰刀来。"

镰刀很快拿来了。马童力与高贺并肩割麦,边忙着边说着话。

"我注意到,这次抢收麦子,你把全村人都集中在一块了啊。"马童力说道。

"啊,我是这样考虑的。眼瞅着就要单干了,叫大伙一块干干活多亲热亲热吧,这样的日子越来越少喽。"

马童力深看一眼高贺,想说话,最终没有说出口。

高贺的眼角余光看见了马童力的表情,也是想说话,最终也没说出口。

"唉,秋山大叔在哪儿哪?"马童力问。

高贺直起腰找了一下,指着一个地方,说道:"在那呐。"

马童力说:"我去看看老人家。"

周秋山正在割麦子,焦黄的麦穗不住划着他的老脸,划出一道道的印痕,汗水一浸,既痒又疼。忽然,一碗白水递到他的眼前。一看送水人,脱口而出:"马书记。"马童力笑吟吟地说道:"大叔,叫我童力吧。"周秋山憨厚地笑笑,喝了几口水,抹了把嘴角,继续干活。

马童力与老人并肩挥镰。他问道:"最近身体还好吧?大叔。"周秋山说:"好着哪。""哎,大叔,咋没见到东旺啊?"周秋山直起身,四下看了看,没找到,就对马童力说道:"准是跟年轻人在一块哪。"

周东旺此时正和谷香、二阳子、燕子、小云他们一起割麦子。他只穿了一件蓝色背心,浑身肌肉疙疙瘩瘩,在阳光下闪耀着紫色的光芒。他一句话不说,只是偶尔偏过脸看一眼谷香,露出两排牙齿笑一下。谷香也朝他笑一笑。

高粱杆不知道啥时候站在了谷香身后,盯着谷香干活不出声。东旺发现了他,站起身拎着镰刀质问他:"你要是懒得干活了就说一声,我先砍了你的腿成全你。"高粱杆眼珠子一瞪,咋呼道:"你要是惦着蹲大狱了就来砍我,我也成全你。"东旺朝高粱杆走过去,被谷香拦住了。二阳子说:"杆子哥,快点干活吧,叫你二叔看见了非骂你不可。"高粱杆骂骂咧咧地走了。东旺朝高粱杆背后啐了一口吐沫,弯下腰接着干活。

最后一抹残阳在天边闪闪烁烁,月亮已显出淡淡的轮廓。裸露的麦田褪去了黄金的光泽。黑暗正一寸寸吞噬着大地,夜幕即将全面降临。

轮流吃饭的村民们匆匆忙忙地来来往往。周东旺和谷香、燕子、小云一帮年轻人在麦地里挑起了马灯，一盏盏光芒四射。村民们在灯影里忙来忙去，像一幅幅美丽的剪影。尘土里充满麦香，一把把镰刀起起伏伏，半空里好像漂浮着成百上千的月牙儿。

　　马童力和周秋山并排而立。手中的镰刀越来越锋利，他有些体力不支。可看到老爷子还没有要歇息的意思，只能咬牙坚持。好在谷香过来给他解围来了。

　　"马书记，歇会儿吃点饭吧。大叔，吃饭吧。"

　　周秋山终于停下来，捶打着后腰看着谷香："我这有饭。"

　　谷香问："在哪儿？"

　　老爷子从怀里掏出一个玉米饼子，咬了一口。谷香说："干干巴巴的，还凉。吃口热乎的吧，小白菜馅儿的菜饺子。"马童力说："是啊，大叔，还是吃口热乎的吧。"周秋山走过来，从谷香手里接过菜饺子，转身递给马童力："马书记你吃。"马童力接过来，咬了一口："嗯，真香啊，好吃，好吃。"周秋山问谷香："你爸他们吃了吧？"谷香说："正吃着哪。"

　　高贺亲自拉着排子车，将两大桶自制的汽水送到了田间地头。高贺两手卷成喇叭状，朝田野喊道："老少爷们——来喝自制汽水啦——汽水料是马书记给咱们送来的——"

　　乡亲们纷纷朝马童力摇着手喊"谢谢马书记"。马童力朝大伙晃着手，喊："乡亲们辛苦了——"

　　村民们喝着汽水，咧着嘴说笑着。马童力和高贺看着乡亲们，互视一眼，会心地笑了。

　　满仓匆匆跑来了，跑到高贺身后，悄悄拽了下他的胳膊。高贺看他一眼，满仓俯着身子在他耳边说了几句话。高贺表情吃惊，思忖了一下，对马童力说道："马书记啊，时候不早了，我送你回去忙去吧。"马童力笑了："我还真得回去了，明天县委云书记要来检查工作，我得准备一下。"高贺说："我送送你。"马童力摆摆手："送啥，我又不是不认得道儿。雨说来就来，抓紧时间抢收麦子吧。注意身体啊，别累坏了，都一把年纪的人了。"高贺心里一热，嘴里答应着，鼻子酸了。

　　送走了马童力，高贺问满仓："这件事先别声张，跟谁也别说，听见了吧？"满仓点点头。

　　高贺推着自行车走到谷香身边，对她说道："谷香啊，跟我回趟村，有事儿要办。"谷香问："啥事啊？支书。"高贺说："回村就知道了。走吧，我驮着你。"骑上自行车朝村里骑去。谷香紧跑几步蹿上车后座，没人注意到他俩。

　　两个人进了村直奔谷香家门口，几个背枪民兵从门口两边的槐树后面走出来。

谷香打了个愣，问高贺："这不是我们家吗？咋还叫民兵来了啊？支书。"

高贺沉吟了一下，说道："是这么回事谷香。有人举报说瞅见有人从打麦场上偷走一口袋麦粒进你们家了……"

谷香急了："啥？我们家……偷麦子？支书你信这话呀？"

高贺说："我当然不信啦。可我当支书的不能直接说我不信就拉倒啊，人家举报人肯定会觉得我这是包庇被举报人，你说是不是啊？"

谷香想了想，点点头，说："那就进我们家搜查搜查，瞅瞅到底有没有麦子。"

高贺说："好，真金不怕火炼。"转身对几个民兵说道，"你们几个进去瞅瞅吧。"

几个民兵进了院子。高贺对谷香说："这事你别往心里去啊，那个人肯定是看错了，眼花了，叫几个民兵进家里瞅瞅，堵堵人家的嘴。"谷香说："无风不起浪。这事我琢磨着，一定有人惦记着故意陷害我。"高贺说："你别想这么多。你们一家人的为人全村人谁不知道啊，谁会存心跟你过不去哪。"

一个叫三老丑的民兵跑出来，看看谷香，再看着高贺。高贺问："没有吧？"三老丑说："发……发现了一口袋麦粒……"谷香、高贺都吃了一惊。两人赶忙拔腿走进院子。三老丑说："在后院柴火垛底下哪。"

谷香的心怦怦乱跳。这种事实在是太突然了。咋会出这种事呢？我谷香长这么大敢拍着胸脯说：集体的财物，就是一根草节我也没拿过。

高贺的心充满快感。谷香啊谷香，这回看你咋解释，看你咋能解释清楚。我叫你不给我高贺面子，非要嫁给周东旺。我叫你在县委书记云秀面前说我坏话。

谷香来到了东墙根柴火垛前，一个粗布口袋赫然入目。

21

谷香简直不敢相信自己的眼睛，她使劲揉揉眼睛瞪大了看，躺在自己眼前的确实是一个粮食口袋，解开扎口打着手电一看，饱满的麦粒扎疼了她的眼。她的嗓子一瞬间感觉到了肿胀刺痛。

高贺的嘴角边泛着笑意，天黑不会有人看到。他的大脑高速运转，很快指挥嘴巴说出了这样的话："谷香你先别着急别上火，问问你父母到底咋回事再说。"对几个民兵说，"这件事谁也不要声张出去，听见了吗？"三老丑等人齐声回答："听见了。"高贺对谷香说："你去把你爸妈喊回家来。"

谷香木然地转身走向前院。高贺对三老丑说："你跟着她，别出啥意外。"三老丑跟着走了，谷香一路深一脚浅一脚地走着。现在她的大脑完全被愤怒占领了。她要质问爹妈你俩是谁偷的麦子？惦记着干啥？还要不要你们的老脸了？三老丑安慰她说："谷香姐，你可别跟大叔他们发火，弄得全村人都知道了影响可就大了。俗话说，家丑还不外扬哪。再说了，刚才支书不是说了吗，这事还指不定是咋回事哪。"谷香喃喃自语道："真要是我们家人干的，还有啥脸在这个村子待下去呀！没脸啦……"

谷大贵忽然觉得有点心慌，右眼皮跳得欢实，他随手捡起一个麦皮粘在了眼皮上。想起因为谷香，周秋山朝他翻白眼，想起因为谷香，高贺对他不明不白地笑，心里就像塞进了一堆麦麸子，难受。他娘的，养闺女造孽啊，养来养去养成了冤家。咳，怪我谷大贵上辈子缺了大德，这辈子就该天谴惩罚啊！要是彩凤给我生个儿子，我他娘的就不用害怕了。我也早就把谷香给打发出去了。管她嫁给谁哪，就是秃子盲人瘸子我也不管，那是她的命。他这样胡思乱想着，镰刀便机械地割来割去，方向不再稳定。只听"咔嚓"一声，谷大贵"哎哟"叫喊一声，抱着左腿肚子坐在了地上。

身边的钱彩凤连忙扔掉镰刀，蹲在老头子身边："刺哪了？快叫我瞅瞅。"谷大贵松开手看伤口。昏暗的灯光下，看得见腿肚子上有一条"蚯蚓"。看不见伤口有多长有多深。"疼吧？"彩凤带着哭腔问。谷大贵没说话，哎哟哎哟呻吟着。闻讯赶过来的人们纷纷叫着找赤脚医生袁天冬，正乱腾着，谷香来了，当即和三老丑搀扶着向临时诊所小窝棚走去。

袁天冬没在里面，到地里巡诊去了。趁着没有别人，谷香问父亲："有人举报咱家从麦场上偷麦捆，刚才从后院搜出来了。是你拿的吧？"谷大贵一瞪眼珠子说："胡说八道，我谷大贵就是饿死也不能偷拿集体的东西啊。谁举报咱家了？"谷香说："那我问问我妈去。三老丑，你在这帮我看着我爸，一会儿就回来。"谷香说完，出了窝棚。

"你说啥？我偷没偷麦子？"钱彩凤的眼珠子都快冒出来了，"我偷没偷你还不知道啊？你妈是啥人你不知道啊？"谷香说："小点声，别叫东旺听见。你就说到底偷没偷吧。"彩凤降低调门说："我跟你爸在地里割麦子都没挪窝，饭都是你做的，我可有空偷啊。"谷香问："妈，你真的没偷啊？"彩凤说："咋的，信不过你妈是吧？"

谷香啥都明白了，铁定有人在陷害我谷家。她拔腿朝村里迈开大步走去，月光、灯光在她身上摇来晃去说啥也站不稳。

钱彩凤在谷香身后喊："等会儿妈，我也瞅瞅去。"谷香没回话，也没等她。拎着一个小水桶的惹不起从这路过，问彩凤："瞅啥去呀？"彩凤愤愤地说："哪个烂舌头的诬告我们家偷麦子了，气死我了……"惹不起问："这是啥时候的事啊？""就刚才呗。""那谷香干啥去了？""我哪知道啊。"

高贺坐在院子里的一块石板上抽烟。其实，他知道一会儿谷香回来的结果。既不是谷大贵也不是钱彩凤，更不是谷香。但是这件事情传扬出去，全村人一个人一个看法。即便是澄清不是谷家人干的，也不可能叫全村人都相信。这就够了，癞蛤蟆蹦到脚面上——不咬人，膈应人。就是不叫你谷香把日子过顺溜，就是给你添堵，谁叫你害我家杆子哪。

院门口"腾腾腾"响起一阵脚步声。高贺知道是谷香回来了，安静地看着门口。谷香进院，见到高贺第一句话就是："支书，我要报警，有人陷害我们家。"高贺惊讶地说道："有人陷害？这么说，这麦捆儿不是你们家人拿的？"谷香说："绝对没拿。"高贺思忖了一下，说道："别急谷香，只要不是你家人拿的就中了。眼下正抢收麦子，没空配合牛所长他们。等麦子都归仓了再一心一意整这事啊。"谷香点点头："中，我听你的支书。那我回地里去了。"

谷香走了。高贺对几个民兵挥下胳膊，说道："你们都忙去吧。"高贺独自一人背着两只胳膊走出谷家。在漆黑的街道上没有目标地走着。他有些兴奋，还有些得意。说实话，那个匿名纸条就是他写的，戴着线手套写的，纸面上不留痕迹。"谷家偷麦子"这五个字是他闭着眼睛写的，七扭八歪，勉强认得出来，相信牛所长是破不了这个案的。一口袋麦子，还归还了集体，算不上大事。但从此以后大伙该咋看谷家人，这才是个大事。忽然想到地里还在挑灯夜战，连忙朝村口走去。

快到麦田的时候，一束手电光柱照过来，照得他睁不开眼。"谁呀？"他喊。"高支书，我正找你哪。"是江天成。"有事啊？""我看叫年岁大的回家歇着去吧，白天黑夜连轴转恐怕吃不消啊。""中，我同意。"天成转身就走。高贺跟在他身后边走边说道："刚才我上村里去了。有人举报谷家偷麦子，我得去瞅瞅啊。"天成停住脚，又继续走："谷家偷麦子？有证据咋的？"高贺说："在谷家后院还真搜着了，一口袋麦粒儿。""那是谁偷的？""他们家全都不承认。""兴许是诬陷。""但愿吧。"

忽然传来激烈叫骂声，乱哄哄的。"打架哪。"高贺说了句，拔腿朝那边跑去。天成也跟着跑。老远就听出是谷香、钱彩凤和惹不起在吵。惹不起指着钱彩凤的鼻子，跳着脚地喊："偷了就是偷了，别不敢承认。"钱彩凤喊："没偷就是没偷。把你的爪子拿开，少指着我。"惹不起喊："指着你咋的了，你还爪子哪，狗爪子，猪爪子，驴爪子……"有人喊："驴没爪子，那叫蹄子。"引来一片哄笑声。谷香喊："大伙别乐，妈，你别跟她吵了，快干活吧。"惹不起喊："大伙把眼睛擦亮点儿啊，麦子要都让那个人给偷去，咱就吃不着馒头大烙饼啦啊。"谷香喊："张荷花，我不跟你说了，不是怕你，是怕耽误干活。你别蹬鼻子上脸啊。"惹不起尖着嗓门喊："你才蹬鼻子上脸哪，你不要脸，脚踩俩男人。"谷香一听就怒了，扑到惹不起跟前攥住她的手腕子："今儿个你当着大伙的面说清楚，我踩哪俩男人了。"惹不起用力一抡胳膊，手背打在了钱彩凤的脸上，彩凤伸手在她脸上挠了一下子，惹不起尖叫一声揪住了彩凤的头发。

高贺心里这个乐呀，哈哈，这正是我高贺要的结果，就是给你谷香心里添堵。天成跑过去大吼一声："都给我撒手，撒手。"谷香先松开了惹不起，惹不起却不撒手。天成喊："张荷花，撒手。"惹不起喊："我不撒手，谁叫她挠我脸哪。"高贺说话了："荷花，听叔的，有啥话好好说。"惹不起松开了彩凤。高贺说："为啥打架，说。"惹不起说："她家偷麦子不承认，我就说了一句公道话，钱彩凤上来就挠我。"谷香对高贺说："支书，有啥话收完麦子再说吧，还是赶紧干活吧。"高贺点头说："好，你说得对，别耽误干活。"对大家喊，"抓紧干活了，快点儿快点儿。"

谷香拉着彩凤回到干活的地方。惹不起嘟嘟囔囔地继续割麦子。

天成拿着喇叭喊："大爷大妈们，叔叔婶子们，现在都回家睡会儿觉去吧，明儿个一大早再来，别累着啊。"高贺补充道："工分一分儿也不少啊。"立刻引来一片叫好声。天成拿起镰刀割麦子，高贺勉强拿起镰刀强撑着干活。

老人们陆陆续续走出麦地，朝村里走去。

夜不知不觉走向深处。夜风一阵阵吹过来，麦子的香味随风飘荡，抢收麦子的"咔嚓"声被风传得老远老远。

响马河村紧张的麦收整整进行了两天三夜，可把男女老少累坏了。乡亲们齐上阵让高贺感到很是欣慰。想不到单干前最后一个麦收大伙还这么卖力气，真给我高贺面子啊，这说明我高贺还是有凝聚力的，我要叫金元宝把这次麦收写成文章，给县里报社送去发表。云秀书记一准能看见，对我继续当支书绝对有好处。他越想越高兴，坐在办公桌前唱起了皮影戏。

"高支书——高支书——"外面有人喊，伴随着一串清脆的自行车铃铛声。高贺站起身透过窗户往外看，看清进来的是范家庄的支书范占山，立刻迎了出去。

"哎呀，是范支书大驾光临啊，哪阵风把你老弟给吹来了?"范占山的眉毛本来就淡，叫阳光一照，跟没有了一样。倒是他的络腮胡子在阳光里显得更加浓黑了。范占山朝高贺龇了下牙——他说话前总是先笑一下——不说话不笑。接着，他说话了："跟你老哥求援来啦。"

高贺问："求援? 求啥援哪? 还有你范占山这个大能人办不到的? 走，进屋说。"范占山跟着高贺进了屋。高贺泡了一杯茶水，放到范占山跟前。

范占山说："是这么回事，老哥。我们村晚玉黍地里的化肥不够使了，听说你们也不够了，是吧?"

高贺问："你咋知道的?"

范占山说："刚才碰见你们的会计梁满仓了，我说想跟你借点化肥，他说你们也不够了。"

高贺说："是啊，我正寻思着派人明儿个上省城买去哪。"

范占山问："咋样，能买着吧？我们去了两趟也没买来呀。"

高贺说："我有一个远房亲戚在省化肥厂上班，找找他去，看能不能帮上忙。"

范占山一拍大腿说："那好啊，我看问题不大。哎，老哥，顺便给我们也批点儿吧？我请你喝酒，咋样？"

高贺说："咱哥俩没说的，可就怕我那个亲戚中看不中用啊。"

范占山说："试试总比不试强吧？我也派个人明儿个跟你们的人一块去？"

高贺说："中，一块去。"

范占山端起茶杯一口气喝干，一抹嘴唇，说："你忙，我回了。"

高贺说："吃了饭再走啊。"

范占山说："今儿个不中，我还有事哪。"说着，人已经出去了。

高贺跟着到了院子里。

范占山说："哪天上我那喝酒去啊，我姑爷给我买了北京二锅头。"

高贺说："你这老家伙，咋没给我拿一瓶来啊？空手求我来了啊？"

范占山一龇牙，说："他还没给我送来哪。"

高贺哈哈笑了。范占山扬扬手，骑上自行车走了。他回到办公室，琢磨着派谁去买化肥。高粱杆进屋来了，急不可待地说道："二叔啊，叫我去买化肥吧，顺便逛逛省城。"高贺瞪了他一眼："你就知道玩儿，挺大个人了，啥事还得我替你操心。"高粱杆眨巴眼睛看着二叔。高贺沉吟了一下，说："叫周东旺跟朱明理去吧。"高粱杆一听就急了："这么好的差事你咋能叫这小子去呢？凭啥叫他吃香喝辣的享福去呢？我发现二叔你最近咋对周东旺那么好呢？我这个亲侄子都比不过他了。"

高贺背着两只胳膊，在屋地上来回踱着步。等高粱杆说完了，踹了他一脚，说道："从咱们这上省城，打个来回，再加上找我亲戚帮着批化肥，咋着也得个四五天……哎呀，恐怕周东旺赶不上吃你跟谷香的喜糖啦，真是可惜了啊……"

高粱杆眨巴眨巴眼睛："我跟谷香的喜糖？谷香还没答应嫁给我哪，二叔，您老糊涂了吧二叔？"

高贺白了高粱杆一眼，坐到办公桌前看起报纸来了。高粱杆呆呆地愣神。

高贺其实没看报纸，用眼角余光瞥着侄子，见侄子一直在愣神，无声地摇了摇头。

高粱杆见二叔不搭理他，笑嘻嘻地凑过来，问道："二叔，我跟谷香的事到底咋办呐？"

高贺白了他一眼，说："你都多大岁数了？啊？你爱咋办就咋办，我不管。"

高粱杆说："别价呀，你是我二爸，你要不管哪个还管我呀？我跟谷香……"

高贺打断他的话，说道："你自己个儿掂量着办，我跟你婶子给你出钱出力，中了吧？"

高粱杆还要再说啥，高贺把裹着香椿的报纸推给他，说："叫你婶子给咱俩摊几个鸡蛋，再烫上一壶酒，去吧去吧。"

高粱杆说："那我跟谷香……"

高贺"啪"地一拍桌子："别在这烦我了，走走走走。快给我走。"

高粱杆看着二叔不动。

高贺瞪着他："不走是吧？"

高粱杆见二叔不高兴了，连忙跑出了屋子。

高粱杆在小卖部买了一瓶醋走在街上，他边走边寻思着。二叔刚才咋这不高兴啊？哪招惹他了？哼，他娘的，不是江天成就是周东旺，这两个冤家，老子早晚得替二叔好好收拾收拾他俩。他又想起刚才二叔说到那句话。"从咱们这上省城，一个来回，再加上找亲戚帮着批化肥，咋着也得个四五天……哎呀，恐怕周东旺赶不上吃你跟谷香的喜糖啦，真实可惜了啊……"二叔这话是啥意思啊？我咋整不明白呢？不中，待会儿我得问问二婶。不中不中，二婶好像不爱管我跟谷香的事。

那就待会儿再问问二叔，也不中，二叔好像烦我这事了。二叔咋烦我了呢？咳，要是爸爸活着该多好啊，他是肯定会管我的。他这样胡思乱想着，走到了周秋山家跟前，忽然看见谷香在他家西墙根下走来走去，看来看去，好像在找啥东西。

高粱杆笑嘻嘻地凑近了谷香，讨好地问道："香，你找啥呢？我帮你找。"

谷香看了他一眼："啥也没找。"

高粱杆说："告诉我吧，我帮你找。"

谷香没搭理他，转身走了。

高粱杆喊："跟我上二叔家吃去吧，炒鸡蛋。"

谷香没理他，走远了。

高粱杆看着谷香的背影，骂道："他娘的，等我娶了你，看老子咋收拾你。"然后悻悻地朝二叔家走。身后有人叫他："杆子。"他回头一看是苏志新，车把上挂着个黑色塑料袋。他问："又给你老丈人拿啥好东西来了？"

苏志新说："啥好东西也少不了你那一口啊。"

高粱杆说："算你懂事儿，到底是啥呀？"

苏志新说："带鱼，可新鲜了。你跟我爸不是最爱吃红烧带鱼吗？"

高粱杆拍拍苏志新肩膀说："你小子真会来事儿，怪不得我二叔两口子心甘情愿把玉兰嫁给你哪。"

苏志新笑笑："来，我驮着你。"

两个人进了高家大门。玉兰正出来抱柴火，看见丈夫和高粱杆进来了，打趣说："杆子啊，今儿个太阳打哪边出来了？蹭饭还知道不空着手来了？"

高粱杆撇下嘴说："有你啥事啊？我上我二叔家吃来了，乐意空手白吃来，狗拿耗子多管闲事。"

玉兰从车把上拿下塑料袋，打开看看里面，说："看好喽，这是我们家的带鱼，不给你吃。"

高粱杆说："借给你俩胆子你也不敢哪。"

玉兰捶了他一拳。三个人一齐进了过堂屋。

苏志新问："妈呢？"

玉兰说："带着儿子上金老师家去了，壮壮有篇作文不会写。"

高粱杆说："金元宝懂个屁呀，问我呀。"

玉兰说："你就知道吃。"

正说着，耿翠芝带着壮壮回来了。壮壮喊了声爸爸，再喊了声舅舅。高粱杆抚摸着孩子的小脑袋，说："壮壮真懂事，比你妈强多了。"玉兰踢了他一脚。

翠芝说："别老欺负杆子，怪可怜的。"高粱杆捂着眼睛假装大哭起来。玉兰嘎嘎嘎地乐。

苏志新把塑料袋里的带鱼倒进一个搪瓷盆子里，对耿翠芝说："妈，这是我们一个好哥们给我的带鱼，晚上红烧了吧。"

耿翠芝看看带鱼："嗬，这么宽。"

壮壮说："姥姥，我想吃。"

耿翠芝说："中，中，等着啊，姥姥这就给你做去啊。"

玉兰说："壮壮，快写作文去，写完了吃带鱼啊。"

高粱杆从碗橱里抓出一把花生米，坐在板凳上吃了起来。玉兰白了高粱杆一眼，刚要说话，苏志新赶紧对玉兰使眼色，做手势，示意她不要再招惹高粱杆了。玉兰又白了高粱杆一眼，转过身干活。高贺走进院子，背着手，朝西厢房走去。高粱杆看见二叔了，连忙起身迎到院子里。

"二叔，你上厢房干啥去呀？"高贺没搭理他，走进厢房。高粱杆跟了进去，看见二叔正在找啥东西，说："你找啥呀？二叔，我帮你找。"

高贺说："去帮你二婶干点活去，别懒得抽筋。去去去。"

高粱杆只好退出了屋子，悻悻地回到过堂屋，对二婶说："婶子我干点啥呀？"

耿翠芝眨巴着眼睛看着侄子："歇着去吧，这没你干的活儿。"

高粱杆说："不中啊，我二叔叫我帮你干的，我可不敢不听他老人家的。"

耿翠芝笑："给我拿个盘子来。"

高粱杆答应一声，从碗橱里拿出一个粗瓷盘子。没拿住，"啪"的一声掉在了地上，碎了。耿翠芝一拍大腿道："哎呀！这个杆子呦，你咋干点啥……算了算了，你呀还是上一边坐着待着去吧。"

玉兰嘟囔一句："吃货。"

高粱杆问："你说谁吃货哪？"

玉兰说："说别人对得起你吗？"

高粱杆张嘴刚要说话，响起高贺的咳嗽声，连忙闭了嘴。

高贺对耿翠芝说："你们吃吧。我想起来了，今儿个晚上周秋山请我到他家吃饭。我去了啊。"

大家全都打了个愣。

耿翠芝说："嘿，这事可真新鲜哎，老秋山要请你吃饭？他这是想起啥来了？老头子。"

高贺似笑非笑了一下，转身走了。高粱杆追二叔，追出几步又站住了。

第八章

22

在周家，周秋山和周东旺正在忙乎着。小炕桌上摆着两个菜，一个是白菜熬豆腐，一个是豆角炒鸡蛋。过堂屋的大铁锅里正在炖的是一只大公鸡，冒着热腾腾的蒸汽，还有扑鼻的香味。东旺在切一个紫心萝卜，他的刀工不错，切出来全是小细丝儿。周秋山在忙着洗碗和筷子。他洗得很仔细，好像在洗一件精美的工艺品。

东旺说："爸，差不多就中了，再洗该洗漏啦。"

周秋山说："人家高支书可是头一回上咱家吃饭来，他可是咱村最体面的人，不好好伺候哪中啊。"

"哎呀，老哥哥，你这话可是说得忒重了啊！"高贺说着话一步迈进了过堂屋。

东旺朝他喊了声"支书来了"，继续切萝卜。

周秋山赶紧掀开东屋的门帘子："炕上坐，支书，炕上暖和。"

高贺摆摆手说："瞅你们爷俩，瞎客气啥呀，乡里乡亲这么多年了，跟一家人有啥区别呀，是不是啊？"高贺进了屋，坐在炕沿上，打量着屋子里的陈设。

周秋山从躺柜里小心翼翼地拿出一盒"春耕"烟，递给高贺："抽烟吧，支书。"

高贺接过来，点着，看看炕桌上的菜，对周秋山说："别忙乎啦，吃吧。"

周秋山哎了一声，喊："东旺啊，鸡炖好了没有啊？"

东旺说："说话就得。你跟支书先吃着喝着。"

高贺皱着眉头说："不过年不过节的，你杀哪门子鸡啊？"

周秋山说："咳，没啥好吃的。杀了它省得跟母鸡争食儿吃。支书啊，脱鞋上炕吧。"

高贺脱了鞋坐在了炕头上，抄起一双筷子，看了看干净不干净。

周秋山给高贺倒满一盅酒，上炕盘腿坐下，端起自己的酒盅，说："私开小片荒的事，多亏了你饶了我。啥也不说了，这盅酒算我赔罪的。"

高贺摆摆手说："这事儿啊掀篇儿啊，以后不许再提了啊。喝。"两人一干而尽。

东旺端着一盆炖鸡肉进来，放到高贺跟前，说道："支书，咋叫我跟着上省城弄化肥去呀？"

高贺说："这还不明白呀？我不是说过想叫你当咱村的团支书吗？这可是对你的信任跟考验哪。"

周秋山吃惊地看着高贺："哎哟，支书啊，你……还真的叫东旺当这个官啊，他中不中啊？"

高贺拍拍周秋山的手背，大声说道："我看好东旺这小子了啊。"

东旺看了父亲一眼，问高贺："考验是啥意思啊？"

高贺说："就是看你小子当这个团支书够不够格儿。"

东旺说："这么说，我还不一定当上当不上哪，是吧？"

高贺说："咳，有我们那个亲戚帮忙，你一定能经受住考验，把化肥买回来。这事，全凭你叔我一句话哪，明白了吧？"高贺笑眯眯地看着东旺。

周东旺注视着高贺，突然感觉到他脸上的笑容，跟他眼睛里的笑咋瞅咋不一样呢？

东旺愣神思忖，周秋山扒拉一下儿子，说："听你高叔说了吧？好好干，经得住老见。"

东旺看一眼父亲："老见？哎呀！爸，那是考验，不是老见。"

周秋山咧嘴笑，对高贺说："支书啊，我没文化，你可别笑话我呀。"

高贺摆摆手："我比你强不到哪去，也就是比你多认得几个大字，会看几张报纸，会写点总结报告，会……"

东旺突然来了一句："高叔，你说，我们家的猪会是谁药死的呢？"

高贺打了个愣，吧嗒着嘴巴寻思了会儿，摇摇头说："这个……不好说，牛所长他们不正破案吗，放心吧，会逮住那个坏蛋的。"

东旺突然问："高叔，你咋不提拔你侄儿当团书记啊？"

这个问题高贺似乎早就想好咋回答了。他不紧不慢地说："我们党的组织原则有规定，不能任人唯亲。我是支书，杆子是我亲侄儿，我咋能叫他当团支书呢？这不是不听党的话吗，这不是眼睁睁犯错误吗。"

东旺笑笑，低下头不说话。

周秋山从整鸡身上撕下一条大腿，搁进高贺碗里："别说了，快吃吧！支书，快吃吧。"

第二天早上七点多钟，周东旺跟朱明理吃完早饭出村走了。

谷香跟惹不起送他们出村一直走到响马河边。

高粱杆藏在一个灌木丛里看着他们。

116

东旺对谷香说:"回去吧。"惹不起对朱明理说:"滚吧。"谷香对朱明理说:"大哥,照顾点东旺。"惹不起对东旺说:"旺啊,给我看着点你大哥。"

东旺眨巴眼睛,听不明白啥意思。

明理笑笑,对东旺说:"别听你嫂子胡说,咱们上路吧。"

东旺从谷香手里接过包裹,对谷香和惹不起摇摇手,转身大步向前走去。明理看看惹不起,对谷香笑笑,转身追赶东旺。谷香和惹不起看着他们渐渐远去。

惹不起扯了下谷香的衣襟,说:"渴了,等会儿我啊。"朝河堤走去。谷香再望一望东旺的背影,跑向河堤。

滦河水清又清,水面波光粼粼,到处弥漫着水草的清香。岸边垂柳倒映水中,水中的鱼儿自由自在地游来游去。谷香和惹不起蹲在河边,双手捧起一汪清水,一连喝了几大口。河水清洌甘甜,谷香愉悦地呻吟了一声。惹不起甩着手上的水珠站起身,扭头看见了高粱杆,吃了一惊,转转眼珠子明白了。

高粱杆知道惹不起的厉害,朝惹不起作个揖,直接走向谷香。惹不起早就知道高粱杆想娶谷香,也早就知道谷香不想嫁高粱杆,但男女之间的事别人不好插手,就转身走开了。谷香蹲在岸边看流水,看见了一条鱼,张着小嘴快活地吐泡泡。她看得入了迷。

高粱杆在谷香身后说话了:"香,搁这儿待着哪。"谷香猛地站起身,白了高粱杆一眼,目光寻找惹不起,找不见了。抬腿朝村子方向走去。高粱杆小跑着追上去,朝谷香嘻嘻笑。谷香心里有点紧张,她理解高粱杆的人品,边走边琢磨着对付他的办法。高粱杆见谷香不动声色,有点心虚。他了解谷香的烈性,边走边等待下手的机会。眼瞅着谷香就要上河堤了,高粱杆觉得再不下手就没有机会了。他左右看看确信无人,鼓足勇气从谷香背后扑了上去。谷香听见背后的脚步声,猛地一个转身,朝高粱杆的脸蛋子"啪"地甩了一个大巴掌。高粱杆猝不及防,捂着脸趔趄了好几步,然后顺着河堤斜坡滑了下去,像一个笨拙的土豆子。谷香撒腿跑上河堤,辨别了一下方向,朝村口跑去。

高粱杆爬起身来,朝谷香气急败坏地喊道:"谷香——你跑得了初一跑不了十五——你早晚是我的人——"谷香跑得更快了。从路边小树林里跑出了惹不起,伸出胳膊拦住了她。

"咋回事啊?谷香,跑啥呀?"惹不起问。

谷香看清是惹不起,说道:"嫂子,高粱杆欺负我,叫我给打得躺地上了。"惹不起拍着巴掌说:"打得好打得妙,你可真是呱呱叫。"

高粱杆爬上河堤追了过来。惹不起看见了高粱杆,转身朝他迎了过去。高粱杆一看惹不起的脸色,就知道这个女人要掺和事。就说:"惹不起,少管闲事啊。"惹不起两手一叉腰吼叫道:"高粱杆,别人怕你,姑奶奶可不怕你。我问你,你为啥欺负人家谷香啊?"

高粱杆没搭理她，接着追谷香。谷香弯腰捡起一块石头，高粱杆站住了盯视着她。谷香举起了石头，高粱杆不由自主地倒退几步。惹不起看着高粱杆的窘相，嘎嘎嘎地笑得前仰后合。高粱杆见来硬的不行，就来软的，脸上堆满笑容朝谷香嘻嘻笑。谷香白了他一眼，转身而去。惹不起轻蔑地看了一眼高粱杆，走的时候故意撞了一下他的肩膀。

高粱杆看着谷香远去的背影，咬牙切齿地骂了一句："他娘的，老子不给你谷香点颜色瞅瞅，你就不知道马王爷长几只眼！"骂完，一转身看见罗平骑着车子过来了。后面跟着范庄的范占山。心想他们一定是来找二叔的，就斜着眼睛看着他们。范占山看清是高粱杆，喊："杆子啊，在这干啥呢？"罗平也认出了高粱杆，朝他笑了笑。

高粱杆以问做答说："你们俩咋碰一块儿了？"

范占山说："罗技术员刚在我们村果园里头帮着喷药，说来给你们村看鱼塘，我送送他，顺便过来看看，学习学习。"

高粱杆说："说得好听，你就是汉奸、奸细，刺探我们村情报来了。"

范占山一晃手说："你这说的啥话呀，我咋成了汉奸奸细了？还刺探情报，我们村离滦河远你又不是不知道，根本闹不起鱼塘来。"

罗平问："高大哥，高支书在村里吗？"高粱杆说："在，你们去找他吧。"范占山说："一块走吧，我驮着你。"高粱杆挥挥手，转身走了。

范占山对罗平摆摆手。两人骑上车子走了。

高粱杆坐在路边寻思刚才的事，越寻思越窝火。要不是二叔告诫他要哄着谷香，他早就强行睡了谷香了。可刚才谷香也忒拿我杆子不当回事了，竟敢扇老子嘴巴子，这不是太岁头上动土吗？老子这口气咋能咽下去呢？

高粱杆生着窝火气。谷香跑进大队部找高贺告状。高贺没在。江天成正趴在桌子上写着啥。谷香问："大队长，支书呢？"天成看看谷香的脸色，问："谷香，咋的了？出啥事了？"谷香说："高粱杆欺负我，你们村干部管不管？"

天成站起身："高粱杆欺负你？这是啥时候的事啊？"谷香说："我就问你，到底管不管？"

"管，一定要管。"门外响起高贺的说话声。门帘子一挑，高贺进来了。

谷香盯视着高贺："支书，这可是你说的。"

高贺说："对，我说的。你告诉我，杆子咋欺负你的？"

天成说："支书，我看应该先派民兵把杆子带到队部来，好好问问是咋回事。"

高贺看了天成一眼，对谷香说："这样吧，谷香，你先下地干活去。我跟江大队长再仔细了解一下情况。你放心，我饶不了杆子这小子。"

谷香看看天成，对高贺点点头，转身出去了。

118

天成问："派人把杆子带来吧？"高贺说："天成啊，这事我可不是要偏袒我的亲侄子。你说派民兵把杆子给带到这里来，我想最好不要这样，因为啥呢，一出动民兵那这事动静可就大了，全村人一下子就全都知道了，这对谷香的名声影响该多不好啊，你说是吧？"天成想了想，挠着脑袋说："你还别说，我还真的没想这么多。你说得有道理，那就蔫不唧把他给叫来。满仓，满仓啊——"

梁满仓跑进屋子："啥事啊大队长？"天成说："你去把杆子喊来，有点事儿。"

满仓出去了。听见他喊："呦，罗技术员，范支书，你俩……快请进，支书跟大队长都在哪。"

高贺与天成对视一下，赶忙跑出屋子，先对满仓说："先别喊杆子来了。"走到罗平和范占山跟前，握住罗平的手，说，"罗技术员来了，快屋里坐。"范占山说："咋的，不请我屋里坐呀？"高贺捶了他一拳，哈哈笑着，推着他进了屋。

天成跟罗平握握手，拍了下范占山的肩膀，没说啥，转身拎起暖壶倒水。

罗平说："大队长您别忙了，我们还是先上地里看看去吧。"高贺问范占山："你来有事啊？"范占山说："咋的，没事就不许来你这儿啦？"高贺笑，说："你小子，无利不起早。告诉你，置办化肥的人已经出发了。你又有啥事求我来了？"

范占山说："这回呀，是来求你待会儿啊，跟罗技术员一块儿上我家吃去，烙饼摊鸡蛋，花生仁拌菠菜，再来个鸡刨豆腐，咋样？"

高贺咧下嘴，说："鸡刨过的豆腐还有法子吃？你存心恶心死我是吧？"

范占山捶了高贺一拳："哎呀呀我的高大哥，你是真没吃过，还是跟我逗乐子哪？鸡刨豆腐，就是把豆腐杵碎了，拿鸡蛋炒。"

高贺也杵了范占山一拳，说："你当你大哥真的没吃过鸡刨豆腐啊？看把你小子能耐的，吃过珍珠翡翠白玉汤吗？没吃过吧？哈哈，你大哥我就吃过。"

范占山眨眨眼："珍珠翡翠那玩意儿还能煮着吃？这我可是头遭儿听说过。你拿老弟寻开心吧？"高贺哈哈笑着："好啦好啦，不跟你逗了，不跟你逗了。走走走，跟着罗技术员，我们瞅瞅咱队里的鱼塘去。"

天成对高贺说："你们去吧，我上五队瞅瞅去。"高贺看一眼天成，没说话。朝门口走去。

范占山跟着往外走，追着问高贺："那个珍珠翡翠白玉汤到底是啥玩意儿啊？"高贺说："你这家伙，倒挺虚心好学的啊。告诉你吧，就是疙瘩汤。疙瘩像珍珠吧？小白菜的色儿像翡翠？豆腐的色儿像白玉吧？"范占山一拍后脑勺，咧着嘴笑了："敢情是这么个珍珠翡翠白玉汤啊，还真把我给唬住啦。"

几个人出了大队部院子。刚拐过一个胡同，身后有人喊："支书——"大家回头看，是蒋状。高贺问："你小子，不在地里头好好干活跑村里干啥来了？"

蒋状跑到跟前，龇着牙笑嘻嘻地说："支书哎，我要相亲去，可我们大队叫我跟大队长请假，大队长又叫我跟你请假。你们村干部咋都这样啊？咋就不管老百姓死活呢？你们敢情都老婆孩子一大堆的，就眼瞅着我打光棍不心疼啊……"

范占山笑了，看高贺。高贺踢了蒋状一脚，说："我说你小子，就是拿着相亲当幌子躲着地里的活计抽懒筋。说，是不是这么回事？我看你单干了咋活着，喝西北风去吧。"

蒋状梗着脖子喊："支书你冤枉人，我就是去相亲，真的。"高贺说："那你说上哪村相亲去？"蒋状随口说："范家庄的。"高贺转脸看一眼范占山，问："谁家的闺女？"蒋状随口说："王老七家的。"

高贺对范占山叽咕一下眼睛，说："那正好，范支书要回范家庄，叫他带着你去王老七家吧。"

蒋状打了个愣，这才注意到范占山居然也在场。脸"唰"地红了。语无伦次地说着："范支书哈哈……你忙吧，我我我……我自个儿去就中……哈哈……"倒退着，退到了一棵柿子树上，滑倒在地上。叽里咕噜像一个土豆。爬起来，嘿嘿笑着逃走了。

高贺对罗平说："让你见笑了罗技术员。"罗平摆摆手："没有。"范占山说："咳，这种人哪个村没有几个呀。没人笑话啊。"

迎面走来了金元宝，手里拎着一个小桶。"高支书。范支书。哦，罗技术员。"罗平点点头："金老师。没上课呀？"金元宝说："今儿个该我轮休。趁这空儿刷刷夜校屋里的墙。"

高贺说："你俩认识啊？"

金元宝说："罗技术员上我们学校给孩子们讲过科普课。哎，罗技术员，你来我们村弄鱼塘来了吧？"罗平说："是啊。"金元宝说："那好，你们忙吧，我走了啊，有空家里坐。"罗平点点头："再见，再见。"

金元宝大步流星走进夜校屋子，准备刷墙。听见谷香说话声，还有梁满仓的声音。"满仓哥，库房里还有多少锄头啊？我全拿走。"满仓说："我瞅瞅吧，好像不多了。你们那不够使了啊？"谷香说："可不呗。来了十几个学生帮着间苗儿，没锄头咋干活呀。"金元宝一听学生，连忙从门口探出头去，找到谷香，喊了声："谷香——"

谷香回身看见了金元宝，走过来："有事啊？金老师。"金元宝说："刚才你说来了群帮着间苗儿的学生，是哪个学校的？"谷香说："就是你们学校的。地里还等着我拿锄头，我走了。"

23

范家庄出事了！出了大事了！

寡妇刘翠青的孤寡婆婆喝卤水死了。

刘翠青的丈夫张二德前年夏天到河里捞鱼虾淹死了。公公是五年前得大脑炎死的。她没再改嫁，带着八岁的闺女花花跟瘫痪的婆婆过日子，缺吃少穿的，苦巴苦熬混日子。

今儿早上，她像往常一样熬好了玉米渣子粥，先给婆婆盛了一碗，夹了点老咸菜，端进婆婆那屋。喊了一声："妈，吃饭啦。"要是往常，婆婆就会答应一声，下炕洗脸准备吃饭。可今儿个没有答应，也没有动弹。她以为婆婆没睡好，就不再喊。把粥放在小炕桌上，跟孩子一块去吃饭。吃完了饭，花花背着书包上学去了。她也该上工了。就去婆婆那屋，一看，老人家还没动静，觉得反常，凑近了看，吓得"妈呀"一声，差点儿坐到地上。婆婆的嘴角有好多白沫子。喊了好几声没有一点反应。伸出一根手指在老人鼻子底下试了试，没有一点儿气息。她立刻六神无主。花花回来拿昨晚写的作业，她赶紧叫孩子去喊占山大爷。

范占山吃完早饭刚出了院门。花花跑来说："大爷，我奶奶病了，我妈让我喊你来了。"范占山一听，拔腿朝翠青家跑去。刚进了院子，翠青就哇哇哭着迎出来了。"支书啊，我婆婆她……死了……"范占山打了个愣："啊？死了？"他跑进大屋，看看老人，拍了下大腿，对翠青说："老太太喝了卤水啦。""啊？哎呀，我可怜的妈呀……"翠青扑到婆婆遗体上痛哭失声。范占山说："别哭了翠青，快去叫王大夫来。"

翠青去喊王大夫了。范占山先趴到东墙头上，朝那家院子喊："老核桃——老核桃——"老核桃答应着从屋子里出来："支书啊，啥事啊？"占山说："翠青婆婆出事了，快过来帮忙。"老核桃"啊"地惊叫一声："哎哎哎，我这就过去。"占山又趴到西墙头上，朝那家院子喊："常有理——常有理——"常有理从屋里跑出来，一看是范占山，不高兴地喊道："哪有你这样当领导的，喊人家外号。"占山连忙说："哎呀！对不起，我喊习惯了，常桂红，常桂红。哎，桂红啊，翠青婆婆出了点事，赶紧过来帮着忙活忙活。"常有理手里的脸盆子"当啷啷"掉到了地上，拔腿朝院门口跑去。

老核桃先走进翠青家院子，问占山："支书啊，大娘咋的了？啥病啊？"占山小声告诉他："喝卤水了。""啊？那……为啥呀？翠青对她跟亲闺女似的呀。""是啊，这老太太咋这么想不开哪。"

赤脚医生王琳到了。占山跟她进了屋。王琳翻开老人眼皮看了看，用听诊器听了听老人心脏，对范占山说："范支书，老人瞳孔放大，已经没有了生命体征。"翠青又哭开了。范占山点点头，叹了口气，对老核桃说道："你去叫芒种，让他带着红白喜事理事会那几个人过来。"老核桃答应一声跑了。

常有理跑进屋子，跑得急，左脚绊了右脚一下，踉跄几下子扑进了范占山怀里。占山推开她，说道："快点儿帮翠青给老人家穿寿衣。"

翠青哭着上炕跟常有理一起给老人穿寿衣。翠青在老人身子底下发现了一张纸，折叠好了的纸。打开一看，上面写道：翠青，眼瞅着单干了。妈不能再拖累你了。我走了，养好花花。翠青跪在婆婆身旁放声大哭。常有理也掩面而泣。范占山看完老人绝笔，禁不住泪湿衣襟。

翠青家办丧事的鼓乐响起来了。马童力骑着自行车到了村队部。他问一个过路大嫂："大嫂，这是谁家办丧事啊？"大嫂说："翠青家，婆婆喝卤水死了。"马童力一惊。"喝卤水死了？"预感到有啥事。问道："翠青家住哪啊？"大嫂说："往左拐，一直走，顺着鼓乐声就找着了。"马童力说了声"谢谢"，骑上车子往左拐，顺着鼓乐声很快就到了翠青家门口。

范占山正在院子里指挥两个小伙子摆花圈。马童力走进院子径直走到他跟前，喊了声："范支书。"范占山扭头看："哎哟，马书记来了。"马童力把他拉到一边，问道："听说翠青婆婆喝卤水了？"范占山点点头。"因为啥喝的？""咳，老太太不是瘫痪在炕上好几年了吗，怕分地单干了拖累孤儿寡母的，一时想不开就……咳……"马童力立刻敏感地意识到这是个事件，一个值得高度关注的事件。他严肃地对范占山说道："范支书，发生这样的事你应该主动向我汇报啊。"范占山没明白过来："死了人还用跟你汇报？"马童力急了："我的范占山同志，你有点政治性好不好啊？老人家不是因为分地单干，担心耽误儿媳妇干地里的活儿吗？这说明啥？说明有的群众对家庭承包制有顾虑有压力啊！说明我们在这方面的工作还是没有做到家，想得不周到啊，范占山同志！"

范占山茅塞顿开，一拍脑袋说道："哎哟，马书记，你说得对呀，我……我咋没想这些哪。你批评得对，我还真是政治性不强，我以后保证改正，保证。"马童力说："你这样，赶紧写一份书面报告报到公社党委。然后我再上报县委。"范占山连声答应。马童力又说："你现在就写。我这就到各村通知各支部抓紧研究，制定一个缺少劳力家庭的帮扶方案。翠青呢？"范占山说："在灵棚里哪。"

马童力走进灵棚，握住翠青的手说道："翠青大姐，别太难过了，节哀啊。"从口袋里掏出十块钱放进翠青手里，"我跟范支书还有事，有空再来看你跟孩子啊。"翠青不要钱。范占山说："收下吧翠青，这是公社领导的一片心意。"翠青握着马童力的手，感动地说："谢谢，谢谢马书记！"

马童力和范占山离开翠青家，到了队部。马童力说："我今儿个找你来，是来看你们麦收情况的。抢收得咋样了？"范占山说："挺快的，差不多就收完了。"马童力点点头："抓紧吧，一定要在大雨之前收完哪。"范占山说："放心吧。"马童力说："那你快写翠青家的报告吧,我上别的村转转去。"

马童力出了范家庄去了青石坡,直接去的麦田地。支书张立秋正领头割麦子,看见马童力来了,扔掉镰刀迎过来。"来了马书记。"马童力看着热火朝天的劳动景象,感叹道:"这么热的天,乡亲们辛苦了。"张立秋笑着摆摆手,递给马童力一碗水。马童力拍拍他的肩膀,说:"我来一是看看乡亲们,二是来通知你一下,尽快制定出一个村里缺少劳力家庭的帮扶方案,一定要把工作做细,可不能含糊啊。"张立秋点点头:"我知道马书记。"马童力说:"那你忙吧。我上那几个村看看去。"

在去桃花沟的半路上,马童力思考问题走了神,不小心折进了一个水沟里。头朝下折进去的,当时就摔迷糊了。清醒过来后感觉左胳膊疼得厉害,他忍着疼朝沟沿上看,蓝蓝的天,白白的云,青青的草,艳艳的花朵。他站起身,寻找爬上去的可能,几乎没有可能,不甘心试了几次都没有成功。他大喊:"有人吗——有人吗——"无人应答。他喘息了一阵,继续喊:"有人吗——有人吗——"沟沿上探出一个人脑袋:"谁呀?"马童力立刻来了精神:"我是马童力,救我上去呀老乡——"那人喊:"马书记,我是范田哪。"马童力乐了:"是范田哪,想法拉我上去呀。"范田喊:"等着啊,别着急马书记,我上村里找根绳子来啊——"马童力喊:"好好好,你去吧。"

范田走了,马童力趁这工夫坐在沟底琢磨工作。离推行家庭责任制日期越来越近了,感觉还有不少前期工作需要做,千头万绪理不出头绪,心里不托底。真的很难想象,单干后群众的思想还能不能聚拢到一块。该如何开展工作保证大家的心能贴到一块呢?又该如何让村干部们转变思想做好转型工作呢?尤其是公社党委的工作,如何转好型跟上新形势发展的需要呢?

范田来了。他先顺下一根绳子,露出半个脑袋说。"马书记,抓紧绳子,我们拉你啊——"范田喊。马童力紧紧攥住绳子,喊:"拉吧——"很快就升到了地面。马童力对范田和另外一个村民道谢。那个村民带着绳子走了。马童力问范田:"你咋从这过呀?"范田说:"我爸叫我上李家庄借脱粒机上的一个零件,正好听见你喊人。你这是上哪儿啊?马书记。"马童力说:"桃花沟。好了,咱俩各忙各的吧,走了啊。"两个人上路背对背走了。

在桃花沟赤脚医生小诊所,大队长姚国庆正在输液。他发高烧已经两天了。支书何明得了癌症在省城医院住了快两个月了。他党政一人兼,忙得脚后跟打后脑勺,着急又上火,抢收麦子一天二十四小时就喝了几缸子水,啃了俩玉米饼子,能不病倒吗。马童力在麦地里听说姚国庆在输液,赶到小诊所看他。他正强行拔掉针头要赶回麦地。赤脚医生姚冰正劝说他输完液再走。马童力走了进来,说道:"姚队长啊,你得听医生的话呀,发高烧不好好输液可不中,病情越来越重伤身体还耽误工作啊。"姚国庆笑了笑,说:"马书记来了。"对姚冰说,"那就给我再输上吧。"

"抢收得咋样了？"马童力问。姚国庆说："进展挺快的，大伙积极性都蛮高的。"马童力说："姚队长你身兼两职挺辛苦的，要不我给你临时派一个助手来吧。"姚国庆摇摇手说："公社也是一个萝卜一个坑的，别派了，我自己个儿还能顶得住。有啥新工作你就说吧。"马童力问："公社党委要求各村党支部，尽快制定出一个缺少劳力家庭的帮扶方案，一定要落到实处。"姚国庆点点头："中，我们抓空研究制定出来。"

告别了姚国庆，马童力出了桃花沟到了响马河村麦地。看见偌大的麦田已经光剩麦秸茬了。一群村民坐在地里喝水，还有的平躺在了地上不愿动弹。天成正拿着大喇叭大声喊着："大伙再坚持坚持啊，把麦秸茬子刨回家烧火烙大饼吃啊——"有村民喊："大队长啊，你就饶了我们吧，再坚持就累死啦，到坟棺材里头吃馒头去吧。"高贺喊："大伙别泄劲——一歇下来就起不来了，一鼓作气干完了咱们好好歇息个三天三宿的啊——"天成喊："对，放假三天。大伙快起来，快起来呀——大雨说来就来呀，这么多的麦茬子，可不能白白叫老天爷给糟蹋了呢——"在他俩的一再鼓动下，村民们纷纷起身开始继续刨麦茬子。马童力看到这一幕，欣慰地点了点头。很快又陷入了沉思。

江天成发现了马童力，对高贺说道："马书记来了。"高贺顺着天成手指的方向看清人以后，迎了过去。走近了，发现马童力的脸色阴沉沉的，心里"咯噔"一下子，脸上却是平静的神情，说道："来了，马书记，上村里检查我们的工作去吧。"马童力摇摇手，说："我得马上赶回公社，说句话就走。这两天，你必须拿出一个切实可行的缺少劳力家庭的帮扶方案，别啥也不要干。"高贺点点头，问："出啥事了？马书记。"马童力说了句："回头再说。"骑上自行车走了。

天成走了过来，看着马童力远去的背影，问道："马书记这么着急走了一准有事，布置啥任务了没有啊？"高贺说："叫咱们尽快拿出一个缺少劳力家庭的帮扶方案来。吃完晚饭以后咱们开个会研究研究吧。"

这会儿，周东旺和朱明理坐在去省城的火车上聊着天。聊的主要话题是东旺跟谷香的婚事，还有东旺跟高粱杆的关系。朱明理的意见是："尽快跟谷香把婚结了，叫高粱杆死了这份心。"东旺苦笑着说："我早就想结，可大贵叔说了，不攒够一大马车粮食当彩礼，就甭想娶走他闺女。"明理眼睛立起来了："一大马车粮食？天哪，这得攒到啥时候去呀！怪不得高粱杆一直不死心哪。"

说到这里，周东旺的两眼满是忧虑。不过，很快就消失了。他的眼睛里开始放射出希望的光芒。他喃喃地说道："马上就要单干了，我一定好好种地多打粮食，甭说一大车了，就是俩大车，三大车也没问题啊。我还要把我们家厢房腾干净，秋后都盛满粮食，孙子辈儿都吃不完，再也不愁挨饿吃不上粮食了……"

明理注视着东旺的表情，在心里说道：是啊，我们农民是种粮食的，却吃不上粮食，这种情况再也不能这么下去了。每一个农民都盼望着早一天过上像城里人那样的好日子啊！可又怕重演五十年代"种不起地卖地"的悲剧啊！这种事不是不可能再发生啊！想到这些，明理的神情忧郁起来了。

东旺注意到了明理的表情，不解地问道："明理哥，你想啥呢？"明理长出口气说："我在想，联产承包责任制好是好，可有些户缺少劳力，不一定能种好分到手的地啊。"东旺想了想说："不是有街坊邻居吗，大伙帮衬着点儿呗。"明理摇摇头说："恐怕不是那么简单的事啊。"东旺不以为然："种几分地，还能有多复杂咋的？明理哥，车到山前必有路，单干了，各过各的日子，到时候都会有办法的呀，你就别操这个心了。"明理说："那不中啊东旺，我是一个村干部，为群众着想，为群众办事是我的责任哪。"东旺发现明理说这番话的时候，脸上的神情变得郑重起来了。

"单干了，咱们的心可不能单干哪。只有这样，不管遇到啥为难着窄的事都能挺得住啊！"明理说。

东旺品味着明理说的这番话的意思。

明理说："就说这次咱俩去省城买化肥吧，全村人难道光你一家用得上吗？不是吧。你这不就是为大伙办事吗？"

东旺看着明理一脸的诚挚，笑了。越思越想越觉得有道理，深深地点了点头。

24

时光跑得好快。麦收过后一眨眼就到了秋收。秋收在农村可是个大忙季节。

因为秋收后正式开始单干，所以在秋收前的一天，马童力就召集各村所有村干部开会。主要内容是做好思想宣传教育工作，确保单干前最后一个秋收顺利完成，颗粒归仓。

这天，谷香正趴在办公桌上写着啥。金元宝推门进来了："谷香，忙着哪。"谷香笑了笑："写个宣传稿，黑板报登着使哪。你来了，正好帮我改一改。"元宝摇摇手："别谦虚了，你出的黑板报哪一期我看都挺好的。我是来找高支书的，他那屋没人。"谷香说："兴许上地里去了吧。"金元宝说："我上地里找找去。"金元宝出了谷香办公室，朝院门口走去。

高粱杆进院，问金元宝："哎，金大老师，看见我们家谷香了吗？"

金元宝瞥了眼高粱杆，说道："东旺刚出门走，这种玩笑还是少开为好啊。"高粱杆眼珠子一瞪，说："放屁！我们谷香跟那个周东旺一点关系都扯不上，你他娘的胡咧咧啥呀？"

金元宝摇摇头，说了句"不可理喻"便不再理会了，走了。听见高粱杆的声音，谷香迅速插上了门，继续写材料。一会儿，有人推门，拍打门板，高粱杆在喊："谷香开门，开门，快点开门……"谷香这个气啊，但又懒得跟这种人发作。一扭脸看见后窗户敞着，顿时来了脱身之计。她悄悄走到后窗前，踩在一只板凳上，纵身跃上窗台钻出了屋子。再蹑手蹑脚地贴着墙根，一步步挪到院门口。她看一眼还在拍打门板的高粱杆，溜出了院子，朝村东口快步走去。眼看到村口了，身后响起高粱杆的声音："哎——谷香——等等我，等等我呀——"谷香回身一看，果然是他，不由得叹了口气，自语道："这个王八蛋，我咋就甩不开了哪！"

谷香小跑起来，高粱杆在后面一溜小跑地追。几只鸟儿在谷香头顶上空伴着飞，叽叽喳喳说着话。几只癞蛤蟆在高粱杆脚边蹦来蹦去，啪嗒啪嗒讨人嫌。谷香朝玉米地跑去。高粱杆终于追上了谷香。谷香往回走，高粱杆眨眨眼往回追。谷香白了他一眼，下了道，顺着一条没有水的泄水沟走。他下了沟，追着走。高粱杆想好了，反正周东旺出门不在家，我咋追都没人敢管，想咋追就咋追。正追着，谷香停住脚步，猛地回转身怒视着他。他不由自主地停下了脚步。

谷香大声说道："高粱杆，你要是再这么不要脸，我就上派出所找牛所长告你去！"

高粱杆嘻嘻笑："谷香，我发现你生气的时候比不生气的时候还好看。你说我咋这么稀罕你哪。"

谷香不搭理他，噌噌几下子上了沟沿。巧得不能再巧，迎面当真来了派出所所长牛清扬，骑着他那辆破自行车，除了铃铛不响哪都响。"牛所长！"谷香激动地喊了声，像见到亲人一样。

牛所长刹住车子，看着谷香，笑了，说："这不是谷香吗，下地去呀。"刚说完，看见爬上来的高粱杆，愣了一下，立刻明白是咋回事了，就说，"杆子啊，你跑进这沟里干啥呀？快去地里干活去。"

高粱杆看了眼谷香，对牛清扬说："我的好所长哎，你还不知道吧？我们这是树上的鸟儿成双对儿，杆子跟谷香正好是一对儿。嘻嘻。"

谷香呵斥道："高粱杆，你别胡说八道！当着牛所长的面儿，你把话说清楚，谁跟你一对儿啊？"

高粱杆还要再说啥，牛清扬严肃地看着他，说道："杆子，快干活去，听话。"

高粱杆怕牛清扬，怕铁面无私的牛清扬，悻悻地走了。

牛清扬对谷香说："走，一块走，我正好想上地里看看乡亲们哪。"

两个人一边往地里走，一边说着话。

一阵微风吹过，空气里弥漫了庄稼苗儿的清香。几只小虫子悠悠地飞着，不知去向。

牛清扬说："谷香啊，你爸你妈他们都挺好的吧？"谷香说："挺好的，能吃能睡的。"牛清扬又说："你跟东旺……还好吧？"谷香点点头，脸有点发烫，抿嘴笑笑。牛清扬问："啥时候请我们吃喜糖啊？"谷香又一次笑笑，低下头，没说话。

牛清扬问："咋的，遇到阻力了？"谷香仰起脸来直视着牛清扬，说："你放心吧，牛所长，喝喜酒的时候一定落不下你。"牛清扬点点头，说："好啊，咱可一言为定啊。"谷香笑着重重点了点头。两人顶着风朝玉米地走去。

这个时候，在村边的地里，高贺和罗平、范占山正在看地形。

范占山问高贺："你们的鱼塘就在这儿？"高贺说："这是罗技术员定的。"罗平说："两位支书，我之所以选址在这里，是因为从兴建渔场的规模、范围、房建面积、土地区划等方面考虑，规划范围符合自然条件，房建面积适合人员居住和生产操作，土地区划有利于开展以渔业为主，全面协调发展的原则。"高贺点点头，问："那鱼池子建在哪啊？"罗平指着一个方向，说："建在那边。第一个是亲鱼池。第二个是产卵池。第三个是鱼池。第四个是试验池。第五个是配套水池。"范占山问："啥叫亲鱼池啊？"罗平说："亲鱼是生产经营的基础，位置应该离厂房近才好，方便精心看护。鱼苗池应当接近孵化设备，鱼种池围绕着鱼苗池，外围为成鱼池。这样安排位置，有利于鱼苗下池、出塘分养、转池饲养。"

范占山看着高贺说："好家伙，整个鱼塘这么费事哪。"高贺说："是啊，比盖间房子还费事哪。罗技术员哪，咱啥时候动工啊？"罗平说："高支书您先别急，我得根据渔场总体平面图、各堤坝所处位置的地形高度和堤坝坡度，经过计算绘制出施工图。施工图上必须标明各地取土线，也就是坡脚线，堤面中心线，断面图需要标明各鱼池取土深度和堤坝填土的高度。还要根据地形测量时候的标准桩，放出跟平面图相对应的中心线，量出各鱼池堤面的中心点。然后，以各鱼池堤面中心线为基础，再画出各池塘的取土线，钉上脚桩。总之吧，需要做的前期工作不少的哪，一环扣一环。"

范占山啧啧啧地咂着嘴，转过脸看高贺。高贺看着罗平，说道："中啊罗技术员，你说咋干就咋干，我们都听你的。"罗平笑着摇摇手，说："今儿晚上我就开始画图纸。"高贺说："好啊，辛苦你了。"罗平说："不辛苦，这是我的职责。"说完，从挎包里拿出皮尺，准备测量地形。范占山说："来，我帮你。"

高贺背着两手看着罗平和范占山忙。高粱杆过来了，高一脚矮一脚的。高贺悄悄朝他使颜色，他一点没看见。高贺朝他挥胳膊，他没看明白啥意思。高贺皱着眉头瞪视着他。他走到了二叔跟前。高贺小声对他说："啥也别说。先干活去。"高粱杆小声说："我的好二叔哎，谷香都不拿正眼瞅我，过两天周东旺一回来，她就更不拿我当回事了，我还哪有心思干活啊。"高贺提高点声调："这事儿别跟我说。我告诉你，不许你为难谷大贵去。快干活去。"说完，朝罗平他们走去。

高粱杆站在原地看着二叔，心里酸溜溜的。心里埋怨二叔咋这么不心疼他这个亲侄子。哼，不许我为难谷大贵？我他娘偏去为难那个老家伙，谁叫他是谷香的亲爹哪。这么想着，心里就有了主意，就拔腿朝谷大贵干活的地里走去。

谷大贵正猫着腰给花生秧子除草。他干活很是仔细，生怕漏掉一棵小草。他喜欢在地里头干活，两脚能站在庄稼地里心里头踏实。脚下这块土地曾经是他谷家的，就在那边的地头上曾经插着一块木牌：谷家的地。他是这块地看着长大的，看着他从小小谷变成小谷，再由小谷变成大谷，再由大谷变成如今的老谷。往后还要由老谷变成老老谷，再往后还要看着他离开这个世界。谷大贵感激这块土地哩。看着它一年一年地春种秋收，他心里头满足着哩。

"谷大贵。"高粱杆突然在谷大贵身后吼了一声。谷大贵吓了一跳，回身看着高粱杆。"杆子，你叫我？"高粱杆梗着脖子说："咋的，你不叫这个名儿啊？"谷大贵发现高粱杆的脸色不好，下意识看看四周。这块地大，一起干活的人离他这都还有段距离，心里不由得一阵紧张。高粱杆走到他跟前，说道："起来，跟我上公安局去。"谷大贵问："去那儿干啥？"高粱杆："你犯了偷卖粮食的罪，我代表大队党支部送你坐大牢去。"谷大贵两腿一软，一屁股瘫坐在了地上，两眼直瞪瞪看着高粱杆。

高粱杆哦了一声："站起来。"谷大贵哆哆嗦嗦地说："支书不不不……不是说不治我的罪了吗，我那天一颗粮食也没卖出去呀。"高粱杆说："没卖出去跟卖出去一个罪过。我二叔没治你的罪，那是因为跟你是亲家……"谷大贵忙不迭地说："对呀，我跟你二叔是亲家啊，你是我……你是我……你是我……"高粱杆盯着问："我是你啥？啊？说，说呀。"

谷大贵不敢说，他当不了谷香的家。高粱杆一把揪住谷大贵的脖领子，吼："走，跟老子上公安局。"他的吼声引来了附近干活人的目光。没人敢过来。

谷大贵攥住高粱杆的手腕，央求道："别，杆子，你听叔说，我……你……你是我……你是我……姑爷儿……"

高粱杆吼："你说有屁用。我不是照样娶不到谷香吗？"谷大贵说："我是她老子，我说叫她嫁你，她就得给你当老婆……"高粱杆吼："啥时候成亲？"谷大贵想了想说："等周东旺回来了，我跟他做个了断就……"高粱杆一瞪眼，吼："走，上公安局。"

谷大贵连忙改口："那你说啥时候……就啥时候……"高粱杆说："明儿个。"谷大贵为难地嚓着牙花子："哎呀……不管咋样，闺女出门子不是个小事儿，你总得叫我准备准备呀。"高粱杆寻思了一下："嗯，那就后天，后天，就这么定了。"谷大贵还是觉得太紧，不过没敢说出来。

高粱杆松开谷大贵的脖领子。谷大贵还不放心："那我还上公安局去吗？"高粱杆说："那还去啥呀。赶紧操持喜事吧。"谷大贵答应一声，心里的石头落了地。高粱杆心里开着花走了，一连踩坏了好几棵花生秧。走出老远了，谷大贵还能听见他在哼歌。谷大贵的胸口突然被谁踹了一脚。钻心地疼，疼得抓心挠肝的。他一只手搭在眼眶上朝远处看，遥远的地平线上千景万物都在晃荡。

响马河的黄昏到来了。日落西山鸟归林，大大小小的鸟儿都在往家赶。忙碌了一个下午的人们开始收工回家了。大姑娘小媳妇们抱着洗衣盆子来到河边，一边洗着衣裳一边谈论着村里的新鲜事。放牛放羊的人儿归来了，大声吆喝着牲畜们。孩子们在街筒子里追逐打闹。各家各户的烟囱冒出炊烟。谷大贵无精打采地往家走，低着头走，谁也不搭理。他犯愁咋跟谷香说嫁给高粱杆的事，他越想越心焦，觉得浑身都在冒火，嗓子眼发干，不想喝水。当他从后院走进家时，钱彩凤正在过堂屋忙着熬玉黍渣子粥。"咋这落后啊？"她随口问了一句。谷大贵没说话进大屋去了。

钱彩凤也没多想，熬她的粥。谷香回来了，手里拿着一个信封，眉开眼笑的。"妈，我表姐来信啦，她说今年暑假来看咱们，要住上几天哪。"钱彩凤立刻也眉开眼笑。她在围裙上擦擦手，接过信纸看了看。想起自己不认识几个字，就说："快给妈念念。"谷香问："我爸呢？还没回来？"钱彩凤喊："她爸，莲莲来信了，快听闺女念给你听啊。"

谷大贵没有回音。谷香拿着信进了大屋，看见爸爸在炕上趴着，说："你咋的了爸爸？累着了？"谷大贵晃晃手。谷香爬上炕，摸摸爸爸的脑门，喊道："妈，我爸发烧了。"钱彩凤立刻进屋来，吩咐谷香说："快给你爸盖上被子。家里好像还有退烧药哪，我赶紧找找。"

"呜呜呜……"谷大贵忽然小声哭了起来。钱彩凤瞅一眼过堂屋，纳闷地说："好像猫叫唤哪。"谷大贵还在哭。谷香说："是我爸哭哪。"钱彩凤一听"啊"了一声，赶紧爬上炕，拍着老头子的后背，问道："你咋的了老头子？哭啥哪？出啥事了？"

谷大贵就是哭不说话。钱彩凤急了："哎呀，我的祖宗，到底是咋的了，你想急死我呀？"钱彩凤一着急，也抹开了眼泪。谷香预感到了啥，问道："爸，是不是高粱杆那个东西为难你了啊？"她这么一说，谷大贵的哭声干脆大了。谷香一跺脚，说："妈，你劝劝我爸。我去找高粱杆算账。"

谷香抬腿就走，谷大贵霍地爬起身，喊道："站住。"谷香站住脚看着父亲："爸，你别怕，你越怕他越欺负咱。"谷大贵拍着炕沿说："你给我老实待会儿，还嫌自个儿惹的祸少是吧？"谷香问："爸你这话是啥意思啊？我咋给你惹祸了？"

谷大贵瞪着眼珠子吼："你没惹祸，是我惹祸，中了吧？"

钱彩凤愣愣地看着老头子："天爷，你这发的哪门子火啊？闺女做的哪点儿没对你心思啊？你慢慢说，别着急，你这发着烧哪。"

　　谷大贵喘了几口粗气，说道："香也老大不小的了，老有跟我提亲的。依我看哪，不如抓紧出门子嫁了人，省得夜长梦多，闺女大了口舌多。"

　　谷香说："我当啥事哪。你要这么急着叫我出门子，那就别逼着东旺交一大车粮食当彩礼了呗。"谷大贵说："你呀，就别琢磨周东旺了。你看这小子拿彩礼的事当回事吗？哼，这都几月份了，一句回话都没有。"谷香说："他们爷俩到处东借西凑的也没凑上一大车，咋给咱们回话呀？"谷大贵摆下手说："我看哪，你就跟了高粱杆吧……"谷香立刻打断父亲的话说："不中，不中，我宁可烂在家里也绝不嫁他。"

　　谷大贵红着眼睛吼："那你就眼睁睁瞅着你爸爸蹲大狱去吧。"谷香奇怪地看着父亲："蹲大狱？你啥蹲大狱啊？凭啥蹲大狱啊？犯了啥法啊？"钱彩凤连忙捂住老头子的嘴说："香啊，别听你爸瞎说，他是发烧烧迷糊了。"

　　谷大贵一把推开老伴："哎呀你就别捂着那件事啦。告诉你吧，我前些日子偷着卖粮食，叫市场执法队抓住了，要不是高支书，我早就蹲上大狱啦。高粱杆说了，你要是不跟了他，他就把我送公安局蹲大狱去。"钱彩凤急了："啊？这可咋好哎。老头子你都多大岁数了，你哪吃得了监狱里头的苦啊！"

　　谷香惊讶地看着父亲："你说啥？你……倒卖粮食？你咋能干这种事呢爸？再说了，咱们家粮食也不富裕啊，你咋还往外卖呢？"谷大贵抬手捶打自己的脑门。钱彩凤赶紧给老头子打圆场说："哎呀，别说这个了。香啊，你可不能眼瞅着你爸进大狱啊！"谷香气愤地说："爸你咋这么糊涂呢？明明知道倒卖粮食是违法的，你咋还敢这么干呢？"

　　钱彩凤拍着大腿说："香啊，快救救你爸吧……"谷香说："犯法就得服法，你叫我咋救他啊？"谷大贵说："你跟高粱杆成亲，就能救我。"钱彩凤和谷香同时一愣。谷香问："这话是不是高粱杆叫你跟我说的？爸你咋还信他的鬼话呀？"谷大贵大手一挥说："你废话少说，赶紧跟你妈准备出门子。老伴儿你听我的……"

　　谷香尖声叫道："爸你别听高粱杆的，我就是真的嫁给了高粱杆这种人也救不了你。喜事代替不了法律，这点道理你还不懂吗？"谷大贵猛地一起身，一阵剧烈目眩，晕倒了。钱彩凤慌忙摇晃着老头子的身子，叫喊道："你咋的了老头子，快醒醒，快醒醒啊……"谷香说："妈你别喊了，赶紧送我爸上卫生院吧。"谷香急得直抹眼泪。

　　母女俩把谷大贵抬到排子车上。金元宝从门口路过看见了，连忙跑进院子，问道："大贵叔这是咋的了？"钱彩凤说："晕过去了。"金元宝说："快走，上卫生院。"说着，走到车头准备拉车。谷香说："我跟我妈去就中了，你回家吧。"金元宝将绳子套在肩膀上，拉起来就走。

第九章

25

天黑下来了，街道模糊了起来。金元宝拉着车一路小跑出了村。卫生院在二十里地之外。谷香担心金元宝吃不消，出了村就想换下他。元宝推开谷香的手说："你就别争了，咋说我也是个老爷们，这点力气还是有的。"谷香和钱彩凤在后面推车。乡村道路全都是土路，坑坑洼洼的，不好走。元宝深一脚浅一脚地走。走到一半的时候，元宝开始喘粗气。钱彩凤说："金老师啊，叫香拉着吧。"元宝说："婶子我还中哪，不用换。"

谷香没说话，用力推车。听着元宝"呼哧呼哧"的喘气声，想到东旺拉车不会有这声的，就想东旺了。思念的闸门一打开，就关不住了。谷香此刻特别想东旺，想他这个时候在干啥。应该是在跟化肥厂领导说化肥，他的头顶上一定在冒着热气，脸上一定淌着汗珠。谷香能想象到的只有这些。她想象不出省城是个啥样子，因为她长这么大还从没去过省城哩。

突然，排子车剧烈地呻吟了一声。一只轱辘"咕咚"一下掉进一个坑里。第二个轱辘却稳稳地停在了坑沿。谷香借着月光看到金元宝的腿。他的两条腿跪在坑沿上，是他的腿强行阻止住了排子车陷进坑里。她没顾上多想，冲过去抱住了金元宝的后腰。钱彩凤赶过来，和谷香一起把元宝搀扶了起来。

"磕坏哪儿没有啊？"钱彩凤急急地问。元宝说："没有。快走。"谷香说："我拉车吧。"元宝摇摇头，继续前行。谷香从元宝的侧面发现他咬着下嘴唇。这一举动颠覆了她对金老师的印象。在这之前，她一直觉得金老师是一个柔弱书生，现在看原来也是一个老爷们。这样想着，谷香情不自禁地多看了他两眼。

卫生院到了。门口没人。金元宝停下车，去背谷大贵。谷香和钱彩凤把谷大贵扶到元宝后背上。元宝背着谷大贵跑进大门。

谷香一边跑一边喊："大夫——大夫——"钱彩凤跟着喊："救命啊——救命啊——"谷香说："哎呀，妈，你别这么喊，人家膈应。"

一个男大夫从值班室探出脑袋。元宝认出是何大夫，朝他跑了过去。何大夫也认出了金老师，指着急诊室说道："快上那屋，金老师。"元宝背着谷大贵进了急诊室。何大夫指着病床："放那上面，轻着点儿。"几个人把谷大贵稳稳当当地放在病床上。何大夫问："病人是啥情况啊？"谷香说："今儿个擦黑的时候，我爸有点发烧，赶上家里有点事儿，一着急就晕过去了。"何大夫点点头，对元宝说："金老师，家属都先出去吧，在外面等着。"

金元宝对钱彩凤、谷香说："婶子，咱们在外面等着去吧。"三个人出了急诊室，坐在走廊的长椅上歇息。

钱彩凤坐不住，站起身到门口，贴着门缝往里看。谷香走上前，安慰道："妈，别担心，我爸不会有啥事的。"转身对元宝说，"金老师，你快回家歇着去吧，明儿个还得上课哪。"元宝说："没事儿，我再待会儿。"

何大夫出来了。钱彩凤急切地问："大夫，我们家老头子咋样了？"何大夫说："放心吧，没有生命危险了。病人出现低血糖，输点葡萄糖就好了。"说着，把一张单子递给钱彩凤，"去取药口缴一下费吧。"

钱彩凤接过单子，一摸口袋，问谷香："你装了多少钱啊？"谷香把口袋里的钱都掏了出来，不到三角钱。钱彩凤急了："哎呀，钱不够，这可咋办啊？"金元宝说："别急婶子，我这够。"对谷香说，"把单子给我吧。"谷香不好意思地说道："那就谢谢你了金老师，回去我就还给你啊。"

金元宝笑笑，拿着单子走了。

谷香搀着母亲坐到长椅上，看着护士忙进忙出。

这个时候，高粱杆拎着一瓶北京二锅头，一包猪头肉走进谷香家院子。他要和谷大贵喝点吃点，联络联络感情。

院子里静悄悄的，大黄狗在黑暗处呜呜低吼。高粱杆喊了声："是我，大黄。"大黄狗颠哒颠哒走到高粱杆跟前，摆着脑袋蹭他的大腿。高粱杆问它："谷香在家吧？"大黄狗呜呜咽咽，好像在回答他。高粱杆走到过堂屋门口，拍响了门板。

没人应答。高粱杆用力敲，还是没人应。他举起手电筒往里照，炕上空无一人。高粱杆开始心虚，自己嘀咕说："咋回事啊，一家子都躲着我咋的？"西墙头爬上一个人影。是蒋状。"杆子二领导——"蒋状喊。高粱杆被他吓了一跳，骂道："你他娘的瞎叫唤个啥，滚屋里睡觉去。"

蒋状使劲吸溜一下鼻子，说："嗯，咋有猪头肉的香味儿呢？啊，真香啊！"

高粱杆连"呸"好几声，说："你小子，狗鼻子是吧？咋这好使呢？"说着，踢了几下门板，"谷香，开门哪——"蒋状跳进院子，说："我帮你叫门。谷……大贵叔——"高粱杆捶了下他："滚一边去，哪叫你喊哪。"蒋状嘻嘻笑着，偷着瞄高粱杆手里的猪头肉。

"瞅你这点出息。"高粱杆踹了他一脚。自语道，"这一家人咋都没在家呢？干啥去了呢？"嘀咕着向院门口走。蒋状忽然想起啥，追上去说："领导，到我

132

家坐会吧。"高粱杆说："你他娘的就是馋我这点猪头肉。"

高粱杆进了蒋状的家，立刻倒憋了一口气。满屋弥漫着酸臭气息，满屋凌乱不堪。高粱杆捂着嘴巴退出了屋子，仰着脸呼哧呼哧大喘气。蒋状赶紧为他捶后背，捶的劲头大了，他差点背过气去。高粱杆一脚端倒了蒋状。骂："你他娘的要捶死我咋的。"

蒋状爬起来，嘻嘻笑着说："领导别生气，我能伺候领导实在是忒激动啦。我小点劲儿……"

高粱杆出了蒋状的家，迎面吹来一阵风。谁家的狗亢奋地叫了几声。他向自己家走去，眼看到了，又朝二叔家走去。院门紧闭着。高粱杆拍打门板，院里响起脚步声。"谁呀？"是耿翠芝的声音。"二婶，是我呀。"门开了。耿翠芝打量着高粱杆："这都几点了，找你二叔有啥急事咋的？"

高贺披着件褂子出来了。"干啥来了杆子？"高粱杆说："二叔，谷香一家子全都没在家。"高贺说："你去她家了？"高粱杆点点头，说："二叔你说，他们会不会躲出去了呀？"高贺寻思着。

院门外过去一个人，骑着自行车。高贺正对着院门口。那个人骑过去又骑回来了。"支书，还没睡哪？"是金元宝。高贺答应一声："咋么这么晚回来了啊？"金元宝说："啊，大贵叔病了，我帮着送卫生院去了。"高粱杆立刻转身抓住金元宝的手："他们人呢？"耿翠芝问："得的啥病啊？"金元宝说："低血糖。大夫说留院观察一个晚上。"高粱杆看着高贺："二叔……"高贺不动声色地对元宝说："时候不早了，快回家吧。"元宝答应一声："对了支书，夜校课程我都安排出来了，下个礼拜就可以开课了。"高贺说："中，你看着操持吧。"

金元宝走了，高粱杆说："二叔你们歇着吧，我上卫生院走一趟。"高贺低声喝道："站住。"高粱杆一梗脖子说："我要娶谷香。"耿翠芝说："胡说。人家谷大贵病着，谷香没吐话口跟你，你凭啥娶人家呀？"

高粱杆说："我不管。反正谷香是我老婆。"耿翠芝说："没进洞房到啥时候也不是你老婆。"高粱杆说："明儿个就进洞房。"耿翠芝笑："没拉结婚证就进洞房，你小子等着进班房吧？再说了，全村哪不知道谷香跟东旺是一对啊。"高粱杆说："谷香就是我老婆。"

耿翠芝看着高贺说："你说这小子多浑哪，抢人家的老婆。"高贺没说话，转身进屋去了。耿翠芝对高粱杆说："快回家睡觉去吧，别胡思乱想的了啊。"

高贺的不予理睬刺激了高粱杆，他感到莫名其妙的鼓舞，他亢奋地转身跑出了二叔家，摸进了谷大贵的家。他要偷出谷家的户口本，明天逼着谷香跟他登记结婚。他摸进大屋，轻而易举找到了户口本。揣进怀里摸回了自己的家狠狠地兴奋了大半宿。

天亮了。太阳光在窗户上金光闪闪，高粱杆的眼睛也冒着金光。他一个鲤鱼打挺蹿起身跳下炕迅速换上一身新衣裳。这身衣裳十年前就准备好了，是二婶给他做的。如今总算派上用场了。他有点眩晕，想想谷香就要成为自己老婆了简直要发疯，就不敢再想下去了，也来不及想了。必须赶紧拽着谷香扯结婚证，生米煮熟饭，周东旺也就干生气。

高粱杆骑着自行车一阵风一样赶到了卫生院。刚走进大厅，迎面走过来谷大贵。钱彩凤和谷香在他身边，一边一个。谷大贵一看见高粱杆两腿就软了。谷香冷冷地看着他。钱彩凤看谷香，内心不安。高粱杆说："叔你病了？好了咋的？"谷大贵"啊"了一声，不知往下说啥好。

谷香白了高粱杆一眼，对父亲说："爸，走吧。"

高粱杆说："谷香，我有话跟你说。"

谷香搀着父亲往前走，头也不回地说道："有啥话回去再说吧。我还等着下地干活哪。"

高粱杆说："你要是想叫大贵叔进大狱，你就别搭理我好了。"

谷大贵像被烫了一样浑身一个哆嗦。谷香停住脚回身瞪视着高粱杆。

钱彩凤小声对谷香说："香啊，别跟他较劲了，听听他惦着说啥啊。"

谷香对高粱杆说道："你说吧。"高粱杆说："这不是说话的地角儿。跟我走。"谷香转回身，搀着父亲向大厅门口走去。高粱杆喊："那大贵叔的事就别怪我公事公办了啊。"谷大贵脸都白了，估计血糖一害怕又低下去了，一阵眩晕，差点儿倒在地上，被钱彩凤抱住了。谷香喊："高粱杆你要再吓唬我爸，我跟你没完！"

高粱杆冷笑一声，说道："这么着吧，你跟我上民政所去一趟，那有我一个熟人，可以帮着把叔的事摆平喽。"谷香看了高粱杆一眼："民政所？你跟我动啥歪心思哪？"高粱杆说："我说谷香，你咋就这么不相信我呢？我糊弄过你咋的？"谷香说："我先把我爸送回家再去。"高粱杆笑了："中。我跟你一块送。"谷香摇摇头："用不着。你上民政所等着我去吧。"说完，转身就走。

"你可别不去啊。"高粱杆朝谷香背影喊。

谷香没搭理他，走出了大厅。

高粱杆想了想，得意地哼着歌儿，跑出了大厅。

周东旺从省城回来了，提前回来的。不回来不中，化肥的事不顺利。给村里打电话，打不通。朱明理叫东旺先回家汇报一下，听候高贺的指示。不过，东旺现在还没回到村里，他在县城长途汽车站等车哩。

东旺坐上了路过响马河村的蝈蝈颜色的长途车。谷香把父亲送回了家。她跟队长请了个假，借了惹不起的自行车，心急火燎赶往民政所。她到了民政所门口，正在等谷香的高粱杆迎了出来。他神秘地对她说："一会儿啊，你啥也别说，跟人家点个头走就中了。"谷香白了他一眼："有啥不可以说的呀，错了就是错了。"高粱杆说："我问人家了，人家说，幸亏叔一颗粮食还没卖出去，就不追究法律责任了。不过，按规定得交罚款，找找人可以不罚了。你跟我进去，跟那人点点头回家就中了，剩下的事我来办。"谷香疑惑地看看高粱杆，跟着走进办公室。

周东旺走进村大队部院子。满仓骑着自行车进院。看见东旺打了个愣。东旺说："出去了？满仓哥。"满仓问："上地里去了。这么快就回来了，事办得挺顺利呀。明理呢？"东旺说："不顺利。明理叫我回家跟支书汇报来了。支书在吧？"满仓摇摇头。东旺问："看着谷香了吧？"满仓说："她上民政所去了。说杆子等着她哪。"东旺呆住了。

谷香跟在高粱杆身后进了民政所办公室。高粱杆对女工作人员说："这就是谷香。谷香，她是林小红。"谷香对林小红点了点头，刚要张口说话，高粱杆抢过去说道："哎呀，谷香，你爸病了等着你伺候，你还是赶紧回去吧。"说着，推着谷香往门口走。谷香反感地推开他的手，高粱杆要送谷香一段。谷香说："你去吧。用不着你送。"

高粱杆不放心，担心谷香走了再回来。更担心她看见户口本坏了大事。就坚持要送谷香一段。谷香生气了，说："还是我跟那个人说吧。"高粱杆连忙拦住谷香："中中中，我不送了，你自己个儿走吧。"高粱杆停住脚。谷香迈开大步朝村走，头也不回地走远了。

高粱杆躲在一个墙角，看着谷香的确走远了，放心地回到民政所办公室。他掏出自己的和谷香的户口本，放到林小红跟前。

林小红说："我还以为你们今儿个不办了哪。咋你自己个儿回来了？你对象呢？"

高粱杆说："刚才你不是都听见了吗，她爸病了挺重的，她先回家了。"

林小红说："那可不中啊，杆子大哥，我们有规定，拉结婚证必须男女双方都到场的啊。"

高粱杆说："我知道。可规定是死的，人是活的呀，我老丈人病了离不开人儿，咱们还认识，你就给通融通融吧。"

林小红笑着摇摇头，说："要不这么着吧，杆子哥，你带着我上你们村办理一下吧。"

高粱杆心虚了。他从口袋里掏出一把糖果，还有十元钱，放到林小红眼前。林小红说："你这是干啥呀，杆子大哥，我可不敢收你的东西，更不敢收你的钱哪，赶快拿起来，叫领导看见了我就说不清楚了。"高粱杆说："你对群众这么好，我哪忍心叫你受累跑一趟呢？你就给办了中了呗。"林小红说："真的不中，杆子大哥，还是带着我上你家里办去吧。"高粱杆见来软的不行，开始来硬的。他的脸蛋子往下一嘟噜，说："咋的，不给我面子是吧？这么点事儿跟我打官腔是吧?"林小红看看他的脸色,埋下头忙手里的工作。

高粱杆两只胳膊抱在胸前,盯视着林小红。林小红抬起头看着高粱杆,说:"我不嫌麻烦,杆子大哥,我们还是去你家吧。"高粱杆不说话,也不行动,就是盯着林小红,目光挺吓人。林小红毕竟是二十多岁的姑娘,心里头怦怦怦乱跳。她瞄一眼门口,希望有人进来解围。可就是一个人也没进来。

不知道过了多长时间,终于推门进来一个。林小红仔细一看是副所长王彬宇。赶忙说道:"所长,高粱杆他要拉结婚证,可女方没来……"高粱杆打断她的话:"谷香咋没来呀?你眼瞎了?"王彬宇说:"这位同志不要激动。有话慢慢说。"林小红说:"她人是来了,可没提跟你结婚的事啊。"高粱杆大眼珠子一瞪说:"废话,不扯结婚证上你这干啥来呀?这是我跟谷香的户口本,赶紧给我们办了。"门"咣"的一声撞开了,进来的竟然是周东旺。

高粱杆愣住了,简直不敢相信自己的眼睛。东旺几步冲到办公桌前,一把抓起谷香的户口本,怒视着高粱杆,两眼几乎要喷出火来。

26

周秋山忽然感到一阵难受,说不上来的难受劲。

田野里安安静静的,风徐徐吹过来吹过去。幼小的玉米叶子在风中愉快地起舞,发出细微的摩擦声。周秋山蹲在地里拔草,快要拔到地头犯的病。他摸摸心脏,不是这的事。他摸摸脑门,也不烫手啊。咋回事啊?就是难受,坐卧不安的,好像要出啥事。能出啥事呢?他突然想到了儿子东旺。天爷爷,会不会是东旺出了啥事啊?就感到更加难受了,难受得要死。

"秋山叔,歇着哪。"身后来了人。周秋山回头看,是江天成。天成看清周秋山的脸色,打了个愣,说:"叔你咋的了?脸色咋这不好看哪。"周秋山喘着粗气说:"我……没事,坐会就好了……"天成说:"我送你上大队卫生室瞅瞅去吧。"周秋山摆摆手,摇摇头。

蒋状跌跌撞撞地跑了来。"秋山大叔——秋山大叔——"他没看到周秋山。江天成朝他喊:"蒋状,大叔在这哪——"周秋山心头一缩,一阵头晕目眩。蒋状跑到了近前,气喘吁吁,语无伦次:"大……大叔……杆子……东旺……都是血,追着打……手里头拎着板凳腿儿……"

江天成拽住蒋状的胳膊,大声问道:"你慢点说,出啥事了?东旺跟高粱杆咋的了?"蒋状喘了会儿气,说道:"东旺追着……追杆子……杆子脑袋上流着血……"周秋山立刻瘫软如泥,站都站不起来了。

天成对周秋山说了句:"大叔你别着急,我去瞅瞅去啊。蒋状,他们在哪儿?快带我去。"蒋状跌跌撞撞地领着天成跑走了。

周秋山挣扎着想站起来，浑身力气被抽走了，站不起来。他一遍遍喊着："东旺……东旺……东旺……"

　　天成跑出这片玉米地，远远看见高粱杆哇哇叫喊着跑了过去，东旺在他身后紧追不舍。东旺的一条腿一瘸一拐的，不然一定能追上高粱杆。追上的结果天成想得出来。他拔腿朝东旺那边跑了过去，边跑边大声喊道："站住——东旺——站住——"

　　蒋状跟在后面跑，边跑边喊："大队长……我……我跑不动了……"天成哪顾得上他。蒋状跟跄了一段，支撑不住倒在了地上。

　　天成追上了东旺，喊："别打了东旺，出了人命你得偿命啊——"东旺喊："天成哥你别管，这个王八蛋趁我没在家，偷拿谷香家的户口本背着她扯结婚证，今天我非打死他不可……"天成伸手搂东旺的胳膊，没搂住，喊："你不想自己个儿，总得想想你爸爸吧？"这句话让东旺的脚步慢了下来。但很快他又继续追击，喊道："天成哥，我爸我就委托给你啦，我肯定会报答你的——"天成喊："千万别呀，东旺——"

　　突然，高粱杆被啥东西绊了一下，摔倒了。东旺举着板凳腿冲了上去。高粱杆挣扎着爬了起来，看见高举的板凳腿，抱着脑袋就跑，再次摔倒了。东旺大声吼叫着，将手里的板凳腿砸向他的脑袋。高粱杆慌忙一个躲闪，躲过去了。东旺的第二下紧跟着落下来了，这一次高粱杆没能躲过，肩膀上挨了重重的一板凳腿，疼得他惨叫着满地打滚。东旺再次举起板凳腿就要砸向高粱杆的脑袋。关键时刻，天成攥住了他的手腕，紧紧攥住了。东旺吼："你撒手。"天成也吼："他死，你也得死！"

　　高粱杆趁机连滚带爬地起身跑掉了。

　　东旺急了，挥拳打天成。天成躲过去了，东旺张嘴咬天成的手，天成忍着疼痛就是不撒手。天成劝说道："听我说兄弟，千万别干傻事，他犯了法，你可不能跟着也犯法呀！"东旺哭了，说："哥呀，他高粱杆不是人，这口窝囊气，我……我咽不下去啊……"天成说："有啥咽不下去的，你可以找牛所长报案去呀，不是有法律管着他吗？"东旺呜呜呜地哭出了声。

　　谷香跑过来了，喊："东旺——东旺——"东旺喊："谷香——谷香——"谷香喊："你快跑吧，高粱杆刚一进大队部就晕过去了，高支书叫二阳子带着一群民兵抓你来了——"天成说："东旺你先躲一躲，大家都在气头上，啥事也谈不拢。我跟高支书合计合计这事咋办好啊。快走。"

　　周东旺犹豫地看着谷香。谷香用力挥着胳膊，喊："快跑啊东旺——"东旺喊："那你咋办啊？"谷香喊："你放心，我死也不嫁给那个坏蛋——"天成说："谷香有她爸妈，有我们大伙儿哪，放心走吧。"

　　村子那边传来乱七八糟的叫喊声。隐隐约约听见有的在喊："别叫周东旺那小子跑喽——"谷香喊："东旺快……"没喊完，身子踉跄了一下，扑倒在了地上。东旺喊："谷香——"要跑向谷香。天成一把拽住他："再不跑就来不及啦！"谷香朝东旺使劲晃着手。东旺咬咬牙，转身朝响马河大堤跑去。

天成跑过去搀扶起谷香，谷香流着泪看着东旺渐渐跑远。

东旺顺着大堤拼命跑，被一根树根绊倒了，爬起来接着跑。隐隐约约听到后边有人喊："东旺在前边哪，快追——"东旺边跑边琢磨："这么跑不中，太暴露目标……"一眼看到了左边那片小树林，立刻决定钻进去。就像一根针掉进大海里，上哪找去啊，哪也找不着。这样想着，他拐下了大堤，朝小树林猛跑。

东旺很快钻进了小树林。小树一棵挨着一棵，密密匝匝的，整个林子散发着苦涩的清香。他拐着弯儿跑，防止直线跑容易被高贺他们抓到。他熟悉这里的地形，知道自己在朝南边跑。跑出这片小树林，跑过一大片白薯地，再爬过一条没水的大沟，就是滦河渡口了。渡口有船，上了船到了对岸就安全了。

高贺没来追东旺，他送侄子去卫生院了。一同去的还有村里的赤脚医生叶子梅。躺在排子车上高粱杆不停地叫喊着。高贺阴着脸不说一句话。叶子梅不敢看高贺，对高粱杆也是束手无措。刚才在大队部，满仓提醒他报案，他没让报，说："乡里乡亲的，有啥事还是不经官私下里解决为好。"他还嘱咐民兵排长二阳子："追上东旺，一不许打骂，二不许捆绑，三是如果东旺不愿意跟着回来，就由他去。以后再解决。"二阳子和民兵们不理解，挺感动的。觉得高支书这个人挺大度的。其实，他是想叫东旺自己消失，永远不再回来才好哪，杆子犯的事就可以躲过追究了。

卫生院到了。何大夫认识高贺，立刻给高粱杆治伤。高粱杆杀猪一样嚎叫。高贺蛮心疼的。但他从心里恨这个侄子，恨他咋就没把谷香给拿下生米煮熟饭。真他娘的笨蛋！他还恨周东旺，咋就提前回来了？咋就撞见了杆子手里的谷家户口本？咋就把我们杆子打成这样？要不是杆子偷户口本在先，今儿个老子非把这个兔崽子给活埋了不可。

高贺在医院恨东旺。东旺已经跑到了滦河的梨花渡口。渡口处人还不少，排着队等着渡船。东旺数了数自己前面的人，一共是三十二个。一条小船只能上十个，这意味着他得上第四趟船。他朝身后看去，二阳子他们正在白薯地里朝这边跑。等着上船跑肯定来不及了，东旺急出了一头汗。再看，二阳子从那条沟里爬了上来，跟着又爬上了三个。东旺心说：完了完了，跑不掉了。乖乖跟他们回村，等着高贺把我交给牛所长？那我非蹲大狱不可呀！忽听"扑通"一声，东旺看见一头羊掉水里了。几个人手忙脚乱捞羊。他一下子有了主意。"对呀，我水性好，可以凫水过河啊！"他自语一句，跑到岸边，看看滚滚波涛，纵身跳进了河里。

二阳子老远看见有人跳河了，对民兵们说："坏了，准是东旺走投无路跳河寻短儿了。"一个叫芒种的小伙子说:"阳子哥,那咱救不救他呀?"二阳子说:"见死不救那可是犯罪呀。快跑!"大家撒丫子跑到岸边。二阳子看见了波涛里时隐时现的东旺。芒种跳着脚喊:"东旺——快回来——"其他民兵也跟着乱喊。岸上的群众也都朝东旺喊:"哎——快上来呀,忒危险呐——""当心淹着啊——"有人注意到了二阳子他们身上背着枪,互相一捅咕,全都不喊了。有的人悄悄离开了岸边,有的人紧张地看着东旺在波涛里起起伏伏,像一条大鱼。

芒种问二阳子:"咋办呐,下去救他吧?"二阳子摇摇头说:"这个时候去救他,东旺肯定以为咱们是去抓他的,一着急,更爱出危险。"芒种说:"那就看着他跑啊?"二阳子说:"支书不是说了吗,周东旺不乐意跟咱们回去,那就由他去吧。"然后,不放心地看着周东旺的身影,自言自语地说道:"东旺啊东旺,出门在外的,你可得当心呐!"

滦河水面有三百多米。眼下还未到汛期,水流并不湍急。水温比较凉。东旺不住地打着哆嗦。好在他没费多大工夫就游到了对岸,趴在岸上继续哆嗦,一抬头看见一个年轻女子疑惑地看着他。他低下头爬起身摇摇晃晃地朝前走去,那女子拎起身边的竹篮子跟着东旺走。

东旺走了一段,回头看二阳子他们跟没跟来,却发现刚才那个女子跟了上来。不由得警觉起来,担心是穿便装的警察,就不动声色地走进一个商店里,假装挑选布鞋,眼角瞟着那个女子。不见那个女子跟进来,东旺悄悄松了一口气。刚要转身,一扭脸正好与那女子来了个四目相对,吓了他一跳。女子笑笑,说:"大哥别害怕,我不是抓你的警察,也不是民兵。"东旺问:"那你是干啥的?"女子说:"你来这边有要投奔的亲戚朋友吗?"东旺摇摇头。

女子从竹篮子里抓出一个玉米饼子递给东旺。"饿了吧,吃吧。"她说。东旺咽了口吐沫,摇摇头。女子强行把饼子塞进他手里,说:"吃吧。放心,我不是坏人。"东旺犹豫着不吃饼子。女子忽然瞪大了两眼,盯视着东旺,试探着问道:"你……你是响马河村的东旺大哥吧?"东旺打了个愣,反问:"你是谁?"女子一把抓住东旺的胳膊,说:"哎呀,你真的是东旺哥呀,我是石板峪的崔红霞呀……"东旺瞪大两眼仔仔细细打量着红霞,终于认出了她,疑惑地问道:"你……咋变这样了,又黑又瘦的呀?我都认不出你来了。"红霞捂住脸呜呜呜地哭开了。东旺赶紧问:"出啥事了红霞?你快说呀,别哭了啊。"红霞好不容易止住哭泣,抽抽噎噎地说道:"我们村分……分田到……到户单干了……分给我们家的地,被大队长偷偷换给他相好的了,我爸气不过告到公社了,大队长挨了个处分,找茬跟我爸打架,我爸摔了一跤,脑袋磕在石头上,人当场就……就不中了……"东旺的心被针扎着一样疼,他攥住红霞的手,问道:"崔大叔死得冤哪,得叫那个大队长偿命啊!"红霞说:"公安局已经把大队长抓走了。"东旺又问:"大叔这一走,家里就剩你一个人了,你这是上哪儿啊?"红霞说:"我爸临死前拉着我的手，叫我到响马河村找你……还说……还说……"东旺问："还说啥了？"红霞垂下头，羞怯地说道："还说你要是没有对象，我就嫁给你当媳妇儿……"东旺呆住了。

红霞没听见东旺的声音，抬起头来看看愣神的他，幽幽地说道："你要是不乐意我就……我……"东旺一把拉住红霞的胳膊，说道："走，先跟我走。"红霞说："是回村吧？"东旺说："我现在回不去了，我把我们村的支书侄子给打了……"红霞紧张得脸都白了："你也摊上官司了？把人给打啥样了呀？"东旺说："一句话两句话说不清楚，赶快先跟我走。"东旺拉着红霞的手，钻进了熙熙攘攘的人流中。

东旺走出一段停住了脚，他在想：逃离了响马河村，该去哪里呢？哪里是我周东旺安身之地呢？他踯躅街头，杂乱的脚步毫无方向。男女老少不停地从他身前身后来来往往。不时有人注意到浑身湿衣裳的他，异样的目光在他身上扫来扫去。满大街没有一张熟悉的面孔，东旺感到孤独无助。他想起了爸爸，紧接着想起了谷香。这会儿，他们肯定都在牵挂着我。爸爸想我想得满脸泪，谷香也是一定是吃不下喝不下，还有那个高粱杆，伤成啥样了？他会不会接着找谷香的麻烦呢？想起谷香说宁死也不嫁高粱杆，他的心缩得紧紧的。面朝响马河村方向，在心里说：谷香啊谷香，你可千万别做傻事啊，别想着死，你得想法跟高粱杆斗争啊。我就不信，有党和政府撑腰，他姓高的能随便撒野耍混！等着我谷香，我回去就娶你！突然，东旺想起了远在承德的姐姐。不如投奔她去吧！姐夫是一个厚道的人，一定不会嫌弃我这个舅爷的。想到这里，东旺的心开阔起来，拦住一个老爷子，问道："大叔，火车站咋走啊？"老爷子说："一直往前走别拐弯儿，第二个十字路口过去，往左走五百来米远就到了。"东旺对红霞说："快走。"红霞问："咱这是要去哪儿啊？"东旺摇摇手，甩开大步朝前走去。红霞犹豫了一会儿，紧跟了上去。

眼看就要到火车站了。东旺放慢脚步回头看红霞，红霞吞吞吐吐的样子，像是有话要说。东旺顾不上这些，急着往车站走。红霞只好跟着走。

在售票厅门口，东旺对跟上来的红霞说："你站这等着啊，我打票去。"红霞终于忍不住说话了："东旺哥还是别跑吧，还是自首去吧，政府不是宽大处理吗？"东旺一听就急了，说："我把人给打了，自首有啥用啊？照样治我的罪。"红霞拉住东旺的胳膊，说："那得看谁有理在先，你究竟因为啥打支书侄子啊？"东旺说："他……欺负人……"红霞说："他欺负人，你气不过，打了他，那人该打，可以上派出所说清楚去，你要是跑了，反而说不清了。"东旺看着红霞，琢磨着这句话的意思。红霞等待着东旺做出决定。东旺想了想，觉得红霞说得有道理：对呀，高粱杆偷走谷香家的户口本骗婚，他是有罪在先哪，我打他是不对，可谁叫他使坏拆散我跟谷香哪。想到这，东旺决定不跑了。他对红霞说：

"走，陪我找牛所长自首去。"红霞问："你真的要自首去？想好了？"东旺点点头。红霞笑了。

在去派出所的路上，东旺看看身边的红霞，心里酸酸的。想起三年前，崔大叔在水库工地上救过他一命，想到这几年年年给大叔去拜年的情景，他不禁泪湿衣襟，多好的大叔啊，竟然遭遇这种不幸！他在心底里对崔大叔说道：放心吧大叔，我答应过你，你百年之后我就把红霞当作我的亲妹妹待她好！我一定做到，不叫她受一点委屈！

27

周东旺跑了。谁也不知去向。

周秋山急倒了。儿子生死不明。

谷香病倒了。担心东旺安危。

谷大贵愁倒了。发愁咋跟高家叔侄俩交代。

谷香发高烧说胡话。钱彩凤心疼得直哭，谷大贵在一旁唉声叹气。

忙坏了高贺。高粱杆在卫生院躺着。耿翠芝和女婿苏志新轮流照看。关键是如何化解杆子和周东旺因为谷香起的纷争。从常理来说，杆子绝对是不占理的。人家谷香跟东旺好了好几年，村里人都知道的。杆子敢惦记谷香，重要的是他是支书的亲侄子。说句老实话，他不看好杆子跟谷香有一个好结局，期盼着谷大贵迫于压力再压迫谷香，期盼谷香为了她爸爸放弃周东旺。现在，高粱杆偷了谷家的户口本，把事情办砸了。东旺把杆子给打伤了。不能报案。报了，杆子就会被先追究偷窃责任。还有周家的猪被药死这事，恐怕也跟着露馅儿。那可是杆子指使蒋状干的。

他已经召开过支委会。在会上，他嘱咐所有委员，不许把村子里发生的事情传扬出去。谁泄露出去谁负责任，因为这关系到响马河村能否保留住"模范村"的流动红旗。大家都点了头。江天成没点头，也没摇头，也没说话。这就够了。他已经满足了。接下来，他把全村村民召集一块，嘱咐大伙不许把村子里发生的事情传扬出去，谁泄露出去谁负责任。

眼下，当务之急是周秋山、谷大贵、谷香这仨人得赶紧安抚住。哪一个安抚不好都得出乱子。必须马上行动，立刻！

高贺先去了周秋山家。躺在炕上的周秋山第一句话就是："支书啊，我儿子生不见人死不见尸，这可咋整啊？"老头子直抹眼泪。他只能说："放心吧，东旺那孩子不会出啥事的，过些日子就会回来的。"短短一天，周秋山整个人明显瘦了一圈儿。眼袋明显深了，两只眼睛布满血丝。他就觉得自己的话苍白无力。可除了这还能说啥呢？想起最重要一句话说给周秋山听："这事千万不要报警，叫警察知道东旺打伤了杆子，可是要追究他的刑事责任的，弄不好得判个十年二十年的。"周秋山吓得脸都白了，连声说："我不报警了，不报了。"高贺临走，拿出十块钱压在了枕头下面，说："吃瓶罐头，败败火。"

安抚住了周秋山，高贺去了村里的小卖部，买了两瓶红果罐头到了谷家。钱彩凤正给谷香喂姜糖水喝。见高贺来了，连忙起身要倒水。高贺拦住了她，拿起一瓶罐头，倒过来，用力在瓶子底部拍了几下。正过来，用力拧了几下瓶盖，盖开了。递给钱彩凤，说："喂给孩子吃吧，清热解毒败败火。"谷香说："谢谢你叔，我不想吃。"钱彩凤说："你叔花钱给你买来了，多少吃点儿，听话。"谷香张嘴吃了一个红果。

高贺问："大贵呢？"彩凤说："在我们那屋躺着哪。"

高贺去了对门屋。一宿没咋睡觉的谷大贵正迷迷糊糊地睡着。听见脚步声睁开眼，看清是支书，连忙爬起身。高贺上前按住他的身体，说："别动，躺着吧，躺着吧。"谷大贵叹了口气，说："支书啊，我……对不起你呀……"

高贺摆摆手，说："可别这么说大贵，应该我说对不起呀，是我没管教好自己的侄子。"说着，从口袋里掏出户口本放到炕上说，"杆子这孩子真的稀罕你们谷香，可他千不该万不该，不该偷着拿走户口本上民政所扯结婚证，咋的也得得到你们一家人的同意呀，是吧？"

谷大贵摇摇手，说："谷香这孩子你是看着长大的，一根筋，倔呀。我是想叫她跟了杆子的，可这丫头死活不干，就认准周东旺啦，真是气死我了！"说着，连声咳嗽起来。

高贺给大贵捶打着后背，安慰道："你别这样，咋能怪你哪，不怪你，都是杆子这孩子不争气。我跟他说了多少回了，人家谷香看不上你，你就别死乞白赖地缠着人家了，可这小子就是不听啊。要我说呀，你就把他偷户口本的事告牛所长去，关他个三年五载的。"

谷大贵连忙摆手："那哪中啊，可是使不得使不得呀。又没弄丢弄坏的，拿回来不就结了吗。绝对不能告派出所去呀。"

高贺心踏实了一下，说："我先替杆子谢谢你这个当叔的了，哪天提溜着果子当面向你赔罪啊。"

今天中午高贺没吃饭。不是不饿，是吃不下。心里头老觉得好像要出啥事。

耿翠芝心疼老头子，说："哪不舒坦了？上卫生院瞅瞅去？"

躺在炕头的高贺摇摇手，闭着两眼，懒得说话。

翠芝叹口气，知道老头子是心病，不敢多言，轻手轻脚出去了。

玉兰和志新来了。志新手里拎着两条活鱼。"妈，我爸在家吧？"玉兰问着往大屋走。翠芝连忙拽住闺女胳膊，小声说道："别进去，你爸躺着哪。"玉兰问："他吃饭了吗？"翠芝摇摇头。玉兰说："是不是忙工作累着了？"翠芝说：

"我看哪……"大屋里传出高贺不耐烦的声音："你们娘俩上那屋说话去，烦不烦哪！"

翠芝赶紧拉着玉兰上对门屋去了。志新拎着活鱼去了后院。

没人说话高贺也是烦。心突突突乱跳，浑身燥热。凭着多年的从政经验，他预感到新来的县委书记，早晚会知道杆子偷户口本这件事的。如果杆子不是亲侄子还好说。现在看来包庇亲属的罪责是躲不过去了，就怕云书记抓住这件事不放。要是顺藤摸瓜彻查杆子，恐怕就泥菩萨过河——自身难保了。杆子这个王八蛋真他娘把我坑苦了。真要当不上支书了，我这张老脸可往哪搁啊。要是叫江天成接班，他不咬牙切齿整治我才怪哪。要是叫谷香当支书……不可能，一个黄毛丫头，压不住阵脚的。

他正胡思乱想着，梁满仓在过堂屋说话了："志新哪，你爸在屋吧？"志新说："我爸他躺着哪，过会儿再叫他吧。"梁满仓说："我有急事啊。"高贺"嗖"地坐起，叫道："进来吧，满仓。"满仓掀开门帘子进屋，急促说道："支书，马书记来了，叫你赶快上队部见他，耷拉着脸蛋子，眼瞅着要拉拉下水儿来，特别不高兴。"

高贺心里"咯噔"一下，一阵头晕目眩，身体摇晃要倒。满仓连忙搀扶住他："没事吧？支书。"高贺摇摇手，起身朝外走。志新说："爸，您吃点饭再走吧。"高贺摇摇手，不说话，就是朝外走。

中午的大街上空荡荡的，阳光照得街面明晃晃的。高贺深一脚浅一脚往前走。满仓发现高支书的左腿有点瘸。

"支书，马书记来了，叫你赶快上队部见他，耷拉着脸蛋子，眼瞅着要拉拉下水儿来，特别不高兴。"高贺耳朵边不停地回响着满仓刚才说的话。出了啥样的事，马童力至于耷拉脸蛋子不高兴呢？他这是冲着谁？冲我高贺吗？自从他当上芳草公社党政一把手，我高贺啥时候不把他当皇上一样待了？啥时候办了对不起他的事了呢？因为杆子跟东旺的事？按说他不会知道这么快呀。

高贺心里不托底地走进了自己的办公室，迎面看见的脸蛋子惊了他的心。马童力那张脸蛋子阴得真要拉拉水儿。"来了马书记，大上午，也没歇会儿？"该客气还得客气。"我倒想歇会儿哪，可你不叫啊。"马童力话中带刺。高贺笑笑。心里发虚笑容也虚。他说："马书记可真会开玩笑，我一个小小的村支书，哪敢不叫你大书记大乡长不歇着啊。"马童力问："周东旺因为高粱杆偷户口本骗婚，把他打了之后跑了？"高贺脑袋"嗡"的一下，感觉头大了好多。他问："马书记你是咋知道的？""牛所长汇报的。周东旺去公社派出所自首了。""啊？自首？""还记得我跟你说过好好管着点儿高粱杆吧？""记得，咋会不记得哪。""光记得管啥用，不往心里去还不是白搭。""马书记，你是不是听别人说啥闲话了？""废话少说，赶快把你侄子叫大队部来。"

后面的话，站在门口边偷听的梁满仓就听不清楚了。刚要伸手想把门缝推大点儿，天成说话了："你在这干啥呢？"满仓打了个哆嗦，笑笑说："我有事惦着跟支书说，听见里面好像有别人……那我待会再来吧。"满仓转身走开了。

天成站在门口，刚要推门，听见马童力的声音："你咋不说话呀高支书？是不是无话可说了，啊？"话音不对呀，带着气。天成转身也走开了。

屋子里，马童力两眼紧盯着高贺不放。高贺心里这个憋气啊：我高贺当村干部的时候，你马童力还穿开裆裤，有啥资格在这质问老子啊？他娘的，有啥大不了的啊，在农村这种事多得跟天上星星似的，你他娘的管得过来吗？

马童力知道高贺心里边不服气。想起以前老高对自己的好，缓和了一些语气，继续说道："我的高支书，你当这事还小啊？这属于入室盗窃知道吧？不信你去问牛所长。"高贺听出马童力口气缓和下来，立刻抓住机会跟他套近乎。他从办公桌底下拿出一瓶汽水递到马童力手上，说道："我听你的马书记，你说咋办就咋办。"马童力将汽水瓶放到桌上，坐到椅子上，两手抱在胸前，好一会儿不说话。

高贺心头一紧："咋，这事不好办咋的？"马童力看着他，一字一顿地："必、须、严、肃、处、理。"高贺眨眨眼："咋个严肃处理啊？"马童力说："我给牛所长打电话，叫他上你这来，听听他的意见该咋处理。"高贺点点头，说："中，我听你的。"马童力更正说："不是听我的，是听法律的。"

马童力抄起话筒要通了派出所的电话："喂，是乡派出所吧……啊，牛所长，我正找你……是啊，有事，你现在方便吧……那中，我在响马河高支书这哪，你赶紧过来一趟……好，我等着。"放了话筒，对高贺说："快去把他带来呀。"高贺点点头，一脸无奈地道："马书记你知道，杆子这个孩子从小没了爹妈，够可怜的了，你说我……"马童力挥着胳膊说："哎呀别说这些了，快去吧快去吧。"

高贺出去了，马童力起身站到书架前寻找起来。门帘子一挑，宣委邵天翔进来了。"哎，马书记？"马童力回头看是天翔："你咋跑来了？"天翔说："我来给高支书送联产承包宣讲材料，顺便再了解一些新的情况。"马童力说："嗯，好啊，这种工作方法值得表扬。你把材料放下，先去找江大队长他们了解，我跟高支书有事说。"天翔答应一声，放下材料出去了。

马童力继续在书架前寻找着。金元宝进来了，看清楚是马书记，说道："马书记在啊。"马童力转身看是元宝，立刻想起他给的那封信，说道："金老师啊，我这两天实在太忙，那封信我看了，过几天，过几天我找你啊。"他边说边寻找着。"你找啥书啊？马书记。""有关法律方面的宣传读本。"

金元宝过来帮着找，找遍了没找到。马童力说："看看，一本法律读本也没有，咋能提高自身的法律意识。"元宝点点头，说："我来跟高支书商量夜校的事儿。操持好几个月了，一堂课也没上哪。"马童力问："啥原因啊？"元宝说："攒不上人来，回回不到十个人。都没人乐意来，不是这事就是那事，反正是没空来听课。还有一部分人问上课给不给工分补贴。咳，残忍的现实让我们无可奈何花落去，纠结，真是一片冰心在玉壶啊！"

高贺推着高粱杆进来了。高粱杆肯定刚刚骂骂咧咧过，嘴角边还残留着白沫子，一脸的不高兴，见着马童力不得不咧咧嘴，说了声："马书记来了。"金元宝见此情景，立刻知趣地转身出去了。

马童力对高粱杆说："你先上会议室等着叫你。"高粱杆看高贺。高贺说："去吧，听话。"

高粱杆出去了。马童力对高贺说："不是我说你高支书，你这书架上咋连一本法律读本也没有啊？怪不得你对你侄子管教不力哪。"高贺拍拍马童力肩膀，似笑非笑了一下。

所长牛清扬进来，给马童力敬了个礼，打招呼道："马书记。"转身对高贺，"高支书。"高贺握住牛清扬的手，说道："辛苦了牛所长，叫你跑一趟。"牛清扬摆摆手，看着马童力。

马童力说："坐下说牛所长。我问你，一个人在当事人不知情的情况下，偷偷拿走了人家的户口本，应当如何处置？或者说，犯不犯法？"

牛清扬从高贺手里接过汽水，放到桌上，说道："盗窃公私财物无论多少都属于违法。关键看这种行为情节严重程度，如果严重就要承担相应的法律责任。"高贺正往椅子上坐，一听这话，"啪唧"一下跌在了地上。牛清扬赶紧起身将他搀扶了起来。

马童力不动声色地看着牛清扬："咋样算情节严重？"牛清扬说："如果没有把户口本上的相关信息传扬出去，没有用在非法活动上面，也没有给当事人造成严重的后果，就可以进行治安处罚了。"高贺赶紧问："那就不用蹲大狱了？"牛清扬笑了："当然。"高贺暗自松了口气。

马童力问："治安处罚有啥具体规定？"牛清扬说："这是一种不道德的行为，必须要得到当事人的谅解。还要根据《治安管理处罚法》第四十九条规定，要处五天以上十天以下拘留，并处以罚款。"

高贺的心又缩紧了。马童力看着高贺，说道："高支书，你都听清楚了吧？"高贺点点头，忽然想起周东旺，问道："要是这个人被当事人的对象打了，打人的这个人是不是也得拘留罚款呢？"牛清扬问："打成啥样了？如果构成伤残还得追究刑事责任哪。"高贺说："那倒没有。"牛清扬说："要是打了几下没有构成伤害，那就不用执行拘留罚款了。"高贺还要说，被马童力截住了："得了吧高支书，你就别想方法治人家周东旺的罪，给自己找心理平衡啦。清扬啊，周东旺跟高粱杆这事应该咋处理啊？"牛清扬说："我们准备把高粱杆带走，讯问结束后再走法律或者治安程序。高支书，你侄子现在在哪儿？"高贺说："我去把他叫来。"说完，朝门口走去。牛清扬紧随其后。

会议室里的高粱杆坐在椅子上，两只脚架在桌子上，闭目养神。高贺进屋，看见侄子这副德行，气不打一处来，吼了一声："你他妈的站起来。"高粱杆吓了一跳，下意识起立站好。一见牛清扬进来了，立刻有些慌神："牛所长？二叔，我咋的了？犯了啥法啦？"高贺瞪了他一眼："你说你咋的了，揣着明白装糊涂的玩意儿。"

牛清扬严肃地对高粱杆说道："高粱杆，你涉嫌盗窃他人户口本，现在依法传唤你，跟我走。"说着，从腰间取出一副手铐。高粱杆一见铐子傻眼了，吓得直往二叔身后躲。

高贺把牛清扬拉到一旁，小声说道："牛所长，看在我的面子上，就别给杆子戴手铐子了，中不？"牛清扬思忖了一下，点点头，说："那你嘱咐一下你侄子，路上老实点儿。"高贺作一个揖，说："够意思牛所长，我心里有数。那拜托你照顾着点儿我侄子啊。"牛清扬点点头。高贺转身对侄子说："杆子啊，你听话，牛所长看在我的面子上就不给你戴铐子了，好好跟所长走啊。"

高粱杆哭丧着脸说："二叔，救救我啊，我可不想蹲大狱啊。"高贺摩挲着侄子的头发，柔声说道："别怕啊，杆子，你千不该万不该真不该偷人家户口本啊，这是盗窃罪啊。去吧，拘留一个礼拜就可以回家了。别怕，到时候叔去看你啊。"

高粱杆抓住牛清扬的手，央求道："牛所长，饶了我吧，我保证再也不偷人家的户口本了，求求你，放了我吧，我……"牛清扬安抚他道："杆子你听我说，你不要激动。你违反了治安条例，就得接受处罚。我没有权利放了你，这是法律啊。记住这次教训就是了。走吧。"

高粱杆耷拉下脑袋，跟在牛清扬身后走出会议室。马童力走到高粱杆跟前，拍拍他的肩膀，亲切地说道："杆子啊，浪子回头金不换。我们都相信你高粱杆，一定能改掉你身上的坏毛病，成为一个好青年的。"高粱杆嘟囔着说道："马书记，那我就白挨周东旺的打了咋的？"马童力说："周东旺有他的错，你放心，都会秉公处理的。"

牛清扬对高粱杆说："你先进屋等会儿，我叫警车来。"

马童力说："牛所长，别叫警车了，群众见了对高粱杆影响不好，还是用你的自行车带他走吧。"

牛清扬点点头，推起自行车对高粱杆说："我驮你走。上来吧。"

高粱杆耷拉着脑袋准备上车子。高贺在他耳边说了句啥。他看了看高贺，再看看牛清扬，再看看马童力，扬起了脑袋。

马童力看见，高粱杆已经消失在了大门口，高贺还在院子里呆呆地看着。"高支书，回屋吧。"他叫了一声。高贺回头朝他点点头。他注意到，高贺的两个眼圈都红了。

第十章

28

早晨天刚放亮的时候，周东旺和崔红霞进了村，急不可待地往家走。街道上空无一人。两人走得很快。快到家门口的时候，东旺惊喜地看见父亲大步走过来了，连忙喊了声："爸爸——"几乎跑着迎了过去。

周秋山瞪着昏花的老眼，看清站在跟前的人是自己的儿子，顿时怒从心生，抡圆了胳膊"啪"的一巴掌抽在了东旺的脸上。东旺被打蒙了，脸上火辣辣疼。

"爸你咋打我呀……哦，爸你打吧，都是我不好，叫你老人家操心惦记我了……儿子不孝，我对不起你……"东旺给老父亲跪下了。

"你还回来干啥，啊，你还回来干啥……咋不死在外头哪……"周秋山一边骂着一边捶打着儿子，"咱们周家祖祖辈辈遵纪守法，没有一个犯法蹲大狱的，你可倒好，叫牛所长关了几天拘留，你叫我有啥脸在村子里待着啊……你咋办出这种不要脸的事来哪，你对得起人家谷香吗……"红霞打了个愣，转脸看着东旺。东旺一动不动等着父亲的拳头，说："爸我是对不起谷香，我已经主动上派出所说清楚了，牛所长说我没事了。往后我再也不动手打架了……"周秋山注意到了红霞，愣住了，说："这孩子是……哎呀，你不是崔老大家的闺女红霞吗？"红霞说："周大叔，是我呀。"周秋山拉住红霞的手，说："哎呀，孩子，你爸他还好吧？"红霞攥住周秋山的手，哭了。东旺对父亲说："爸，这不是说话的地方，走，回家说去。"

这会儿，谷香正急匆匆走进周家院子。她手里拎着一袋蒸饺子。她是来看望周秋山的。她喊了声："大叔，在家吧？"喊了几声无人应答。她走进过堂屋，放下蒸饺子，走进东屋。没人。退回到院子里，转身刚要走，周秋山父子和红霞进来了。"东旺——"谷香见到东旺突然出现在眼前，激动得不能自持，一头扑到他的肩膀上，小声抽泣起来了。红霞惊讶地瞪大两眼看着谷香。东旺拍打着谷香的后背，安慰说："别担心了，我这不是回来了吗，没事了，没事了……"周秋山拽了下红霞的胳膊，示意她上屋里去。红霞问东旺："东旺哥，她是谁呀？"东旺和谷香这才注意到红霞的存在，连忙看向她，同时分开了身体。谷香问东旺："这是谁呀？"东旺说："啊，是我救命恩人的闺女……"周秋山喊："红霞呀，快来帮叔做饭来。"红霞答应一声，朝谷香笑笑，进了过堂屋。

谷香上下打量着东旺，不放心地问道："民警同志没有为难你吧？"东旺笑了，说："我这不是好好的吗。"谷香说："咱俩赶快结婚吧。"东旺愣了一下，说："结婚？可彩礼粮食我还没凑够呀。"谷香说："那是我爸要的，我不要一颗粮食。"东旺笑了笑，说："这事可是个大事儿，等我跟我爸合计合计再说吧啊。走，进屋坐着去。"谷香说："不坐了，我妈他们还等着我吃饭哪。大叔，我走了啊。"周秋山喊："在家吃吧。"谷香说："不了，大叔，有空我再来看您老啊。"东旺送谷香到院门口。谷香说："别送了。"东旺站住脚，看着谷香渐渐走远，心里说不出来的滋味。

吃饭的时候，东旺咬了一口烙饼一边嚼着一边愣神。周秋山敲敲桌子："琢磨啥哪，快吃吧。"转过脸对红霞说，"红霞呀，你烙的饼真香啊。"红霞抿嘴笑笑说："今年新下来的麦子嘛，谁烙都香啊。"周秋山笑笑说："就要冬闲了，你呀就在大叔家多住些日子吧。"红霞说："只要大叔跟东旺哥不嫌弃，我呀就住下不走了。"周秋山说："嗯，好啊，往后这就是你的家了。"转脸看东旺。见他没有反应，捅咕了一下。东旺回过神来，看看父亲，再看看红霞，说道："嗯，这烙饼好吃，真好吃。"红霞咯咯咯地笑了。

晚上，周秋山把红霞安顿好以后，对她说了声："早点歇着吧啊。"走进西屋，东旺已经躺下了。周秋山问了声："睡着了？"东旺动动身子，表示没睡着。周秋山悄悄问儿子："红霞说住下不走了，你啥打算啊？"东旺小声说道："自从崔大叔救了我一命之后，我不是经常去看大叔吗，一来二去跟红霞也就熟了，我觉出来了，她对我有那个意思，那时候我跟谷香还没好哪，可咱家里穷，我没敢想那种事……"周秋山一听惊讶地看着儿子，问："你的意思是不是惦着娶红霞呀？"东旺说："不是不是，现在有谷香了，我咋能干这种事哪。崔大叔跟我说过，将来他要是不在了，求我照顾着红霞，我是想把红霞当亲妹妹。"周秋山点点头，说："可就怕红霞对你不死心哪。"东旺叹了口气，闭上眼睛不说话了。

一个礼拜过去了。周东旺对红霞挺好的，周秋山也真把红霞当成亲生闺女看待了。谷香问过东旺红霞为啥住着不走了。东旺说她是我救命恩人的闺女。恩人死了，她无依无靠，我咋能不帮帮她呢？谷香的眼睛里有了几丝忧虑。她见了红霞啥话也没说过。见了周秋山也啥话没说过。

这天上午，高贺正站在办公室，看着墙上挂着的鱼塘规划图想心事。李之悦推门进来，说道："支书啊，我包那个鱼塘的申请批了吗？"

高贺说："之悦啊，这事不好办哪，金生、兴文他俩也递交申请啦。"

之悦说："那总得有个先来后到吧。"

高贺笑了："这样的事不能简单地分先来后到，得看谁能中标，看谁出的承包价儿合适。"之悦问："那多少是合适啊?"高贺说："那得看他俩出多少了。"之悦说："那他俩出多少啊?"高贺说："那我咋能告诉你哪,这可是坏规矩的事,你叔可干不出这事来啊。"李之悦挠挠脑袋出去了。

李之悦刚走一会儿,高粱杆进来了。高贺立刻迎上前,端详着侄子,两眼闪着泪花。高粱杆明显消瘦了。他咧咧嘴,走到桌子前,抓起二叔的水杯"咕咚咕咚"喝了个痛快,抹抹嘴巴坐到椅子上喘粗气。高贺拍拍侄子的肩膀说道:"杆子啊,别怪二叔啊,这回你蹲拘留我实在是帮不了你呀……"高粱杆一扬胳膊,打断二叔的话,问道:"分给我那块地我是种不了了,给我哪碗饭吃啊?"高贺走到高粱杆跟前,拍拍他的肩膀,说道:"杆子啊,咱们村的那个鱼塘啊准备承包出去,现在好几个人盯上了。你好好琢磨琢磨,二叔给你出钱,你来承包咋样啊,不用你下地土里刨食,汗一身土一身的,多好啊。"高粱杆摇晃着脑袋说:"养鱼挺费事的哪,还忒累得慌,我怕我坚持不住啊,我这岁数一年大一年儿的了。"高贺笑着骂他:"放屁!在我跟前你敢说岁数一年大一年了?你呀,说了一遍遭就是一个字:懒。那你就老老实实种你自己个儿的那块地吧。"高粱杆一梗脖子说:"种地?我哪会呀。再说了,我这身体也顶不住啊。"高贺白了他一眼:"你自己个儿的地你不种,难道叫你婶儿我们替你种咋的?"高粱杆说:"我不叫你俩给我白种,我给你们钱。"高贺伸出一只手:"好啊,拿来吧。"高粱杆说:"现在我没钱,得到秋后卖了粮食不就有钱了吗。"高贺摩挲着侄子的鸡窝一样乱糟糟的头发,语重心长地说道:"杆子啊,如今这形势你还没看透啊?吃大锅饭的时候,你可以混吃混喝,分田单干了,再不吃苦受累就得挨饿啦。听叔的话,收收心,好好干点活吧。你婶子我俩都老了,养不了你啊!"

周东旺进来了。高粱杆"唰"地站起身,转身抄起屁股底下的椅子,怒视着东旺。高贺呵斥一声:"杆子,你给我放下,不许胡来!"东旺白了一眼高粱杆,对高贺说道:"高支书,听说咱村的鱼塘要承包出去,我想包。"

高贺与高粱杆对视一眼,转脸看着东旺:"你现在是第五个提出申请的了。"

东旺问:"那四个人是谁呀?"高贺说:"杆子、李之悦、田兴文、赵金生。"东旺瞥了高粱杆一眼,说道:"他是你侄子,是不是就定他是承包人了?"高贺摇摇头说:"看谁出的价儿合适就给谁。"东旺说:"嗯,我知道了,你忙吧,支书。"眼角余光看到高粱杆正看着他,猛地一扭脸瞪视过去。高粱杆好像被马蜂蜇了一下,垂下头,但很快又仰起头来斜眼看着东旺。

东旺停住脚步盯视着高粱杆。高粱杆两眼也狠狠地盯视着东旺。东旺攥紧了拳头,两眼要喷出火苗来。高粱杆也攥紧了拳头,两眼冒出凶光。屋子里充满火药味,一丁点火苗就会引发剧烈爆炸。

高贺见状连忙走过去,站在两个人中间,劝说道:"你们哥俩从小在一块光屁股长大,有啥事说不开呀。杆子,你给我老老实实待着。东旺啊,再坐会吧?"

东旺还盯视着高粱杆。高粱杆还想与东旺对峙。高贺用身体挡住了侄子的眼睛，拍拍东旺的肩膀，说道："别置气了，快回家好好谋划一下明年地里头的事儿吧。"东旺说："回家？不是牛所长叫我吗？"高贺一拍脑门说："瞧我这记性。那你上会议室等着他去吧。""那鱼塘的事呢？""这事你去找找江天成吧，他那有承包条件。"

东旺出去了。高贺小声骂高粱杆："兔崽子，拘留你还没蹲够是吧？想二进宫就跟周东旺再干一架去吧。"高粱杆一梗脖子说："我非娶了谷香不可！"高贺"哼"了一声，说："谷香能跟你这个蹲过拘留的人？做梦去吧。"高粱杆说："我跟你说二叔，周东旺害得我当不了治保主任了，你不能叫他当啊，也不能当团书记。"高贺说："哎呀，你小点声儿，这种事还有公社党委哪，我一个人能当了家咋的？团书记叫谷香干了。治保主任马书记叫我兼着哪。你快出去吧，出去吧。"

门一推，马童力进来了。高贺笑着说："这么早啊，马书记，有啥指示啊？"马童力摇摇手："随便走走看看。"高贺对高粱杆使了个眼色。高粱杆站起身，对马童力哈下腰："马书记你忙，我出去啦。"马童力点点头，说："你去吧，牛所长来了。"看着高粱杆出去了，童力说道："走高支书，我们上地里转转去吧。"

两个人出了村，沿着小路向田野上走去。边走边说着话。马童力说："地都分完了，群众有啥反映没有啊？"高贺说："情绪高涨啊，都觉得挺新鲜的，都盘算着明年开春儿搞生产的事哪。""一定要时刻密切关注缺少劳力家庭的动向，及时给予物质上和精神上的援助，千万不能再出范家庄翠青婆婆那样的事件啊。""嗯，放心吧。"

空旷的原野上灰色褐色相间。田野上的天空是青碧的，好像水洗过的蓝宝石。阳光从高空倾泻下来，宛如素影照得大地全都闪动起来。有风，轻轻的。两个人说着话走到了谷大贵家的地头。谷大贵正坐在地里，叼着烟袋吧嗒吧嗒抽着烟，一动不动像一座雕像。他的两只老眼盛满了褐色的土地。还跟三十几年前第一次土改时候分的地一个颜色。谷大贵记得清清楚楚，现在这块地就是当年分给他的地。捧一把土闻一闻，还跟以前一样香。稍微使劲攥一攥，能滴出油来。种在这上头的庄稼憋着股子劲儿疯疯地长，一宿不见蹿老高。玉黍棒子像墙头上的长丝瓜，高粱穗子像一堆珍珠，谷穗子像耷拉到地的狗尾巴。哎呀，那喜死个人的大丰收情景现在也没忘。啥时候想起来啥时候还能在梦里头乐醒。如今，国家把这块地承包给我了，我可得好好伺候这块地，多打粮食，支援国家建设，给党和政府作脸哪。只是，要是这块地给了咱自己个儿该多好啊。

高贺要跟谷大贵打招呼，被马童力拦住了。两个人朝前走去。

在大队部会议室。周东旺和高粱杆面对面坐着，谁也不看谁。脸色都不好看，气出得都不匀称。

牛清扬说："该说的我都说了，接下来，我希望你们哥俩都能大度点儿，宽容点儿，相视一笑泯恩仇。过去的就让它过去了，握手言和向前看嘛。咋样，能做到吧？"

东旺看一眼牛清扬，说道："牛所长，我能做到。"

高粱杆看牛清扬。牛清扬问高粱杆："杆子啊，你能做到吗？"

高粱杆点点头，对东旺说："东旺，那个鱼塘我不打算装标了，你装吧，祝你成功。牛所长，要没啥事我走了。"

牛清扬点点头，说："中，你去吧。"转脸对东旺说，"东旺，你听杆子说的啥，他要退出装标，不跟你争鱼塘了，这是想跟你和好的表现啊。"

东旺站起身说："所长，你还有啥要嘱咐的没有啊？要是没有，我想上那个鱼塘瞅瞅去。"

牛清扬说："我没啥要多说了。你看鱼塘去吧，我所里还有事得回去了。"

谷香坐在自家地头，眺望着远远近近的景物，在想东旺。顺着前边那条小路可以到响马河。小时候，她和东旺、二阳子、燕子一群小伙伴经常在河边玩儿。玩打水仗，玩过家家，玩藏猫猫。那个时候，小东旺就和她很合得来，就爱在一起玩儿。有人挨了欺负，一定要帮对方出气。在河的上游有座小桥，石板搭的桥。她就在那上面送东旺上县城读中学的。那天，阳光特别灿烂，秋风特别凉爽，河水特别清冽。她第一次拉住了东旺的手。没有人看见。后来才知道，护青的秋山大叔在玉黍地里瞅见了。因为这东旺还挨了一顿打哪。如今，一晃十年过去了，昔日的好伙伴眼瞅着要成一对夫妻，哎……

谷香默默想着心事。高贺陪着马童力走过来了。高贺喊了一声："谷香啊，马书记来了。"谷香站起身迎了过来。马童力握住谷香的手，笑着说道："咋样啊？谷香，土地承包给了各家各户，一定很有感触吧？"谷香说："是啊，党的十一届三中全会以后，咱们农村实行了家庭联产承包责任制，鼓励农民创造性劳动奔小康，既发挥了集体统一经营的优越性，又调动了我们农民的生产积极性，真是一场伟大的革命啊！"

马童力点点头，环视着广袤的原野，动情地说道："土地是人类赖以生存的基本资源，过去现在和将来我们人类都离不开它。英国古典经济学家威廉·配第曾经说过：劳动是财富之父，土地是财富之母。土地具有保障功能，发展功能，尤其对咱们国家的广大农民来说，土地就是我们的命根子啊！尽管现在的土地政府只是承包给了个人，但毕竟改变了干多干少一样拿工分、分粮食的'大锅饭'形式，真正体现了多劳多得，少劳少得，不劳不得的社会主义分配原则，乡亲们一定是举双手赞成的！"

"嗯，的确如此，天道酬勤成了天道酬懒了，谁还把集体当成自己的家呢？

早该改革改革了，党和群众想到一起去了，自然是双手赞成了。"谷香发自肺腑地说道。

停了会儿，谷香说："马书记，我向你反映一个情况。"马童力说："谷香你说。"谷香说："那天，我帮我们村秦奶奶家挑水，老太太说土地承包好是个好，可就是不是自己个儿的，种不动也得种。要是自己个儿的，种不动了就可以卖给别人了。"

马童力转脸问高贺："村里不是制订了帮扶方案了吗？"

高贺说："制订是制订了，我担心长期下去不好落实，会走了样儿变了味儿。为啥这么说哪，俗话说，久病床前无孝子。各家有各家的地，农忙起来哪家都忙，自己个儿都顾不过来哪，偶尔去帮帮别人家还可以，可要是老去帮忙恐怕坚持不住啊。"

谷香补充道："秦奶奶说，自己家的地叫别人帮着种心里不落忍，不能叫人家白帮忙。"

高贺说："要是给工钱，那不是搞资本主义那一套了吗。"

马童力说："目前政策严格规定，土地不允许自由买卖。我们是社会主义新农村，还应当提倡互帮互助的新风尚。还有，村集体还在，党支部还在，相信一定会有办法帮助这些缺少劳力的家庭，共同过上好日子的。"

高贺点点头："缺少劳力的家庭咋说也是少数，绝不会落下一家一户的。"

马童力对谷香说："这就看你们共青团组织发挥啥样的作用了。"谷香说："放心吧马书记，我们已经安排好了'一帮一'人员，我和二阳子负责秦奶奶家，坚决是尽义务，不要一分钱工钱。也不拿秦奶奶家一针一线。"马童力赞许地点点头："好，好啊。"转身对高贺说，"走，咱们上村里缺少劳力的家庭看看去吧。"

"走啦，马书记，慢走。"金元宝说道。马童力对元宝和谷香摇摇手，向村里走去。

29

第二天早上，天还蒙蒙亮，困意丝毫没有的东旺便悄悄出了家门。他要去看看鱼塘，他决心要拿下鱼塘。满世界轻悄悄的，偶尔有风声响在高高的树梢上，像小孩子在比赛吹哨。眼瞅着快到鱼塘了，老远隐约看见有个人影在晃动。走近了看清是金元宝。

"哎，东旺——"元宝主动招呼道。东旺朝他晃晃手走了过去。"元宝哥你也来看鱼塘啊？"元宝说："就是看看，没惦着承包。"东旺问："为啥不想承包啊？"元宝说："承包可是要先交一笔承包金的啊，我拿不出来。"东旺看了他一眼，没说话。

元宝说："我刚才看了，这个鱼塘还真是不错，值得好好干一干。不过，听高支书的意思，还是要看谁出的承包价儿最高。你得有这方面的思想准备呀。"东旺点点头思忖着，没有答话。

元宝看看他，拍拍他的肩膀，走了。

东旺坐在鱼塘边思忖着。有人坐在了他的身边。扭脸一看，是谷香。朝她扬了扬胳膊。

谷香走到东旺身边，说道："承包鱼塘的钱要是不够，我这有点儿……"

东旺看着谷香，答应了一声："哎……不……不用了……"

谷香说："为啥呀？怕我爸不乐意是吧？"

东旺说："是啊，你们家攒点钱不容易，我……我咋好意思花哪……"

谷香歪着脑袋靠在东旺肩上，柔和地说道："东旺，咱们结婚吧，元旦办喜事，好吗？"

东旺心里亮了一下。紧跟着暗了下来。他说："粮食才凑了半车，大贵叔不会同意的。"

谷香笑了，说："我打定主意了，学高粱杆偷户口本，咱俩一登记就是合法夫妻了，我爸不同意也没法子了。"

东旺吃惊地跳起身来，瞪圆了两只眼睛盯视着谷香，语无伦次了："你……有户口本？我……那个……你咋……我是说……你可不能干这种事啊，会把你爸气坏了的呀……"

谷香观察着东旺脸上的表情，预感到了他的内心正在发生的微妙的变化。和我结婚是他做梦都梦见的好事啊，如今他咋一再推托了呢？是怕高粱杆捣乱？他不是怕高粱杆的这种人哪。难道他真的怕气着我爸？还是他跟崔红霞有啥事呢？

东旺见谷香一直不说话愣神，知道她对婚事产生怀疑了。就攥住谷香的手，说道："你听我说谷香，我真的恨不得明儿个就跟你成亲入洞房，可在你爸没同意之前我必须等，要么是他老人家同意了，要么是我攒够了一大车粮食了。现在看，大贵叔不会同意你嫁进我们这个穷家的，我也能理解，哪个做爹娘的愿意看着自己的孩子往穷坑里跳呢？再耐心等等吧，承包责任制了，我一定好好卖力气多打粮食，到时候风风光光地把你娶进家来。"谷香注视着东旺，不说话。东旺默默地把谷香揽进怀里。谷香轻轻地点了点头。

"东旺哥。"东旺和谷香连忙分开，转身往后看。红霞站在了不远处。谷香对东旺说了一声："我回了啊。"对红霞点点头，朝村里走去。

红霞走到东旺身边，坐在他的旁边，说道："谷香是你对象？"

东旺看着红霞，点了点头。

红霞问："那我是你啥人？"

东旺看着红霞，平静地说道："我不是说了吗，你是我妹妹呀。"

红霞问："那你咋还不娶她呀？"

东旺反问："她爸嫌我家穷。"

红霞轻轻拉起东旺一只手，攥在手心里，轻声说道："我不嫌你家穷。"

东旺突然觉得红霞挺可怜的。就将另一只手放在了红霞的手背上，轻轻地揉搓着。这个动作让红霞心里热乎乎的，鼻子一酸落下泪来，她抽噎着说道："东旺哥，你可别扔下我不管了啊，我乐意给你当妹妹。"东旺连忙说："你放心，我答应过你爸，他是我的救命恩人，我一定会待你好的。"

东旺扬起脸来，使劲瞪大了眼睛。心里火辣辣的疼。他看见瓦蓝的天空上，一只鹰孤独地飞翔着。苍劲的翅膀上反射着金色的光环。他感到自己的两只眼窝热热辣辣的。

谷香径直走进了大队部。值晚上班的梁满仓正在刷牙。他蹲在值班室门前的黑枣树下，嘴唇上全是白沫子。团支部办公室紧挨着值班室。谷香从满仓身后走过去。满仓转身看看她，摇了摇手。谷香喊了声"满仓哥"，开门进了屋，拿起炉盖准备生火。

正忙着，二阳子进来了，问："就你一个人？"身后小云说道："报告排长，还有我跟燕子。"二阳子一挑大拇指说："好样的。"燕子说："姐，我来生火吧。"注意到谷香脸色不好。小声问道："姐你咋的了，脸色咋发白呀？"谷香摇摇头："我没事儿。"二阳子看看桌上的小闹钟，说："这都九点了，不是说好九点开会吗？"小云说："我到广播室喊喊他们去。"二阳子说："我去吧。"转身出去，对满仓说："满仓哥，我使使大喇叭啊。"满仓点点头。大喇叭里很快响起二阳子的声音："大夯子，二涛子，你们咋还没来团支部开会呀？快点儿快点儿……"

大夯子、二涛子本来不到八点就准备去开会的。被四东子和三核桃、大田子他们在大街上给拽住了。连拖带拽整进了四东子家。他俩一看大屋里面摆了俩桌子，一伙子人正在玩牌，桌子上散放着十几张一角两角的毛票。大夯子惊讶地问四东子："你们咋聚众赌博啊？这可是犯法呀！"四东子摇晃着胳膊笑了，说："瞅把你给吓的，都分田单干了，没人管咱们了。再说了，就玩几毛钱的，犯哪门子法了？真是的。"三核桃说："哎呀，别磨叽了，快点的吧，俩桌子都是三缺一，就等你俩了。"

"四东子，三核桃，大田子，你们快点来团支部活动室开会来……"二阳子在大喇叭里还在叫喊。二涛子说："你们都听见了吧，喊咱们快去开会哪。"三核桃说："哎呀，玩几把咱们再去也不晚哪。"三核桃强行把二涛子拉上了牌桌。大夯子被四东子拉到了他们那桌。

四东子告诉大夯子："在牌桌上啊，越是新手，手气就越旺，不信你就试试。"大夯子不信。两局下来，真的赢了六毛钱。一下子上了瘾，欲罢不能了。

一伙人玩得正起劲，四东子爸爸老拔子进来了，不由分说，上前就把桌子给掀了。把年轻人们吓了一跳。四东子喊："爸，你干啥呀？"老拔子吼："我跟你说多少回了，赌博犯法。"四东子喊："你老糊涂了吧？这不叫赌。这就是娱乐娱乐，玩玩，小打小闹。"老拔子吼："放屁，牛所长说过，一分钱也叫赌博。你们都赶紧该干啥干啥去。"

大田子说："我的好大叔哎，地都分了，没啥事可干，待着干啥呀。"老拔子打了他一巴掌："没听见二阳子招呼你们哪？"大田子说："喊就喊呗，晚去会儿又能把我们咋的。"四东子说："又不给工分，不去又咋的。"老拔子吼："别忘了，你们可都是民兵。"大田子说："民兵咋了，民兵该玩也得玩啊。"

老拔子气得狠狠踹了四东子一脚，撅着胡子出去了。三核桃说："四东子，我说话你别不爱听，老话不说了吗：一个老头九个怪，一个不死都是害。"四东子一瞪眼睛喊："滚，你爸爸才是害哪，专门害寡妇的下三烂，社会渣滓，敲着破脸盆讨饭的要饭花子。"三核桃梗着脖子喊："四东子，你敢说我爸是专门害寡妇的下三烂？找抽是吧？"四东子说："哎，老子就是找抽了，你敢动我一根手指头试试。"三核桃怒了，扑过来抓住四东子的脖领挥拳就打。两个人厮打起来了。四东子使劲踩了三核桃的脚。三核桃一巴掌扇得四东子脸上现出四道手印子，嘴角流了血。四东子一怒之下掀翻赌桌，扑克牌散落了一地。一条桌子腿磕在了三核桃脑门子上，立刻出了一个包。三核桃抄起一个板凳扑上来要砸四东子。

大夯子手疾眼快，一把夺过板凳，大声喊道："我说你们俩浑身有劲儿没处使了是吧？那就把猪圈里头的老母猪扛上，绕着咱村子跑上一百圈儿。忒待着没啥事了是吧？谁把谁打坏了不得蹲大狱去啊？"他这一句话把四东子和三核桃给镇住了。二涛子也说："大夯子哥说得对呀，哥几个都大度点儿，骂两句就骂两句了，可别动手，更不能抄家伙啊。"大夯子说："走啦走啦，二阳子喊半天了，开会去开会去。四东子，走走走。三核桃你还愣着干啥，赶紧的。"

大伙乱哄哄出了四东子家，朝大队部走去。

在团支部活动室里，燕子、小云等十几个姑娘安静地坐着看报纸，几个男青年在小声说着话。谷香对二阳子说："瞅见了吧二阳子，要是往常说开会早就到齐了。可今儿个大喇叭喊半天了还没来齐哪，这说明个啥，你寻思寻思。"二阳子思忖了一会儿说道："你是说人心要散？地是分了，可集体还在呀，大伙还都在一个村子住着呀，人心就这么分瓣儿了？"谷香说："这还真是个值得关注的问题。明年开春儿，各家各户就开始自己个儿种自己个儿的地了，你不觉得心里头空落落的吗？反正我感觉是。总觉得好像跟自己个儿爸妈分家单过日子去了，一股酸溜溜的滋味儿。"二阳子说："我也有点不是滋味儿。咳，时间一长，大伙习惯了就好了。"

俩人正说着，大夯子二涛子四东子他们到了。谷香劈头质问所有人："你们都干啥去了呀？这都十点多了，还有点儿组织纪律性没有啊？"大夯子和二涛子不好意思低下了头。四东子说："中了吧谷香姐，开会吧。"

大伙进了活动室，你推我搡地搬凳子坐下。二阳子敲敲桌子说道："安静。我先说两句啊，咱们都是民兵，是共青团员，到啥时候思想觉悟也不能低。往后开会操持活动，说几点就是几点，谁也不能迟到、早退、缺勤。好了，下面请咱们团支书谷香姐讲话。"

谷香看着大伙说道："现在是冬闲的时候，可咱们团组织不能闲下来，咱们年轻人不能闲下来。我跟二阳子合计了一下，打算趁着地里没活儿，帮着咱村的五保户、老军属、老烈属修修房子，劈劈柴，垫垫猪圈啥的。大伙没意见吧？"

燕子、小云她们异口同声地说道："没意见。"大夯子、二涛子他们几个小伙子不整齐地喊道："我们也没意见。""中啊。"二阳子问四东子和三核桃、大田子他们："你们咋不表态呀？"四东子说："我这些日子老寒腿毛病又犯了……"大伙笑。燕子问："你刚多大岁数就老寒腿了啊？"四东子认真地说道："老寒腿不是按岁数大小说话，是说病的时间长了。"二阳子说："我看你呀，就是叫分地单干闹得心眼儿活了。"四东子不承认："你瞎说，人家真的犯老毛病了。"二阳子说："散了会我陪你上诊所扎几针去。"四东子不说话了。

三核桃问谷香："支书啊，给钱不？"谷香说："咱们啥时候要过报酬啊？"三核桃说："你这话说的，咱们现在不是单干了吗？"谷香说："单干就不讲乡亲情分了是吧？"三核桃说："社会主义不是讲究按劳分配原则嘛。"谷香说："社会主义还提倡发扬共产主义风格互帮互助哪。"三核桃咧咧嘴，走到炉子前拎水壶。

谷香说道："下面由二阳子给大伙分下组，会后咱们就开始分头行动。支部提一点要求啊，每个人必须认真完成各自的任务，不许偷奸取巧，更不许在各家吃吃喝喝拿东西，这是铁的纪律，大伙都听好了吧？"

有的喊"听好了"。有的喊"没问题儿"。还有的喊"知道了"。

谷香注意到，差不多有一半人没说话，脸上没有啥表情。

这群人走了以后，谷香封好炉子，出了屋子，朝自家走去。快到家门口了，看见母亲送红霞出来了。连忙转身进了一个胡同。过了一会儿，探出脑袋看门口。红霞站在了她的眼前。吓了她一跳。"谷香姐。"红霞亲亲热热叫了一声。谷香答应一声："你……在这干啥哪？""等你。""等我干啥？""听东旺哥说，大叔不同意你跟他的婚事，你想咋办啊？"谷香看了她一眼："我爸早晚会同意的。"红霞低着头，揉搓着自己的衣襟一角，说："我没爸没妈了，也没个亲戚，你要是同意东旺哥跟我……我一辈子也忘不了你的大恩大德……"谷香一听就来了气，甩给她一句："你叫东旺来跟我说。"扭身就走。红霞拦住谷香，"扑通"一下跪在了她的面前，央求道："谷香姐，求求你，可怜可怜我吧，你就成全我们吧……大叔啥时候同意了，我情愿把东旺哥还给你……"谷香说："崔红霞，你把东旺当成啥了？还能让来让去的？你起来吧，快起来。"红霞仰视着谷香："你答应我了？"谷香心里跟刀子扎一样难受，眼泪扑簌簌滚落下来，扭过脸小跑着走了。

"谷香姐——"红霞喊。

谷香没搭理她，头也不回地进了自家，"哗啦"一声关上了院门。

蒋状从一棵大槐树后面闪出身，看看跪在地上的红霞，走了过来。

红霞看见了蒋状，连忙站起身，转身跑没影了。

蒋状站在胡同口，自言自语地说："这个崔红霞，跟谷香抢东旺来了，两个女的抢一个男的，这好事我咋就赶不上呢？"

"看啥哪状子。"身后有人说话。蒋状回身一看，是金元宝。

"元宝哥你说，俩女的抢一个男的，周东旺这小子的命咋这好呢？"蒋状心里酸透了。

元宝拍拍蒋状的肩膀，笑笑，走了。走出了一段，停住脚，自语道："两个女的抢一个男的？"一边思忖着一边进了自家的院子。

燕子从过堂屋探出脑袋，喊他："哥，快进屋，东旺哥等着你哪。"

元宝心说：我正想找你周东旺问问，俩女的抢一个男的是咋回事哪，快步进了东屋。东旺正跟金大叔面对面干坐着不说一句话。金大叔不爱说话，陪着东旺坐还是元宝妈强行按下的。一见儿子进来了，连忙起身溜了出去。

"回来了金老师。"东旺起身打着招呼。

元宝笑着说："别叫我金老师了，我也要回来伺候家里的那块地了。"

东旺愣了一下："你辞职了？"

元宝说："我本来就是代课老师，还没转正哪，不涉及辞不辞职。单干了，家里就我一个壮劳力，不回来不行啊。哎，你找我有事吧？"

东旺说："你是识文断字的，懂得道理多。我惦着问问你，你说我答应人家的事，是不是不管发生了啥变故也得说话算话啊？"

金宝点点头："原则上是这样。可也要看发生的事啥变故。比如说，这个人……"

东旺打断元宝的话，急切地说道："哎呀，我直接跟你说是咋回事吧。红霞她爸不是救过我的命吗，我就有点空去看崔大叔，时间长了，红霞就对我有那个意思了，我没那个意思了。崔大叔曾经跟我说，在他百年之后替他照顾好红霞，我答应了。元宝哥你说，红霞一个亲人也没有了，我能说了不算眼睁睁不管她吗？"

元宝听东旺把事情的前前后后说了一遍，明白俩女的抢一个男的是咋回事

157

了。觉得还真的不好说了。一头是村里团支书谷香，一头是东旺恩人的闺女，哪头也割舍不下啊。他明白，东旺一定也是哪头也割舍不下。是来听他的意见的。可这态度真的是不好表达啊。

东旺注视着元宝，知道他不还发表自己的意见。但还是想听一听他的分析。就说："元宝哥你帮我分析分析，这事我该咋办好呢？这么说吧，这事要搁在你身上，你惦着选哪一个呢？"

元宝寻思了一会儿，问道："你跟我说实话，你喜欢崔红霞吗？"

东旺点点头："印象不错，安分守己，心地挺善良的。"

元宝说："晋朝隐士畅泉说得好：以信接人，天下信之；不以信接人，妻子疑之。人要是不讲信用，最后连自己家亲人都不信他的。"

东旺说："你的意思是应该留下崔红霞，是吧？"

元宝不置可否，继续说道："可问题是，红霞要是对你还有那层意思，并且随着跟你生活时间久了感情越来越深，你也会不会……感情这东西谁也说不清啊。"

东旺说："谷香提出元旦跟我办事，可大贵叔非得要一大车粮食，我拿不出来……想等来年秋收交了公粮，准备好彩礼粮食，顺顺当当把谷香娶进家门儿。"

元宝笑笑，说："你的这个想法挺好的，我赞成。不过，我可提醒你，千万要把握好跟红霞的分寸，别伤害了谷香，她可是个好姑娘啊！"

东旺脸上的表情变得严肃起来。他点点头，说道："我知道了元宝哥。"

30

临近中午的时候，飘起了雪花，飞飞扬扬的，像是成千上万只蜜蜂漫天飞舞。

马童力出了办公室准备上响马河村看看去。路过副主任张楠办公室门口，朝里面探下头，没人，问迎面走过来的宣世杰："张副主任呢？"宣世杰说："去青石坡了。"马童力点下头，说："我去趟响马河。"宣世杰说："外头下雪了，马书记。"马童力随口吟诵道："风一更，雪一更，聒碎乡心梦不成，故园无此声。"宣世杰笑，说："马书记，咱们的吉普车在家哪。"马童力摇摇手说："赏雪景还是慢行好啊。"从车棚里推出自行车，刚走出门口，云秀骑着自行车过来了，一身的雪花。无数的雪花在她的身子四周飘飘洒洒。

"云书记来了。"马童力主动打着招呼。

云秀下了自行车，扬扬手："你要出去啊？"

童力说："想上下边转转去。走，回办公室吧。"

云秀说："别，我也正要到下边转转去，一块去吧。"

童力抬腕看看手表：“快十二点了，咱们先吃点饭吧。”

云秀说：“行。我请客。”

童力摆手：“到我家门口了，理应由我尽尽地主之谊嘛。”

云秀笑了：“走，你带路。”

马童力上了车子，领着云秀来到红旗饭店门口。童力问：“想吃点啥？云书记。”云秀说：“吃饱就行，随便。”两个人走进店里。

小秦虚情假意地笑着迎了过来，一副亲热的样子：“哎哟，马书记来啦，要不咋说你是领导哪，今儿个早上刚换了个新厨师，正好请你尝尝师傅的手艺。”童力说：“好啊，把菜单给我。”云秀问小秦：“有面条吗？”小秦说：“有。米饭、馒头、面条、包子、饺子啥都有。”云秀说：“就给我们上两碗面条吧。”小秦眨眨眼：“炒菜要哪个？”云秀说：“不要了。”马童力小声说道：“别太简单了啊，我这……”云秀摆下手：“快点吃完多上下面走走。”童力对小秦说：“我们还有事，改天再尝手艺吧。”小秦失望地噘噘嘴，转身去了。

两个人等着面条说着话。云秀问：“你们公社这几个村子责任田都分下去了？”童力说：“都分下去了。”云秀又问：“群众目前的情绪咋样啊？”童力说：“还中。总的说比较稳定。”面条上来了。云秀说：“快吃吧。”说完，低下头风卷残云呼噜呼噜地吃了起来。童力也抓紧时间吃。他再一次领教了这位女县委书记的作风。

谷香真的生气了。四东子跟三核桃竟然留在秦奶奶家等着吃上午饭。谷香气冲冲进了秦奶奶家，一句话不说，拉着他俩的胳膊就走。他俩说是秦奶奶强留的，走了老人家就不高兴。秦奶奶果然就不高兴了，说：“哥俩给我干了这么多活计，吃顿饭是应该的。不吃就是瞧不起我老太太。”谷香说：“秦奶奶呀，这是我们共青团的纪律，义务干活，不能要吃要喝，更不能拿一点儿东西走。”四东子和三核桃不说话，低着头乐。谷香对他俩说：“你俩要不走，那明儿个就退团吧。”四东子说：“你吓唬谁呢？退就退。地都分了，咱都不在一块下地伺候庄稼了，凭啥白干活啊？”三核桃说：“团组织又不给找媳妇儿，我早就想退了。”

谷香扭头出了大屋。小云送她到院门口，对她说：“姐，你别生气了，他俩给我们家又垫猪圈又收拾煤棚子的，又脏又累的，连个饭都不吃，我跟奶奶的确不落忍。”谷香点点头，说：“去忙吧，我走了啊。”

云秀和马童力进了村子。雪花大了起来。谷香迎面走了过来。童力喊道：“那不是谷香吗，谷香——”谷香停住脚，看清是马童力，加快脚步笑着过来了：“马书记来了。”童力笑了：“谷香啊，我来正式给你介绍一下，她是咱们县新来的县委书记云秀云书记。”谷香笑笑：“我们早就见过啦！云书记，马书记，你们是上队部哪，还是到我家坐会儿啊？”

云秀说:"走,上你家看看去。"

谷香很高兴地在前头带路。马童力和云秀推着自行车跟在后边。他们走进谷香家院门的那一刹那,高粱杆看了个正着,立刻跑到大队部告诉二叔。高贺听了一句话没说,仰靠在椅子背上闭着眼睛一动不动。

高粱杆小心地看着二叔:"二叔,我走了啊。"

高贺挥挥手。高粱杆出去了。

高贺喊了一声:"杆子。"高粱杆返回屋里:"啥事二叔?"高贺说:"你那块地,我跟你二婶商量了,还得你种啊,我们干不动了。"高粱杆咧咧嘴说:"那不是还有玉兰跟志新嘛。"高贺说:"你可真能扯淡。玉兰、志新他俩又不在咱村住,人家自己个儿还有事忙活,能顾得上管你的地吗?"高粱杆说:"那就撂着吧。"高贺骂了一句:"混账话,国家分给你地是种粮食的,不是撂荒了叫人看景儿的。"高粱杆说:"中,那我就凑合着种吧。"高贺说:"凑合种哪中啊,必须得好好种,每亩地打多少粮食那是有规定的,到时候你要交不上那可是要挨罚的。"高贺一梗脖子说:"罚就罚呗,反正我家里头啥值钱东西也没有,随便。"说完,"咣"的一声带上门走了。

高贺骂了一句:"这个兔崽子,真他娘的不是个东西!"天成进来了,说道:"支书啊,鱼塘承包那事,我看还是包给周东旺合适,他心灵手巧,学啥学得快。"高贺思忖了一下说:"我还是那句话,我也挺看好东旺的,可咱们不是提前定好承包条件了吗,谁出钱多谁中标。"天成想了想,说:"你忙吧。"转身出去了。高贺白了他背影一眼:"吃饱了撑的!"

高粱杆说:"我走了啊二叔。"高贺说:"等会儿,我还有话跟你说。你坐下。"高粱杆坐下,看着高贺。高贺走到门口,探出脑袋看看外面,转身关紧门,说道:"你小子听着,周东旺家后院着火的事你可千万不能掺和啊,听见没有啊?"高粱杆乐得蹦了起来:"啊?他家着火了?太好了,烧死谁了没有啊?"高贺捶了侄子一拳,骂道:"你小子心眼子咋这不好使呢?咋还盼着人家死人哪。我说的后院失火,是说东旺摊上心窄事了。"高粱杆咧着嘴揉着肩膀,问:"摊上啥心窄事了?"高贺说:"那个崔红霞对周东旺也有那个意思,正跟谷香抢东旺哪,东旺想赶紧娶了谷香,可谷大贵这老家伙说啥不同意,你说他得多心窄吧。"高粱杆"啪"地一拍桌子说道:"我就说吧,谷香早晚是我的,哈哈,我这就上老谷家提亲去。"说完,拔腿就走。高贺一把拽住了侄子:"你给我坐下。"高粱杆说:"哎呀二叔,这是个多好的机会呀,我必须得抓紧哪。"高贺说:"你以为这样,谷香就乐意嫁给你呀?"高粱杆急了:"周东旺都不要她了,她还不答应我,那我就对她不客气了。"高贺打了侄子一巴掌,骂道:"你他娘的咋这傻呢?你就不会想点法子,叫谷香心甘情愿跟了你呀?"高粱杆眨眨眼:"想点法子?想啥法子啊?"高贺思忖了一会儿,说道:"除非……谷香恨上东旺了，说啥不想跟他了。"高粱杆转着眼珠子，自语道："咋样才能叫谷香恨上东旺呢？咋样才能叫谷香恨上东旺呢……"嘟囔着出去了。

云秀坐在谷大贵那屋，喝着水正在和他们老两口说着话。

马童力和谷香坐在旁边小声说着话。

云秀问："大叔、大婶儿，马上要开春了，家里的地能忙得过来吗？"

谷大贵笑笑，说道："能种，我们老俩身板都挺好的，一点儿问题也没有啊。"

云秀说："那你们老了呢？想过没有，谷香出嫁以后家里的地谁来管啊？"

钱彩凤看着老头子。谷大贵说："那时候的事还真没想过。我寻思，到时候政府肯定有办法，啥事都想在咱老百姓头里啊。"

马童力问谷香："眼瞅着该过年了，村子里该操持大年活动了吧？"

谷香说："我在党支部会上提这事了，高支书让我先拿出个方案来再说。"

童力说："你要是有啥需要，直接找邵天翔就中。"

谷香说："谢谢马书记支持。"

云秀问大贵老两口："你们希望这地，政府还应该出台点啥政策啊？"

钱彩凤刚要说话，谷大贵赶紧拽了下老伴的胳膊。钱彩凤连忙说："不希望不希望……"云秀惊讶地看着彩凤："不希望？"彩凤连忙改口："没希望没希望……"谷香说话了："哎呀妈，你紧张个啥呀，心里咋想的就咋说呗。"彩凤朝云秀不好意思地笑笑，不知说啥好了。

谷大贵也跟着笑。

云秀问大贵："大叔你说，你希不希望政府把这地的产权给了你，由你自己自由支配？"

谷大贵脱口而出："那敢情好。"转念一想，改口说，"政府要是不给，我也不想这事儿。"

云秀点点头，说道："土地是农民的命根子。中国农民祖祖辈辈脸朝黄土背朝天，跟土地亲感情深哪！我们要相信党和政府跟人民群众心连心，一定会时刻体察民情，关心咱农民的命运，千方百计为咱农民办好事办实事的！"

谷大贵说："这个我信，我信。"钱彩凤说："我们保证好好种地，多打粮食，政府叫咋干就咋干。"

这会儿，周东旺正在五保户彭家林家。他今年六十三岁了，左腿残疾，老伴去世五年了，就一个闺女，两年前嫁到光明公社的杨家营了。东旺知道彭大叔年轻时候养过鱼，想搭帮上他一块干。他对彭家林说："不用你老投一分钱，一个月给你开十块钱工资，挣不挣钱也少不了你一分钱。你老干不干哪？"彭家林是个不爱说话的人，还是个实诚人。听了东旺的话，寻思了会儿，回道："你不挣，我不要。"东旺说："我不能叫您老白干活啊，那我不成了剥削人的资本家了？"

彭家林憨憨地笑了。

院子里响起天成的声音："家林大叔在家吗?"彭家林迎了出去,朝天成笑,不说话。天成说:"大叔,我来是告诉你,你家的地我来帮着种吧,一个工分也不要你的,打的粮食全都归你。"彭家林憨笑着摆手。

东旺掀开门帘露出脑袋:"天成哥来了。"天成说:"东旺在啊。我正要一会儿找你哪。"东旺问:"有事?"天成说:"啊,待会儿再说。你先跟大叔办事吧。大叔啊,你那地就按我说的办了啊。"东旺说:"我跟大叔也说好了,大叔帮我养鱼,我给大叔开工资。"天成说:"哦,咱俩说的一回事啊。那好,走,咱俩上外头说去吧。大叔,我们走了啊。"彭家林憨笑,点头。

两个人出了彭家,走到一个胡同口。雪小了。胡同里好像铺开了一层白毡子,毛茸茸、软绵绵的。天成看看没人,压低嗓音说道:"东旺啊,我看你承包鱼塘最合适了,但要看谁出的承包费最高。我琢磨了,你要是手里钱不富裕,我可以支援你,帮你拿下那个鱼塘。"东旺高兴地攥住天成的手:"哎呀,忒好啊哥,我先谢谢你啦,谢谢啦。"天成说:"谢啥呀。就这么着啊。你忙你的去吧。"东旺转身刚走了几步,天成把他喊住了。"要过大年了,党支部要团支部操持联欢会,你有空帮帮谷香,啊。"东旺挠着脑袋不说话。天成看出了他的心思,说:"东旺啊,你这心眼忒小了点吧?你跟谷香这辈子没缘分,谁也怨不着。五尺高的汉子,你得拿得起放得下呀,你说是不是啊?"东旺笑笑,点点头。天成说:"去吧。"东旺再笑笑,走了。

天成转身朝队部走去。梁满仓从他身后小心翼翼跑上来了:"大队长,大队长——"天成转回身看着满仓。满仓跑到跟前说道:"县委云书记跟咱们马书记来了,支书让我找你快去队部。"天成想了想,说:"我最不爱见领导了,你就说没找见我,啊,去吧。"满仓"啊"了一声,呆愣愣地看着天成。天成说:"咋的,没听明白呀?就说没找见我,明白了吧?"满仓"哦"了一声,前头走了。天成想了想,钻进了胡同里,朝村外走去。

刚出了胡同口,朱明理和惹不起从右手方向过来了。惹不起眼尖先看见了天成,喊了声:"大队长——"天成扭脸朝他俩扬扬胳膊,说了声:"我有事,走了啊——"踢着石头子一会就走远了。惹不起看着天成的背影:"急三火四的,家里房子着火了咋的?"明理杵了她一下,说:"嘴上积点德中吧?咋不盼着人家好呢?"惹不起踹了明理一脚,扭着大屁股走了。这一脚踹在明理裆部了,疼得蹲在了地上,嘴里骂:"这个败家娘们儿。"

在大队部,云秀和马童力正在听高贺汇报村里的工作。满仓推门进来,对高贺说:"支书啊,没找见江大队长,咋办哪?"高贺转脸看云秀。云秀说:"不用找了,高书记你接着说吧。"高贺接着说:"云书记,我们响马河村是我们公社连续五年的红旗村,各项工作一直走在前头,不管遇见啥为难着窄事都能顺顺当当解决。"云秀说："我听你们的团支书谷香说了这么一件事，应当引起我们的重视。她组织一群青年人到五保户、老军烈属家义务帮工，部分人要求算工分，还有人主动要吃要喝要礼物，而这种事据说过去是从来没有过的。"高贺在心里嘀咕了一句："这个谷香，整个一个大事儿妈。"嘴上说的是："谷香跟我也反映过这件事，我正要找这几个当事人谈谈话，进行一下批评教育哪。"云秀说："光批评教育这几个人还不够，重要的是要从思想上防微杜渐，教育全体党团员分田不分家。"高贺点点头："我明白，云书记。"

桌上的电话铃声响了。高贺拿起话筒："喂……哦，老范哪……马书记？在，在我这，你等着啊。"对马童力说，"马书记，范占山找你。"马童力接过话筒："范支书……啊？你赶紧把人截住，一个也不能放走，我马上赶到。"放下话筒对云秀说，"云书记，范家庄有几个村民要到外地逃荒，我去看看。"云秀站起身说道："走，一起看看去。"转身对高贺说，"高书记，改天我再来。思想工作一定要抓紧抓细啊，人心可不能散了啊！"高贺点点头说："我明白，云书记。"

第十一章

31

范占山的嗓子已经喊哑了，手脚并用地推搡着常有理和翠青往村里走。他知道这个事件的严重性。如果处理不好，会在全公社产生巨大影响，在全县都会挂上号的。

刚才，他正在地里跟会计周芒种合计小片荒开发的事，一个村民跑过来告诉他："常有理两口子领着翠青、二橱子他们一帮人，恬着上东北逃荒去，都到村东口啦。"他的脑袋当即"轰"的一下爆炸了一样。拔腿就向村东口跑去，跑着跑着滑了个跟头，爬起来一瘸一拐接着跑。这还得了，翠青婆婆自杀的事，叫我范占山丢大人了。再来这么一出，还叫我这个支书当不当了？不中，今儿个我就是犯多大错误，也得把他们全都拖家里去。

见到了常有理和翠青后，他第一句话就是："都老老实实给我回家去，别给政府跟社会主义丢脸！"牛老蔫耷拉脑袋躲在常有理身后不吭声。翠青领着孩子就想往家走。常有理一把拽住她，对范占山说道："支书啊，眼瞅着快过大年了，可家里头没几粒粮食了，你叫我们咋过年哪？"二橱子说："是啊，范叔，你就放我们走吧。过不起年不是更给政府跟社会主义丢脸吗？"范占山说："你们不走就是不给政府丢脸了。听话，都回家去，有公社有村党支部哪，绝不会叫你们过不起这个年。"二橱子跟大伙全都看常有理。常有理对范占山说："我是这么琢磨的，支书，眼下家家户户青黄不接的，村子里也没有多少积蓄，能救济得过来吗？根本救济不过来。我们这帮人出去不是要饭去了，是上外头找点活干，赚俩钱儿好回来过年，不给集体添麻烦，这咋是给社会主义丢脸呢？"范占山一时竟然哑口无言。

常有理得意地朝大伙挥了下胳膊，喊了一声："走啊——"范占山冲上前紧紧攥住常有理的手腕，说："你是常有理，我说不过你。今儿个你就是说得猪上树鱼长毛，我也不能叫你走。"常有理喊："你撒手。"范占山说啥不撒手。就在这个时候，云秀和马童力赶到了。

"占山书记，你放开常桂红。"童力说。范占山撒了手，走了过来，对云秀说道："云书记来了。"云秀握下占山的手，对童力说："你来处理吧。"

常有理拉住童力的手说："马书记你可得给我们做主啊，我们家里都断顿揭不开锅了，不能等着饿死在炕上啊，那不给咱社会主义丢脸吗，可范支书说啥不叫我们出去挣钱哪……"马童力握住常有理的手，诚恳地说道："桂红大姐，你的心思我知道，你不愿意给村里添麻烦的心意，我代表乡党委、乡政府表示由衷的感谢。可你得听我一句劝，无论如何要相信乡里，相信村党支部，一定会带领大伙渡过眼下这个难关，过上一个吃得饱饭的春节的！"常有理问："你有啥招数啊？你又不会变钱变粮食。"童力说："我个人没这个本事，党和政府会有办法的。都回家吧，好不好？"常有理说："马书记你说你……我们自己个儿想法子多好啊，省得政府为我们操心嘛。"童力笑笑："共产党的天下，绝不能让一个人走逃荒要饭的那条老路，那可是一条吃人不吐骨头的死路啊！乡亲们都回去吧，我马童力向你们保证，大伙目前的困难很快就会解决的。"

范占山喊了声"好"，带头鼓起掌来。在场的人有的鼓掌，有的喊"中"，有的乐着点头。雪花飞舞得明显欢实了。马童力对云秀说："云书记，你有啥指示吗？"云秀摆摆手。马童力对范占山点个头。范占山会意，对常有理说："带着大伙快回家吧，啊。大雪天的别在外头冻着啦。"牛老鸢拽着常有理的衣襟像个跟屁虫。常有理对翠青、二橱子他们挥下胳膊，拔腿向村口走去。大伙纷纷跟在她身后走了。

范占山对云秀说："云书记，请到村里坐坐吧。"云秀说："改天吧。"马童力对范占山说："你从现在起，尽量不要出村，随时发现问题解决问题，并且及时反映给乡里。"

范占山点点头，说："中，我明白了，马书记。"

范占山走了。云秀对马童力说道："今天这个事是个信号，警示我们要时时刻刻把乡亲们的生活问题摆在头一位，要把他们的冷暖真真正正放在心上啊。"童力点点头说："我马上布置十二个行政村成立'本村群众生活问题小组'，摸清生活困难户情况，认真登记入册，研究帮扶具体措施。同时，公社领导班子一班人积极深入基层，开展访贫问苦活动，坚决不能让一个人外出逃荒。"云秀说："好，好啊。"童力问："咱们还回响马河村吗？"云秀摆下手说："你去布置这项工作吧。我再去别的公社看看去。"童力说："那你慢点走啊，云书记，当心雪滑。"云秀摇下手："你也小心点儿。"骑上车子走了。看着云秀走远了，马童力上了车子朝公社方向骑去。

雪不知啥时候停了。放眼看，远远近近的田野、沟壑、村庄、房屋，都厚厚地盖上了一层雪，高高低低，错落有致，层次分明。穿过村庄的时候，童力看到冬日的暖阳，普照在一排排房屋上，融化的冰雪顺着屋檐滴落，受冷瞬间凝固成一排整齐的冰柱，高高地悬挂在屋檐上，一如整装列队的士兵，整齐有序地排列着。有的冰柱忍受不住暖阳和屋顶漏出来的热气，"啪、啪"地一段段掉落到地上，化为了冰水，滋润着大地。

童力想起自己小时候，特别爱听屋檐上冰柱化水滴落的声音，不停地敲击着屋檐下倒扣着的水桶、摆放着的盆盆罐罐，发出各种不同的清脆低沉的声音，仿佛演奏着不同的乐章，别有一番滋味在心头。他更忘不了那雪后的迷人景致，走出家门，迎着初升的太阳，观雪景，赏奇观。美丽的东山上升起了鲜红的太阳，金色的阳光普照在瑞雪覆盖的大地上，皑皑白雪反射出耀眼的光芒，闪耀着瑰丽无比的奇光异彩，如同无数颗晶亮的星星在眨眼，洁白晶莹，纯净明亮，璀璨无比。每到下雪的时候，他喜欢走在大雪初融的雪地里，脚下不停地发出"咯吱、咯吱"的声音，这种声音深深地留在了他的记忆里。他情不自禁地想起，母亲坐在煤油灯前给他纳鞋底的情景。为防止鞋子被雪水湿透，也为了鞋底、鞋帮耐磨，母亲就用猪皮之类的东西把布鞋包起来，穿起来虽然显得笨拙，但脚很暖和，心里也很暖和。

前面不远就是李家庄了。村西口隐隐约约晃动不少人。他加快了速度骑了过去，老远看见李平原在指挥一群人往排子车上装着啥东西，走近了看清是柴火。有人看见了马童力，告诉了李平原。李平原朝童力迎了过来。

"马书记，这天儿你咋还来了？"平原问。他的眉毛和胡子都有些白了，其实才四十多岁。

童力说："这天儿我才应该下来看看哪。忙乎啥呢？"

平原说："咳，大雪泡天的，有几户没柴火烧炕了，老人孩子都冻得发烧了，我带着一帮团员跟民兵砍了点树枝啥的，送到各家去。"

马童力拍拍李平原的肩膀，满意地说道："好啊，平原书记，时刻把群众疾苦放在心头上，辛苦了辛苦了。"

李平原摇摇头说："我的工作还是晚了一步啊。要是我们提前想到那些少劳力的户有没有柴火，穿得暖和不暖和，吃得饱吃不饱，就不会有人冻病了。看着躺在炕上冻得浑身打哆嗦的老人跟孩子，我这心里头……真的特别难受……咳，怪我呀，是我失职啊！"

马童力注意到，李平原说完这话，眼圈都红了。他的心里也很不是滋味，心情沉重起来，默默地拍拍李平原的手，说道："我作为公社主任，党委书记，我首先应当承担责任啊。明儿个上午咱们开个会，研究研究目前群众都有哪些生活问题，该咋解决，具体时间等着通知。我走了啊。"

李平原点点头："慢点走啊，马书记。"

马童力说："好，你忙吧。"

马童力回到公社大院的时候，天已经擦黑了。宣世杰领着办公室的人正在打扫积雪。叶光明从办公平房前厅门口出来，招呼道："童力回来了。"童力问：

"你干啥去呀？光明。"叶光明说："上趟桃花沟，姚国庆说他们村有人闹着，把库房里的存粮都分掉哪。"童力说："等一等。我想明儿个上午开个全公社村干部会，好好研究一下目前村民的生活问题。"光明说："中。"童力问："桃花沟的事你想咋处理呀？"光明说："那都是集体的粮食种子，咋能分掉哪。我琢磨着，可不可以号召村民们串换着吃，就是有粮户拿出点粮食给无粮户吃，大家共同渡过眼下的难关。"童力赞许地说道："嗯，你这个办法我看中，互帮互助嘛。但是光靠这个办法还不中，你到了桃花沟告诉乡亲们，就说乡里一定会尽快研究出解决的办法的。那你快去吧，天黑了加点小心哪。"光明说："好，放心吧。"

马童力对宣世杰说："世杰，你们下班走吧。明儿个一早通知各村一、二把手上午九点来开会。"宣世杰答应一声，刚要走，想起啥来，说道："马书记，你家里来信了，我给你放你办公室桌子上了。"童力点下头，走向自己办公室。

叶光明摸着黑深一脚浅一脚赶到了桃花沟。大队长姚国庆和支书赵清明正在挤满了人的会议室里等候他。屋里挤满了人，情绪都很激动，吵吵嚷嚷的。一张张菜色的消瘦的脸颊满是忧郁和无奈。叶光明推门进来了，姚国庆站起身给他让座。叶光明摆摆手，没有坐，面向村民大声说道："乡亲们，大伙吃苦了，我代表公社党委向你们表示慰问。马童力书记要我转告大伙，公社一定会尽快研究出解决办法的。"

一村民问："叶书记啊，那我们眼么前儿该咋过呀？真揭不开锅了呀。"村民们纷纷附和道："是啊，都快饿死了。""救救我们吧，叶书记。"叶光明说道："大伙别着急，别着急啊。"对姚国庆和赵清明说道，"我想了个救急办法，看能不能动员村里有粮食的家庭，拿出一些粮食来，借给那些断粮户，你俩觉得咋样？"赵清明名义上是一把手，但关键时刻总是拿不准主意，要等姚国庆拍板做决定。听叶光明问，转脸看国庆。国庆思忖了一下，说道："叶书记，这个办法我们也想过了，可又觉得有粮户恐怕不会同意。因为过了年就是春荒，各家的粮食都不富裕，自己个儿家的粮食能吃多少天都说不准，更甭说往外借了。"

叶光明看着赵清明："赵支书，你的意见呢？"赵清明说："国庆说的是实情儿。"光明说："这样，你们赶紧召集大伙开一个全体大会，看看这个办法行得通行不通。"姚国庆点点头，起身出去了。

一村民问道："叶书记，你们商量出啥好法子了没有啊？"叶光明面向村民说道："乡亲们，我们马上连夜召开全体村民大会，商量商量眼下究竟该咋办。"大喇叭里响起了国庆的声音："大伙注意了啊，公社叶副书记来了，快都上队部来，开一个紧急会议啊。再广播一遍……"

桃花沟要开村民大会。云秀和许援朝正在会议室召开紧急会议。五套班子领导都到齐了。

云秀神情凝重地环视一下在座的每一个人，清清嗓子说道："同志们，眼下我们县农村形势比较严峻哪。家庭联产承包责任制已经全部推行了，大部分农民兄弟都是拥护的，相信一定能够调动起群众的生产积极性。但接连出现的一些现实问题我们必须要高度重视。目前，首要的问题是不少村民家里没有粮食吃了，断了顿了，而且不是一般的缺粮。这两天，我和许县长到各公社转了转，了解到这个问题是个普遍问题，因此才出现了部分村民外出逃荒现象。虽然都被村干部劝阻住了，但粮食不够吃这个问题并没有得到解决。同志们，我们是高产县哪，高产县却没有粮食吃，难道我们不该好好反思反思我们的工作吗？勤劳朴实的农民祖祖辈辈脸朝黄土背朝天，汗珠子掉在地上摔八瓣儿，春种秋收打下的粮食上缴给了国家，供给我们城里人吃饭，供给我们这些公务员吃饭，可他们自己却没吃的了，在忍饥挨饿，我们都扪心自问一下：我们对得起他们吗？"

在座的干部们都低下了头。

许援朝长出口气说道："我们没有把工作做好，愧对党，愧对信赖我们的人民群众啊！"

云秀说："会前我和许县长商议了一下，我明天一早去趟锣鼓县，凭着我的老关系给咱们县借点粮食来，以解燃眉之急。"干部们小声地议论着。许援朝说道："大家一定会担心这么做，违反了国家统购统销政策。放心吧，我们已经向省委做了汇报，省领导要我们在不违反政策的原则下，妥善解决目前的饥荒问题。"

干部们情绪高昂起来，相互之间交换着眼神。

这会儿，在桃花沟大队部，村民们拥挤在院子里，冒着寒风，在听叶光明讲话。当听到提议有粮户借给无粮户粮食吃的时候，会场立刻像热油溅进了冷水沸腾起来。这个说："我家那点粮食还不够自己个儿嚼的哪，哪有富裕粮食借给别家吃呢？"那个说："我可不借着吃，将来还不上人家咋办呐，咱可丢不起那个人。"

姚国庆喊："大伙别吵吵……"叶光明立刻制止住了他："我正想听听大伙的反映哪。"村民们乱哄哄地议论着。光明越听越觉得串换着吃这个办法不是长远之计，只能暂时解决短期问题。春荒长达六七十天，搞不好要饿死人的。这个责任谁也负不起啊。

"咋办啊？叶书记。"姚国庆问道。叶光明一时也没想出别的办法。国庆说："要不，先叫大伙回家，等明儿个公社研究出办法了再说？"叶光明点点头，刚要说话，会计孙立秋从办公室里跑出来，跑到叶光明身边，说道："叶书记，马书记来电话找你。"叶光明快步走进办公室，抄起话筒："喂，童力，啥事啊……县里要借粮食分给各公社？哎呀，太好了太好了……中中中，我这就把这个好消息告诉乡亲们……啊？先不要说？为啥呀……哦，对对对，万一借不来，借不来那么多哪，我知道了，好，我这就回家了。"

叶光明出了办公室，对姚国庆和赵清明说道："马书记电话里说，一切等公社研究出办法再说。这会就开到这吧，叫乡亲们回家睡觉去吧。"姚国庆对赵清明努下嘴。赵清明敲敲桌子，大声说道："今儿个的会就先开到这了，等公社研究出办法来再告诉大家啊，散会啦。"

村民们乱纷纷叫喊着跑出了院子，街道上立刻乱糟糟的，搅得黑夜不再宁静。

姚国庆对叶光明说："走，叶书记，我送你。"光明说："送啥呀，我又不是小姑娘。"国庆说："我不放心。"光明笑了："我还不放心你哪，那我也送你呗？"国庆挠挠脑袋也笑了，说："这好办哪，清明跟我一块送你。"光明转脸看清明。清明"嗯"了一声，转身去推光明的自行车。

32

一大早，东旺正趴在炕头上看一本《鱼塘养殖》。大喇叭响了，响起梁满仓的声音："周东旺，赵金生，你俩咋还没来大队部啊，之悦跟兴文已经到了，你俩快点来呀，快点来呀……"正在忙碌的红霞放下手中的活，跑进西屋，掀开门帘就喊："东旺哥，大喇叭喊你哪。"东旺有点发蒙："村里找我干啥呢？"他猛地想起今儿个上午承包鱼塘装标，赶紧跳下炕，拔腿跑出了家门。

半路上碰见了蒋状。"东旺哥，大喇叭里头喊你哪。"东旺说："我听见了。"蒋状追着跑："哥呀，你可真了不起啊，眼瞅着就要当鱼塘塘长啦哈。"东旺说："啥塘长啊，我还不一定能中标哪。"蒋状说："这不明摆着吗，高粱杆退出去了，赵金生不会养鱼，田兴文手里没几个钱，李之悦养花花死，养兔子兔子死，养鱼还不得鱼死啊？说来说去就你一个最合适，准发大财。"东旺转脸看他："你小子，我真要包上鱼塘了，想吃鱼就找我去。"蒋状嘻嘻笑着说："真的？哥。哎呀！那敢情好。"东旺说："不过不能老是白吃，你得帮着干点活儿，听见没有？"蒋状用力一挺肚皮，大喊一声："遵命。"破裤带断了，裤子出溜到了脚面子上。

东旺不再搭理他，大步流星朝队部走去。蒋状跑着追，追了一段懒得追了，坐在原地喘粗气。东旺走进队部会议室。李之悦、赵金生和田兴文都到了，坐在看热闹的村民中间。主席台上坐着高贺和江天成、梁满仓。

装标会由江天成主持。天成见东旺来了，说道："好啦，鱼塘承包装标会现在开始。装标人：李之悦、赵金生、田兴文、周东旺。下面，我宣布一下中标条件。"

天成读完中标条件，宣布道："好了，装标开始，你们四人开始出价儿吧。"李之悦看看东旺他们三个人，举起右手，喊道："我出五十。"田兴文喊："我出六十。"大家惊讶。赵金生一咬牙，喊："我出八十。"大家惊叫。都看东旺。东旺霍地站起身，喊："我出一百五!"大家惊愕，全都看李之悦、赵金生和田兴文。他们三个你看我我看你，都不说话了。大家又都看高贺和天成。高贺平静地看着东旺。天成看着东旺，满意地点点头："之悦，兴文，金生，你们还出价儿吧?"三个人一齐摇头。

天成看高贺。高贺看着东旺，问道："东旺啊，你要是承包了这个鱼塘，打算咋干哪?"东旺不假思索地说道："我打算养草鱼。第一，我要选健康活泼的优质鱼种，鱼种放入前一定要进行消毒。在二月十五号前放进塘里头，三四两大的草鱼放五百条左右，不能密度试大。二是主养草鱼，还得搭配二百条鲢鱼、五十条鲤鱼啥的，还有少量优质品种的鲫鱼，这样可以充分利用水域空间还有塘里吃剩下的鱼饵。三是主养草鱼的水质特别重要，必须时刻保持水质的清新跟卫生。要绝对保证池水肥、嫩、爽、活，三五天就得加新水五到十厘米。有长期流动的水最好，可以增加水的活力增加溶氧，刺激草鱼快点长大。"

"说得好!"天成忍不住大喊一声。在场人纷纷鼓掌，包括之悦、兴文和金生。高贺不得不点头表示赞赏。天成趁机大声宣布："从今天起，村里那个鱼塘归承包人周东旺啦。"说完，看着东旺笑。东旺兴奋地举起两个胳膊，朝大伙开心地喊道："我要养鱼啦，大伙等着吃我养的鱼吧……"大家喊，"好。"蒋状喊了一声："我想一天吃十条。"天成喊："撑死你。"逗得大家笑趴下了。

东旺疯跑着回到家，直接冲进了爸爸那屋。周秋山正坐在炕头上抽旱烟，身上围着一条棉被。东旺感到寒气逼人。"爸，你咋没烧炕啊?"周秋山说："废话，省点柴火呗。"说完，连续咳嗽起来。东旺说："冻病了打针吃药的，柴火是省下了，可费钱了咋不说啊。"转身去抱柴火，忽然想起鱼塘的事，连忙折回屋子，高兴地说道："爸，鱼塘归咱家了，我把那个鱼塘给包下来啦。"周秋山打了个愣："真的?"东旺说："真的。协议都签了。""多少钱包的?""一百五。""一百五哪? 这么贵? 使人家天成的钱了吧?""嗯，卖了鱼咱还他就中了。"周秋山叹口气说："净扯，一百五那么好挣哪? 你当吹糖人儿啊?"

东旺没听父亲叨叨，转身出去抱柴火，看见高粱杆站在院门口，手里拎着一瓶白酒、一个小纸包。他惊讶地看着高粱杆。"咋的，不认识啦是吧?"东旺警惕地盯视着他："你干啥来了?"高粱杆扬了扬手里的酒瓶："你中标鱼塘了，来给你庆祝庆祝，不欢迎啊?"红霞走进院子，看看高粱杆，急忙用自己的身体挡在了东旺的身前。周秋山闻声从屋里出来，一见是高粱杆，连忙说道："是杆子啊，快进来呀，进屋进屋。"高粱杆对周秋山笑笑："大叔，您老忙吧，我跟东旺上他那屋喝几盅去。"周秋山对红霞说："红霞呀，快去给他们哥俩弄俩菜去。"高粱杆扬扬另一只手里的纸包："不用了，我都带来了。"转脸问东旺，"你在哪屋睡哪?"东旺指了指厢房。高粱杆在东旺迷惑不解的目光中，朝厢房走去。

这个时候，谷香和她爸妈正在吃饭。一盆白菜炖豆腐，一盘熬豆芽。谷大贵夹豆腐的时候，一片白菜掉到了桌子上，他连忙俯下身吸溜嘴里了。彩凤说："哎呀，脏不脏啊。"大贵白了老伴一眼："好好的白菜那不糟践了吗，不会过日子。"彩凤撇了下嘴。谷香说："爸，妈，东旺把鱼塘包下来了。"彩凤说："听说了。"大贵哼了一声："有啥了不起的，拉了一屁股饥荒，有他哭的时候，那鱼塘是那么好经营的？"谷香说："有志者事竟成。"大贵看着闺女："咋的，动心了？"谷香说："爸，跟你商量个事。能不能别非得要一大车粮食当彩礼了？我跟东旺先把婚事办了，等明年秋后他给的彩礼一准比一车粮食还多。"彩凤转脸看老头子。大贵的口气很是坚定："不中，先送彩礼后成亲。"谷香撅下嘴巴说："单干了，好日子就要开始了，往后周家亏待不了咱家。"大贵说："你能给他家打包票？那就等明年秋后再成亲。"谷香说："我不想等了。"大贵"啪"地一拍筷子，吼了一声："等不了也得等。"彩凤连忙劝老头子："哎呀有话好好跟孩子说，别这么大声儿。"谷香起身出去了。大贵接着吼："你要敢不听老子的话，我就不让你嫁给他周东旺了。"

这会儿，东旺正跟高粱杆喝酒哪。炕桌上摆放着一包花生米、两个咸鸭蛋。东旺一边喝着酒一边不时看一眼高粱杆。高粱杆拍拍东旺的手背，说："你别老看我呀，我是真心实意跟你和好来了。过去的事就当一阵风刮没了，往后咱谁也不提了，中吧？来来来，我再给你赔个不是，先干为敬啊。"高粱杆端起酒盅，仰起脖子一饮而尽。东旺笑笑，端起酒盅，也来了个一饮而尽。欠起身斟满高粱杆的酒盅。给自己斟满，端起酒盅，说道："来，杆子，你痛快，我也不磨叽。过去的事就过去了，咱俩握个手，往后好好处，啊。想吃鱼了上我鱼塘拎去。"高粱杆一扬手说："哎哎哎，东旺，我来跟你和好，可不是为了吃你的鱼啊。"东旺笑了："我没那个意思，没那个意思。"

红霞端着一盘烩豆腐进来放到桌子上，朝东旺嘻嘻笑。高粱杆看着红霞，端起东旺的酒盅，说："谢谢你啊，红霞妹妹。来，喝一盅。"红霞摆摆手说："我不会喝，杆子大哥，你们慢慢喝吧。"杆子有点尴尬地看看东旺，有些不悦地放下了酒盅。红霞要出去，东旺拉住她的胳膊说："红霞，杆子挺高兴的，别扫他的兴，喝点吧。"红霞为难地看看东旺，再看看高粱杆。高粱杆说："算了，我的面子不重要，甭喝了。"东旺有些不高兴地看着红霞。红霞只好接过酒盅，硬着头皮嘬了一小口，立刻捂住嘴巴要往外跑。东旺赶紧拉住她："来来来，吃口菜就好了。"红霞吃了一口菜，感觉好些了。高粱杆说："东旺啊，红霞也没啥事了，干脆陪咱哥俩坐会儿吧。"东旺说："中，红霞，给杆子再倒点酒。"他忽然感觉有点头晕。抬手拍了拍脑门。红霞见状，连忙关切地问道："你喝多了吧，东旺哥？"高粱杆说："哪能哪，刚喝这么点儿，绝对没多。来，东旺，我再敬你一个，喝。"东旺端起酒盅，却被红霞抢过去了："杆子哥，我陪你喝一盅吧。"高粱杆挑起大拇指说："红霞你可真是东旺的好妹妹亲妹妹呀！来，干了。"说完，一饮而尽。红霞喝下半盅。东旺愈发感到头晕了。高粱杆说："东旺你先躺下歇会儿，来，红霞妹妹，喝呀。"红霞也感到有点头晕，说："杆子哥，我不中了，喝不下了。"高粱杆扶着东旺躺下，端起红霞的酒盅，说："妹妹，喝下这小半盅就不喝了。"红霞身体开始打晃，摆着手说："我真的喝不了了……"高粱杆说："这酒是粮食做的，不喝了就糟践了，多可惜呀，喝了吧，喝了吧，来来来。"红霞推脱不过，只好接过酒盅喝干了。

这会儿，谷香躺在炕上睡不着。咋办呢？爸说啥不同意先跟东旺拜堂成亲。等到明年秋后，万一东旺还是凑不够一大车粮食呢？这么拖下去夜长梦多呀。那个崔红霞一心想给东旺当媳妇，东旺虽说没答应，可不代表日后态度发生转变啊。一对孤男寡女天天在一个屋檐下过日子，谁能担保日久不生情呢？哎哟，我的亲爹呀，你咋就不给闺女想想这个后果呢？

院门"哗啦"响了一声，紧跟着响起高粱杆的声音："大贵叔在家吧？"对门屋响起大贵的应声："我在，快进来杆子。"谷香觉得挺奇怪，自言自语道："这么晚了，他来干啥？"听见父亲在院子里说道："有事啊？杆子，快进屋，外头冷。"高粱杆说："啊，我刚跟东旺喝了点打的酒，喝着喝着红霞进屋来了，我看着他俩挺亲热的样儿，听不得劲儿的，就出来了，想跟你老下盘棋哪。"谷香心里"咯噔"一下。听到父亲骂："周东旺这小子真不要脸，他不是到处说拿红霞当亲妹妹待吗？"听见高粱杆说："咳，一准是崔红霞勾引东旺了呗。"谷香恨得牙根疼：周东旺啊周东旺，想不到你这么快就干出不要脸的事来了。转念又一想：不会吧，高粱杆说的话哪有个准头啊，满嘴跑火车，别信他的。想到这谷香又躺下了。可心里老是不踏实。俗话说：眼见为实耳听为虚，上他家看看去不就知道，高粱杆是不是在胡说八道了嘛。注意一定，她悄悄起身下了炕，蹑手蹑脚地出了家门，朝东旺家走去。

东旺家的院门虚掩着。院子里静悄悄的。夜风轻轻吹着。感觉比白天冷多了。谷香进了院子，看见俩大屋都黑着灯。东旺住的厢房的灯还亮着。她轻手轻脚走到窗户前，透过窗帘的缝隙朝里边看。一片白花花的东西赫然映入她的眼帘，再仔细看，是东旺和红霞赤裸着上半身搂抱着躺在一块。谷香惊愕地看着眼前不堪入目的情景，心跳加快胸口堵得要喘不上气来了。她愤怒得不能自持。抡起拳头使劲捶打起玻璃来。"砰砰砰"……边捶边喊："周东旺，你给我出来——周东旺你给我出来——"东屋的灯亮了。周秋山很快系着棉袄扣子跑出来了，看清是谷香，连忙跑过来，问道："咋的了谷香？咋的了？"谷香攥住周秋山的手，喊了声："大叔。"指了指屋里，蹲下身呜呜呜地哭开了。

屋子里，东旺和红霞正手忙脚乱地穿着衣服。红霞哭着问东旺："这是咋回事啊？我咋睡你这了呢？"东旺急赤白脸地说道："哎呀！我哪知道啊，这这这……哎呀，妈呀，咱俩这是……算咋回事啊……"周秋山冲了进来，一看这情形，立刻明白了咋回事，高声叫骂了一声，扑上来对着儿子劈头盖脸一顿乱打，边打边骂。东旺捂着脑袋喊："别打呀，爸，我不是这种人，我喝多了，我也不知道是咋回事啊……"周秋山还是骂，还是打。红霞拉住他的胳膊，哭着央求说："大叔别打东旺哥了，我俩都喝多了，他没把我咋的，真的，别打了大叔……"周秋山喊："那你们上外头跟谷香解释去吧。"东旺一愣："谷香？谷香来了？"拔腿跑出了屋。

院子里没有一个人。东旺喊："谷香——谷香——"周秋山跟出来，压低嗓音呵斥道："别喊了，生怕街比邻右听不见不现眼是吧？"东旺拔腿追出了院门。他必须马上找到谷香，好好跟她解释解释，今晚发生的一切全都是酒惹的祸。他现在肠子都悔青了，咋就把不住自己喝了那么多酒呢？更不该稀里糊涂地让红霞也睡下了呢？还叫谷香给抓了个现行，这叫我咋面对谷香啊！不中，我必须跟谷香说清楚。她不原谅我，我就给她跪下求她，任她打任她骂任她罚，只要原谅我就中。

东旺径直跑进了谷香家。谷大贵开的院门。挡在门口没叫他进。冷冷地说道："谷香没回来，你还有脸找她？从今往后我们谷香不认识你了。"东旺央求道："大贵叔，你就叫我进去跟谷香解释解释吧，我没干对不起她的事儿……"谷大贵吼了一声："滚！"猛地推开东旺，"啪"地关上了门。

东旺拍打着门板，喊："叔——叔——开开门，叫我进去见见谷香吧——"身后突然响起谷香的声音："周东旺！"东旺回身："香，你在这呀，听我跟你……"谷香抡起胳膊一巴掌扇在了他的脸上。东旺捂着火辣辣疼的脸颊看着谷香。谷香转身敲门，喊："爸，给我开门——"东旺一把抓住谷香的手说道："你打我，接着打吧，只要你能消点气就中，来，打呀打呀……"门开了，谷香闪身进去了。东旺急忙拔腿想跟进去。门猛地关上了。夹了东旺的手指头，疼得他"哎哟"喊了一声。门又开了，谷香探出头。东旺喊："谷香，我……"谷香又把门关上了。东旺使劲拍打门板，喊："谷香——谷香——开门哪——开门哪——"谷大贵吼："滚！再不走，我就给牛所长打电话报警啦啊。"东旺说："大贵叔我求求你，让我跟谷香解释解释。"谷香说话了："周东旺你对不起我，我恨你……你回去吧，我不想听你解释，从今往后我和你……各走各的道儿，谁也……别理谁了……"

东旺听到门板后边"扑通"一声响。他知道谷香一准瘫坐在了地上。他喊了一声："谷香——"整个身体一软，"扑通"一声，他也瘫在了地上。

33

谷香把自己关在自己的闺房谁也不见。

钱彩凤把饭菜热了又热。热烂糊了，做新的。谷香不动一口。当娘的心疼得一个劲抹眼泪。

谷大贵朝着闺女的屋门吼："你因为他不吃不喝的值得吗？我早就说过，这小子不是个好鸟儿，可你偏不听啊，这下好了吧，吃了锅里的惦记着碗里的，知道他是个啥玩意儿了吧？"

谷香屋里一点动静也没有。

东旺又来了。任凭他怎样拍打门板，谷香也不搭理他。谷大贵吼："周东旺你给我滚出去，滚，滚！"

东旺沮丧地走了。

高粱杆来了。一句话不说，拉着谷大贵出了院门，说道："从明年开始，我那地两年打下的粮食，除了公粮都归你了。"谷大贵眨眨眼睛，明白高粱杆要干啥了，对他点了点头。高粱杆仰着脑袋走了，不慎撞到了一棵大树上，揉着脑门上的大包，依旧仰着脑袋乐着走了。

红霞来了。跪在谷香屋门口，哭着对她说道："姐，我不是故意的，我原本想给东旺哥当妹妹的，可多喝了点酒就……我已经是东旺的人了，不嫁给他我就只能去死……谢谢你成全了我们俩……"

谷香终于说话了："你走吧，好好跟他过日子……"

一个礼拜后，新年的第二天，周家和高家同一天娶媳妇。周家娶的是崔红霞。高家娶的是谷香。新年第一天，红霞去秦奶奶家住了。等着东旺来接她成亲。秦奶奶给红霞梳妆打扮，把她搂在怀里说了一宿的贴心话。这一晚，高粱杆也没睡觉，兴奋得不能自持，恨不得马上把谷香搂在怀里。高贺直骂侄子没出息。谷大贵老两口守在闺女屋门口坐了一宿。彩凤担心闺女不进高家门。大贵说："那就由不得她了，拉了结婚证就是合法夫妻，明儿个一早交到杆子手心里，咱就啥也不管了。"彩凤哭着说道："可怜的闺女，真是苦了孩子了……"

因为担心娶谷香不顺利，高贺坚决要求侄子不声张，不置办酒席。等把谷香娶进家安顿好了再补办。高粱杆不乐意，也只好答应了。周秋山担心娶红霞刺激到谷香，再加上乡亲们家里都穷，随礼随份子的给大伙添负担，就坚决要求东旺不声张，不置办酒席。等过段时间再补办也不迟。东旺当然同意了，一脸的忧郁神情。红霞自然特别高兴。

第二天一大早，周东旺悄悄去了秦奶奶家，悄悄地把红霞背回了周家。三口人在贴着大红喜字的当新房的东屋里吃了顿饭，就算把喜事办了。高粱杆悄悄到谷家接谷香。却发现谷香的闺房不见了她。谷大贵钱彩凤相互埋怨。高粱杆说："哎呀，别吵吵了，赶紧找人吧。"三个人四处找，找不到。急得高粱杆一个劲跳脚骂脏话。谷大贵和钱彩凤更着急。找不到闺女，跟高粱杆这个姑爷没法交代啊。

高粱杆在村东口终于发现了谷香的踪影，他立刻追了上去。谷香也发现了高粱杆，钻进了树林子里。这片树林子很大。人进去了，就像鱼儿跳进了大海。但高粱杆下定了决心：妈的，老子一定要把你谷香抓进我们高家，今晚你必须成了我高粱杆的新娘。

谷香一边哭着一边跌跌撞撞地往前跑着。就在早晨，她坐在自己的屋子里，还幻想着东旺会改变主意来接她成亲。可等来的是东旺背回红霞成亲的消息。东旺彻底变心了。你咋就这么快就变心了呢？你咋就这么狠心不要我了呢？我可是跟你"睡"了啊，你叫我还咋嫁人哪？她越想越伤心。往日的美好回忆全都变成了一把把刀子，向她扎来，心像被刀子一剜一剜地疼。她趁着爸妈都坐在门口的机会，偷偷从窗户那爬了出去，溜出后门，漫无目标地跑。她想跑出村子，跑得越远越好。哪怕跑到天涯海角，只要不跟高粱杆这个坏蛋成亲就中。没想到，刚才还是让高粱杆看见了。她现在唯一能做到的就是跑。坚决不能叫这个坏蛋给抓着。冬天的林子里冷飕飕。腐烂的树叶散发着一股股呛人的气味，踩在上面扑簌簌地响。她深一脚浅一脚地跑。有好几次，两腿陷进了坑里，顾不上疼痛，爬出来接着跑。

"你给我站住——谷香——别跑了——"高粱杆一边气急败坏地叫喊着，一边气喘吁吁地追赶着。不知不觉跑出了树林子。渐渐地，她有些支持不住了。高粱杆越追越近了。她朝滦河大堤跑去。咬着牙爬上了堤坝。宽阔的水面覆盖上了浓浓的水雾，听见潺潺的流水声，看不清周边的景物。谷香突然想到高粱杆这小子，他一定会死乞白赖纠缠爸妈的。我跑了，他要逼着我爸妈交出我来，两个老人夹在中间该多么为难啊。谷香犹豫着，高粱杆追了上来。谷香听到脚步声，回头看了他一眼，对他喊道："高粱杆，你要是敢过来，我就跳河死给你看！"高粱杆连忙停住脚步，喊道："我不过去了谷香，只要你跟我走和我拜堂成亲，我保证从今往后啥都听你的。"谷香喊："那你现在滚回村里去，快点儿。"高粱杆说："好，好，好，我听你的，我在前头走，你在后头跟着，啊。"高粱杆转身朝村里走。走了一段，发现谷香没有在后边跟着，正往树林里跑，骂了一句，追了过去。很快就追上了，从谷香身后一把抱住了她。谷香拼命撕咬着挣扎着，大尖声叫喊着："放开我——放开我，你这个坏蛋——我就是死也不会嫁给你的——"高粱杆赔着笑脸哄骗道："你放心，我今后保证对你比周东旺还好，你就嫁给我吧，啊……"谷香叫喊着："做梦吧你，我就是不嫁给你！"她一边喊着一边撕咬着。一口咬在了高粱杆的胳膊上。这小子恼羞成怒，骂了一句脏话，将谷香摔在地上，扑上来撕扯她的衣裤。谷香不要命了地挣扎，但最终还是抵不过高粱杆。她的裤子被扒下来了。上衣撕扯坏了，露出雪白的胸脯。高粱杆欲火心中烧，失去理智的他喘着粗气继续撕扯着衣服。谷香绝望了。她想到了跟这个坏蛋拼了，死了也得拼。只是可怜了我爸我妈了，没了我这个闺女他们该多伤心哪。没了我谁为他们养老送终啊。爸呀妈呀，原谅你们的闺女不孝吧，来生我还做你们的闺女，我保证陪伴你们到百年。爸呀，妈呀，你们多保重啊，闺女走了啊。想到这里，谷香使出最后的全部气力，终于摆脱了这家伙。但很快又被压在了他的身下。就在这危急时刻，金元宝赶到了，大吼一声："住手——"高粱杆吼："金元宝，你他妈少管闲事儿——"金元宝吼："快放开谷香，难道你想蹲大狱吗？"

这句话让高粱杆停住了行动。他瞪视着金元宝。谷香趁机挣脱了他。发现自己已经衣不遮体，又羞又怒，狠狠地扇了高粱杆一个嘴巴，转身朝河堤跑去。元宝喊了一声："谷香你站住，千万别干傻事儿——"谷香像没听见一样，跑上了河堤。金元宝对高粱杆喊："快拦住她——出了事儿要追究你的法律责任的——"拔腿追了上去。高粱杆害怕了，也追了上去。元宝刚上了河堤，正好看见谷香纵身跳进河里。他喊了声"谷香——"毫不犹豫地跳进了河里。谷香在冰凉的河水里毫不挣扎。静静地迎接死亡。河水顺着她的鼻子眼呛进肺腑，她感到肚子里翻江倒海。元宝两只手攥住了她的胳膊往岸边拖。高粱杆也游过来了，帮着往岸边拖。河水争先恐后涌进谷香的肚子里，很快就涨得要撑爆了似的。谷香浑身一点力气也没有了，只好任由人摆布了。

这会儿，谷大贵正一个人喝闷酒，已经有点醉态，还在不厌倦地喝。钱彩凤搓着手在屋地上转圈。嘴里叨叨着："哎呀，这个谷香跑哪去了呢？这个婚结不成，可是得罪了高家叔侄俩呀……"大贵骂了一句脏话："毛丫头，找着我非狠狠揍她一顿不可！"蒋状冲了进来，刹不住脚，扑到了大贵的身上。大贵搡了他一下，说："你他娘的眼睛了，往哪撞啊？"蒋状喘着粗气说："大叔，婶子，元宝跟高粱杆送谷香上医院了……"老两口惊讶地瞪大了眼睛。彩凤抓住蒋状的胳膊，问道："香她出啥事了？"谷大贵问："是不是杆子打坏谷香了啊？"蒋状说："我也不知道是咋回事。元宝叫我来告诉你们一声来了。"大贵推了老伴一下："别问这么多了，赶紧上医院瞅瞅去吧。"蒋状说："元宝说不用你们去，去了反倒不好。"谷大贵思忖了一下，明白了，对老伴说："咱在家等着就中了，没啥事了。"

这会儿，东旺和父亲，还有红霞在吃喜饭。一对新人今天都穿了压箱底的衣服。东旺是蓝色中山装上衣，绿色粗布裤子。红霞穿了一身红，上身是碎花棉袄，下身是条绒裤子，是周秋山掏钱买的。炕桌上摆放着一盆炖鸡、一盘炒豆腐、一盘炒鸡蛋、一盘糖醋萝卜丝。周秋山在喝酒。东旺在闷头吃饭。红霞在抿嘴笑着看东旺。周秋山喝了一口酒，对东旺说道："红霞是你媳妇了，往后可别亏待了她，听见了没有？"东旺没有反应。秋山扒拉他一下。东旺猛地抬头说道："没事啊，我姐还有姐夫不会埋怨咱们没告诉他俩的呀。"红霞扑哧一声笑了。东旺不解地看看红霞，轻轻地叹了口气。周秋山知道儿子叹啥气，白了他一眼，转脸对红霞说道："霞呀，你俩好好过日子，往后他要是欺负你，你就告诉爸爸，我来收拾这小子啊。"红霞痛快地答应一声，顺手给东旺夹了个鸡大腿。周秋山看着红霞，心里泛起一股怜悯之情。

东旺匆忙吃下一碗米饭，对父亲和红霞说："我上元宝家去一趟，借一本鱼塘养殖的书。"周秋山知道儿子去干啥，阻拦是拦不住的，就说："快点回来。"红霞说："东旺我跟你一块去吧。"东旺说："你是新娘子，新婚头一天不能串门儿，在家等着吧。"

这会儿，元宝骑着自行车驮着谷香正走在街道上。谷香忽然从后座上跳了下来。元宝下了车，看着谷香："咋的了？"谷香说："我听见你喘气都粗了，歇歇吧。"元宝笑笑："我不累。快上来吧。"谷香摇摇头，两眼噙上泪花。元宝叹了口气，说道："谷香啊，我非常理解你现在的心情。该劝说你的话我都说了，想必你一准能够理解。能不能放下这件事，关键还得看你自己。你是村干部，团支部书记，全村人可都看着你哪，相信你知道应该咋做的。"谷香点点头，低着头朝前走着，不再说话。元宝也没再说话。走到谷香家门口了。谷香说："进去坐会吧，元宝哥。"元宝说："不进去了，改天咱再聊。"谷香进院，彩凤正好从过堂屋出来，叫了一声："哎呀，我的小祖宗，你可回来了！"谷香对母亲笑笑，低下头进了屋。

院门外，元宝刚骑上车子，东旺跑过来了。"元宝哥——"元宝看是东旺，立刻骑了过去。"谷香跟高粱杆的事办得咋样啊？"元宝看看四下没人，小声说道："你跟红霞已经成亲了，还是少打听谷香的事为好。不过我现在可以告诉你，谷香没有跟高粱杆拜堂成亲，她宁死也不肯，真是个刚强的姑娘啊。东旺你实在是……对不住人家呀……"东旺说："元宝哥你听我说……"元宝晃晃手说："算了，说啥也没有意义了，你俩都已经为人妻为人夫了，往后可要注意影响啊，千万别再出那种违背道德的事了。我走了啊。"东旺看着元宝远去的背影，心里怅然若失。

从那以后，东旺和谷香每次见了面，要不谁也不理谁，要不就互相躲着走开。东旺有一肚子话要对谷香说，可是谷香不听，憋得他生不如死。谷香最终没嫁给高粱杆，见了高粱杆除了怒视，还是怒视。在金元宝的劝说下，她没有把高粱杆逼她跳河的事说出去，也没有找牛所长举报。高粱杆自知理亏，真的怕蹲监狱，便不敢再找茬欺负谷香。一时间，几个当事人彼此相安无事。

这一年的秋收，响马河村的粮食产量，较之去年增产一万一千二百三十斤。

产量高的依次是周东旺家、谷大贵家、金元宝家、江天成家、朱明理家、李之悦家、二阳子家。连公粮都交不上的依次是秦奶奶家、高粱杆家、蒋状家、三核桃家。高贺专门召开村民大会，动员大家帮助这几户交足公粮。东旺自家是产粮大户，不帮不合适，就主动拿出了二百斤玉秦、二百斤高粱，带了个好头。可几天后，被谷香召开的青年大会狠狠批评了一顿。因为他的高粱米有半口袋是泡了水的。这是弄虚作假。东旺不服气，谷香汇报给了马童力。马童力来了，训斥东旺小农意识太强，做事太小气，没有顾全大局。东旺一直没想通。马童力对谷香说："不急，思想提高要有一个过程。"

高粱杆对谷香一直没死心。只要谷香在场，他无论干啥都特别卖力气。他故意在谷香面前拍着胸脯大声说："今年头一年单干，我没有经验，粮食打少了。明年，我保证交足公粮还有不少剩余。"谷香才不听他的哪。你多打不多打粮食跟我有啥关系嘛。元宝却说："你是一个团书记，咋能如此感情用事呢？我们都是和杆子一起长大的，他本来是个挺仁义的孩子，没想到变成今天这个样子了。你说咱就这么眼睁睁看着他这么坏下去了？就不想帮着他回到正道上来了？"谷香注视着元宝，觉得他说得很有道理，郑重地点了点头。

虽然高粱杆不再骚扰谷大贵一家人来了，但他门老两口对闺女的婚事就是放心不下。说心里话，他们是不愿意嫁给高粱杆的。可高粱杆的二叔是高贺支书。他本人又是个混东西，惹不起啊。也不知道谷香是咋想的。这都老大不小的了，赶紧嫁出去得了，省得高粱杆老是坏心不死。

这天黄昏，谷香难得回家早。一家人正在吃饭。谷大贵不吃菜，一个劲喝酒。已经喝了好几盅了。谷香捅咕一下母亲。钱彩凤对她使了个眼色，意思是你别管。谷大贵白了她们母女俩一眼。谷香瞪了父亲一眼。钱彩凤要推着谷香出去。谷大贵对谷香招下手，说："过来，给你爸倒盅酒。"谷香没搭理父亲，转身出去了。

谷大贵"啪"地一拍桌子，摇晃着站起身，要追出去。钱彩凤连忙拦住老头子，说道："哎呀，你坐下，我给你倒。"谷大贵一把推开老婆，说："今儿个我就叫这……这丫头给我倒……倒，谁叫她……惹咱俩不省心哪……"钱彩凤连忙捂住老头子的嘴巴："哎哟！你真是喝多了，快别喝了吧。"

院子里响起高粱杆的声音："大贵叔，我来啦——"老两口一愣，谷大贵手里的酒盅，"吧嗒"掉到了桌上。谷香几步跑进了她的屋子，插上了门。

高粱杆迈进过堂屋，手里拎着一节香肠，一沓豆片。"婶子，还没吃饭哪吧？"钱彩凤说："啊，正要吃，尝尝大蒸饺子吧。"高粱杆说："哎。我叔在家吧？"谷大贵在里屋答应道："我在哪，进来呀，杆子。"

高粱杆进了里屋。谷大贵朝他笑。他把手里的东西放到炕桌上，说："这是苏志新刚才送我家去的，我赶紧拿来孝敬你老来了。"谷大贵说："哎呀！这么

178

贵重的东西惦记我干啥，快留着你吃吧。"高粱杆说："我这是特意给您老拿来的，您老吃了我高兴。"谷大贵脸上堆满虚虚的笑。他宁愿高粱杆拿来的是毒药，他会毫不犹豫地吃掉，然后静静死去再无烦恼。

"大贵叔，想啥呢？快吃呀。"高粱杆催促道。谷大贵咧咧嘴，夹了块香肠，搁进嘴里，无滋无味地嚼着。高粱杆亲热地拉住谷大贵的手。谷大贵看着高粱杆心里越发不安。

高粱杆说："叔啊，您老别担心，别看我跟谷香没成了亲，我一点也不生谷香的气，更不生你们二老的气……往后，我一准好好干活，多干好事，等着谷香，直到谷香对我满意了，乐意嫁给我。"

谷大贵心怦怦怦乱跳，浑身都在膨胀。高粱杆的面目微笑着狰狞。"您老说话呀。"高粱杆的嘴巴像老虎的血盆大口。谷大贵的嗓子眼一阵发腥。"哇——"他吐了，吐了高粱杆一身。

高粱杆走了以后，谷大贵叫老伴把谷香喊了过来，一本正经地说道："香啊，看样子，高粱杆对你那份心思，这辈子是死不了了。你呀，听爸妈的话，找个差不多的赶紧嫁了吧。"谷香嗖地站起身，刚要张嘴又咽回去，坐下了。她呆呆地出神思忖着。

钱彩凤突然说了一句："哎，老头子，香啊，你们看那个金元宝咋样啊？有文化，不端架子，地里的活也拿得起来，人头也不赖。"

谷大贵点头说："嗯，我也觉得这孩子不赖，香你觉得呢？"

谷香拧起眉头琢磨了一会儿，看看爸妈，笑了。

一个月后谷雨这一天，谷香和金元宝喜结良缘。全村人差不多都来参加了他们的婚礼。高粱杆没参加，想砸婚礼场子，被高贺严厉制止住了。周东旺不想参加，下乡来的马童力正好赶上了，批评东旺格局太小，只顾狭隘地考虑自己，催着他赶赴金家。金元宝热情地握住东旺的手表示欢迎。马童力让东旺把一对带喜字的枕巾送到谷香手里，东旺不乐意。马童力逼着他这么做，东旺硬着头皮做了。谷香不接，马童力严肃地看着她。她只好接了过来，没有看东旺，又忍不住瞟了他一眼。

第十二章

34

春去春回，雁来雁归。月缺月圆，花开花落。滦河两岸几度青纱帐，几度夕阳红。一晃谷香和金元宝的儿子金怀远三周岁了。周东旺和崔红霞的女儿周叶叶也快三周岁了，比怀远小三个月。怀远小名叫秋白，金元宝给起的。叶叶小名叫糖果儿，红霞给起的。人们平时喜欢叫金怀远为怀远，喜欢叫周叶叶为糖果儿。

初夏的一天，根据国家宪法新条款关于人民公社改为乡镇政府的规定，芳草公社正式更名为芳草乡政府。马童力任乡党委书记兼乡长。原来的班子成员继续保留。紧接着，取消各村生产大队和小队，改为村民委员会。经过村民选举、乡党委批准，高贺继续担任村党支部书记，江天成担任村主任。

东旺和谷香好几年没有单独在一起了，见着面很少说句话。红霞见着谷香和元宝也很少说话，她自己也说不清咋会这样。东旺见了元宝心里头总觉得别扭，总是疙疙瘩瘩的。元宝毕竟是个文化人，见着周家父子还跟过去一样该说说该笑笑。但周家父子都觉得元宝脸上的表情，跟贴在墙上的年画一个样生生分分。周秋山跟谷大贵老远一扫到对方的影子，立刻闪身躲开。实在闪不开了，都低下头谁也不搭理谁。日子就这么一天天滑过去了，表面上不留一点痕迹，其实在几个人的心里都有划伤。

东旺天天忙于鱼塘和庄稼地之间的事。因为有了彭家林照看鱼塘，他更多的忙在地里，因为除了自家的地，他还要帮着小云忙秦奶奶家的地。眼瞅着快八月份了，正是玉米抽雄结穗的关键时候，稍一疏忽就可能造成玉米抽雄不结穗，或是玉米粒小或是玉米粒稀疏的后果。这两天，秦奶奶病了，吃不下睡不着的。东旺叫小云在家里照看奶奶，不要来地里了。他就更显得忙了。

临近中午了，天显得更加闷热了。东旺一个人在玉米地里除草，浑身汗流浃背的，口渴得厉害。但茶壶里已经没水了，不远处传来说笑打闹声，那是放了暑假的孩子们在响马河里游泳打水仗玩。他也想下到河里玩个痛快，但还是忍住了。忽然，响起高贺的叫骂声："这个混账王八蛋，真他娘的不着调啊……气死我啦，气死我啦……"接着是耿翠芝的声音："哎呀，快中了吧，生哪门子气啊，他又不是一天不着调了，大热天的气出个好歹来，你叫我们娘几个咋过呀。"东旺心里说：这一定是在骂高粱杆哪，就没过去劝他们。除完了自家地里的草，看见小云捶着腰走过去了，想到马童力说过的那句话："做人不能自私，得多想着身边的人。"扛着锄头跟进了秦奶奶家的玉黍地。小云看见东旺在帮着锄草，不好意思地说道："大热天儿的，快歇会吧东旺哥。"东旺说："没事。这点活累不着啊。"

过了一会儿，高贺和翠芝回家路过秦奶奶家玉黍地，看见了东旺。翠芝说："东旺啊，帮秦奶奶家干活哪，真是个大好人哪。"东旺笑笑："回家啊？婶子。"翠芝说："啊，该做中午饭了。你媳妇儿肯定给你做好了。你可真有福啊。"东旺呵呵笑。高贺问："东旺啊，看见杆子了吗？"东旺说："没有。"高贺说："东旺，你说这个王八蛋气人不气人吧，你婶子我俩帮他侍奉好端端的玉黍，刚才我瞅了瞅，大部分都他娘的抽雄不结穗儿，这不是糟践粮食吗，秋后我看他吃啥。"东旺说："甭说，抽雄前一个月的时候，他没有给玉黍好好浇水。"高贺说："浇水？他懒得自己个儿喝水都想叫谁喂他哪。"东旺问："支书，你看没看有病虫害啊？"高贺说："我都看了，没有。他就是叫玉黍渴着了。"

突然，看鱼塘的大黑狗奔拉着舌头跑来了，朝东旺汪汪汪不停地叫唤。他立刻知道鱼塘那边出事了，连忙对高贺说了句："支书，家林大叔喊我哪，我瞅瞅去啊。"说完，拔腿朝鱼塘那边跑去。

还没到鱼塘，就听见彭家林和高粱杆的吵闹声。彭家林喊："人得拍着心口窝说话，我说你给的不是两块那就不是两块。"高粱杆喊："我是两块就是两块。蒋状你作证，我刚才给的是两块钱不。"蒋状的声音："大叔，没错，是两块。"彭家林喊："不是两块，是一块，就是一块。"高粱杆喊："走了蒋状，别搭理他了。"彭家林喊："你把鱼放下，犯抢了咋的？站住。"东旺听明白了，高粱杆跟蒋状在演双簧，悄着少给钱多吃鱼。没门！他健步如飞跑到了鱼塘，朝那两人大吼一声："你们俩给我站住——"

高粱杆和蒋状同时站住了。蒋状吓得躲到了高粱杆身后。高粱杆斜眼看着东旺说道："你来得正好，我问你，你这鱼是不是卖的？"东旺跑到了高粱杆跟前，一把夺过了他手里的鱼，说道："是卖的不假，可要是不给足了钱就不卖给他。"高粱杆指着彭家林说："他想贪污卖鱼钱，刚才我明明给了两块钱，可他硬说是一块。"彭家林说："天地良心，你给的就是一块钱。"高粱杆说："你他娘的放屁。"彭家林还嘴："你他娘才放屁哪。"东旺说："高粱杆你像话吗？哪有出口就骂人的？而且骂的还是长辈。"高粱杆一梗脖子说："谁叫他贪污我的钱哪。"东旺忽然把刚才抢回来的鱼递给了高粱杆，说道："中了，我不跟你一般见识，拿去吃吧，小心别叫鱼刺给卡住。"彭家林不理解："哎，东旺你……"东旺朝他摆摆手，对高粱杆说："你听着，往后想吃鱼了你上集上去买，我这不卖给你了。你走吧。"高粱杆一瞪眼睛说："敢不卖给我，我叫我二叔把鱼塘给收回去。"东旺说："你吹哪。我手里有合同，收回去就是违约，我告你们去。"

高粱杆骂骂咧咧地走了。东旺转身对家林说："叔，你忙去吧，别搭理这种人。"家林说："往后防着他点啊。"东旺点点头，走到鱼塘边，看着游来游去的大大小小的鱼儿心情立刻好了起来。他走进屋子拎起鱼食桶回到鱼塘边。家林看见了，跑过来说道："东旺，等下午四点再喂食吧，这会儿水温忒高。"东旺说："嘿嘿，我脑子里走神了，把这茬儿给忘了。对了，叔，咱们再往水塘里放点儿水葫芦、浮萍啥的水生植物吧，给鱼们降降水温。"家林点点头，说："刚才我量了量水深，两米，应该再加高点儿水位。"东旺点点头："中。""东旺——"有人叫他。他回头一看，是马童力，还有农技站新站长罗平。他笑着迎了过去："来了马书记，罗站长。"彭家林赶紧低下头转身走了。

马童力握下东旺的手，转过脸看着鱼塘里的鱼，说道："你这鱼养得不错呀东旺，有啥需要帮忙的吗？我把罗站长给带来了，现场办公。"

罗平说："是啊，东旺，需要我帮着干点啥你就说。你这塘里的水几天换一回啊？"

东旺回答说："八九天吧。"

罗平说："不中，最多七天，五到七天就得换回水，先排干后换新水。"

东旺点点头："我知道了。"

童力说："东旺啊，上个月，全国人大常委会通过了《中华人民共和国土地管理法》，以立法的形式对土地所有权和承包经营权进行立法保护。文件村里组织学习过了吧？"东旺点点头。童力接着说："《土地管理法》是专门为保护咱们农民利益制定的第一部法律，体现了党和政府对农业对农村对农民的高度重视，我们应该学深学透文件精神，好好利用这个千载难逢的好机会干一番事业啊！"

东旺注视着童力，回味着他这番话的意思。"干一番事业……"他重复着这句话，"干一番事业……马书记，你说咋干一番事业呢？"童力说："不光让自己成为最大的受益者，带动乡亲们一块走社会主义的的康庄大道。"东旺说："带动乡亲们一块走社会主义康庄大道？我？我带动乡亲们吗？我又不是村干部。"童力笑了："你不是村干部，可你心灵手巧。你善良，有爱心，乐于帮助人。你有正义心，不怕邪恶势力，就凭这，乡亲们就信得过你，就愿意跟着你干。"东旺问："跟着我干啥呀？"童力说："你惦着干啥呀？"东旺挠挠脑袋，摇摇头。童力说："你现在养鱼不是养得挺好的吗？难道不可以帮助乡亲们再养点别的吗？你的泥瓦匠手艺好，难道不可以组成一个泥瓦匠小队，外出揽活干吗？"东旺问："不是不叫个人做买卖吗？"童力说："现在允许了。如今城镇已经有了工商个体户，开始做生意挣钱了。"东旺惊奇地看着童力："真的呀马书记？"童力点点头："当然真的啦。"东旺又问："又养殖又上外边揽活的，那地里的活儿谁干呢?"童力说:"家里不是还有别的亲人吗?谁负责地里的活儿,谁干养殖,谁负责外出干活儿,合理安排嘛。现在不是搞大包干了吗,只要把地经营好,愿意干啥那是农民的自由,只要守法就中。你记住东旺,自己个儿一个人发家致富了,那不叫真正的光荣,带领乡亲们共同富裕过上好日子了,那才叫无上光荣哪。"东旺品味着马童力说的这些话,感觉新鲜又顺耳,每一个字都印在了他的心里。

红霞胳膊上挎着篮子来送饭了,看见马童力和罗平,柔柔地笑笑,说道:"马书记、罗站长你们先吃着,我这就回去再做点来。"马童力说:"不用了红霞,范家庄那边已经派好饭了,我们这就过去。"东旺对红霞说:"先叫大叔吃吧,我送送马书记他们。"童力说:"送啥呀,我们又不是不认识路,你快吃饭吧。"

东旺目送着马童力和罗平消失在了青纱帐之中,走进屋子吃饭,却拿着筷子愣神儿。家林看看东旺,说:"吃啊。"东旺说:"吃。"却不动筷子。红霞问:"你咋了?"东旺摇摇手,继续愣神儿,红霞捅咕一下丈夫,说道:"快吃啊。"东旺不耐烦地皱下眉:"去去去,回家看孩子去。"红霞噘下嘴,起身走了。刚走了几步,东旺从她身后蹿过去钻进玉黍地里不见了踪影。"唉,你干啥去呀?"她喊。没有回答。

这会儿,高贺站在他家院子里正在骂高粱杆。"你他娘的给我争口气中不中啊?那块地是政府分给你的,不是咱们家的,你不好好种地,秋后你拿啥交公粮?你拿啥填肚子?"高粱杆一副无所谓的样子看着二叔,说:"二叔,我是来跟你说周东旺欺负我的事的,你咋骂上我了?是他多收我的钱,还扬言以后不卖鱼给我啦,这不是存心拿咱们高家不当回事吗?"高贺挥着胳膊说道:"你别跟我扯淡,我还不知道你小子,自打谷香跟了金元宝,你就他娘的泄了劲儿,不好好干活了。我跟你说多少回了,周东旺本来就因为谷香的事恨透了你,叫你少往他跟前凑,可你咋就是不听呢?"高粱杆说:"啥也别说了,反正他周东旺不拿我当回事,就是拿你这个支书不当回事,这口气咱们要是咽下去了,往后全村的大人孩子伢儿不都敢欺负咱爷们啊?你赶紧把鱼塘给收回来吧。"

东旺就是这个时候跑进高贺家院子的。高粱杆一看东旺追来了,转身走到墙角,抄起一把铁锹恶狠狠地盯视着东旺。东旺却好像没看见高粱杆,兴冲冲地对高贺说道:"支书,我想操持一个泥瓦队,你给我开一个证明信吧。"高贺打了个愣,问:"你要带着人干泥瓦活儿?不中,给我好好侍弄庄稼。"高粱杆喊:"对,也不许你养鱼了,好好种庄稼。"东旺瞪了他一眼:"你那地里的玉黍都不结穗儿了,还有脸说好好种庄稼?高支书,操持这个泥瓦队是刚才马书记给我出的主意,你要是不批准我就找……"高贺笑了,说:"我说不给你开证明信了吗?你这孩子,急啥呢。我总得开个支委会研究研究吧?"东旺问:"啥时候开会呀？"高贺说："今儿个晚上，中了吧？快回家吃饭去吧啊。"东旺笑了："谢谢支书。"转身跑出了院门口。

高粱杆急了，说："二叔，你可不能批准他整泥瓦队啊，那小子一挣大钱就得更不拿咱爷们当回事啦啊。"高贺说："放屁，你没听见是马童力给他出的主意吗？我一个村支书能拦得住吗？"高粱杆问："那就眼睁睁拿他没法子啦？"高贺说："那还得咋的？有本事你也操持一个泥瓦队。"高粱杆脑袋摇得像拨浪鼓："我可不干那破活儿，整天脏了吧唧的。"高贺瞪了他一眼，背着两手气呼呼进了大屋。

东旺到了家就迫不及待地把想法对父亲说了。周秋山一听当即表示赞成："快操持吧，大伙一块儿上外头干活相互还有个照应。"东旺说："马书记说，主要是带着乡亲们一块挣钱，一块过上好日子。"周秋山说："如今赶上国家好政策了，不想法子多挣点钱，咱会的这点手艺那可真是白瞎啦。"红霞心存疑虑地说："这么多人，多一个人咱不就少挣一份钱吗？"东旺说："头发长见识短。马书记说了，自己个儿一个人发家致富了，那不叫真正的光荣，带领乡亲们共同富裕过上好日子了，那才叫无上光荣哪。"周秋山说："嗯，马书记说得对呀，人帮人才成事儿啊，起码还混个好人缘儿哪。1956年夏天发大水，咱家的庄稼都给淹了，要不是乡亲们你一口他一口地帮衬，我早就饿死啦。干吧东旺，你打算拉谁入伙啊？"东旺扳着手指说："嗯，根发叔，秋分叔，二涛子，大雪哥，三核桃，吴老四。嗯……目前就这几个人，加我一共七个。"

红霞问："爸，东旺，我爸活着的时候经常在村里唱评戏皮影戏，现在家里头还有那些家伙事儿呐。我也会唱，会耍拨那些影人儿，要不我攒啦几个人整个皮影还有评戏小剧团，吃完晚饭我拿席子围上个棚子也挣上几个钱儿？"周秋山说："嗯，我看中。"东旺说："给咱村唱不要钱，上外头唱去再要钱。"红霞问："为啥呀？"东旺说："乡里乡亲的，要啥钱哪。爸说得对，混个好人缘儿没亏吃。"红霞说："中，我听你的。"

东旺说："我找这几个人合计合计这事儿去。"拔腿兴冲冲走了，嘴里还哼着电影《上甘岭》插曲："一条大河波浪宽，风吹稻花香两岸……"有点跑调儿，不过蛮有激情的。

35

两天后，周东旺的泥瓦队放了一挂鞭炮后成立了。

队长当然是周东旺。成员有根发，秋分，二涛子，大雪，吴老四，一共六个人。三核桃不参加。高贺想让东旺带上高粱杆，东旺不同意。谷香在团支部会上建议东旺带上高粱杆，在辛勤劳动中改造这个人的思想。东旺最终同意了。但高梁杆却死活不干，气得高贺犯了高血压。当天晚上，高粱杆不辞而别，谁也不知道他去了哪里。东旺临时决定带上蒋状。蒋状的那块地玉黍同样不结穗儿，他正懒得干地里活哪，当然愿意去了。谷香警告他："别忘了你两年前药死周东旺家猪的坏事，你要好好干活我就永远不告诉他了。"蒋状连忙哈着腰保证好好干活。

泥瓦队成立的第二天，东旺顶着火辣辣的日头，在地里查看玉黍有没有病虫害现象。眼下正是结穗关键时节，一定要严防大斑病和小斑病的出现。去年，根发家的玉黍就是因为小斑病没有及时发现造成减产，没能完成交公粮任务的。他瞪大眼睛仔细看，还好没有发现病虫害症状。他正往地头走，听见谷香家地里响起一阵"咕咚""稀里哗啦"的动静。停住脚想过去看看，又担心是谷香一个人，就继续往地头走，心里却放心不下。万一是金元宝呢？他本来就担心我跟谷香藕断丝连着哪。便朝他家地里喊了一声："是元宝吧？"没人回答。他顺着玉黍陇朝里走。走了大概二百米，发现谷香趴在地上不动弹。东旺跑到她跟前喊了声："谷香，你咋的了？"谷香不说话，也不动。他四下看看没人，喊了声："有人吗？"静静的田野只有知了不停歇地叫唤。他搀扶起谷香放到自己的后背上，跑出玉黍地，朝村里跑去。

如果谷香一直不醒，接下来东旺和元宝之间的冲突也就避免了。但谷香偏偏在东旺背着她跑出根发家的玉黍地之后醒过来了，而且一个挣扎跳到了地上，而且东旺猝不及防倒在了她的身上，恰巧金元宝在这个时候出现在了两人面前。

"你俩在干啥哪？"元宝大声吼叫道。他的脸涨得通红，满脸的愤怒。

谷香慌忙推开东旺，看着丈夫，刚要解释，东旺先说话了："金老师，我……你别误会，我和谷香……刚才她昏过去了，我背着她上诊所，她又醒了，我俩都摔倒了……"谷香跟着说："对，是这么回事，元宝，我刚才一阵头晕就倒在了咱家地里头，东旺看见了就背上我上诊所，我醒了，想下来就都摔倒了。"金元宝攥紧手里的锄头，狠狠地瞪视了东旺一眼，再瞪视了谷香一眼，扭头朝村里走去。谷香喊了声"元宝"，跟跟跄跄追赶上去。东旺捶打自己脑袋一下，跟在后面走。

迎面来了红霞，朝谷香和元宝喊了声："谷香姐。金老师。"谷香朝红霞笑笑。元宝说："红霞啊，你得好好管管你家老爷们啊，都是有儿有女的人了，老惦记着别人家的老婆还中？太不道德了。"谷香连忙说："元宝你别这么说话，刚才不是给你解释清楚了吗？"元宝说："你俩是都解释了，可我不是不谙世事的孩子，没那么好糊弄。"东旺赶上来了。红霞问他："刚才你干啥不要脸的事了？"东旺没好气地说道："你别跟着没事找事啊，给我回家去。"说完，甩开大步头前走了。红霞喊了声："你站住。"追了上去。

谷香看了眼元宝，摇晃着身子朝村口走。元宝跟在她身后走。谷香说："元宝，刚才我说的是真的，你别这么小心眼儿中不中啊？我跟东旺真的啥事没有。"

元宝"哼"了一声，一句话不说。脸色跟煮熟的猪肝一个样。谷香说了句："你爱咋想就咋想吧，反正我问心无愧。"说完，头也不回地走了。

东旺气呼呼往家走。路过村委会的时候，看见江天成从院门口出来，低下头没说话接着走。江天成看见了他，喊了声："东旺——"东旺只好站下了，看着天成。天成走过去，说道："我正要找你哪。你咋这么不高兴啊？出啥事了？"东旺问："找我啥事？""马书记刚才来电话说，有个姓雷的大姐要在国道边上开个饭馆，马书记认识那个雷大姐，就把盖饭馆的活计给你揽下来了，你快上乡里找马书记去吧。"东旺立刻喜形于色："真的？"天成说："瞅把你高兴的。哎，刚才你咋不高兴啊？"东旺说："还不是金元宝，哼，小心眼儿。"天成说："知识分子都这样，心思细，想得多。跟他打跟他吵都不是个事儿，你应该主动跟他讲和。"东旺说："凭啥呀，我办对不起他的事了咋的？"天成说："因为谷香差点儿就跟你成了亲。"东旺不言声了。天成拍拍他的肩膀，说："家和万事兴，人和财气生。你琢磨琢磨是不是这个理儿？你去找马书记吧，我找之悦有点事儿。"

东旺边往家走边琢磨天成说的这些话，越琢磨越有道理。快到家门口了，突然转身朝后走去。他要去谷香家找元宝好好说道说道。他推开谷香家院门的时候，看见谷香正坐在台阶上抹眼泪，不见金元宝，走到她跟前，问道："金老师呢？""我在这哪。"金元宝从过堂屋里出来了，看着东旺，"追到家里来了？"东旺笑笑，说："咋的，不欢迎啊？"元宝看了眼谷香。东旺说："你甭瞅她，我是追着找你的。"元宝警觉地盯视着他："你想干啥？"东旺四下看看，看见一个小板凳，走过去拎在手里。谷香站起身："你干啥呀东旺？快放下。"元宝紧张地说道："周东旺，君子动口不动手。现在是法制社会，不许你胡来。"

东旺把板凳递到元宝眼前，说道："你不是老怀疑我跟谷香有事吗？那你就砸我几下子出出气。不过可说好了，砸完以后就不许再怀疑我啦啊。我跟谷香那篇翻过去了，我保证绝对不会破坏你们的家，咱们都好好过日子，中吧？"

元宝注视着东旺，看到的是他那双流露出真诚的眼睛。他释怀了，感慨地说道："此情可待成追忆，只是当时已惘然。东旺，过去的事就让它过去吧，咱们共同向前看。"东旺哈哈笑了，放下板凳攥住元宝的手说道："这就对了。金老师，我有个想法想跟你说说。"元宝说："你说。来，坐下说。香，你给我俩炒个鸡蛋，上小卖部打点酒来，我们哥俩喝两盅。"谷香高兴地说道："中。"东旺摇着手："别炒鸡蛋了，留着换个酱油醋啥的吧。拍个黄瓜拌个火柿子就挺好的。"谷香说："你甭管了。"

正说着，钱彩凤抱着小怀远走进院子，一见东旺在，脸立刻拉下来了。东旺主动喊了声："婶子来了。"钱彩凤"嗯"了一声。东旺走过去逗小怀远："来，让叔叔抱抱。"钱彩凤一扭身子进屋去了。东旺笑笑，忽然喊道："哎呀，地上咋有十块钱哪，谁的呀？"彩凤连忙转身看地上，一分钱也没看到，意识到东旺在耍笑，白了他一眼进屋去了。元宝说："坐下东旺。你不说有想法吗，说呀。"谷香拎着酒瓶子走了。

东旺坐下，想了想，说："是这么回事。分田单干一晃好几年了，你有知识有文化，在乡里教书是先进老师，回村种田是咱村的售粮大户。可那些五保户、军烈属，交齐公粮就没剩多少粮食了，这么下去哪中啊。我琢磨着，咱们可不可以成立个村民互助小组，专门拉那些缺少劳动力的户进组里来，过好日子不能落下这些乡亲哪，你说是吧？"

元宝像不认识了一样看着东旺："我说东旺，你说的这些真像一个共产党员说的呀，你这思想觉悟可够高啊！真的真的，你这个想法我举双手赞成！乡政府也一定会大力支持的呀！"

东旺笑了，摇着手说："我哪敢跟人家党员比呀，我就是记住马书记说的话了：自己个儿一个人发家致富了，那不叫真正的光荣，带领乡亲们共同富裕过上好日子了，那才叫无上光荣哪。"

元宝点着头说："马书记这话说得真好，先天下人之忧而忧，后天下人之乐而乐嘛。"

东旺兴奋地说："那元宝哥咱可说定了，成立这个村民小组，你来当这个组长，我当副组长。"

元宝说："不，你当这个组长，我给你当助手。"

东旺哈哈笑着："一言为定，可不能反悔啊。"

元宝说："君子一言，驷马难追。"

东旺说："对，四个马也追不上，哈哈哈……"

谷香攥着酒瓶子进院，见他俩这么高兴，自然也跟着高兴，说："你俩咋这高兴啊？"

东旺和元宝止住笑看看谷香，接着哈哈大笑起来。

这会儿，马童力正在乡政府小食堂和童志吃饭哪。今天这饭他吃得有些不自在。因为童志身边还坐着一位姑娘。这个姑娘不是别人，是他大学时期的同班同学梁燕妮。燕妮人长得温柔漂亮，革命干部家庭出身，惦记她的大学生光马童力能叫上名来的就不下十个。他当时也暗恋燕妮，不过没敢有任何行动，总觉得农民家庭出身的自己配不上燕妮。后来，大学毕业了，同学之间互相留下地址，他在校园外头的小树林边上碰见燕妮了，低着头没瞅她，更甭说留下地址了。这一别就是七个春秋，想不到她如今成了童志的未婚妻了。不知咋回事，童力的心里有股说不出来的滋味。

童志和童力边吃着饭边聊着各自乡里的大包干情况。聊着聊着忽然意识到冷落了梁燕妮，童志歉意地对燕妮说道："你看我俩，光顾了自己，慢待你了，有点不像话，是吧？"燕妮眨巴着一双俊美的大眼睛柔柔地笑笑，说道："哪里慢待我了？我没觉出来呀。我很爱听你们聊天，聊大包干，聊美丽乡村。"童力对她笑笑，低下头吃菜。童志悄悄踹了下他。童力抬头看童志。童志朝燕妮努了努嘴，示意他跟她说话。童力会意，问燕妮："你们县工商局工作挺忙的吧？"燕妮点点头："还可以吧，不算太忙。"童力看看童志，问燕妮："啥时候吃你俩的喜糖啊？"燕妮和童志对视一眼，都笑了。

童志捶了童力一拳，说道："你这家伙，拿我寻开心是吧？人家燕妮特意叫我带她来看你，你却往我身上推，怕我心里不平衡，是吧？放心，我早晚也会找到一个像燕妮这么漂亮的姑娘的。"

童力瞪大眼睛看燕妮："你是特意来看我的？"燕妮抿嘴笑笑。童志对童力说："明天是星期天，你哪，给燕妮安排个住处，然后陪着她转转，照几张相，吃点农家饭，啊，没问题吧？"童力看着燕妮："你……真的不走了？"燕妮点点头："是今天不走了，明天下午我得回去。"童力禁不住心花怒放，手里的筷子"啪嗒"一声掉到了地上。

宣世杰推门进来了，先对童志点下头，对童力说："马书记，刚才周东旺打电话问你下午在不在。"童力说："你叫他下午两点以后再过来吧。"宣世杰答应一声，出去了。

燕妮问童力："你还有事是吧？别耽误你工作啊。"童力摇摇手说："不耽误不耽误。来，天热，再喝点汽水儿。"燕妮捂住杯子说："不喝了不喝了，我已经吃好了。"童志说："那你去休息会儿？我跟童力再聊会儿，两点钟我得回乡里去。"燕妮点点头。童力喊："世杰——"宣世杰进屋。童力从钱包里拿出五块钱，对他说："你带着燕妮同志到招待所开间房。"转脸对燕妮说，"你先休息会儿。六点我下了班去接你吃饭。"燕妮对宣世杰说道："麻烦你了宣主任。"世杰摆摆手："不客气不客气。"

燕妮跟在世杰身后走了。童志朝童力使个眼神，问道："哥们够意思吧？说，给我啥奖励？"童力不解地问道："凭啥要奖励你呀？"童志说："装糊涂是吧？是谁把梁燕妮给你送来的？"童力说："给我送来？听你这话咋这别扭呢？好像她本来就是我的似的。"童志说："难道不是吗？"童力问："哥们，我有一事不明，想一问究竟。你不也喜欢梁燕妮吗，为啥拱手给我送来了呢？"童志说："我倒想给自己留下哪，可人家口口声声说好久没见着你了，要来看你，我岂能夺人所爱呢？"童力说："你有这么好心？我不信。"童志说："中了吧，你就别显摆你自己了，我知道你比我有魅力，比我有女人缘儿。"童力捶了他一拳，说："来来来，喝汽水儿，我敬你，干！"

马童力和童志吃着饭聊着天，周东旺兴冲冲骑着自行车朝乡政府赶。他现在的心情格外好。跟金元宝达成了和解，泥瓦队攒起来了，马书记这么快就给找到了一个不小的活儿。一件件好事排着队来了。他都有点晕乎乎的了。太阳火辣辣的，照得大地像个大蒸笼。庄稼叶子和植物叶子差不多全被晒得打了卷。知了不知道藏在啥地方，拼命地叫唤着。偶尔见着几只狗趴在树荫下，耷拉着大舌头喘粗气。几只鸭子卧在小水坑里，懒懒的一动不动。这一切在东旺眼里感觉是那样的凉爽。

东旺走进乡政府大院，马童力刚送走童志，正往办公室走。"马书记。"东旺喊了一声，童力站住脚，回身看着东旺："嚯，这么快就到了啊。"东旺笑笑："你出去了，马书记？"童力说："来了个同学，一块吃了点饭。走，进屋。"两个人进了办公室。童力说："坐下喝口水。"东旺说："我自己个儿倒。"他一边倒着水一边说道："我听天成说了，你帮我们泥瓦队找了个活儿，谢谢你啊马书记。"童力晃晃手说："跟我还客气啥。你待会儿啊，直接上咱们乡跟北洋乡交界地国道那找雷鸣清大姐，就说是我推荐你帮着建饭馆的。"东旺答应一声，喝光水杯里的水，抹了把嘴角，说："我走了啊。"童力说："急啥呀？"东旺说："这可是我们泥瓦队第一个活儿，绝不能叫别人给抢了去啊。"说完，人已经快步走出了办公室。

在芳草乡和北洋乡交界处的国道边，东旺见到了看上去就精明能干的雷鸣清大姐。"你是响马河的周东旺吧？"雷鸣清握住东旺的手，亲切地摇晃着说道，"马书记跟我介绍过你了，说你这个人心灵手巧，挺有正义感，还是热心肠人，我就毫不犹豫地决定把建饭馆的泥瓦活都交给你的泥瓦队了。"她说话的嗓门真大，震得东旺耳朵嗡嗡响。他笑了，说："大姐你可真是个爽快人。"雷鸣清也笑了，说："我是北洋乡莲子湾村人，我丈夫孙立军是你们芳草乡派出所的警察，你认识他吧？"东旺说："认识，跟孙大哥挺熟的哪。"雷鸣清说："那有空你跟他上我们家吃饭去吧。我做饭可好吃了。"东旺说："中。一定去。"雷鸣清说："走，上小屋坐会儿，我给你看看建筑图纸。"东旺说："大姐，我不会看图纸。"雷鸣清说："不会看学嘛。刚开始，我也不会看。你的泥瓦队将来就是建筑队，不会看图纸咋中啊。"

雷鸣清拽着东旺的胳膊边走边大着嗓门说着。天空中滚过来几声雷声，要下雨了。雷鸣清说："你快回家吧，明儿前半晌带着你的人来吧。"东旺上了自行车骑得飞快。还好，尽管雷一个接一个，雨一直没下起来。

36

一团团的乌云不分方向地乱飞，一道道闪电"咔嚓咔嚓"炸响在天空。东旺刚跑进家门，就听见窗玻璃"啪啦啪啦"乱响。接着就是"哗……"不停地响。雷鸣雨啸，整个世界都在纵情喧哗着。

小糖果儿伸着小胳膊，叫喊着："爸爸，爸爸……"东旺抱起闺女亲了几下，放到地上，转身拿起一块塑料布朝外走。"你干啥去呀？"红霞问。东旺说："泥瓦队开会。"红霞喊："等雨小了再开呗。"东旺没说话，兴冲冲进了雨雾中。

泥瓦队成立后的第一个会在根发家召开，除了蒋状，都来了。大家喝着水，说着话。根发朝对门屋喊："二阳子，你再去喊喊蒋状。"秋分说："人家又不是咱们泥瓦队的人，别使唤他了，我去瞅瞅吧。"二涛子说："我去吧。"说着话，人已经出去了。吴老四对东旺说："哼，多余，带着这个懒蛋。"东旺笑笑："浪子回头金不换。别急，慢慢来。"

一会儿二涛子回来了，自己回来的。东旺问："蒋状呢？"二涛子愤愤地说："他说家里断顿了，一天没吃饭了，走不动道儿。"大雪说："大包干三年了，现在谁家没存粮啊？就他，不好好种地，活该。"根发起身出去了，一会儿探进脑袋，举了下手里的三个玉黍饼子，说："我去瞅瞅。"

又过了一会儿，蒋状咬着玉黍饼子进来了，朝大伙嘻嘻笑。东旺说："坐啊。咱们开会啦啊。大伙都知道了，马书记帮咱泥瓦队揽下了第一个活儿，给雷鸣清大姐盖一个饭馆。这可是头一脚啊，要是踢不好往后就不好揽活了，也让人家马书记坐蜡。大伙都是泥瓦匠好把式，好好干啊。"根发说："说啥不能叫马书记坐蜡，咱们都好好干。"秋分说："咱们都听东旺的，人心齐泰山移。"东旺看着蒋状："你也知道，泥瓦队为啥要拉巴上你，不许偷懒，叫你干啥就干啥，听见没有？"蒋状刚要说话，饼子噎嗓子眼了，直翻白眼。二涛子赶紧递给他一碗水，喝下几口才好了。"我保证……嘻嘻，干活管饭不？"秋分说："你就跟着吃。"蒋状嘿嘿乐。东旺说："你要不好好干活就不管你饭。"蒋状点头哈腰："好好干，好好干……"

第二天上午，晴空万里，微风习习，正是干泥瓦工的好日子。周东旺带着他的泥瓦队来到工地上，搭起脚手架开始干活了。大伙都有股子说不出来的兴奋劲儿，干得可欢实了。只有蒋状，和泥嫌累，不大一会儿就喊腰疼腿抽筋坐在地上不起来。东旺喊了一声："中午有馒头，谁不好好干活不给吃啊。"蒋状立刻爬起身继续和泥。大伙都乐了。吃馒头的时候，蒋状一筷子插了五个。二涛子一把抢回俩，说："干活你煞后，吃啥啥没够。"蒋状叫喊："不给吃饱，老子不干了。"二涛子说："那忒好，现在你就走吧。"蒋状眼睛盯着白馒头，喊："你欺负人。"东旺走过来，拍拍二涛子肩膀，递给蒋状俩馒头，说道："今儿个上午你表现不赖，下午还这么干啊，快吃吧，能吃几个吃几个。"蒋状白了二涛子一眼，一口咬掉半拉馒头。还别说，下午的时候，蒋状还真有点好好干，尽管老是闹腾累得慌，但还是坚持下来了。

立秋这天，田野上吹起第一缕秋风。驱走了暑热，迎来了凉爽。东旺泥瓦队干的第一个活儿，在一阵鞭炮声中完工了。由三间红砖平房带一个院落组成的"明清小饭馆"屹立在了国道旁。按照事先写好的协议书规定，雷鸣清给了东旺三百元工钱。他把钱分成七份，自己留了二十元，给了蒋状三十元，其余五个人每人五十元。蒋状知道自己没咋好好干活，给三十元够多的，心里挺热乎的，向东旺发誓说今后一定好好干活。根发、秋分他们都觉得东旺得的钱太少，要补偿给他三十元。东旺坚决不要，说："我家里比你们谁家都强，等各家都好过了我再跟你们平分。"大伙都夸东旺真是个重情义的人。

小饭馆开业这天，雷鸣清请来了不少亲朋好友前来品尝她亲自掌勺的美味佳肴，其中就有东旺和他泥瓦队全体人员。东旺跟根发、秋分他们商量了一下，摊钱买了个大镜子，请金元宝写上了"宝地生金"四个大字送给了雷鸣清当贺礼。雷鸣清当场就给挂在了正面墙上，嘱咐东旺他们常来喝小酒，保证结账的时候少留钱。

接下来，响马河村发生了两件大事。一件是周东旺村民小组宣布成立了。成员全部是缺少劳力的五保户和烈军属户，外加蒋状、三核桃这类懒汉。第二件是崔红霞操持的评戏和皮影小剧团宣布成立了。成员全部是村里爱唱评戏和皮影戏的人。其中有高贺、耿翠芝、惹不起、秦奶奶。这两件事不仅在响马河村引起轰动，在全乡也引起了轰动。前来看热闹的村民络绎不绝。马童力和叶光明、张楠也来了。县里的报社和电视台记者也来了。照相机和摄像机对着东旺和红霞两口子"咔嚓咔嚓"响。记者还采访了他们夫妻俩。第二天，报纸上就登出了他俩的大照片。上面还有记者写的文章，夸奖周东旺是社会主义新农村的致富好青年，夸奖崔红霞是新农村文化阵地的好标兵。天成亲自把报纸贴在了阅报栏里，引来村民们争先目睹，听他把文章念了一遍又一遍。有的人鼓掌夸赞东旺和红霞，有的人眼热羡慕，还有的人心里酸溜溜的。惹不起公开表达她的不满，她说："评戏皮影戏是崔红霞一个人唱的咋的？为啥光有她的大照片，没有我们这几个人哪？捏着嗓门都唱哑了，容易咋的？哼，姑奶奶不干了。"红霞也觉得不合适，就向马童力求援，请来县报记者重新照了张全体小剧团演员合影，登了报纸上，这才平息了这场风波。

高贺心里的风波却无人给平息。也没有人知道他内心里阴雨连绵，更没有人知道他决心干一件大事。不干不中了。这叫逼上梁山。想我高贺在响马河村已经风光了快三十年了。我高贺就是响马河村的天，我说的话就是圣旨，谁敢不听？可如今，大包干时代了，分田单干了。大队部门口对面老槐树上的那口大钟，哑巴了快三年了。我高贺说话不再像过去那样人人都得听都得照办了。走在大街上，不是所有人老远就向我点头哈腰了。在我跟前一直恭恭敬敬的高粱杆，也敢不听我话离家出走了。朱明理、李之悦、赵金生、田兴文、张平这几个小队长也敢在我面前抽烟放屁大声说笑扯淡了。江天成一瞅见我莫名其妙地乐，肯定是在见我没有绝对权威了看我的热闹。最严重的是周东旺这小子。他娘的又是操持泥瓦队，又是成立村民互助小组，又是上报纸电视的，他媳妇崔红霞还整了个皮影戏小剧团，风光全叫这个王八蛋给占尽了。我高贺是响马河村的一把手啊，倒成了盲人的耳朵——摆设了。太他娘的不爽啦。那个马童力，也不知道中了哪门子邪了，一个劲给周东旺出谋划策。他举周东旺一定有他的目的，到底是啥目的呢？不管这些了，我高贺绝不能就这样甘拜下风。我要赶紧整出一个大动静，来他个咸鱼大翻身。我要叫周东旺睁大眼睛好好看看，马王爷到底长几个眼睛。你要再不老老实实待在响马河村，就休怪我高贺翻脸不认人。

可干件啥样的大事才能翻身呢？高贺绞尽脑汁脑瓜子生疼也没琢磨出个好点子来，就到办公室翻报纸，翻了省报翻市报翻了市报翻县报，翻得胳膊酸眼珠子涩也没来灵感。索性不翻了，揉着太阳穴闭目养神，不知不觉竟然睡着了。在梦里，他看见滦河发大水了，把全县的庄稼全都给淹了。玉秀棒子、高粱穗子、死猪、死马漂了一河面。他奋不顾身跳进河，把一头头死猪一匹匹死马全都推上了岸，牲畜们一上岸全都活过来了。大家争着抢着亲吻他的脸蛋子。正亲着，云秀书记来了，夸奖他是一个爱护集体财产的好干部，第二天就提拔他到县里当了县长。马童力傻了眼，写了一份检讨，后悔自己实在不该吹捧周东旺。周东旺和谷香跪在他脚下声泪俱下，央求他饶恕他俩。他牙齿咬得咯咯响，愤怒地抄起一把菜刀朝周东旺的头上扔去。就听"哎哟"一声，周东旺变成了范占山。咋回事？咋是范占山呢？他一着急，醒了，睁开眼睛一看，看到的果然是范占山。

"咋会是你呀？"高贺还没有完全从梦中回过神来。

范占山笑，说："老哥哥，你睡觉睡晕了吧？"

高贺拍下脑门，想起睡着前自己正在琢磨干一件大事。当然不能告诉范占山了。装作没事一样问他："找我有啥好事啊？"范占山说："好事有啊，我们村的果园子我给包下来了。"高贺说："你会伺候果子？那可是技术活啊，没有金刚钻可不敢揽瓷器活啊。"范占山说："我还不知道这个理儿？你知道常有理的老头子牛老蔫吧？他可是个好园艺把式啊，我拉他入了伙儿，哈哈。"高贺心里"咯噔"一下，他又受刺激了。人家范占山带头承包果园子了，人家整出动静来了。我咋就没想到当初承包下鱼塘呢？我咋就没想到操持一个村民互助组呢？

范占山见高贺愣神，就问："老哥哥你好像有心事啊？想你家杆子了吧？"

高贺还真想杆子了。也不知道这孩子现在在哪儿，在干啥哪。天这么热，他住哪儿啊？有吃有喝没有啊？杆子啊，你还生二叔气吗？二叔真是为了你好啊。你说你不好好种地咋中啊，政府把地分给你是要交公粮的。庄稼人你不好好种地还叫啥庄稼人呢？再说了，你不好好种地你吃啥呀？不是二叔二婶心狠，二叔跟二婶老了，不能养你一辈子啊。等二叔二婶都没了，你不会种地，又不会别的手艺，又没有个家，你咋活着呢？想着想着，禁不住伤心落泪。

范占山看着高贺，说道："算啦，别想了。杆子老大不小的人了，还挺机灵的，饿不着晒不着啊，过些日子就回来了。再说了，城里全民制企业都改革了，从计划经济转到市场经济上来了，还愁杆子没处挣钱吃喝啊？"

高贺摇摇头，说道："杆子这孩子命苦啊，打小就没了爹妈，是我们两口子拉扯大的，跟亲生儿子没啥两样。我弟妹怀着他的时候正赶上闹蝗灾，这孩子生下来就小猫崽那么大，身体特别弱，老闹病，好几回差点死了。我们心疼这孩子，生怕他再多吃苦受罪，所以呀，他惦着干啥，我们俩都想方设法答应他。他惦着要啥，只要能办到我们俩都给了他。不这样，我们就觉得对不起我那死去的兄弟和弟妹啊！"

范占山看着潸然泪下的高贺无言以对。忽然他想起此行干啥来了，就说："对了，我来找你惦着商量点事儿。"高贺抬头看着他。范占山说："我听说你姑爷在县城里头开了一家照相馆？我惦着……"高贺一愣："照相馆？你听谁说的？"占山说："常有理啊，她上县城走亲戚，亲眼看见的。"高贺心里说：这事我根本不知道啊，可嘴上却说："啊，有这事。你惦着干啥？"占山说："我惦着叫你跟你姑爷说说，教教我家范田照相，将来也开上一家。嘿嘿。"高贺怔怔地看着占山，心里说：这老小子，咋总有想法呢？这一手我得向他学习啊。突然，他一个灵感上来，脑子里闪过一个念头：我也应该利用志新的照相馆干点事，整出个大动静来呀！

"咋的，你不乐意帮我呀？那就算了。"占山见高贺不说话，以为他不想帮忙，"时候不早了，我该回家了，你忙着吧，老哥。"

高贺说话了："别走，上午上我家喝两盅再走啊。"

占山摇摇头说："改天吧。我儿子还等着我回话哪。"

高贺说："你又不惦着叫你儿子学照相了？"

占山说："你不是不乐意吗？"

高贺说："我说不乐意着？"

占山乐了："你乐意帮我跟你姑爷说说呀？哎呀，太谢谢你了，老哥。先说下，不白叫你姑爷教我儿子啊，该掏学费掏学费。不过老哥，今儿个我还真有事，改天吧，改天我操持上我那喝去。中吧？"

高贺说："那中，你忙去吧。"

送走了范占山，高贺心情好转起来。毕竟"整出动静"这个盘算有了眉目。他想：干脆我在村里开一个照相馆。本村乡亲一律免费照。哎呀，不中，这么一来，我亏本不说，别人会不会以为我这是收买人心呢？弄不好打不着狐狸还惹来一身骚。那就收一半钱？嗯，多少收点儿，不赔本就中了呗。到时候我就打出"学雷锋照相馆"的招牌。对，就这么办。马童力知道这事了，他一定会为我这个为群众服务的做法拍巴掌的。主意一定，他顿时来了精神，锁上办公室的门，哼着皮影戏兴冲冲回了家。

　　这人心情好了，啥事就顺，想啥来啥。高贺刚走进院子，苏志新就从过堂屋里迎了出来。"爸爸，您老回来了。"志新的嘴巴总是这么甜。他还顺手递给了岳父一把新买来的扇子，檀香木的，扇起来风都是香的。志新总是这么有眼力见。高贺笑眯眯地看着姑爷，说："志新哪，我正要找你哪。走，上屋说去。"外孙壮壮从大屋跑出来，喊了声："姥爷好。"高贺摩挲一下孩子的脑袋，说："我大外甥真招稀罕。"玉兰从后院进来，说道："爸回来了，志新有事要跟你商量哪。"高贺说："我知道了。"

　　翁婿两人进了大屋。炕桌上已经摆上了一只烧鸡、一盘香肠，还有一盆炖草鱼。"是东湾鱼塘里的鱼吧？"高贺问。志新点点头，给岳父倒了一杯茶水，说："爸，您品品，这是正宗的铁观音，好几块钱一两哪。"高贺接过杯子喝了一口："嗯，不赖，好茶。"

　　两人坐下。志新说："爸，我在县城里开了一家照相馆，今儿个我们来就是接您和我妈上我们家住几天，照几张相的。"高贺说："你这孩子，开照相馆这么大的事，咋不提前跟我们商量商量呢？"志新一愣："玉兰没跟您说吗？"玉兰一掀门帘说道："爸，你可别冤枉我啊，我跟你说来着，当时你就点了点头啥也没说。不信，你问我妈。"翠芝探进脑袋说："是这样，我作证。"高贺笑了："我给忘了。照相的事儿哪天再说吧，都立秋了还这么热的天，懒得出门儿。"

　　志新说："除了照相，我主要是想带着您转转，看看城里有啥新变化。"高贺说："凉快点再说吧。"

　　志新说："我想给您介绍一个新认识的村支书，叫董三友，他在村里头办的小塑料厂蛮红火的……"

　　高贺心里一惊，跳起身子，抓住志新的手："你说啥？村办塑料厂？"

第十三章

37

苏志新说的董三友是北洋乡贾家洼村支部书记，今年四十三岁，十年前从东北边防部队复员回到家乡。本来，县委决定把他这个正连职军官安排进北洋乡政府办公室任副主任。但他坚决要求回村务农。正赶上贾家洼老支书张越岭病故，县委组织部便任命他接任了村支部书记一职，一直干到了今天。由于他工作作风雷厉风行、勤勉实干，在村民中享有较高的威望。

当苏志新领着高贺走进贾家洼村的时候，董三友正跟他的几个支部委员在塑料厂开会。会议的主题是塑料厂的销售问题。高贺他们先到的村委会，村会计把他们领进了塑料厂。董三友听说一个叫苏志新的来找他，立刻跑出办公室，紧紧握住志新的手，哈哈笑着说道："哎呀，志新老弟，你来得真是时候啊，我这正发愁哪。"志新先把岳父介绍给了三友。三友一把握住高贺的手，说道："你好啊，高支书，快请进屋，我给你沏壶好茶，放好几年了都没舍得喝。"

三个人走进办公室。三友忙着沏茶。志新打量着屋子里的陈设，发现除了一个办公桌，别的啥都没有。就问三友："你这办公室咋这简陋啊？可真会过日子啊。"三友摆摆手，苦笑着说："没钱收拾啊。塑料盆子做出来了，可堆在仓库里头没卖出多少，我们正研究咋卖出去哪。正好你来了，给我们出出主意吧。"高贺问："董支书，为啥没人买你们的盆子啊？"三友说："我要是知道为啥，那不就好办了吗。"高贺看着志新，说："你不是说他们的塑料厂干得挺好的吗？"志新问三友："是啊，三友哥，我听介绍咱俩认识的胡大哥说，你们的塑料厂不是办得不赖吗？咋没人买哪？"三友说："你别听老胡胡说，我们开始生产的头一年，要经验没经验，要人才没人才。咳，都怪我不会做生意，没干好这个厂子，挺对不起乡亲们的。"高贺脸上现出十分失望的神情。

志新看着三友思忖了会儿，说道："依我看哪，三友哥，你们应该背着盆子主动找买主去。"

三友说："主动找买主？我谁也不认识，找谁去呀？"

志新说："拿到集市上吆喝宣传哪。你举着盆子一叫喊，人们不就知道你的盆子了吗？还有，你再派出一帮推销人员，到各乡各村走街串巷的这么一招呼，还发愁没人买，卖不出去？"

三友听志新这么一说，猛地捶了下他的肩膀，高兴地说道："哎呀，你说得对呀，志新，我们就成立他一个销售组，专门负责卖产品。嗯，这个法子好，好啊，你小子不愧是做过买卖的人，脑子呀就是比我们好使啊。"

高贺也觉得志新这个想法好，满意地看着姑爷点了好几下头，说道："嗯，是个法子。董支书啊，我求你件事吧。"三友说："啥求不求的，你说。"高贺说："你们在卖盆子的时候，能不能帮我打听着点儿一个叫高粱杆的人，他是我侄子，不乐意下地干活，跟我怄点气，跑了，我挺惦记他，没爹没妈的，我不管咋中啊。"

三友说："中，没问题，帮你打听着。你们等我会儿啊，这就回来。"说完，出去了。志新说："他肯定给咱们安排上午饭菜去了。"高贺说："饭就不吃了，咱现在就回家吧。"志新开门朝外喊："三友哥，你忙你的吧，我们回了。"三友停住脚，说："忙啥呀，我去叫食堂炒俩好菜，上午好好敬你们爷俩儿几杯酒。"志新说："改天吧，我们还有事哪。"

从贾家洼一回到家，高贺屁股还没落座，就急火火地对志新说道："志新哪，我看你是个干买卖的料儿，往后你也帮我做塑料盆子吧。"志新说："爸，你也想建塑料制品厂是吧？那可不是个简单的事啊。"高贺回答说："我知道。不是有你嘛。"志新笑了，说："我？你老可忒抬举我了，我又不是孙悟空，啥都能变出来。"高贺回答说："我开的是塑料厂，又不是上西天取经去，有啥可变的呀。"

玉兰掀开门帘进屋，插话道："哎呀，高支书啊，我们志新自己个儿的买卖还忙不过来哪，哪有工夫跟你整啥塑料厂啊，你给他开多少工资啊？"志新推了玉兰一下说："兰子，你咋跟爸说话哪。"高贺白了闺女一眼说："臭丫头，我白养大你了，关键时候不帮忙，看我热闹是吧？"玉兰一本正经地说："爸，你都多大岁数了，村里头的这些事够你操心的了，整啥塑料厂啊，你又没干过这个，累坏你身子骨咋办啊？"高贺转头看着志新："你帮我忙活忙活，早点把厂子操持起来。"志新问："你老真的惦着干厂子啊？"高贺走到炕头，瞪大眼睛看挂在墙上的日历牌。

玉兰退回过堂屋，对正在择菜的母亲说道："妈，我爸要干塑料厂，你听见了吗？"翠芝说："我又不聋。""那你咋不劝劝他呀，这么大岁数了就别折腾了。"翠芝说："你自己个儿的爸啥脾气秉性你还不知道啊？他要干的事，十头牛也拉不回来呀。"玉兰叹了口气，说道："都是当这个支书闹的。"

大屋里，志新对高贺说："我建议你老别干塑料厂，因为贾家洼董三友人家先干上了。还有就是得投不少资金，风险忒大。嗯……到底干点啥好哪，您老别着急，容我好好琢磨琢磨。"高贺晃着手说："你得琢磨到啥时候去啊？我可等不及。"志新说："这可不是着急的事儿啊，爸，咱得好好搞搞市场调研，掂量掂量需要多大本钱，赚不赚钱，一年到头能赚多少钱。工人工资一年是多少，水啊电啊各种挑费是多少，这些都得算清楚才能决定干还是不干哪。"高贺感觉脑袋有点大了："哎呀，这么多事儿哪，嗯……那你先帮我调研调研吧。哎，对了，你说我在村里也开家照相馆咋样啊？"志新摇摇头说："现在乡亲们手里头没几个钱儿。过日子还不够哪，能舍得花钱照相吗？城里头的人挣工资，还爱美，照张相不在乎几个钱儿。"

高贺不言声了，抓起一张报纸看了起来。志新悄悄出去帮着做饭去了。

这会儿，东旺和家林刚刚给塘里的水降完温。家林说："我回家吃饭去了啊。"东旺说："一会儿红霞就送来了，一块吃吧。"家林说："你秦奶奶上午过生日，招呼我上她们家吃去哪。"东旺说："今儿个是秦奶奶的生日啊？等会儿。"说完，拿起抄子捞上两条大鱼装进塑料袋里，对家林说："给秦奶奶的，上午炖着吃。"家林说："她要非给钱咋办啊？"东旺说："你要是收了那你就留着花，反正我不要。"家林说："这些日子，你可没少送给那些五保户、军烈属户鱼吃啊，这不是赔钱买卖吗。"东旺说："少挣几个钱儿算不了啥呀，快走吧。"

家林走了一会儿后，周秋山来了，来给东旺送饭。"咋没叫红霞送来啊，爸？"东旺接过篮子，掀开蒙布，"呦，烙饼炒鸡蛋，正馋这口儿哪。"抄起筷子就是两大口。"慢点吃，都当爹的人了，还这么没正形儿。"东旺嘻嘻笑着狼吞虎咽。

金元宝来了。朝周秋山喊了声"叔"，对东旺说："怀远姥爷想吃鱼了，捞两条。"东旺答应一声放下筷子去捞鱼。周秋山突然捂着肚子"哎哟哎哟"地喊叫着坐在了地上。东旺和元宝连忙跑过去搀扶老人。东旺问："爸，你咋的了？"元宝说："快送诊所看看去吧。"东旺说："爸，你等会儿，我给元宝哥捞完鱼咱就去啊。"周秋山更加大声地哎哟起来。元宝说："先别捞鱼了，还是赶紧送大叔去诊所吧。"周秋山喊："不中，东旺你看着鱼塘吧，叫元宝送我就中了。"元宝说："对对对，我送大叔去，你看鱼塘吧。"

正巧，二阳子来了，一看周秋山龇牙咧嘴的，连忙问："叔这是咋的了？"东旺说："你来得正好，你替我看会鱼塘，我送我爸上诊所看看去。"说完，和元宝搀扶着父亲朝村里走去。

去小诊所要路过谷大贵家，周秋山说："元宝你回家吧。"元宝说："没事，快走吧。"周秋山皱下眉头说道："不用你扶着了，有东旺就中了。"东旺说："元宝哥你进家吧。"元宝点点头，刚一转身，谷大贵从门口出来了，一见元宝空着手，问道："鱼呢？"元宝说："刚才东旺刚要捞鱼，大叔突然肚子疼了，就……"谷大贵听姑爷说着话，眼睛却瞟向了周秋山。刚好，周秋山的嘴角泛起一丝笑靥，被他逮住了，立刻明白了咋回事，对姑爷吼道："你还识文断字的文化人哪，好人恶人你都分不清，哼。"周秋山搋了下儿子的胳膊，爷俩向诊所走。谷大贵冲周秋山后背啐了口吐沫："有啥了不起的，老子不吃你的臭鱼烂虾，明儿个上集上买去。"东旺回头解释说："叔，您老别生气，不是不卖给你，是我爸……"周秋山吼叫道："你他娘的快走，老子肚子疼。"谷大贵喊了声："缺德缺的。"周秋山吼："你说谁缺德啊？"谷大贵吼："谁缺德我就在说谁。"周秋山吼："老子就不卖给你，馋死你。"东旺赶紧连拉带搋地拖着父亲走远了。谷大贵还在跳脚吼："老天爷保佑明儿个你家的鱼全都死光光。"

元宝拉着谷香出来了。谷香搋着父亲的胳膊说道："明儿个再吃不一样吗爸，咋跟个孩子似的任性啊？"谷大贵气鼓鼓地说道："香你给我记住了，往后不许你俩再搭理周秋山家的人，给老子长点志气，听见没啊？"谷香说："哎呀爸，你别这么小心眼儿中不中啊？周大叔肚子疼看病要紧，鱼哪天吃不中啊？"谷大贵说："我看他就是装病，就是存心不卖给咱家鱼，真他娘的不是个玩意儿。欺负我闺女还不够，如今又欺负到我脑瓜子上了。"谷香一把捂住父亲的嘴，拖进家里去了。

任凭钱彩凤和谷香咋劝，谷大贵就是顺不过气来。上午饭一口没吃，自己一个人躺在炕上生闷气。听见过堂屋响起蒋状的说话声："嘿嘿忙着哪香，我是来瞅瞅咱家里有啥活儿干没有啊？"他连忙喊："彩凤，快把好吃的藏起来，别叫状子瞅见。"彩凤答应一声，却小声骂老头子："老抠门儿。"谷香说："真的要帮我干活啊？嗯，别说，泥瓦队还真把你改造好了。一会儿，跟我起猪圈里头的粪吧。"蒋状问："哎，中。大叔呢？屋里吃鱼哪吧？"谷大贵连忙闭上眼睛装睡着了。蒋状进来，见谷大贵睡着，耸动着鼻子嗅了嗅，问谷香："大叔咋吃完鱼就睡了啊？"谷香说："你张口一个鱼闭口一个鱼的，谁跟你说我们家炖鱼了啊？"谷香忽然明白了，"哦，你是来吃鱼来了吧？我说咋突然来问我家有啥活儿哪。告诉你，今儿个没炖鱼，哪天炖了招呼你来吃啊。"蒋状咧嘴乐了："真的？哎呀，香你对我真好。但我不能白吃，那是剥削，猪圈粪啥时候起啊？我真帮你。"谷香说："我说蒋状，眼下都大包干了，你得好好种地打粮食啊，要不你吃啥呀？"蒋状说："我跟明理大哥说好了，从明年开始，我那块地就转包给他了，他管我吃粮食。"谷香说："那你年纪轻轻的也不能光指着泥瓦队啊，你得自己个儿干点啥啊。"蒋状说："我倒想干点啥，可没有本钱能干啥呀。我还有事，走了啊，起粪的时候招呼我一声啊。"说着，眼珠子四处踅摸啥东西。谷香知道他在干啥，从橱子里拿出一张烙饼塞进他手里。蒋状嘿嘿一笑，咬了一大口，说："真香啊。"一边吃着一边走了。谷香朝他喊："下午帮我起粪来吧。"蒋状答应一声，出了院门。

谷大贵谁也不搭理，就一直那么躺着，夜里饭他也没吃。谁喊他吃饭也不睁眼也不动身子。气得钱彩凤上闺女家搂着小怀远睡去了。谷大贵一个人躺着想心事。他就不明白了，老周秋山家里又是鱼塘又是泥瓦队的，我谷大贵咋就啥也没有呢？大包干之前，我跟周秋山哪也不差呀，大包干了咋就冷不丁差这么多了呢？我谷大贵真的是出不来这口气啊！不中，我必须想个法子压他一下，不然，今儿个他不卖我鱼，明儿个就敢朝我撒尿啦。可是想啥好法子能压住他呢？

后半夜的时候，下起雨来。唰唰唰下个不停。雨声烦死个人。谷大贵更是睡不着了。雨不大，很密实。雨丝亮晶晶的。谷大贵不知咋回事，突然就想起了自己八岁那年的事来了。那年夏天，他上树掏鸟窝的时候一条腿摔折了。上不了学在家躺着养伤。一天早上，他一早醒过来趴在窗台上看柿子树上蹦蹦跳跳的小鸟。忽然看见爸怀里搂着个啥东西跑出院子去了，妈在后头屁颠屁颠地跟着。他觉得爸妈鬼鬼祟祟的。吃饭的时候，他等着不爱说话的爸爸放下筷子出去了，悄悄问妈："刚才你跟我爸抱着啥玩意儿出去了？"妈瞪了他一眼，说道："小孩子家家的，别瞎打听。"后来，他听奶奶说，爸那天抱着的是一个花瓶，是二大爷委托他们藏好的。他看了那个花瓶，蓝白蓝白的，上面画着几朵牡丹花。没啥了不起的。可奶奶却说比他们一大家子人的命都值钱。再后来，爷爷和奶奶都死了。十年后，二大爷死了，二大妈也死了，他们把花瓶送给了爹娘。二十年后，先是妈死了，第三年爸爸也死了。临死前把那个花瓶传给了他，要他埋在奶奶家后院，千万不要让任何人知道。

"哎呀，我那个祖传花瓶哎！"谷大贵一个激灵从炕上蹦了起来，忍不住叫喊出了声，立刻又捂住了自己的嘴巴。这么多年，我咋就把那个大花瓶给忘了个一干二净呢？那个玩意儿可是值大钱的宝贝呀。你周秋山趁吗？哼。你等着，周秋山，看老子卖了花瓶手里有了大钱，我就天天吃大炒鸡蛋，炒菜我一回放半瓶子香油，我压不死你。他暗自兴奋得坐不住了。悄悄跳下炕，披上件塑料布，蹑手蹑脚地出了家门，冒雨去了奶奶家的老宅子。

雨一直下到天亮还在下。钱彩凤早早醒了，轻手轻脚下了炕，准备回家看看老头子。谷香听见门响，从她那屋探出脑袋，对母亲说："妈，你看着孩子吧，我去给我爸做饭去。"元宝下了炕，洗了脸刷了牙，披上塑料布，拿起一把铁锹要出去。彩凤问："你干啥去呀？"元宝说："我去看看咱小组成员家的地，下了一宿雨了，别淹了庄稼。"

谷香冒雨到了娘家。一进院子就闻到香喷喷的炊烟味儿。一推门板看见父亲坐在灶坑前烧火。火苗映红了他的脸，消瘦的脸颊看上去异常温暖。她说："爸，我来烧火吧。"谷大贵朝闺女笑，笑得无比灿烂。谷香觉得父亲的笑容不同寻常。谷大贵说："你上屋里坐会儿去吧，今儿个我做饭。"谷香进了大屋，看见窗台外边一只大公鸡，正隔着玻璃瞪着小圆眼睛往里看。她的鼻子突然发痒，打了个喷嚏，是炊烟呛的。她掀开门帘看着父亲忙碌的身影。这么多年来还是第一次看见父亲烧火做饭。她好生奇怪，心里悬悬的，有些恐慌。

玉黍楂粥熬好了，玉黍饼子也蒸好了。谷大贵朝大屋喊了声："香啊，我给你盛上粥放好，待会儿再吃啊。"正在收拾屋子的谷香答应了一声继续收拾着。过了好一会儿，收拾完屋子的谷香喊道："爸，吃饭吧。"没人答应。她掀开门帘到了过堂屋，喊了声："爸——""哎，来啦。"谷大贵从后院西厢房里出来了。谷香发现走进过堂屋的父亲的脸红红的，比灶火还红。醉酒红啥样他就啥样，脸上是那种满足的惬意，看见谷香之后迅速转为温暖。他柔和地对闺女说道："饿了吧，吃吧。"谷香越看越觉得爸爸今早上怪怪的。

元宝扛着铁锹先走进秦奶奶家的地，发现地里的积水正顺着一条新挖的水沟，流进了泄水渠里。心里说：这么早我还是来晚了，准是东旺干的。就喊："东旺——东旺——"响起东旺的喊声："我在这哪——"东旺拎着铁锹从玉黍丛里闪身出来。元宝笑着说："吃早饭了吧？"东旺说："一会儿回家吃。"元宝说："上我家吃吧，熬肉皮豆芽了。"东旺乐了："中，正想吃这口儿哪。"蒋状来了，空着两手，朝俩人嘻嘻笑。元宝问："下这么大雨，你干啥来了？"东旺警惕地看着蒋状，说："我跟你说，眼下玉黍棒子还没熟哪，你可不能掰下来吃啊。"蒋状摆着手说："我不是偷玉黍来的，我是干活来的。"东旺说："干活？啥家具儿也不拿你干啥活啊？"蒋状说："我寻思着你们肯定在这儿，肯定有家具儿。再说了，我家的家具儿都坏了，上不了手了。"东旺说："不管咋说，你要真的来找活干，我们真的挺高兴的。走，跟我们给玉黍地放水去。"蒋状答应一声，从元宝手里抢过铁锹，乐颠颠地跟着东旺走了。

谷香发现，从下雨天这天起，父亲的精气神明显比过去强多了。眼珠子闪闪发光。说话时候的声调明显比过去高了不少。还有，只要提到秋山叔和东旺，他立刻会仰起脖子朝天上翻白眼。老爷子这是咋的了？中啥邪了？他把这个发现对元宝说了。元宝光顾忙生产小组里的事，没顾及自家，就开始留意岳父的言谈举止。

这天，元宝上县城办事，买回来一斤猪肉，谷香包好饺子让他喊老两口过来吃饺子。他走进岳父家，看见岳母在前院里喂鸡，说道："妈，过去吃饺子吧。我爸呢？"彩凤说："在大屋哪。"元宝进了大屋，不见岳父。上后院去找，正好看见谷大贵从西厢房里出来，脸红扑扑的，像喝醉了酒。元宝喊了声"爸"。谷大贵一见是姑爷，两眼闪过一丝惊慌，但很快消失了。"哦，元宝来啦。"元宝说："喊你跟我妈吃饺子去。"谷大贵笑笑："中，走。"不放心地回头看了眼西厢房。元宝看在眼里，疑惑在心里，好奇心驱使他，非要知道个究竟不可。

有一天，谷大贵和钱彩凤来谷香家看外孙。元宝借故出去一趟，溜进了岳父家。他蹑手蹑脚抵近西厢房后窗。这里是后院最为隐蔽的地方。一架葡萄眼下枝繁叶茂，正好遮挡住后窗。墙头上葫芦花开得正闹，招来不少蜜蜂在花蕊间流连忘返。他确信这个地方绝对安全。窗户是塑料布封的，他攥紧手里的细铁丝，轻轻划开一个小口子，踮起脚尖正要往里瞧，后脑勺猛地被拍打一下，回头一看是岳父。他瞪着一对细长的眼睛说道："乱瞅个啥，你还是当过老师的人哪？"

元宝笑笑，咧着嘴说道："我来拿点东西，看见一个虫子从窗户缝钻进去了，想把它给抠出来。爸你咋来了？"谷大贵没做回答，只是说："你不是有事吗，还不快去。"元宝答应一声，朝过堂屋门口走去。出了过堂屋他并没走，悄悄盯着岳父。谷大贵左右看看没人，钻进了西厢房。元宝快速跑进后院，直奔西厢房门口。谷大贵听到门口有动静，连忙跑了出来，正和姑爷撞了个满怀。"你咋又回来了呀？"谷大贵没好气地吼。元宝问："爸，你在屋子里干啥呢？"谷大贵白了他一眼，说："我……我逮耗子哪。"元宝说："我帮您逮。"说着，就要进屋。谷大贵连忙拽住元宝说："你啥意思啊，我连个耗子都不会逮是吧？我老了不中用了是吧？"元宝一见岳父明显不高兴了，连忙摇着手说道："爸爸爸，我不是那意思不是那意思，您老忙着逮耗子，我走了我走了……"转身兔子似的跑了。

元宝真的不明白，那个西厢房里头究竟有啥好玩意儿呢？老爷子为啥这么神神秘秘的呢？他在那屋里究竟干啥呢？那屋空着的时候他进去过好几回，哪一回都没有啥发现啊。夜里躺在炕上睡觉的时候，他跟谷香说了这件事。谷香说："我小时候跟爷爷奶奶在那屋住过好几年哪。后来，爷爷奶奶都去世了，我自己个儿住。有天半夜，我老听见屋地上有脚步声，可就是不见人，吓得我哭喊着跑到爸妈屋子里，蒙上大被哆嗦到天亮。从那以后，爸妈就不让我再去那屋住了。那间屋子也就空了下来。"元宝问："那屋子里都有啥呀？"谷香说："靠墙两个躺柜，上面摆着个摔坏不能用了的暖瓶，还有针线笸箩、缺了口的茶碗之类的小物件。土炕上铺着席子，上面堆着几个粮食口袋。我估摸着，我爸准是瞅着那几口袋粮食心里头踏实，所以才整天笑呵呵神神叨叨的。"元宝嘴上没说啥，心里头想：恐怕没这么简单。

后来，细心的元宝发现岳父不但每天早晨进西厢房，晚上也会进去一回。每一次至少要过个把钟头左右才出来。每次出来，岳父都像换了一个人一样精神焕发的。他注意过，岳父每次进去之前，都是要认真洗一次脸的。水，是前一天的早上盛到新买的洗脸盆里的。洗脸盆是大红色的，盆底画着一对金色的凤凰。那水经过一整天的晾晒，呈现出暖洋洋的色调。他想：那水扑在岳父脸上、手上的时候一定轻纱一样柔和，一定像孔雀羽毛飞舞着舒舒服服滑过他的脸颊。这个时候的岳父好像不再是他的岳父，而是从遥远的天边走来。他脸上的表情让人的心怦怦狂跳，让人不敢再直视他，直视了就有一种不尊重的感觉。他那两只细长的眼睛里放射出来的，总是虔诚的光芒。他盼望着岳父快点出来，更盼望着岳父手里拿着一个物件，好解开那间屋里的秘密。可岳父每一次出来，总是空着两手，总要扎扎着两只胳膊，胸膛看上去宽阔得像草原。他的两只眼睛像是被啥擦洗过了，照得人眼前一片亮堂堂。元宝更加迷惑了。

关于西厢房里的秘密，金元宝是在毫无思想准备的时刻突然撞破的。

那天是个黄昏。天空干净得没有一丝杂质，偶尔有几只飞鸟穿过落日的光辉，使被染得通红的天空多了一丝生机。元宝从东旺家出来往家走。路过岳父家门口，想起西厢房就走了进去。他绝对没想到期待已久的秘密就要解开，他真的没有一点思想准备。

院子里静悄悄的，几只鸡徘徊在鸡窝前，朝窝里探着小脑袋。邻居邓三奶奶家的大花猫蹿上墙头，一动不动地看着他。他走进过堂屋，觉得有点饿了，就从碗橱里抓起一个玉黍饼子卷了根大葱，一边吃着一边朝后院走。顺便想摘根黄瓜吃。忽然听到西厢房里有说话声，仔细听是岳父的声音。家里就岳父和岳母，肯定是他俩在说话了。他走到门口推开了虚掩的门，走了进去。灿烂的晚霞正映红了西天，千道万道争先恐后挤进屋子，屋子里一片金光闪闪。元宝还没看清屋里的人，便被一个蓝灿灿的啥东西给晃了一下眼，瞪大了眼使劲瞧，是一个大花瓶。大花瓶？对，是大花瓶。

他还没来得及瞧仔细了，从慌乱中镇定下来的谷大贵，便用明显惊慌与愤怒的语气，朝他呵斥道："你咋进来了？谁叫你进来的？出去！出去！"元宝问："爸，这是哪来的大花瓶啊？"谷大贵吼："我叫你出去！"元宝又问："刚才您和谁说话着？"谷大贵提高嗓门再吼："出去出去出去！"元宝不明白岳父为何如此发火。觉得他这副气急败坏的样子，跟眼前这个破花瓶联系不上啊。他解释说："我是进来看看你俩。我妈呢？"谷大贵推搡着元宝，说道："出去出去出去，快去忙你的去吧，我们俩挺好的。"元宝边朝门口退着身子边问："这个花瓶是从哪来的啊？"谷大贵不作回答，强行把元宝推出了屋，"咣当"一声关紧了门。

元宝挺失望的。这些日子岳父一直神神秘秘地钻进这屋，原来是守着这么个花瓶啊。他分析这个花瓶肯定不值几个钱，要是值钱，岳父为啥在日子最不好过的时候没拿出来？可要是不值钱有啥可躲避的呢？想来想去，唯一可以解释通的理由，便是怕谁不小心碰坏了花瓶。何必这样神神秘秘的哪，直接嘱咐我不要碰着它就中了嘛。又一琢磨，岳父恐怕是闲着无聊，自己给自己制造一种神秘气氛解闷罢了。这样想也就理解了岳父。转身刚要走，谷大贵喊住了他，做出一副很威严的样子盯视着他，严肃地说道："这事你知道就知道了，不许跟外人说，嘱咐你妈跟谷香嘴严实着点儿。你要跟外人说了，我就不叫谷香跟你过了，我说得到做得到。"元宝说："爸，这个花瓶值不值钱哪？"谷大贵说："废话，不值钱我供着它干啥？"元宝吃了一惊："你请文物部门鉴定过了？"谷大贵说："用不着鉴定，这是老祖宗的传家宝，还能不值钱？"元宝心里说：要是老祖宗传下来的东西都值钱，那谁家的老祖宗还不使劲传东西啊？就说了声："放心爸，我保证谁也不说。"

回到家，元宝跟谷香说了花瓶的事。谷香说："我家有个大花瓶？我咋从来就没见过呢？"元宝忽然一拍大腿说道："哎呀，那个花瓶会不会是个值大价钱的古董呢？"谷香问："啥叫古董啊？"元宝说："就是特别珍贵的古代器物，是先人留给咱们子孙后代的文化遗产、珍奇物品。那上面沉积着无数的历史、文化跟社会信息，而这些信息是任何一件其他的器物都无法取代的啊。"谷香说："那不成了宝贝疙瘩啦？我们家老祖宗不可能有这么值钱的玩意儿传下来。"元宝说："依我看，咱这么着，你呀，想法叫爸同意请一个文物部门的人，来给鉴定鉴定，看到底是不是个古董。"谷香点点头："中。"

刚才，元宝走了之后，谷大贵抚摸着那个大花瓶，琢磨着姑爷说的那两句话。一句是："爸，这个花瓶值不值钱哪？"第二句是："你请文物部门鉴定过了？"他就想：要不让文物部门的人给鉴定鉴定？万一不值钱我不是供了一个假财神吗？要是确定是真的，我在周秋山爷俩跟前跷二郎腿底气也足啊！可万一这事给传出去，被好多人惦记上该咋办啊？琢磨来琢磨去，他决定还是叫元宝请一个文物部门的人，来家里给鉴定鉴定。

谷香把花瓶的事跟母亲说了。彩凤眨着眼想了会儿，说道："我想起来了，是有一个花瓶，是你二爷爷临死托付给你太奶的，你太奶奶临咽气前托付给你爸爸我们的。这么些年了，我还真给忘了。"谷香问："那个花瓶值不值钱啊？"彩凤说："按说应该值钱，要不，你二爷能托付给你太奶他们，你太奶又托付给你爸爸吗？"谷香琢磨这话是有道理的。

夜里九点多钟了，谷香搂着小怀远睡觉。元宝坐在台灯前看书，彩凤来了。"妈，这么晚了，有事啊？"他问。彩凤把她手里攥着的东西塞进姑爷手里，湿漉漉的，软巴巴的，元宝低头一瞧，是钱，有一块的有五毛的，数一数竟然是二十块，这在当时的农村真的是个不小的数目啊。"妈，你这是……"彩凤轻声说道："你爸说不能白请人家做鉴定的人啊。还有，你爸叫我嘱咐你，花瓶的事你可千万别跟外人说，谁也别说，记住没？"元宝笑了，说："放心吧。"说完，把钱又塞回岳母手里。彩凤说："拿着吧。"元宝说："我还有。"彩凤把钱放到小怀远枕头边上，比画了一个"睡觉"的手势，走了。元宝送走了岳母，坐下来继续看书。

院门"吱嘎"响了一声，接着是脚步声。元宝站起身，出了过堂屋，借着月色看院子里的那个人，像高贺。就问了声："是高支书吧？"高贺说："是我呀。"元宝觉得真是怪事，这么晚了高贺干啥来了呢？高贺猜出了他的心思，说道："大热的天儿睡不着，走，跟我上队部坐会儿去，我有事向你请教请教。"元宝说："高支书你可太谦虚了，我可不敢当。"高贺说："你现在困吧？要是困了那就改天再聊。"元宝说："不困。走。"

两个人到了村委会，走进支部书记办公室。高贺拿起暖壶说："你等着啊，我给你沏壶好茶，龙井。"元宝清清嗓子吟诵道："天风吹醉客，乘兴过山家，云泛龙沙水，春分石上花。茶新香更细，鼎小煮尤佳，若不烹松火，疑餐一片霞。"高贺赞赏地点点头，说道："好诗，好诗啊。元宝你真是个人才呀。"元宝说："高支书，这是你们高家先人明朝的高应冕写的《龙井试茶》，我可不敢窃为己出啊。"高贺笑："快坐快坐。"走到办公桌前，弯腰拿出一个茶叶盒，往茶壶里倒了点茶叶，倒上开水，盖好盖，坐下，看着元宝说道："咋样，这阵子忙吧？"元宝说："再忙也没您老忙啊。"高贺摆摆手说："大包干了，都改村委会了，管不着下地种庄稼了，我这个支书眼瞅着都快清闲得馋了，浑身发毛啦。"元宝说："看您老说的，到啥时候也得有党的领导。"高贺说："你这话说得对。哎呀元宝啊，我这些日子老琢磨一件事儿，就是现在政策允许做点买卖了，咱们村该干点啥，给乡亲们谋谋福利呢？"元宝说："嗯，您老真不愧是咱响马河的当家人，心里头总是装着群众啊。"高贺说："那不是应该的嘛。元宝啊，你是文化人，见多识广，你帮我出出主意，看在咱村干个啥买卖好呢？"元宝说："支书啊，您老姑爷志新不是老买卖人吗，叫他帮着策划策划啊。"高贺摇摇手说："快别提他了。他呀，净顾了忙活自己个儿的照相馆了，我叫他给我琢磨琢磨干点啥，到现在他也没回话，你说他咋这自私啊。"

门一推，江天成进来了。元宝叫了声："江主任。"天成点点头："我说这屋灯咋亮着哪。你们待着吧，我值班去了。"天成出去了。元宝说："志新是你姑爷，咋会拿您老的事不上心哪。估摸着他一时半会儿想不出个好项目，干着急。"高贺哼了一声，说："茶泡好了，喝吧。"元宝端起茶杯，喝了一口，品了品："嗯，好茶，淡而远，香而清。"高贺笑笑："那就多喝点儿。"

桌上的电话铃声响了。高贺说了句："这么晚了，谁呀？"抄起话筒，"喂……哎呀马书记啊……今儿个不是我值班，我上办公室跟元宝喝茶聊天来了。有啥指示啊……啊……"元宝见高贺转动着眼珠子看他，立刻知趣地说道："支书你忙，我回去了。"高贺点点头，等元宝出去了，才继续说道："我现在跟江主任关系……处得还算可以，工作上配合也还可以，你放心吧，马书记，我是老同志了，能够放高点儿姿态，处理好我们之间的关系的……我明白，明白……好好好……有空来村里坐坐啊。"

高贺放下电话，不知咋回事，情绪更加不好起来，他自言自语地说道："马书记为啥大半夜的突然给我打这个电话呢？难道他听到谁在他跟前说啥用不着的了？再不就是江天成上他那告我黑状了？"

39

天还没亮，谷大贵就来招呼元宝了。

元宝隔着窗玻璃说道："爸，大礼拜天的这么早，人家都得多睡会儿，不着急。"谷大贵说："不着急不中，你得着点儿急啊。咱村里离县城那也是三十多里地哪，歇着点骑，不省着累着吗。快点吧，我给你拿烙饼卷鸡蛋来了。"元宝只好穿衣服下了炕，匆忙洗漱完毕，从煤棚子里推出自行车出了院门口，从岳父手里接过烙饼，骑上车子边吃边走了。吃到一半，发现烙饼里面没有鸡蛋，知道准是岳父没舍得搁。

昨天夜里，元宝已经想好了，要是文物所的干部来了，鉴定出是真古董那啥也不说了。要是假的就求他们编造一个善意的谎言，就说是真的。目的只有一个：满足岳父这个老人家的虚荣心。但他没跟谷香说，他怕谷香哪天忍不住给说出去。现在，他又多了个担心：文物所的干部要是不答应说谎话该咋办呢？按说，人都有一颗同情之心，连老百姓都有，更何况国家干部呢？难道，他们就忍心叫一个五十好几岁的老人家活得不快乐吗？这样想着，他的心里有了点托底。

眼看就要立秋了。又是一年秋风劲啊！放眼望去，田野上一片丰收在望的喜人景象。黄澄澄的稻穗垂着沉甸甸的穗头，目之所及满是令人心醉的金色，在阳光的照射下，越发光耀夺目，好像满地的金子。棉桃像小树，绽开了云朵似的花絮，整个棉田成了白银的世界。天空一碧如洗，好像用清水洗过的蓝宝石一样。朵朵白云宛如扬帆起航的轻舟，慢悠悠地漂浮着。风一吹树叶落了，在天空中飘舞，就像一只只黄灿灿的蝴蝶，仿佛给大地铺上了一层菜色的地毯，把大地装点得格外美丽。此情此景让元宝诗兴大发，即兴作起诗来了："湛蓝秋阳艳，望断南飞雁，看万山红遍，累累果实绚。"心情越发好了起来。骑起车子来像飞一样。

到县城的时候，元宝问一个遛弯的大叔几点钟了。大叔抬腕看看手表，说："八点了。"元宝又问："那大叔上文物所咋走啊？"老人指着前面说："前边那个十字路口往前走，连着过五个路口然后往左拐，一直朝前走别拐弯，走个三站地就到了。"元宝鞠躬道了谢，骑上车子顺利来到了文物所门口，看见一个四十多岁的男的送牛清扬所长出来。"牛所长。"元宝真没想到会在这碰见他。牛清扬打了个愣，笑了："哎，金老师，你……你也进城来了？"元宝说："我上文物所办事来了。"牛清扬说："哦，金老师，这位就是文物所杨树宽所长。原来是咱们乡市场执法队的队长。"元宝主动伸出双手握住杨树宽的手，谦恭地说道："杨所长你好。"杨树宽拍拍元宝肩膀："乡里乡亲的别客气，有事上我办公室说去。"牛清扬说了句："那你们忙，我告辞了啊。"

元宝和树宽目送牛清扬走远，转身走进所长办公室。树宽的办公室靠墙是一溜带格子的立柜，里面摆满了大大小小的古玩，满屋古色古香的。元宝惊叹道："嘀，比我们校长的办公室还阔气哪。"树宽笑笑："坐。"进来一个年轻女孩，给元宝倒了一杯茶，给树宽杯子续了点茶水，倒退着出去了。树宽问："来文物所啥事啊？"元宝把大花瓶的事先先后后说了一遍。树宽问："你老丈人是谁呀？"元宝说："谷大贵。"树宽琢磨着："谷大贵，这名我熟。"树宽接着说："你等一下，我安排一个工作人员跟你去你们村啊。"元宝说："杨所长，我有一事相求，不知当不当讲。"树宽说："你说。"元宝说："能不能交代一下工作人员，如果那个花瓶不是古董，也说是古董啊？我那个丈人心忒高，忒爱面子，老爱跟这个比跟那个比的，我担心他受不了打击，没有了精神支柱，弄得一大家子人都不得安生。"树宽点点头说："我听明白了。可是金老师啊，我们是国家办事部门，说话做事必须得遵纪守法呀。文物鉴定讲究的是科学性和准确性，必须要坚持辩证唯物主义和历史唯物主义的观点和方法，去伪存真，去粗取精，确定文物的价值，这是一个总的原则。你说，我们咋能不讲原则编造瞎话糊弄当事人呢？"元宝想了想，说："你说得对，是我把这事想得太简单了。所长你看这么办中不中，鉴定的时候，想法不叫我丈人在场。鉴定完了以后你们该咋写结论咋写结论，不担一点责任。"树宽说："嗯，这中。"元宝说："所长，我悄悄到县城里的图书馆查过资料了，觉得我们家的青瓷花瓶好像是柴窑烧制出来的。我请教一下你，这东西要是古董的话能值多少钱呢？"树宽说："最值钱的要数柴窑烧制出来的瓷器，但很少有人见过柴窑瓷器，已经失传了。如果你家那个大花瓶要真是柴窑瓷器，不是赝品的话，应该值不少钱。"元宝心里说：那我家可就成了大富翁了啊！有了钱还愁进不了城吃商品粮？有了钱，就可以供我们家怀远上大学，就可以在城里买房子娶城里的姑娘做媳妇了。想到这，他站起身说："所长，啥时候给我们派鉴定专家呀？"树宽说："下午吧。我派老方去找你。"

元宝往家赶的时候，谷香趁父亲没在家，和母亲进了西厢房。彩凤走到炕前掀开了被褥和炕席，露出一个一米见方的炕洞来。她小心翼翼地从里面捧出一个大花瓶来，放在谷香眼前，轻声说道："好好看看吧，这可是咱们家的宝贝啊。"谷香疑惑地看看母亲，睁大眼睛看花瓶。彩凤指着花瓶对谷香说："瞅见了吧，这个青瓷花瓶上面画着一龙一凤，在百花园上头成双成对的。你知道这代表着啥不？"谷香说："一男一女搞对象哪。"彩凤瞪了谷香一眼："就知道搞对象。告诉你，这是龙凤呈祥，它在谁家落户谁家就遇难呈祥，逢凶化吉。"谷香笑了："你这是封建迷信。"彩凤白了谷香一眼说："你懂个屁。你再看龙凤中间画的这个大红喜字，多喜庆啊。这些年多亏有了这个大花瓶保佑着，咱家才过得平平安安、顺顺当当的。这下你明白为啥这么多年一直没跟你说过它了吧，就是怕你嘴巴跑风，万一说出去，这宝贝就不灵了。"

彩凤轻轻抚摸着花瓶，细细滑滑的，温温爽爽的。她问母亲："它能值多少钱?"彩凤抬手捂了谷香的嘴，慌慌张张对着花瓶鞠了三个躬，双手合十念念有词道："吉祥宝贝，你可千万别生气啊，小孩子家不懂事，冲撞你的地方多多包涵啊。"然后压低嗓音训斥道，"乱说话，这是镇家的宝物，咋敢说卖多少钱呢？"谷香说："不卖钱叫啥宝物啊？"彩凤在谷香的屁股上打了一巴掌，说道："有了它，咱家就永远吃不愁穿不愁喝不愁，就总是有钱花，懂了吗？"谷香笑了，说："还吃不愁哪，大包干以前咱们家年年不都没吃少喝的吗？"彩凤说："那是特殊情况。你嫁给了金老师，又生了个大胖小子，不都是这个宝贝保佑的吗？中了中了，别问这么多了，快出去吧，你爸要是回来了非骂咱们娘俩不可。"

娘俩出了西厢房，到菜园子里摘黄瓜。谷大贵回来了，问："怀远呢？"谷香说："在你们那屋睡觉哪。你干啥去了爸？"谷大贵说："看热闹去了。惹不起跟之悦媳妇打起来了。"彩凤问："因为啥呀？她们两家老爷们当小队长的时候，俩媳妇不是挺要好的吗。"谷大贵说："哼，现在不是都不当队长了吗。香啊，咱家大花瓶的事可别叫蒋状知道了啊。那人肚子属狗肚子的，盛不下二两香油，憋不住屁就憋不住话儿。"谷香说："放心吧，一个外人也不说。"谷大贵仰脸看看天上的太阳，自言自语道："快上午了，元宝该回来了呀。"

话音刚落，元宝出现在过堂屋门口。"爸，妈，我回来了。"谷大贵连忙看他身后："文物所的专家呢？"元宝说："下午来，前半晌没空儿。"谷大贵显得有点手足无措地激动。钱彩凤说："她爸，咱们赶紧吃饭等专家吧。"谷大贵说："对，赶紧做饭，快。"谷香说："那就做菜干饭吧，省事儿。"钱彩凤说："中。"谷大贵一闪身钻进了西厢房。

上午吃饭的时候，不知咋的了，谷香面对父亲的时候，心里头老是怦怦乱跳，好像揣进了一大群小兔子。彩凤看出了谷香的失态，偷偷在饭桌底下踹她，她的心就更怦怦乱跳了。谷大贵不动声色地吃饭，不说一句话。这是他反常的举动。说明他已经觉察出别人的反常。谷香此刻想得比较多。她想到了如果是古董会值好多钱，那这往后有钱人的日子该咋过呢？可要不是古董，爸爸会受得住这个打击吗？

下午三点钟的时候，文物所的老方骑着自行车来了。元宝在村东头接到了他。老方四十多岁，方脸膛，皮肤有点黑。元宝上前问道："你是文物所的方专家吧？"老方笑了，两排牙齿显得特别白："我是文物所的，你是金元宝吧？"元宝说："是我呀，方专家。"老方摇摇手说："千万别叫我专家，喊我老方吧，所里的人都这么叫。"元宝说："岂敢岂敢。请进家吧，方专家。"说着，要帮老方推车子。老方摆摆手，自己推。路上，元宝问老方："所长跟你说了我俩达成的协议了吧？"老方点点头说："说了说了，我知道该咋做了。"

谷大贵恭恭敬敬地站在前院门口迎候专家。朱明理过来了，看着谷大贵说道："大热的天，咋在外头站着呀？"谷大贵说："啊，我……这有风，凉快会儿。"朱明理伸出手来试了试，嘀咕了一句："也没风啊。"走了。谷大贵想了想，躲到了院门后边。响起元宝的声音："请进，方专家。"谷大贵连忙站了出来，朝老方笑着哈下腰。元宝说："方专家，这就是我丈人。"老方说："你好啊，大叔。"

三个人来到西厢房门口。谷大贵先推门进去了，老方在中间，元宝跟在后边。谷大贵已经把花瓶方方正正摆在了躺柜上，怀着一种虔诚的态度对老方说道："方专家，我这是祖传的宝贝，你可小心着点儿啊。"老方点点头。谷大贵又说："你可得给我看仔细了，看到底能值多少大价钱。"老方再次点点头。元宝说："爸，你就放一百二十个心吧，人家是专家，用不着咱们嘱咐。"谷大贵说："对对对，那就请方专家赶紧鉴定吧。"老方从挎包里拿出仪器，准备鉴定。元宝对谷大贵说道："爸，你最好上院子里看着去，万一谁进来知道咱家有古董了，不就不安全了吗，是吧？"谷大贵说："那你去放哨吧。"元宝说："我去不中啊，年轻不压人。还是你这老人服众。一会儿出鉴定结果了叫你不就中了吗。"谷大贵琢磨琢磨，出去了。

元宝站在老方旁边，心里忐忑不安地看着他操作仪器。老方仔细打量着这个花瓶，真的为它的做工精致而点头称好。他对元宝说："这个物件即便是个赝品也值几个钱。"元宝乐了："真的？哎呀，那可太好了。哎，方专家，你能给我讲讲古董鉴定方面的知识吗？"老方一边观察着花瓶一边说道："可以啊。我告诉你一个最简单的方法，观察包浆方，又叫'黑漆古'，它是在长久岁月中因为灰尘、汗水、把玩者的手泽，或者土埋水浸，经久的摩挲，甚至空气中射线的穿越，层层积淀，逐渐形成的表面皮壳。它滑熟可喜，幽光沉静，那么旧说明这件东西已经有了大年岁，线路出一种温暖的旧气。而年岁轻的东西浑身上下透出一种'贼光'，色调浮躁，肌理干涩。所以，每一件老物件肯定是有包浆的，观察包浆的老气程度就可以进行鉴定了。"元宝说："嘀，敢情有这么大学问哪。"老方放下花瓶，兴奋地看着元宝。元宝心跳加快："咋的，真是古董？"老方点点头："以我多年鉴定经验，我可以断定这是一件古董。我马上写鉴定书。"元宝乐不可支地说道："你等等方专家，等等，我去把我丈人叫进来你再写鉴定书。"

元宝跑出西厢房，却看不见岳父，急得直喊："爸——爸——"谷大贵从黄花架里面钻了出来，脑袋上顶着黄瓜花："喊啥呀？"元宝说："你摘黄瓜吃哪。"谷大贵说："我猫这里头不是省得叫人看见跟我搭话吗。你咋出来了？鉴定完了？"元宝抑制不住喜悦的心情，搂住岳父的胳膊，说道："走，进屋，叫方专家跟你说。"

翁婿两人进了屋。谷大贵问："方专家，鉴定完了吗？"老方两眼放光地握住谷大贵的手说："恭喜你大叔，你的这只花瓶是古董，是古董啊。"谷大贵立刻咧嘴笑了："真的？哎呀……哎呀……"转脸看着元宝一脸得意神情，"哼，我就说嘛，你二爷是走南闯北的人，他整到手的东西肯定是值大价钱的。这回你信了吧？"元宝兴奋地吟诵了一首诗："得老加年诚可喜，当春对酒亦宜欢。心中别有欢喜事，开得龙门八节滩。"老方说："真不愧为老师啊，信手拈来，佩服佩服。"谷大贵说："我姑爷说得对，咱们得喝酒庆祝啊，方专家啊，走，上大屋喝茶去，吃完晚上饭再走，我老汉要好好请请你。"老方摇着手说："大叔啊，茶可以喝，饭可不能吃，我们有纪律，不允许吃持宝者的一粒米一滴酒啊。好了，我的工作完成了，喝杯茶我就走。"谷大贵赶紧掀开门帘，恭请老方先走。老方连忙谦让："这可使不得，这可使不得，你是长辈，你先走。"

谷大贵把老方请进大屋，亲自给他沏茶。元宝注意到，岳父的右手在铁观音盒子上徘徊了一会儿，最终还是拿的便宜的茉莉花茶。他摇了摇头，笑着对老方说："你看我爸高兴的。"老方说："是值得庆贺的喜事嘛。"谷大贵问老方："方专家呀，我们家这个古董能值多少钱啊？"老方说："大叔，我只管鉴定，至于买卖方面，我还真的没有发言权，不懂市场行情啊。你想卖呀？"谷大贵摇摇头："不卖不卖，我就是问问，就是问问。嘿嘿嘿……"元宝端起茶杯，双手送到老方面前："辛苦了方专家，请用茶，请用茶。"

第十四章

40

东旺的鱼塘出事了！死了一大片鱼！

早晨五点钟的时候，家林来到鱼塘，看到白花花的一片，心里一惊，知道出事了，连忙往东旺家里跑。

东旺正抱着小糖果喂她吃面条汤，红霞踩着缝纫机在给公公赶做大背心，周秋山在后院菜园子里给黄瓜豆角浇水。家林气喘吁吁跑进西屋，光喘气，说不出话。东旺问："鱼塘咋的了？"家林断断续续地说道："鱼……死了……"东旺霍地站起身，抱着孩子就往外边跑。红霞在后追赶他："哎，给我孩子，给我孩子——"东旺跟没听见一样就是跑。红霞只好跟在后边跑。

东旺一口气跑到了鱼塘，看着满塘面漂浮的死鱼惊愕不已。怀里的孩子掉到了地上，哇哇哭起来了。东旺赶紧抱起来，一边哄着孩子，一边自语道："我的妈呀，这是咋的了，咋死这么多呢？"家林看着东旺不说话，一脸的焦急不安。刚才东旺急三火四地跑，被江天成和朱明理还有二阳子看见了，也跟着跑来了，大家一看全都痛惜不已。二阳子说："妈的，这是不是有人给下了毒啊？"天成说："别瞎说话。东旺啊，事出了着急也没用。我去找罗平叫他给查查死因啊。"天成拍拍东旺肩膀，对朱明理二阳子说道，"你俩在这帮着照顾着点儿啊。保护好现场，别让人再进来了。"说完，转身跑了。

东旺摇着头，自言自语："哎呀，这下可遭殃了，我都说好八月十五给五保户跟烈军属户分鱼过节哪，说话不算数了多不好啊……"朱明理说："东旺你别难受啊，鱼死了再养，有人在啥事都好办。"二阳子也说："是啊东旺哥，坐下歇会儿吧。来，把孩子给我吧。"红霞赶到了，从二阳子手里接过孩子，看看塘面的死鱼，对东旺说道："算不上啥大事，不就死了点鱼吗，找着原因往后注意点儿不就中了嘛。"东旺说："你先带孩子回家吧，我在这等着罗技术员。"红霞说："中，我走了啊老爷们，没事儿啊。"

红霞抱着孩子走了。大夯子来了，他看看死鱼，走到东旺身边，凑近他的耳朵说了句啥。东旺的脸色"唰"地就变白了。"啊？你看见他了？"大夯子点点头："挺像他的。"东旺牙齿咬得咯咯响："他奶奶的，这个王八蛋！"对朱明理说了声："明理哥，你们帮我看着点儿啊。"然后拔腿就跑了。朱明理喊："你干啥去呀？"东旺没有回答，跑远了。朱明理问大夯子："你跟他说啥了？"大夯子摇摇头，也跟着跑了。

东旺一口气跑进了高贺家的院子，冲得快，一下子撞到了正在院子中央唱皮影戏的高贺身上，"咕咚"一下，高贺仰面躺在了地上，东旺赶紧去拉高贺。耿翠芝听见外面的动静跑出大屋，一看老头子躺在地上，连忙问："哎呀妈呀，老高你这是咋的了？"高贺没好气地瞪着东旺："你咋这毛毛愣愣的呀？火上房了也不至于撞我老人家啊。"翠芝说："啊？是你撞的呀东旺？快瞅瞅撞坏哪没有啊？"东旺粗声粗气说道："没撞坏啊，瞅啥瞅啊，高粱杆呢？"高贺和翠芝同时一愣，一齐看着东旺。东旺又问一遍："高粱杆哪？"吐沫星子喷了老两口一脸。高贺擦了把脸，两只眼睛立刻冒了光："我说东旺，你看见我家杆子啦？"东旺不再搭理他们，拔腿冲进了屋里。先冲去东屋，没人。再冲进西屋，还是没人。他又跑到后院，东厢房西厢房里也没有。跑进茅房，也没人。他想到了菜窖，刚要跳进去，高贺和翠芝进了后院。高贺喊："你小子干啥呀？抄家呀还是抓汉奸哪？"东旺没说话，钻进了地窖，一会儿就出来了，又问："高粱杆呢？"翠芝说："我说东旺，你抽啥风哪？你咋一个劲跟我们要高粱杆啊？"东旺吼："他把我鱼塘里的鱼都给药死了！"高贺和翠芝同时"啊"了一声，张大嘴巴没反应过来。

高贺问："你有证据咋的？"

翠芝说："是啊，你咋知道是我们家杆子干的呀？"

高贺两眼放光，嘴里不停唠叨着："杆子回来了，杆子回来了，这小子心里头总算还有咱们，还算有良心哪。"

翠芝对东旺说道："东旺啊，你先说你在哪看见杆子的？你放心，要真是杆子干的，他不赔你我们赔。"

东旺说："我要看见他了，能上你们家找他来吗？我看明白了，你俩真不知道这小子回来了。我走了。"

翠芝问："你上哪找他啊？"东旺说："会找着他的。"说完，撒腿跑了。高贺转着眼珠嘀咕着："真的是杆子回来了？这小子咋没先回家来看咱俩，倒急着报复周东旺呢？这不是眼睁睁干傻事哪吗！"翠芝说："谁说不是哪。那咋办哪这事？"高贺说："咋办哪，赶紧先找杆子啊。依着东旺的脾气，真要叫他先找着非打他个半死不活不可呀！快快快。"

老两口刚跑到前院，蒋状跑进来了，进来就喊："支书，婶子，你们老两口干啥去呀？"翠芝说："我俩……"高贺打断她的话："你跑来干啥呀？"蒋状说道："东旺鱼塘的鱼不是死了吗，乡里那个罗技术员跟着牛所长一块来了，罗技术员说鱼中毒啦，这会儿牛所长他们在勘……勘……勘那个啥现场哪。"翠芝一瞪眼，高贺给她使了个眼色，不动声色地问蒋状："勘查现场你找我干啥来了?"蒋状说："是牛所长叫我来的。"高贺对翠芝再次使了个眼色，背着手出了院门。

高贺赶到鱼塘，老远看到牛清扬和东旺说着啥，旁边站着俩警察。他在离他们不远的地方站着。牛清扬看见了高贺，喊道："高支书，过来呀——"高贺晃晃手，走了过去。高贺拍拍东旺后背，对牛清扬说道："勘察完了牛所长?"牛清扬说："勘察完了。"高贺问："有啥线索没有啊?"牛所长笑了："高支书，这个……不方便吧。"高贺也笑了："哦，对对对，我不该问不该问。"牛清扬说："我请你来，就是向你这位父母官通报一下，我们初步怀疑这是一起投毒案，必要的时候还需要你给予警方配合啊。"高贺说："理所应当，理所应当。"

牛清扬他们上了警车，走了。高贺问东旺："牛所长说没说这事跟我家杆子有瓜葛啊?"东旺"哼"了一声，扭头进了屋子。"东旺——"一声吼吓了高贺一跳。回头看，是周秋山。周秋山撅着胡子喊："东旺你给我出来——"东旺出来了："爸，你咋来了?"周秋山说："废话，出这么大的事能瞒住我呀?不说这个，你刚才对高支书是啥态度啊?他是你叔，懂不懂个规矩呀?啊?"高贺笑着摆摆手："老哥哥，死了这些鱼，孩子心里头不是不好受嘛。"周秋山说："给你叔赔个不是。"东旺对高贺说了句："我不对了高支书。"高贺摆着手："没啥，没啥。"周秋山说："进屋坐会吧支书。"高贺说："不坐了不坐了，忙吧老哥哥。"转身走了。

迎面走来了谷大贵，骑着辆自行车。高贺吃了一惊，心说：这个老抠门，咋舍得买这么个大件啦?高贺等着他先说话，可谷大贵却不但没先说话，而且连车子都没下，就是对他点了个头，就过去了。嘿，这个老家伙，肯定是没看清我是高贺，不然就是再大包干了他也不敢这么对待我高支书啊。高贺没有多想，他也顾不上多想这个了。他现在想的是杆子到底回来没回来，回来了为啥连他这个亲二叔都不见了呢?难道还在因为二叔不帮你拾掇责任田记恨我呢?你个臭小子真没良心哪，你不知道其实二叔当了这么多年干部，也不咋会干农活了吗?二叔是真的帮不了你呀。就这点事你还放不下呀?这些年我把你当亲儿子一样待，不少你吃不少你喝不少你穿，就是没给你娶上谷香，可二叔没少给你动心思，你小子不争气呀，人家谷香愣是没看上你，我有啥法子啊。你说你咋忍心跟你亲二叔较劲呢?你难道不知道这些年二叔因为袒护你，有好多人背后议论你二叔没有原则护犊子吗?这样想着，高贺进了家。翠芝赶紧问他："找着杆子了吗?"高贺摇摇头。翠芝又问："你脸色咋不好看啊?"他又摇了摇头，进了大屋躺在炕上。翠芝叹了口气，嘀咕着："杆子这孩子，啥时候能叫人省心呦……"高贺说："今儿个晚上别插门啊。"翠芝问："为啥呀?"高贺吼："给孩子留着门!"翠芝说："知道了。"

刚才，谷大贵骑着"凤凰"车子，在高贺面前快快乐乐地风光了一把。心情这个畅快呀，打心眼里感激大花瓶。这人哪，有了古董宝贝那就是不一样，就是能挺直腰杆子，关键是在响马河村大官高贺眼前挺直了一回腰杆子。挺得劲儿大了点，差点折。这还不算，因为没有及时把脑袋低下来，不知道哪个缺德的在道儿上挖了条小沟，把我刚买的自行车轱辘给颠了一大下子，心疼死我了。赶紧跳下车子跟它说了声对不起，不再骑着它，推着走。快到鱼塘的时候，才不得不骑上。东旺正坐在鱼塘边和一个人说话。那人背对着他，看不出是谁。东旺看见了谷大贵，脸色沉了一下。细心的马童力观察到了，转过脸看是谷大贵，对他小声说道："做人可不能小气啊，更何况人家是长辈哪。"他站起身，对谷大贵说道："来了，大叔。"东旺犹豫了一下，也站起身迎了过去。

"是马书记啊，你也来安慰东旺来了吧？"谷大贵说着，故意拍了下车座。马童力果然注意到了他新买的自行车。"中啊大叔，买自行车了，还是名牌的哪。"谷大贵有些得意地仰了下巴颏。东旺看了眼自行车，没说话。谷大贵心里有点不高兴，脸色就有点不好看，东旺看到了，故意现出吃惊的神色。"这是你买的自行车，叔？"谷大贵一听立刻就高兴了。"啊，买个自行车，出门干啥的方便。过几天再买一台电视机，看呗。"他说完这话立刻就后悔了：刚听姑爷说范家庄常有理家买电视机了，自己咋就敢说也买台电视机呢？这得多少钱啊？东旺和马童力一听谷大贵说要买电视机，对视一眼。马童力说："好啊，大叔，你这可是带了个好头啊。到时候，我请县里的电视台给你录录像，好好宣传宣传。"东旺说："大贵叔你家钱挺厚啊，又买自行车又买电视的。"谷大贵正要改口说不买了，听东旺这么一说，上了无名火，抢白道："你这话说的，兴你家又买鱼塘又整泥瓦队的，就不兴我把自个儿的家底都划拉上过过好日子？"东旺不爱听了，说："我哪有这个意思啊？你叫马书记听听我有这个意思没有。"马童力给两个人打和道："大叔你误会了，东旺是在夸奖你哪。如今，政策鼓励老百姓发家致富过好日子，谁发家谁光荣！"谷大贵白了东旺一眼："哼，我本来惦着安慰安慰你的，死了这么些鱼，可你小子……不跟你说了不跟你说了，你待着吧马书记。"东旺对马童力笑笑，问谷大贵："买电视机去呀叔？"谷大贵转回身瞪了东旺一眼，大声说道："啊，买电视机去。"说完，骑上自行车昂着脑袋走了。

东旺看着谷大贵的背影，思忖着，对童力说："谷大贵可是我们村出了名的抠门儿啊，如今他竟然买了自行车又要买电视机的，这是不是说明眼下咱农民真的要过上好日子了啊？"童力高兴地说道："好啊东旺，你开始思考问题了，这说明你的政治素质在一天天加强啊。你再好好琢磨琢磨，如今大包干已经实行四五年了，咱们响马河村已经全部告别了粮食不够吃的历史，家家户户有了余粮，信用社有了存款，这说明啥？"东旺说："说明党的政策是正确的，是为咱老百姓谋幸福的。""对呀东旺，这要是大包干前你能承包鱼塘吗？能组建泥瓦队吗？"东旺一屁股坐在鱼塘边，叹了口气："咳，可鱼塘里头的鱼一下子全都死光了。"童力说："死光了买新的再养嘛。以你的脾气，能被这么点困难压垮吗？"东旺看看童力，站起了身。童力说："在没有确凿证据以前，你不要再说怀疑高粱杆下毒的话了，明白了吗？"东旺点点头。

这会儿，谷香正在家里和金元宝吵嘴。谷香要去安慰一下东旺，元宝坚决不让她去。谷香说："出这么大的事，我们不看看去，不好。"元宝说："你去了是死鱼能活过来，还是东旺看着一塘的死鱼不心窄呀？你呀，你是不是还是心里头放不下他呀？嗯？"这句话戳到谷香的心窝里了。她看了眼元宝，不说话了。元宝一见谷香默认了，立刻醋意大发，说了一句伤感情的话："早知现在，何必当初，我就不该救了你！"谷香瞪着元宝："你……你……真没想到，你一个文化人，会说出这么没水平的话来。"元宝冷笑一声："哼，你这是虚张声势，是拿着不是当理说。"谷香喊："你这是胡搅蛮缠！"元宝没有叫喊，咬了咬牙，平静地说道："留得住人留不住心。你去吧，去周东旺那吧。"谷香看了眼他，抬腿走出了屋子。

谷大贵出现在院门口："干啥去呀香？"谷香说："我上鱼塘那看看去。"谷大贵拉住闺女的胳膊："去啥去呀，我刚从他那生了一肚子气回来的。"谷香问："咋回事啊？"谷大贵说："走，上屋说去。元宝在家吧？"元宝迎了出来："爸来了。"谷大贵背着手气呼呼进了屋。谷香跟进屋，看着父亲。谷大贵坐在炕沿上吧嗒吧嗒抽闷烟。元宝说："您老咋的了？"谷大贵问："你家有多少钱？我惦着……买一台……电视。"谷香和元宝同时打了个愣，谷香问："你不是刚买了辆自行车吗？咋又这么急着买电视机啊？那可是要不少钱哪啊。"谷大贵说："所以说我惦着跟你俩借点钱嘛。"元宝说话了："爸您老听我说，我知道咱家有了古董不愁往后的好日子。可您老想过没有，您这买了自行车就紧跟着买电视机，会不会叫乡亲们想到那句老话：此地无银三百两啊？那如此说来，咱们的古董宝贝是不是就不安全了呢？"谷大贵寻思了一会儿，点了点头："嗯，有道理。那就先不买了。咳，快晌午了，做饭吧，想吃韭菜鸡蛋饺子了。"谷香说："你还没说东旺给你啥气生了哪。"谷大贵摆下手说："别提他了，提他我就来气。你妈没在这吧？我叫她吃饺子来。"

谷大贵不想买电视机了，却有一台电视机送进了高贺的家里。送电视机的人是一个二十多岁的小伙子，自称姓龙，还拿出一张字条递给了高贺。高贺接过来，只见上面写着：二叔，他是我朋友龙大保。电视机是我孝敬您二老的。杆子。侄子的字高贺认识，七扭八歪的，跟蜘蛛爬的一样。耿翠芝和高玉兰回来了，一见电视机，立刻围过来叽叽喳喳说笑个不停。翠芝问龙大保："我家杆子干啥买卖呢？这是挣多少钱了啊？这电视机挺贵的吧？"龙大保笑了，说："婶子，我高哥可是个天生做买卖的料儿啊，干啥都能赚钱。他现在在广州一家贸易公司当销售部经理哪，工作可忙了，他说等有空了一定回来看望二老。"高贺笑了："咋的？还当官了？这臭小子，出息了啊。"玉兰说："中啊杆子，还知道孝敬他叔婶，算他有良心。"翠芝欣喜地抚摸着电视机荧屏，喃喃说道："哎呀，光听说电视机电视机，电视机里头出小人儿，想不到我们家也有这珍贵东西啦……"玉兰捅咕一下母亲："妈，别光顾着摸电视机了，快给龙哥做点好饭菜吧。"翠芝醒过味来："对对对，大保啊你等着啊，我这就给你……"龙大保摇着手说："改天吧婶子，我还有事得赶紧走了。"说着，转身跑出了屋子。一家人追都没追上，人家上了小货车，一溜烟跑远了。

一家人站在院门口看远去的货车。翠芝说："还没问杆子住哪呐。"玉兰说："知道住哪了你还去找他呀？"高贺说："电视机的事先别嚷嚷出去啊，等我跟马童力聊聊再说。"玉兰问："自己个儿花钱买的电视，还得马书记同意看啊？"翠芝拽着闺女胳膊回了院，小声说道："别多嘴，这是政治，你不懂。我也不懂。"翠芝正跟闺女摆弄电视机，苏志新来了，一见电视机，还以为高贺买的哪，就说："哎呀您二老着啥急啊，我正打算给你们买哪。"高贺说："这是我侄子孝敬我们俩的。"志新听出岳父的弦外之音了，有点尴尬。玉兰瞪了丈夫一眼，示意他跟她出去。志新刚一迈腿，高贺就问道："我叫你帮我琢磨干点啥村办工厂好，你琢磨得咋样了啊？"志新支吾道："爸我……这个……我琢磨吧……干点啥好呢……"高贺一晃手说："你忙你的照相馆吧，我自己个儿琢磨吧。"说完，靠在躺椅上闭上眼不说话了。志新挺没趣地出去了。

41

今晚是马童力值班。

下了班，他正拿着饭盆往食堂走，高贺喊住了他，"打饭去呀马书记？"高贺说着拍了下挎包，"走，直接上值班室吧？"马童力明白那挎包里是啥了，就领着他去了二楼值班室。高贺随手关上门，从挎包里往外拿东西。一包花生米，一块猪头肉，两个咸鸭蛋，一瓶衡水老白干。马童力说："值班不许喝酒。"高贺说："我知道，我自己喝，你喝茶水。"两个人吃着喝着聊着。高贺说："我家杆子给我买了一台电视机托人送到家，你说，我这个当支书的第一个搞享受，影响会不会不好啊？"马童力反问道："当支书的就不能享受了？"高贺说："我们共产党人不是一直主张吃苦在先享受在后吗？你知道，我们村目前没有一家有电视啊。"童力问道："没有一家有电视是啥原因啊？是没有钱买还是有钱舍不得买或者不敢买呢？"高贺问："不敢买？"童力点头说："你了解村民们没有电视机的真实原因吗？"高贺说："主要还是手里没有富余钱吧？"童力说："你不就是不敢买，怕影响不好吗？"高贺若有所思。童力也陷入了沉思之中。

高贺从乡政府出来走在回家的路上，一边走一边寻思着马童力提出的那些问题，越寻思越觉得自己这段时间忘了讲政治。童力问得好啊："你当支书的都不敢买电视，村民群众敢买吗？如果手里有了钱却不敢花，那我们搞农村改革让农民富起来，还有啥意义呢？"想起翠芝说的，范家庄的常有理家第一个买了电视机，何不去问一问范占山这老小子究竟是咋回事呢？这样想着，高贺调转自行车车头朝范家庄骑去。

这会儿，范占山正在常有理家喝着茶水看电视哪。荧屏上正在播放电影《闪闪的红星》。除了范占山，还有一群村民。大家正看得带劲，老莺进来了，扒拉一下占山，不说话。占山看着他："咋的了？"老莺指了指外边。占山挤出屋子到了院子里，一看是高贺。"你咋来了老高？找我有事啊？"高贺说："没事就不兴找你了，是吧？"占山笑捶了高贺一拳头："走，上我家去，喝两盅。"高贺摆摆手说："大热天的不上家去了。我问你，你为啥不买电视机啊？"占山对这个问题显然早有准备，以问做答道："那你买了吗？"高贺说："买了。"占山打了个愣："真的？"高贺再问一遍："你为啥还不买？"占山说："我？我……我……"高贺说："你是怕露富挨批判，对不对？"占山问："你就不怕？"高贺说："有啥好怕的？如今不是'文革'那个年月了，党和政府实行农村土地大包干，目的不就是叫咱老百姓都过上好日子吗？买电视机是在给政府争脸，增光添彩儿，表扬还不得一半哪，咋能批判你呢？老范你得认清现如今的形势啊。"占山说："你这话听着是有道理，可大伙儿的心里头还是不踏实啊。常有理买电视这事，谁都夸她胆子真大，不要命啦。"高贺问："那常有理咋说？"占山哼了一声，学着常有理说话的强调："我才不怕哪。我就不信共产党存心见不得老百姓好，不乐意叫老百姓过上好日子。"高贺点头说："嗯，这话说得在理。那你还顾虑啥呢？"占山问："老高你说，这政策真的不会变了？乡亲们天天在问我哪。"高贺看着占山，忽然想起啥似的，猛地调转车头，骑上就跑了。占山在他后面喊："哎，老高你跑啥呀——"

高贺真得往家跑。刚才范占山的一句话刺激了他。那句话是："老高你说，这政策真的不会变了？乡亲们天天在问我哪。"他反反复复想，也想不起有几个人问他"政策会不会再变了"。为啥没几个人问我呢？这可是个政治问题。说明乡亲们不拿我高贺当主心骨了。这个问题可够严重的。问题出在哪了呢？想来想去，就是我高贺自从大包干以后，没有给乡亲们谋点啥利益啊。你看人家范占山，承包了果园子，果子熟了以后，八月十五的时候就给各家分"团圆果"，全村男女老少谁不说他好啊？可我高贺哪，给了乡亲们啥呢？不中，不中，不中啊，我老高得赶紧干点啥，拢住乡亲们的心。不然，再换届的时候我这支书的位子恐怕就要拱手让给别人了。

迎面开来一辆吉普车，速度缓缓的，两束灯光射了过来。高贺这才注意到天已经黑了下来，就往道边躲，车轱辘轧到了一块石头上，车把猛地摇晃起来。他一慌张，车子一头扎进了道边的玉黍地里了，来了个人仰马翻。摔得不重，因为正在堵心，就没好气地朝吉普车上的人吼："咋开的车啊，瞎了咋的？"

司机小庞赶紧跳下车来到高贺身边，一边说着"大叔您不要紧吧"，一边想把他搀扶起来。高贺吼："你咋开的车呀？会开不会开啊？"小庞委屈地说道："大叔，是您刚才一紧张扎进地里的，我正常开我的车，没干啥违反交通规则的事啊。"响起一个女的声音："小庞，不许这样跟大叔说话，不管咋说，我们也有责任。"小庞低下头："是，云书记。"高贺打了个愣，瞪大两眼看蹲在跟前的女的。"你是云书记？"云秀仔细辨认一下高贺，笑了："是高书记啊，哎呀，你看我们，真是对不住了。"高贺连忙爬起身说："我没事，云书记，我啥事也没有，都怪我自己个儿，骑车不小心。"云秀问："你真的没事啊？到医院检查一下吧。"高贺摆摆手说："放心，我说没事准没事。哎云书记，你们这是……"云秀说："啊，今天下午我到下面转了转，刚从你们村出来，江天成和梁满仓他们都说不知道你干啥去了。我和天成聊了聊，我感觉他说的那个米面加工厂的想法挺不错的。"高贺心里"咯噔"一下子。米面加工厂？江天成？这个王八蛋，嘴儿可真严实啊，竟然从来就没跟我说过半个字。这下好了，在县委书记面前算是狠狠露了一下脸，这不是成心要我高贺的好看嘛。云书记该咋看我高贺这个支书啊？米面加工厂？他娘的，我咋就没想到这个项目呢？江天成这个老小子是咋想到的呢？

"高支书，你想啥呢？我送你回家吧。"云秀说道。

高贺反应过来："啊，我……没想啥……时候不早了，云书记你们快回城吧，我自个儿能回家，放心吧。"

说完，他腿脚麻利地推着自行车上了道，对云秀摇摇手："再见云书记，我走了啊。"骑上车子走了。

云秀看着高贺的背影远去，对小庞说道："我们走吧。"

高贺的车子骑得飞快，离家越近心里的气越大。他恨不得立刻站在江天成面前，可着嗓子质问他一句："你为啥不跟我商量就跟云书记汇报？"然后，抬起腿狠狠踹他一脚，最好踹得他三天起不来炕。叫你跟我对着干。他这样想着，车子像箭一样射进了村口。黑暗中，一道手电光照了过来。高贺吼："瞎照啥呀。"是梁满仓。"哎呀，支书啊，你可回来了。马书记叫你回了村赶紧给他回个电话哪。"高贺一听，骑上车子朝村委会跑去。进了院子，他刚支好自行车，看见江天成从村主任那屋出来了，立刻火冒三丈，凑过去指着他的鼻子大声质问道："江天成，你安的啥心哪？我问你，米面加工厂这么大的事，你为啥不跟我商量一下就跟云书记汇报？啊？显你能耐大是吧？响马河村你是当家人，一把手是吧？哼，阴谋家！"吼完，气呼呼地进了自己的办公室，"啪"地关上了门。

江天成被高贺咋呼蒙了，呆呆地愣在原地不知所措，一点点回味刚才高贺说的话。回味完了，反应过来了，追进了高贺的办公室。高贺拿着电话话筒正在自语："咋老占线哪，马书记这是跟谁说话哪。"天成站到高贺跟前，克制着情绪说道："高支书你刚才啥意思啊？谁是阴谋家呀？谁没跟你商量就跟云书记汇报了啊？"高贺大声喊道："你，就是你，说别人对得起你吗？"天成急了，也喊："你胡说八道，我江天成就不是那样的人。米面加工厂的事我跟你提过，你当时还点了几下头哪，满仓也在场。"高贺喊："扯淡，我一点印象也没有。"天成喊："你才扯淡哪。"高贺喊："你放屁。"天成喊："你才放屁哪。"天成气愤得五官都挪位了，猛地转身，冲出了屋子。

　　高贺也很激动，一屁股坐在椅子上，差点儿翻过去。电话响了。他抓稳话筒，喊："喂，谁呀？"话筒里是马童力的声音："高支书，我是童力呀。"高贺赶紧调整一下情绪，说道："啊马书记呀，我回村了，你找我……啥事啊？"马童力说道："云书记说，天成汇报过你们村想建一个米面加工厂，这事你应该先跟乡里说一声啊，弄得我在云书记那里挺被动的。"高贺说："咳，快别提了马书记，这件事啊我压根一点都不知道，是江天成这小子背着我背着村党支部偷偷整的，惦着在县委那里邀功买好，目的就是要抢夺村支书这把交椅，其用心何其毒也。"童力说："哎呀，没那么严重啊，你跟天成之间就是老有疙瘩没解开，这事我有责任哪。好了，我要你回电话是想跟你说，你们要尽快拿出一个建厂方案来。你是一把手，又是老大哥，要顾全大局，不要再计较这件事跟你商量没商量了。当然了，我也要批评天成，他应该事先跟你商量一下，甚至有必要拿到两委会上讨论一下。不管咋说，加工厂这个想法不错，云书记已经给予了肯定，接下来，你们就抓紧开展工作吧，有啥困难由乡委乡政府帮助你们解决。就这么着吧老哥哥，时候不早了，快回家歇着去吧。"高贺说："哎，你也早点歇着吧马书记。"

　　放下了话筒，高贺的心情一时难以平复。可以肯定的是，江天成这一次在县委书记那里算是挂上号了。这加工厂真要干好了，他江天成一定是得头功了。换届的时候，叫他当支书也不是不可能的事啊。姓江的这小子蔫了吧唧的还真有心计，竟然把马书记都给接过去了。水再大你也不能漫过桥面吧，我就不信马童力心里头不疙疙瘩瘩的。哼，只不过嘴上不说啥罢了，说了就显得你乡党委书记气量小。江天成，咱骑驴看唱本——走着瞧。有你好果子吃。哼！回家睡觉去，不琢磨这些烂事了。他这样想着，出了办公室，朝自家走。

　　街道上真安静啊！乡村的夜，安静、恬美、平凡。夜深了，路面上黑漆漆的，只有零星月光散落在地上。路上没有一个行人，偶尔会有一条狗颠哒着四只爪子无声而过。路边上不知名的虫子还在不知疲倦地鸣叫着，这让高贺的心里平添了几分躁气。直到躺到了炕上，他的心还是平复不下来。他知道，今天夜里他一准是睡不着了。索性坐起身，推开窗户，坐在窗台上，望着窗外呆呆地想心事。

月亮不知啥时候躲进了云层，整个世界像是扣进了一口大黑锅里，满天的星斗也不见了。

<h2 style="text-align:center">42</h2>

东旺也一宿没睡着觉。

前天刚刚完工的一个二层茶楼四个卫生间全部漏水。商家老板不同意仅仅修缮完事，要求一笔赔偿。不仅如此，老板还把这事捅到了工商局。工商局通知东旺，要吊销他的建筑队的营业执照。这事可是非同小可。他当即嗓子就哑了，嘴唇上起了一大溜火泡。他去找马童力，想叫他跟工商局说说，能不能多罚点款，不要吊销营业执照。马童力表示，工商局在依法办事，他作为一名政府公务员是无权干涉的。

不顺心的事情一个接一个。鱼塘死鱼的事还没个结果，现在建筑队又出了事。事故原因查清楚了，是水泥标号低所致。水泥是蒋状负责采购的，东旺揪住蒋状的脖领子二话不说就是一顿暴揍。蒋状连声喊冤，越喊冤打得越狠。要不是根发和谷香死死抱住东旺，蒋状非成残废不可。谷香骂东旺这么多年算是白活了，还是从前那个鲁莽的人。蒋状要给派出所牛所长报警。谷香说："你要报警告东旺，我就把你当年毒死他家两头猪的证据交给牛所长。"蒋状立刻不敢再咋呼了，但还是喊冤。谷香提醒东旺兴许真的冤枉了蒋状。东旺当时还听不进去，晚上躺在炕上冷静下来一琢磨，自语道："难道我真的冤枉蒋状了？"他决定，明儿个好好查查这件事。

第二天天快亮的时候，天空中滚过一阵雷声，轰隆隆响到遥远的天边。高贺听到雷声觉得有些困了，就躺下来迷迷糊糊睡开了。东旺也有点困了，但想起秦奶奶家小云昨儿个说，家里的西屋房顶有一处漏雨，就赶紧穿上雨衣，拿上干活的工具跑出家门。他一口气跑到秦奶奶家。秦奶奶正张着没有门牙的嘴巴，一脸焦急地仰头看天，嘴里还唠叨着："老天爷呀，你可别下大雨呀，我家的房子还没修好哪……"小云在呼噜呼噜喝大米粥。秦奶奶说："云哪，你待会儿再吃，快去找找你东旺哥，这雨眼瞅着就要下来啦。"小云一副满不在乎的样子，说道："哎呀，奶奶，你就放心吧，雨下起来之前东旺哥一定会把漏儿堵上的。"秦奶奶说："东旺是个大忙人，整天有多少事等着他啊，咱家房漏儿的事都算不上事儿。"

东旺的声音响起："秦奶奶的事要是不算个事，那就没有能算得上事儿的事儿啦。"小云哈哈笑着说道："咋样，奶奶，我没说错吧？"秦奶奶乐了，一把搂住东旺的胳膊就往炕边拉。"奶奶给你留着咸鸡蛋哪，快就着大米粥吃几个。"东旺说："不中啊奶奶，这雨说下就下来了，我得赶紧把漏儿补好再吃。"说着，跑到院子里搬梯子。

这会儿，江天成正坐在炕桌前，手里拿着一个玉黍饼子，边吃边看摊在桌上的一本书。苏琴端着一盘炒鸡蛋走进屋，说道："好好吃饭，吃完再看啊。"天成嗯了一声，继续看。苏琴一把抢过书，天成急了："哎呀，快把书给我，乡里要咱们抓紧把米面加工厂建起来，我得看看这书上是咋写的。"正说着，朱明理和李之悦进来了。"你俩吃了吗？一块吃点儿。"天成说。李之悦说刚吃了。朱明理抄起筷子夹了块鸡蛋吃了。

李之悦问："天成，加工厂的事儿，我咋看着支书有点外热里冷啊？"

朱明理说："是啊，你没跟支书说好这事吧？"

天成说："你们甭管这事了，该咋操持咋操持去吧。之悦，叫你找建筑队找到了吧？"

之悦摇摇头："正在找。实在不中，还是叫东旺的建筑队干吧。"

天成说："他们没有执照了，你不知道咋的？"

之悦说："就在咱们村里干活，有没有执照又能咋的呀。"

天成一瞪眼睛说："糊涂。你学点法律中不中啊？你当是在你们家垒个鸡窝哪？再去找，快去。"

之悦答应一声，走了。

明理说："天成哥，买加工厂设备的资金还差三千多块钱哪，咋办啊？"

天成想了想："车到山前必有路。钱的事我再想法子，大活人还能叫尿憋死？真是的。"

明理说："你说大家伙儿也是，都惦着进厂子当工人，可厂子缺钱了谁都不肯帮一分钱。"

天成说："这也怨不上大伙儿，过去都是公家办工厂，现在自己个儿办，谁心里也没有底，不敢掏钱哪。走，跟我上青石坡立秋那跑一趟，那个老小子会过日子，兴许能借点来。"

两个人出了院门，推着自行车往外走。苏琴拿着件雨衣走过来塞进车筐里，问明理："要下雨了，你没带着雨衣啊？"明理拍拍屁股上的挎包。两个人出了院门，朝青石坡而去。

这会儿，帮秦奶奶家苫好房漏的东旺，正在蒋状家问他话哪。蒋状说："东旺哥，我对天发誓，我真的不知道水泥标号咋变低的了，我可总是按照你的命令买水泥的呀，从来不敢不听你的话呀。"东旺问道："你真的眼瞅着水泥装上车的？真的没干别的闲波情儿的事？"蒋状举起一只手发誓道："我要是没好好盯着，就叫我这辈子娶不上媳妇儿，生了孩子没屁眼儿。"东旺说："说起娶媳妇儿来了，你说大包干这几年，你要是好好伺候分给你的那块地，多打点粮食，多卖点余粮攒点钱，能到今天还娶不上媳妇儿吗？你看人家大夯子，二阳子，三核桃，一个个都当上爸爸了。"蒋状说："我……嘿嘿，我这不也正往好变哪吗……哎哥，我看上一个姑娘，就是盖茶楼的时候，给咱们做饭的那个女的，叫……啥来着……"东旺捶了他一拳说："先别扯这个，赶快跟我上水泥厂跑一趟。带上雨衣。"蒋状说："我哪有雨衣啊。"

蒋状也没自行车。东旺上田兴文家借，兴文家没人，车子用大铁链子锁着哪。他又跑进赵金生家，金生没在家，他老婆说一会儿得上外村娘家送菜去。东旺知道她是舍不得往外借自行车，就说："借我件雨衣中吧？"金生老婆嘻嘻笑着递给了他雨衣。刚从金生家出来，谷香迎面骑着车子过来了。东旺连忙喊："谷香，快借我自行车使一下。"谷香下了车，问："干啥去呀？"东旺说："回来再跟你说。"他从谷香手里接过车子骑上就跑了，蒋状连忙骑上东旺的车子在后边追。

高贺刚走进天成家大屋，瓢泼大雨就下了起来。"哗哗哗"的大雨连成了线，淹没了所有的声响。天地间只有雷鸣雨啸，仿佛整个世界都在纵情地喧哗着。"快坐支书，这雨下得可真不小啊。"苏琴倒了杯水，放到高贺跟前的桌上。"天成呢？"高贺问。苏琴说："跟明理上青石坡借钱去了。""借钱？""啊，买设备不是还差三千多块钱吗。这事你不知道啊？"高贺说："我知道，知道。"心里一阵欣喜。昨天晚上他已经把这件事捋清楚了，加工厂这事乡里县里都支持，我高贺要是不上前不作为，肯定是说不过去的，那就跟着干呗。既然你江天成在县委书记那里露脸得意了一把，那我高贺必须也得瞅准时机也露回脸。现在时机来了，看我高贺咋行动吧。找张立秋借？哼，就那老小子，会过日子的确不假，可人家能借给你吗？人家是青石坡支书，不也得带领村民干点啥吗？要干啥能不需要钱吗？借给你了，人家花啥？做梦娶媳妇想得美！

夏天的天孩子的脸，说变就变。刚才还是大雷大雨的，这会儿雨停了，不过没开晴，黑云在天空中乱飘。高贺从天成家出来，直奔村委会，进了自己的办公室，拉出抽屉拿出一个小笔记本，翻看上面的电话号码。正查着，满仓推门进来了。"支书啊，你找我？"高贺想了想，说："啊，满仓啊，我问你，你是啥时候知道要建加工厂这事的？"满仓说："就那天，天成跟你在你这屋，我进来送报纸，听见天成跟你说，他惦着操持一个米面加工厂……""我当时说啥了？""当时，你就点了点头，啥也没说。"高贺点点头，说："嗯，我知道了。你去吧。"满仓出去了。高贺又翻了会儿电话本儿，然后抄起话筒，看着本子上的号码开始拨号。

"喂，找谁呀？"话筒里传来一个沙哑的声音。高贺连忙笑哈哈地说道："哈哈，是丁行长吧……我是响马河村的高贺呀……"电话里的丁行长说道："是高支书啊，有何指教啊？"高贺说："不敢不敢。今儿个上午方便不，我惦着当面求你帮个忙啊。"丁行长问："想贷款哪？"高贺说："哎呀，真不愧是大领导，明察秋毫啊。咱们见面谈，中吧？"丁行长说："叫上马乡长，有些日子没见到他了。"高贺说："好咧好咧。我这就跟马书记打电话。"放下话筒再拿起，他拨通了马童力办公室的电话。"喂，马书记……是我呀，今儿上午有空吧？"马童力问："有啥事啊？"高贺说："我惦着请请丁行长，贷点款，村里那个米面加工厂买设备、建厂房啥的，还缺不少钱哪。"马童力说："是丁行长叫你喊上我的吧？""你咋知道？""贷款不是个简单的事，他拉上我这个官方代表，以防万一啊。我必须参加以示支持，也好帮着你参谋参谋，拿拿主意。"高贺说："中中中，忒好忒好，我这就上乡里接你去啊。"

高贺放下话筒，拨通了苏志新照相馆的电话。"志新哪。""爸。""你赶紧给我找辆车过来接着我，再接上马书记，跑趟县城办点事儿。""哎呀，这么急，恐怕……""废话少说，快点的。"话音落，话筒落。高贺锁好办公室的门，回家等车来接。"天还没晴哪你咋出门啊？"翠芝说。高贺说："有汽车，怕啥呀。"翠芝就不说话了。顶着雨出门，肯定有政治原因。

还好，雨一直没再下起来。不过，天还是没有放晴。高贺躺在炕头看县报。第一版一行醒目标题大字吸引了他的眼球："北洋乡出了个电视村"，他戴上老花镜瞪大眼睛仔细看内容，上面写道：北洋乡有个村子叫梧桐村，大包干以前，这个村的生产一直排在全乡最后一名。实行家庭联产承包责任制以后，梧桐村村民焕发出冲天干劲，生产形势一年好过一年，去年，一跃成为全乡余粮和存款人均最高村。村党支部在乡党委支持下，下大力量抓了群众的文化生活建设，在村北建成了一个文化广场，支部书记和村主任带头购买了电视机。目前，全村八十五户村民，有七十一户添置了电视机，成了名副其实的电视村。看到这里，高贺一下子从炕上蹦了起来，猛地一拍大腿道："哎呀，我咋把一个露大脸儿的机会，眼睁睁给错过去了哪！翠芝——翠芝——"翠芝答应着进来了。"快，把电视机抱到大屋来。""可以叫村里人知道了？""不光叫村里人知道，还得招呼大伙儿上咱家来看，明白吧？今儿晚上就招呼。"翠芝点头说："明白了老头子，这就是政治，是吧？"高贺晃着手说："快去抱，快去抱。"

院门口响起汽车喇叭声，很快响起志新的声音。"妈，爸——"翠芝的声音："你来得正好，快帮我抱电视机。"志新抱着电视机进了大屋，叫了声爸。高贺晃了下手："快走。"他拔腿出了屋，上了车。翠芝嘱咐志新："慢点开，道上瞅着点儿。"志新答应着上了车，缓缓离开了家门。出了村口，高贺说："快点开。"志新加速。高贺又说："明儿个前半晌，你带着照相机上村委会来找我。"志新问："给谁照相啊？"高贺说："大伙儿。"志新侧脸看了眼岳父，没再说啥。

这会儿，周东旺带着蒋状正气鼓鼓地往乡政府疾驶。他的两只眼睛在喷火，头发都竖了起来，黑着脸一言不发。蒋状体力不支，又不敢落下，咬着牙紧蹬脚踏板，呼哧呼哧乱喘气，心里盼着快点到乡政府。终于到了乡政府大门口，东旺忘了下车直接冲进了院子。门卫大爷追着他喊："嗨，你找谁呀？咋不懂规矩呀？"东旺的车子差点撞到马童力。马童力正准备到大门口对面去等高贺的汽车。他看清是东旺，再看东旺一脸的怨怒，问道："出啥事了？走，到我办公室说去。"东旺说："马书记，你说高粱杆算他妈……"马童力打断他的话："到办公室再说，注意影响。"

东旺跟在童力身后进了屋，蒋状跟了进去。童力倒了两杯水，一杯递给了蒋状，一杯送到了东旺手上。"别激动，先喝口水。"东旺没有喝水，放下杯子，还是很激动："马书记，水泥标号的事查清楚了，是高粱杆这个王八蛋……"童力打断他的话："东旺，注意点影响，不要带脏字。"东旺改口说："是高粱杆暗中捣的鬼，偷偷换了低标号的水泥，目的就一个，给我使坏。你说咋办吧这事。"童力眉头皱了起来。又是高粱杆。鱼塘死鱼怀疑是高粱杆所为，现在水泥的事高粱杆又成了怀疑对象，这个高粱杆真够烦人的。他冷静地思忖了一下，说道："水泥标号的事你先不要声张，特别是不要急着寻找高粱杆，我来帮你处理这件事。上午我还有点事，你先回村吧。"东旺点点头，抄起水杯一口气喝光，抹了把嘴唇，说了声："我走了。"

高贺让志新将车停在乡政府门口对面，推开车门准备下车接马童力，忽然看见东旺和蒋状推着车子走出了大门口，连忙拉上车门，看着他俩骑上车子匆匆而去，自言自语道："这个时候，东旺上这干啥来了？"他这样想着，推开车门刚要下车。志新说了声："爸，你看，江天成跟朱明理。"高贺急忙拉上车门，透过车窗玻璃看到江天成朱明理两个人匆匆骑着车子过来了，皱着眉头自语道："这俩人咋也上这来了呢？今儿个这是咋的了？"他对志新说："别下车，等他们走了再进去。"

糟糕的是，刚才的车门没关严，高贺竟然一不小心折了下去。志新喊了声爸，惊慌失措地跳下车去搀扶岳父。"摔哪了，爸？"志新急切地问道。高贺低声呵斥道："小点声，别叫江天成他们听见。"话音未落，江天成和朱明理出现在他的眼前。天成看着高贺，问道："高支书你咋在这？没摔着吧？"高贺这个窝火啊，竟然在江天成面前现眼出了大丑。朱明理说："要不，上医院瞅瞅去吧高支书。"高贺气呼呼地吼了句："用不着，我没事！"

第十五章

43

丁行长叫丁向东，今年三十六岁，在县银行已经工作十八年了。前年从营业部主任岗位上提拔到了副行长位置上，今年五月转为正行长，是一个坚持原则、雷厉风行的人。他是童力媳妇梁燕妮的表哥，马童力也得跟着喊他一声表哥。不过公共场合还是喊他丁行长的。

现在，童力在先，高贺在后，在一个年轻姑娘引领下走进了丁向东的办公室，但丁向东不在。姑娘说："丁行长一会儿就回来，请二位喝茶等候。"高贺坐在沙发上，环视着屋子里的陈设，不由惊叹道："哎呀，马书记，你这个表哥的办公室可够阔气的啊，比你那个办公室洋气儿多了。"马童力笑笑："人家是财神爷，咱是清水衙门，比不起呀。"高贺喝了口茶水："嗯？这是啥茶呀？没喝过。"童力说："是龙井。夏天骄阳高温，溽暑蒸人，出汗多，人体水分消耗大，这个时候最适合喝龙井啊毛峰啊碧螺春这些绿茶。味道有些苦，但它有消热、消暑、解毒、去火、降燥、止渴、生津、强心提神的功能。"高贺说："嚯，这么多好处哪？我得多喝点儿。"童力想起一件事，问道："新出的县报你看了吗？"高贺说："看了，我正要跟你说你那个同学童志他们乡，出了个电视村的事哪。"童力说："我要说的也是这件事。咱们乡在这方面落后了，我的工作没做好啊。光顾了抓生产，忽视了村民的思想建设呀。下一步，我们要花大精力把这项工作抓上来，要让全乡群众提高思想认识，消除顾虑，敢于露富，敢于带头过好日子。"高贺点头说："你放心吧马书记，我要让我们村也成一个致富典型村，多出几个万元户。"童力赞许地一拍巴掌说："好，好，到时候我请县委领导给你戴大红花。"

丁向东进屋，笑哈哈说道："对不起，叫两位书记坐等了。喝茶，喝茶。"

高贺握住向东的手，说道："没打搅你工作吧丁行长？"

向东摆摆手说："没有没有。是你们村的周东旺来了，刚把他送走。"

高贺一愣，看了眼童力："周东旺？他干啥来了？"

向东说："还能干啥，跟你一样呗。"

"贷款？他也来贷款？他贷款惦着干啥呀？"高贺心里骂道，"周东旺这个兔崽子，这事也走在老子前面了，成心对着干是吧？"

向东说："说是要注册一个建筑工程队。"

高贺说："他的泥瓦队盖茶楼出事了，被吊销了营业执照，你还不知道吧？"

童力说："高书记，这事回头我跟你详细说。还是说你的事吧。"

高贺问向东："咋样啊丁行长，我贷款的事儿没问题儿吧？"

向东说："我只能说，只要审核没问题，符合贷款规定，我一定亲自给你办。"

高贺问："审核？审啥核呀？"

向东笑了说："你想想，国家的钱咋能随随便便说贷给谁就贷给谁呢？我们作为行政机关得为国家的钱负责任哪，你说是吧？"

童力对高贺说："贷款是有程序有具体规定的，得按照章程一步步来。"

向东说："你们想干点事是对的。现在的发展形势多快呀，九十年代初开发了浦东新区，这可是深化改革的重要象征啊。你们可以组织村干部上那参观参观，开开眼界。"

高贺说："嗯，这个建议挺好。我明白了马书记。我是为全村老百姓办实事的，还怕审核？江天成他们不是跑细了腿儿也没借来钱吗，我要拿我家的全部家产做抵押，一定要把加工厂给操持成了。哎，行长，咱们找个地方一边喝一边聊去吧。我请客。"

丁行长笑哈哈地对童力说道："高书记要请我，你没意见吧？"

童力说："得了吧表哥，你这个财神爷真好意思叫高叔请你呀？"

高贺说："应该的，应该的。"

向东摆着手说："不中啊，高书记，我要叫你请我，我这个表妹夫敢上纪委那举报我去呀。还是我请吧，走啦走啦。"

三个人去了饭店。东旺和明理回到了村里。东旺嘱咐蒋状说："高粱杆捣乱的事跟谁也别说，听见没有？"蒋状问："你是惦着咽下这口气了是吧？"东旺说："别问了，听我的就是了。"蒋状答应一声，骑上车子走了。东旺喊："给咱们做饭的那个女的叫张彩彩，知道她家住哪吧？"蒋状赶紧调转车把骑了回来，龇牙乐着说道："我听她说过，好像住大令各庄。"东旺说："我知道了，我去找这个彩彩给你牵牵线儿。"蒋状一高兴忘了自己在自行车上，"啪唧"一下子倒在了地上。东旺骂道："一说媳妇你就发神经，这可是谷香家的车子，摔坏了你赔啊。"蒋状忍着疼嘿嘿乐："那你现在就去吧哥。"东旺说："扯。眼瞅着上午了，你叫我饿着肚子去呀？"蒋状说："对了哥，我请你去我家吃饭吧。"东旺逗他："好啊，那你请我吃啥好饭啊？"蒋状认真地说道："我家菜园子有黄瓜有火柿子有辣椒有豆角，好歹就是四个菜了。"东旺说："全都是素的，没有肉没有蛋的这叫请客呀？"蒋状挠挠脑袋，咧咧嘴，伸出一只手说："哥你借给我五块钱，我上小卖部买几个鸡蛋，再割半斤肉，嘿嘿……"东旺笑："是我请你还是你请我呀？"蒋状说："我先欠你的，早晚还你。"东旺说："你先去还车子吧，上午上我家吃去吧，我叫你嫂子给你包饺子。"蒋状大声答应着，乐颠颠地跑了。

"水泥到底是咋回事啊？是水泥厂给错了，还是蒋状拿错了？"东旺一进家，刚从自家地里护青回来的周秋山就急切地问道。

东旺说："不是水泥厂给错了，是高粱杆捣的鬼。"

周秋山瞪大眼睛："啊？又是这小子？"

东旺说："我现在越来越怀疑，当年我跟红霞被谷香堵在一个被窝里的事，就是高粱杆使的坏。"

正在择菜准备做饭的红霞气愤地说道："这回可不能轻饶了这小子。"

周秋山对东旺说："你搂着点火儿，不管咋说人家可是支书的亲侄儿，惹不起啊。"

红霞说："爸，咱不怕他，咱跟他讲理，凭啥这么害咱家啊。"

东旺说："冤家宜解不宜结，不跟他一般见识不是怕他。你忘了一个寺院师父说过的话了：诸余罪中，杀业最重；诸功德中，放生第一。得饶人处且饶人吧。"递给红霞两块钱，说，"蒋状上午上咱家吃来，买点肉给他包顿饺子吃吧，这小子馋肉。"

红霞答应一声，没要钱，说："我兜里有。你先上后院割点韭菜吧。"

东旺说："对了，你认识大令各庄的人不？"

红霞想了想说："有一个叫张彩彩的，好像是那个村的。"

东旺乐了："天下有这么巧的事？我跟你说，蒋状看中这个张彩彩了，咱们给他俩牵牵线儿搭搭桥儿吧？"

红霞沉吟了一下："嗯，蒋状这阵子比过去强多了，不那么懒了，知道攒点钱过日子了，也该说个媳妇儿了。中，下午我找彩彩说说这事去。"

蒋状进院："干啥去呀嫂子？"

红霞说："买肉包饺子啊。你跟你哥择韭菜洗韭菜吧。"

村委会大喇叭响了，是翠芝的声音："乡亲们，今儿个下午吃完饭，都上我家大门口看电视来啊，新买的十二寸的大电视机，节目可好看啦……"

周秋山仰着脸听着广播，说道："支书家就是有钱，头一个买上大电视了，还请全村人看，甭说，还得搭上茶水儿。嗯，村干部就是有水平啊。"

这会儿，谷香正跟元宝商量卖掉古董的事。元宝问："问题是爸能同意卖吗？那可是他的命根子啊。"谷香说："卖了它换成钱，日子不是过得更踏实吗？再说了，咱可以拿出一笔钱投资干点啥，钱生钱，不是更好吗？"元宝问："你想好了投资干啥了吗？"谷香说："你听我说啊。眼下，农民一年年富了起来，手里有钱了，谁不乐意吃好穿好住好啊是不是？我琢磨着，往后盖新房建工厂的肯定越来越多，东旺的建筑工程队将来的生意肯定好，我惦着跟你商量，说服爸卖了那个古董，拿出点资金加入工程队跟着赚钱，你说咋样？"

元宝听着听着脸色阴了下来。谷香说："又小心眼了是吧？又往歪处想了是吧？我说你们文化人咋都这样啊？孩子都这么大了，你咋还……再说我谷香是啥样人，过了这些年你还不了解咋的？"元宝的脸色稍稍好了一些，说："人生若只如初见，何事秋风悲画扇啊。我实在是太在乎你了，难道你不懂我的心吗？"谷香说："我不傻不乜的咋不懂啊。你就放心吧，我跟了你就不再有外心，我和东旺现在就剩情谊了，你相信我。"元宝点点头："好，我相信你。你看准了东旺的建筑队，那就投吧。"

谷香放下碗筷，抬腿去了父母家。听她说明来意后，谷大贵先问钱彩凤啥意见。彩凤说："这么大的事我可不敢拿主意，你是当家的，我听你的。"谷大贵问谷香："你一个女人家，啥事能看得准吗？要是赔了咋办啊？"谷香说："爸，我挺大一个人能不把事想周全了就去做吗？能拿家里的钱稀里糊涂地往外投吗？"谷大贵扬扬手说："这事啊先别急，叫我再好好琢磨琢磨。"谷香说："哎呀，爸，还琢磨啥呀。那古董再好就这么藏着掖着也生不出钱来，不如换成钱再赚钱。"谷大贵说："实话跟你说吧，我是担心你跟东旺搅和在一块儿，村里人说闲话。"谷香说："人各一张嘴，爱说啥就说去呗，我身正不怕影子斜。"谷大贵说："你身子正，能保证东旺也身子正啊？我怕东旺给你亏吃。"谷香说："咳，你咋这么说东旺啊？他绝对不是那种人。"彩凤说："香啊，别怪你爸想得多，害人之心不可有，防人之心不可无啊。人心隔肚皮，见钱就着迷……"谷香打断母亲的话："哎呀妈，东旺当初操持泥瓦队是为了他自个儿赚钱吗？不是吧？他承包那个鱼塘逢年过节卖给大家的鱼，是不是比市场价儿低得多？村里的五保户烈军属户吃鱼他是不是不要钱？现在又操持建筑工程队，人家还是为了带领村里的乡亲们一块挣钱致富。东旺还说了，等他手里有了钱，就以最低的价儿给咱村翻盖房子，争取叫家家户户都住上新房子。你说，有这样见钱就着迷的人吗？"谷大贵说："他那么好，咋叫工商局给吊销执照了呢？"谷香说："我听蒋状说，这事已经查清是咋回事了，根本不是东旺的责任。"谷大贵问："那是谁的责任啊？"谷香说："蒋状说东旺不让说。"谷大贵又问："卖古董的事，元宝啥意见啊？"谷香说："他没意见。就看您老的了。"谷大贵说："这事我没思想准备，明儿个早上我给你话儿。"

谷香从娘家出来，直接去了东旺家。周秋山拎着镰刀正出院门，看见谷香来了，说："找东旺啊香？"谷香说："是啊大叔，您老护青去呀？"周秋山说："啊。快进去吧，还有饺子哪。"谷香笑："哎。您老慢走。"

红霞正在过堂屋刷碗筷，见谷香进来了，说道："来呀谷香，吃俩饺子。"

东旺从大屋出来，说："是找红霞还是找我呀？"谷香说："找你。"东旺说："来，进屋说。"谷香进了大屋，红霞盛了一碗饺子端了进去。谷香接过碗筷，吃了一个饺子："嗯，真香，还是肉的呐。"红霞说："蒋状爱吃带肉的，他刚走。"谷香说："这些日子蒋状还真是变了，勤快点儿了。"红霞说："谷香你坐啊，我带着糖果儿出去一趟。"谷香说："哎，忙你的去吧。"红霞出去了。东旺问："找我啥事啊？"谷香说："听说你惦着上银行贷款？"东旺点点头说："丁行长说了，我这种情况暂时不能贷给我。""啥情况啊？""茶楼漏水的事呗。""正好，你别贷款了。兴许我可以帮你。""你帮我？你咋帮我呀？"谷香说："现在还不能说，明儿早上再告诉你。"东旺笑："还挺神秘的。"谷香也笑了，起身说道："大上午的睡会儿吧，我回去了，儿子该找我了。别发愁啊，车到山前必有路。"东旺说："等会儿，给元宝拿点饺子去。""不用。""是我给元宝的，你凭啥给拦下啊？我们哥俩越走越近你不乐意啊？"谷香心里热了一下，停下脚看着东旺。东旺把剩下的一盘饺子全都端给了谷香。谷香没说啥，又看了他一眼，转身走了。

走在街上，谷香看见蒋状闪进了一棵大槐树后边，就喊："蒋状，你躲我干啥呀？出来。"蒋状笑嘻嘻出来了："是谷香啊，我刚才擤鼻涕来着。哎，你这饺子……"谷香说："瞅着眼熟是吧？对了，这是你吃剩下的，东旺叫我给我们家元宝拿的。你干啥去呀？"蒋状问："看见红霞没有啊？"谷香说："看见了。"蒋状挺失望的："她在家啊。"谷香说："这会儿不在家了，说是出去一趟办点事儿。"蒋状立刻乐了，说："你快回家吧，嘻嘻。我……我那个……没事，溜达溜达，嘿嘿嘿……"蹦蹦跳跳着走了。谷香看着他的背影，自语道："这个蒋状，咋有点神经兮兮的啊？"

"谷香啊，看啥呢？"谷香回头一看，是马童力。"马书记，这大热天的来我们村有事啊？"马童力说："是啊，有事。你这还没吃饭哪？"谷香说："吃过了。这是东旺给我们元宝的。"童力说："碰见你正好，正想招呼你们几个村干部开个会哪。你先把饺子送家去，再来村委会吧。"谷香答应一声，快步朝家走去。

44

高贺站在村委会院子里等马童力。

大中午的，烈日当空照，火辣辣地炙烤着大地万物。知了没命地叫唤着，更叫人感到焦躁。刚才，马童力打来电话找他，值班的梁满仓跑着上他家，告诉他马书记一会儿就到，还叫把几个主要村干部都召集来，他觉得一定有重要事。不然，马童力不会顶着日头跑村里来开这个会的。会是啥内容呢？他猜测，会不会是因为贷款的事，要表扬我关键时刻挽救了加工厂呢？还有，马童力说要详细跟我说东旺泥瓦队被吊销执照的事，可他一直没跟我说哪。今儿个是不是要在村干部会上说呢？

江天成走进院子，他假装没看见，仰脸看柿子树上的青柿子。朱明理来了，他也假装没看见。明理喊了声："高支书。"高贺朝他点点头，转身进了办公室。天成蹲在自来水龙头前洗脸洗头。

马童力推着自行车走进院子。明理喊了声："马书记来了。"高贺从屋子里出来："来了马书记，快进屋扇扇扇子喝杯汽水凉快凉快。"童力说："汽水儿？"高贺说："我做的。"童力说："人来齐了吗？"高贺说："就差谷香了。"满仓进院，说："支书啊，元宝说谷香去她娘家了，可她妈说……"童力说："别找了，我刚才碰见她了，告诉她开会了。"转身拉着高贺进了办公室。高贺知道马童力有话要对他单独说。果然，童力说："有证据证明高粱杆参与了水泥调包事件。"高贺惊讶不小："这……真的？"童力点点头："不过周东旺表示，不打算追究高粱杆的责任，也不打算报案。"高贺不解地眨着眼睛。童力说："高支书，东旺是一个大度的人哪，他这样做等于是放了高粱杆一马啊。你知道，承担刑事责任对于你侄子来说，意味着啥样的后果。"高贺点点头，思忖着。童力说："今儿个这会叫东旺也参加吧。"高贺敏感地看着童力。童力解释说："这几年，周东旺的表现乡亲们有目共睹，你们村干部更是心中有数。乡党委听到了群众的反映，打算重点培养一下这个同志。"高贺心里"咯噔"一下，脱口而出道："要提拔周东旺当村干部？"童力说："只是培养对象，关键得看东旺今后的成长。你有啥意见哪？"高贺立刻摇摇头："我没啥意见，没意见。我这就喊东旺开会来。"

高贺出了办公室，对正蹲在水池子冲西瓜的满仓说道："满仓啊，喊东旺开会来。"满仓以为听错了："喊东旺开会？"高贺说："快点的。"满仓答应一声，跑进了广播室。大喇叭里很快响起了满仓的喊声："周东旺，周东旺，听见广播以后马上到村委会开会来，马上到村委会开会来……"

谷香进院，正往会议室走的马童力看见了她，停住脚等着她。谷香紧走几步到了童力跟前，两个人边走边说着话。高贺不动声色地看着他俩，若有所思。他在想：马童力指名叫周东旺开会来，这就是一个信号啊，摆明了要培养周东旺接我的班啊！这个问题看起来已经很严重了。这该如何是好呢？我不能眼睁睁等着周东旺抢走我的交椅啊。不能，绝不能。可有啥好法子阻止住这件事往下发展呢？高贺感到一阵头疼。满仓从会议室探出身子，喊："支书——支书——"高贺皱着眉头呵斥："喊啥呀。"满仓说："马书记喊你哪。"高贺挥下胳膊，走进会议室。

马童力正在和江天成低声说话，高贺坐到童力身边一言不发。谷香递给高贺一杯茶，高贺朝她点下头。东旺进来了，喊了声："马书记。"将手里的已经切好的西瓜放到桌上，递给马童力一块，说了声："大伙吃瓜。"然后坐到了朱明理身边。童力对高贺说："高支书，咱们开会吧。"高贺点下头，敲敲桌子，喊道："安静啦。今儿个马书记来咱村要召开一个紧急会议，特意要周东旺列席参加。下面，请马书记讲话。"大伙鼓掌。马童力摆摆手，清清嗓子说道："大上午的开这个会，耽误大伙休息了。因为下午我要上县委开会，所以只好抓上午这个空了。今儿个的会内容就一个，党团组织和村民委员会立刻行动起来，研究如何解决村民们不敢露富的问题。"大家面面相觑，一齐看向童力。

童力举起一张县报，说道："北洋乡出了个电视村的事，大家都在报纸上看到了吧？"东旺说："看见了。"朱明理说："这个村趁钱户还真不少哪。"谷香说："咱们村有钱户也不少啊，可就是不敢叫别人知道。"童力脸上的表情很严肃，他说："大包干之后，咱农民的手里逐渐有了钱，有了存款，这是好事，是过上幸福好日子的根本保障，也是我们党进行农村工作改革的初衷和目标。可为啥相当一部分群众手里有钱却不敢声张不敢花呢？值得我们沉思啊同志们！"

在座的每一个人都在凝眉思考。高贺瞥了一眼东旺和谷香。东旺跟谷香说了句啥，谷香对他摇了摇手。眼看着东旺要说话了，高贺赶紧抢先一步发言："我认为群众手里有钱不敢声张不敢花，主要原因就一个：怕政策再变，还回到大锅饭时候，一句话，怕把他的家产给平分喽。大伙说是不是这么回事啊？"东旺还是说话了："我觉得高支书说得有道理。可我们为啥没提前料到会出现这种现象呢？为啥没早一点儿叫群众打消这种顾虑呢？"童力点点头："嗯，我们的工作缺乏超前性和预见性啊！"高贺心里这个不舒服啊，心里说：你他娘的周东旺列席开个会，还真把自己个儿当根葱了是吧？狗掀门帘子你露哪门子的嘴啊？

大家小声议论起来，童力说："大家有啥话说给大家听。"天成举了下胳膊，说道："马书记，我想说两句。"童力说："你说。"天成说："我觉得东旺做得挺好的，他承包鱼塘就没怕政策变，挣了钱以后没忘了乡亲们，给那些五保户烈军属送鱼不要一分钱，逢年过节的低价卖给乡亲们。"大家纷纷点头，向东旺投去赞许的目光。高贺心里骂天成：他娘的，你这是明着夸奖周东旺，暗地里批评我高贺心里头没装着群众啊。东旺不好意思地说道："看你说的，天成哥，我这点事有啥可说的呀。"天成说："我还想说，东旺他操持泥瓦队，带领村里会泥瓦活的一块挣钱，自己分到手的钱最少。最叫我佩服的是，他硬是把我们村有名的懒汉蒋状给改造好了，大家都看见了，如今的蒋状可比过去勤谨多了，也知道攒钱娶媳妇了。"

大伙一齐对东旺鼓起掌来。东旺红着脸低下了头。

童力也许注意到了高贺心里的变化，对大家说道："还有你们的高支书。大伙都知道，米面加工厂遇到资金难题了……"大家都看高贺。高贺心里泛起一层暖意，用眼神向马童力表达感激。马童力接着说道："为了使加工厂尽快操持起

230

来，高支书用自家的家产作抵押，到银行贷款成功。"大家脸上现出惊讶的表情，包括江天成。会场静默了一会儿，忽然爆发出一阵热烈的掌声，天成和东旺站起身鼓掌。高贺经历过太多这样的场面，他宠辱不惊地朝大家摇着手，脸上挂着平静的微笑。

谷香说道："我觉得高支书买电视这事就是带了个好头儿，对打消那些惦着买电视机又不敢买的人的顾虑，一准有作用。"

童力说："谷香说得对呀，榜样的力量是无穷的。你自己都有顾虑，这个不敢做，那个不敢买的，却惦着说服别人干这买那，可能吗？所以，乡党委希望在座的各位，会后赶快行动起来，在自家财力允许的情况下，置办一些自行车、缝纫机、电视机、电风扇啥的这些高档家具，带动乡亲们享受党的好政策带给我们的幸福好生活。大伙说好不好啊？"所有人异口同声喊出一个字："好！"都情绪高昂。

马童力低声问高贺："你还有啥要说的吗？"高贺摆摆手。心里想道我要说的，你都已经说了，我要再说一句话就是喧宾夺主了。童力面对大家说道："好，今儿个这会就开到这了，散会。"大家跟童力点头摇手纷纷走出会议室，东旺临出门前对童力笑了下，谷香对童力说："走了啊，马书记。"童力对她笑着点下头。高贺说："走吧，上我那屋喝点茶去。"童力说："不喝了，我得赶到县委开会哪。"

送走了马童力，高贺背着手朝家走。半路上，想起了啥，朝东旺家走去。

东旺正坐在院子里吃西红柿，发出稀里呼噜的声响。红霞推着车子进院，后座上的小糖果举着一根冰棍，朝东旺喊："爸爸，吃冰棍。"东旺走过去亲了一口闺女，假装咬一口冰棍，说道："还是糖果惦记爸爸，好闺女。"红霞撇下嘴说："没良心，大热的天，硬逼着我去给你的兄弟说媒去。"东旺急不可耐地问道："哎，咋样啊？啊？咋样？"红霞说："人家说，瞅着蒋状不像个过日子人……"东旺急了："你没说蒋状现在比过去变得好多了？今后一准会越变越好的。"红霞说："我说了。彩彩说，容她想想再说。"东旺说："那就过几天你再去说说啊。"红霞说："要说你说去，我才不管你们这破事哪。"东旺搂住红霞脖子嘻嘻笑着要亲。小糖果手指头扒拉着小脸蛋，喊着："爸爸没羞，亲妈妈，爸爸没羞……"东旺喊："去，小丫头片子，不许瞅。"红霞一把推开东旺："没个正形儿，滚一边去。"

高贺进院，喊了声："哎呀，大白天的，两口子这么亲热呀，有啥喜事啊？"

东旺看着高贺愣住了。

红霞打了东旺一下，说道："支书来了，快进屋喝水去。糖果，叫爷爷呀。"

小糖果仰着小脸对高贺喊了声："爷爷。"

高贺抚摸着糖果的小脑袋，笑着说："小糖果真懂事。不进去了，屋里热，还是院子里头凉快。东旺，给我拿个板凳。"

东旺反应过来，转身进过堂屋，拿着个板凳出来，递到高贺屁股底下。

高贺坐定，看着东旺，不说话。

东旺看着高贺："有事啊，支书？"

红霞端着个茶壶出来了，放到高贺面前的石桌上，倒了一茶碗："喝茶支书。"

高贺喝着茶，刚要说话，蒋状进来了。"支书在啊。我……我找红霞嫂子。嘿嘿。"蒋状朝高贺嘻嘻笑着，从他身后走过去进了过堂屋。

东旺说："支书你有啥话就说吧。"

高贺端起茶碗，鼓着腮帮子吹吹浮在水面的茶叶，喝了一口，放下茶碗，说道："听说……我家杆子给你添堵了？"

东旺说："嗨支书啊，这事你就别管了，还是叫我俩自己个儿解决吧。"

高贺问："你打算咋解决啊？"

东旺说："哥俩见个面好好唠唠，把过去的疙瘩解开，往后各过各的日子，谁也别较劲了。"

高贺问："那他给你造成的损失……咋算哪？"

东旺说："听说他现在有钱了，那得赔我点儿。我就不报案了。"

高贺问："此话当真？"

东旺说："一口吐沫一个钉。我啥时候说话不当真了？"

高贺站起身，对东旺挑起大拇指："是条汉子。中了，我想法给杆子捎个话儿，叫他抓空回来一趟，我操持，你们哥俩喝个和解酒。"

东旺说："中。你走啊支书？"

高贺扬扬胳膊："歇着吧。"

送走了高贺，蒋状从过堂屋耷拉着脑袋出来了。东旺捶了他一拳："瞅你这点出息。"蒋状说："你敢情又有老婆又有相好的哪……"东旺踹了他一脚，低声骂道："你他娘的吃饱了撑的是吧？"蒋状赶忙改口："我说着玩哪哥，你别生气啊，我是说我今年都……"东旺说："你就是一百岁了，那媳妇儿不也得慢慢找吗？是着急的事吗？人家彩彩不是说再想想吗，这就说明这事有门儿，对你还是有点好印象的。不然的话，人家直接说就是没看上你不就完事了？"蒋状转转眼珠子，笑了："对呀，有门儿，一准是有门儿，彩彩还是看上我了。哥你说，就我蒋状这小伙子，要个儿有个儿，要人儿有人儿，要钱儿如今也攒俩了……"东旺打断他的话，往院门口推着他："得得得，说你胖你还就喘上了。快滚吧，我还得好好琢磨琢磨建筑队的事哪。"

下午，高贺让翠芝喊来了村里的电工三核桃，叫他把电线领到院门口去，今夜里高家要请全村人看电视。三核桃说："支书您放心，我从青石坡回来就给您老拉线。"高贺说："上青石坡干啥去呀？"三核桃说："有一户也买电视了，可他们村的电工病了，求我给拉线去哪，说好了给二十块钱工钱，不去不合适啊，是吧叔？"翠芝听出了弦外之音，说道："呦，你小子，这是跟你叔要工钱哪呀。"三核桃两手作着揖说道："哎哟婶子，我可不敢哪，我哪是那个意思啊，我是说……"高贺踢了三核桃一脚，对翠芝说："也给他二十块钱。"三核桃连忙摇着手："别别别，支书，我的亲叔哎，您就是打死我也不敢要你老人家的钱哪。"翠芝掏出二十块钱往三核桃口袋里塞。三核桃使劲晃着手，转身跑出了院门。

高贺哼了一声："谅他也不敢收我的钱。不过，这钱咱必须给，不能叫这小子说给咱白干活儿，传出去影响不好。知道吗？"

翠芝点点头："知道，知道，这是政治。"

高贺满意地拍拍老伴的手背："嗯，你的觉悟总是这么高。好了，上小卖部买点瓜子花生糖块啥的来吧，不能叫大伙儿干坐着呀。"

翠芝心疼钱了："咱还搭钱请大伙看电视啊？"

高贺白了她一眼："又犯糊涂了是吧？"

翠芝明白了："这还是政治，对吧老头子？中中中，我这就买去，这就买去。"

翠芝乐颠乐颠地走了。

玉兰来了，手里拎着一包水果。高贺问："你俩咋来这早啊？孩子下了学咋办呢？"玉兰说："明儿个是星期天，放了学就上他奶奶家去。""志新没来？""来了，在门口卸给你们买的电风扇哪。"高贺心里乐了，嘴上却说："家里有大蒲扇，花那个钱干啥呀。"玉兰说："不是省着累得胳膊疼嘛。"正说着，志新和二阳子抬着一个纸箱子进院。身后跟进一群看热闹的人。"爸，这电扇是搁大屋去吧？"志新问。高贺说："搁大屋。"二阳子说："支书啊，您这姑爷忒孝顺哪，眼下电风扇这玩意儿多金贵呀。"高贺说："你小子，也赶紧给你爸妈买台电视机电风扇啥的吧。"二阳子认真地说道："您老还真说着了，我跟我对象商量好了，先买一台电视机，结婚以后啊就搁我爸妈那屋，先可着年纪人儿们看。"高贺拍着巴掌说："好样的。赶明儿我给县报写篇表扬稿，好好表扬表扬你跟你对象。"二阳子笑："不用表扬，应该的。"

因为要去高家门口看电视，好多人早早就吃了晚半晌饭，提溜着小板凳跑到高家占地方，人很快就挤满了一街筒子。一时间，大人喊孩子叫，狗儿跳猫儿蹿，打打闹闹好不热闹。三核桃屁股上挎着钳子改锥，将电线拉到了院门口左边的小树杈子上。高贺叫志新把电风扇搬到了电视机边上。乡亲们摸了电视摸电扇，脸上都是新奇、羡慕的表情。翠芝和玉兰把瓜子花生水果啥的分发到每个人手里，大家吃着说着笑着，都夸支书一家人仁义，夸支书心里装着大伙。志新脖子上挎着照相机抓拍这欢天喜地的场景，不少人长这么大都没照过几次相，纷纷围在志新身边好奇地看着别人照，嘻嘻笑着叫喊着自己也要照，当志新的镜头对准他的时候，又不好意思地捂着脸跑开了。跑得慢的被众人捉了回来，推搡到志新镜头前非照不可。

高贺注意到，谷香和元宝来了，东旺和红霞来了，谷大贵来了，周秋山来了。他在人群中找江天成，没找到。

45

昨天晚上谷大贵琢磨了一宿卖大花瓶的事，越琢磨越睡不着。到底是卖还是不卖呢？卖吧，万一叫乡亲们都知道我有大钱了，会不会都跟我借钱呢？会不会有小偷惦记上我的钱呢？不卖吧，谷香两口子说得对，宝贝藏在厢房里永远也生不出钱来，一点也帮不上谷家过好日子。夜深了，一钩弯月斜挂天幕。大贵呆呆地坐在炕上犯愁。想起了大花瓶，就悄悄摸下炕，奔了西厢房。

谷大贵进了西厢房，十分庄严地抱出青瓷花瓶，小心翼翼地一遍遍抚摸着它，一心一意地想着心事。他的眼前一会浮现出高贺请乡亲们看电视的风光样子，一会浮现出周秋山在他眼前耷拉着老脸，看都不看他的样子，就决定卖大花瓶。可又想起高粱杆那个眯缝着小眼睛一脸坏笑的样子，他又不敢卖了，怕这小子盯上卖大花瓶的钱。谷大贵觉得自个走到了岔路口，往哪边走都面临艰难的选择。他问大花瓶："老伙计，你说我该咋办啊？"大花瓶默默无语，上面的龙凤静静无声。大贵一遍遍擦拭着大花瓶，擦得更锃亮，连同过去了的岁月。大贵就这样和大花瓶坐了一宿。

天蒙蒙亮的时候，谷大贵坐在大花瓶对面不觉得困。谷香本来就起得早，喂猪喂鸡收拾院子，然后，给自己和元宝怀远做饭。今天她起得比往常还要早，一切做完之后，她去了娘家。母亲正蹲在前院剁鸡食。谷香问："我爸呢？"彩凤说："估摸着在擦大花瓶哪。"谷香迈进了后院，直奔西厢房。谷大贵拿着一块专门擦花瓶的鹿皮在擦花瓶，鹿皮软乎乎的，既吸尘土也吸水。其实花瓶上头早没尘土了，早就被他擦得一尘不染了，但每天早晨他起来后，做的第一件事就是擦花瓶。每次擦之前，他都要反复洗手，直到他感觉确实洗干净了。谷香看见过父亲擦花瓶，擦得实在是太讲究了，先从瓶底部擦起，顺着瓶身往上擦，这叫财运上升。擦瓶口的时候，父亲的胳膊从不在瓶口处逗留，因为他认为这样会阻挡财运上升。父亲对她说过，每次擦，他的眼前都会呈现一幅美妙无比的景象：一堆一堆像小山一样的金元宝，射出夺目的光彩；一群一群像凤凰一样的飞禽，翩飞在金色的祥云之上。这个时候，父亲就会觉得舒心日子永远没了尽头。

"爸，想好了吧？"谷香等到父亲擦完花瓶转身的时候，问道。

谷大贵看了眼闺女："你把元宝给我喊来。"

谷香说："他是姑爷，没权力掺和这么大的事儿。"

谷大贵坚决地说道："去把元宝给我喊来。"

谷香看一眼父亲表情严肃的老脸，知道非去叫元宝不可了，就转身出了西厢房。

元宝正给怀远洗脸，见谷香进院，说了声："快吃饭吧，吃完了我得上县城去一趟。"

谷香说："我爸喊你哪。估摸是有重要的话要跟你说。"

元宝问："大花瓶卖还是不卖呀？"

谷香说："你去了不就知道了，反正没跟我说。"

元宝说："你们娘俩先吃吧，我过去看看。"

大贵正在和彩凤吃早饭，馒头、大米粥、炒鸡蛋。元宝走进大屋，叫了声爸，叫了声妈。彩凤说："吃了没？"元宝说："香做好了，回去吃。爸您找我？"大贵说："你说，大花瓶卖还是不卖好啊？"元宝说："这事您老做主，我们听您老的。"大贵说："我是问你哪。"元宝说："您老说卖就卖，说不卖就不卖。"大贵说："这不是等于没说吗？"彩凤说："你就别难为孩子们了，你是当家的，你说了算。"大贵白了老伴一眼，看着元宝说道："你俩得给我写个保证书。"元宝眨眨眼看着岳父。大贵说："你俩得保证，我把大花瓶卖了以后，你们拿走的那笔钱必须不能赔了，赔了算你俩借我的，赚了钱分给我一半儿。"元宝笑了："这事儿……我得跟谷香商量商量啊。"大贵说："你是你们家当家的，你个人说了算。就这么着吧，要不我就不卖了。"元宝说："一半儿有点多啊爸。赔了算我们的，赚了您老跟着分一半儿去，您老啥风险也没有啊。"大贵寻思了一下，说："那就分给我百分之三十五，中吧？"元宝伸出三根手指头说："百分之三十。不能再多了。"大贵喝了口粥，转了转眼珠，点下头："就这么定了。你操持着卖吧。"

元宝回到家，把写保证书的事告诉了谷香。谷香挺高兴，说："这老爷子，总算同意了。分给他百分之三十五就百分之三十五吧。哎，咱得找杨所长帮着卖吧？"元宝说："必须请他呀，我们谁都不懂鉴宝，更不懂这方面的交易啊。"谷香说："你不是上县城办事吗，赶紧吃饭吧，顺便找杨所长去。"元宝抄起筷子吃饭。

老谷家有一个特别漂亮还值大钱的古董的消息，没几天便传遍了全村的角角落落。前来谷家参观大花瓶的人络绎不绝，包括高贺、周东旺、马童力，很快，外村人也纷纷来看大宝贝，气得谷大贵大骂元宝狗肚子盛不下二两油，暴露了家里的大秘密，日后招来祸事咋整。元宝委屈地辩解说："我对天发誓，这事绝对不是我传出去的。"谷香也发誓说不是她泄露的秘密。一家人分析，觉得就是杨树宽说出去的，可又不好去质问人家。谷香劝父亲说："这事不见得就是坏事，叫大伙都知道咱家有钱了，不是可以高看咱家了吗？"元宝说："对呀。再说了，如今是法制社会，谁敢打咱家的坏主意，不得先琢磨琢磨法律饶不了他呀？"谷大贵想了想，觉得有道理，心里就踏实了下来。

谷香的话很快得到了验证。大花瓶没给谷家招来祸事，倒带来了地位的急剧提高。谷家一家人在村民心目中的重量与日俱增。想想看，谁家有这么值钱的古董？就是高支书也不过在屋子里摆了点古董仿制品嘛。于是，人们再看见谷大贵钱彩凤的时候，一律恭恭敬敬地行注目礼，而后再肃穆而立目送他们远去了。就是周秋山看见了谷大贵，也不再像过去那样横眉冷对了，而是低下脑袋不敢看大贵了。还有高贺，明显爱跟大贵说话了，说话的时候也明显多看几眼大贵了。人们再经过谷家门口的时候，都怀着虔诚的心情，倒退着走了。谷大贵因此变得格外精神饱满，腰杆子拔得从来就没这么直溜过，比年轻的时候直多了，差点没折喽。大贵满意地对一家人说："嗯，还是叫大伙知道咱家有个大古董的好，连高贺跟我说话的时候都客气多了，哈哈。"说完，背着两只手迈着八字步出了家门，院门外立刻响起一片对谷大贵的招呼声。

最终，这件古董卖了多少钱，整个响马河村除了谷大贵，没有第二个知道的了，包括钱彩凤、谷香和金元宝。谷香挺不理解，彩凤骂老头子不该瞒着亲生闺女。元宝给谷香分析说："爸是你的亲爸，他不可能信不过你。父母到啥时候宁可自己个儿受委屈，也不会叫儿女吃亏的。"谷香想想，是这么个道理，就不说别的了。

两天后，谷大贵叫彩凤通知谷香两口子拿着保证书取钱。大贵问谷香："惦着拿多少钱？"谷香说："一万。"大贵咂下嘴，看彩凤，彩凤咂下嘴，看大贵。大贵对谷香说："那就把钱数写保证书上吧。"元宝从口袋里掏出钢笔写了，递给岳父。大贵接过来，仔仔细细看了好几遍，确定没有不对劲的地方后，出去了。过了一会儿回来了，从怀里掏出一个小布包，塞进谷香手里，小声说道："回你们家再看吧，一万块，我数了不下十遍了，一分钱也差不了。"

谷香两口子出了娘家，直接去了东旺家。红霞带孩子出去了，就东旺一个人，正坐在院子里写啥。他太专注了，没觉察到谷香俩人进院。谷香说了一句话："写啥呢？"他居然没听见。谷香走近了，五个大字映入她的眼帘，她脱口而出："入党申请书？"东旺被吓了一跳，连忙捂住纸面："嘿嘿，你俩来了，坐。"谷香惊讶地说道："东旺，你要入党？"元宝对东旺伸出大拇指："思想积极要求进步，好啊东旺。咬定青山不放松，立根原在破岩中。千磨万击还坚劲，任尔东西南北风。"东旺摇着手说："快中了吧元宝哥，我可没你夸的那么好，我就是觉得当一个党员挺光荣的。"谷香说："我还真得向你学习哪。"元宝把小布包递给东旺，说："这是我俩的入股钱，一万块，你数数吧。"东旺说："差不了啊。我这就写一个收条啊。”

院门一响，江天成进来了。"谷香元宝也在啊？"天成打着招呼，走到水龙头前，弯下腰"咕咚咕咚"灌了一肚子凉水，大口喘着气。谷香问："坐下歇会儿天成哥，咋渴成这样啊？"天成从元宝手里接过小板凳，坐下，抹了把脸上的汗珠子，说道："咳，别提了，我刚从省城回来，粮食加工机器没买来，供不应求。"谷香问："那咋办呢？"天成说："我是没招了，这不是找东旺想辙来了。"东旺为难地咧咧嘴："我能有啥好法子哪，省城机械厂的人我一个也不认得啊。"元宝说："车到山前必有路。"谷香想了想说："我想起来了，咱们可不可以找找县委云书记帮个忙呢？"一句话提醒了天成和东旺。东旺说："对呀，云书记肯定能跟机械厂的领导说上话。"天成说："嗯，中，咱去求求云书记。"东旺站起身说："走，咱这就上县里。"元宝提醒说："最好先打个电话，问问云书记在不在县委机关，免得白跑一趟。"谷香说："元宝想得周到，云书记大忙人，还真得提前联系上她。"东旺想了想，对天成说："这事，是不是先跟马书记打个招呼合适啊？"天成一拍大腿说："哎呀，你要不说我还真给忽略了。俗话说，水大不能漫桥啊。这事叫马书记跟云书记联系更好说话呀。"东旺说："那我这就给马书记打电话去。"跑了几步停住脚，一摸后脑勺说："哎呀，天成哥，还是你给马书记打这个电话合适啊，你是村主任，我是一个村委员哪。"元宝笑了："中，东旺学会动脑筋了啊。"

天成跑到村委会拨通了马童力办公室的电话。马童力听明白江天成的意思后，在电话里这样说道："我知道了，你等我回话，别走啊。"天成对东旺说："马书记叫咱等回话。"东旺说："那就等着吧。"天成给东旺倒了杯水。东旺说："天成哥，我惦着交入党申请书，你说，我够格儿不？"天成不假思索地说道："我看你够格儿。快写吧。我当你的入党介绍人。"东旺乐了："中。"天成又说："等会儿走的时候，我给你本《论共产党员的修养》，你好好学习学习。"东旺点点头："天成哥，往后我有啥做得不对的地方，你就给我指出来。"天成说："中。"

电话铃声响了。天成抄起话筒："喂马书记……啊……啥？现在机械厂确实没货？……哦，我知道了……那中马书记，我们就再等些日子……云书记跟机械厂打招呼那敢好……好咧，谢谢你啊马书记。"天成放下话筒，叹了口气。东旺说："货没了，神仙也没招啊。那就等呗。"天成从抽屉里拿出一本《论共产党员的修养》递给东旺："走吧。"

两人走到村委会大院门口，天成说："你先回家吧。我去跟高支书说一声。"东旺想起啥，说道："说到高支书，我咋琢磨叫他用自家财产作抵押贷款不合适？过去，工厂都是公家开的，如今个人办工厂，解放后这还是头一遭，挣了钱还好说，这万一赔了，高支书家的家产充了公，咱能睡踏实觉儿吗？"天成说："我也这么琢磨的。可我又琢磨了，要是不接受高支书这么做，我怕他误会我，以为我不乐意跟他一块办这个加工厂哪。"东旺说："那要不这么着，等加工厂开张了，挣了钱先还贷款。"天成说："嗯，我看可以。"

他俩说的话都叫走到大门口的高贺听去了，高贺心里头对周东旺和江天成瞬间有了好感，他真的没想到这两个人会这样关心他抵押进去的家产。"等加工厂开张了，挣了钱先还贷款。"东旺这话说得好啊。真要这样，我既达到了目的，又保住了家产，当然是两全其美了。"哎，高支书。"东旺先看见了高贺。高贺假装刚刚到门口的样子："啊，是你俩呀，干啥去呀？"天成说："我正要找你哪。"高贺问："啥事啊？"天成说："加工厂的设备没买来，断货了。我请马书记找云书记帮忙，答复是的确没货了，只能等。"高贺点点头："那就等吧。"天成说："我的意思是，贷款的事先别着急了，等有了设备再说吧。"高贺思忖一下："嗯，中。"

他们正说着，东旺说了一声："哟嗬，那不是蒋状吗，驮着个女的……是彩彩。嘿，这小子，还真谈上了哈。"高贺和天成朝街上看去，只见蒋状骑着自行车，后座上驮着个姑娘，招摇地过去了。蒋状故意大声地跟碰见的人打招呼，所有人都对蒋状刮目相看。高贺感叹道："如今这世道真的是变了，大混子大光棍也要娶媳妇儿啦。"说完，哼起了皮影戏。天成也说："是啊，大包干叫农民过上好日子，可真的不是一句空话呀！"

第十六章

46

滦河两岸秋风乍起，一阵紧似一阵。渐凉的秋风吹黄了树叶，吹谢了百花，也吹熟了果实。田野上，一株株饱满的稻穗充满着成熟的喜悦，一颗颗谷穗弯着腰，弓着背，低着头，仿佛在窃窃私语。颀长的玉黍棒子大都胀破了肚子，圆鼓鼓的大豆从豆荚里露出笑脸。果园里，苹果挂满树，鸭梨打吊吊，葡萄串串香。秋高气爽，一股股成熟的气息扑面而来。这神奇的大自然用粗细不一的线条，五彩缤纷的颜料，精心勾画出一幅又一幅美丽动人、色彩斑斓的图画。

响马河村的村民们像往年一样，准备迎接又一个大丰收。家家户户的院子里都在回响着磨镰刀的声音，"嚓嚓嚓嚓……"脆生生，格外好听。男女老少准备齐上阵，快把果实收回家，一颗一粒都归仓。交足公粮给国家，多卖余粮好发家。

和往年一样，各个村民生产小组在组长的指挥下，有劳动力的各家抽出一个人，帮助缺少劳动力的家庭收庄稼。这个时候组长是最忙的人，一共有十个正副村民小组长，分别是一组周东旺、金元宝；二组朱明理、"惹不起"张荷花；三组赵金生、张平；四组李之悦、田兴文；五组二阳子、大夯子。今儿个早上，太阳刚刚冒点红，秋收大军便浩浩荡荡开进地里开镰收割了。东旺负责帮秦奶奶家，小云和秦奶奶掰玉黍。东旺和三核桃挖花生，两人一边干着活一边说着话。三核桃说："东旺哥，今年又是个好收成，忙活完了叫嫂子他们唱几场皮影戏吧。"东旺说："你这个建议呀说晚了，红霞已经把曲目跟演出时间都计划好了。"三核桃乐了："嘿，忒好啊，我就爱听嫂子唱的皮影。"

蒋状来了，手里掐着根玉黍秆，咬下一节嚼着，发出嘶嘶的声响。东旺说："不好好干活瞎跑啥呀？"蒋状说："哥，我惦着请天假，帮彩彩家收收秋去，她那俩哥自个家的地还忙不过来哪。"三核桃说："嗬，这就给老丈人拍马屁去呀？出息了啊状子。"蒋状嘿嘿嘿地乐。东旺问："你地里的玉黍谁收啊？"蒋状说："我抓空儿收，就是不吃饭不睡觉也保证收完，你放心吧。"东旺挥下胳膊说："那中，快去吧。"

这会儿，高贺正将两只胳膊叉在腰间，站在一个高坎上眺望着眼前秋收的景象。这人欢马叫的场景他太熟悉了，太亲切了。大包干以前秋收的时候，千军万马都是归他调遣的，谁敢不听啊！如今，各家收各家的粮食，他只能指挥自己家里的人了，一到这个时候，他心里就觉得空落落的。周秋山从他眼前过去了，他大声咳嗽了一声。周秋山循声看见了他，立刻缩了身子停住脚步，朝他笑着招招手，喊："有事吧，支书？"高贺心里觉得舒服了一些，喊："没事儿，去忙吧，去吧。"周秋山哈哈腰，走远了。谷大贵走过来了，手里举着一个圆滚滚的西瓜，迈着四方步，不紧不慢地走，也没看见高贺。高贺又大声咳嗽了一声。谷大贵循声看见了他，对他点了点头，大摇大摆地走远了。嘿，这个老东西，对我这个支书竟然这么冷淡，这也试张狂啊！不就是有个破古董卖了俩钱儿吗？有啥了不起的？响马河村搁不下你啦咋的？高贺心里头上了一股火气，肚子一胀一胀的。他又想到了周东旺上交的入党申请书，猜测，是不是马童力授意他写的，不管是不是，马童力要重点培养周东旺是显而易见的。咳，可惜杆子这孩子不着调，烂泥扶不上墙，否则，叫他将来接我的班多好啊。说到杆子，我是越来越想这个孩子了。哼，臭小子，光顾着赚钱了，也不知道回来看看叔婶。看你回来了，我一定得狠狠揍你几巴掌。

　　有几个小伙子从他跟前说笑着走过去了，高贺一个也不认识。这是哪来的？干啥来了？他朝那几个人喊："嗨，你们是哪村的——"几个小伙子站住脚回头看着他，高贺又重复了一遍。一个瘦高个小伙子回答说："哪村都有——"高贺又问："干啥来了——"瘦高个回答："帮秋来啦——"高贺打了个愣，自语道："帮秋？嘿，新鲜啊。"他又问："哪家请你们来的呀——"瘦高个回答："是周东旺叫我们来的，工钱他都给我们啦——"高贺心里"咯噔"一下，自语道："周东旺这小子，糙糙刺刺的一个人，心思咋还越来越细致了呢？他这是跟谁学的呢？他娘的，又走在老子前头啦！"高贺心头里的火气更大了。

　　更让高贺恼火的是，东旺的这一做法被马童力在全乡做了推广，还叫宣委邵天翔写了篇文章在县报上发表了。这不是明摆着叫周东旺名扬天下吗？高贺感到压力越来越大了。他睡不着觉认真做了下自我检查，感觉到还是自己思想上出了问题，为乡亲们着想的不如以前多了，想自己个儿的事多了。可我不是不想为乡亲们多干点事啊，我拿出自家家产贷款办米面加工厂难道不是为了全村的乡亲们？还有……还有啥事来着？好像没有第二个值得说的大事了。可周东旺呢？承包鱼塘，操持建筑队，成立村民小组，自费给本小组缺劳力的户请帮秋的，真是干了不少实实在在的事啊。嗯，还真不得不服这小子啊！就是杆子报复他的事吧，要不是他给压下没有报官，杆子说不定这会儿在大狱蹲着哪。这么一想，他心头的火气逐渐小了下来。

　　就在家家户户交足了余粮，准备卖余粮存钱的时候，一件让大家做梦也想不到的事情发生了——粮食卖不出去了——县里的粮食收购站所有的仓库都爆满了。前来卖粮的村民在收购站门口排成了一条长龙一样的队伍，一直蜿蜒出好几里地。队伍里就有周东旺、金元宝、谷大贵、高贺、谷香、江天成。乡亲们都围在高贺和天成跟前，吵吵嚷嚷。高贺和天成也没办法，干着急，满脸大汗小汗的。东旺对高贺和天成说道："要不，我上外县瞅瞅去？"高贺摆手说："外县跟咱们县不都是一个国家的吗，甭去瞅，一准跟咱一个样。"天成说："嗯，我也这么看，去也是白搭。叫大伙先把粮食拉回家再合计咋办吧。"东旺对本村乡亲喊："大家先回家吧，支书跟主任给咱们想法子。"

大伙回家等法子，可谷大贵不等。他在第二天天刚蒙蒙亮的时候，把十几袋玉黍和大米偷偷搬上了一辆客货车，从城里联系来了一个倒卖粮食的中年男的，偷偷摸摸赚了一笔钱。不巧的是，隔壁蒋状上茅房，看见了谷大贵倒卖粮食全过程，要谷大贵帮他卖点粮食，否则就告官。谷大贵只好把他的五袋玉黍也给装车卖了。两人猫在屋子里眼珠子冒着光数票子，数了一遍又一遍，越数越开心。他们哪里知道，蒋状倒腾粮食的时候被路过的满仓看见了，悄悄报告给了高贺。高贺一听就乐了，正想灭灭谷大贵的威风哪，他自个儿倒送上门儿来了。就是蒋状没惹我生气，可谁叫你跟谷大贵连连在一块哪，对不起了，你就跟着姓谷的吃挂落吧。他当下在大喇叭里喊来四个民兵，直奔谷大贵的家。进了他家的院子，高贺喊："谷大贵，出来。"谷大贵从屋里出来，一看是高贺，还带着几个民兵，立刻想到那句老话：来者不善，善者不来。又想起自己刚才倒卖粮食了，就有些心虚起来。他对高贺热情地说道："支书来了，快进屋坐，进屋坐。"高贺阴沉着脸，问道："你知道国家对粮食实行统购统销的政策吗？"谷大贵脑袋"嗡"的一声，浑身直起鸡皮疙瘩。但他毕竟是一大把年纪的人了，立刻镇定下来，他说："政策我当然知道了。支书你惦着说啥呀？"高贺说："装傻是吧？"谷大贵说："你这话啥意思？谁装傻了？"高贺说："那跟我们走吧，到派出所你就知道啥意思了。"说完，对身后两个民兵说道，"你俩带蒋状过来。"谷大贵一听带蒋状，心里说：坏了坏了，看样子卖粮食的事叫高贺知道了。高贺白了谷大贵一眼，冷笑了一声，对另外两个民兵说了声："把人带走。"

谷大贵浑身一软瘫坐在地上。两个民兵上前扶住他的胳膊，一齐说道："走吧，叔。"谷大贵可怜巴巴地看着高贺，央求道："好支书，饶了我这第一回吧，往后我再也不敢了……"高贺说道："老谷啊，你咋给忘了哪，你这可不是第一回了啊。你第一回倒卖粮食叫市场执法大队给抓住了，还是我找杨树宽队长求的情，花了二十块钱把你给赎出来了。你不会把这事给忘了吧？"谷大贵低下头不说话了。

蒋状还没进院子，他的叫喊声就传进来了："我要跟东旺说话，给我把东旺找过来……"还有钱彩凤的声音："你们几个在我们家门口舞枪弄棒的闹腾啥哪？蒋状你上我们家找啥东旺啊？"蒋状说："婶子不好了，我跟我叔倒卖粮食的事叫人给告发了，要抓我们上派出所哪。"彩凤"啊"了一声跑进了院子，看见老头子被两个民兵架着，哇哇叫喊着冲过去，抱住老头子的胳膊就往屋里拽。两个民兵抓住谷大贵的胳膊，一口一个"婶子"地叫着，转脸看高贺。彩凤这才注意到高贺的存在，连忙走到他的跟前，央求道："高支书，我们可都是你听话的好村民哪，大贵他一时急糊涂了，你就骂他几句放了吧，我求你了支书……"高贺冷冷地看着彩凤，不说话。谷大贵凑近他，小声说道："支书咱商量商量中不。你饶了我这一回，我愿意掏钱当罚款给你随便支配，掏多少你说了算。"高贺斜了谷大贵一眼："你少来这一套，不就是卖了个古董手里头有俩钱儿吗？我告诉你，我高贺是受党培养多年的干部，咋能随便就被你用几个臭钱腐蚀了呢？快老老实实跟我走，听见没有？"彩凤一把抱住高贺的胳膊，带着哭腔说道："哎呀，高支书，你可不能见死不救啊，我们知道错了，往后再也不敢了，你就……"高贺打断彩凤的话，对几个民兵喊了声："带走。"说完，头也不回地走了。

在乡派出所，谷大贵在牛清扬所长跟前哭丧着老脸一句话不说。蒋状则鸡啄米似的一个劲给牛清扬作揖，嘴里不停地说着："我再也不敢了所长，再干这个你就枪毙了我，砍我的脑袋，剜我的心炒着吃，剁我的……"高贺打断他的话，说："别搁这贫嘴扯淡，老老实实反省你自己个儿的罪过。"牛清扬严肃地看着谷大贵和蒋状，说道："国家明文规定，坚决不允许私自倒卖粮食，你们俩咋能知法犯法呢？"谷大贵说："粮食多卖不出去，自己个儿吃不了，还没地方放，那你说该咋办？"高贺说："你这是跟谁说话呢啊？还能咋办哪，先妥善保管着，等国家再来收购。"一个警察进来，对牛清扬说："所长，电话。"

牛清扬到自己办公室接电话。"喂，你好……哦，是马书记啊……啊，是有这事，现在当事人正在接受我们的调查哪……是啊，我也挺同情这些农民兄弟的，粮食卖不出去确实很着急，可倒卖粮食是明令禁止的啊……好的马书记，我明白了，马上去办……是，再见马书记。"牛清扬刚刚放下话筒，门口有人喊了声："报告。"牛清扬一看是警员张文清，问道："啥事？"张文清说："所长，我们抓住了两个倒卖粮食的中年男子，人赃俱获。"牛清扬问："他们交代没交代粮食是从哪进的？"张文清说："交代了，涉及咱们乡的有响马河村的。"牛清扬一听："太好了，我正要派人追查投机倒把的人哪。粮食都带回来了吧？"张文清说："带回来了。"牛清扬点点头："你先去吧，等候命令。"张文清敬了个礼，转身走了。牛清扬抄起话筒，拨通了马童力办公室的电话。

"你好，我是马童力。"电话里的马童力嗓子有点哑。

牛清扬说："马书记，我是牛清扬。倒卖粮食的贩子被我们抓住了，他们已经交代粮食是从哪个村买的了。其中就有响马河村的。"

马童力说："刚才我请示过县委了，云书记指示，把粮食截回来返回农户并退回卖粮款，对当事人以批评教育为主，罚款为辅。重要的是，要帮助农民兄弟解决卖粮难的问题。"

牛清扬说："是。明白了。"

"啥？批评教育为主，罚款为辅？这意思是不是就不追究谷大贵他们的责任了？"高贺瞪大眼睛问道。

牛清扬点点头："这是县委云书记的指示。她还说，农民兄弟辛辛苦苦种粮食不容易，卖不出去哪能不着急，我们要积极帮助他们解决卖粮难的问题。马书记跟我说，云书记还准备把卖粮难的事向上级反映哪。"

高贺心里挺失望的，他趁机灭一灭谷大贵威风的计划泡汤了。上级不但不处理谷大贵，反而要帮谷大贵卖粮食，这是唱的哪出戏啊？不过他嘴上说的却是："还是云书记站得高看得远哪，真不愧是群众的贴心人哪。那中，所长，批评教育就交给我吧，罚款的事你就受累办吧。"

牛清扬说："好，我这就叫我们的同志，给他们两个办理一下罚款手续。办完手续，你就把人领回去吧。"

高贺想：不追究就不追究了吧，又没犯多大的罪，谁家粮食不够吃还往外卖呀，还不是叫粮食多给闹的。罚点款也就够教训谷大贵那个老小子了，有名的铁公鸡，粮食没卖成，还被罚去了一笔款，这叫偷鸡不成蚀把米，够这老小子心疼几个月吃不下睡不着的了。活该，谁叫你趁几个钱儿，就以为自己个儿就是响马河村的大当家的了哪，哼，这就是得罪我高贺的下场！唉？对了，马童力是咋知道谷大贵倒卖粮食的事呢？是谁告的密呢？是周东旺？还是谷香呢？按说谷香的可能性最大，谷大贵是她的亲爹嘛，她当然得求人救自己个儿的老子了。云书记要求下边积极帮着解决卖粮难的问题，我得有行动啊。可不让私自卖粮食，咋解决这个难题呢？嗯，我得找找志新，他做买卖，认识人多，他还真有可能帮上我这个忙。

47

不光是高贺在想办法为村民卖粮食，周东旺也在急三火四卖粮食。

苏志新受老岳父之托，发动朋友到县市省城粮食收购部门卖粮，但一斤也没能卖出去。东旺背着干粮出了县城进市区，出了市区进省城。舍不得花钱住旅馆，就住大桥底下，要不就是下水道。一天两顿就着凉水啃玉黍饼子和干馒头，粮食也一斤也没卖出去。他着急上火，嘴上起了一大溜血泡，跟小灯笼一样亮闪闪，嗓子眼疼得厉害，说不出话来，吃不进饭去。屋漏偏逢连阴雨，在火车站售票厅买车票的时候，钱包被人偷走了。东旺一着急，脑袋一阵眩晕，倒在了大厅里。幸亏一位热心的警察把他搀扶到了车站医务室，输了一宿液退了烧，又留他输了两天液痊愈。

第三天早上，那位警察给他打了车票，临走还塞给了他二十块钱。东旺问他叫啥名，可他就是不说。东旺记下了省城火车站派出所，记下了那个警察瘦高个、两个眼睛大大的。

马童力来到响马河村，他神情凝重地叫高贺和天成召集村民开大会。他在会上告诉乡亲们："县委云书记已经把农民兄弟卖粮难的问题反映到省委了，省委领导说不光是咱们省，其他不少省也都存在这个问题。相信，党中央和人民政府会很快解决好这个问题的。"他的话在村民们当中引起热烈反响。大家相信马童力的话，相信党和政府为群众办实事。马童力说还要看望其他村的乡亲，大家送走了马童力，开始期待着卖粮新政策早日颁布下来。

小雪那天，马童力又来响马河村，这一次他的脸上挂着欢喜神情。大家围上他急切地问道："是不是下来卖粮新政策了？"马童力站在村委会高台阶上，亮开大嗓门朝乡亲们喊道："乡亲们，中央下来新政策了，允许我们农民自由买卖粮食啦——"会场上立刻爆发出热烈的欢呼声和笑声掌声。有人振臂高呼起口号来："共产党万岁——""人民政府万岁——"

当天晚上，飘起了小雪花。雪花像扯破了的棉絮一样在空中飞舞，没有目的地四处飘落。不一会儿，雪花像变魔术似的变成了一群群可爱的白衣天使，轻盈地向人们飞来。雪片越落越多，白茫茫地布满在天空中，向四处落下，地上一会儿就白了。房顶上都被小天使们铺上了一层厚厚的白毛毯，树木换上了蓬松松亮晶晶的银装，放眼望去，一片白茫茫的冰雪世界。在这样的天气里，孩子们乐得在雪地上尽情地撒欢打滚，追逐打闹。大人们则坐在炕头上，一边围着火盆烤火，一边盘算着家里的粮食咋个卖法，卖多少。

在这个节骨眼上，高贺病倒了，咳嗽，发烧。他恨自己病得真不是时候，因为他正准备通过他的老关系帮村民卖粮食，多赢得点人心。他叫玉兰志新帮忙卖粮食，可玉兰说眼下他们的照相馆正在改装影楼，离不开人，气得他刚退下去的烧又高了上去。当天后响，东旺和天成、朱明理来看望高贺，大家都安慰他好好养病，村民的粮食他们会帮着想法子卖的。他一听更心急了，但身体不做主啊。

第二天清晨，村里大喇叭响起了东旺的喊声："乡亲们注意啦，乡亲们注意啦，村里成立了卖粮小组帮各户卖粮，大伙把要卖的粮食准备好，随时跟我们出发。家里没劳力的可以交给我代卖，不收一分钱代卖费……"正在吃饭的秦奶奶问孙女："喇叭里头喊啥呢？"小云说："东旺哥说要帮着大伙卖粮食，家里没人手的他免费给代卖。"秦奶奶挑起大拇指夸赞道："东旺这孩子，真是好样的！"高贺听到了东旺的广播，自言自语道："东旺这小子对大伙儿还真是没少动心思啊，做到这一步还真不是谁都能做到的。"谷大贵对谷香和金元宝说："咱们家不跟周东旺掺和啊，听见没？"谷香说："东旺联系的买粮客户给的价钱高。"谷大贵两只小眼睛亮了一下，问："真的？是啥价钱啊？"谷香刚要说话，谷大贵急忙改口："再高也不跟他掺和，我自己个儿也能卖出个好价钱。"元宝说："听说东旺能联系来大卡车装粮食。"谷大贵哼了一声说："老子也能找大卡车来。"

谷大贵没能找来大卡车。他花钱雇来了一辆大马车，装了满满一大车，准备拉进县城去卖。谷香不放心，叫元宝跟着去。他们是前半晌八点出发的，快十一点的时候进了城。谷大贵选了个人进人出比较多的小区入口，先把车停好，揭开布袋子拿出两张大烙饼递给元宝一张，再递给他两根大葱，一个摊鸡蛋，说："先吃饱了再吆喝。"爷俩正吃着，一个留着小胡子的小伙子骑着自行车过来了，停下车子，两腿支着地，问道："这粮咋卖的？"嘿，这么快就来客户了。谷大贵笑眯眯地问道："你是问玉黍还是白面啊？"小胡子说："这么着中不中啊，我帮你们喊人过来买粮食，你哪给我点好处费，咋样？干不干？"谷大贵问："你能帮我卖个大价钱不？"小胡子说："当然了。"元宝悄悄对岳父说："爸，咱还是自己个儿卖吧。"谷大贵对小胡子摇摇手说："不麻烦你了，我们自己个儿卖。"小胡子没说话，骑上车子走了。

谷大贵对元宝说："看好粮食，咬住我定好的价儿别松口。记住没？"元宝点点头："谨记于心，不敢忘乎。"谷大贵挥下胳膊："哎呀，你就别拽词儿了。"突然传来一片乱哄哄的叫喊声。爷俩循声一看，来了一大群人，有男有女有老有少，有的手里拿着个口袋，有的手里拎着个洗脸盆子。元宝说："买粮食的来了。"谷大贵乐了，说："咋样，不跟周东旺掺和就对了吧。沉住气，别慌，看好粮食，咬住价儿。"

说着话，那群人拥到了跟前，闹闹喊喊买粮食。谷大贵高喊："大伙别乱嚷嚷，排好队，咱们一个个来，啊，一个个来。"人们乱哄哄地排队，叫喊着："给我十斤白面。""我买三十斤玉黍面。"谷大贵脑门上的汗都下来了，元宝扎扎着俩胳膊不知所措。谷大贵踢了他一脚，喊："看住粮食。"元宝一个哆嗦反应过来："哎哎哎。"谷大贵给第一个人称白面。

那个小胡子来了，身后跟着五六个小伙子。他们走到了马车跟前，小胡子看着谷大贵坏坏地笑了笑，背着人群悄悄从怀里掏出一挂小鞭炮，点着，猛地往买粮人群后边一扔，转身就跑。"噼里啪啦……"一阵鞭炮炸响，惊得人群叫喊着捂着脑袋四处乱躲。其中一个小鞭在谷大贵脚底下炸了，吓得他一屁股坐在了地上。元宝跑过来搀扶他，嘴里问："没炸到哪吧爸？"谷大贵喊："别管我，看住粮食。"元宝转身奔向大车，却看到不少人正在往自己的布袋子里和脸盆子里装粮食，连忙喊道："光天化日之下竟然敢抢粮食，难道不知道这是犯法行为吗？住手，快住手啊！"谷大贵一听粮食被抢了，急火攻心，大喊一声："我的粮食啊……"晕倒在了地上。

这会儿，东旺正在指挥卖粮村民往五辆大卡车上装粮食。售粮价钱不低，还省去了运费，这好事谁不开心哪。只不过，因为卖粮户忒多，规定一家就只能先卖二百斤。即便这样，大伙也都挺感激东旺的。因为这几辆大卡车是东旺给联系来的。东旺叫蒋状把秦奶奶家的玉黍面，用小推车运了来。还叫二阳子和大夯子把高贺家的玉黍面和白面拉了来。五辆大卡车很快就装满了。东旺从自己口袋里掏出五十块钱，塞进拉粮车队李队长手里，说道："师傅们辛苦了，买几包烟抽吧。"

送走了车队，乡亲们乐滋滋地数着手里的票子，跟东旺和天成打个招呼，各回各家了。天成说："累了吧，快回家歇会儿去吧。"东旺说："不累。吃完中午饭，我再上城里转转，各家粮食还忒多哪，还得接着卖啊。"天成说："中啊。我们家一个亲戚当副厂长了，我去找找他看能不能帮上忙。"

东旺到了家，一屁股坐在院子里，摇着蒲扇凉快着。糖果拿着一块西瓜从过堂屋出来，走到爸爸跟前，说："爸爸吃西瓜。甜。"东旺接过西瓜，在孩子的小脸蛋上亲了一口："好闺女。"红霞喊："吃完西瓜上后院洗个澡，换换衣裳，吃完了饭再睡会儿啊。"东旺答应一声，稀里呼噜吃西瓜。

饭做熟了，东旺正吃着，谷香跑进院子，哭着说道："我爸跟元宝上城里卖粮食被一帮人给抢了，我爸一着急晕了过去……"东旺没等她说完，急忙问道："大叔现在在哪呢？"谷香说："元宝刚才在电话里说，送医院了，嗯……是第二人民医院。"东旺说："快走。红霞——"红霞不知啥时候站在了东旺身后，她推了下丈夫："快去瞅瞅吧。"

东旺和谷香气喘吁吁地赶到了第二人民医院，元宝正站在病房门口急切地等着，看见谷香跟东旺来了，急忙迎上来埋怨道："你咋还麻烦东旺来了呀，这岂不是……"东旺打断他的话："哎呀，元宝哥你就别客气了。大叔现在咋样了？"元宝说："大夫说他脑血栓前兆，幸亏送得及时，已经没有生命危险了。不过，还得在重症监护室里观察几天。"谷香松了一口气，瘫坐在长椅上。一个护士从监护室里出来，将手里的账单交给元宝："病人的费用用完了，快去续费吧。"元宝对谷香说："我跟爸带的钱用光了，你带多少钱哪？"谷香一拍脑袋："糟了，出门走得急，我忘了带钱了。"东旺抢过账单说了声："我带着哪。"说完，转身跑下了楼。元宝责怪谷香说："看你，净给我制造欠周东旺人情的机会。"谷香说："你说啥哪，乡里乡亲的，啥欠情不欠情的啊。"

两人正说着话，马童力站到了他们的面前。"这不是谷香跟金老师吗？你们这是……谁病了？"谷香说："马书记，你咋的了？"马童力说："啊，我爱人来做检查，我接她来了。你们这是……"元宝说："啊，我们来找一个人，你忙吧马书记。"马童力说："好，再见再见。"马童力走了。元宝说："不能说咱爸病了，那会给马书记添麻烦的。"谷香说："嗯，对，马书记一听是我爸，一准会表示一下心意的。上回家林大叔阑尾炎做手术，马书记正赶上，当场掏了二十块钱叫东旺去买滋补品哪。"

在缴费大厅，东旺交完费用正要上楼，童力看见他喊了他一声。东旺一看童力身边站着燕妮，问："马书记弟妹咋总的了？是不是你要当爸爸了？"童力和燕妮对视一眼，笑了。东旺说："恭喜你俩啦。"燕妮问："东旺大哥你来医院干啥来了？"东旺说："啊，我……我进城办事，顺便进来瞅瞅。"童力说："办完事了吗？""办完了。""那后晌别走了，上我家吃饺子去。""改天吧，我还有另外一个事没办哪。"童力看看手表："随便。我们得走了，还得回班上哪。"东旺说："好咧，忙吧。"童力走出几步又转回身对东旺说道："粮食的事，我联系了一个老同学，他现在是一家食品厂厂长，还没定要多少斤，定下来我通知你。"东旺高兴地说："谢谢马书记。"童力晃晃手走了。

东旺回到村里，焦急地等着马童力回话。红霞说："看你，咋总是这么沉不住气呢？"东旺不爱听了："眼瞅着大伙的粮食卖不出去，咋叫我沉住气啊？"红霞说："可你是村民组长，还是入党积极分子啊，你都沉不住气了，组民还不都慌了神儿啊？"一直逗孙女玩的周秋山插话道："红霞说得对呀，你现在大小也是个领导了，遇到事你得稳当点儿，也好服众不是嘛。"东旺觉得他们说得有道理，就坐在炉子边烤着火看报纸。

大喇叭终于响起来了，是满仓在喊："周东旺，周东旺，马上到村委会来接电话，马上来村委会接电话……"东旺"噌"的一下起身，拔腿就往外跑，差点踩住一只鸡，其他鸡受到惊吓，嘎嘎嘎叫着四下乱飞。周秋山喊："毛手毛脚的，咋就改不了了哪。"

是马童力打来的电话，他告诉东旺："我那个老同学说了，只能买五千斤。咳，太少了，不过看样子他也很为难，找他卖粮食的人肯定少不了。"东旺心里挺失望的，但五千斤也救了个急啊，也是人家马书记的一番心意啊，他实实在在地对马童力连着说了好几个谢谢。童力说："哎呀谢啥，真是不好意思，就帮了这么点忙。有机会我再帮你多卖点儿。"

五千斤粮食让响马河村村民们又好好高兴了一回，其他几个村子也都像过年一样欢乐了一回。原来，马童力、张楠、叶光明等几个乡领导都分摊了卖粮食任务。张楠分管的范家庄也卖出了五千斤哪。

大雪那天，东旺上县城推销粮食，路过志新的影楼，看见一个四十多岁的妇女从里面出来，刚推上自行车，一个小伙子冷不丁冲到她身后，抢下她肩上的挎包撒腿就跑。那个妇女猝不及防，摔了个大跟头，趴在地上高喊："抓坏人哪——我的包我的包——"东旺喊了一声："站住——"骑上自行车就追了上去。那个小子跑得还挺快，但再快也没快过东旺自行车。眼瞅着就追上了，那个小伙子猛地站住脚，从怀里掏出一把尖刀，恶狠狠地朝东旺说道："放聪明点儿，少他妈管闲事。"东旺停住脚，四下看了看，发现地上有一块砖头，支好自行车捡起砖头朝小伙子走去。小伙子见东旺毫不畏惧，立刻软了下来，说道："哥们儿，这里的东西分给你一半儿，咋样？"东旺呵斥道："把包给我撂下，不然，就跟着我上派出所！"小伙子咬着牙瞪着东旺。东旺大喝一声："放下！"小伙子一个哆嗦，乖乖把包放到了地上。东旺吼："年纪轻轻的干点正事儿。滚吧。"小伙子灰溜溜地跑了。

那个妇女拉住东旺的手，一个劲儿说着感激的话。东旺说："没啥大姐，不用谢。"说完，转身骑上自行车就走。那个妇女追上去说道："别走兄弟，我家就在附近，上我家喝点水去，我丈夫在家哪。"东旺说："不用客气大姐，我还有事儿哪。"妇女说："有事儿也不差这么会儿，走吧。"东旺笑笑说："大姐，我没心情闲坐啊……"妇女问："咋的了？出啥事了？看我能不能帮上你的忙。"东旺说："我是响马河村的。今年粮食大丰收，交完了公粮，家家户户还有不少……"妇女一摆手说："你别说了，我早就听说今年卖粮难这事了。哎呀，你跟大姐走，我问问我那口子，他是退伍兵，战友多，兴许能帮上忙哪。"

东旺跟着这位大姐进了她家。她的丈夫也姓周，叫周爱军。听完媳妇诉说后，紧紧握住东旺的手粗腔大嗓地说道："太谢谢你了，兄弟，别走了，上午咱俩喝两盅。"大姐说："先别忙着喝酒，你先帮兄弟一个忙，帮他卖粮食。"周爱军问："今年粮食多得卖不出去，你惦着卖多少啊？"东旺说："不是我，是全村乡亲。""你要帮全村乡亲卖粮食？""嗯。""好样的，为大伙办好事，这个忙我一定帮。不过，帮小了你可别怪我啊。"东旺咧着嘴憨憨地笑了。

五天后，周爱军带着一辆卡车进了响马河村，拉走了两千斤。临走，爱军红着脸歉疚地对东旺说道："真对不起，东旺兄弟，你的忙没能帮上……"东旺摇着头说："你说啥哪爱军大哥，帮我们村又卖了两千斤，这不是帮忙是啥呀？"爱军说："得了兄弟，算我周爱军欠你一份情，迟早一定还你！走啦。"爱军上了车走了。东旺朝他喊："有空来串门喝酒来——"爱军朝他挥挥胳膊，走远了。

48

又是一年春草绿。山坡的朝阳处的雪开始融化，慢慢地露出黄黑色的地皮；雪水滋润着泥土，浸湿了去年的草茬；被雪盖着过了冬眠的草根苏醒复活了，倔强有力地推去陈旧的草茬烂叶，奋力地生长起来。与此同时，去年秋天随风摇落下来的草木种子，也被湿土裹住，在孳殖着根须，争取它们的生命。山的背阴处虽然还有些寒气凛凛，可是寒冷的威力已在渐渐减弱。朝阳处的温暖雪水顺着斜谷流过来，融化了硬硬的雪层，开始冲开山涧溪水的冰面。巨大的冻结在岩层上的瀑布也开始活动了，流水声一天比一天响起来，最后成为一股汹涌的奔流，冲到山下流进河里，河中的冰层就咔嚓咔嚓裂成碎块，拥挤着向下流淌去，河面突然变得宽阔了，河水涨高了，水波飞溅，冲击着顺流而下的船只。

七九河开，八九雁来，九九耕牛遍地走。这要是往年，家家户户已经开始准备闹春耕了。可今年，响马河村的村民们还没有闹春耕的动静，都在寻思着种点啥庄稼好，种多少为好。高贺问了问别的村，也都没有动静，考虑着相同的问题。高贺在村民大会上动员说："不管咋说，国家把地交给咱们承包，咱就得交公粮，是这么个理儿吧？"根发问："既然我承包了，那总得叫我有点种啥种多少的权利吧？"惹不起说："就是，够交公粮就得了呗，剩下的谁管得着啊。"村民们叫喊着附和道："对，谁管咱谁就保证买咱的粮食。""对，不买就别管我种多种少。"会场上乱了起来。天成敲敲桌子喊："安静下来，听支书说。"谷大贵喊："听谁说，也不能逼着老百姓种粮食，眼瞅着叫老百姓吃亏，大伙说是不是啊？"有人乱哄哄地喊："对。"高贺问："谷大贵你起哄是吧？"谷大贵反问："你说谁起哄哪？你当支书的可不能乱扣帽子啊。你不是叫大伙发表意见吗？咋又不叫人说话了呢？"东旺说话了："大贵叔，不是不叫你说话，是叫你想好了再说。"谷大贵说："你给我一边待着去，用得着你来教训我？"谷香说："爸，你咋这个态度啊？东旺是在好心提醒你说话注意点儿。"谷大贵说："你也给我一边待着去。"天成说道："乡亲们，如今是共产党的天下，咋能逼着老百姓干啥呢？更不能眼瞅着叫老百姓吃亏呀，是不是？党支部和村委会的意思是，春耕不能误了时节，人误地一时，地误人一年哪。咱们得抓紧准备春耕春种啊。"

无论村干部们咋说，大家就是众口一词发问："种的粮食卖不出去咋办？"这个问题高贺回答不上来，天成也回答不了。东旺说："我琢磨着，政府不会眼瞅着咱农民卖不出粮食不管的，一准会研究出新政策解决这个老大难问题的。"高贺说："东旺说得对，说不定新政策很快就下来了。"惹不起问："要是下不来呢？"高贺拍下桌子喊："明理哪，明理，把你媳妇儿给我拽走，就她话多。"大伙哄笑。明理从人群里挤出来，说道："支书啊，你这不是存心挤对我吗，全村都知道我媳妇儿惹不起，我哪，更是惹不起。"大伙笑得更欢了。惹不起冲高贺喊："咋的高支书，回答不上来就来混不拉叽不讲理呀？"翠芝说话了："哎哎哎，惹不起，说话注意点儿场合分寸，这是政治。"惹不起一拍巴掌说："哟，大支书夫人下指示了，我可惹不起你，不说话了不说话了，高支书啊，你答不上来就答不上来吧，这叫那个啥来着……哦，对，政治，政治，对吧，支书夫人？"翠芝白了她一眼，将一个栗子塞进了她的嘴里。惹不起连忙吐到手心一看，乐了，又塞回了嘴里。

高贺和天成、东旺、谷香、明理现场开了个会，讨论大家起哄反映的现实问题。大家一致担心新的政策出台晚于今年的秋收，粮食再一次难卖。村民的利益不能受到损害呀。最后，大家达成一致意见：在保证交足公粮的基础上，随便种。这个决议得到了村民们的热烈拥护，大家说笑着满意地回家去了，家家户户开始围坐在一起，合计自家的地种点啥好。志新建议高贺种甜瓜，他的一个朋友的舅舅是当地有名的瓜把式。现在人们手里有了钱，舍得花钱买甜瓜吃了。东旺打算种芝麻，红霞娘家村一个大哥给联系好了一家榨油坊，有多少芝麻要多少。谷香琢磨两天没琢磨出来，谷大贵想种西瓜，元宝提醒岳父除了粮食别的啥也别种，他问过律师朋友了，国家是不允许改变土地使用性质的，也就是说不许随便种非经济作物。谷大贵知道姑爷有文化，懂得多，但还是不敢完全信他的，就一个人去了乡里。马童力一听就急了，立刻叫宣世杰通知各村支书和主任来开会，然后告诉谷大贵："你姑爷说的是真的，政府的确不允许私自改变土地的使用性质。"

在随后召开的各村党政干部会上，马童力严肃批评了组织或默许村民种植非农作物的行为，要求各村立刻坚决制止改变土地使用性质的行为。最后，童力诚恳地说道："请各位回去以后，好好学习学习相关政策和法规，千万不要光拉车不看路，这很危险哪！"一席话，说得在场的村干部们纷纷不好意思地低下了头。天成问："马书记批评得对，往后是得加强政治学习。我想问一句马书记，农民卖粮难的问题，中央知道不知道啊？"童力说："知道。正在研究制定解决的办法。相信不会让我们等太长时间的。"

谷雨前后，种瓜点豆。因为各村坚决贯彻了"不许改变土地使用性质"这一规定，家家户户播下的都是农作物种子。尽管有不少村民心里不踏实，担心秋后再次遭遇卖粮难，但还是按照政府的要求去做了。东旺和元宝带领本村民小组精耕细种，圆满完成了播种生产，就等出苗间苗了。

这天晚半晌，东旺从秦奶奶家地里回来，看见父亲正在切大白菜，就问："爸，你咋做上饭了？红霞呢？"周秋山说："不是上城里唱皮影去了吗？忘了？"东旺一拍脑门："瞅我这记性，还真给忘了。哎，不对呀，她不是说下午就回来吗？咋到这时候了还没影儿啊？别出啥事啊。"周秋山连着"呸呸呸"了三下，骂道："乌鸦嘴，滚一边去。"

东旺嘻嘻笑着轻轻打了自己一个嘴巴，进屋去了。已经上小学一年级的糖果正趴在桌子上写作业，脑袋低低的。东旺揪了下孩子的小耳朵，喝令："抬起脑袋来，不要眼睛了是吧？"糖果抬高脑袋，在爸爸的屁股上打了一下。东旺说："小丫头，敢打老子啊？"猛地抱住孩子往高举了起来，糖果吓得闭着眼睛大声叫喊："爷爷——快来救我——"周秋山跑进屋来，一见眼前情景，骂了一句："爷俩都没正行儿。"

晚饭做好了，天已经黑透了，可红霞还没回来。周秋山着急了，说："东旺，你赶紧接接红霞去。"东旺说："哎呀，爸，她不是一个人去的，七八个人哪，你就放心吧，出不了啥事儿。"糖果出来说道："爷爷，我跟我爸一块去接我妈

250

去。”周秋山说：“嗯，中，还是我孙女有良心。”外面响起红霞的声音：“哎，好啊，还是爸跟闺女惦记我呀，哼！”周秋山松了口气，说：“咋回来这么晚哪？”东旺说：“是啊，急死我啦。”红霞捶了丈夫一拳，从挎包里拿出一个纸包，对周秋山说：“爸，这是天津麻花，可好吃了。”周秋山呵呵乐着赶紧递到糖果手上，说：“吃麻花，吃。”糖果抽出一根递到爷爷眼前，说：“爷爷先吃，糖果才能吃哪。”周秋山幸福地笑着，眼睛眯成了一条缝，说：“我孙女真是个孝顺的好孩子！”

东旺吃着饭问红霞：“到底因为啥回来这么晚啊？”红霞说：“别提了。下午三点，我们唱完了上公园玩了会儿，说好晚半晌在城里吃馆子，可那炒菜忒贵，谁也舍不得花那个钱，就惦着在小摊上买几个馒头烙饼啥的，可跑了好几条街也没买到，听人说做得少，卖得快。”东旺乐了：“就你们这几个抠门鬼……哎，高支书也舍不得？他不至于吧？”红霞说：“他没跟着去。”东旺忽然一抬胳膊，陷入了沉思，红霞扒拉他一下：“琢磨啥呢？”东旺晃晃手：“别捣乱，叫我好好琢磨琢磨。”红霞笑：“神经病。”

糖果放下碗筷，凑到妈妈的耳朵边，怯怯地说道：“妈，我想上怀远哥家，找他借本书，中不？”红霞看了眼公公，轻轻摇了摇头。糖果噘起了小嘴，朝爷爷翻起白眼。周秋山眼睛不看着孙女说道：“爷爷说了多少回了，不是爷爷不叫你找怀远玩儿，是怀远他爷爷不叫他跟你玩儿。”红霞叹了口气说道：“大贵叔真是的，爷爷辈儿的过节咋说也不应该传到孙子辈儿上啊，这叫啥事啊。”东旺忽然站起身，拔腿跑出了屋子。红霞喊：“你干啥去呀？”东旺喊：“上高支书家。”周秋山喊：“我跟谷大贵的事，你少去麻烦人家高支书——”东旺跑没影儿了。周秋山骂：“这个犟种！”

在高贺家门口，东旺撞到了一个人，那个人被撞出了两米远，“啪唧”一声趴在了地上，在黑暗中“哎呀妈呀哎呀妈呀”直叫唤。东旺一听这声音咋这熟悉呢？咋像高粱杆啊？正要弯下腰看个究竟，冷不丁一双手攥住了他的胳膊，紧跟着是一个女人的声音：“你是谁？怎么这样无礼？”女人的说话声怪里怪气的，好像唱歌。地上那个人认出了东旺，脱口而出：“周东旺？是你？”东旺听出来了，地上这个人果真是高粱杆，他也脱口而出：“高粱杆？”高贺和翠芝跑了出来，高贺先看清东旺：“是东旺啊。”再拿手电一照地上的人，惊讶地叫喊起来：“杆子！？”高粱杆爬起身，说道：“二叔二婶，是我呀，你们的侄子回来啦，您二老都还好吧？”翠芝握住侄子的手，哽咽了：“好，都挺好的。”抽噎起来了。高贺说：“哎呀哭啥呀，杆子这不是全和着回来了吗。”高粱杆说：“二叔，我现在不叫高粱杆了，叫高彼得啦。”

高贺愣了一下，与翠芝对视一眼，问道：“高彼得啥意思啊？咋改名了啊？”

翠芝注意到高彼得身后的人，问道：“这是谁呀杆子？”

高彼得说："二婶，叫我彼得。来，我给你们介绍一下，她叫娜塔莎，是俄罗斯人，我的媳妇儿。"

大家全都傻眼了。翠芝结巴着说道："是……外……外国人哪……"

娜塔莎突然扑上前抱住翠芝，嘴里说道："二婶儿，你好。"

翠芝的脖子被娜塔莎的胳膊勒住了，连忙掰她的手指头。

娜塔莎松开翠芝，猛地一下子把高贺给抱着了："二猪你好。"

高贺慌忙叫喊道："快松手，我是男的。你咋喊我二猪啊？"

高彼得嘻嘻笑着对娜塔莎纠正说："亲爱的，不是二猪，是二叔，叔，二叔，听清楚了吗？"

娜塔莎喊了声："对不起，二叔，我叫错了。"说着，又要搂抱高贺。

高贺吓得转身躲到了翠芝身后。

东旺对高贺说了声："支书我找你有事，明儿个再说吧。"看了眼高彼得，"咱俩的事有空再扯。"转身走了。

高贺说："东旺，明儿个我在村委会等你啊。"

翠芝说："杆子啊，外头冷，进屋说话去吧。"

高彼得说："二婶，我现在叫高彼得了，你就叫我彼得吧。"

高贺说："你说你改的哪家子名啊？高粱杆这名多好啊。"

高彼得脑袋摇得像拨浪鼓："你快拉倒吧，二叔，高粱杆这名多土啊，土得掉渣儿，必须改必须改。"

翠芝说："彼得……这名我听着咋这怪呢？"

高彼得说："这是俄罗斯男人名儿，多洋气啊。"

高贺一挥胳膊说："你是中国人，叫哪家子俄罗斯名儿啊。好啦好啦，快进屋，进屋去吧。"

翠芝拉住娜塔莎的手往屋里走："进屋坐，那个啥，二婶给你炒花生吃。"

娜塔莎说："二婶，我叫娜塔莎，记住了没有？"

翠芝乐了："娜塔莎，娜塔莎……记住了记住了。"

高贺和高彼得走在后边。高贺问："娜塔莎是干啥工作的？"高彼得说："她现在跟我一块儿做服装生意的。""原来是干啥的？""原来就是做服装生意的，我也做这个，我俩就是这么认识的。"

这会儿，在东旺家，周秋山两只老眼瞪得像两个大铃铛："你说啥？高粱杆回来了？还带回来个洋媳妇儿？生了个儿子叫高绪，跟咱们糖果儿岁数差不多？"东旺点点头："人家现在叫高彼得了。"周秋山打了个愣："高米和？""高、彼、得。""那他刚才看见你没骂你打你吧？""骂我打我？我还没骂他打他哪。"周秋山连忙捂住儿子的嘴巴，小声说道："哎呀，你小点声，别叫别人听去。我可告诉你啊，人家是支书的亲侄子，咱可不能再惹他了，听见没有啊？"东旺说：

"我怕他啥呀，支书的侄子咋了，跟我犯浑我照样收拾他。爸你就是忒胆儿小。"周秋山急了："胆儿小有啥不好的？你胆儿大，把谷香给……"意识到红霞在场，咽下了后半句。

红霞劝说道："爸说得对。东旺，做人做事别那么小气。孩子都这么大了，过去的事就别总记在心上了。咱不跟高粱秆一般见识，不是怕他，是咱素质高。你琢磨琢磨，你现在是村民组长，预备党员，动不动就跟人家骂街打架，合适吗？"

东旺点头说："嗯，你们说得对，是我耍性子了。你们放心吧，我不跟高粱秆一般见识了。"

周秋山满意地笑了："这就对了。冤家宜解不宜结呀，老祖宗的话没错儿。"

第二天一大早，东旺刚一起床，就被窗外的大雾吸引住了。在浓雾的笼罩下，到处都一层白茫茫，看不清万物的真面目。熟悉的房舍若隐若现，在雾气中露出模糊的身影，显得那么神秘。起风了，那平静的雾海滚动起来，雾浪一个又一个地缓缓翻滚着，犹如慢镜头中大海的汹涛。有人影晃动，搅动得雾气卷着漩儿，打着转儿，依依恋恋地飘起来，去向不明。

东旺洗完脸刷完牙，对正在灶台前烧火的红霞说道："饭还没好？"红霞说："馒头蒸好了，做了个鸡蛋汤，吃吧。"东旺进了大屋，抓了俩馒头，揪了块咸菜，吃着出了屋。周秋山问："消消停停吃完了再走啊。"东旺说："我还有不少事哪。"糖果喊了声："爸爸等一下。"东旺停住脚看着闺女，糖果从碗橱里拿出俩鸡蛋，跑到爸爸跟前，塞进爸爸的口袋里。东旺俯下身在闺女的脸颊上亲了一下，走了。

雾气似乎小了，能够看清四五米开外的景物了。东旺一边吃着一边朝江天成家走。有人喊他："是东旺吧？"他循声看，是天成，问道："干啥去呀天成哥？"天成说："上卫生院瞅瞅去。""咋的了？""这些日子胃老疼，开点药吃吃。你干啥去呀？""我有个想法，想先跟你商量商量再跟支书说。""那，上我家说去吧。""要不就在这说吧。""也中。你说吧。"

东旺拉着天成走到道边上，说道："我惦着动员各家磨米磨面，蒸米饭蒸馒头花卷烙大饼，拿到城里去卖，也可以批发给那些饭馆食品摊点儿，这不一样解决卖粮难的问题吗？"

天成想了想，拍了下东旺的肩膀头，说："嗯，这个主意不赖。就是有一点，饭馆摊点肯定要咱们的米饭馒头啥的吧？"

东旺说："你要是同意了，我就跟支书说。然后，我上城里联系饭馆摊点去。"

天成说："中，我没意见。你去跟支书说去吧。"

东旺说："雾大，慢点骑车子。"

在高贺办公室，高贺听完东旺的想法后，思忖了会儿，起身给他倒了杯水："来，喝茶。嗯……东旺啊，叔挺佩服你的，真的。你这是真心实意为村民们办好事哪，我当然支持了。不过，这事咱得请示请示乡里马书记，看政策允许不允许。你等着，我这就给马书记打电话。"高贺拨通了马童力的电话。童力在电话里答复说："这件事我需要请示一下县委。"很快，童力打回了电话，说："云书记说，她已经请示省委了。省委说目前还没有相关政策，要我们耐心等候。"东旺说："我琢磨着，国家会支持农民自己个儿解决卖粮难问题的。"高贺点头说："嗯。这样吧，咱哪提前跟饭馆摊点啥的联系好喽，千万别等政策允许了，各家做好了卖不出去呀。"东旺点点头："你放心吧支书。"高贺说："你办事，我放心。嗯，东旺啊……"高贺不说了，看着东旺。东旺问："支书，你是想跟我说高粱杆的事吧？"高贺笑了："是啊，东旺。昨儿个夜里我问杆子了，他承认往你鱼塘下毒，给水泥标号做手脚的事了……"东旺说："我再补充一个事，那年我家的两头猪是他指使蒋状下毒药死的。"高贺身体哆嗦了一下，不眨眼睛地看着东旺："你的意思是，要跟杆子算总账，是吧？"东旺长出了口气，说道："支书你放心，我说过了，过去的事就过去了，往后谁也不提了。只要杆子不再干祸害我家的事了，我周东旺可以跟他和解。"高贺两眼亮了一下："你说的是真的？"东旺郑重地点了点头。高贺高兴地拍着东旺的肩膀，连声说道："好，好，好啊。"大声朝门口喊，"杆子——杆子——"

高彼得掀开门帘进屋。"二叔，你咋老记不住啊，叫我彼得，彼得。"说完，一瞥一瞥地看东旺。

东旺看着彼得，两只眼睛里是和善的光。

高贺拉着彼得的手走到东旺跟前，再拉起东旺的手，将他的手放到了彼得的手心里。他有些激动，说道："来，相视一笑泯恩仇。打今儿个起，你们哥俩和好吧。"彼得两眼盯着东旺，脸上没有任何表情。东旺也盯着彼得，脸上也没有任何表情。高贺捅咕一下彼得："哎，说句话呀，发啥呆呀。"彼得突然猛地捶了东旺一拳。东旺被打了个趔趄，疑惑地看着彼得。高贺喊："杆子你干啥呀？"东旺突然飞起一脚，把彼得踹出了办公室。院子里响起娜塔莎的声音："哦，亲爱的，你怎么从屋子里飞出来了？你的功夫太厉害了。"东旺抬腿要出去，高贺连忙拽住他的胳膊："东旺，听叔一句话，别搭理这个混蛋玩意儿。"东旺说："你放心，叔，我俩这是和好了。"高贺还没反应过来，彼得冲了回来，冲到东旺跟前猛地一把抱住了他，哈哈大笑起来。东旺捶了他一拳，也哈哈笑了。

高贺松了一口气，自语道："这俩孩子，吓我一跳。"

彼得拉着东旺的手："坐，东旺，咱哥俩好好扯会儿淡。"

东旺摆摆手说："我哪有工夫跟你扯淡哪。支书跟主任都同意我操持加工食品的事了，我得赶紧上城里找好下家去，免得政策允许咱们自己个儿加工粮食了，再找下家来不及。"

彼得问："食品加工？"

东旺说："粮食卖不出去，储存是个大事儿。我打算动员各家各户蒸米饭蒸馒头花卷送到城里去卖。不找好下家咋能叫大家蒸呢？"

彼得说："这个主意好啊。我帮你干，城里我可有不少关系户哪。不过先说下，你得分给我辛苦费啊。"

东旺说："辛苦费没有。你可以帮着你二婶蒸，跟你二叔家要分红啊。对吧，支书？"

高贺笑着踢了彼得一脚，对东旺说道："快去吧。哎，先别到处乱嚷嚷，政策还没下来哪。"

一个月后，中央新政策出台：允许农民将粮食加工成食品自行出售。农村卖粮难问题从根本上得以解决。由于东旺提前做好了出售食品的准备，响马河村村民加工的米饭、馒头花卷和烙饼很快出现供不应求的局面。彼得脑子活泛，他向东旺提议开发了一系列食品，譬如秦奶奶蒸的小动物吉祥小馒头；惹不起包的黏豆包；天成媳妇苏琴刀切的长寿面条，等等，大受城里人欢迎。家家户户每天都进钱，喜得大伙挑起大拇指对东旺赞不绝口。

可就在大伙开心赚钱过好日子的时候，天成却查出得了严重的胃溃疡。五月的第一天，东旺陪着天成去县医院做了一次手术。鉴于天成的身体状况，乡党委研究后决定由东旺担任响马河村代理主任。

第十七章

49

"新官上任三把火"，代理村主任周东旺上任后也想烧三把火。可琢磨来琢磨去，也没琢磨出来烧哪三把火好。他请教天成，病榻上的天成问他："你为啥非要烧那三把火啊？凑这个热闹干啥呀？"东旺说："我就是惦着给咱村老少爷们干点事儿。"天成说："你为乡亲们干的事儿不少了，惦着再多干点儿挺好，可你得一个个干哪，一铁锹能挖出一口井来吗？"东旺想了想觉得是这么个道理，就不再急着烧三把火了。

东旺不再急着烧三把火了，高彼得却急着要烧火。他不想烧三把火，只想烧一把火，一把大火：他想当村主任。高贺白了侄子一眼，问："你还想当支书吧？"彼得说："我不是党员，当不了书记。"高贺哼了一声："还算有点自知之明。我跟你说杆子……"彼得说："哎呀二叔，你咋改不了嘴了呢？我叫彼得。"高贺摆着手说："我就叫你杆子，咋的吧，叫顺嘴了，心里头舒坦。"彼得无奈地说："中中中，你爱叫啥叫啥吧。"高贺说："我跟你说，你小子在咱村老少爷们心里头是啥形象，你自己个儿应该清楚。别看你出去闯荡了这么些年，赚了点钱，把名儿也改了，还带回来个外国媳妇儿，就算混出了个人模狗样儿的，可要当村主任你差得远哪，乡亲们不会选你的。"彼得笑了，说："二叔你这话可说早了，我呀，会叫乡亲们选我当主任的。"高贺撇下嘴，不搭理侄子了。

正当周东旺率领村民，准备掀起一场大生产运动之时，轰轰烈烈的城市经济改革也在逐渐深入，在大、中型企业推行公司制、股份制，向建立现代企业制度迈进；对小型企业采取改组、联合等多种形式，加快企业的改革步伐。不少企业开始面向全社会招工，一些农村青壮年把土地交给家人进城打工。响马河村人是从杆子（村民们还是习惯叫他杆子）嘴里知道城里工厂招收农民工消息的。不少人持怀疑的态度，还有人持观望的态度。彼得和娜塔莎进了趟城，一个礼拜才回村。他把一个文件夹里的一大摞招工表展现给二叔看，得意地说道："咋样二叔，这是我凭关系给咱村老少爷们争取来的名额，一个月可是一百来块工资哪。他周东旺主任当着，能整几个来呀？哼！"娜塔莎说："你不要和周东旺过不去，这不好。"高贺说:"你把这些表全都给我收起来,我不同意带咱村人进城当工人,那样家里的地不就耽搁了吗?"彼得说:"又不是全家都进城,不是还有在家的嘛。"高贺说:"扯。青壮劳力都走了,剩下老弱病残的能种好地吗?"彼得说:"二叔哎,你老操这份闲心干啥呀?如今是大包干时代了,各过各的日子,到秋后谁家交不上公粮,你拿谁是问不就结了嘛。"高贺态度坚决地说道:"我说不中就是不中。"彼得不说话了,喊:"二婶,我饿了,饭熟了吗?"翠芝在过堂屋回答:"这就熟了啊。"

东旺是在马童力家听说农民进城当工人这事的。那天,他和红霞去童力家给童力满月的儿子送小衣裳,童力和燕妮非要留他俩吃饭,盛情难却,就留下来了。吃完饭后俩男人在客厅这屋喝茶说话。童力说:"最近,咱们县有不少村民进城当工人挣工资去了,我那个同学,就是童志,他们乡就有二十几个去了。你得有个思想准备呀,看样子这股潮流很快就该到你们村了。"东旺说:"进城当工人?家里的地呢?"童力说:"所以说你要有个思想准备嘛。"东旺说:"啥准备呀,一句话,不许走。"童力笑了:"如今是大包干时代,农民有对自己承包的土地自由管理的权利,在保证缴纳足够公粮的基础上,去做不违反法律法规的事,各级政府是无权干涉的啊。"东旺说:"好不容易解决了卖粮难,大伙的种粮积极性刚调动起来,这又整出个进城当工人,咳……"童力说:"改革进程中必然会不断出现这样和那样的问题,只要抓住了事情的本质,就一定能逐一得到解决。"

让高贺没有想到的是,彼得还是背着他挨家做了招工宣传。为了解除村民的疑惑,这小子居然拿出自己的钱,预先垫付了第一个月的工资。他这么做,让大家即便再有疑虑也乐意跟着进城,转一圈看看再说了。彼得一下子就带走了三十个青壮劳力,其中有二涛子、三核桃、赵金生和张平,进的是一家玻璃制品厂。上班第一天就发了一身工作服,还有一双劳保手套,把这帮人乐坏了,睡觉都能乐醒,都挺感激高彼得的。

东旺很快知道了这件事。他已经有了思想准备,也想好了到这些人家里该说些啥。"地里的庄稼可不敢马虎啊,秋后公粮可不能打哈哈啊。"结果,大家的答复众口一词:"保证误不了地里的庄稼,保证不少交一颗公粮。"话说到这份上,东旺还有啥话可说呢?

高贺知道这件事情后,把彼得大骂了一顿。娜塔莎不明白彼得错在了哪里,高贺耐心给她解释说:"我们是农民,是农民就得先干好农民的事儿。"他断定,地里的活迟早会受到影响的。东旺提出个建议,家家户户跟村委会签订一份保证书,保证秋后交足公粮。高贺觉得这个建议就是"紧箍咒",可行。一个礼拜后,全村所有户都签了。东旺松了一口气。高贺也松了一口气,但不是那么顺畅。多年的基层组织经验告诉他,此事最怕节外生枝。

不管咋说，大包干后的乡村生产热情逐渐降温。滦河两岸的土地开始出现撂荒现象，是北洋乡的。马童力从童志口中得知这一情况后，立刻召集一班人开了个紧急会议。张楠说："是得未雨绸缪啊。"童力纠正说："不，咱这是亡羊补牢啊。因为，雨已经到了咱芳草乡的上空，只是还没落到地上而已。至于这个'牢'能不能补上，我们只能是尽力而为了。"大家一致认为：芳草乡的土地一寸也不能撂荒。会上，大家经过细致的讨论，形成了一个决议，并由宣世杰连夜写出了一个《中共芳草乡党委关于严禁承包土地撂荒的通知》。第二天前半晌，经马童力审阅后下发到各村党支部，下午召开村民大会组织学习。高贺把《通知》的内容念了一遍，然后，做了解释说明。最后，他要求大伙无论如何也不能把承包地撂荒，到了秋后哪家交不上公粮，就追究哪家的责任。村民们谁都没有提出反对意见。高贺对东旺说："出水才看两腿泥哪。到秋后再看吧。"东旺说："交公粮是每一个农民应尽的义务。我觉得乡亲们这点觉悟还是有的。"

　　马童力说得对，《通知》不是未雨绸缪，而是"亡羊补牢"，他对"牢"能不能补上的担心也被验证了是必要的。范家庄首先出现了"撂荒"，是"常有理"家。她把家门一锁，领着老蔫进了城里，给一个亲戚开的商店打工去了。高贺去问范占山："你把他们两口子放走了，那地谁种啊？"占山说："'常有理'说，秋后买粮食交公粮。"高贺听了心里忽闪了一下，脱口而出道："她咋会想出这么一个法子来呢？"占山说："是啊，我也这么说她。我还说了，承包地不允许撂荒。她说，中啊，我抓着空回来伺候那地。"高贺问："她抓空回来了吗？"占山说："回来了，也伺候那地了。可昨儿个我特意上她家地里瞅了瞅，那草啊都比玉黍苗高了。"高贺说："这哪中啊，这是变相撂荒啊老伙计，这事你得认真跟马书记汇报一下啊。"占山点点头："我这就上乡里汇报去。"高贺说："我跟你一块去。"

　　在乡政府大院里，正准备下乡去的马童力，十分严肃地对高贺和占山说道："这个现象必须坚决制止住，绝不允许有任何形式的撂荒。"占山说："我知道了马书记。我这就进城找常有理两口子去。"童力说："你就明确告诉他们，任何人有打工的自由和权利，但没有撂荒土地的自由和权利。"占山答应一声，对高贺说："咱们走吧老高。"高贺正若有所思，机械地点点头。

　　高贺回到村里，直接去了地里，先去的赵金生家的地。还好，庄稼长势不错，没有撂荒的迹象。他又去了张平家的地，长势也还不错。正要去别家的地，东旺转过来了，"支书。"东旺叫了一声高贺说："咋样啊东旺，没有撂荒地吧？"东旺说："这么说，你也没发现撂荒地哪？"高贺笑着点点头，长出口气，说道："可不能有撂荒地啊，有了，咱们跟马书记可是交代不了啊。"东旺说："是啊，坚决不能叫一寸土地撂荒。"

　　在东旺和高贺的努力下，响马河村的土地没有一寸撂荒。有一阵儿，三核桃抽懒筋，玉黍抽穗的关键时期没回家照顾庄稼。东旺跑进城里那家玻璃制品厂，见到三核桃，不由分说，揪住他的脖领子就往外拽。三核桃喊："周主任，你干啥呀？我在班上哪。"东旺说："把你那块地拾掇好了再来上班。"三核桃说："中中中，我下班以后就去拾掇。"东旺说："你现在必须给我回去拾掇，要不，你这班就别上了。"三核桃喊："我的好东旺哥，你放心，秋后我保证一两公粮也不少交。"东旺不再说啥，揪着他的脖领子就是拽。三核桃想挣脱，挣脱不开，只好央求说："主任主任，我跟你走我跟你走，可你总得叫我跟班长请个假吧。"东旺铁青着脸吼了一声："给我回村！"三核桃害怕了，乖乖跟东旺回了村。

三核桃家的玉黍保住了，却因为旷工被厂长开除了。此后，全村外出打工的人，没有一个再敢不好好拾掇庄稼了。过了些日子，村里有几个年轻人悄悄出门去了深圳。二阳子把这情况告诉了东旺。东旺问："他们干啥去了？"二阳子说："听说深圳证券交易所成立了，可挣钱了，他们去排队买股票去了。"东旺哼了一声，说道："哪那么好挣钱啊！"

几天后的中午，乡党委通知各村，晚上组织村民收看香港回归交接仪式直播。东旺跟父亲一边看着实况直播，一边喝着酒庆贺。喝着喝着，高贺来了，三个人一起喝，一直喝到了天亮。

这一年秋后，响马河村超额完成了公粮上缴任务，在全县得了个"交公粮红旗村"大奖状。东旺在党的十五大召开后的第三天，顺利地转成了正式党员。同时，谷香也被确定为预备党员。还有一件高兴事，东旺注册登记的"响水河建筑公司"被县工商局批准成立了。真是喜事一个接着一个。

马童力到县委参加了一个重要会议，是云秀书记主持开的。会议的主题有两个：一个是认真贯彻落实十五大提出的全面建设小康社会的历史使命；另一个是招商引资，搞活经济。这是个政治性任务，压倒一切的任务。云秀在会上要求各乡必须下大力量认真落实省委省政府的这一指示精神。会后，童力和童志去了北洋乡，两人在乡政府小食堂吃饭，商议招商的事。

"招商招商，咱得真得把有钱的商人给招来呀，而且必须是带着项目的商人哪。"童力咬了口馒头，夹了几根豆角放嘴里嚼着，看着童志说道。

童志筷子上的菜掉在了餐桌上，他没有察觉，还在沉思着。直到童力拍拍他的手背，他才回过神来，看着童力，说道："俗话说，没有梧桐树，招不来金凤凰。我们北洋乡，你们芳草乡，都具备啥样的招商条件，你心里有数儿吗？反正我没数儿。"

童力说："开会的时候我就琢磨了，我们芳草乡的滦河两岸，应该说具备潜在的项目空间。比如说，搞养殖，再比如，开发岸边风光旅游。你觉得咋样？"

童志思忖了下，点点头："嗯，有点意思，可以进一步探讨探讨。"

童力笑了，说："其实你们北洋乡应该也有潜在优势，你应该好好琢磨琢磨，搞搞调研，多听听群众的意见。兼听则明嘛，对吧？"

童志点点头，说道："招商引资，不但搞活咱地方的经济，更重要的是带动一方百姓致富，过上幸福安定的好日子。我们作为地方官，理应好好动动心思，充分利用我们的资源对接好商家。可是童力你想过没有，招商引资可绝不是仅凭我们的热情，就可以办好的事情啊。别的不说，项目挖掘啊，项目评估推荐啊，项目座谈啊，规划考察啊，促进项目投资啊……咳，复杂得很哪老同学。"

童力拍了下餐桌，说："中啊老同学，考虑得够周全的啊。"

童志说："招商这么大的事，不考虑周全咋中啊。哎老同学，我可提醒你啊，千万要慎重行事，不可急于求成，更不能幻想一蹴而就啊。"

童力点点头，之后，便陷入了沉思。

童志看了眼童力，埋头吃起饭来。

50

马童力回到乡政府，立刻召集班子成员开会。他首先传达了县委《关于落实省委招商引资的通知的通知》。接下来，他和大家统一了思想，坚决贯彻落实招商引资工作精神。最后，一班人做了分工，童力负责的是响马河村。会议决定，从第二天起，分别到自己负责的村子进行实地考察，寻找可行性项目。

第二天一大早，马童力便赶到了响马河村。在村东口，他迎面碰见了周东旺。"马书记来啦。"东旺打着招呼。童力看他手里推着自行车，问道："出门啊东旺？"东旺说："啊，我上医院接天成出院去。"童力说："哦，你先去吧。我在村委会等着你。"东旺问："有啥事啊？"童力说："上级要求各乡积极开展招商引资工作，我来跟高支书你俩合计合计。"东旺说："中，我快去快回啊。"

在村委会门口，童力看见梁满仓正蹲在院子里刷牙。看见童力进来了，赶忙漱几下口迎了过去。"马书记来了，我这就去叫高支书跟周主任啊。你先在屋里坐啊。"满仓去叫高贺了。童力没有进屋，站在一棵柿子树下看书，一本随身带的外国名著《百年孤独》。正全神贯注地看着，谷香走过来了，没有打扰他看书，轻手轻脚地朝团支部办公室走去。二阳子怀里抱着一摞书，大步进了院子，喊了声："谷香姐——"惊动了马童力。谷香说了声："马书记来了，屋里坐吧。"童力便朝团支部办公室门口走，便问："最近你们团组织搞啥活动呢？"二阳子抢着回答道："谷香姐操持了一个小图书馆，这不，我们正到处搜集旧书哪。"童力看看二阳子怀里的旧书，肯定地说道："好啊，这个小图书馆办得好啊，不能光顾了挣钱，精神文化生活不能丢啊。过几天，我支援你们一批好书。"谷香高兴地说："那可太好了！"二阳子向童力鞠了一躬，跑进挂着"图书馆"牌子的屋子去了。

童力问谷香："听说你们两口子，在东旺的建筑公司入股了？"

谷香笑着点点头："我俩主要看好周东旺的远景规划。"

"哦？远景规划？能不能给我介绍介绍啊？"

"当然可以了。让响马河村群众将来都能住上楼房，老了住进村办养老院，是这个远景规划的重点。就冲这一点，我愿意和他一块干点事儿。我佩服周东旺，佩服他心里头装着的不光是他自己个和家人，还有全村的父老乡亲。"

童力点着头，对东旺的赞许之情从心底油然而生。

高贺走进院子，打着招呼："马书记来了。"

谷香对童力说："你们忙吧马书记。"转身进了图书馆。

童力和高贺走进书记办公室。

高贺边给童力沏着茶边说道："上午别走了，我姑爷送了点螃蟹来。"

童力说："嘿，这就叫赶得早不如赶得巧。"

高贺问："有啥指示啊？"

童力笑笑："上级要求各乡搞招商引资，乡里班子成员全都下来搞调研，我负责咱村。"

高贺沉吟着："招商引资……引资……这倒是个好事，可我们村有啥招商的优势呢……你等等啊，我去把东旺给喊来。"

童力说："刚才在村口我碰见他了，他去接江天成出院去了，咱俩先聊着。"

高贺叹了口气说："真是世事无常啊。你说天成这小子，多好的身体呀，壮实得跟头牛似的，一个胃溃疡就把他给撂倒了，咳……"

童力说："所以说，我们都得保重自己个儿的身体呀，身体是革命的本钱嘛。你最近咋样啊？我看你脸色不大好，得注意休息，别太劳神了。"

高贺摇摇手："不劳神不中啊，一大摊子事，哪样处理不好，都会给乡里添乱哪。"

童力感叹道："还是你这样的老同志思想境界高啊。大包干以来，基层工作遇到的新问题越来越多了，的确需要我们多劳神多担当啊！"

高贺和东旺分了工，高贺抓招商引资，东旺抓生产。彼得向二叔提出给东旺当助理。高贺担心这小子跟东旺憋着劲，没答应。彼得去找东旺，很意外的是东旺答应了，但条件是不许干涉他的工作。彼得答应了。还好，彼得还真的没有跟东旺顶牛别劲。

这一年的秋收，响马河村村民每一家都交足了公粮。东旺和高贺总算松了一口气，心里的石头落了地。地里的庄稼收割完了，冬小麦长出绿芽芽儿。村民们趁着冬闲时节，纷纷涌进城里打工去了。东旺的建筑公司，在县政府对面承建一个商场。他带出村里一百多个劳力，进行岗位培训后，夜以继日地紧张施工。他通过罗平请来了一个负责质量监督的副总经理，叫陆战海。他自己除了照看一下工地，还要顾及村委会的工作，还惦记着那些五保户和烈军属户，忙得不可开交，但是他挺高兴。他觉得这样的日子过起来脚着地，踏实，有奔头。

一天下午，东旺正准备离开工地回村里，陆战海领着一个四十多岁、又高又胖的男子过来了，向他介绍说："周总，他是我的好朋友，搞化工的，叫孙秋风。"东旺握住孙秋风的手，热情地说道："孙总你好啊。"孙秋风有个习惯，不笑不说话，说话必带笑。他笑着说："周总，周主任你好。我知道你忙，那咱就单刀直入。是这么回事，我看中了你村的一块地，想买下来建一个化工厂，等落成投产优先招聘贵村村民进厂当工人，工资待遇一准比别的工人高。恳请得到周主任的大力支持和帮助啊。"东旺一听就乐了，说："哈哈，这可是大好事啊，我支持，一准支持。不过，这是个大事，我得跟我们高支书和其他村干部开会商议一下，再跟乡党委汇报一下，然后再给你答复啊。"孙秋风彬彬有礼地点头致意："好的周主任，我恭候佳音。"

在支委会上，大家一致认为这绝对是一个招商引资好项目。确切地说，不是招商，是商家主动送上门来的。响马河村这棵梧桐树，引来了金凤凰，这在全芳草乡可是头一份儿啊，全村人脸上都有光哩。更重要的是，咱村里人优先进工厂当工人挣工资，跟城里人一样挣活钱。大家都催促东旺赶快把那个孙秋风给请到村里来，好吃好喝伺候着，一定要留下这个财神爷。高贺对东旺说："既然大家都没意见，那这件事就这么定了。会后，我跟乡里马书记汇报一下。东旺你哪，抓紧时间邀请孙总上咱们村来，具体聊聊怎么合作。"东旺点点头说："散了会我就回工地，和陆战海一块找孙总去。"

马童力听高贺汇报完化工厂项目后，立刻兴奋地在办公室地上蹚起步来。高贺看着童力的神情，却故意问道："马书记，你看，我操持的这个项目到底中不中啊？"童力停住脚步，注视着高贺："建化工厂咋还不中啊？你们先跟那个孙总谈，必要的时候，我代表乡政府跟他谈。"高贺一拍巴掌说："有领导支持掌舵，那我们就有信心了。"童力问："厂址选在哪了？"高贺说："现在还没确定下来哪。"童力说："不能占耕地啊。"高贺说："占多少亩地交多少亩公粮不就得了吗？"童力坚决说道："不中，绝不允许私占耕地。"高贺点点头："知道了。"

"啥？你看中村西那大片庄稼地了？"东旺惊愕地看着孙秋风，两只眼睛瞪得跟鸡蛋那么大。孙秋风得意地看着东旺："对对对，就是那块地，我的眼力挺好的吧？"东旺摇着手说道："你再找别的地吧，那块地不能给你。"孙秋风惊讶地问："为啥呀？"高贺说："那是耕地，不让卖。"孙秋风失望地说道："我知道了，你们忙吧周主任高支书，我走了。"看着孙秋风上了自己的轿车，一溜烟开走了，高贺叹了口气，东旺也跟着叹了口气。

马童力听高贺汇报说招商泡汤后，很是着急。亲自到东旺工地找他，要他通过陆战海把孙秋风约出来。孙秋风应约而来，童力请他上了乡里的吉普车，直接去了响马河村。在车上，童力问秋风：“响马河村离108国道近，运输方便。离滦河也近，将来走水路也方便。这些因素，你难道没考虑到吗？”秋风说：“如果没考虑到，我就不在响马河村选厂址了。我看中的那块地非常适合建化工厂。”童力说：“你不就是考虑到那个地方地势平坦，土建省工省时还省钱吗？我给你推荐一块地，保你满意。”秋风笑笑：“但愿如此吧。”

一个钟头后，来到了响马河村村东。童力对司机说：“上东旺的鱼塘去。”汽车很快到了鱼塘边。看鱼塘的家林看见童力从车上下来了，迎过来，看着呵呵乐，不说话，拿起抄子准备捞鱼。东旺连忙说道：“家林叔，我不吃鱼。我是来看地形的。”转身对秋风说，“孙总，我说的地就在这儿，你看看吧。”秋风点下头，背着两手朝一个高坎走去。童力又跟了上去。秋风站到高坎上，环视着四周的地形地貌和环境，暗自盘算着。童力站在他旁边，一句话不说。秋风下了高坎，朝一片树林走去。童力又跟了上去，依旧一言不发。秋风钻进树林看了会儿，钻出来，朝一片洼地走去，站在洼地边思忖了好一会儿。童力一直没说话。

秋风说话了：“马书记，这片地要是搞起土建来，可是要花不少钱的呀。”

童力知道他这话是啥意思。想了想，说道：“我会在我的职权范围内，尽量降低你的土建成本。比如说，发动群众移土填坑。你看咋样？”

秋风问：“你的意思是，群众移土填坑是不要工钱的，是吧？”

童力点点头说：“在投产之前，我尽量安排群众义务劳动，以减少成本投入。”

秋风说：“马书记，容我再考虑考虑中吧？”

童力说：“当然中了。走，我们进村坐坐吧。”

秋风说：“不去了。我还得上北洋乡去一趟哪。”

童力问：“北洋乡？是去童志童乡长那吧？”

秋风说：“是啊。麻烦你马书记，把我送回工地吧，我的车在那哪。”

马童力把孙秋风送回工地，就急匆匆回到乡里给童志打电话。“童志，我可跟你丑话说在前头，你跟孙秋风搞合作我干涉不着，我也不想干涉。可你要是第三者插足，破坏我们之间的合作，休怪我不讲老同学情谊。听明白了没有？”电话里的童志说：“我说马童力，你是不是有点不讲理啊？就兴你们芳草乡跟孙秋风做生意是吧？啥叫破坏合作呀？人家孙秋风愿意跟谁合作是人家的自由，你我谁也没有那个权力和本事干涉，知道吧？”童力说：“你少跟我打哈哈装正经。孙秋风是我们招来的商，你想抢过去门儿都没有！”童志说：“好了好了老同学。这个礼拜天我上你们家吃一天去啊，告诉燕妮，我想吃水饺了，肉馅的，多搁点儿肉啊，别舍不得。”说完，“吧嗒”挂了电话。

童力对着话筒喊：“你要敢坏了我的好事，我就跟你没完——”

"这是跟谁发火那呀童力同志?"随着一声问话,云秀书记进来了。身后跟着秘书孔学文。

童力连忙起身迎了上去:"云书记请坐。请坐孔秘书。"

云秀坐到沙发上,说道:"童力呀,谁跟你抢招来的商了?你告诉我,我给你们当裁判,保证公平公正。"

童力说:"云书记你都听到了啊。是北洋乡的童志,他太不讲道理了,我们这正跟一个叫孙秋风的老板谈合作哪,他中间插了一杠子,把孙总给拽他们乡去了。"

云秀说:"哦?有这种事?这事我得管,而且一定管到底。你告诉我,你和这个孙总谈到什么程度了?"

童力说:"已经到了选厂址的程度了,可童志一个电话把孙总喊他们乡去谈了,这不是赤裸裸的插杠子捣乱嘛。"

云秀说:"你先别激动,待我问问童志,一定给你个说法。"

这会儿,孙秋风正在贾家洼塑料厂参观,童志和董三友陪伴左右。孙秋风一边看着,一边向董三友问这问那。童志听着他俩说话,一句话不插。秋风问三友:"你们这个塑料厂效益如何呀?"三友摇摇手说:"不中,凑合吧。""想没想过转产哪?""转产?孙老板有啥高招啊?""做化工咋样?感兴趣吗?""化工?""就是化学工业。""我可不懂这玩意儿。""可以学嘛。""你教我呀?""你决定转产了?"三友犹豫了:"不管咋说,我这个塑料厂开工也有两年多了,设备呀,原料啊,工人啊,哪能说转产就转产呢?"秋风说:"俗话说,船小好调头。我看你的塑料厂规模并不大,要转产并不是件难度多大的事。"三友问:"你想说啥,明说吧孙总。"秋风笑了:"董厂长真是个痛快人。那我就扛着扁担进门——直来直去了。我想,和你合作,把这个厂子改造成化工分厂,不知你意下如何呀?"三友转身看童志。童志笑着摆摆手说:"这事你自己个儿做主,我可不干涉你。"三友问:"孙总,你想把总厂建在哪呢?"秋风看着童志,说:"如果,你们乡同意我自由选择厂址,我就在北洋乡落户。"童志说:"除了耕地,你可以自由选择。"秋风说:"看来,耕地是你们的底线喽。"童志点点头:"这是政策规定,我们谁都不敢违反啊。"秋风说道:"一个地区的化工产业可以很好地带动这个地区的经济发展哪,这一点你们政府官员都清楚吗?"童志说:"我想,应该是清楚的。"秋风接着说:"化工厂最好是依水而建,滦河水源充足,非常适合化工企业兴厂生产。你们乡的耕地可否远离滦河?"童志说:"和你希望的正相反。"秋风摇摇头,握握三友的手,对童志说道:"我们走吧童乡长。"

大家上了孙秋风的车,离开了贾家洼。在回乡里的路上,童志问秋风:"难道除了化工产业,你就没有想过做点别的,来个多头并举吗?"秋风说:"我已经干了十几年的化工了，轻车熟路了，跨行业发展，我怕没那个精力呀。"

司机说话了："孙总，童书记，前面好像是县委的车。"童志仔细一看，说道："停车。"车停住了，童志跳下车，朝那辆吉普车迎了上去。云秀从车窗探出脑袋，晃着手："童志，是你呀，这么巧。"童志看清是云秀："云书记，你好啊。"云秀问："你干什么去呀？"童志说："回乡里。"云秀问："这车是商家的吗？"童志说："是，是孙秋风，孙总的。"云秀下了车，对童志说："你给我们介绍认识一下。"

两人来到秋风车旁。孙秋风推开车门下来了，对云秀笑着点点头。童志对秋风说："孙总，这位是县委书记云秀同志。"孙秋风十分得体地轻轻握了下云秀的手："你好，云书记。"云秀微笑致意："你好孙总，欢迎来我们县考察，有需要政府帮助解决的，我一定不遗余力。"秋风抱拳作揖："多谢领导关怀支持，多谢多谢。"云秀问道："你们两个还有什么事情吗？"童志对秋风说道："孙总你……"秋风摇摇手说："没有了没有了。"云秀说："那好，孙总你忙你的吧，我和童书记说点事儿。"秋风说："再见云书记。"云秀握住他的手："晚上我做东，请孙总吃个便饭，好好聊一聊。"秋风说："云书记忙得很，岂敢打搅啊。"云秀笑着摆摆手："吃饭是小事，主要是想和你交流交流。就这么定了，童书记作陪。"秋风说："那我就恭敬不如从命了，晚上见，云书记。"

孙秋风最终还是决定在芳草乡投资建厂。厂址选在了周东旺鱼塘附近，包括了鱼塘。东旺乐呵呵地与村委会提前终止了承包合约。村民们听说要建工厂，还听说要优先招聘响马河村人进厂当工人，乐得跟过年似的，都夸赞东旺跟高贺给大伙谋了个大福利。

一个阳光灿烂的早晨，孙秋风带着一班人马开进村西鱼塘那块地段，开始测量制订施工计划。东旺又忙城里的建筑工地，又帮着忙化工厂筹建工作，一天到晚不着家。高贺毕竟年岁已经大了，熬不了夜，一过九点钟就犯困。高彼得趁机向二叔建议："我替您老盯着去，免得有啥事您老被动。"高贺觉得他说得有道理，就点头同意了。孙秋风只跟彼得接触了一面，就告诉手下："那个高彼得假洋人，不是个好枣儿，你们呢都给我小心提防着点儿。"东旺知道高彼得是盯着他来了，他从来不单独跟秋风在一块儿，啥事也不背着高彼得。

平整厂址土地的时候，周东旺召开村民大会，动员大伙义务帮着移土填坑。有一些村民闹腾着要工钱，东旺一句话就把民心给安抚好了："往后这工厂就是咱们大伙的了，干咱自己个儿家的活儿还要工钱？"大伙一听是这么个理儿，第二天就扛着铁锹镐头呼啦啦上了工地。秋风夸东旺真有号召力，彼得听着不舒服。他第二天上城里整来了三台推土机，说是免费干活，其实他偷着给了仨司机工钱。秋风夸彼得门路真广，他这才觉得心里舒服些了。谷香把两面红旗插在了工地上。红旗迎风招展，像两团熊熊火焰。东旺把他爸爸、媳妇都给动员来了。

谷香率领共青团员们也来了，连秦奶奶也在孙女小云的陪同下来了。谷大贵说啥也不来，觉得白干活太吃亏。金元宝也没来，和燕子、"惹不起"、苏琴等几个女人负责在村里照料没上学的孩子们。工地上人欢马叫、车来车往，热闹非凡。工程进展得比较快。孙秋风心里好不欢喜。

马童力偶尔过来看看，跟大伙干上一会儿活再走。负责往工地送开水的翠芝，专门为童力准备了大红袍茶，就给他一个人喝。秋风和东旺挺谈得来，谈的都是工厂的未来。他希望东旺给他当副厂长，东旺说他手里的事忒多，忙不过来，怕当不好副厂长，提议叫金元宝干。秋风说元宝不是当官的材料儿，还是你来干吧。东旺答应考虑考虑。彼得不知咋知道副厂长的事了，求二叔向孙秋风推荐他。高贺这一次没有答应侄子。他感觉到孙秋风并不喜欢自己的侄子，他不能强行往秋风怀里塞，会引起连锁反应的，首先是村里人会以为我高贺有意控制化工厂，然后就是马童力会认定我找机会贪污腐化的。再说了，杆子这小子本来就人缘不好，叫他当副厂长，那村民肯定不服他领导，再来个罢工啥的那可就麻烦了。

彼得自己去县里找丁向东行长。他了解到，孙秋风的化工厂向丁向东的银行贷了款的。他和丁向东是一年前认识的，在一个招商洽谈会上。彼得通过一个来自省城的朋友胡总胡庆认识了丁向东，胡庆和丁向东是姨表亲。胡庆关照向东往后多照应着彼得，现在，彼得需要向东照应了，向东二话没说一口答应了下来，第二天就找了孙秋风。秋风一听是推荐彼得当副厂长的事，为难了。向东看出了他的为难，就伸出一只大厚手拍拍他的肩膀，说："好了兄弟，这事啊就算我没说。"说完，起身就走。秋风连忙说道："你放心丁行长，这事我一准会安排妥妥的。"

高彼得当上了化工厂副厂长的事，一天的工夫就传遍了响马河村的角角落落。村民们都不咋关心这事，关心的是快点建好工厂，快点开工生产，快点上班挣工资。东旺猜想一定是高贺推荐的，不过他也没多想，又不是我的工厂，谁当副厂长跟我有啥关系呢？再说了，人家孙秋风走南闯北这些年，啥人没见过啊，他一个高粱杆算个屁呀。我呀，把我的商场大楼盖好了比啥都强。

化工厂破土动工那天，县委书记云秀和县长许援朝来了。马童力率领乡党委一班人都来了，云秀和马童力挥锹为奠基石填土。在场人欢呼雀跃，鞭炮齐鸣，东旺擂鼓助威。红霞和惹不起她们唱起了金元宝编写的皮影戏《化工厂之歌》："滦河河畔起东风，化工厂子要开工，农村改革往前冲，模范典型咱来争……"孙秋风率领他的厂领导班子成员，在云秀和马童力之后为奠基石填土。高彼得也在其中。"千里马化工厂"正式开始了厂房建设。

51

雨季来临之前，化工厂的厂房和办公建筑全部竣工了。经县里有关部门检查验收，质量达标，允许进行设备安装。孙秋风专门召开了一个会议，研究部署设备进厂、组织安装事宜，又成立了由副厂长张北环为组长的安装小组，负责指挥协调。高彼得有点恼火。自从他当上副厂长以来，孙秋风就让他负责厂区安全巡逻，别的啥也不叫他插手。他在娜塔莎跟前骂："妈的，老子成了站岗放哨的保安了。"娜塔莎安慰他说："亲爱的，保安不是那么好当的，要保证绝对安全。否则，你就是渎职，而渎职可是极大的犯罪。"他想跟丁向东说说这事，转念一想，啥事都找人家，会被瞧不起的，还是自己的梦自己圆吧。可是该咋圆呢？他一时还没有个主意，就先当着保安式的副厂长。

国庆节后的第二天，千里马化工厂在一阵鞭炮声中正式投入生产了。因为云秀事先向马童力表达了开工庆典要简办的意见，马童力明确要求孙秋风干脆就不要搞什么庆典了。秋风当然没有意见了，省去庆典钱，何乐而不为呢？高彼得却不同意，向孙秋风建议，悄悄在滦河岸边的树林里，搞一个自助餐晚会，目的是收取参加者的礼金。秋风觉得这个主意不错，就交给彼得一手操办。

周东旺不知道这事。彼得跟谁也没说，包括他二叔。东旺大部分时间都在工地上忙，平时很少跟彼得碰面。见了面跟他打个招呼就完事，啥也不谈。彼得当副厂长，他没有啥想法，就是觉得彼得当厂领导不够格。但这是孙秋风的事，你周东旺有啥权力说东道西呢？

晚会在黄昏时分举行，余晖把西天边涂抹得金碧辉煌，天空闪闪地稳不住颜色，一群群小鸟叽叽喳喳地欢叫着准备归巢。滦河岸边的一片树林里说笑声不绝于耳。彼得和娜塔莎穿着光鲜、满面春风地穿行在人群中。秋风满面笑容地与各位老板亲切握手、交谈，一副热情好客的主人形象。高贺惊愕地看着工厂财务科长大把大把数钞票，对彼得说："这么干不对呀，这不是公开贪污吗？"彼得笑着对二叔说道："我的好二叔，这是礼尚往来，就跟谁家有红白喜事上礼一样，人之常情。"娜塔莎说："来而不往非礼也。二叔，你们中国人不是最讲究这个吗？"高贺问："咋没叫村里人来呀？"彼得说："第一，不够档次，今儿个邀请来的除了你一个村干部，其余全都是有钱的老板。第二，把乡亲们喊来了，上不上礼？能上多少？少了不好看，上多了，上得起吗？"高贺"哎呀"一声，说："我还没上礼哪。"说完，慌忙摸口袋。彼得说："我已经给您老上完了，写的是您的名儿。"高贺说："你这孩子，咋不跟我说一声呢？"彼得嘿嘿笑："这点小事，还叫您老操啥心哪。"

这会儿，东旺刚从工地回来，推着自行车走进院子。糖果背着书包从他腋下钻过去，一只脚站到脚踏板上，两手扶着车把，嚷嚷道："开车喽，开车喽——"东旺在后面扶着车座，帮着闺女在院子里绕圈。

周秋山背着一筐草进了院子。红霞从过堂屋里跑出来，帮着公爹把筐放到地上。秋山看着东旺说道："刚才在河堤下头割草，看见好几个人钻树林子，里头有不少人说话，挺热闹的。"东旺想：咋回事啊？有人破坏树木？不中，我得看看去。这样想着，人已经出了院子。红霞喊："刚回来又干啥去呀？"东旺回了句："你们吃吧，别等我。"

东旺钻进树林子，走了一段，看见丁向东和一个不认识的年轻女孩躲在一棵大树后头打情骂俏，挺反感地看着他们。向东想亲吻那女孩，女孩下意识四下扫视，看见了东旺，小声告诉了向东。向东连忙一本正经，朝东旺喊："咋刚来呀东旺？"东旺说："我刚回来。里头干啥呢？"向东问："你不知道啊？"东旺摇摇头。向东对他招招手，他过来了。向东说："秋风的化工厂今儿个投产，在这开庆祝晚会哪。快去吧，礼金给那个财务科小科长儿。"东旺打了个怔："礼金？哦，知道了。"他走进人群转了一圈，趁没人注意悄悄出去了。

"这个孙秋风，这不是变相聚敛钱财吗。"马童力听了东旺的汇报后，这样说道。

东旺说："应该叫孙秋风把礼金都退回去。"

童力长舒口气说道："这事我会妥善处理的，你不要再跟别人说了。哎，你那个商场建得咋样了？可是要把好安全关，警钟长鸣啊。"

东旺点点头："放心吧马书记。要没别的事，我就回去了。"

童力说："别忙着走，上我家吃去吧，燕妮炖排骨了。"

东旺乐了："我正想吃排骨哪，走走走，快走快走。"

童力捶了他一拳："你这个馋猫。"

这会儿，高贺正喝着茶水看电视，翠芝和玉兰在对门屋说话，壮壮坐在写字台前写作业，过堂屋响起脚步声。翠芝掀开门帘探头看，是蒋状，身后还跟着彩彩，她连忙迎了出去。"婶子。"蒋状叫了一声，扒拉一下彩彩。彩彩有点不好意思地叫了声"婶儿"。翠芝笑着走上前，亲热地拉着彩彩的手摩挲着，说道："多好的闺女啊，状子你可真有福气。走，屋里坐。"蒋状问："我叔呢？"翠芝说："大屋哪，去跟他待着去吧。"

蒋状答应一声进了大屋。"叔，看电视哪。"高贺说："坐吧。"蒋状坐下，欲言又止。高贺边看着屏幕边问："有事？说吧。"蒋状干咳一声，说道："叔，我也想买台电视机……"高贺扭脸看着蒋状。蒋状顿时像做错事的孩子低下了头。高贺说："这玩意儿可贵着哪。"蒋状说："嗯，我知道。我已经攒够钱了，彩彩家也买了。"高贺问："你跟彩彩咋样了？"蒋状吭哧一会儿说道："挺……挺好……"高贺说："你小子，中。哎，你买电视跟我请示啥？"蒋状说："你姑

268

爷不是熟人多，路子广吗，我想能不能叫志新帮个忙，便宜点儿，少花点是点儿。"高贺笑了："中啊状子，会过日子了啊。中，我跟志新说一声。"蒋状起身鞠了个躬："谢谢叔。"高贺摆摆手问："对了，你没上孙秋风的厂子当工人？"蒋状说："我现在在东旺哥建筑公司里，再上化工厂……不合适吧。东旺对我不薄，还叫我当材料保管员……"高贺点点头："嗯，友情为重，你做得对。"

千里马化工厂投产以后，第二个月就打开了销售市场，产品经销全省。每天来拉货的汽车，在销售科门前排起长龙。孙秋风笑了。高彼得笑了。周东旺笑了。高贺笑了。工人们笑了。尤其是响马河村民，月底最后一天开工资，数着嘎嘎新的票子，谁心里不乐开花呢？都打心眼里感激化工厂，感激引进这个化工厂的周东旺跟高贺。之后，家家派人上银行存钱，家家在合计着该给家里添置点啥。电视机啊，电冰箱啊，收音机啊，新衣裳啊。好像越来越想买点啥了。

日子好过了，时间过得就快。一晃就到了年底，家家户户准备过年的年货，滦河两岸热闹非凡。集市上各种商品琳琅满目，赶集的人们摩肩接踵。老百姓手里普遍比过去有钱了，过大年的热情空前高涨。尤其是响马河村的村民们，化工厂让他们过上了比别的村都富裕的日子。崔红霞的皮影戏小剧团，农闲时节几乎天天演出。高彼得在村委会租了一间大房子，买了套设备在里面放电影，循环放映。他负责放电影，娜塔莎负责看门售票。响马河村村民一律半价，节假日免费，瓜子水果茶水也免费。村民们开始说彼得的好了。

腊月二十三，小年，吃饺子。一大早，秦奶奶叫小云去叫东旺来家里吃三鲜馅的饺子。小云跑到东旺家，红霞告诉她，东旺进城给乡亲们办年货去了。秦奶奶感动地自言自语道："东旺这孩子，心里头真装着乡亲们哪！"晚上，东旺带着两辆大卡车进了村。车上全都是集市上不好买到，或者价钱比较便宜的紧俏商品。可把村民们高兴坏了，欢天喜地挑选商品，人人都把东旺夸。

大年三十整个一宿，响马河村沉浸在无比的欢乐之中。高贺按照他自己定下的老传统，三十这天是和村里五保户和老烈军属一块在村委会大会议室过的。往年饭菜都是各家自己个儿凑的，凑来凑去也凑不出几个菜来。今年的饭菜是在东旺的提议下，他和东旺一块掏钱置办的。老人们很是感动，拉着东旺和高贺的手不知说啥好。红霞、惹不起她们还专门为老人们唱了一场皮影戏，都是金元宝编的新词，喜得老人们跟着一块唱。唱完了皮影，秦奶奶还唱了段京剧《穆桂英挂帅》呐。

大年初一一大早，东旺高贺带着几个村支委挨门挨户拜年。拜到谷大贵家的时候，咋叫也没人给开门。正好谷香和元宝带着怀远过来了。谷香推开门进屋一看，爸妈坐在炕上看电视哪，就问他们为啥不给村干部开门。谷大贵说："不乐意开，就不开呗。"谷香白了父亲一眼，刚要说话，元宝推开了她，将年礼放到躺柜上，说道："爸妈，给您二老拜年了，祝你们幸福平安快乐。怀远，快给姥爷姥姥拜年啊。"元宝说完忽然觉得一阵头晕目眩，险些摔倒。谷香问："你咋的了？"元宝说："没事儿，准是这几天缺觉。"

怀远走到姥姥姥爷面前，鞠躬，响脆脆地说道："姥爷姥姥过年好，祝你们福如东海，寿比南山！"谷大贵搂过外孙，抚摸着他的脑袋，呵呵笑着说道："好孙子，好孙子。"钱彩凤跟着呵呵乐。大贵捅咕一下老伴："傻乐个啥，快点给孩子压岁钱哪。"彩凤反应过来，连忙从躺柜里拿出几张十元票子，刚要塞给怀远，大贵抢过来，看看钱数，抽出两张，对怀远说："这两张钱忒脏了，赶明姥爷给你换成新的啊。"怀远嗯了一声："谢谢姥爷。"谷香和元宝对视一眼，会意地笑了一下。

这会儿，东旺高贺他们正在天成家嗑着瓜子聊着天。天成说："看着你们辛辛苦苦带着全村乡亲奔好日子，我这心里头真是又高兴又难过啊。咳，我这身子骨真不给我长脸哪！"高贺说："天成哪，你想多了，没闹病的时候你为了乡亲们，没少操心劳神。现在病了，就安心养着吧。"东旺说："是啊天成哥，养好了再接着干哪。现在你啥也别想，就好好养病，啊。"

大喇叭响了，满仓喊道："高支书，高支书，周主任，周主任，请你们赶快到村委会来，请你们赶快到村委会来，马书记来了，马书记来了。"高贺对天成说："马书记来了，我们走了。"东旺说："走了天成哥，改天再来看你啊。"

东旺和高贺刚走进村委会院子，马童力就从会议室里出来了。东旺喊道："过年好，马书记。"童力回应道："过年好，东旺，高支书。"高贺亲热地拉着童力的手说道："走，上我那屋坐着去，瓜子花生大苹果，还有你爱吃的柿饼子。"童力说："咱们还是先出去转转去吧。"东旺问："给乡亲们拜年去啊？"童力说："等一会儿再去。我们先上化工厂看看去。"高贺说："工厂放假了，就几个值班的。"童力说了声："走吧。"说着，朝院门口走去。东旺与高贺对视一眼，跟了上去。

三个人出了村，朝化工厂走去。离厂子还有两里地远，童力就问东旺他俩："闻到啥味道没有啊？"东旺耸了耸鼻子，看高贺。高贺问童力："你闻到啥味了？"童力反问："你俩没闻到？"东旺说："有点熏鼻子。"童力问高贺："你呢？"高贺说："是有点儿。"童力说："这是化工厂传出来的气味儿。"东旺不解地看着童力。高贺敏感地观察童力脸上的神色，发现不大好，没有说话。东旺说："有点就有点吧，庄稼人不怕这个味儿。"童力问道："这个味儿伤身体，你知道吧？"东旺问："咋伤身体了？"童力说："告诉你们吧，年前我就发现这个问题了。查了下资料，也咨询了一位专家，我这才明白，化学工业生产过程中会产生废气、污染物，这些废物达到一定浓度时大多是有害的，有的还是剧毒物质，进入环境就会造成污染啊！"

高贺默默地听着，始终一言不发。在领导表态之前，他是不会发言的。

东旺心里没有那么多顾虑。他问:"那咋办啊?"

童力说:"我准备把这个问题先向县委汇报一下,等候指示。今儿个是来先跟你俩打个招呼,有个思想准备。"

东旺问:"马书记,这点小事还用得着跟县里汇报?"

童力严肃地看着东旺:"你把这事看成小事周东旺同志?不,这不是小事,伤害群众身体的事咋是小事呢?"

东旺一看童力不高兴了,心里"咯噔"一下,转脸看高贺。

高贺说道:"马书记说得对,这不是小事。我们等候上级做出决定。不管啥决定,我们都坚决拥护和执行。"

童力点点头,沉思着。

第十八章

52

千里马化工厂被勒令停产。消息像长了翅膀，很快飞遍全村。

一石激起千层浪。村民们不干了。那些在工厂里当工人的村民更是群情激奋，先是涌进村委会乱嚷乱叫。满仓说支书主任全都不在。人们又一起往外涌，叫喊着找高支书周主任。正闹腾着，高贺和东旺来了，二人脸色都不好看。

东旺喊："大伙别嚷嚷了，有话好好说。我跟支书刚从厂子里回来，孙秋风也挺着急，正跟县委协调这事哪。"

惹不起喊："凭啥断了我们的财路啊？我们坚决不答应。"

朱明理捅咕媳妇，小声说道："上头不是说了吗，污染，伤人身体。"

"滚一边去。"惹不起一脚踹跑了丈夫。

东旺挥舞着胳膊，大声说道："这事我也想不通。你说，咱们庄稼人家里又是猪圈又是鸡屎的，啥味不味儿的呀，没听说过伤身体的，咋就化工厂伤身体了呢？对不对呀？再说了，能多挣点钱，这点味儿咱还有啥受不住的啊？"

大伙纷纷赞成东旺说的这番话。

高贺平静地看着东旺说话，再平静地看着大伙，一言不发。

满仓从办公室跑出来了，对高贺和东旺说道："彼得副厂长来电话了，说县里税务局和环保局的人，来给厂子贴封条来了。"大家一听更是激动了。乱哄哄地问道："支书，主任，咋办哪？这日子还过不过了？"

东旺转脸看高贺："咋办哪支书？"

高贺沉吟一下，反问道："你的意见呢？"

东旺急了："哎呀支书，你咋岁数越大越肉了呢？乡亲们的财路断了，咱没法交代呀。我看，咱带着大伙去跟县里的人再好好说说去，不能就这么封了啊。"

高贺还是沉吟着："这么做好不好呢？"

东旺白了高贺一眼，对大伙振臂一呼："走啊，评理去。"

东旺昂首挺胸打头阵。村民们乱哄哄地跟在他的身后，吵吵嚷嚷着出了村。

这会儿，孙秋风、高彼得等几个厂干部正在想法阻止贴封条。高彼得举着手里的一根棍子，叫喊着："我看你们谁敢贴封条！"孙秋风一把夺过棍子，喊："高彼得你这是在暴力抗法，知不知道？站一边去。"转身对领头的工商局的一个姓孙的副局长赔着笑脸说道，"孙局长，咱俩是本家，五百年前是一家兄弟。这个厂子兄弟我可是投了不少资金，还贷了不少款哪，眼下生产形势正好，你给我封了，这不是……要兄弟的命嘛！"孙副局长说道："孙厂长，你知道化工厂是一个污染企业，上级有明文规定，排污必须达标，你到现在也没达标。再说了，封工厂不是我一个小局长说了算的，我也是在执行公务，请你理解。"

周东旺带着一群村民涌进工厂，直接把公务人员给围在了中间。东旺瞪着孙副局长，质问道："不经老百姓同意，不许你们贴封条。"孙副局长说："你是谁？"东旺说："甭管我是谁，损害群众利益就是不中！"孙副局长说："我们正是为了群众利益不受伤害，才来处理这个化工厂的。"东旺说："胡说，群众的财路都叫你们给断了，还说不伤害群众利益，哼！说得比唱得还好听。"人群中不知道谁喊了一声："抢封条啊。"就有人去抢夺公务人员手里的封条。公务人员当然不给，有的人跟公务人员撕扯了起来，现场一片乱哄哄。孙秋风看着这场面，笑了。高彼得鼓动身边的村民："打，跟他们打，贴不了封条就停不了产。"他这一挑拨，村民们闹得更起劲了。

就在这个时候，马童力带着牛清扬和另外两个警察赶到了。

"住手——"马童力大喊一声，对牛清扬说道，"立刻把村民和公务人员隔离开。"

牛清扬率领两个警察冲进人群。村民们一见警察来了，立刻给他们闪出一条道来了。

高贺见马童力来了，连忙上前帮着牛清扬劝说村民后退。

东旺走到马童力跟前，张嘴刚说了一个字："马……"肩膀上就挨了童力一拳头。拳头挺重的，他趔趄着差点摔倒。

童力指着他的鼻子吼："周东旺，你知道你在干啥吗？你是在煽动群众抗法！我要处分你！听清楚了没有？"

东旺一梗脖子说："马书记，你就是枪毙了我，今儿个我也得给乡亲们讨个说法……"

马童力喊："高支书——高支书——"

高贺连忙答应道："我在这哪马书记——"跑到马童力跟前。

马童力又捶了东旺一拳，说道："你们现在立刻把村民带回村去，快！"

东旺说："马书记，化工厂……"高贺一把捂住他的嘴，将他推搡进人群中。

东旺掰开他的手，气呼呼地说道："你干啥呀，咋不叫我说话呀？"

高贺说："你没见马书记脸色不好看啊？"大声对村民们喊道，"走了走了乡亲们，回村我再跟大伙解释啊。快走，快走，再不走可就是妨碍公务啦啊。"

惹不起喊："叫县里的人先走，我们就走。"

牛清扬喊："张荷花，那你先跟我走吧。"说着，两个警察朝惹不起走过来。

朱明理慌忙对牛清扬喊了声："牛所长别生气，我们走，马上走。"拽着媳妇的胳膊就跑了。

高贺喊："还愣着干啥呀，快回去！走了走了。"

村民们乱哄哄地说着话，跟在东旺和高贺身后，走出了化工厂厂区。

马童力走到孙副局长跟前，握住他的手说道："对不起孙局长，我来晚一步，让你和同志们受委屈了。"

孙副局长摆摆手说："没什么，群众不理解也是可以理解的。"

马童力对站在跟前的孙秋风说道："孙厂长，请你理解并且支持政府的工作，好吧。"

孙秋风点点头："马书记，停产造成的经济损失该咋说呢？"

马童力说："你放心，政府会给你一个满意的说法的。"

一辆吉普车开进厂区，停在了马童力身边。云秀从车上下来了。马童力连忙迎上前："云书记来了。"云秀对大家摇摇手："同志们辛苦了。"然后，问马童力，"停产工作是不是不好做呀？"马童力说："是啊，不过，群众的情绪已经稳定住了。"云秀说："恐怕没这么简单吧。孙厂长哪？"马童力朝孙秋风招了招手。秋风走过来，对云秀说道："你好云书记，我的化工厂……"云秀摆下手说道："你的化工厂必须立刻停产，有什么想法我们去县委谈。你要协助马童力同志做好停产后的善后工作。"孙秋风点点头。云秀转身对马童力说："你在这盯一下吧，我去村里看看去。"

吉普车到了村东口，云秀让司机停下车，步行进了村里。街道上静静的。快到村委会的时候，听见院子里传出嘈杂的声音，云秀加快脚步走了过去，看见周东旺从院门口迈着大步出来了，谷香跟在后面追。谷香喊："东旺你听句劝中不中啊？"东旺挥下手，继续朝前走。谷香喊："你直接找云书记，马书记会咋看你，你想过没有啊。"东旺喊："谁叫他断了老百姓的财路哪。"

云秀迎了过去，平静地看着东旺。

谷香脱口而出："哎呀，云书记。"

东旺惊讶地看着云秀。

云秀问："没想到我来了吧？你找我有什么事，说吧。"

东旺一梗脖子："说就说。封了化工厂我想不通，好不容易招来了商，咋又给人家撵出去呢？"

云秀说："走，回院儿去，跟乡亲们一块说说话。"

云秀走进院子。有人喊："县委书记来啦。"村民们纷纷从大会议室出来围了上去。高贺见状连忙喊道："大伙别围着云书记了，快请云书记进屋暖和暖和

274

吧。"村民们纷纷喊："云书记呀，咋把我们的财路给断了？""是啊，好日子刚开了个头，咋又不叫过了呢？"

云秀说："乡亲们，别激动，我们上会议室说去啊。"大家簇拥着云秀走进会议室。

高贺端给云秀一杯热腾腾的茶水。云秀接过来，喝了两口，放下茶杯，对村民们说道："乡亲们，我云秀今天在这里，给你们鞠个躬，道个歉。对不起，我来晚了，应该事先跟你们打个招呼，沟通一下的。"说着，郑重其事地鞠了一个躬。

村民们惊讶地看着云秀。高贺说："云书记……"云秀示意他不要插话，继续说道："乡亲们，我跟大家说句实话，关掉化工厂开始我也想不通。因为我知道，这是芳草乡招商引资的第一个成功项目。我还知道，咱响马河村七十六个人进厂当了工人，为你们越来越好的生活锦上添了花。说句真心话，我一百个一千个不愿意关这个厂子，断了你们的经济来源啊。可是，想一想我们的子孙后代，想一想我们祖祖辈辈传下来的家园跟土地，乡亲们哪，我们必须要关掉这个污染将会越来越严重的厂子啊。"

东旺问道："云书记，你说得忒夸张点了吧？有这么严重？我们庄稼人不在乎这点味儿。"

云秀严肃地看着东旺，说道："我丝毫没有夸张，这件事本身就是这么严重。"

东旺一副不以为然的样子。云秀看高贺，高贺脸上没有表情，再看村民们，大家也不以为然。

云秀环视着大家，诚恳地说道："你们想不通，认识不到严重性，我非常理解。建这个厂子的时候，我对污染问题也没有一个清醒的认识，更谈不上予以关切和重视了，我已经就这件事情向省委做了检讨。希望大家提高认识，支持政府做出的这个决定，我在这里向大家保证，一定会继续积极地招商引资，既不给我们的环境和家园造成伤害，又让乡亲们多挣点钱，不断提高大家的生活水平。请大家相信我，我代表县委在这里谢谢大家了！"说完，再一次给大家鞠了一躬。

东旺与高贺对视一眼，一起看着云秀。

村民们表情复杂地看着云秀。

在回县委的路上，云秀闭着两眼靠在靠背上，心绪难平。化工厂事件让她深切地意识到：农民要致富，必须先精神致富，也就是先富头脑。农村面貌落后，关键在于思想落后啊！包括东旺高贺他们这些村干部。

吉普车忽然停了下来，接着有人在敲车窗玻璃。云秀睁开眼睛看，是新华社内参记者马克。"云书记，搭个车行吗？"马克笑容可掬地问道。云秀说："上来吧，马克。"马克坐在云秀旁边，从挎包里掏出一个苹果递给云秀。云秀摇摇手：

"留着你吃吧。怎么样，下乡采访收获不小吧？"马克笑着说道："党的农村政策真是英明啊，给农村带来了翻天覆地的可喜变化，农民手里有了钱，生活水平普遍有了明显的提高啊！"云秀点点头说："是啊，这都是有目共睹的。可是我们也要注意到，喜人成绩背后存在的一些问题呀，特别是那些阻碍农村建设发展的问题。我刚从芳草乡响马河村回来，建在这个村西边的化工厂因为污染问题，省委指示关闭该厂，引起厂方和工人们的不满。尽管一再说明是因为污染问题，可就是得不到理解，这说明要让农民致富，必须首先帮助他们在思想上'致富'啊！"马克立刻饶有兴趣地拿出笔记本，说道："云书记，你能不能给我详细地说一说啊？"云秀说："你最好跟我一起回县委，参加我们的党委会，保管你大有文章可做。"马克说："好的，谢谢。"

马克参加完县委会议以后，感受良多，连夜写了一篇《农民亟待"思想致富"》的调查与思考，发在《内部参考》上，引起了高层领导的高度重视。

一个星期后，乡党委做出决定：周东旺停职检查，由村民自行选举代理村主任；高贺记过处分一次。这下可乐坏了高彼得，他连夜行动，带着娜塔莎挨家挨户送了一张油票，上面写着：拿着此票可以到商场领取十斤花生油，免费的。大伙都说高彼得变了，变好了，跟过去的高粱杆根本就不是一个人了。当然了，村干部们家里一户也没送。

三天后，副乡长张楠和纪委书记王青山到响马河村主持村主任选举。高彼得高票当选。这个结果，周东旺觉得很意外，他想不明白一直对高粱杆没有好感的乡亲们，咋就突然拥护上他了呢？江天成分析说："这小子一准是背地里给乡亲们小恩小惠了。"东旺说："大伙咋能这样呢？给点好处就选他呀？他是啥人都忘了咋的。"天成说："白送的好东西有几个不要的？算了，这种人就是当上了迟早也会现原形的，走着瞧吧。"

高彼得却乐得在家里直翻跟头。为了安抚二叔，他掏钱给二叔家安装了一部电话机，这在全村可是头一份。高贺抚摸着话筒，心里头好受了点。

东旺因为被停职情绪很糟糕，谁劝也不见好转。马童力专门到他家里看望他，问东旺："我撤了你的职，是不是记恨上我了？"东旺说："这点小事你至于吗？"童力说："小事儿？我说你周东旺咋这么倔呢？你就一根筋是吧？环境污染是小事吗？危害四周群众的身体健康是小事吗？污染严重会死人的你知道吗？看起来，我撤你职是对的。你呀，好好反省反省吧。"

马童力拍拍东旺的肩膀，默默地走了。红霞送他出了院门，说："马书记，你别生他的气，过些日子他就想明白了。"童力点点头，说："你多劝劝他吧。我知道，东旺这样想不通不是为他自己，是为了全村的乡亲。我走了。"

马童力走了一会儿，谷香来了，看着东旺不说话。东旺看见谷香，不知咋的了，竟然鼻子一酸，想掉眼泪。不好意思掉，可最终还是掉了下来。这个时候，红霞已经走了，上学校开家长会去了。东旺一流泪，谷香的心就疼了，也忍不住掉眼泪。东旺抬手给谷香擦眼泪，谷香哽咽着说道："你为了大伙不断财路，自己个儿却丢了主任，我知道你心里头委屈，我知道你委屈……"东旺抓住谷香的手，哭出了声，像个孩子。

两个月后，根据中央的指示精神，广大乡村掀起了一场党的路线方针政策大学习热潮。县委要求各乡镇举办政治学习班，成年村民参加学习率必须达到百分之百。马童力在乡政府大会议室举办了多期学习班，由各村支部书记和主任亲自带队，除了年迈老人和孩子全部参加。学习班结束后，各村党支部组织村民分组讨论，指导村民们写学习心得，县委宣传部挑选一批水平较高的心得，在县报上发表。

在响马河村，高贺、高彼得叔侄俩第一次联手组织了大学习活动。从学习班回到村里后，高彼得竟然自掏腰包，给所有参加学习的村民每人发了五十块钱，说是学习奖励。村民们都说高主任真好。给到东旺的时候，他扭头走了，心里头又堵又恶心，比吃了苍蝇还恶心。他把这件事跟马童力说了。马童力批评了高彼得，要他今后不要随便发钱，即便是自己的钱也要注意影响。彼得猜想是东旺告的状。高贺嘱咐他不要忘了自己还是个代理主任。彼得当然懂得"小不忍则乱大谋"的道理，不但没报复东旺，反而主动对他好言好语。周秋山发烧了，他买了不少滋补品送到炕头。糖果喜欢外国名著，他从城里买来一套送给了孩子。东旺硬是把书钱给了他。第二天，他叫娜塔莎送到了红霞的手上。东旺要再次送回去。周秋山说儿子："我看杆子也是真心实意的，你要再送回去，就显得你还没忘了过去跟他的疙瘩。"东旺想了想，默默地出去了。

53

几天后，顶着气的周东旺要上趟白沟。红霞说："我陪你去。"东旺皱着眉头说："你跟我干啥？谁给爸做饭哪？糖果你不管了？"红霞问："你去白沟干啥？"东旺说："反正不是寻短。"红霞心疼地看着腮帮子明显塌了下去的丈夫，说："你可千万别忘了悟净师父开导咱的话呀。"东旺不耐烦地晃了晃手，头也不回地踢着大步走了。

在村西口，一个丁字路口，有一趟直奔白沟的大面包车。上面可以坐二十好几个人。一天过两趟。东旺刚站稳，车就开过来了。他上了车，看着车窗外的景物琢磨事。他想：我周东旺不能就这么输给你高粱杆了。马书记不是说了吗，他高粱杆只是个代理主任，这说明啥，说明乡里头不信任你，未来的村主任，还不一定由谁来当哪。我得接着为乡亲们办好事，叫大伙看清你高粱杆到底是一个啥样的人。这么想着，他决定到了白沟不光是转转逛逛了。他要为乡亲们找点赚钱的活计干。

东旺去了白沟。高彼得正跟几个外地来看他的哥们，在会议室里喝酒打牌哪。桌子上杯盘狼藉，地面上乌七八糟。高彼得面红耳赤，敞怀露胸，一只脚踩在椅子上，跟一个矮胖子在划拳："哥俩好啊，四喜财呀……"满仓推门进来，走到彼得跟前，附在他的耳边说了句什么。彼得皱了下眉，扫兴地放下腿，对几个朋友说道："哥几个对不住了，乡里的马书记来了，我去接待接待啊。"一个细高个一把拽住他的胳膊说道："你说你当这个破主任干啥呀，喝酒都不得安生。着啥急呀，喝了这杯再走。"说着，倒满一杯白酒，举到了彼得鼻子前。彼得抱拳作揖道："回来喝回来喝，人在官场身不由己呀，抱歉抱歉啊。"转身要走，被矮胖子拉住了。矮胖子说："啥马书记牛书记的，官再大不也得吃饭喝酒吗，来来来，兄弟敬你一个，干。"

门被推开了，马童力进来了，一见眼前这般情景，脸上露出惊讶的表情。身后跟进来的高贺吼了一声："高粱杆！"彼得被吓了一跳，回身看是二叔和马童力，立刻脸上堆满笑走过来，对童力说道："马书记来了，我几个好朋友来看我，我简单招待招待，花的都是我自己个儿的钱……"童力严肃地看着他："到你办公室去。"转身出去了。高贺瞪了侄子一眼，也出去了。彼得耸耸肩膀，撇撇嘴巴，出去了。

在主任办公室，马童力铁青着脸，拍着桌子说道："化工厂关掉了，我们乡得抓紧时间接着招商，不然，就拖了全县招商引资工作的后腿儿，你明白吧高彼得同志？明白吗？"彼得心里说：咋呼啥咋呼，不就是招商吗，能招就招，不能招就别招嘛。高贺捅咕一下侄子："说话。"彼得白了二叔一眼。二叔偷偷给他使眼色。彼得心领神会，立刻态度诚恳地说道："马书记，我一定抓紧时间琢磨招商，你……别生气了……"马童力说："在村委会聚众喝酒，你高彼得是头一份儿。你开了个很不好的头儿，考虑到影响没有啊？嗯？本来挺赚钱的化工厂突然给停了，厂方厂方想不通，工人工人有意见。你们村的乡亲们一下子断了工资收入，人闲下来了，你不得赶紧给他们找点事干哪？"彼得说："我寻思着……大学习活动办得挺成功的，大伙都提高了认识，就不用担心他们再闹事了……"童力扬手打断他的话："第一，今后不许在村委会喝酒打牌；第二，集中精力抓工作。眼下，当务之急是抓紧时间研究招商的事儿，绝不能落在别的乡后头。"高贺捅咕一下彼得。彼得赔着笑脸说："我记住了马书记，我我我错了，我这就叫那帮人滚蛋。"高贺说："别胡闹，叫他们上你家去。去吧。"彼得答应着："我走了啊，马书记，你放心，我一定赶紧招商。嘿嘿嘿……"倒退着出去了。高贺说："马书记消消气，回头我一定好好训训他。他在这喝酒打牌我真不知道，我也挺生气，一点也不知道注意影响。咳，还是年轻啊。"

黄昏的时候，周东旺回来了，一脸兴致勃勃的神情。进了村先后碰见了大夯子、三核桃、李之悦、田兴文、燕子，东旺主动跟他们打招呼。他们都问东旺咋这高兴。东旺的回答都是一句话："我给乡亲们找到赚钱新路子啦。"他说的新路子是，给白沟一个皮包老板加工皮包，加工费还不低。东旺跟乡亲们一说，大家立刻欢呼雀跃，争相领活。

彼得却说了一句泼凉水的话："白沟卖的商品假货多，当心叫人家当枪使。出了事，可别怪我这个主任没提醒大伙啊。"

村民们面面相觑。

东旺不高兴了，说："高粱杆你啥意思啊？"

高彼得说："请尊重我的新名字，叫我高彼得。我啥意思刚才不是已经说明白了吗？还要我再说一遍是吧？"

站在一旁的金元宝说话了："兼听则明，偏信则暗嘛。东旺这就是你的不对了，你不能不叫人说话呀，白沟卖假货这是事实啊。"

东旺仰起脸来看元宝，脸色阴得要下雨。

惹不起狠狠地瞪了彼得一眼，将元宝推了个趔趄，大嗓门亮起来："你俩爱干不干，少在这说三七疙瘩话，没味儿。人家东旺是为了大伙挣点钱，好心好意找来的活儿，不领情也得念人吧？"

人们纷纷说着夸东旺领他情的话。

惹不起说："东旺，我第一个领活儿，给我登记上。"

她这一带头，其他村民争先恐后报名领活。

彼得冷笑两声，背着两手走了。

元宝摇了摇头，也走了。

谷香坐在缝纫机前给怀远做裤子。快上初中的半大小子了，他越来越淘，整天上墙爬寨子踢足球，膝盖和屁股那几个地方早早就磨破了。她正忙着，怀远放学回来了，喊了声妈，抓起三个煮鸡蛋就要走。谷香问："别玩了，该吃饭了。"怀远说："有道数学题不会做，我去问问糖果儿。"元宝说："拿这么多鸡蛋干啥？后晌饭不吃了啊？"怀远说："给糖果一个，她就爱吃煮鸡蛋。"

谷香估摸着元宝该进屋来了，就说："你先吃吧，我等会儿儿子。"无人应答。她转头看，没人。她站起身找到院子里，才发现元宝竟然躺在了地上。谷香连忙跑过去扶起他，叫喊道："你咋的了元宝，快醒醒，快醒醒啊……"元宝不睁眼，也不吭声。谷香急得哭了起来。路过门口的东旺听见了哭声，朝里一看，连忙跑了进来。翻了元宝眼皮看了看，对谷香说："志新开着车来了，我去叫他帮忙送医院去。"苏志新很快就开着车到了门口，大家把元宝抬上车，朝县医院疾驶而去。

经过一番抢救，元宝醒过来了。医生告诉谷香，病人脑部有阴影，怀疑是脑瘤，需要到省城大医院诊断。谷香蒙了。东旺心里也"咯噔"了一下，他安慰流泪的谷香说："别急，还没确诊哪，元宝不会有事的。"

省城医院的诊断一周后出来了，元宝真得了脑瘤。谷香两腿一软，瘫在地上，两眼茫然地看着前方。东旺将她搀扶起来，说道："别发愁，有我哪。赶紧操持钱准备做手术吧。"谷香告诉了爸妈。谷大贵和钱彩凤也傻了眼，谷大贵问谷香："光手术就要那么多钱，万一是恶性的，更是一大笔钱，咱家咋能掏得起呢？"谷香跪在父亲跟前，哭着说："就是砸锅卖铁也得给元宝治病啊，不能眼睁睁看着他死啊！"元宝爸妈来了，唉声叹气光流泪。谷大贵对亲家老两口说："我们俩有点养老钱，可那也不够啊。"元宝爸说："亲家呀，我们家趁多少钱，你俩都知道，我实在是掏不出几个钱儿啊。"

周东旺来了，将手里一个存折放到谷香手上，对几个老人说道："不管咋说得给元宝大哥治病。我的意见是就一直瞒着他，就一口咬定是良性的，说不定科学发达了，过些日子能治好这种病了哪。"谷香把存折塞回东旺手里，说："你攒点钱也不容易，我不能花你的钱。"东旺急了："这都啥时候了，救人要紧，等以后你条件好了再还我不就中了。"谷香还是不要。谷大贵说话了："香啊，拿着吧，东旺也不是外人。"谷香看了父亲一眼，两眼有了哀怨。东旺看出来了，他把存折塞进谷香手里，说："公司又接了个活儿，盖完现在这个商场就干那个。拿着吧，我爸跟我媳妇都支持我帮你们。"谷香深深看了东旺一眼，那眼神只有东旺能看得懂。

躺在医院病床上的元宝，放不下自己的病，问怀远："儿子，你妈跟你说我得的啥病了吗？"正趴着看书的怀远说："医生不是都说了吗，你得的是良性脑病，你就别小心眼了爸。"正说着，东旺带着糖果进来了。东旺将手里拎着的补养品放到床头上，说道："我看你脸色好多了，恢复得挺快的呀。"元宝叹了口气说："你就别宽我的心了，我自己个儿的病，自己个儿心里有数。"东旺说："不是我说你哥，你呀就是心眼小，琢磨得多。"糖果插话说："元宝叔你胆子咋这么小呢，人固有一死，或重于泰山，或轻如鸿毛，就看你……"后面的话因为东旺给捂住嘴咽回去了。东旺训斥闺女道："你这孩子，咋越长越二性了呢？说你多少回了说话办事先过过脑子，咋就不长记性呢？"怀远说："我就喜欢糖果这样。"元宝说："糖果这孩子心里咋想的就咋说，坦坦荡荡，我非常欣赏啊。"糖果得意地摇晃着脑袋看爸爸："爸你听见了吧，你闺女就是……"东旺往门口推着闺女，对怀远说道："你俩出去玩会儿去，我跟你爸商量点正事儿。"

俩孩子出去了。元宝问："啥正事啊？"东旺说："高粱杆自打当上了村主任，那股子二流子相就现了原形。我打探到了，我被停职后选代理主任的时候，这小子拿花生油贿赂乡亲们拉选票，这么当上的主任……"

元宝吃了一惊："有这等事？他咋就不明白，要当官先干净做人的道理呢？当然了，像他这种人一辈子也不会明白的。"

东旺说:"我们不能光批判他,应当用我们的行动让乡亲们擦亮眼睛,换届选举的时候,不再投这种人的票。"

元宝说:"对,还是你有远见。"

东旺说:"我有啥远见哪。我没文化,得多跟你学习呀。我寻思了,往后你多帮我花花心血,好好带动乡亲们勤劳致富,现在政策这么好,咱不想法大干一场,对不起党和政府啊!"

元宝犹豫着:"我当然愿意为乡亲们多做点事了,可我这身体……"

东旺说:"看看看看,又小心眼了不是。你身体咋的了?不就是做个小手术吗,等出了院安心养养就好了。咋的,你不乐意帮我干啊?"

元宝捶了东旺一拳,说:"还说我哪,你咋也小心眼了?"

两个人哈哈哈地笑了起来。

元宝忽然止住笑,脸上布满愁云。

东旺捅咕他一下,说道:"又怎么啦?"

元宝叹口气说:"我这病已经花了不少钱了,往后还指不定花多少哪。我担心拖累谷香,拖累一家人哪。"说完,潸然泪下。

东旺心里也难受,嘴上却说:"别发愁,还有我们大伙哪。"

元宝拉住东旺的手说:"等我出院了,你也给我一些箱包原料吧,我能帮着挣点钱,心里头好受点儿。"

东旺问:"你不怕我掺和卖假货了?"

元宝摇摇头说:"我相信你周东旺,不会不明是非就跟着干的。"

"我正要跟东旺说箱包的事哪。"谷香说着话进来了。

东旺看着谷香。谷香将手里拎着的饭盒放到桌子上,看着东旺说道:"我知道你是惦着让乡亲们挣点钱,心是好的。可白沟假货多你是知道的,最好还是别跟那的商家打连连。"东旺说:"我都看好了,原料是真的。"谷香撇下嘴说:"我不相信你会鉴别真假原料。再说了,就算你会鉴定真假,你敢保证就不出意外吗?老虎还有打盹的时候哪。"元宝点点头说:"东旺啊,谷香说得有道理啊。君子爱财取之以道。咱还是干点别的吧。"东旺笑了,说:"怕蝲蝲蛄叫还不种庄稼了哪。我会小心的。元宝哥你安心养着,我回村看看,有空了我再来看你啊。"

东旺走了。谷香说:"这个一根筋,倔驴。"元宝说:"换一个角度看他,人家这叫执着。"谷香哼了一声,说道:"我给你包了馄饨,快趁热吃吧。"

东旺在回村的路上一直不停地琢磨,琢磨应该不光为村里的中青年找点挣钱的门路,还应该让老人们老有所忙,挣钱又快乐。干点啥好呢?直到进了村他也没琢磨出啥道道来。

路过秦奶奶家门口,想进去看看老人家,就进去了。秦奶奶正坐在热炕头上忙着。见东旺进来了，咧着没了门牙的嘴巴乐了。"臭小子你可来了，我还以为你把我这个老太婆给忘了哪。"东旺嘿嘿乐，一眼看见地炉盖上的白薯干，抓起一个就吃。秦奶奶说："馋猫儿，慢点吃，小心烫嘴。"东旺问："奶奶你干啥呢？"秦奶奶说："闲着没啥事，给小云编个小台灯。"东旺凑过去仔细看，发现是用玉黍皮做的，觉得挺新鲜的，说："奶奶你的手可真巧。"秦奶奶说："编着玩呗。"东旺问："除了台灯，您老还会编啥呀？"秦奶奶说："嗯……还有小猫小狗小老虎啥的，还有……咳，就是编着玩儿。"

东旺心里动了一下，寻思起来。

秦奶奶拍打一下他的后背："愣啥神呢，大眼珠子叽里咕噜的？"

东旺一扬胳膊说："别说话，叫我好好琢磨琢磨。"坐在炕沿上发呆。

小云领着闺女进屋，见到东旺刚要说话，秦奶奶打手势制止了她，搂过重孙女塞她手里一块点心。

东旺忽然"啪"地一拍炕沿，兴冲冲地说道："奶奶，我……哎，小云，琪琪，你们娘俩啥时候进来的？"琪琪叫了声："舅舅。"东旺答应一声后问小云："妹夫该回来了吧？"小云说："嫁给一个当兵的，还想总见面？哪有那好事啊，我早就习惯了。"东旺竖起大拇指："了不起，向军人家属致敬，真心实意的。"转向秦奶奶说道，"奶奶，你说，要是把这些玉黍皮编的玩意儿拿到市场上卖，会有人买吧？"秦奶奶琢磨着："谁肯花钱买这破玩意儿啊。"东旺说："咋是破玩意儿呢？一点一点编出来的，容易咋的？"小云说："要是把这东西编成小工艺品，应该有人乐意买。"东旺一拍巴掌说："小云说得对，咱们编成工艺品。现在城里人都讲究屋子里头搁摆设，咱们要是编好了，当成摆设不也挺好的吗？"秦奶奶和小云对视一下，一起转过脸看着东旺。

东旺说了声："奶奶，小云，你们先做着啊，我走了。"风风火火地跑了。

秦奶奶说："这孩子，风一阵雨一阵的，惦着干啥呀这是？"

东旺跑出秦奶奶家，跑进了高贺的家。高贺、翠芝和壮壮正在吃饭。高彼得和娜塔莎不在，玉兰和志新也不在。翠芝说："吃点吧东旺。"东旺说："一会儿回家吃。"高贺说："再拿个酒盅来。坐，东旺。"东旺坐到高贺面前，急切地说道："支书，我为咱村的老人们想到一个挣钱的项目，拿玉黍皮编成工艺品上城里去卖，你看咋样？"高贺心里说：这小子，咋这么多道道呢？我咋就想不出来呢？嘴上说："这事我可说不准，你能看得准吗？"东旺说："我也拿不准。不过，我琢磨着应该可以，起码咱们可以试试啊，你说呢？"高贺捏着酒盅寻思下，点点头说："中，那就试试吧。"

第二天上午，东旺把村里三十六个老人，请到了他家的院子里。谷大贵没来，也不让钱彩凤来。东旺说了自己想成立"工艺品编制厂"的打算，征求老人们的意见。彭家林问："往哪卖呀？"东旺说："我跟元宝负责卖。厂子就在我家这个院子，不收一分钱租金。元宝身体不好需要钱治病，给他开一份工资，我就一分钱不开了。"秦奶奶说："那不中，我们不成了剥削你的资本家了吗？不能叫你白落忙啊。"其他老人们也说不能白落忙。周秋山说："他不是有建筑公司吗。"秦奶奶说："一码是一码，不拿一分钱说啥也不中。"东旺说："要不这样吧，咱们先干着，等挣了钱再说，中吧？"老人们勉强同意了。

54

东旺把工艺品编制厂开起来了。看着老人们坐在院子里，有说有笑地忙着编工艺品，心情好转起来。他让公司里的员工帮他推销编制的工艺品，按照推销多少发给奖金。员工们的积极性很高，很快就有了订单。元宝干得也挺起劲，不再像过去那样琢磨自己的病了。可是，夏天的"非典"，让编制厂的运转一下子停了下来。全民抗击"非典"，全国众志成城。各村村口都设立了检查站，严禁人们随便出入。老人们都挺担忧，东旺劝慰他们："老人家你们别担心，有党和政府，啥样的困难也难不倒咱们！"

第二年六月，抗击"非典"战役胜利结束。编制厂重新运转起来，但盈利很少。看着东旺一再往厂里搭钱，红霞不干了。"东旺啊，你这么做有点过分了吧？"红霞躺在炕上支起胳膊看着丈夫。

东旺说："人家跟咱村的老人都不认识，一分钱好处没有，凭啥帮咱卖呀？"

红霞说："你操持这个编制厂，还占着咱家院子，一分钱不挣我就不说啥了，为了老人们老有所乐是吧。可你再往里头搭钱……爸一年年岁数大了，糖果一天天长大了，眼瞅着该上高中了，花钱的地方越来越多了，咱得攒点钱了啊东旺……"

东旺扬起胳膊打断红霞的话，说："你说的这些我都知道，我跟你一个想法，多攒点钱。可咱不能只顾了自己个儿攒钱哪，不能忘了乡亲们哪，他们都是苦了半辈子的人了，咱不心疼谁心疼啊，你说是吧？"

二阳子跑进屋来，气喘吁吁地说道："东旺哥不……不好了……咱们这批箱包活出……出假货了……金老板带着工商局的人正往你们家走哪。"

东旺打了个愣，拔腿朝外面跑去。刚到院门口，金老板和两个穿工商局制服的人就出现在了门口。"金老板来了，有啥话上屋里说去吧。"东旺说。金老板转身对两个工商干部说道："两位领导，他就是周东旺。"高个工商干部打量一下东旺，说道："周东旺，有人举报你制造假箱包，并且从你昨天送到金老板的那批货中查获十只假皮箱，请你协助我们调查。"红霞将丈夫挡在身后，对金老板说道："金老板，我们家东旺是啥人你还不知道咋的？长这么大就没说过一句假话，更甭说干那些伤天害理的糊弄人的事了。"东旺说："是啊是啊，你们一

283

定是弄错了吧？"高个工商干部指着金老板说："你们听他说说弄错没弄错吧。"金老板把东旺两口子拉到一边，抱怨道："你们就承认了吧，态度好还能宽大处理。周老板你也是，惦着多挣俩钱儿我能理解，可你不该用假皮子，替换我给的真皮子原料啊，你这不是……坑我哪嘛……"东旺急眼了，叫喊起来："天地良心，我绝对没干这种事，一定是弄错了，要不就是有人陷害我。"高个工商干部说："你也别喊了，跟我们上局里去一趟，有啥话到那说去。"

"等一等。"随着一声喊，高彼得走进了院子。他先向两个工商干部递烟，被谢绝。然后，他对俩干部自我介绍说："我是这个村的村主任，叫高彼得。"俩干部对他点点头，态度明显客气了些。彼得把东旺拉到一边，小声说道："听我的，掏点钱交给我，剩下的事我来办，保证你平安无事。"东旺一梗脖子说："我没造假，凭啥罚我呀？这不是扯淡吗。"彼得横了东旺一眼，说："人家人证物证都在，你不承认也得承认哪。我可不是吓唬你，这事说大，可以把你弄大牢去，说小，掏俩钱儿你就可以脱身了。你看着办吧。"东旺对工商干部说道："你们随便调查吧，反正我没有造假。"

"箱包造假"事件，在响马河村乃至全芳草乡引起了很大反响。村里一部分说东旺不是这样的人，另一部分人则说东旺这个人变了，变得认钱不认人了。高彼得向马童力报告了东旺造假。他前脚走，东旺后脚就到了。东旺坚决否认对他的造假指控。童力说："我相信你的为人。你要积极配合工商部门的调查，直到水落石出。"

"造假事件"继续发酵。就在东旺的建筑公司承建的另一个项目——婚纱摄影楼即将签订协议的前一天，东旺突然接到对方的通知，取消了这项合作。东旺知道，一定是因为"造假事件"的恶劣影响才会这样，不由得怒火中烧，但又无可奈何。他天天跑县工商局，盼望早一天破案，还他一个清白。

两个月后的一天，一个下着小雨的早晨，村里大喇叭响起满仓的喊声："东旺，东旺，赶快来村委会一趟，赶快来村委会一趟……"红霞听到广播，连忙推醒了东旺。"哎呀你干啥呀，不知道我一宿没睡啊？"红霞说："满仓在大喇叭里头招呼你哪。"东旺一听猛地翻身坐起跳下炕就往外跑。红霞喊："哎呀你还没穿衣裳哪。"东旺跑回来，套上衣裳拔腿跑了。

高贺陪着县工商局稽查科的两个人在等东旺。东旺跑进院子。高贺看见了他，拉开门喊："东旺，快进来。"东旺走进书记办公室。认出眼前就是上次来的那俩人，于是忙不迭地问道："同志，是不是调查有结果了啊？"高个干部笑着点点头说道："周东旺同志，我们代表县工商局正式通知你，关于你涉嫌制造假箱包一案，经查证核实，系有人暗中调包栽赃嫁祸于你，现解除对你的指控。"东旺咬了下嘴唇问道："这是哪个王八蛋干的？告诉我，我非打扁他不可！"高个干部摆摆手："不要激动，周东旺。目前案件还在进一步调查中，不便向你透露信息。"

　　周东旺终于获得了清白。他恳求高贺立刻召开村民大会，代表村党支部把这一好消息告诉全村人，让大伙知道周东旺被冤枉了，周东旺没有造假。高贺叫彼得通知开会。彼得说："大伙都挺忙的，还是别开会了，在报栏里贴个通告不是一样吗。"东旺白了他一眼说："我去集合乡亲们。"说完，转身走了。彼得朝东旺的背影骂道："妈的，得意个屁，有你倒霉的时候。"高贺说："你不能这样，杆子，听二叔的话，别跟东旺对着干了。你过去办的那些事，他不都既往不咎了吗？"彼得说："二叔，哪是我跟他对着干哪，是他在跟我争村主任，您老没看见啊？"高贺说："所以说，你要跟他搞好团结，来硬的，你不是他的对手。知道吗？"彼得思忖着。

　　天渐渐黑下来了，家家户户陆陆续续亮起灯光。红霞在过堂屋做饭，东旺回来了，一脸的喜气。红霞问："咋这高兴啊？捡着存折了？"东旺说："还就是捡着存折了。告诉你，那家影楼又同意跟咱的公司签协议了，哈哈。"红霞也乐了："哎哟，这可真是个喜事儿。"东旺进里屋去了。糖果拎着书包进来，走到水缸前舀了半瓢水"咕咚咕咚"喝光，抹着嘴唇说道："饿死了，还没做熟饭哪吗？"又抓起一根黄瓜"咔"地咬下一大截。红霞打了她手一下，嗔怪道："这么大丫头了，没个稳当气儿，跟你爸一样。"糖果问："我爸呢？"东旺从里屋探出脑袋说："闺女回来了，想爸爸了吧？"糖果说："我想你呀都快想不起来了。整天就知道为大伙忙，心里头一点也不装着你闺女。哼！"东旺掐了一把闺女的脸蛋："小没良心的，昨个的学习资料是谁给你买的？你现在脚上穿的运动鞋是谁给你买的？嗯？"糖果晃着两手说道："哎呀这些陈糠烂谷子有啥好说的呀，你还是赶紧上小卖部点好吃的，请我和爷爷还有我妈吧。"东旺问："为啥请你们呀？"糖果说："你被平冤昭雪了，难道不值得庆贺一下吗？"东旺笑了，刮了下闺女的鼻子，笑了。

　　一家人吃饭的时候，周秋山看着儿子，说道："我跟你俩商量件事。"东旺看着父亲。秋山说："我想在咱家地里种水稻。"东旺与红霞相视一眼，对父亲说道："爸，您老咋想起种这玩意儿了啊？"秋山说："如今，老百姓的日子越过越好了，玉黍啊高粱米啊都吃腻了，讲究吃大米白面了，种水稻不是多挣几个钱吗？"东旺说："嗯，爸你这个老庄稼把式也知道转变思想了啊，真是时代改变人哪。红霞，你的意见呢？"红霞说："我同意。"糖果喊："我也同意。"一家人乐了。东旺说："中，我明个儿上县里种子站买稻种去。罗平调那当站长了。"

　　第二天上午，东旺和影楼的杨总签完协议后，直接去了县种子站。罗平却告诉他，站里没稻种了，建议他到南方去买。他回家收拾了一下，准备下午就走。忽然想起这个好事得跟乡亲们说一说。谁要愿意种，就把稻种一块给买回来。

　　下午，他上高贺家打招呼。高彼得和娜塔莎也在。他没搭理彼得他俩，看着高贺说道："支书，我爸惦着种水稻，我觉得挺好的，想在大喇叭里头跟乡亲们说说这事，看还有没有乐意种的。中吧？"高贺说："这事你还是别大张旗鼓地嚷嚷为好，万一种不好，没挣啥钱，咋跟乡亲们交代呀？"东旺说："种不种全凭自愿，又不是我强迫着种，种好种不好的，跟我有啥关系啊？我走了啊支书。"彼得说话了："站住。"东旺回头看着他。彼得说："周东旺，我就是根木头橛子，你也不应该跟没看见一样吧？何况我是村主任呢？"东旺看了他一眼，没说话，拔腿走了。彼得霍地站起身要抬腿，被娜塔莎拽住了。

大喇叭里很快响起了东旺的声音："乡亲们，我们家今年打算种水稻卖大米，后天，我准备上南方去买优质稻种。有想种水稻的可以上我家登记一下，顺便把稻种一块买来……"

东旺广播后不一会儿，朱明理和惹不起就走进了东旺家的院子。周秋山正在劈柴，看见他俩进来，笑了笑。明理嘿嘿笑。惹不起捶了丈夫一拳说："傻乐啥呀，还不帮大叔干点活儿。"明理上前要干活。秋山推开他的手说："坐吧。你俩是惦着种稻子吧？"惹不起说："我俩就是来打听打听。过去也没种过，光在电视上头看插秧了，自己个儿也没试过呀。"秋山说："试试不就知道咋回事了嘛。"惹不起说："到时候，你这个老庄稼把式可要好好教教我们哪。"秋山说："你们乐意学，我就乐意教。"

蒋状进来了，后面跟着彩彩。明理问："状子，你们家也要种稻子啊？"蒋状说："我们倒惦着种哪，可我在建筑公司上班，彩彩还得做饭忙地里的活，哪有空再种稻子啊。是她娘家想种。"彩彩问秋山："大叔，东旺呢？"秋山说："这就该回来了。"

正说着，李之悦、田兴文、燕子、三核桃进了院子。大家热烈地议论着种稻子这事。东旺走进院子，喊了声："好热闹啊。"大家把他给围了起来。七嘴八舌问这问那。东旺听出来了，大伙对种水稻有兴趣，就是不懂得田间咋管理，还担心大米销路不畅通。东旺说："这些问题呀，我一时半会儿也解释不过来。不过我琢磨啊，咱们祖祖辈辈都是庄稼人，啥庄稼伺候不好啊，对吧？难不住咱们，乐意跟我干的就报个名，不乐意的就看个热闹。"大伙乱哄哄嚷嚷，没有一个人报名。又进来一群村民，嘻嘻哈哈，还是没人报名。东旺问："咋的，都还没拿定主意啊？"秋山说："东旺，你咋改不了老毛病呢？急啥嘛，叫大伙好好寻思寻思再定也不迟啊。"对大伙说道，"大伙都回去好好商量商量，啊，定下来就给东旺个信儿，啊。"东旺说："大伙回吧，我后个走，想好了赶紧告诉我来啊。"

谷香来东旺家，建议他先别急着买稻种，搞一个水稻种植技术培训班，请罗平来给讲讲课。东旺觉得这个主意好，跟罗平一说这事，罗平当即表示愿意支持来当老师。东旺跟高贺借了村委会的一间房子，简单收拾布置了一下，大喇叭里

286

一广播，两天后的后晌就开课了。来听课的人还真不少，当然有一些是来凑热闹的。罗平的课讲得真好，从水稻种植到田间管理、病虫害治理，都讲得有条有理。村民们都听入迷了。马童力还给培训班请来了几个大米加工企业的厂长，与种植户签订了收购意向书。短短几天，就有三十几户在东旺这报了名。

二十天后，东旺启程上南方买稻种去了，陪他一同去的还有罗平。经过精挑细选，他们订购了一批适合滦河水域生长的优良稻种。返回的路上，赶上一场大雨。为了保护稻种不被雨淋，东旺和罗平双双掉进了河里。幸亏被附近的村民发现救了上来，送进了医院。因为急着种植，发着高烧的东旺跟罗平偷着跑出了医院。回到了响马河，村民们听罗平说东旺带着病赶回来的，看着腮帮子塌下去的东旺，心里头感动得流下热泪。

范占山听说了响马河村种水稻的事，跑来找东旺，一块儿来的还有常有理和刘翠青。占山说："我们村也惦着种水稻，传传真经吧。"东旺说："我们也是刚学的，现炒现卖没多少，不如请罗平给你们讲讲课。"常有理说："罗平是罗平，你是你，都是社会主义大家庭里头的人，你这么保守，可是不够一个预备党员的格儿。"东旺笑了："嚯，好大的帽子啊，你这态度哪是学习取经来了，纯粹是强迫人来了。"常有理说："你不乐意搞社会主义大协作，我们就完全可以上乡党委马书记那评评理去，看看到底谁有理。"翠青赶紧打圆场说："常大姐你快别跟东旺大哥逗乐子了，还是赶紧拜师学艺吧。"东旺哈哈笑了，说："真不愧是常有理啊，说着说着我就没理了，其实我本来挺有理的。走，请你们参观参观我们的秧苗去。"

在村西河堤下的水田前，占山他们被呈现在眼前的一大片绿茵茵的水稻秧苗迷住了。一簇簇绿油油的秧苗拥挤在一起，在微风吹拂下抖动着纤细的小身子，好似一个个跳动的音符，煞是喜人。

"这小东西，真招人爱。"常有理感叹道。

翠青说："支书啊，我惦着把我家那块地全都种上水稻，你说中不？"

占山说："那咋不中啊，我也正琢磨着都种上哪。"

第十九章

55

十一月八日党的十八大胜利召开。这一天，响马河村一片欢腾。东旺领着蒋状、二阳子他们擂起了大鼓。谷香领着姐妹们扭起了大秧歌。红霞领着小剧团演员唱起了评戏。

第二天，高贺组织全村党员群众学习了十八大会议公告。东旺给大家读完报纸上的决议文件后，带头发言说："十八大选举出了新一届中央领导集体，提出了科学发展观是党必须长期坚持的指导思想，提出了全面建设小康社会的目标，制定了坚持走中国特色社会主义政治发展道路和推进政治体制改革的前进方向。我们老百姓坚决拥护。我们刚才都听到了，关于'三农问题'的改革主要集中在推动城乡一体化建设上，另外，对收入分配制度的改革，对于解决三农问题非常重要。这说明啥？说明党中央高度重视咱们农民啊，咱们的日子一准会越过越好啊，是吧乡亲们？"他的发言博得了村民们的喝彩和热烈的掌声。

春节过后企事业单位上班的第二天，马童力调到县委当副书记了，原县委书记云秀调进清泉市当副市长去了，乡党委副书记叶光明任党委书记。这个调令谁听了都觉得突然，事先一点征兆也没有。

这个消息周东旺是听高贺说的。在高家院子里。他当时惊讶得瞪大了眼睛："啥？马书记不当书记了？"高贺纠正说："马书记还当书记，只不过是不当乡委书记，当的是县委副书记了，升官了。"东旺捶了下大腿："咳，这个马书记，在乡里待得好好的，上县里头干啥去呀你说，他咋就那么狠心撇下咱们全乡的老百姓不管呢？"

"好你个周东旺，背后说我坏话是吧？"随着话音，马童力走进来了。

东旺看着马童力，脸上是不高兴的表情。

高贺笑了："马县委书记来了，快请坐。"

马童力说："你这个称呼我听着咋这别扭呢？"转脸看着东旺，"你这家伙，说我狠心撇下咱们全乡的老百姓不管，你当我就舍得乡亲们，拍屁股就走啊？"

东旺说："舍不得走你还走，哼，糊弄人。"

高贺说道："东旺啊，你可是冤枉马书记了，在组织的人哪一个不得服从组织安排呀？都是工作需要嘛。"

马童力拍拍东旺肩膀，微笑着说道："我人离开了咱们乡，可心还在。再说了，县城离乡里也不算远，你们有空可以上县里找我做客，我有空了也可以到村里看你们哪。你说是吧？"

东旺点点头，乐了，说："你坐，马书记，我给你倒水喝。"

高贺说："马书记，上午别走了，我叫我老伴还给你包大蒸饺子吃，萝卜粉儿的，咋样？"

马童力说："中，我还真想吃了。不过，改天吧，我今儿个来呀，一是跟你们和乡亲们告个别，看看那几位孤寡老人；二是跟你们说说我的一个想法。走，到河堤上转转去。哎，高彼得呢？"

高贺说："哦，他去县城办事去了。"

三个人坐上乡里的吉普车，直奔村西的滦河。一进河套，眼前是一大片幽静的树林子。树叶子在风中哗啦啦地舞动着。三个人下了车，走进树林。只见林内绿草茵茵，野花伴着野草悄然绽放。几只雀鸟在枝头跳跃啁啾，婉转而清丽。阳光透过枝叶，洒在地面上，星星点点的，精致而斑斓。林子对面，是一片青青的蒲草，葱葱幽幽，为奔流的河水增添了几分光艳。走进河滩，随处可见仲柳郁郁葱葱，像五线谱一样华美。顺流而下，河水清冽，美景如画，走得越深越叫人流连忘返。

此情此景，让马童力情不自禁地朗诵起一首古诗来："春池深且广，会待轻舟回。靡靡绿萍合，垂杨扫复开。"

东旺笑着说道："马书记又成大诗人了，赶明儿我也看看古诗，浪漫浪漫。"

高贺说："马书记，你带我俩上来，不是光为了看景吧？"

童力笑了，说："滦河这儿的景色多美呀，水跟别处的河水都不一样，很清，很静，清中还带点绿。还有咱们这儿的滩涂，味道鲜美的'死不了'百吃不厌，在别处是吃不到的。我就想，这么美丽的地方难道就让它一直沉睡下去了吗？岂不是太可惜了吗？"

东旺说："马书记你啥意思啊？组织乡亲们都上这玩来呀？"

童力笑而不语。

高贺说："马书记你的意思是不是，叫咱们全县的人都来观光游玩来呀？"

童力说："不，是吸引全省，全国的人来游玩。"

东旺脱口而出："老天爷，全国的人？谁知道咱们这儿啊？"

童力说："利用报纸电视，叫省内外的人们都知道咱这呗，也就是大力宣传。"

高贺问："马书记，你今儿个叫我们来就是让我们宣传这儿的风景？"

童力点点头，说："在宣传之前，我们必须把这个地方规划好，建一些辅助设施，吃住的地方啊，娱乐的地方啊，不能等人家来了，早上来后晌就走啊，那还不把人家累坏了呀？"

高贺说："我明白了马书记，你这是要干一个新的赚钱的项目啊。"

童力说："你们回村后召开班子会研究研究做做准备，等我到县委报了到，安顿好了以后就操持这个旅游观光项目。"

东旺和高贺对视一眼，从心底里感受到欢欣鼓舞。

童力深深地吸了一口气，那是带着鱼腥味的清凉气息。他从口袋里掏出一条手绢，蹲下身，双手捧起一把黑土，送到鼻子下，闭上两眼闻着，好一会儿一动不动。

东旺不理解马童力这是咋的了。高贺小声告诉他："他这是舍不得走啊。"

童力睁开眼，将手里的土放到手绢上，细心地包好，郑重地装进挎包里。他的两眼噙了泪花。

高贺说："时候不早了，回村吃饭去吧。"

三个人上了车，很快回到村里，停在了高贺家门口。童力对高贺和东旺说道："你们下去吧，就别陪我了。我看看老人们去，不定在哪一家吃点饭。"高贺和东旺下车走了。童力对司机说："往前走，先上秦奶奶家。"到了秦奶奶家门口，童力喊了声："停车。"正好秦奶奶出来了，看见童力下来了，立刻咧着没了门牙的嘴巴乐了。童力上前搀扶住老人的胳膊，亲热地说道："奶奶，我来看您老来了。"秦奶奶说："好啊，好啊，奶奶给你做好吃的啊。云哎——"小云跑了出来："哎呀，马书记来了，快进屋吧。"秦奶奶说："快，和面，我给童力烙饼卷鸡蛋吃。"童力一副陶醉状："啊，真香啊……我要吃两张，不，吃三张，或者四张五张的……"秦奶奶和小云被他的样子逗得嘎嘎嘎地乐。

童力搀扶着秦奶奶刚进院子，门口就响起纷乱的脚步声。紧跟着，涌进一大群村民，有老人，有青年，有孩子。为首的是彭家林。不少人手里挎着篮子。童力对村民们热情地打着招呼："乡亲们好，乡亲们好啊。"家林拉住童力的手，说道："马书记，听说你要到县里当书记去了？真舍不得你走啊！"村民们纷纷喊着："马书记我们舍不得你走啊！"把马童力围在了中间。看着一双双真诚、善良的眼睛，听着一声声诚恳、炽热的话语，马童力心头一热，不禁热泪盈眶。他哽咽着给大伙鞠了几个躬，说道："谢谢乡亲们，我也舍不得离开你们哪，我有空一定来看你们！"

村民们纷纷举起手中的篮子，喊道："这是我们的一点心意，收下吧马书记。""马书记，经常回来看看啊。""我给你蒸你最爱吃的大菜饺子。"……马童力频频点头答应着，大声说道："乡亲们的心意我都心领了，可这么多的好东西我也吃不了啊……"加林喊："来呀，我们把东西放马书记的车上去。"村民们一起朝院门口涌去。

马童力赶紧喊："谢谢乡亲们，你们还是拿回家给孩子们吃去吧。"秦奶奶拉住童力的胳膊说："听奶奶的话，乡亲们这片心意你千万别拒绝，会伤了他们的心的。孩子，这说明乡亲们心里头有你这个乡干部，说明你干得不赖呀！"老人笑眯眯地对童力竖起了大拇指。马童力说："谢谢您老的鼓励，到了县里我一定继续好好干，给咱父老乡亲多谋点福利！"秦奶奶连声说道："好，好啊，孩子……"

这会儿，高贺正在吃饭。高彼得来了。高贺猛然间想起了什么，说："杆子，去把周东旺喊来。"彼得问："干啥呀？""商量旅游那个项目。""他算老几呀，凭啥跟他商量啊？"高贺一拍桌子道："就凭马县委书记点名要他掺和这个项目。快去。"彼得嘟囔着："真是邪了门了，马童力咋就这么抬举这小子呢？"没好气地走了。

东旺却没在家。红霞告诉彼得："他说上河堤瞅瞅去，刚走不大会儿。"彼得回到二叔家，说："这小子自己个儿上河堤了，不定憋啥坏水哪。"高贺寻思了一下，说道："杆子我告诉你，你怎么也不能跟周东旺较劲了，除非这个村主任你不惦着干了。我都这把岁数了，该退休。东旺是党员，很有可能将来接我的班。到时候，他当支书，你当主任，咱家还是干部之家，就还是被人高看，你明白吧？"彼得寻思着。翠芝对侄子说了一句："这是政治。"高贺点点头："嗯，你二婶说得对。"彼得好像明白了什么，点了点头。

东旺不是一个人上的河堤，是和元宝骑着自行车一块去的。长长而高高的河堤，好像永远也走不到尽头。两个人走上河堤，眼前是宽阔的滦河。微波荡漾，芦苇丛丛，白帆点点。从河岸对面吹过来的风，吹乱了东旺的头发。他感到整个心胸，从来没有像今天这样宽阔，自言自语道："长这么大，我咋今儿个才发现，滦河原来这么美呢？"元宝迎风而立，滦河的水从他眼前潺潺流过，散发着泥水和腐草的气味。他情不自禁地朗诵起来："白日依山尽，黄河入海流。欲穷千里目，更上一层楼。滦河，我亲爱的母亲河！滦河，我该以怎样的热情拥抱你呢？"

东旺看着元宝，两只眼睛里有滦河水在奔流。他说："元宝哥你看，这儿这么美，外地人一准喜欢得不得了。还是马书记有眼光啊，在这儿建旅游景点，肯定有钱赚哪。"元宝思忖了一下说："开发旅游不是个简单事啊，别的不说，一到雨季，滦河随时都有洪水暴发的可能，对游客来说岂不有生命危险？因此说，搞旅游首先得要治理河道啊。"东旺点点头说："不愧是文化人哪，想得就是比我周全哪。哎元宝哥，我有这么个想法你看中不中哪。我惦着将来给咱村乡亲们盖楼房住，跟城里人住的一样，你说咋样？"元宝点点头："嗯，这个想法不错，祖祖辈辈住平房的响马人一步一重天了。应该敢想敢干哪，邓小平同志南方谈话时候不是说过吗，胆子要大一点，步子要快一点嘛。"

忽然，元宝感到一阵眩晕，险些摔倒，东旺眼疾手快，一把扶住了他。"没事吧元宝？"元宝摇摇手："没事，许是昨个没睡好，坐会儿就好了。"东旺扶着他坐在河堤上。想到元宝的病，东旺心里头充满惆怅。

满仓骑着自行车赶来了，老远就朝他俩摇着手喊："金老师——东旺——"东旺问："啥事啊——"满仓喊："高支书叫你们快回去哪——"元宝起身要站起来。东旺扶着他站好，问："咋样，能走吗？"元宝说："没事了，走吧。"

在村委会会议室，高贺、高彼得、谷香、红霞、惹不起说着话在等着东旺和元宝。门被推开了，东旺和元宝走进来，坐到了椅子上。

彼得"啪"地拍了下桌子，惹不起被吓了一跳，说道："有话说话，拍啥桌子啊？生怕谁忘了你是代理村主任是吧？"彼得白了惹不起一眼，说道："下面开会。招呼大伙来呀，就一个事儿，县委宣传部要举办一次全县文艺会演，咱村必须要参加呀，对不对？下面，请支书讲话。"高贺拿起桌上放着的文件，清了清嗓子，宣读道："为了继承和弘扬冀东地区的地域文化，展现改革开放以来社会主义新农村的精神面貌，宣传……"惹不起又说话了："我说支书啊，你就别啰唆了，直接说啥时候会演，咱们该咋干吧。"高贺瞪了她一眼："就你话多。嗯，我跟彼得商量了一下，觉得光红霞你们一个皮影肯定不中，范家庄也有，别的乡，别的村差不多都有。咱们没有优势啊。"东旺说："别的村是都有，可他们唱的都是老词儿，就咱们唱的是元宝编的新词儿，这不就是优势吗？"彼得"啪"地又拍了下桌子，惹不起刚要喊，他说话了："东旺说得在理，咱们有金老师这个人才，哎，能编新词儿，谁也比不过咱。东旺这个醒提得好啊，有眼光，有远见，有……那个啥……"东旺有些惊讶地看着彼得。惹不起撇下嘴，嘀咕道："一会儿打一会儿夸的，抽风！"

高贺看看彼得，满意地点点头，对大伙说道："东旺说的这个的确是个优势，可光一个优势还不够啊，咱是奔着拿奖去的呀，咋得来他仨俩的优势啊，对不对呀。"

谷香说道："支书说得对，咱响马河村无论参加啥活动，从没空着手回来过。这一次，照样不能空手而归。刚才我想过了，我上中学的时候是学校的秧歌队队长，我就组织一个秧歌队，把秧歌跳得好的召集在一块儿，好好排练排练，争取拿个奖。你们说咋样？"

惹不起第一个表态："我看挺好。我第一个报名。"

红霞说："不中啊嫂子，你还得排练皮影戏哪，咋能分身呢？"

彼得赶紧抓住这个报仇的机会说道："跳秧歌那得体型好看，就你这个水缸腰，大象腿，当心把地面砸个坑，还跳秧歌哪。"

惹不起"嗷"地喊了一嗓子，跑过来，揪住彼得的头发不撒手，疼得他哎哟哎哟直叫唤，大伙哈哈直乐。高贺埋怨侄子："你说你惹她干啥呀，忘了她叫惹不起啦？好啦好啦荷花啊，别闹了别闹了，开会合计正事哪啊。"

惹不起不依不饶："谁叫他糟践我哪。我就这么寒碜？啊？你个臭高粱杆子。明儿个我就把你跟娜塔莎给搅和黄了，你信不？"

彼得只好求饶了："我信信信，快撒手嫂子，我再也不敢说你胖了。"

惹不起松开手，又揪了下他的耳朵，这才昂首挺胸地回到了座位上。

高彼得朝惹不起的后背狠狠地瞪了一眼。惹不起回头看他，他立刻换上了一副笑脸。

高贺说道："大伙看看，还有啥节目没有啊？"

一直没说话的元宝说话了："我琢磨，评戏是咱冀东地区的优秀地方戏，应该演上一段。秦老太太不是会唱吗，年轻的时候还演过刘巧儿哪。"

东旺一拍巴掌说："我想起来了，我爸年轻的时候，唱过评戏刘巧儿里头的赵柱儿，干脆，就让他们俩来上一段吧。"

大伙都说好。高贺有些担心："秦老太太那么大岁数了，秋山大哥岁数也不小了，登台唱戏累着咋整啊？"东旺说："放心吧支书，累不着啊，他俩一准乐意。这事交给我了，散了会我就去找他们。"

"啥？叫我跟你秦奶奶唱评戏？"周秋山的老眼，瞪得有鸡蛋那么大，"这是谁的主意啊？"

东旺说："金老师。高支书，谷香我们也都觉得你们一准能唱好，你年轻的时候不是演过赵柱儿吗？"

秋山说："可我这么多年没唱过了，词儿都忘差不多了。"

东旺说："这好办哪，文化馆里一准能找来唱词儿啊。就这么定了啊爸，我去找秦奶奶去。"

"啥？叫我跟你爸爸唱评戏？"秦奶奶的老眼，瞪得有鸡蛋那么大，"这是谁的主意啊？"

东旺说："是金老师。高支书，谷香我们也都觉得你们一准能唱好，你年轻的时候不是演过刘巧儿吗？"

秦奶奶张着没有门牙的嘴巴乐了："嗯，有这码事。我年轻的时候啊长得可俊俏了，演刘巧儿，姐妹们谁也比不过我，那小身段，小脸蛋，小嗓子……"老人陷入了过去美好时光的回忆中了。

东旺不忍打扰老人，安静地注视着她。

秦奶奶那张饱经沧桑的脸颊，在阳光下泛着金色的光晕。老人情不自禁地哼唱起来了："巧儿我自幼儿许配赵家，我和柱儿不认识我怎能嫁他呀。我的爹在区上已经把亲退呀，这一回我可要自己找婆家呀……"老人唱着唱着，两只眼睛发出亮光，脸上有了年轻的光泽。此情此景，让东旺心头一热，眼睛湿润了。

　　高彼得和娜塔莎在俄罗斯莫斯科上中学的儿子高绪来了。他五官像娜塔莎，身材瘦瘦高高的，像河边的高粱杆。他的俄文名字弗拉基米尔·伊利奇·彼得罗夫。正巧，阴历十二是高绪的生日，彼得决定邀请全村人一块给儿子过生日。

　　彼得亲自写好了喜帖，亲自送到了每家每户，并且声明：请大家喝生日酒，一分钱礼金也不收，一份礼品也不要。送到周东旺家的时候，周秋山呵呵笑着说道："我老汉先给高主任贺喜啦，孩子过生日那天一准上你家喝喜酒去。"红霞说："高主任真厉害，娶了个洋媳妇儿，儿子在国外上学，学习还那么好，在咱们全县也是独一份儿啊。"彼得得意地晃起了脑袋，掏出新买的手机给二叔打电话说，你们先吃吧，别等我。红霞惊奇地看着那个手机，说："这个玩意儿没有电线，也可以传话？真是神了。"彼得哑然失笑，说："它叫手机，就是拿在手里头的电话。好了，我走了。"

　　彼得往外走，迎面差点儿撞上东旺。东旺看了眼彼得，说："不就是孩子从国外回来了吗，过个生日还发啥喜帖呀？整这么大动静影响多不好啊。"

　　彼得说："我一不收礼钱，二不要礼品，请乡亲们上我们家白吃白喝，有啥影响不好的啊？"

　　周秋山连忙岔开话题说道："喝茶吧高主任，喝茶。"

　　彼得举着攥着手机的手摇了摇，一边往外走，一边说："不喝了不喝了，我还得去下一家送帖子哪。"头也没回地走了。

　　秋山说儿子："你说你都多大岁数了，咋就不改改你这毛病呢？咋就人家越不爱听啥你越说啥呢？"

　　东旺说："我顶看不上他这点了，张牙舞爪的，整个响马河都盛不下他了。"

　　秋山说："他啥样人就你知道咋的？不都该跟他说话说话，该跟他乐就乐吗？远近心里分，大面上过去就中了呗。人家二叔是支书，他自个儿是主任，你老跟他过不去，能有你的香饽饽吃吗？"

　　东旺说："我压根也没想着吃香饽饽啊。再说了，就是吃香饽饽，我也不吃他的呀。"

　　秋山白了儿子一眼："你就倔吧。"

　　东旺说："还不是随你。"

　　父子俩都乐了。

　　阴历十二说到就到。这天是个大阴天，没下雨，墨色的浓云挤压着天空，沉沉的仿佛要坠下来。整个世界都静悄悄的，淡漠的风轻柔地穿梭着，小花小草在风中微微抖动。红霞惹不起带着小剧团在村委会大会议室排练。谷香小云带着秧歌队在村西大空场上排练。东旺陪着父亲和秦奶奶彩排《刘巧儿》选段。元宝三个地方来回跑，做艺术指导。尽管有点头晕，但快乐使他忘记了一切。

在高贺家的院子里，翠芝领着玉兰和娜塔莎，还有几个妇女，在院子一角洗菜择菜。彼得特意从县里请来的两个厨师，正在临时搭建起来的灶台前忙碌。朱明理、李之悦、田兴文、赵金生、张平、满仓几个人给厨师打下手。戴着一副小眼镜的高绪和一群孩子在门口边的大槐树下玩闹。整个院子里飘着扑鼻的香味。

高贺和侄子正在往各张桌子上摆放白酒啤酒和饮料。志新快步走进来，对他们说："叶书记来了。"父子俩打了个愣。高贺问侄子："你告诉叶书记了？"彼得摇摇头。高贺拔腿朝外面跑去，彼得紧随其后。

叶光明已经走进了院子，被眼前的忙碌景象弄蒙了。

高贺老远向叶光明伸出两手，笑呵呵说道："哎呀，叶书记来了，有失远迎，恕罪恕罪啊。"

叶光明握住高贺的手，问道："这是办啥喜事呀？"

高贺说："啊，是……我侄子他儿子从俄罗斯回来了，今儿个是孩子生日，招呼大伙一块聚聚，热闹热闹。嘿嘿。"

彼得说："叶书记来得正好，一会就开席，我们一家跟乡亲们好好敬你几杯。"

叶光明摆摆手，说道："酒我就不喝了，我是来通知你一件要事情的。走，到村委会说去。"

高贺看了侄子一眼，对光明说："好，那我们走吧，叶书记。"

高贺陪着光明走出院门口，对光明说道："叶书记，我落东西了，这就来啊。"

他跑回院里，把彼得拉到一旁，小声说道："听着，今儿个这酒席来几个算几个，不来的就别去招呼。也别放音响了，更别咋咋呼呼乱嚷嚷了，悄没声儿的吃完走人就中了。明白不？"彼得气恼地说道："这个叶光明比马童力还他妈的气人，花我自个儿的钱，热闹热闹咋了，犯法了咋的？"高贺撂下一句："别忘了你现在只是一个代理主任。"匆匆走了。彼得想起二婶最爱说的那句话："这就是政治。"明白了二叔的心思。

高贺出了院子，见叶光明在等着他，连忙紧跑几步过去了。"咱们走吧，叶书记。"两人向村委会走去。

这会儿，周秋山和秦奶奶正在秦奶奶家大屋里排练。担任乐器伴奏的是家林和根发。今天的周秋山和秦奶奶心情格外好，好像年轻了二十岁。东旺找来的唱词，他们看了几遍就记住了。刚开始唱跟不上乐器步调，练了一个多钟头就合拍了，越唱越熟练了，越唱越有感觉了。

秋山担心秦奶奶累着，就说："老嫂子，歇会吧。"秦奶奶说："累倒不累，就是这嗓子啊，一个劲跟我要水喝。"秋山说："我给你倒水去啊。"秦奶奶说："给家林跟根发的水里头再加点红糖。"家林和根发都乐了。

高贺陪着叶光明进来了。高贺说："叶书记看大伙排练来了。"叶光明握住秦奶奶的手，说道："老人家，辛苦了。"秦奶奶说："辛苦啥，我这是自娱自乐，整个一老仙鹤。"光明笑了："祝福您老长寿，成为南山上的一只仙鹤啊。"又握着秋山的手，"辛苦了秋山大叔。"然后，握了握家林和根发的手，说道，"我不会打扰你们排练吧？"秋山说："不打扰，我们正惦着歇会儿哪。来，坐这叶书记。"

大家坐下，喝水说话。秦奶奶问光明："叶书记呀，你喜欢评戏吗？"光明说："您老就叫我光明吧。不瞒您说，我从小就想当一个评剧演员，长得还是蛮不错的哪。后来，各地的剧团都解散了，父母叫我好好学习考大学。再后来，我考上了河北大学政治系，毕业后当了一名公务员，当演员的梦想就这么给耽搁了。不过，我依然喜欢评剧。"秦奶奶叹了口气说："可惜了呀，要不，你一准是一个好演员哪。"秋山说："是啊，那年月耽搁了不少人才呀。"

光明攥住秦奶奶的手，说道："我有这么一个想法，在咱们村建一个戏曲基地，把河北梆子、皮影、评戏全都吸纳进来，让这些地方戏曲文化发扬光大，你们看咋样？"

秦奶奶高兴地说："你这个想法好啊，我老太婆举双手赞成。你要建基地，我愿意把家里珍藏的几件评戏服装跟道具，全都拿出来。"

秋山也说："我家有几张上好的驴皮，做影人儿再好不过了，我也都捐了。"

高贺知道此刻自己必须有所表示："建基地，我捐钱买设备。"

光明鼓掌道："好啊，群众的基地群众建，众人拾柴火焰高嘛。"

一个月后，全县戏曲会演在县政府大礼堂如期举行。来自各乡的二百一十二个群众演员轮番登台，表演了一出出精彩的河北梆子、皮影、评戏选段。尤其是响马河村由金元宝编词、崔红霞张荷花几个妇女表演的皮影戏《滦河河畔春光美》，更是赢得了全场的一致好评，获得了一等奖。谷香小云燕子她们的大秧歌获得了三等奖。秦奶奶和周秋山表演的评剧《刘巧儿》选段，获得了特别奖。县委书记马童力和新到任的副县长童志为获奖单位颁发锦旗和奖品。马童力在颁奖结束后的讲话中，肯定了叶光明关于建立"戏曲基地"的想法，表示县里将大力支持这项工作，这给各乡干部群众以极大的鼓舞，各村的群众性文艺活动很快进入了高潮。

省委在全省宣传工作会议上，表扬了平安县的群众文艺活动，要求各级宣传部门因势利导，利用群众性文艺活动，进一步加强对广大群众的社会主义思想道德教育工作，让精神文明建设和物质文明建设取得双丰收。

东旺从他的公司抽调来了十个工人，在村北口外选了一个空场地，准备建

"戏曲基地"。高贺真的捐了一笔钱。彼得也要捐钱，而且是一笔大钱，但要跟村委会签一个协议，其中最重要的一个条款是：未来的基地必须由高彼得说了算，因为他掏钱最多。高贺在两委会上征求大家的意见。东旺第一个反对，坚决主张基地由集体说了算。谷香支持东旺的意见。其他委员都不说话，但脸上的表情明显表明，他们也是不同意的。

"他妈的，这个周东旺，真成我的灾星了，有他在响马河，就没我的顺当日子过呀。"高彼得咬牙切齿地说道。

高贺看着侄子不说话。谁知道他在想啥哪。

彼得发泄完了，见二叔平静地看着他，知道二叔又该说自己不冷静了，说道："二叔，不是我不冷静，我实在是忍不下去了，他周东旺打小就跟我扭头别棒的，没少欺负我，这您老是知道的。如今，我们的孩子都该上高中了，他还跟我没完没了的，我要干点啥，他准保跳出来捣乱。我要再这么忍下去，早晚有一天他该骑在我脖子上拉屎了。"

高贺说话了："你小子也是，你说你惦着控制那个戏曲基地，慢慢来嘛，你着的哪门子急呀。这个基地是刚扶正的叶书记操持的，周东旺一心想当村主任，那还不撅着屁股铆足劲儿拍叶书记的马屁呀？你在这节骨眼上闹喊着说了算，你说你是不是不识时务？"

彼得不说话了。娜塔莎和高绪进来了。高绪说了一句俄语，彼得没好气地冲儿子吼了一句："这是在中国，不是莫斯科。"高绪看妈妈，用俄语说道："我爸爸又在朝我撒气，真没修养。"彼得吼："兔崽子，你说谁没修养哪？"高绪惊讶地用中文问道："爸爸，您不是听不懂俄语吗？"彼得吼："你妈老是跟我说这句话，我能听不懂吗？"娜塔莎"扑哧"一声笑出了声。高贺也笑了。娜塔莎搂住丈夫的脖子，温柔地说道："亲爱的，中国有句古语说得好：君子不动怒，不贰过。你现在是个村干部，要提高自己的修养才是。"

彼得决定跟东旺好好聊聊。他先进了趟城，买了部手机，翻盖的，摩托罗拉。他把手机塞进了东旺的口袋里。

东旺掏出来一看，问："你往我兜里头塞这玩意儿干啥啊？"他将手机塞到彼得手上，转身要走。彼得一把拉住他的胳膊，将手机再次塞进他的口袋，说："这是兄弟的一点心意。你现在是建筑公司的老板，这玩意儿用得上。"东旺要掏手机，彼得按住他的手，说："东旺，我叫你一声哥，咱俩……和好吧。"东旺打了个愣，看着彼得的眼睛，像不认识他一样。

彼得笑着说："咋的，不乐意跟我讲和呀？"

东旺没有笑，说："你听着杆子，我周东旺打小就不是那种小肚鸡肠的人，你还不知道咋的？"

彼得说："我知道，知道，你宰相肚子里能撑船，我顶服你这点儿。我还服你敢说敢做，敢做敢当，是个老爷们儿。走，咱哥俩找个小饭馆，一边喝着一边好好聊聊，咋样？"

东旺寻思了一下，点了点头："上哪，你说吧。"

彼得不假思索地说道："县城城西有一家川菜馆，我跟朋友吃过几回，味儿挺正的，咋样？"

东旺点点头，说："中，那就走。"

彼得打了个响指："等着我，我开车去啊。"

东旺问："你买车了？"

彼得说："苏志新的。"

在去县城的路上，东旺忽然想起啥，问道："你咋会开车的？啥时候学的？"彼得说："前年。你也该拿个驾照买辆车，方便。"东旺说："挺贵的，我可不买，自行车不是一样嘛。""你呀，为乡亲们办事花钱挺大方的，咋轮到自个儿就舍不得了呢？这不是存心跟自己个儿过不去嘛。""该花的钱我舍得花，不该花的钱一分一厘也不能瞎花。""我看你呀，就是想不开，忒倔。你看看我，洋媳妇儿娶了，家里电话手机，现在正合计买汽车哪。你得会享受，吃喝玩乐多美呀。"东旺皱起眉头侧脸看彼得，不说话。

彼得感觉到自己言多语失，连忙转移了话题，说："对了东旺，你闺女学习也挺好的吧？小丫头看着就机灵。"东旺一说起闺女就高兴，脸上立刻有了笑模样："全年级总是排前十名，凑合吧。"彼得笑："这还凑合？你可真谦虚。照这个成绩保持下去，进县一中一点儿问题也没有啊。"东旺说："按说是。你那儿子学习不也挺好的吗，还是留学生，比你强多了，随你洋老婆，聪明。"彼得嘿嘿笑。

两个人进了川味饭馆，选了一个角落坐下。这里安静，说话方便。东旺忽然问："咱俩谁大？"彼得说："你忘了，我比你小半年。"东旺说："那就哥算账，请兄弟。"彼得摇着手说："我比你官大，我请你。"东旺没再坚持，掏出手机摆弄着，问道："多少钱买的？"彼得说："你问这个干啥，拿着使去就中了。"东旺说："这么贵重的东西我凭啥白要啊，该多少钱我给你，辛苦费就不给了啊。"彼得笑笑，拿起菜单说道："哥，我看着点了啊。"东旺摆摆手。彼得转身将菜单上的几个菜指给女服务员看，说道："少放点辣椒，微辣就中。快点上。"

东旺举起手机，又问："说，多少钱？"彼得抓起东旺右手，在上面比画了几个数字。东旺盯视着他："真这么多？你小子可别趁机挣我一笔啊，这事你干得出来。"彼得说："你这话说的，兄弟可不爱听啊，我高彼得是那样的人吗？"东旺说："是，你就是那样的人。"彼得眼珠子一瞪，刚要发作，忽然想起了啥，堆上一脸的笑容，说道："你就气着我吧，看我一会儿不灌醉你。"又朝女服务员喊，"妹妹，把酒拿过来。"东旺说："饭馆的酒比外头卖得贵。"彼得说："这是我放在这的酒，敞开了喝吧。"

菜上来了。彼得给东旺和自己各倒了半杯白酒，端起酒杯："来，为咱哥俩和好，干杯。"东旺举起杯子，"咣当"一下碰下他的杯子，一口喝了一半。两个人边喝边聊了起来。

彼得给东旺和自己的杯子倒满酒，说道："来，东旺，喝了这杯酒，咱俩过去的事就都一笔勾销了，谁也不许记在心里头啊。"

东旺说："要记也是你记，我早就放下了。"

彼得说："瞎说，我也早就放下了。"

东旺盯着彼得，笑了笑，说道："我鱼塘里的鱼突然被药死一大半；我公司承建的茶楼用的水泥，被人调换标号；我家的两头猪被人下药毒死；我和乡亲们为白沟定做的箱包，被人掺进了假皮料……"

彼得的两眼闪过一丝惊慌，被东旺捕捉到了。彼得故作镇静地说道："天哪，有这种人？是谁干的，咋跟你这么大劲儿啊？"

东旺说："这个人哪……远在天边，近在眼前。"说完，微笑着看着彼得。

彼得心虚了，却故意问："东旺你这话是啥意思啊？"

东旺说："明知故问，是吧？拉倒吧杆子，我手里有证据。我都不追究你了，你还装啥纯洁呀？过去的事儿就叫它永远过去了，往后谁也别再提了。"

彼得低着头不说话。

东旺话锋一转，严肃地说道："杆子你说实话，那年，就是咱俩刚蹲拘留回村后，那天晚上你找我和喝酒，你是不是在我的酒里下了药，又偷偷往红霞的酒里下了药，趁着我俩晕倒脱掉了我们的衣裳，叫来了谷香弄了个半夜捉奸，然后你好娶谷香，是不是这么回事？你说实话。"彼得嘿嘿笑了，笑到一半又不笑了："还说哪，到了谷香咱俩谁都没娶到手，叫金元宝捞个大便宜，他娘的。"东旺说："拉倒吧，没有金元宝，谷香也成不了你媳妇，你整天好事儿不干，坏事儿不断，人家谷香能看上你吗？杆子你给我听着啊，往后你可别再干糟践人的事了，要是再干可别怨我跟你过不去啊。"

彼得"啪"地拍下桌子，说道："你放心吧东旺，我绝对不会干那些糊涂事了。往后，咱哥俩摽在一块儿好好干，你当支书，我当主任，一准能……"

东旺一扬胳膊打断他的话："停停停，停，刚才你说啥？我当支书你当主任？这是啥时候的事儿啊？"

彼得说："我是说往后，往后，就是说我二叔退了休，不干支书了，你接班，明白了吧？"

东旺说："你二叔退了，我就一准能当支书？你就一准能当主任？哦，我明白了，你要跟我和好，是想叫我别跟你争着当主任哪，是这个意思吧？"

彼得笑了："你误会我了，我现在不已经是主任了吗。"

东旺说:"代理,别忘了还有代理俩字哪。换届选举的时候,还是不是你,那可不一定啊。"

彼得眯着眼看着东旺,举起酒杯:"还是不是,我等结果。不说这个了,来,喝酒。"

东旺端起酒杯,注视着彼得:"你我是从小光屁股长大的,我送给你一句话,老老实实做人,踏踏实实做事。"碰了下他的杯子,一饮而尽。

彼得也一饮而尽,咬着下嘴唇看着东旺。

57

县委副书记马童力来了,是坐着长途汽车来的。下了车,背着背包向响马河村头走去。一边走,一边呼吸着田野上散发着的五谷香味儿,心情格外舒畅。

忽然,前边传来争吵声。他循声看去,大约两百米远的马路中间,围了不少人,便加快脚步走了过去。透过人群,他看清围在中间的是高彼得和秦奶奶、小云。听小云说:"我奶奶根本就没横穿马路,是你一边开车一边打电话,撞到我奶奶的。"彼得近于央求地说道:"哎哟,姑奶奶,奶奶不是没撞坏哪吗,叫我走得了,我真的上县城有急事……"秦奶奶说话了:"我说杆子,奶奶这么大岁数人了,从来就没干过讹人的缺德事。刚才真的是你不小心撞了我,你咋就说啥不承认呢?"彼得说:"我的亲奶奶,我给你一百块钱就算惊吓费,中了吧?"小云坚持说:"不中,你得拉着我奶奶上医院做做检查去。"周围村民小声议论着,相互交换着眼神。彼得掏出二百元钱,递到小云眼前,说道:"你先带奶奶检查去啊,我还得上县委找马书记疏通关系,给大伙办大事挣大钱哪。"说完,把钱塞进小云手里,转身扒拉开人群上了车,刚刚启动汽车,马童力喊了声:"先别走,高彼得。"彼得惊了一下,不知所措地看着马童力。

小云惊喜地叫了一声:"马书记!"

秦奶奶喜出望外,亲热地喊了声:"童力!"

村民们也都叫着"马书记"迅速围拢过来。

马童力对村民们招招手,微笑着说道:"乡亲们你们好,我来看望大伙来了。"搀扶住秦奶奶的胳膊,"秦奶奶,您老好啊。"

秦奶奶点头说道:"我好着哪,你这么快就来咱响马河了,我真高兴啊孩子……"

彼得跳下车,走到童力跟前,满脸堆笑地说道:"马书记来了,请……村里坐吧。"

童力严肃地看着他,问道:"你刚才说要上县里找我,给乡亲们办大事,啥大事啊?"

彼得支支吾吾说不出个一二三来。

童力说："你先送秦奶奶上医院做一下检查，我在村委会等你。"

彼得点下头，对秦奶奶说道："走吧，我送您老检查去。"

童力对秦奶奶说："奶奶，您老先去做个检查，我先进村办点事儿，回头我再看您。"对小云说，"小云你陪奶奶去吧，有啥事随时给我打电话。"掏出笔记本，在一页纸上写下一串数字，撕下递给小云，"这是我的手机号。"

秦奶奶摇摇手说："不用检查了，他承认不是我老太婆的错就中了。"

童力说："您老岁数大了，还是检查一下好，我们也都放心。"

村民们也都劝秦奶奶上医院。小云说："奶奶，上车吧。"小云和彼得搀扶着秦奶奶上了车，开走了。

村民们纷纷邀请马童力到家里坐。童力说："乡亲们，我先跟高支书东旺他们商量点事儿，有空再去看你们啊。"

一村民说："马书记，我看见高支书跟东旺在稻田那边哪。"

童力答应一声，朝稻田地那边走去。

老远，他的眼睛里便盈满了金黄。到处翻滚着无垠的金浪，空气里弥漫着稻液的清香沁人肺腑，一群群小鸟叽叽喳喳地欢叫着，悠然自得地飞翔。一只只小蚂蚱在他的脚边蹦过来蹦过去。他看见东旺正跟周秋山站在稻田里撒肥。他大步走了过去。

"秋山大叔，忙着哪。"童力亲热地打着招呼。

秋山看清是马童力，笑了，走上地头，亲热地拉着童力的手，说道："马书记哎，你咋还背着行李啊？"

童力说："我想在您老家住上两天，欢迎不啊？"

秋山拍着巴掌说："咋不欢迎哪，举俩手欢迎啊。来，把行李给我吧。"帮着童力放下背包，朝村里走了。

东旺兴冲冲地跑了过来。"马书记。"童力拍下他的肩膀："东旺。"两双大手紧紧地握在了一起，亲热地摇晃着。

"马书记，你都当县委书记了，咋有空上我们村来了？"东旺的眼睛缝里都是笑。

童力说："你这小子，说话之前过过脑子中不中啊？谁跟你说当了县委书记就没空下乡跟群众在一块了呢？嗯？"

东旺挠着脑袋乐了，说："真想你呀马书记。"

童力点点头说："这个我信。我也挺想你们的呀。"

东旺指着稻田地说道："你看这稻子，长得多好啊！马书记，给我来首诗吧。"

童力深吸一口清爽的空气，说道："一派丰收在望的喜人景象啊，让我不由

301

自主地想起了南宋诗人辛弃疾写的那首诗：'明月别枝惊鹊，清风半夜鸣蝉。稻花香里说丰年，听取蛙声一片'，多美的意境啊！"

东旺叫了声"好"，也朗诵了一首诗："一阵微风起，传来稻谷香。滦河烟波里，黄了我故乡。秋后晒稻谷，笑声传四方。"

童力鼓掌叫好："好诗，好诗，真是接地气的好诗啊！这是你写的呀东旺？"

东旺摇摇头说："我哪有这墨水啊，是我们村大秀才金元宝写的。"

童力问："对了，元宝的病咋样了？"

东旺说："插花头晕，不过精神头儿还中。我叫他跟我一块忙乎工艺品编制厂，村里还把戏曲基地的建设工作交给他了，人一忙活起来，容易忘了自己个儿的病啊。"

童力点点头："说起戏曲基地，我这次来就是商量这件事的。高支书呢？听说也在稻田地这哪。"

东旺四下看看，说："他在他家的稻田里撒肥哪，我找他去。你等会儿啊马书记。"

东旺走了，童力坐在地头，从挎包里拿出一本书，专注地看了起来。

这会儿，彼得拉着秦奶奶和小云正往回走。他阴着脸，始终一句话也不说。经过检查，秦奶奶的腰部左侧有些软组织挫伤，医生说问题不大，开了点药，让回家静养。一共花了不到一百块钱，这让他略感欣慰，但想到刚才正好叫马童力看见了，心里头就十分不爽了。马书记会咋看我这个代理村主任呢？他会不会对我有不好的印象了呢？他会不会认为我高彼得是一个不尊敬老人的村干部呢？会不会影响到我当正式的村主任了呢？

小云依偎在奶奶身边，噘着嘴一言不发。秦奶奶拍拍孙女的手背，问道："奶奶不是没事了吗，你咋还不高兴啊？"小云说："刚才那一撞，我是越想越后怕。都怪我，就不该非缠着你上城里。"秦奶奶笑了："天有不测风云，人有旦夕祸福。这事谁也不乐意出，咋能怪你呢？"彼得说话了："快中了吧小云，比起你来我更心窄。我又不是故意撞的，可你看马书记，鼻子不是鼻子，脸不是脸的样子，就差扇我俩嘴巴了，这叫我在乡亲们跟前多没面子啊。"小云撇下嘴说："谁叫你怕担责任，耍赖不承认哪。哼。"彼得冲后视镜里的小云狠狠瞪了一眼，不说话了。秦奶奶说："杆子啊，这事儿你别往心里头去，啊，我没啥事，养几天就好了。"彼得想起了啥，把二百块钱塞进小云手里，说："给奶奶买点补养品。"小云瞪了他一眼："就怪你，城里也去不了了，奶奶还得受罪。"彼得说："姑奶奶，我错了，中了吧？"秦奶奶说："小云，别不依不饶的，你杆子哥又不是故意的。"

这会儿，高贺被东旺领到了马童力身边。童力还在聚精会神地看书，没有察觉到他们的到来。东旺叫了一声："马书记。"马童力抬起头，笑了，站起身。

高贺握住马童力的手，说道："马书记，我听东旺说你来要跟我们说工作？上哪说去啊？"童力说："你们不是在撒肥哪吗，我跟你们一块干，一边干活一边说话。"说着，弯腰挽起裤腿来。

东旺和高贺跟着下了稻田里。

童力问："听说稻子一年撒四次肥？"

东旺说："对，是四回。第一回是在插秧前，基本上都是农家肥，也就是平时家畜拉的屎，这是基肥，是为保持土壤肥力的。第二回是在插秧后十来天，这回撒的是尿素跟复合肥混合一块的肥，是为分蘖做准备的，这么撒可以让分蘖的时间提前，分的蘖还多，产量会高出不少哪。第三回得等到它长出穗苞再撒，就是现在，稻子需要的养分多，肥量要加大，可也不能太多，得适量。第四回得等稻穗都长出来，发育齐全的时候，这个时候的肥是为了叫稻谷更饱满，千万不能出空穗儿。"

童力说："嚯，这里面的学问还真不少哪。"

东旺说："这都是罗平教给我们的。"

童力问："撒肥不是简单的撒到稻田里就完事了吧？"

高贺说："马书记，撒肥的时候最好是采取侧深施肥的方法，这么做的第一个好处是可以提高肥料的利用率。第二个好处是促进水稻的生长跟发育。第三好处是减少水稻的患病率，提高产量。"

马童力频频点着头："嗯，好，我记下了。看来，当干部的还是应该多下乡，和群众一块多劳动啊，不然，有啥资格吃粮食啊，是这么个理儿吧？"

东旺和高贺一齐看着马童力，会心地笑了。

马童力笑笑，撒着肥，说道："昨个儿，我上省委开会，见到云副市长了。她建议，把基地迁到县群艺馆里去，这样可以扩大影响，增强群众的参与性，更好地继承和弘扬咱们地区的戏曲文化。你们的意见呢？"

东旺刚要说话，高贺先说了："县委的意见呢？"

童力说："我想先征求一下你们的意见。这样吧，一会儿彼得回来了，你们开会研究研究。不急着答复我。"

东旺和高贺对视一眼，点了点头。

童力接着说："下面跟你们说说滦河河湾开发旅游的事儿。这些日子你们琢磨这件事了没有啊？有啥想法没有啊？"

高贺说："开发滦河旅游是件好事儿，可以带动沿线村民劳动致富啊。可是，滦河水患要是除不掉的话，万一哪一天发大水，后果不堪设想啊！"

东旺说："是啊，出事就是人命关天的大事啊！"

童力点点头，说："你们两个的担忧也正是县委重点考虑并一定要解决的关键问题。经过调研和征求水利专家的意见，解决的办法现在有了。"

东旺和高贺异口同声地问道:"啥办法?"

童力一字一顿地说道:"截、流。"

东旺和高贺兴奋地看着童力。

童力继续说道:"截流,就是截断原来河床的水流,把河水引向导流泄水建筑物下泄,在河床中全面开展主体建筑物的施工。它可是在河床中修筑横向围堰工作的重要一部分啊。"

东旺问:"那……这么说,截了流,这项工程就没问题了!"

童力摆摆手说:"截流是有一定的风险的,需要我们周密的计划,做好充分的准备,要有足够的抛投强度和现场统一指挥的能力啊。这个工作,县委一般人都不懂,必须要请经验丰富的水利专家来坐镇指挥啊!"

高贺说:"我年轻的时候,参加过天津海河的堤防堵口。我记得,当时用的是土石、秸料、柳枝这些材料。"

童力说:"现代截流工程用的是大块石跟混凝土异形体这些材料。施工的时候,都用大型自卸汽车跟推土机。"

东旺说:"这得花不少钱呀,盖个猪圈还得俩钱儿哪。"

童力点点头:"是啊。所以说,这个项目我们得从长计议,仔细论证,设计好每一个环节,才能逐步实施哪。任何一点纰漏都会给党和政府的事业带来不可挽回的损失啊!"

高彼得来了,将汽车停在地头,低着头走了过来。"马书记,我回来了。"彼得堆着笑脸看着童力。童力对他点了点头,问道:"秦奶奶没事吧?"彼得连忙说:"没事没事,我正要向您汇报哪。"东旺和高贺同声问道:"秦奶奶咋的了?"彼得摇摇头:"没事儿。对了二叔,我回家给马书记操持饭去吧。"高贺说:"中。"彼得朝童力说道:"马书记,我去预备饭菜去了啊。您忙着。"马童力点点头,说:"不要超出干部下乡吃饭的标准啊,否则,要吃批评的。"彼得答应一声,走了。

童力对高贺说:"刚才彼得在岔路口,撞到秦奶奶了,却不承认,还不愿意带老人家上医院检查去。我刚下车,正好赶上了。"

东旺脱口而出:"这个高粱杆,他咋就狗改不了……"意识到高贺在场,咽回了后面的话。

高贺叹了口气,摇了摇头。

中午饭马童力是在高贺家吃的。一个青椒炒肉,一个拍黄瓜,一碗大米饭。他一边吃一边和高贺聊村里的工作。吃完了,他掏出钱放到桌子上,对高贺说道:"我上秋山大叔家坐坐去,你们开会吧。"

两个人出了高家门,一个朝东走,一个朝西走了。

委员们听到满仓的广播后,很快就到齐了。高贺把戏曲基地的事跟大伙说了，补充道："现在马书记就在咱村哪，看样子是要现场办公。都说说吧，有啥意见。"谷香第一个站起身发言："我不赞成搬县城去，这是咱们村开发的文化项目，搬走了，一准会影响咱村的精神文明建设的呀。大伙说呢？"朱明理说："谷香说得对呀，我也不同意。"李之悦说："可也是，基地在咱村，一是可以祖祖辈辈传下去，二是将来还可以开发点赚钱项目哪嘛。不能搬不能搬。"田兴文问高贺："支书你啥意见啊？"又转头看看彼得，"这事你们爷俩就做决定吧。"彼得想说话，又咽回去了。高贺说道："看样子，大伙都不同意是吧？东旺，你咋想的？"东旺只说了三个字："我同意。"大家全都吃惊地看着他。东旺喝了口水，继续说道："你们听我说啊。搬县城去是云副市长提出的，看样子马书记也是赞成的，你们说，咱们硬扛着合适吗？能扛得住吗？"大家都不言声了。

高贺对彼得使了个眼色。彼得会意，对大伙说道："东旺说得对，我也同意。"高贺说道："既然大伙都没啥说的了，那我这就跟马书记汇报说……"谷香喊了声："等一等。"大伙都看着谷香。谷香说："这事儿我没想通。"朱明理也说："我也没想通。哎，兴文，张平，金生，你们几个想通了？"田兴文他们几个都摇着头。

院子里突然响起一阵嘈杂声。有人喊："咱们辛辛苦苦建的基地，凭啥搬县里去啊？"还有人喊："这可是咱们村赚钱的一个项目啊，这不又断了咱的财路吗？"

高贺对彼得说道："这开会哪，别叫大伙叫喊了。"

彼得起身出去了，外面响起他的说话声："大伙别吵吵了，里头开会哪。"

可是，吵嚷声却更大了。"跟马书记好好说说，别把基地搬走了。""县城离咱们这么远，咱们去着忒不方便哪。""县政府还讲不讲理了啊？这不是明着抢吗？"东旺坐不住了，起身向门口走去。

"乡亲们，听我说几句中吧？"是元宝的声音。

有人喊："静一静，听金老师说话。"

没有安静下来。不过，比刚才嘈杂声小多了。

元宝说道："我问大伙，皮影也好，评剧也好，河北梆子，大秧歌也罢，是咱响马河村的，还是国家的？"

院子里安静下来了。

元宝接着说："是国家的，对吧？是咱中华民族宝贵的文化遗产，对不对？这个问题有人反对吗？……好，没有。那既然是国家的，咱凭啥硬是搂着不给县里呢？县里可是代表国家的行政机关哪，我们想把基地变成自己个儿赚钱的摇钱树，是不是忒自私了点儿呢？加林大叔，您老说说是不是自私？"

彭家林说："嗯，经你这么一分析，是自私了。"

元宝又问："大夯子，你说呢？"

大夯子说："是自私了。"

东旺悄悄看谷香。谷香看了他一眼，低下了头。

有人喊："这咋是自私呢？是用我们自己个儿的行动保护文化遗产哪，大伙说是不是啊？"

一些人乱哄哄地喊："是，就是。"

"大伙听我老太婆说句话。"屋里人一愣，是秦奶奶的声音。东旺起身迎了出去，其他委员也都出去了。高贺拽了下彼得的胳膊，他们也出去了。

院子里，秦奶奶站在台阶上，环视着下面的人们，诚恳地说道："元宝说得对呀乡亲们，我们就是自私了。为啥这么说呢？因为我们光想着一个响马河村了，光想着利用这个基地赚钱了。大伙好好想一想，咱们今天的好日子，是谁给的？是国家给的，是党的改革开放政策给的，是新农村建设给的，咱们可不能吃水忘了挖井人哪！这个基地在咱们村再发展，那能比归了县里发展大呀？咱村能盛下全县的文化遗产哪？"

东旺被老人这番话感染了，情不自禁地连连点头。

大家都静下来了琢磨着老人这番话的意思。

秦奶奶接着说道："抗美援朝那年月，我的小妹妹是评剧团的一个出色的演员，聪明又伶俐。国家文化部要组织慰问团，奔赴朝鲜前线看望最可爱的人——志愿军官兵，我妹妹头一个报了名，冒着生命危险为前线战士们演出。有一次，敌人打来的一颗炸弹，就在她身边爆炸了，她身负重伤，临终前，她对身边的战友说，志愿军保家卫国流血牺牲，我不会打仗，但我会唱评剧，这是国家和人民给我的本领，今天我能够为他们服务，感到无比的幸福和自豪。说完这些，她就永远闭上了她那双美丽的大眼睛，她牺牲的时候刚刚过完十六岁生日，正是跟一朵花一样的岁数啊……"老人哽咽着说不下去了，眼睛里噙满了泪花。

所有在场的人都沉默不语了，沉浸在了老人的回忆之中。

站在院门口外的马童力此刻激动不已。他在心底里感叹道：多么好的老人家啊，多么值得尊敬的识大体的老人家啊！

第二十章

58

戏曲基地在县城群众艺术馆落成的那天，红霞率领她的皮影小剧团连着唱了两天的皮影。谷香率领她的大秧歌队扭了两天的秧歌。全县各乡都来了演出队，精彩节目一个接着一个，吸引来众多男女老少看热闹，基地四周人山人海，说笑声、乐器声、唱腔声交织一起，热闹非凡。

仪式由马童力亲自主持。新到任的代理县长童志代表县委县政府致辞，表示一定要把这个群众性的文艺团体扶持好，发挥好文艺轻骑兵的作用。高贺、高彼得代表响马河村参加。周东旺、金元宝、周秋山、谷大贵、秦奶奶作为特约嘉宾参加。落成仪式结束后，云秀和马童力在高贺、彼得和东旺的陪同下去了滦河青莲渡口，商议截流工作。

童力邀请谷香和元宝一起去。刚到河堤，元宝一阵剧烈头疼，倒在了谷香怀里，紧接着喷射性呕吐。东旺和谷香用童力的车把元宝送到了县医院。主治医生、心脑科主任耿研是这样对谷香说的："从病人现在的症状看，应该是进入了中期阶段。如果进一步发展，会压迫运动神经，引起肢体运动障碍和语言障碍。"谷香当时就哭了。东旺轻轻地拍拍她的手背，问耿大夫："那该咋治疗呢？"耿研说："以放化疗为主，同时要配合中医方面的辅助治疗。"谷香颤抖着声音问道："耿大夫，我丈夫还能活多长时间？"耿大夫沉吟了一下，说道："病人的心情和体质很重要。另外，治疗的效果和病情发展都是需要考虑的因素。能活多久，是很难预测的。只要病人保持一副乐观的心态，积极配合治疗，不出意外的话，维持三年五载是不成问题的。"谷香掩面而泣。东旺对她说："咱们回病房吧，时候长了，他会起疑心的。"谷香点点头，站起身对耿研说了声："谢谢你了耿主任。"耿研说道："你的心情我很理解，但我要提醒你，亲属的情绪对病人的影响是很重要的啊。"谷香说："我明白。"东旺说："快把眼泪擦干净了。"耿研指着门后说道："洗把脸吧。"谷香走到洗漱盆前洗了脸，和东旺走出主任办公室。

在病房区的拐角，谷香忍不住又哭了起来，强烈的悲痛让她有点站立不住，蹲在了地上。东旺走上前将她搀扶起来，安慰道："别难受了，摊上了就面对吧，有家人，有我，还有大伙哪。"谷香自责地说道："你说我咋这粗心呢？从前年秋天开始，他插花儿跟我说脑袋疼，我叫他上医院看看，他说头疼脑热不算病，吃片止疼片就中了。我也就没往心里去。谁知道他得的是……这不是眼睁睁耽误了吗……我这媳妇儿是咋当的呀……"谷香哭声大了，使劲揪扯着自己的头发。东旺连忙攥住她的手说："谷香你别这样，你这样我心里头更难受。到这份上了，说啥也没用了，咱有病治病，治不了了再说治不了的，想开点儿，你家里还有老人孩子哪，你得挺住千万不能倒下啊！"谷香撕心裂肺地痛哭着："我对不起元宝啊，这些年我真的很少关心他，为啥不多问问他吃饭咋吃得少了，为啥半宿半宿睡不着觉，为啥有时候恶心要吐，我就真的没咋往心里去呀，整天除了老人，就是孩子，再就是团组织的工作，你说我咋这样啊……"看着哭成泪人的谷香，东旺心如刀割，眼泪也止不住流了下来。他攥住她的手，轻轻摩挲着，劝慰道："好了好了，别哭了啊，叫元宝听见了他肯定会犯嘀咕的，那样的话对他养病可是不好啊，听话，啊，别哭了。"谷香哭累了，两腿软得站立不住，靠在了东旺的肩膀上。

东旺吃了一惊，想推开谷香，但不忍心，犹豫了一下，手最终停在了谷香的后背上，轻轻地拍打着。东旺忽然感觉有目光在看，扭脸一看，是金元宝，连忙一把推开了谷香。谷香疑惑地看着东旺。元宝惊愕地看着东旺和谷香。

东旺朝元宝笑着点点头，说道："元宝哥，你咋出来了？"

谷香转身看是元宝，立刻走过去，搀住元宝的胳膊，关切地说道："这么快你就输完液了？走，回病房去。"

元宝挣脱开谷香的手，冷冷地看了东旺一眼，转身朝病房走去。

谷香跟着走了几步，回头对东旺说："你先回去吧，东旺。"

东旺有些忧心地说道："刚才元宝好像误会咱俩了，你跟他解释解释吧。我走了啊，云部长跟马书记兴许还在村里哪。"

谷香点点头，说："马书记的车走了，你咋回去啊？"

东旺说："我打个车，放心吧。"

这会儿，怀远和糖果正在东旺家乐得合不拢嘴。他俩每个人手里一份"平安县第一中学录取通知书"。九年寒窗苦，今朝终于有了结果。可惜的是，怀远的姥爷姥姥都没在家，爸爸妈妈也不在家，他就跑到了糖果家。糖果的爸爸妈妈也不在家，爷爷也没在家。怀远挺失望的。糖果捶了他一拳说："有啥扫兴的，又不是他们考上重点高中了，自己个儿乐呵乐呵就中了呗，虚荣心！"怀远反驳说："你这话说的，这咋是虚荣心呢？这叫快乐共享，你个毛丫头知道啥呀。"糖果又捶了他一拳头："说谁毛丫头哪小屁孩儿？"怀远白了她一眼："我说你多少回了，有理讲理，你老动啥手啊？"糖果狠劲捶了他第三拳："动手咋的，嗯？我乐意动手，有法想去，没法就受着。"说完，抬腿踢了怀远一脚。怀远边躲边喊："再逞强我可还手啦啊。"糖果抡起胳膊追着怀远打，边打边喊："哎呀，长能耐了是吧？敢跟我还手了，活腻歪了是吧？"小拳头雨点一样打得怀远抱着脑袋直往墙旮旯钻，嘴里喊着"救命啊——救命啊——"糖果却不依不饶，照打不停。

红霞跑了进来，一见这阵势，"扑哧"一声乐了，很快又觉不妥，连忙上前抱住闺女，呵斥道："糖果儿你干啥呀？哪有你这么欺负人的呀？"糖果喊："我没欺负他，是他不敢还手的。"怀远趁机躲到了红霞身后。红霞说："得了吧，人家怀远从小就让着你，要不让着呀，早把你个小丫头打扁乎了。"

糖果儿一梗脖子："哼，指不定谁把谁打扁乎了哪。"怀远嘿嘿笑着，举起手里的通知书，叫喊道："婶儿你看，我们被一中录取了，通知书到了。"红霞一把接过通知书，看清是"金怀远"三个字，高兴地说道："好啊，真好，婶儿为你高兴，你爸妈就更高兴了！"转脸瞪了糖果一眼，"你还好意思欺负你怀远哥哪，你看人家，考上一中了，你也不知道上个火。"怀远刚要说话，糖果说话了："有啥好法子，他运气比我好啊，没考上就没考上呗，有啥火可上的啊。"红霞杵了闺女一指头，说道："你咋这心大哪，啊？我看你咋跟你爷爷跟爸爸交代。"

随着一声咳嗽声，周秋山进屋，脸上笑开了花，说道："我孙女真争气呀，老周家祖坟上冒了青烟哪。怀远哪，你给老金家争了光，你们家祖坟地也冒了青烟啊。"

怀远笑眯眯地说道："谢谢爷爷！"

红霞说："爸，是怀远考上一中了，不是你孙女。"

秋山白了儿媳妇一眼："你这当妈的，连孩子考上哪个学校了都不知道？"

红霞转身惊讶地看着糖果。

糖果儿嘻嘻笑着，得意扬扬地将她的通知书递给了妈妈，然后，转身跑出了屋子。

红霞接过来一看，知道是闺女戏弄她了，叫喊了一声"臭糖果儿——"追了出去。

糖果儿往院门口跑，"咕咚"一下撞到了爸爸身上。东旺扶住闺女问道："跑啥呀？慌里慌张的？"糖果儿喊："爸，我妈打我……"红霞叫喊着追了过来。东旺拦住媳妇问："她犯啥错误了，咋打她呀？"红霞将通知书塞进丈夫手里，说道："这孩子，考上一中了故意不告诉我，害得我直上火。"东旺哦了一声："考上了？好啊，好。"糖果儿眨眨眼奇怪地看着爸爸："爸，你咋没显出高兴来呀？"东旺"啊"了一声看着闺女。糖果儿说："刚才你没听清楚吧？我考上平安一中了！看，这是录取通知书。"东旺接过通知书，反应过来了："录取通知书？这是……糖果儿你的？哎呀，考上了是吧？我闺女真中啊，真厉害！"

糖果儿说："爸你咋的了？我看你咋有点不正常啊？"红霞说："是啊东旺，好像出啥事了，咋的了？"东旺叹了口气，说道："别提了，元宝在河堤上……"看见怀远从过堂屋出来了，招呼道："怀远哪，过来过来，上叔这来。"怀远跑到东旺跟前，说道："回来了叔。我爸妈也回家了吧？我要告诉他们好消息去。"东旺拉住孩子的胳膊，说："怀远哪，你爸你妈被县里文化馆留下了，你上你姥爷家去吧，我已经告诉你姥爷他们了。"怀远答应一声："我走了叔婶，走了糖果儿。"

糖果儿有点不舍："在我们家吃了饭再走吧，咱俩好好庆祝庆祝啊。"

红霞说："那怀远姥姥姥爷呢？就不兴姥爷姥姥给庆祝了啊？"

糖果儿说："这好办哪，把他姥爷姥姥请咱们家来不就中了吗？"

东旺说："嗯，我看糖果这主意不错，一块庆祝。"

糖果儿得意地对怀远歪一下脑袋，说道："走吧，咱俩一块请姥爷姥姥去。"

怀远和糖果儿兴冲冲地走了。周秋山对东旺两口子说了一句："谷大贵不会来咱家的。"东旺如梦初醒，一拍脑门道："我咋把这茬儿给忘了哪。哎呀，俩孩子那得多扫兴啊。"秋山说："要不，咱一块上谷大贵家庆祝去？"红霞表示怀疑："大贵叔能叫咱们进他的家吗？"东旺说："不叫进也进，他还能举着大棒子打咱们咋的！有多大的仇啊，不就是因为我跟谷香的那点事吗，后来也都弄清楚了是杆子使的坏。"红霞问他："你跟谷香现在还有事吗？"东旺打了个愣："红霞你啥意思啊？"红霞说："咋的，不兴我问问哪？"东旺一字一板地说道："不、兴。"红霞说："我的嘴乐意问就问，咋的。"东旺盯着媳妇："你再问一遍试试。"红霞一挺胸脯道："那你听好了……"秋山掐断儿媳妇的话，推了东旺一把，说道："还没吃就撑着了是吧？要庆祝孩子们的事，咱们就紧溜走。"东旺白了红霞一眼，拔腿冲出了大门口。红霞一跺脚对公公说道："爸你看他呀，我不过是随口说了这么一句，至于发这么大火吗。"秋山叹了口气说："别搭理他，走吧。"

这会儿，谷香从医院食堂买来饭菜，对闭着眼睛不动唤的元宝柔声说道："来，元宝，吃饭了。"元宝闭着眼睛不说话，抬起右手摇了两下。谷香说："听话，不吃饭你的病咋能快点好起来呢？"元宝不说话，一动不动。谷香说："你是不是还生气哪？我跟你说了，刚才你是误会我跟东旺……"元宝睁开眼睛看了看病房里的人，小声说道："姑奶奶，我求求你了，这事回家说去中不？给我留点脸中不啊？"谷香说："我干啥不要脸的事了？咋就不给你留脸了？"元宝闭上两眼，不说话了。谷香气得直抹眼泪。

"你说啥？跟老周家一块庆祝？"谷大贵眼珠子瞪得溜圆，看上去怪吓人的。

钱彩凤连忙挥舞着胳膊说道："哎呀你小点声，周家人就在门口站着哪。"

糖果儿和怀远跑进屋。怀远问道："姥爷，为啥不叫周爷爷他们进咱家呀？"

他们是给我庆祝来的呀。"谷大贵说："小孩子家，少多嘴，一边玩去。"糖果儿说道："谷姥爷，我不管你们大人之间发生过啥事儿，今儿个，您不叫我爷爷我爸妈进你们家，我就坚决管到底。我就问您老一遍，叫不叫他们进来？"大贵瞪着糖果，不说话。糖果儿转身对怀远说道："走，上我家庆祝去。你们这个家我再也不进来了。"说完，拉着怀远的胳膊就往外走。彩凤赶紧拉住外孙的胳膊，乞求老头子道："当家的，要不，就叫他们进来吧……"大贵还是不说话。

糖果儿用力拉扯着怀远走了。彩凤看了老头子一眼，喊了一声："怀远哪……"大贵突然一拍炕沿，喊道："金怀远，你给我回来，小兔崽子，我看你敢走。"

外面院子里响起周秋山的说话声："谷大贵，你给我出来。今儿个我非跟你好好掰扯掰扯不可，凭啥不让我们进你家门啊？"

糖果儿喊："爷爷威武，我坚决支持你的革命行动。爸，妈，你们都进来，甭怕。"

彩凤有点紧张地看着老头子："咋整啊老头子？"

大贵"咕咚"一下躺在了炕上，顺势从被垛上扯下一条被子，盖在了自己身上。

彩凤扎扎着两只胳膊，不知所措。

周秋山一脚迈进屋来。彩凤赶紧嘻嘻笑着："大哥来了，嘿嘿……来了，嘿嘿……"秋山走到大贵跟前，猛地掀掉他身上的被子，喝道："你给我起来，装啥装啊，怕我了，草鸡了，是吧？"大贵猛地睁开眼，"刷"地坐起身，瞪着秋山，说道："你才草鸡了哪，你当我怕你了咋的？我是不乐意搭理你，哼。"秋山指着大贵鼻子说道："谷大贵，不是我当哥的说你，咱俩当庄儿住了这么些年了，打小光屁股一块下河摸鱼上树掏家雀蛋，不说感情多深，那也没啥深仇大恨的吧？我就不明白了，东旺跟谷香没成，你咋就跟我们家过不去了呢？要不是你逼着我们家交上一大马车粮食当彩礼，俩孩子早就成夫妻过小日子了，你说是吧？你还怪我，我还没找你算账哪。"大贵窜下炕，也指着秋山的鼻子说道："你少跟我装没事人一样。我问你，是你儿子跟崔红霞私奔，把我闺女给甩了吧？啊？"秋山说："你胡说八道，那是大伙误会他们了，谷香后来不是知道误会了吗。"大贵说："就算是误会了，可你儿子也不该娶了人家红霞，再偷偷摸摸勾引我闺女呀，你知道因为这事，金元宝跟我闺女打过多少次架吗？"

在过堂屋，红霞惊讶地瞪视着东旺。怀远也惊呆了，糖果儿睁大两眼看着爸爸："爸，这是真的？"东旺一拳砸在门框上，冲进了屋，对着大贵大声说道："叔你瞎说啥呀，俩孩子在外头哪。我啥时候勾引你闺女了？你说话可得负责任哪。"大贵喊："周东旺，你瞎咋呼啥呀咋呼？别以为你干的那点事我不知道，告诉你，我随时都可以把你送牛所长那去，你还就别不服气。"东旺气得攥紧拳头，"咚"的一声捶在了墙上，牙齿咬得咯咯响。过堂屋里，响起糖果儿喊声："妈，你咋走了啊？干啥去呀？"糖果很快冲进屋来，对爷爷喊，"爷，咱们回家吧，还赖在这有啥意思啊。"秋山叹了口气，推了下儿子："走吧。"东旺想起在医院里的谷香和元宝，默默地转身出去了。

<h1 style="text-align:center">59</h1>

村干部换届选举工作即将开始了。代理村主任高彼得跃跃欲试，摩拳擦掌，决心与周东旺一决高低。他跟二叔商议，咋样才能赢得当选选票。高贺哪有心思帮他呀，前天，叶光明书记找他谈话了，要他组织村党支部委员会，提出新一届村党支部委员会委员和书记的候选人的条件，并在村务公开栏中公开。然后，召开党支部第一大会，由党员无记名填写村支部书记和委员候选人推荐表，上报乡党委备案。他把这事对彼得说了，问他："你知道这意味着啥吧？意味着响马河村的印把子，就要不是你二叔的了，杆子，我要下台了！知道了吧？"彼得愣住了。

高贺叹了一口长气，颓然地坐在椅子上，仰靠着椅背，闭上眼不作声。彼得想起啥，摇摇二叔的胳膊，问道："是不是周东旺接你的班啊？"高贺闭着眼回答："差不离儿吧。"彼得寻思了一会儿，说道："二叔你歇着吧，我走了啊。"

彼得走了一会儿，东旺兴冲冲来了，举着手里的报纸，大嗓门说道："支书啊，十八届三中全会出新政策了，全面深化改革六十条，其中就提出了打造现代农业。这对咱们农村可又是一个大好事啊！说明咱走的路是对的呀！"高贺盯视着东旺脸上的表情，根本没听见他在说啥。东旺注意到高贺的失神，关切地问道："支书你咋的了？脸色不好啊。"高贺反应过来了，说："啊，我挺好的，我是高兴，高兴，好啊好啊……哎，坐呀东旺，坐。"东旺坐在高贺对面，按捺不住激动接着说："我对咱们搞的现代农业有点想法，想跟你叨咕叨咕。"高贺强打起精神说："好，好啊，你说吧。"

天刚擦黑的时候，彼得出了家门朝东旺家走去。这个时候，他觉得必须赶紧跟东旺保持友好关系。否则，他这个主任梦恐怕也就只能是个梦了。在大街上，彼得碰到了朱明理，明理手里托着啥东西。"高主任干啥去呀？"彼得啊了一声，说："我那个啥……那个……工作，那个谁……你干啥去呀？"明理说："秦奶奶想吃豆腐了，我给她老人家送块儿去。对了主任，我家打今儿个起豆腐房开业了，欢迎大伙免费品尝。你要想吃了，上我家拿去啊。我走了，你忙吧。"看着明理远去的背影，彼得忽然反应过来，自言自语道："这小子为啥在这个时候整豆腐房啊？还白送给秦老太太，还叫大伙免费品尝，这不是讨好村民吗？哎呀，他是不是也惦着当村主任哪？他妈的，是人不是人的都跟老子争啊！……不中，老子绝不能让出这个主任!"

到了东旺家门口,彼得刚要进去,周秋山出来了。"大叔出去啊?"秋山看清是彼得:"啊,是高主任哪,他出去了。""上哪儿了?""他没说呀。"彼得哦了一声,掏出手机说:"你忙去吧大叔,我给他打个电话。"电话通了,但无人接听。彼得想了想,悻悻地回了自己家。

这会儿,东旺正在县医院院子里跟谷香说话。"元宝不跟你怄气了吧?"谷香笑笑:"有啥气可怄啊,没事了。""这几天你脸色不好,你得想开点儿啊。""嗯,我知道。"东旺的手机响了,看着是高彼得,他没有接,从口袋里掏出一个小手绢包,递给谷香,说:"这些钱你先拿着,又该交医疗费了。"谷香看着东旺:"是我们的股金吧?"东旺说:"你听我的,绝对不能动股金,年终分红你多分点儿,元宝治病不是省的着窄吗。"谷香接过手绢包,看着东旺,说:"你快回去吧,元宝找不着我又该着急了。"东旺说:"你爸妈还有你公婆那,有燕子我们照顾着哪,你就放心吧。"谷香问:"元宝的病这么一直瞒着他们,不好吧?"东旺说:"叫他们知道了有啥用啊,都是上了岁数的老人,一着急上个火的,不是添麻烦吗?你就听我的吧。有事叫我啊。"谷香点点头,转身走了。东旺站在原地看着她。谷香走出十几步了,回过身,看着东旺,对他摆了摆手。东旺朝她摆摆手,忽然鼻子一酸,想掉眼泪。

走出医院大门口,东旺想起彼得,拨通了他的电话。"喂杆子……啊,刚才我没听见……我……在城里办点事儿,你找我有事儿?……你要上城里找我来?……中啊,我在志新的影楼等着你吧……好咧。"

东旺走进影楼的时候,玉兰跟志新正在送燕子还有她上小学三年级的闺女烁烁走。见到东旺,燕子亲热地喊了声:"东旺哥,你也照相来了?"烁烁给东旺鞠了个躬,甜甜地说道:"叔叔好。"东旺拍拍孩子的小脸蛋,说:"烁烁真乖。哎,梁子没来?"燕子说:"哼,他呀,一天到晚就知道忙他那些学生,根本不管我们娘俩。我真恨我哥,就是他逼着我跟梁子结婚的。"玉兰插话道:"快得了吧,得了便宜卖乖。当初,不是你俩眼放光跟我说,梁子是天底下最好的男人了啊?哼。"东旺笑了。燕子使劲捶了玉兰几下子,追着还要打。志新说话了:"哎哎哎燕子,差不多就中了啊,打起来没完了,这不是逼着我挺身而出嘛。"燕子开始追打志新。烁烁喊:"行了吧妈,别恼羞成怒了,咱们快走吧,我姥爷不是说想吃烙饼了吗。"燕子指着闺女的小鼻子说:"小丫头,不跟你妈一心是吧?"笑着对东旺说道,"你快照你的相吧,我们走了。"

送走了燕子母女俩,玉兰问东旺:"你想照啥相啊东旺哥?"东旺说:"我不照相。我跟高粱杆说好在这等他的。"志新说:"哦,那你坐着等吧。我去给你沏壶茶。"进来一对青年男女,一看就是热恋中的人,甜甜蜜蜜的样子。志新带着他们上楼去了。

"生意挺好的吧？"东旺问道。

玉兰说："还不错。现在人们手里有钱儿了，舍得花这方面的钱了。而且呀，大家越来越讲究了，过生日啊，结婚纪念日啊，第一次见面啊，订婚啊，第一次怀孕啊……咳多了。"

东旺说："好啊，做生意的不怕自己个儿的生意火爆。不过，哥想给你俩提个醒儿，自己个儿有钱了还不够，应该带动大家伙全都富裕了，那才叫真成功，真快乐哪。你说我说得对吧？"

玉兰点点头，笑了。

高彼得走了进来，对玉兰喊了声"姐"，拉着东旺的手就往外走。东旺问："上哪去呀？"彼得说："到那就知道了，上车。"东旺朝玉兰晃晃手，钻进了汽车。彼得的车穿过了几条大街，在一个挺大的广场前停住了。"下车吧。"彼得说。东旺隔着车窗朝外看了看，除了高楼就是大厦。他疑惑地问道："这是哪儿啊？"彼得说："下了车就知道了。"东旺下了车，彼得指着一个高处，说："你自个儿看吧。"东旺抬头顺着他手指的方向看去，"东海洗浴中心"四个大字格外醒目。"洗浴中心？"东旺转脸看着彼得。彼得笑了："没来过这地儿吧？"东旺老实回答："没来过。"彼得说："走，进去潇洒潇洒，我请客儿。"东旺摇摇头说："我听说过那里可贵了，进去一回一个人不撂下个几百块钱儿就甭想出来。"彼得乐了："我掏钱，你心疼啥呀？"东旺说："你的钱不是钱哪？不就洗个澡吗，三核桃家开的那个大众澡堂子不就挺好的吗，省下几百块钱干点啥不好啊。走啦走啦。"说着，就要上车，却拉不开车门。

东旺说："别愣着了，走啊。"

彼得摇摇头，说道："我说东旺，你咋这么土老帽呢？咋就不会享受呢？你说，咱们整天都辛辛苦苦的，洗个澡按个摩的，不应该犒劳犒劳自己个儿？我请你，真心实意地请你，你撅我面子，合适吗？"

东旺思忖了一会儿，说道："杆子你看这么中吧，咱俩这就回村，把那些老人家接到这来，请他们享受享受，我跟你一人掏一半钱，咋样？"

彼得嘬了几下牙花子，皱着眉头看着东旺，说道："那群老人岁数都不小了，给他们接这里来，万一出点啥闪失，咱负得起哪个的责任吗？"

东旺想了想，说："你说得有点道理。要不这么着，咱来请老人们就上三核桃家的澡堂子里洗去，这下中了吧？"

彼得心里这个气呀，心里骂道：周东旺你这个王八蛋，成心气我是吧？老子为了顺顺当当当上那个正式的主任，才拍你马屁请你享受来了，你可倒好，拍起老头老太太的马屁了啊，纯粹是吃饱了撑的！嘴上却夸赞东旺道："真有你的东旺，心里头老是装着咱村的乡亲们，我要向你好好学习学习。你放心，换届选举一选完，我就跟你制订一个扶老计划，哎，对了，咱们建一个养老院咋样？把那些五保户烈军属孤寡老人全都养起来，咱们好好赡养他们，叫他们晚年都幸福。"

东旺乐了，拍拍彼得的肩膀说道："你的想法太好了，我赞成。走，现在咱就回村带老人们洗澡去。"彼得再不情愿，话都说到这份上了，他也不好再说别的，只能硬着头皮去做了。

老人们一听代理主任和东旺要请他们洗澡，高兴得合不拢嘴。倒不是因为省下了那几块洗澡的钱，而是觉得自己受到了尊重，有了一种存在感。东旺喊来了惹不起和苏琴，还有几个中年妇女，专门照顾大婶大妈们洗澡。他和彼得，还有根发、明理、之悦几个大哥照顾大叔们洗澡。

本来，彼得也已经想通了：那就来他个顺水推舟，好好伺候伺候这些老人，趁机拉点他们的选票吧。可谁承想，他在陪一个叫老秋子的老爷子洗澡的时候，看见他身上尽是皴，心里挺不舒服的，有点想吐，就叫老秋子自己搓皴。老秋子坐在大池子边上，使劲一搓，屁股底下有水，一哧溜，整个人折池子里头了，一连喝了好几口脏水。幸亏被东旺给捞了上来。老秋子醒来后对老伙伴们说，彼得嫌他脏，叫他自己个儿搓皴，就搓进池子里去了。老人们对彼得都挺不满意的。这件事很快就传遍了全村。大伙都议论说，彼得跟乡亲们隔着一层，亲热也是假的。

彼得听到这种议论非常恼火，到三核桃家耍疯，一个劲抱怨他家没把水池子擦干，害得他背了黑锅。他要求三核桃，在大喇叭里跟乡亲们解释说明一下，洗清他的冤屈。谁想到，正广播的时候，叶光明进村听见了，找了几个村民了解情况后，把彼得叫到村委会，严肃地批评了一顿。彼得心里的火气更大了，在心里头，把东旺的祖宗八代都给骂过了，但表面上还是遵照叶书记的要求，趴在桌子上写检查。高贺指着他的鼻子，愤愤地说："你可真会在关键时候，给自己个儿上眼药儿啊！"彼得紧张地问二叔："这回主任选举，我是不是有点悬了啊？"高贺说："恐怕你得落选了啊。"彼得央求二叔："你得帮帮你侄儿啊，我要是当不上这个主任，往后咱姓高的在村子里，可就抬不起头来了呀。"高贺坐在炕头上唉声叹气。

彼得回到自家不出好气，摔盆子踹板凳的。娜塔莎以为他是因为儿子回俄罗斯了心情不好，就安慰他说："不要这样，我也想儿子，过段时间我们再叫他来，或者我们去看他。"彼得烦躁地一甩胳膊，说道："你出去，叫我一个人安静安静。"娜塔莎耸耸肩膀，出去了。彼得决定不能就这么等着败选。他要采取行动，把谷香、朱明理这两个主任候选人都战胜。支书这把交椅，看起来铁定是周东旺的了，因为就没有第二个候选人。

他要对谷香和朱明理同步下手。时间紧迫容不得他再慢条斯理地筹谋，他在夜里偷偷写了一封匿名信，污蔑谷香跟朱明理有男女关系，在天亮之前悄悄开车去了县城，等到一家打印店开门后，迅速打印了一份，然后，装进信封塞进了信筒里，转身跑上车，一边开着车，一边美滋滋地想：男女关系这种事，历来就是最敏感最说不清道不明的事儿。即便是最后说清楚了，也是"打不着狐狸惹一身骚"。对谷香跟朱明理来说，上级肯定不会在还没查清咋回事的时候，就叫他们其中一个当选主任的。

两天后，急得像热锅上蚂蚁一样的彼得，终于等来了他想要的"好消息"——谷香和朱明理被临时停止了村主任参选资格。他心里这个高兴啊，村主任我高彼得也是板上钉钉儿的事了。可是，谁会想到啊，就在投票选举的前一天下午，乡里的纪委书记王青山突然来村里了，让事情一下子来了个"大反转"。

王青山把那封匿名信打印纸放到高彼得面前，一言不发地看着他，表情严肃得吓人。彼得心里有些发毛，心想：咋回事啊？王青山咋把匿名信搁我跟前了？难道知道是我写的了？不会呀，这都是电脑打印的，没有我的笔迹呀。是不是想诈我呀？哼哼，还就是诈我，我才不上你这个当哪！

王青山敲敲桌子，说道："高彼得，向组织上反映情况，我们欢迎。可要是出于个人私利栽赃陷害，那可是要负法律责任的，你清楚这个吧？"

彼得笑了两下，说："王书记，你跟我说这个是啥意思啊？"

王青山说："你是聪明人，难道不明白是啥意思吗？"

彼得一脸无辜地说："不是，王书记，我真的不明白你为啥跟我说这些，到底咋回事啊？"

王青山说："你好好看看这封匿名信的后面。"

彼得心里"咯噔"一下子，连忙翻过来一看，天哪，那上面咋写着一串数字，还有"号码"俩字啊？"这是谁写的啊？"他问王青山。

王青山平静地看着他："你自己写的不认识了？"彼得说："我写的？谁说我写的？"

王青山从笔记本里拿出一个小纸条，递给彼得："这是你写的，你看看跟匿名信上的有啥不一样。你要再不承认，可以现在再写一遍对照一下。"

彼得彻底傻眼了。万万没想到，自己栽在自己的手里了。他把自己关在屋子里，狠劲抽自己的嘴巴子。他想起来了，自己当时在打印店接了一个电话，是丁向东行长打来的，跟他要一个人的手机号码。他习惯性地一边在匿名信打印纸背面写着，一边告诉给了向东。之后，就装进了信封，丝毫没有觉察到这致命的失误。

娜塔莎趴在门外安慰丈夫："亲爱的，村主任不当了又能怎么样呢？我爸爸当过我们家乡村子的村长，那又怎么样呢？有了好东西，我们家最后一个分到，而且是最少的。还有，前不久……"

彼得朝门口喊："亲爱的，我求你了，叫我一个人清静会儿中吧？你去二叔家待会儿去吧，啊。"

娜塔莎叹了口气，摇了摇头耸耸肩膀，无奈地转身离去。

两天后，响马河村村干部换届选举工作顺利结束。周东旺当选为村党支部书记。谷香当选为村主任。村民们围着东旺和谷香说着笑着，唱着闹着，欢喜得像过年一样热闹。谷大贵感觉到扬眉吐气：闺女当了村里二把手领导，我谷大贵脸上放光啊。一向抠搜的他，一咬牙一跺脚，买来了一百块钱的瓜子花生和糖块，谁来道喜谁敞开吃。钱彩凤担心闺女吃不消，还担心闺女跟东旺搅在一起生是非。谷香说："我们行得正走得端，不怕谁嚼舌根子。"彩凤问："元宝你怕不怕？哎，真是的，元宝借调到县文化馆咋这忙啊，回趟家都没空儿？他还得借到啥时候啊？"谷香说："组织上的事儿，咱咋好问嘛。"彩凤说："可也是。我姑爷真本事啊，连县里都看上了，当个村主任那是富富有余啊。"

周秋山对儿子当上支书是挺高兴的，可就是担心高贺心里有疙瘩。红霞担心东旺因为工作，跟谷香老待在一块儿，容易旧情复发。秋山提醒东旺多跟高贺坐坐，嗑着瓜子儿，喝点茶水儿，扯扯闲篇儿，越走越亲近。还有那个高粱杆，更是别把他得罪了，这小子啥缺德事都能干出来。东旺听了父亲的话，插花儿上高家跟高贺和彼得坐一坐，说说话，有点啥事也征求征求他们的意见。看得出，高贺心里挺满意的，经常留东旺在他家吃饭喝酒，就是那个彼得，说话经常阴阳怪气的，好像他没当上村主任是东旺害的。东旺不跟他一般见识，也不往心里去。周秋山还嘱咐东旺，跟谷香搭班子工作，千万别惹出闲话是非。还有，老谷家该帮衬帮衬，但不要让谷大贵知道。东旺觉得爸爸忒谨小慎微，但还是听了他的话。

一个月后，元宝出院回到家。他爸妈都是老实巴交的庄稼人，平日里很少跟谁说句话，是那种很容易被人忘了的人。他们相信儿子就是在县文化馆帮忙回来了。谷大贵心思细密，他悄悄问彩凤："我咋闻着姑爷身上，有一股子来苏水味儿呢？你闻到了吗？"彩凤耸耸鼻子，点了点头，疑惑地说："文化馆咋有这种味儿呢？"大贵偷偷问了闺女。谷香说："啊……他……文化馆差不多天天洒来苏水，消毒，净化空气的，您老别多想。"大贵还是心存疑惑。

60

元宝听说了东旺当支书、谷香当主任的事。

他仰起脸看着墙上的挂历，好一会儿一动不动，也不说句话。谷香推了他一下："琢磨啥呢？"元宝说："没琢磨啥。"谷香说："你放心，我不会因为村里的工作，耽误照顾你的。"元宝苦笑着，说："我倒无所谓，也活不了几年了……"谷香白了他一眼："看你，又胡说。"元宝接着说："儿子你得多用心思，他现在上高中，别看是重点学校，可要是管不好，往下出溜也快着哪。"谷香说："我知道，知道啊。哎，我没你文化高，往后你得多帮帮我啊。"元宝点点头，说："这个没问题。香，我求你一件事……"谷香敏感地看着丈夫。"你跟东旺……尽量少单独在一块儿，注意点儿……影响，给我留点脸……"谷香攥住丈夫的手："元宝，你误会我……"元宝打断她的话说："我知道，这些年你跟我并不是多幸福……你别打断我，听我把话说完。当年，要不是东旺打了高粱杆远走他乡，你跟他……也就没有咱俩这段缘分了……咳，人生若只如初见，何事秋风悲画扇。等闲变却故人心，却道故人心易变。香你不恨我吧？要不是我，东旺回来以后你俩就可以成亲了……"谷香说："看你，过去这么多年的事了，还提它干啥呀。你呀，现在啥也别琢磨，安心养好你的病，啊。"元宝苦笑笑，说："我会好好调养的。你管好你自己个儿的事就中了。"

谷香把元宝心中的忧虑对东旺说了。东旺说："其实，现在最难受的就是元宝了，自己个儿身上的病自己个儿最清楚。我怀疑他是不是知道自己个儿得的是治不了的病了。"谷香说："不会吧，大夫不说，你我不说，家里人全都不知道啊。"东旺说："你别忘了，他是一个文化人，比咱们谁都聪明。"谷香想了想，眼泪又下来了："老天咋这么折磨人啊，咋狠心叫我失去丈夫呢？元宝可是一个通情达理的好男人啊！"东旺默默地看着谷香，轻轻叹气。从这以后，两个人商量工作上的事，总要有别的委员在场。东旺在帮助谷香家的时候，总是尽量不让元宝知道。

有一天，还是发生了不愉快。这天吃完晚饭后，东旺和谷香还有二阳子、小云在村委会书记办公室商量过年举行村民联欢会的事。不知不觉十点多了，事也商量完了，大家一块出了村委会回家。先过小云家门口，然后过二阳子家。在谷香家门口，谷香正往门口走，黑暗中突然蹿出一条狗，吓了她一跳，下意识扎进了东旺的怀里。东旺拍着她的后背说道："别怕，是条狗，没事了，别怕……"元宝就是这时候开了门，出现在两个人面前的。谷香惊叫一声，慌忙推开了东旺。东旺连忙对元宝解释说："刚才一条狗，吓着谷香了……"元宝平静地说道："啊，你们回来了，进去坐会吧东旺？"东旺说："时候不早了，改天再待着吧。我走了元宝哥。"元宝说："道上黑，慢点走。"东旺答应一声，消失在了黑暗中。元宝转身进了院子。谷香跟着进去了。

元宝进了屋，一屁股坐在炕沿上，抬起胳膊掐自己的太阳穴。谷香连忙问："咋的了，头又晕了？"元宝没理她。过了会儿，谷香又问："好点了吗？来，我给你揉揉。"元宝粗鲁地推开她的手。谷香看着丈夫的脸色："你咋不高兴了？还是身子不舒服啊？"元宝白了她一眼："别烦我了中不中啊？别做贼心虚了中不中啊？"谷香问："做贼心虚？你说我哪？"元宝说："说别人对得起你吗？"谷香想起刚才情景，说道："我知道了，你刚才还是误会我们了，不是跟你解释了吗，有条狗……"元宝一抬胳膊说道："别拿一条不会说话的畜生打马虎眼中吧？我不是三两岁的孩子，我不是瞎子，我不是傻子，我看得明白。"元宝的说话声高了起来。谷香连忙关严门，小声说："你嚷啥呀，怀远睡觉哪。"元宝起身给谷香鞠了一躬，用一种央求的语气说道："谷香，我求你了，请你看在咱俩夫妻这些年的情分上，等我死了以后再跟周东旺咋地咋地中吧？你们别这么着急啊，给我金元宝留点脸中吧？要不，我死都闭不上眼睛啊，知道吧谷香？还有咱们的儿子金怀远，都已经上高中了，他的同学要是知道他的亲妈干出这种伤风败俗的丑事，孩子会抬不起头没法做人的啊……"元宝越说越激动，越说声音越大，几乎喊了起来。谷香怒了，啥都顾不上了，也喊起来了："金元宝，你胡说八道啥哪呀，你跟我过了这么多年，难道还不了解我是个啥人咋的？我跟东旺就是老同学绝对一清二白，天地良心，我要是做了一点对不起你的事儿，就叫我不得好死，明儿个就死！你说你咋就信不过我呢？"元宝冷冷地看着谷香，说："上次在医院，这次跑咱家门口来了，旁若无人，搂搂抱抱，请问，这是普普通通的同学关系？啊？你们不是未成年的孩子，你们俩都是有家有孩子的人了，这么做是不道德的，谷香同志！"谷香气得浑身颤抖起来："你……你……你……"元宝吼道："我咋的，说得你无言以对了是不是？啊？"谷香一头趴到炕上，呜呜呜地哭开了。元宝狠劲捶打两下自己的脑袋，靠在墙上，也哭了。

过堂屋响起怀远的声音："爸，妈，你们咋的了？"

谷香连忙止住哭，下了炕，朝外喊："儿子，爸妈商量事哪，你睡你的吧，明儿个还得早起上学校哪啊。"

怀远答应一声："那你俩别这么大声了，吵得我都睡不着觉了。"

元宝说："哎，我们小点声，睡吧儿子。"

过堂屋没动静了。谷香走到丈夫跟前，小声说道："都是我不好，惹你多心了，我以后一准注意。相信我，你媳妇不是那种人。"

元宝长出了口气，说："睡觉吧。"

从那以后，谷香很少出门了。需要见东旺，都是让东旺上她家来。而且，时间一般不超过一个钟头。

时间过得真快，转眼到了年底。腊月初八，家家户户吃腊八粥。这天一大早，东旺带着几个支委，把村里六十岁以上的老人都请到了村委会大会议室。请到高贺的时候，他和翠芝都没在家，大门紧锁，估计是上城里玉兰家了。请到谷大贵的时候，大贵说不爱吃腊八粥。彩凤说老头子不去，她就在家陪老头子吧。东旺没往心里去，叫红霞组织了一场皮影戏，唱给老人们听。然后，一人一碗腊八粥，里头搁了桂圆、大枣和枸杞，甜香甜香的，乐得老人们合不上嘴。

第二天，东旺在街上碰见了背着手遛弯的高贺了。东旺问："支书，昨儿个请婶子你们俩吃腊八粥，你们没在家，进城了吧？"高贺很高兴东旺还喊他"支书"，高兴地说道："啊，我们是进城了，送杆子两口子搬新家去了。"东旺愣了一下："杆子搬城里去了？不在村里了？"高贺说："杆子要在城里做房地产开发，往村里跑来跑去的不方便，就买了套二手房，装修得可好了，家居家电都是现成的，拿着自己个儿的行李，直接就可以住了。"东旺心里起了波澜，是啥波澜他自己也说不清楚。

大年三十那天早上，东旺忽然发起烧来，高烧接近四十度。红霞喊来蒋状，把他送进了卫生院。输了一半响液，退了烧。刚回到家，怀远跑来了，进屋就哭着喊："东旺叔，我爸俩眼啥都看不见啦，急得脑袋直撞墙，你快去看看吧……"东旺一听就急了，挣扎着爬起身，摇摇晃晃下了炕。红霞担忧地问他："你还中吧？"怀远问："叔你咋了？病了？"东旺摇摇手说："没事儿，快走。"

糖果出门回来了，一看这情况，连忙问道："你们这是干啥去呀？怀远你咋来了？叫我们一家子吃中午饭去呀？"怀远说："糖果儿，我爸眼睛瞎了！"糖果儿"啊"了一声，说："那赶紧送医院去呀。"正在后院忙活的周秋山赶过来，说道："东旺又烧起来了啊？"东旺说："爸，你自个儿先吃吧，我们去谷香家看看去。"

在谷香家，元宝正捶胸顿足地哀号着："我不能没有眼睛啊，我刚这么个岁数，人生的路还长着哪，我还有不少事没做哪呀……"谷香哭着劝慰道："你冷静点儿元宝，你不会有事的，咱们这就上医院啊，大夫有办法治好你的眼睛的……"

东旺、红霞他们进来了。怀远喊："爸妈，东旺叔来了。"谷香一把攥住红霞的手，哭得说不出话来。元宝摸索着抓住东旺的手，说道："东旺，我啥也看不见了，往后我这个家……就托付给你了……"东旺说："元宝哥你别瞎说，别这么小心眼儿，我这就送你上医院，啊。二阳子。"二阳子答应一声："东旺哥，我在这哪。车在门口哪。"大家搀扶着元宝刚出院门，元宝爸妈赶来了，一见这情况，立刻手足无措起来。东旺安慰他们道："叔婶你们别着急，有我跟红霞还有二阳子哪。你们在家照看孩子操持过年吧，啊，放心吧。"怀远要上车，东旺对他说："远哪，听叔的话，在家陪着爷爷奶奶姥爷姥姥，啊。糖果儿，怀远你俩快跟爷爷奶奶回家去吧。"几个人上了车，一溜烟地开走了。

在县医院，主治医生耿研悄悄告诉谷香："你爱人的病已经进入晚期阶段了，你们家人要有思想准备啊！"谷香瘫坐在了地上，心里灰了大半。东旺默默地走过来，轻轻地将她搀扶起来，扶到长椅上坐好，默默地看着她。谷香一直在流眼泪，一句话也不说。

红霞带着燕子和梁子跑来了。燕子见着嫂子就哭了，谷香搂着小姑子更是哭。梁子问："嫂子，我哥到底是啥病啊？咋还眼睛看不见了呢？"燕子问："我哥的眼睛是不是看书写东西累坏了啊？"谷香哭着摇摇头说道："你哥的病其实挺重的，他得的是……是脑癌……"燕子和梁子惊呆了。"脑癌？这……这是啥时候的事啊嫂子？你咋没告诉我俩呀？"燕子埋怨道。东旺说："你俩就别埋怨谷香了，她不告诉你们，是不愿意连累家里人哪，到现在，你们的爸妈，还有谷香的爸妈都不知道哪。"燕子搂抱住谷香的胳膊，流着泪说道："嫂子，这么大的事儿，咋能叫你一个人承担哪？也怪我，梁子忙学校那一摊子，我忙着上班带孩子，就很少回家看看，咳，我俩做的这叫啥事啊……"谷香攥着小姑子的手，摇摇头，说道："嫂子知道你俩也忙，也挺不容易，爸妈岁数都大了，经不住折腾，所以才谁也没告诉。你哥的病也怪我给耽误了，咳……"红霞说："这病咋是你给耽误了呢？大夫不是说了嘛，这种病发现就是中期，要不就是晚期，你就别跟自己个儿过不去了。"

一个女护士从监护室出来了，大家忙围了上去。女护士对谷香说道："病人需要住院治疗，请办理住院手续去吧。"谷香点点头，转身要走，燕子对梁子说道："你快去呀。"梁子连忙对谷香说道："嫂子你歇一会儿，我去办。"说完，抢先一步朝楼梯口跑去。谷香举着手里的钱："梁子，钱——"梁子边走边回答："我带来了——"谷香对燕子说："你们挣钱少，咋能叫你们花钱哪。"说着，把手里的钱塞进了燕子的口袋里。燕子急忙掏出来塞回谷香口袋里，说道："嫂子，那是我的亲哥，他跟你对我们这么好，我当妹妹的不应该咋的呀？"谷香掏出钱来，再次塞进燕子口袋，说："现在嫂子还有，等没有了再跟你们要。"燕子还要再推，东旺说话了："燕子，你就听你嫂子的吧，啊。"转身对谷香说，"我去买点饭来，你吃点吧。"谷香摇摇头说："我吃不下。"东旺说："吃不下也得吃，不吃饭咋中啊。红霞，燕子，你们陪谷香坐着，我去买点饭回来。"

这会儿，谷大贵跟钱彩凤正在忙年三十的年夜饭，厨房里的案板子上摆满了鸡鸭鱼肉蛋跟木耳黄花菜啥的。谷大贵腰里系着一条围裙，正在洗菜洗肉。彩凤腰里也系着一条围裙，她正站在大锅前给炖肉炒糖色，满屋里飘着各种香味儿。外面有人在喊："大贵叔——彩凤婶子——"彩凤说："是状子。"大贵撂下手里的菜，出去了。

"干啥呀状子？"大贵朝扒在墙头上的蒋状问道。

蒋状说："我俩惦着炖点肉，可谁也不会炒糖色，婶子炒得好，有空吧？"

大贵说："等会儿吧，我们家也正炒着哪。"

蒋状说："叔，我从城里哥们那弄了点狗肉，待会儿叫婶子给您老端点尝尝啊。"

大贵乐了，说："算你小子会来事儿。香她妈，香她妈，紧溜出来——"

彩凤答应着出来了："干啥呀状子？"

大贵说："状子弄了点狗肉，炒不好糖色，你去给他家炒去，快去。"

彩凤答应一声："你回屋看着锅去，肉都搁里头了。"

蒋状喊了声："谢谢叔婶啊。"

大贵晃晃手，进厨房了。一会儿，怀远进来了，喊了声"姥爷。"大贵说："远来了，大屋有花生，自己个儿抓着吃去吧。"怀远说："我不吃。""你妈忙着炖鱼炖肉哪吧？""我妈上医院了。"大贵心里一惊："啊？她咋的了？""我妈没咋的，是我爸。""你爸咋的了？""眼睛突然啥也看不见了。"大贵一哆嗦，手里的勺子掉地上了，他赶紧捡起来，舔了舔上面的肉汤，问道："咋啥也看不见呢？你爷奶知道了吧？""知道了，想过来跟姥姥你俩说来的，可他俩腿肚子转筋迈不开步，走不了道儿了。"大贵哼了一声，说道："你爷奶他俩呀，沾不了一点事儿，沾点事儿一准掉链子啥忙也帮不上。""哎呀，姥爷你就别说他们了，快点上医院看看去吧。""我知道了，你回去吧，你姥姥回来我们就去，她给蒋状家炒糖色去了。"

　　谷大贵跟钱彩凤气喘吁吁赶到医院时，谷香正抹着眼泪跟东旺站在门口说着话。彩凤喊了声："香。"谷香看清是爸妈来了，连忙擦了擦眼泪，迎了过来。东旺喊了声："叔，婶儿。"彩凤答应了一声。大贵白了东旺一眼，问谷香："元宝他现在咋样了？"谷香说："正输液哪。你们咋知道的？"彩凤说："远告诉我们的。你公婆腿儿都吓软了，迈不开步，来不了啦，叫我们跟你说一声。"谷香对东旺说道："你回吧东旺，这有这么多人哪，你甭惦记了。"东旺点点头，对大贵和彩凤说道："叔，婶儿，我回去了啊。有啥事给我打电话。"大贵没搭理东旺，拽了下彩凤的胳膊，朝住院部走去。谷香对东旺挥挥手，看着他上车把车开走了，才转身追赶父母去了。

第二十一章

61

春节过后，政府工作人员刚一上班，高彼得就把成立房地产公司的申请报到了工商局。

经过一个多月的紧张筹备，高彼得的"得娜绪房地产开发公司"，在一阵鞭炮声和电光炮声中，盛大开业了。彼得担任董事长，总经理是一位女大学生，名叫秦喜爱，北京人，营销专业毕业，是丁向东行长老姑的孩子。彼得当然乐意要喜爱当他的总经理了。一来，这个喜爱长得跟韩国明星金喜善挺像的。二来，喜爱的表哥是向东行长，公司贷款岂不是比过去还方便吗。向东是个聪明人，当然知道彼得的如意算盘。他通过喜爱之口暗示了彼得，感谢不能停留在口头上。聪明的彼得自然心领神会，他约请向东吃饭，主动提出，他的公司准备给行长百分之十的干股。向东行长没表态，举着跟熊掌一样的大厚手，说道："拿瓶人头马来，我敬你一杯。"彼得心里就踏实了。

开业的时候，他邀请了县里主管城建工作的副县长戴俊德，请来了乡长张楠，还请来了一批老板商人以及周东旺和谷香。谷香没来，东旺来了，上了两千块钱的礼金。彼得还请来了崔红霞小评剧团唱了两天，使得公司门前这条大道交通堵塞了一整天。第二天早上，戴俊德调来了一批交通警察，就不再堵了。县报社和县电视台都派来了记者，又是拍照又是录像的。报纸一登，电视台一播，高彼得一夜之间成了家喻户晓的名人。

这个时候，东旺的建筑公司正在一个百货大楼对面承建一个主题公园。彼得看中了这个公园旁边的小树林，准备把那块地买过来，建住宅小区。向东告诉他，那块地已经有人惦记上了。不过，戴副县长还没有在相关材料上签字。彼得通过向东约请戴俊德吃饭，遭到谢绝。他只好晚上将一个存折送到了戴俊德家里。戴俊德神情十分严肃地对他说："彼得呀，党中央大规模反腐败战斗已经打响了，这是事关我们的党和国家生死存亡的重要战役，我是一个受党培养教育多年的干部，我岂能以权谋私，贪赃枉法呢？你说是不是？"彼得愣了一下，笑笑说道："是是是，我……我的一个老板哥们他们县的县长就因为受贿被抓了。不过，我这可不是行贿，我这是……"戴俊德摇摇手，推回那张存折，说道："你想开发那个地方建住宅楼，我比较赞成。这样，你把报告好好写一下报上来，我会拿到办公会上讨论的。如果符合审批条件，我一定会尽力促成的。"彼得对戴俊德感激涕零，当场给他鞠了好几个躬，就差跪下磕头了。

可一个月过去了，戴俊德那里一点消息也没有。彼得急得够呛，拎着一盒上好人参去找丁向东。向东告诉他："我听说戴副县长家的书房里头，挂着不少名人字画，你何不投其所好，送上一幅字画，表示一下呢？"彼得一听，立马乐了，说："哥哥你这个信息真是及时雨呀，冲这个，我还得给哥哥淘换更好的人参来孝敬你。"

彼得跟向东喝完了酒，又唱了大半宿卡拉OK。分手后，他走在回家的路上，静静地琢磨，送幅啥字画好呢？自己也不懂这个呀。忽然他想到了金元宝。金元宝是个文化人，一准懂这个。对，明儿个回村，提溜点补养品看看他，让他给出出主意。就这么办。

第二天早上，彼得开着新买的蓝鸟轿车回了村。在村东口，他碰见朱明理了，彼得装作没看见他，从他身边直接开过去了。在谷香家门口，他又碰见钱彩凤了。他拎着补养品下了车，喊了声"婶子"。彩凤一看是彼得，立刻笑着说道："高老板来了。我刚才还跟你二婶在小卖部说话哪。家里坐会儿吧？"彼得问："元宝大哥在家吧？"彩凤说："咳，一时半会儿出不了院啦。"彼得打了个愣："他住院了？又闹头晕病了？"彩凤抹着眼泪说道："他得的是脑癌，眼瞅着……都快不中了。"彼得瞪大了眼睛："咋的，晚期了啊？"彩凤点点头。彼得心想：拉倒吧，甭看金元宝了，他这个时候恐怕都不清醒了，还能帮我参谋字画不字画的？别扯淡了。于是，他对彩凤说道："你忙吧婶子，我还有事，走了啊。"上了车，一溜烟跑了。

这会儿，高贺正在家里招待贾家洼村支书董三友。三友看着一茶几的水果瓜子花生，连连摆着手，大嗓门说道："哎呀高支书，你这是太客气了，都不是外人，你别忙乎了，我嗑点瓜子喝点水就中了，别的我都不爱吃。"高贺笑着说："董支书啊，你是贵客呀，上回我跟我姑爷上你那，你可是盛情款待呀，我都记在心上啦，够交情啊。上午别走了，咱哥俩好好喝几杯。"三友哈哈笑着，对高贺作了几下揖。

彼得就是在这个时候，走进屋来的。"哟，二叔，来客人了。"高贺介绍说："这是贾家洼支书你董叔，老弟，这是我亲侄子，高粱……啊，高彼得。"彼得主动朝三友伸出右手，三友站起身握住彼得的手。彼得得体地微笑着说道："董叔董支书好，您请坐。"三友坐下打量着彼得，问道："彼得……乖乖，你在俄罗斯待过吧？不然，不会起一个俄罗斯特色的名儿啊。这个名儿好听。"彼得挑起大拇指说："哎呀董叔，您可太有水平了，比我二叔强多了……"高贺掐断他的话："说啥哪杆子？"彼得说："董叔您听见了吧，还叫我杆子，就是不叫我彼得，这不明摆着不尊重我的新名儿吗，董叔您说是吧？"高贺伸手打彼得，彼得躲开了。高贺骂："臭小子，我叫你几十年杆子了，叫惯了，叫着亲，彼得彼得的我叫着别嘴，叫着生分，咋的，我就叫你杆子！杆子，杆子，杆子。"三友仰脸哈哈大笑起来，笑完了，指着彼得鼻子说道："我说彼得呀，你一个大老爷们咋还跟小媳妇似的小心眼儿啊？啥杆子彼得的，这名儿啊就是人的一个代号，叫啥不中啊。哎呀不说这个了，你在哪忙事业哪？"

彼得就等着有人问他忙啥哪，立刻来了兴致，掏出一张名片双手递给三友。三友接过来一看，念道："得娜绪房地产开发公司董事长高彼得。"抬起头重新打量一番彼得："乖乖，闹了半天你是个大老板啊。"彼得假装谦虚地摇着手说："不敢当不敢当，嘿嘿……"三友说："中了，你就别谦虚了。你是做大买卖的，经验丰富好点子多，往后你可要多帮帮我呀。"彼得说："一定，一定，应该，应该的。"

翠芝进来了，问三友："董支书啊，上午我给你俩……杆子来了，正好，你们爷仨好好喝几杯。你想吃啥，我给你做。"三友说："冰箱里头有啥吃啥就中了，可别出去买去。"翠芝说："那你跟我去看看冰箱里头的东西，吃哪个你点。"三友乐呵呵地跟着出去了。彼得小声问二叔："二叔，这个董支书上咱家干啥来了？"高贺说："你来的时候他刚坐不一会儿，还没说有事没事哪。"彼得看见三友坐过的沙发下边的地上有两瓶白酒、一个扒鸡，还有一盒本地特产麻糖，沙发上，有一个长长的小细圆筒，他问："这是啥呀？"高贺说："我哪知道啊，别瞎摸。"彼得说："好像是字画。"高贺嗯了一声，说："三友回来了。"

三友进屋，坐回原处，挠着脑袋笑着说道："哎呀你们老两口太客气了，我都不好意思了。"高贺说："有啥不好意思的。喝茶。"三友端起茶杯喝了一口，就按着彼得说道："高董事长，老婆孩子咋没来呀？你们在哪住啊？"彼得也乐意有人问他这方面情况，很高兴地回答道："我们现在在城里住，离县人民医院挺近，离购物中心也挺近。我老婆是俄罗斯人，跟我忙公司事务，儿子高绪在俄罗斯莫斯科上中学哪。"三友惊讶地瞪大了眼睛："你老婆是……俄罗斯人？你这可是……娶外国媳妇儿的人，那可都是有大本事的人哪，哎呀，高支书，你这侄子厉害呀！"高贺晃晃手，乐了，满脸的皱纹都撑开了。彼得说："董支书过奖了，我哪有啥大本事啊。这不，正在为买不到名人字画发愁哪。"三友猛地一拍大腿说道："哎呀彼得董事长，你咋不早说哪，我这就有啊。"

三友拿起那个小细圆筒，站起身，走到屋子中央，抽出里面的东西，小心翼翼地展开，一幅竹石图呈现在高贺叔侄俩眼前。高贺惊呆了。毕竟他在官场上干了几十年，是长过一些见识的。他走到画作跟前，仔细欣赏起来。彼得没文化，也不懂书画艺术。他就淡淡地说了一句："哦，竹子配石头啊。"高贺白了他一眼："别乱说话，也不怕人家笑话。这是清朝大画家石涛的画作。至于是真迹还是赝品，我就不敢乱说了。"彼得问三友："你惦着卖多少钱？"三友挠挠脑袋，有些为难地咧咧嘴，说："彼得要是看上了，就我跟你二叔的关系，我还真不好说价儿了……"高贺满意地点点头，看侄子。彼得一仰脑袋，说："甭客气，啥价儿，说吧。"三友说："是这么回事彼得。我们那个小厂子啊，眼下缺点资金，没办法，我就想到了拿这幅画换点钱儿。你二叔见多识广，我今儿个来，就是想请他帮帮忙找个买家的……"彼得说："我明白了董叔，想卖多少钱，您就说吧。"

外面响起翠芝的声音："哎哟，东旺来啦。"东旺说："婶子，高支书在家吗？"高贺赶紧快步出了屋，迎着快走到过堂屋的东旺，说道："东旺啊，你来得正好，走，参观参观我新拾掇出来的书房去。"东旺说："书房？好啊，参观参观。"

高贺领着东旺走进了东厢房。一走进屋，首先映入东旺眼帘的是毛泽东主席的著名诗词《沁园春·雪》的书法作品。靠窗户的地方摆着一张写字台，上面是一些文房四宝。靠里面摆放着一个大书架，上面一半空间摆着书，一半是空的。一张小条桌上铺着一张大宣纸，上面写着三个字：难得米。东旺问："难得米？啥意思啊？"高贺笑了："我在写郑板桥的名言：难得糊涂。第三个字刚写了个米字旁，就有事撂下了。咋样我这小书房？"东旺点着头由衷地赞叹道："不赖，挺好的。"

高贺指着檀香木椅子说道："坐坐我这檀香木的椅子，看看屁股是不是显得高级起来了？"

东旺坐了上去，颠哒颠哒屁股，说："嗯，感觉屁股不是我的屁股了……"

高贺问："是谁的了？"

东旺说："是皇帝天子的了。你这就是龙椅啊。"说完，嘎嘎嘎地朗声大笑起来。

高贺笑了，说："中啊东旺，刚当了几天支书水平就见高啊，往后你前途不可限量啊。"

东旺摇晃着胳膊说道："快拉倒吧老支书，你这是夸我呀？我听着咋这么假了吧唧的呢？"

高贺说："你这小子，咋还好话都听不出来了？……哎对了，你来找我有啥事啊？"

东旺说："是这，我惦着叫咱们村老人们编点适合出口的小工艺品，你看你是不是拿点钱入个股啊？"

高贺问："然后呢？"

东旺说："然后，由你出面，叫娜塔莎帮咱们往俄罗斯推销推销，咋样？"

高贺问："叫她推销就推销呗，拉上我入股干啥呀？"

东旺说："有你的股了，她当儿媳妇的一准使大劲推销啊，对吧？"

高贺笑了，指着东旺的脑门说道："你小子，学会动心思做买卖了，有进步啊。"

东旺不好意思地笑了。

高贺说："这样，明儿个我带着你见见娜塔莎，叫她先给你介绍介绍俄罗斯的手工艺品市场，然后再帮你参谋参谋，编点啥东西好。咋样？"

东旺乐得站起身，一把攥住高贺的手，说道："还是老支书你想得周到啊，中，明儿个我跟你去见娜塔莎去。"

高贺说："中，那就这么定了。"

东旺说："明儿个一早我跟二阳子开车接你来。"

高贺说："别麻烦二阳子了，我叫志新接咱们来吧。"

东旺说："不麻烦，麻烦啥呀，咱们该给钱给钱哪。我走了老支书，你忙吧。"

高贺拽住东旺的胳膊，挽留说："别走啊，陪叔喝两杯。"

东旺摇摇手说："不啦老支书，我给元宝淘换了点草药，得抓紧送医院去。我走了啊。"

红霞从村里诊所回来了。刚才她在厨房里做饭，菜刀切到左手的中指了，顿时鲜血直流。她赶紧跑出厨房，东旺正往院门口走。"东旺，我切手了。"她喊。东旺走过来看看伤，说："快上诊所包上。"红霞说："你跟我去吧。"东旺说："我还有事哪，你自己个儿去吧。"说完就走了。她就自己去了诊所。现在，她回来了，一进院子就闻到了一股子草药汤味道，不由得皱起了眉头，感到恶心。她从小就闻不了草药味道。她追着味道到了后院。周秋山正撅着屁股查看药锅里的药汤。她问："爸，给谁熬中药呢？"周秋山回身看了眼红霞："给元宝。"红霞捂住鼻子说："他爸妈还有谷香爸妈不会熬啊？"秋山说："东旺说，怕他们熬不好。"红霞问："东旺呢？"秋山说："说是给元宝跟谷香拿换洗衣裳去了。"红霞立刻就来气了，回了自己那屋生闷气去了。

东旺回来后，直接去了后院。"爸，中药熬好了吗？"秋山说："好了。"东旺抱着一包衣裳进了他那屋，看见红霞在炕上躺着，放下包袱，问道："大白天咋躺下了？"红霞没搭理他。东旺走到跟前，看见媳妇左手中指裹上了纱布，想起切手的事了，就问："手指头没啥事吧？"红霞反问一句："包袱里头是啥？"东旺说："元宝的换洗衣裳。"红霞霍地坐起身，盯着丈夫："你不管我死活说有事，原来是给别人献殷勤去了？"东旺不爱听了："你瞎说啥呢？"红霞喊了一句："是我瞎说，还是你瞎献殷勤啊？"东旺白了她一眼："你躺着吧，我做饭去。"红霞喊："你别往饭菜里给我下毒啊。"东旺回了一句："别没事找事啊。"

红霞叫喊道："我看你才是没事找事哪。周东旺，别以为我看不出你那点小心思。"东旺站住脚，瞪着媳妇。红霞说："咋的，说你心里头去了是吧？周东旺，你现在是支书，是村干部，你得学会沉住气呀，人家老爷们眼睛瞎了，可心里不瞎，你别忒过分喽。"东旺急了，呵斥道："崔红霞，你再胡说八道，别怪我揍你啊。"红霞翻身下了炕，凑到丈夫跟前，挺着胸脯喊："你摸我一下试试，来，摸我一下试试。"东旺眼睛瞪得跟鸡蛋似的，高举起拳头，就要砸到红霞的脑袋上了，身后响起父亲的一声大喝："你给老子滚开！"东旺乖乖放下拳头，转身走开了。

红霞委屈得像个小孩子呜呜呜地哭开了。秋山注意到儿媳妇的手指，连忙问："这是啥时候伤着的，啊？"红霞抽噎着说道："爸，今儿个这事我算是看明白了，我就是死了，他也会不管不顾地照看谷香去啊，呜呜呜……"秋山拍着儿媳妇的后背说道："红霞呀，别想那么多，有啥事，爸爸给你做主啊！"

62

高彼得的家坐落在县城黄金地段，对面是县医院和大商场。房子是一个二层小楼，带院子的。前院种满了花花草草，后院是一个草坪，上面点缀着小亭子和假山。整个庭院加宅子，大约有一千来平方米。

娜塔莎扭着舞台步来开门。先喊高贺"爸爸"，再喊东旺"支书哥"。东旺笑，说："你还是叫我东旺哥吧。"娜塔莎做了个"请进"的手势，领着公公和东旺进了一楼客厅。客厅里面的摆设，是东旺从来就没见过的。他好奇地看这看那，屋顶的水晶灯啊，墙壁上摆满了各种工艺品的大壁橱啊，地上铺的大红羊毛毯啊，高低柜上的大电视机啊，墙角的大冰箱啊，东旺的眼睛都不够使了。娜塔莎拿起一个大苹果，递到东旺手上："东旺哥吃苹果。"东旺接过来，"咔嚓"就是一大口，一边嚼着一边对娜塔莎说："杆子没在家？"娜塔莎说："他出去办公了。"东旺说："我来你们家，是想请你帮个忙。"娜塔莎说："我爸爸已经在电话里告诉我了。我很愿意帮这个忙，因为这里面还有我爸爸的股份嘛。"东旺笑了："那就谢谢你了娜塔莎。"娜塔莎耸耸肩膀，说道："不过，我想知道，这里面有我多少酬劳？"东旺从挎包里拿出一个档案袋，说："我把协议带来了，你看看，那上面有给你的酬劳，你要是没意见，我们就签字。"娜塔莎接过协议书，认真地看了起来。

这会儿，彼得正和向东坐在副县长戴俊德的办公室里。彼得举着那幅竹石图展示给戴俊德观赏。戴俊德虽一脸平静，但眼神里有极力掩饰的喜悦，这自然逃不出向东的眼睛，他一向善于察言观色。

向东对彼得使了个眼色，说道："好了，收起来吧。"

彼得连忙收起，顺势放进了书柜里。

俊德对彼得打着官腔说道："小高啊，你的那个报告我已经看过了，你想为居民提供一批美观的住宅，想法是好的，我已经决定拿到常委会上讨论了。但是，目前的工作实在是太多，你的这个报告，估计还得再排些日子，不要着急，啊。"

彼得连忙堆着笑容说道："不着急不着急，谢谢戴县长了。"

从县政府大门出来，彼得问向东："哥你说，这个戴县长能给我办事吗？"向东说："那就看他识不识货了。"彼得问："你是说那幅画？"向东点点头，说："看你的运气了。走，找个地方吃饭去。"

这个时候，东旺站在医院门口，看着二阳子的出租车拉着高贺回村走了。直到看不见车影了，他才抱着包袱，拎着中药瓶子进了医院大院。在住院部二层的走廊里，谷香迎面走了过来，手里拎着一只暖壶。"把暖壶给我吧。"东旺要把包袱给谷香。谷香说："我去打吧。你上病房给元宝带过去吧。""谁看着他呢？""燕子。"

东旺推门进了病房。"旺哥来了，啥东西啊一大包子？"燕子接过东旺手里的瓶子，问道。东旺说："你哥他俩的换洗衣裳。"看看元宝，小声问："睡着了？"燕子点点头。东旺又问："他今儿个情绪咋样啊？"燕子叹了口气，摇了摇头。东旺默默地坐了会儿，见谷香还没有回来，说了声："我出去会儿啊。"东旺刚出去，元宝便说话了："燕子，你去，看着点儿你嫂子，看他俩干些啥。"燕子说："哥，你没睡觉啊？哎呀哥，你说啥哪，我嫂子能跟旺哥干啥呀，你别疑神疑鬼的。"元宝气得翻了个身，不搭理妹妹了。

燕子说："哥，旺哥不是那种人，我嫂子也不是那种人。你现在啥也别想，好好养你的病比啥都强。"元宝背对着妹妹，一句话也不说了。

谷香这会儿正靠在开水间墙壁上，一个人默默地流眼泪。进来一个中年男子打水，看了看她，轻轻叹了口气，走了。怀远和糖果拉着手走过去了。糖果眼睛尖，喊了声："香婶儿。"谷香一听是糖果的声音，连忙擦眼泪。怀远进来，发现妈妈脸上的泪痕，掏出手绢递给妈妈。谷香看到儿子如此体贴，禁不住又掉了眼泪。糖果搂住谷香的胳膊，轻柔地说道："婶儿，别难过了，叔会好起来的……"谷香摸摸糖果的小脸蛋，忍住了泪水，说道："走吧。你爸在病房哪。"东旺无声地进来了，默默地拎起暖壶，前头走了。

东旺走到了病房门口，兜里的手机响了，他放下暖壶，接电话："喂……龚处长……我在医院哪……不是我，我们村的邻居……好，我马上过去。"东旺挂了电话，对走过来的谷香说道："城建局的龚处长叫我上他那一趟，我去了啊。"谷香点点头。怀远摇摇手："再见叔。"东旺朝怀远摇摇手，揪了一下糖果的耳朵，转身快步走了。

东旺匆匆赶到城建局龚处长办公室。"龚处长，我来了。"龚处长热情地招呼道："来，坐，周书记。喝水。"东旺坐下，抱着杯子暖手。"有啥指示啊处长？"龚处长递给东旺一杯水，说道："是这样周书记。省城建厅领导昨天来视察，看了你们公司要承建的主题公园，认为仅仅是娱乐休闲还不够，还应当突出一下文化元素。你考虑考虑，看有什么想法，咱们再碰一碰，好吧？"东旺点点头，说："中，我回去开个会好好研究研究。"

当天下午，东旺召集公司马天明、冯北川两个副总开会商议主题公园的事情。马天明说："周董，关于文化元素，我有这么个想法，如今，县城有了戏曲基地，这个主题公园可不可以办成民俗基地呢？"冯北川凝眉沉思着，东旺也思忖着。天明进一步解释说道："民俗文化就是传统文化，是对民间的风俗文化的统称。一个国家、一个民族、一个地区，都有各自的民俗，它是在不同地域人们生活过程中，逐渐形成的一系列非物质的东西，说白了，就是由咱们老百姓创造，然后一代代传承下来的生活习惯。比如说，咱们冀东地区的婚礼习俗啊，吊炉烧饼啊，大秧歌啊，这些都属于民俗。有些民俗再不传承就要消失了。咱们这么做也是在拯救民俗文化啊。"东旺点点头，转脸看着北川："北川你觉得这个想法咋样啊？"北川说："我觉得可行。因为公园是建给群众的，而民俗也是群众的，是来自于民间、由广大群众创造的，一定会受到群众欢迎的。"东旺想了想，说道："要是增加民俗部分，现在的公园面积一准不够用，必须得扩大。"天明说："公园东面不是一片小树林吗，正好可以开发啊。"北川说："没有建筑更好，既省时还省钱。"东旺拍下桌子说："中，那就这么着了。北川哪，你能写，这个可行性报告还是你写吧。"北川点点头："没问题。"东旺的手机响了，他看看来电显示，说道："我得回趟家。你俩忙去吧。"北川说："周董你等一下，我叫司机送你。"东旺说："送不了了，车又进修理厂了。"北川说："我说周董，咱们还是买一辆新车吧，花不了多少钱的。"东旺摇摇头说："眼下，正是需要钱的时候，能省一分就不省半分。那辆二手车还是凑合着用吧。"

刚才的电话是周秋山打来的。老爷子要东旺必须立刻马上赶快回家，一连用了四个表达急切心情的词语。东旺想红霞一准是给老爷子施加压力了，就不想回家了，因为回家是解决不了问题的，除非答应红霞不再跟谷香有一丁点来往，可这是不可能的。我周东旺在谷香最需要帮助的时候撤火，这还算个人吗？可红霞对我俩的误会，咋样才能消除呢？没啥好法子就不如不回去。可要是不回去，红霞会不会加深对我的误会呢？一准会啊。哎呀这可咋办好呢？想了一会他也没有想出啥法子来。不知不觉他来到了村东口，他犹豫着进村还是不进村。出租车司机问道："下车吧哥？"东旺刚要说不下了，突然看见一个人，站在路口的大槐树底下朝前张望着。仔细一看，是红霞。东旺心里立刻热了一下，就掏出打车钱递给司机，说道："我下去了兄弟。"

红霞看见东旺从车上下来了，立刻转身就朝村里走去。东旺看见红霞朝村里走了，拔腿就追。很快就追上她了。"媳妇儿，接我来了？"东旺笑嘻嘻地凑近媳妇。红霞猛地一把推开丈夫："滚一边去，我才不接你哪，是死是活跟我有啥关系啊。""那你上村口干啥来了？""不用你管。"东旺拉住媳妇的手："拉倒吧，还生我的气哪，没完了是吧？"红霞一把甩开丈夫的手，瞪视着他，喊道："就没完了，咋的？"东旺也喊："咋的也不咋的，我也不敢把你咋的。"红霞头也不回地在前面走。东旺紧跑几步，突然抱住媳妇的两条腿，往肩膀上一扛，大步朝家门口走去。红霞捶打他的后背，喊："放下我。"东旺嘻嘻笑，喊："等着直接上炕头吧。"

周秋山见儿媳妇一直没回来，不放心了。正要到村口看看，听到儿媳妇喊："放我下来。"儿子喊："就不，就不。"就放心地乐了。赶紧进了自己那屋不出来了。

东旺真的直接把媳妇放到了炕头上。红霞直起身要往炕下跳，东旺一把拽住了她。红霞挣扎着还是要跳，东旺笑嘻嘻地说："我去给你打洗脚水，等着啊，我给你洗脚。"红霞噘着嘴说："我才不要你洗脚，你去给谷香洗去吧。"东旺说："别瞎说。都多大岁数了，还吃醋，也不怕叫外人笑话。"红霞说："你不怕，我怕啥？"东旺央求道："好媳妇儿，别闹了中吧？天地良心，我跟谷香真的……我俩谁都没那个意思，我就是……就是可怜她。你说元宝刚多大岁数，就摊上这个病啊……谷香这个岁数就守寡，怀远还小，她们娘俩往后的日子还咋过呀……"红霞捶了丈夫一拳："你就没琢磨我万一死了，往后你跟糖果的日子该咋过？"东旺掐了掐媳妇的脸蛋："瞎说，尽说这不吉利的话，你活得好好的说什么死？你可别死，你要是死了，我跟闺女就给你陪葬，要死一块死。"红霞感觉手指头疼，攥住中指吸凉气，东旺拉过她的手指使劲吹气。红霞拿胳膊肘捶了他一下，到底还是下了炕。东旺拽住媳妇胳膊："你看你，咋还是不跟我和好啊？"红霞喊了声："我烙张饼去。"东旺嘻嘻乐了，搂住媳妇脖子，在她的脸颊上使劲亲了一口，小声说："我就知道媳妇儿不生我气了。你快去烙，吃饱了，咱俩干那个啊。"红霞脸红了，打了丈夫一巴掌，说了三个字："不要脸。"

昨晚彼得很晚才睡觉，陪着娜塔莎给她娘家打越洋电话。娜塔莎的父亲是一个经营小百货的商人，一听有中国小手工艺品生意可做，立刻兴致勃勃地跟女儿聊了起来，聊得没完没了。彼得知道，这位洋岳父一准是一边喝着他最爱的伏特加，一边摇晃着没有几根头发的大脑袋，跟他女儿滔滔不绝地大谈生意经的。后来，他实在撑不住了，便睡着了。刚才醒来时，娜塔莎正在餐厅喊："亲爱的，起来吃早点了。"他答应一声，进洗漱室洗漱完毕后，走进餐厅。今天的早点是面包，俄罗斯黑鱼子酱，煎鸡蛋，牛奶。彼得已经吃惯了面包鱼子酱。他一边吃一边问道："跟爸爸谈好了吗？他确定要跟我们合作吗？"娜塔莎歪着脑袋看着丈夫，反问道："为什么不呢？你知道，他是个聪明的商人，有钱赚却不赚那是不配喝伏特加的。这是我爸爸的一句名言。"彼得"扑哧"一声笑出声来。桌上的手机响了。他嘀咕着："这么早谁来的电话啊。嗯？向东哥？"赶忙接通了，"喂哥……啊？……哎好好好，我马上到马上到。"挂了手机，对娜塔莎说，"亲爱的，向东哥叫我，说有急事，你自己吃吧。"

"听着兄弟，刚才戴副县长的秘书来电话说，你看中的那片小树林儿被周东旺给抢去了。"这是向东见到彼得说的第一句话。

彼得惊得目瞪口呆，半天没回过神来。

向东递给彼得一根香蕉，说道："来，压压惊。平复平复心情。"然后，坐在彼得对面的沙发上，不动声色地看着他。

彼得好不容易恢复了平静。他问向东："以我对东旺的了解，他应该不知道我准备拿下那块地的。到底是咋回事啊？是那幅画还不够分量？"

向东说："那个秘书说，城建局要征用那块地方建民俗园，承建单位就是周东旺的公司。"

彼得使劲捶了一下沙发扶手，说道："妈的，马童力当乡里书记的时候，周东旺就跟他关系密切。现在马童力当上县委书记了，一准帮他捞好处啊。建主题公园，建民俗园，这是油水多大的好活儿啊。"

向东笑笑说道："老弟，有钱大家一块赚嘛。民俗园建在公园里头不是一样嘛，有啥必要非要占那片小树林呢？有事可以坐下来好好商量啊，对不对呀？"

彼得琢磨着向东这番话的意思，不由得笑了。

63

周秋山背着一捆草进院，屋里"哗啦"一声吓了他一跳。老爷子赶紧进了过堂屋，"哗啦"又是一声。老爷子闻声进了儿子那屋，东旺举着一只玻璃杯又要摔，站在他跟前的糖果就那么看着爸爸摔。

秋山赶忙走上去，一把抢过那只杯子，瞪着儿子："干啥哪，疯了？"

东旺眼睛像是在喷火，指着糖果说："你问问你的宝贝孙女吧。"

秋山转脸问糖果："出啥事了啊糖果？"

糖果一梗脖子说："我哪知道他抽啥风啊。"

东旺一拍桌子，吼："你再说一遍！"

秋山连忙将自己的身体挡在孙女身前，呵斥道："你想干啥？我看你敢动孩子一根手指头！"

东旺喊："爸，你不知道，这孩子小小岁数她就……她就……搞对象啦……"

秋山惊得"啊"了一声，瞪着孙女："糖果，你爸说的是真的？"

糖果不以为然地白了爸爸一眼，对爷爷说道："爷你别听我爸在这大惊小怪的，啥对象不对象的啊，我们俩就是从小青梅竹马，大了又情投意合，这有啥嘛，不是再正常不过的嘛。"

东旺在闺女的屁股上打了一巴掌："都搂抱在一块了还叫正常？啊？我跟你妈结婚这么多年了，也没你们这么亲热呀。"

糖果撇下嘴说："哼，老封建，好意思说。"

秋山问："说了半天，糖果到底跟谁家孩子好上了？"

糖果说："哎呀，就是金怀远。"

秋山松了口气，看着东旺说道："东旺啊，这两孩子打小就要好，你咋还说搞上对象了？"

东旺拍着桌子说："哎呀我的爸爸哎，他俩都搂抱在一块儿了，你是没看见那股子亲热劲儿啊，我的脸都发烧啦……"

糖果白了爸爸一眼，指着地上的碎片，对爷爷说道："爷你看我爸，摔了好几个杯子哪，这都是钱哪！"

秋山瞪了儿子一眼："狗脾气，哼，你就是当了县委书记，也还是这德行，点火就炸。"拉着孙女胳膊，"走，上爷那屋去。"

红霞回来了，一见闺女，乐了："哟，我宝贝闺女回来了，学校放假了？"

糖果说："妈，给我做啥好吃的啊？"

红霞说："你想吃啥，妈就给你做啥。"

东旺从屋里冲出来，对红霞说："你闺女跟怀远搞对象哪，你管不管吧？"

红霞吃了一惊，转脸看着闺女："糖果儿，你爸说的是真的？"

糖果说："别听我爸的，我俩就是挺好的，别的啥也没想，妈你相信我。"

红霞点点头，把闺女搂进怀里，摩挲着她的头，说道："闺女，妈相信你。你跟怀远好，妈不反对，那孩子是我们看着长大的，知道他是个好孩子。可你们俩年纪都还小，的确不该想别的，就想学习上的事就对了。记住了没？"

糖果搂住妈妈的脖子说道："记住了，记住了。"

秋山看着儿子说道："你听听，红霞说得多好，就你瞎咋呼，能叫孩子服你的气吗？"

东旺挠挠脑袋，乐了，朝糖果张开两只胳膊说道："来，闺女，让爸爸抱抱。"

糖果噘着嘴巴假装还在生气，突然，她猛地扑到了爸爸身上。东旺猝不及防，父女俩同时惊呼着，一块倒在了地上。一家人哈哈大笑起来。

第二天一大早，东旺就到了公司。刚进办公室，北川就跟了进来，手里拿着一个文件夹。"周董，报告我写完了，你看看。"东旺接过文件夹说："中，我这就看，没啥问题的话，我给龚处长送过去。然后回村看看去，谷香在医院，村委会得有人盯着点儿啊。"北川说:"我上工地了。

北川刚走,东旺的手机响了。一看来电显示是彼得的。"喂,彼得……我在公司哪……下午吧,上午我有事儿……你有急事儿?……那,你这就过来吧。嗯。"东旺挂了手机,坐在办公桌前看北川写的报告。桌上的座机响了,他抄起话筒:"喂……满仓啊,有事啊?……哦,中,我知道了,我办完事正惦着回村哪。嗯,中,挂了啊。"放下话筒,他赶紧抓紧时间看报告。

彼得很快就到了。东旺也看完了报告装回档案袋,准备见完彼得就去城建局。"啥事你快说,我还有不少事哪。"他对彼得说。彼得说:"中。一句话,把主题公园东面那片小树林让给我吧,转让费多少,你开个价。"东旺看着他:"那块地要建民俗园,报告我们都写好了。"彼得说:"公园面积那么大,民俗园建在公园里头不是一样嘛,有啥必要占那片小树林呢?咱哥俩都是一个村的,打小一块长大的,有事可以坐下来好好商量嘛,是不是啊?"东旺想了想,说:"民俗园建在哪政府说了算,我周东旺哪有这个权力呀。"彼得笑了:"可你现在有建议权呀,你可以想法说服城建部门放弃那片小树林哪。再说了,你干啥非要整民俗园哪?"东旺说:"上级领导说了,要体现文化,我们……"彼得说:"难道除了民俗,别的方面就体现不了文化了?"东旺说:"报告都写好了,我正准备送过去哪。"彼得说:"你再琢磨琢磨,重新写一个不就中了吗。有钱大伙一块赚,我不白让你转让,转让费多少,你开个价儿。"东旺说:"我不要你的转让费。问题是那个公园已经设计好了,重新设计,县政府能不能同意呢?"彼得说:"那你就甭管了,你只要保证不占那块地就中了。"东旺说:"你干吗非得要那块地呀,在别处开发住宅不是一样吗?"彼得说:"我的好大哥,别处要是比这还合适,我还来求你干啥呀?"东旺说:"彼得,你听我说,你要建住宅楼,也就能让一部分群众受益,可要是建文化方面的东西,那可是让差不多全城的人甚至他们的后代都受益啊,这个理儿你琢磨过没有啊?"彼得不耐烦了,说道:"别跟我讲大道理了,你就给我一句痛快话,让还是不让。"东旺看着他,一字一顿地说道:"不、让。"彼得瞪起了两眼看着东旺。东旺也瞪起了两眼。双方就这么对峙着。

彼得说话了,是从牙缝里生生挤出来的。他说:"你就处处跟我对着干是吧?我看中谷香了,你非得娶她。我要当村主任,你鼓捣着谷香从我手上抢过去。我要掌控戏曲基地,你支持搬到县城去。我要在小树林盖住宅楼,你非要整民俗园。看样子,这辈子你都不惦着跟我和好了是吧?"

东旺也说话了,每一个字都跟石头一样硬邦邦。他说:"那是因为你干的那些事,都是为了你自己个儿,不是为大伙儿。不是我存心跟你对着干,是你忒自私。"

彼得盯着东旺,牙齿咬得咯咯响。

蒋状推门进来了："东旺哥，工地上……哟，彼得哥来了，你们有事，我待会儿再来。"

东旺说："没事。你有啥事说吧。"

彼得抓起沙发上的皮包，头也不回地走了。临出门，"咣"地踹了一脚门板。

蒋状打了个愣，问："他咋的了？"

东旺笑笑，说："啥事啊？"

蒋状说："工地上 16 毫米扭转钢筋不够了。"

东旺说："不够买去呀，跟我说干啥呀？"

蒋状说："对方涨价了，每吨贵了五千二。还从他们那买吗？"

东旺想了想，拿起桌上的档案袋，说："买。人家涨价自有涨价的道理，老关系尽量维护着。我还有事哪，去忙你的吧。"

东旺把可行性报告送到了城建局龚处长的办公桌上。然后，坐着公司里的汽车回了村。下午，马童力和叶光明要来。他猜测，很有可能是为滦河截流开发旅游这个项目而来。在村委会门口他碰见谷香了。"哎，你咋回来了？"他问。谷香说："我公公跟梁子在照看哪。"东旺说："那你回家躺会去吧。"谷香摇摇头说："这些日子光在医院忙乎了，再这么下去，我这个村主任就忒不称职了。你咋回来了？"东旺说："你回来正好。下午马书记跟叶书记来咱村。你先去歇会儿，他们来了我喊你。"谷香说："我想再……"东旺像哄小孩子一样："听话，去吧，啊。"谷香心里热乎乎的，乖乖地走了。

东旺进了书记办公室，感觉满屋哪儿都是灰尘，就打扫起卫生来。小云推门进来了。"你回来了东旺哥。你快上外边转转去，我来收拾。"东旺说："别，忒脏。"小云说："所以才不叫你们大老爷们干这种活哪。出去吧出去吧。"东旺问："妹夫最近咋样啊？来信了吗？"小云说："他呀，除了训练就是执勤，哪顾得上想我们娘俩啊。"东旺笑笑，又问："奶奶挺好的吧？"小云说："挺好的，精神着哪，整天念叨俄罗斯那边咋还没来信啊，这么多工艺品可别白做了呀。还说，这个东旺，当上了支书忙啊，没空陪我们老头老太太待着喽。"东旺说："我也真挺想他们的，我这就看看他们去。"

这会儿，秦奶奶他们这些老人正忙着做工艺品。高贺领着范占山来了，对秦奶奶说："老嫂子，范支书找你来了。"占山朝秦奶奶喊了声："您老忙着哪。"秦奶奶看着他，问："找我啥事啊？坐那说。"占山答应一声坐下了。高贺也找个地方坐下了。占山说："是这么回事。我们村那帮大叔大婶们哪，也惦着跟你们干手工艺品，您老说中不中啊？"秦奶奶问："他们惦着咋跟我们干哪？要是到这上班来，得跟东旺元宝他们商量，我老太太说了不算。"占山说："就是想请你们传授传授技术。"他的话音刚落，老人们就议论开了。这个说："这咋中啊，这不明摆着跟咱们抢饭碗吗？"那个说："自古道：教会徒弟，饿死师傅。

咱们的技术凭啥传给外人呢?"占山听见了议论,连忙对老人们说:"我们给钱,不白叫你们当老师。"有人问:"给多少啊?"还有人说:"给多少也不能教给外人啊。"秦奶奶说话了:"听听你们说的都是啥话呀,啊?谁是外人啊?不都是共产党领导下的改革开放的农村人吗?都是一家人,咋说上两家话了呢?咱们这个厂子现在还在东旺家的院子里头哪,人家东旺一家人把咱们当外人了吗?"大家都不言声了。高贺不动声色地看着秦奶奶。秦奶奶对占山说:"占山哪,你先回去,技术一准传给你们,咋个传法等东旺回来了,我叫他跟你再合计,啊。"

"奶奶我来了。"东旺出现在门口。

占山起身迎了过去:"周支书你回来了。"

东旺对高贺喊了声"老支书",然后握住占山的手,"范支书,刚才秦奶奶的话我都听见了,我赞成她老人家的意见。走,咱们上村委会合计合计去。"

占山连声说:"太感谢了,太感谢了。"

东旺、高贺和占山走了。

秦奶奶朝着老伙计们说道:"我还得再说说你们,思想觉悟咋还这么低呢?东旺不是老跟在你们说吗,自己个儿富了不叫富,得帮着大伙一块富了,这才叫真正的富了哪。国家都把十月十七号设立成扶贫日了,你们说咱还能光想着自己个儿富了的事吗?"

老头老太太们都嘿嘿嘿嘿地笑了。

东旺和高贺送走了范占山,高贺说:"我回了。"东旺说:"老支书,下午马书记跟叶书记他们来,你要有空我喊你一块待会儿?"高贺说:"不在其位不谋其政,我就不打搅你们的正事了。"东旺说:"你永远是我们的老领导,老支书。上午吃完饭您老先歇会儿,到时候我喊您老。"高贺心里热了一下,看着东旺,笑着点点头。

马童力和叶光明是下午两点半到的。站在村委会院门口等候的东旺,亲亲热热地跑上前,握住两个领导的手,笑呵呵地说道:"哎呀马书记,真想你呀。"叶光明说:"听你这话的意思,是不想我喽。"东旺实话实说:"你就在家门口,还没等想哪你就过来了。"马童力哈哈笑了,说:"光明啊,你咋啥醋都吃啊?不怕倒了你的牙是吧?"光明捶了东旺一拳,也哈哈地笑了。

东旺推开办公室的门,请领导先进,转身对满仓说道:"快去喊老支书来。"马童力听见了,说道:"别去叫了,我们上老支书家看看他去。顺便再看看天成。走。"东旺说:"天成到他姐家住着养病去了。"童力问:"哦。他姐家在哪住啊?"东旺说:"在锣鼓县城。"童力说:"嗯,县城条件比在村里条件好啊。"临走的时候,东旺对满仓说:"你去告诉谷香,叫她上老支书家找我们去。"

这会儿,翠芝走进书房,推醒了睡梦中的高贺。高贺睁开眼睛躺了会儿,翻身坐起身。翠芝说:"要不,再睡会儿吧。"高贺摇摇手说:"县乡两位一把手书记来了，我呼喽哈拉睡大觉，领导会咋琢磨我呀？"翠芝说："我知道，这就是政治。"

门外响起东旺的声音："老支书在屋吧？"翠芝连忙答应："在，在哪，快进来周支书。"东旺推门进屋："我说婶儿，你咋还叫我周支书呢？我听着咋这别扭呢？"翠芝笑了："好，就喊你东旺，中了吧？不别扭了吧？"东旺笑了："不别扭了。哎老支书，马书记跟叶书记来看你了。"高贺和翠芝一愣，高贺问："两位领导在哪呢？"东旺说："在院子里哪。"高贺一听，连忙穿上鞋，迎了出去。

马童力和叶光明站在葡萄架下看葡萄。一串串小米粒大的果实赛珍珠，枝枝蔓蔓间有小蜜蜂在穿梭飞舞。高贺迎出来了，伸着双手说道："马书记，叶书记，不知道两位领导到我家，有失远迎，罪过罪过啊，快请大屋坐。"马童力端详一番高贺，说道："高支书精神不错呀，红光满面，老当益壮啊。"高贺摆着手说："不中了不中了，老喽老喽。马书记你挺好的吧？工作那么忙，你可要注意身体呀。"马童力说："我没事，年轻，正是不知道累的时候。"高贺得体地笑着："请请请，马书记，叶书记。"

大家走进客厅那屋。翠芝忙着沏茶。高贺拿起一个苹果递给东旺："你给领导削皮吧。"马童力打量着屋子里的摆设：沙发、茶几、电视机、山水镜子。童力说："你这客厅挺客套的啊。"高贺说："哎呀，还算凑合吧。"翠芝在外面喊东旺。东旺出去了。童力问高贺："我们这个新支书咋样啊？群众基础行还是不行？"高贺一挑大拇指说："不赖，干得不赖。"童力说："给提提缺点。"高贺思忖了一下，说道："缺点嘛，还是年轻，爱犯急躁，总的来说，比刚上任的时候成熟多了。"

谷香进来了。"马书记，叶书记。"童力笑了："谷香来了。"光明说："你不是在医院里吗？"童力问："谁住院了？"谷香说："元宝。"高贺对童力说："马书记你还不知道，元宝他年前查出得了脑瘤，开春后病情越来越重了。咳……"童力转身看光明。光明说："我上医院看望过了。"童力说："谈完工作，我也去看看。"谷香说："你挺忙的，不用看了。"童力说："应该看看。"

东旺进来了，看看谷香，说了句："坐呀。"谷香坐下了。东旺递给她一杯水。高贺不动声色地看着。

童力说道："你也坐吧东旺。光明和我今天来，是想看看滦河，和你们商议一下截流的事儿。明天，县水利局要派人来进行实地勘查，研究截流的方案，希望咱们响马河村做好相关的配合工作。"

东旺说："放心吧马书记，有老支书坐镇，我和谷香一准组织全村乡亲做好配合，叫我们干啥我们就干啥，就干好啥。"

高贺满意地看着东旺。

谷香说："截流，开发旅游，我们响马河直接受益，村民们都盼着早一天动工哪。"

第二十二章

64

天擦黑的时候，东旺他们陪着马童力和叶光明从滦河回到村口。高贺对童力说："吃了饭再走吧。"童力说："不吃了。我跟光明赶回乡里还有事儿。你们回吧。明儿个我再去看望元宝。"三个人下了车，目送汽车远去。

东旺的手机响了，是燕子打来的。"喂东旺哥，我嫂子和你在一块儿吗？"东旺说："在哪。"燕子说："快叫她回医院来，我哥他……他……"东旺急忙问："你哥他咋的了？"燕子哭了，说不下去了。东旺说："别着急啊，我们马上过去。"挂了电话，对谷香说："快，上医院。我给二阳子打电话，叫他赶紧把车开过来。"谷香立刻哭了起来。高贺叹口气，安慰道："香啊，别哭了，事到如今，你得挺住啊。"

当东旺拉着谷香的胳膊，跟二阳子跑进病房的时候，燕子正攥着哥哥的手，泣不成声。梁子站在旁边默不作声，看见东旺和谷香进来了，梁子连忙迎了上来，截住谷香，示意上外面说去。四个人出了病房，站在走廊里。谷香说："你哥他咋了？"梁子说道："嫂子你别着急，今儿个是我哥的生日，你是不是给忙忘了？"谷香"哎哟"一声："我还真给忘了，你哥他生我气了吧？"梁子看了东旺一眼，欲言又止。东旺见状，对二阳子说道："你去拉脚吧，有事我给你打电话。"二阳子答应一声，对谷香说了句"有事叫我啊"就走了。东旺对谷香说："我上趟厕所啊。"

待东旺走了后，梁子说："我哥听说你回村跟东旺大哥在一块儿，气更大了，又摔东西又打燕子的。"谷香说："我们在一块是工作呀。"梁子说："燕子也是这么说的，所以我哥才打她的。"谷香说："你进去把燕子给喊出来。"梁子进去了。燕子出来了，抹着眼泪说："嫂子你可来了，我哥他……"谷香说："刚才梁子跟我说了。你俩回家歇歇去吧。"燕子问："你自己个儿哪中啊，我还是留下吧。"谷香说："东旺也来了。"燕子连忙说："哎呀嫂子，我哥就因为东旺哥才想那么多的呀。"谷香说："我知道。我不叫东旺出声说话，他不就不知道了吗。"

燕子和梁子走了。东旺从一个拐角出来，走过来，问谷香："元宝是不是又误会咱俩了？"谷香说："他现在病得这么厉害，你别跟他一般见识。"东旺说："我没那么不懂事。"谷香说："从现在开始，你在他跟前一句话也别说，委屈委屈吧。"东旺点头，说："没事儿。"

二阳子和蒋状来了。谷香说："你俩咋又跑来了？"二阳子说："状子叫我拉他来的。"蒋状说："晚上我照看元宝哥吧，你们都歇歇，折腾这么多天了。"东旺说："不用你，有我在这哪。"蒋状说："你快拉倒吧，村子里已经说你俩的闲话了，你还是回去吧。"东旺急了，叫喊道："谁又嚼舌头根子了？"谷香连忙小声说道："哎呀，别喊哪，生怕元宝不知道你来了是吧？要不，你还是回去吧，你老往这跑，我也怕红霞她多想。"东旺一梗脖子说："我不走。谁爱咋想咋想。"二阳子说："哥，依我说，你也回去吧，状子在这不是一样吗？你还不放心他咋的？"蒋状也说："是啊哥，回去吧，谷主任不在村子里，你也不在，万一有个啥事咋整哪，是吧？"这句话东旺听进去了。他嘱咐蒋状："清醒着点儿，别耽误事儿。"坐着二阳子的车回村了。

第二天一大早，东旺洗漱完毕，问红霞："饭做好了没？"红霞说："馒头热好了，大米粥还没熬好哪。"东旺说："我有事，走了啊。"抓起俩馒头和一个咸鸡蛋，骑上自行车出了家门。

在村东口，二阳子坐在车里等乘客。看见东旺骑着自行车过去了，就喊："东旺哥，我送你吧。"东旺摇摇手，走远了。二阳子看着他的背影，自言自语道："这个大哥，对乡亲们大方着哪，可对他自个儿，一分钱也舍不得花。"

东旺已经想好了，先上医院看看元宝去，然后再上工地看看去。这个时候的道上挺清静，难得看见一个行人或一辆车。空气清清爽爽的。往远看，可以看见滦河河面上飘浮着的水雾，像一条长长的玉带。他吃完了馒头和咸鸡蛋，加快了骑车速度，像箭一样朝前飞奔。

这会儿，蒋状正给元宝洗手洗脸。元宝问："谷香呢，状子？"蒋状说："上食堂打饭去了。""啥时候走的？""走了一会儿了。""咋还没回来呀。她肯定打饭去了？""拿着饭盒走的。"元宝摇头："你呀，拿着毛巾就一定要洗脸吗？拿着筷子就一定要吃饭吗？"蒋状乐了："元宝哥，你说的话是啥意思啊？我是大老粗，没文化，整不明白。"

谷香推门进来了，喊："状子，快帮我接过去。"蒋状问："咋买这么多呀？"谷香说："还叫你饿着呀？哎呀，买饭的人这个多，饿了吧？快吃吧。"问元宝，"元宝你刷牙洗脸了没有啊？"元宝点点头。谷香端起一只小碗，吹吹热气，说道："要不，还是我喂你吃吧。"元宝推开谷香的手，摸索着找啥。谷香把勺子塞进他的手里，元宝摸索着自己吃。蒋状说："你也吃吧谷香姐。"谷香点点头，看着饭菜，却吃不下。

339

东旺推门进来了。谷香赶紧示意他别出声，推着他出去了。在走廊里，东旺把手里的一个食品袋递给谷香，说："煎饼果子，快趁热吃吧。"谷香摇摇头说："我吃不下。"东旺叹了口气，关切地看着她，说道："回家歇会儿去吧。"谷香摇摇头，说："你忙去吧。"东旺说："你可别累垮了呀！"谷香皱了下眉头，说道："你走吧，叫我一个人清静清静。"说完，看也没看东旺一眼，进了病房。东旺呆愣了会儿，转身走了。走出了一截，蒋状喊住了他。"哥你是上工地去吧？"东旺点点头，把手里的煎饼果子递给了蒋状。蒋状接过来，说："我吃了。"边走边吃。东旺问："昨儿个晚上，元宝咋样啊？没闹腾谷香吧？"蒋状说："没闹腾，就是不搭理谷香。咳，冷不丁啥也看不见了，搁谁谁心窄嘛。"东旺没再说话，直到上了公交车也没说话。蒋状还想跟他再说啥，一看他的脸色阴沉沉的，所有的话全都咽进了肚子里。

到了工地上，蒋状对东旺说了句："我走了啊哥。"一溜烟跑远了。东旺忽然想起了啥，一拍脑门子自言自语道："我的自行车还在医院里哪，啥脑筋哪，忘了个干净。"朝办公区走去。他的手机响了，一看是天明打来的。"喂天明……我在工地哪……啊？掉下去一个工人？人咋样了？快送医院哪……哎呀，我马上到，马上到。"东旺浑身止不住颤抖起来。人命关天哪，这还了得!? 他拔腿朝大门口跑去。一辆轿车在他身边停住了，司机小宗下来，喊了声："周董。"拉开后车门等他上车。东旺上了车，对小宗喊了声："快走。"

东旺赶到医院手术室门前，门口聚集了一帮人，都是工地上的工人。天明迎了过来："周董。"东旺抹着脸上的汗水，问道："人咋样了？"天明说："正在抢救，还活着哪。"东旺问："咋回事啊？咋摔下去的呀？"天明说："今儿个早上，二老白刚上到五楼的脚手架上，脚底滑了一下，没抓住扶手，就掉了下去。幸亏戴着安全帽，不然，人恐怕当场就完了。"东旺当胸给了天明一拳，吼叫道："你这个管安全的副总是咋当的啊？出了这么大的事儿，你不觉得对不起我，对不起大家吗？"天明惭愧地低下头，说道："这都是我的失职造成的，我对不起你，对不起大家，我引咎辞职……""你放屁！"东旺喝道，"你惦着无官一身轻是吧？你惦着推卸责任是吧？门儿都没有！甭想！做梦！"天明惊讶地看着东旺。东旺血红的眼珠子瞪着天明，逼问道："你老瞅着我干啥？啊？你就是给我叫大爷，我也得处分你！惩罚你！饶不了你！"工人们纷纷看着他们这边。

一个男大夫走了过来，对东旺说道："请你小点声，这里是医院。"东旺质问道："医院咋了？医院就不许说话咋的？"男大夫看着东旺："这个同志你怎么这样啊？"东旺吼："我就这样，咋的了？"天明连忙对男大夫说道："对不起对不起医生，他在跟我生气，我们的一个工人摔伤了，他很着急，我们接受您的批评，一定小声说话。对不起了。"男大夫走了。天明说道："别生气了周董，工人们在这哪，我去安排一下。"天明走到工人们跟前，说道："大胖，大夯子，你们俩留下，其他人都回工地吧。放心吧，二老白不会有事的。"工人们默不作声地走了。大夯子走过来，对东旺说："东旺哥，你坐会吧。"东旺走到长椅那，坐下，闭上两眼，不说话。

这会儿，彼得正坐在自己宽大的办公室里，听着得力助手秦喜爱的工作汇报。开始，他听得是很专注的，现在开始显得有些心不在焉了。细心聪明的喜爱自然看在了眼里，她很懂事地停下了汇报。

这时响起了敲门声。彼得喊了声："进来。"进来的是一个三十多岁的男子。一身唐装，戴着一副眼镜，斯斯文文的。他叫 MK，真名连彼得都不知道。喜爱不认识此人，她对彼得请示道："老板，您方便的时候我再汇报吧。"彼得点下头。喜爱转身对 MK 点下头，迈着文静的步子出去了。

彼得走到办公桌后面，坐下，不动声色地看着 MK。"高老板，事情已经办妥了。"MK 两只手的手指交叉，平静地说道。彼得拍了一下桌子，从抽屉里拿出一张支票，走到他跟前，放到他眼前的茶几上，说了声："谢谢。"MK 拿起支票看了看，站起身说道："再见高老板，随时为您效劳。"

这会儿，二老白刚刚从手术室里被推出来，正往监护室里送。他紧闭双眼，脸色苍白，浑身插满了管子。东旺弯下腰看着二老白，叫喊道："兄弟你睁开眼看看我，你睁眼哪兄弟……"一个男医生拦住了他，说："病人现在神志不清，不要喊叫了。"东旺急切地问道："大夫，二老白咋样了？我是他的老板。"男医生说道："目前病人暂时没有生命危险了，不过，这并不代表以后就安全了。放心吧，我们会竭尽全力的。"二老白被送进重症监护室了。东旺一屁股瘫坐在地上，抡起拳头使劲捶打着自己的脑袋。

天明快步走过来，搀扶起东旺，小心地说道："周董，这次事故是不是上报一下，请有关部门调查一下事故原因啊？"东旺得到提醒，连忙说："必须上报，我亲自上报。"掏出手机要打电话。天明说："这种事故，是不是应该写一份报告书送过去啊？"东旺点点头："对，送报告书，我都急糊涂了。"

"啊？你说啥丁行长？东旺的工地摔死人了？"彼得对着话筒惊讶地喊道，"……啊，现在人还没死哪，咋出这么大的事儿啊？……哎呀，这个周东旺咋这么不小心哪，光顾了挣钱，忽视了安全……我当然着急了，都是一个村的好哥们嘛……不中，我得赶紧看看东旺去，好好安慰安慰他。我挂了啊哥……你去看看哪？中，我去银行接你。"彼得撂下话筒，对外面喊："来人哪——"新来的女秘书小雅走进来。彼得对她说道："我要出去，快安排车。"

东旺的工地被停工了。县政府很快派来了事故联合调查组，当场表扬了天明及时保护住了事发现场。在二老白掉下去的那块脚手架上，调查人员发现了一小摊白色油漆。目前整个工地也没有油漆活儿，脚手架上怎么会有这东西呢？紧接着，县公安局的刑侦人员，在丢弃的空油漆桶上，发现了一枚手纹。站在办公室窗户前的周东旺，一直铁青着脸一言不发，谁也不敢惊扰他。天明和北川也是不到万不得已，绝不会跟他说话的。

办公室赵主任进来了，小心翼翼地看着东旺，说道："周董，丁行长和高总来了。"

东旺皱着眉头挥着胳膊，不耐烦地吼道："去去去，我现在谁也不见！"

丁向东的话音传了进来："别介呀周董事长，咋还六亲不认了？"

东旺一看进来的丁向东和高彼得，出了口长气，说道："是你俩呀，坐吧。"

彼得看着东旺说道："我说东旺，不是没出人命吗？你至于这么沉不住气了吗？"

东旺斜了他一眼："照你这么说，把人摔残了就不算是个事了？我就跟没事人一样了？我就可以睡踏实觉了？"

彼得扬起胳膊说道："哎哎哎，哥们儿，你别冲我发火啊，我是看你来了，安慰你来了，你咋还不知好歹呀？"

向东摆着手，对彼得说道："彼得，这就是你的不对了，这个时候你得多体谅东旺才对呀。你想想，工地被迫停工了，工人工资还得照开，停一天就是白白搭进去多少钱哪，你也开着公司，难道这还理解不了吗？"转脸对着东旺，"别难受了东旺兄弟，工地上的损失，将来你还可以从那个主题公园找补回来嘛。"

东旺摇摇头说："找补不回来了，行长大哥，城建局通知我，主题公园项目……暂停了。"

"啊？！"向东与彼得对视一眼，"真的停下来了？"

彼得眼睛里闪过一丝兴奋，可惜东旺没有看到，他叹了口气，说道："这事闹的，咱哥俩谁也没捞到。"

东旺说："要是不建主题公园了，你还有希望。"

彼得又叹了口气，不知道是啥意思。

向东问彼得："有啥需要帮忙的，你尽管说，别客气。"

东旺点头说："我知道。谢谢你啊行长。"转脸对彼得说："也谢谢你来看我。"

彼得摆摆手："咱哥俩还客气啥呀。"

向东对彼得说："咱们走，让东旺清静会儿吧。"

东旺说："慢走啊。"

离开了工地，在上银行的路上，彼得问向东："哥你说，咱们还用再看看戴县长吧？"向东说："不用。这个时候你去露面，这不是明摆着'此地无银三百两'嘛。"彼得说："你的意思是……"向东拍了下他的手背。彼得会意，拍了下向东的手背，不说话了。

把向东送到银行后，彼得回到了公司。坐在办公室沙发上，他忍不住仰脸大笑起来，笑得浑身的肉都一个劲乱颤。笑够了，他咬牙切齿地自语道："哼哼，周东旺，我叫你跟我对着干，我叫你说啥也不把那片树林子让给我！这回，我看你还咋挡老子赚钱的道儿！"忽然，他还是有些不放心起来。对戴俊德不放心。他想：除了我高彼得，难道就没有第二个第三个第四个，看上那块树林地了吗？不中，我不能干坐着等着，我得行动啊。想到这，他走到办公桌前，按了下铃。小雅推门进来："老板。"彼得说："叫秦总马上到我这来。"

秦喜爱很快就到了。"老板，这是目前我县注册的，另外三家房地产开发公司情况。"她说着，双手奉上一个文件夹。

彼得一愣，说："我没有叫你了解这些情况啊？"

喜爱说："是的老板，您并没有下过这样的指令。但我想，做这样的准备完全是有必要的。'知己知彼，百战百胜'。我们既要熟悉我们明处的竞争对手，也要熟悉我们的潜在对手。所以，我亲自调查这些情况，以备不时之需。"

彼得用十分欣赏的目光看着喜爱，连连点着头，说道："你可真不愧是我的得力干将啊，你做得很好，我正要叫你了解这方面情况哪。"喜爱笑笑："多谢老板赏识，为老板排忧解难是我应尽的职责。我对那三家公司综合实力进行了详细分析，只有一家具备与我们竞争的实力。我想，如果您同意，我准备到戴县长家里登门拜访。"彼得惊讶地看着喜爱："喜爱哪，我提醒你，县长的家可不是谁想进就能进去的啊。"喜爱自信地笑了，说："老板，我自有办法，您就等着我的好消息吧。"

65

县委决定，在雨季到来之前，完成滦河截流工程。原因是，据省气象部门预报，今年滦河流域地区，将有一股时间比较长的强降雨。省委省政府要求平安县委县政府，一定要做好滦河两岸抗洪抢险的准备工作，绝不能让两岸的城乡居民生命和财产遭受任何损失。

接到上级指示后，马童力连夜召开紧急会议，决定滦河截流工程提前开始，并专门成立了由主管水利工作的副县长付山泉任总指挥、省水利专家杜洪为副总指挥的工程指挥部。按照县委县政府部署，各乡纷纷成立了民工大队，浩浩荡荡奔赴滦河截流工地。一时间，滦河两岸红旗招展，人声鼎沸，车水马龙，染了一河湾的火爆。

在这支工程大军中，有周东旺和高贺带队的响马河村民工队，由六十二个村民组成。初期报名的有一百二十多人，他们当中有青年，有老人，还有十几岁的孩子。有在家务农的，有在城里打工的。大家都要为治理滦河水患贡献一分力量。经过村委会认真筛选，挑选出六十二个符合民工条件的村民。那些没有被选上的人不干了，围在村委会吵吵嚷嚷，坚决要求上河堤。其中有秦奶奶、周秋山、谷大贵、钱彩凤。任凭东旺和谷香怎样劝说，他们也不肯收回请命。此情此景让东旺高贺谷香这些村干部们感动不已。高贺感慨地自言自语道："我老高终于又看到了当年，男女老少齐上阵支援前线的场面了，好像又回到了那个年代啊……"他站在高台阶上，激动地对大伙说道："乡亲们听我说，大伙这股子为集体为家乡，争着抢着出把力的心意非常好啊！可是指挥部既然有要求，那自然是有道理的，咱们不好不听不遵守，对不对呀？我代表我自己个儿向你们保证，只要工地上需要人手了，我一准跟指挥部请求，先叫你们上，中不中啊？"东旺接过高贺的话说道："老支书都把话说到这份上了，大伙都先回家吧，谢谢大家对村里工作的支持啊，谢谢，谢谢了。"谷香喊："秦奶奶，大叔婶子们都回吧，啊。"秦奶奶朝大伙喊："村干部们想着咱们哪，都回吧，回吧。"

村民们说着话陆陆续续走了。谷香往团支部办公室走去，东旺追上去，问道："元宝咋样了谷香？"谷香停住脚，半回头地说道："你就别问了。"说完，喊了一声，"二阳子——"二阳子答应一声，过来了。谷香跟二阳子说着啥，东旺显得有些尴尬。正好高贺喊他，他走过去，问："啥事儿？"高贺说："我忘了跟你说了，杆子叫我帮他报上名，你赶紧把他的名儿也写上吧。"东旺答应一声，看了眼谷香，进了自己的办公室。

高贺赶紧往家赶，他要给侄子打个电话，跟他说报名民工队的事，因为侄子并没有要他帮着报名。

这会儿，彼得正在办公室兴奋地在屋子里转圈。就在刚才，城建局通知他，那块树林地建筑申请批文下来了，要他去办理相关手续，可把彼得高兴坏了。冷静下来后，他第一个给丁向东打电话，向东在电话里说："刚才我这有客人，刚走，我正要给你打电话哪。戴县长已经告诉我了。"彼得问："哥，我是不是赶紧再给戴县长表示表示啊？"向东说："别表示了吧，那幅画戴县长都给退回来了。"彼得"啊"了一声："他是不是嫌礼轻啊？"向东说："不像是。这样吧，我先帮你把他给约出来吃个饭，到时候再见机行事。"桌上的座机铃声响了。彼得赶紧说："中中中，哥，我座机来电话了，我等你话啊。先挂了啊。"

彼得关了手机，拿起座机话筒。"喂你好……啊，是二叔啊……啥？民工队？……你给我报名了？哎呀二叔啊，我哪有这闲工夫上河堤干活啊……啊？这是政治？我必须得参加？……嗯，嗯，我明白了明白了，中，二叔，我听你的……"他的手机又响了。"哎二叔，我这来重要客人了，有空我回家看你跟二婶去啊……好咧，我挂了啊。"放下话筒抄起手机，"喂哥哥……戴县长同意晚上吃个饭了？太好了……啥？点名叫喜爱作陪？……还夸她聪明能干，嘿嘿，哥你的表妹嘛，当然优秀了……你放心吧哥，喜爱现在在我心里头，那就是国宝，我肯定会好好待她呀……还在国泰大酒店是吧？中，那就这样，后晌六点见。"

彼得挂了电话，马上给喜爱打电话，要她马上来办公室。喜爱来了，彼得迎上去，一把攥住她的手，满脸喜色地说道："喜爱哪，我们的申请报告批下来了，批下来了……"喜爱两眼放光，欣喜地说道："恭喜老板，贺喜老板！"彼得说："这件事你立了一大功，我要好好奖励奖励你啊！"喜爱抿嘴笑："主要是靠您的个人魅力和咱公司的实力，成功拿下了这个项目，我不过是尽了点绵薄之力。"彼得看着温柔甜美的喜爱，打心眼里更加喜欢这个年轻貌美聪明能干的女子了。

彼得问道："你能不能跟我说说，你是使的啥法得到戴县长接见的啊？"喜爱眨着美丽的眼睛，说道："戴县长有个女儿叫亭亭，在县人事局工作，特别喜欢写诗歌，恰巧我也喜欢，我就通过我大学一个女同学认识了她。我们很是谈得来。一个星期前，亭亭过生日，我主动去给她庆生，自然就认识了戴县长。戴县长问我在哪里工作，我说在您这，然后，我就很自然地谈到了那块树林地，请戴县长成全。事情就是这样的。"

彼得听得都入迷了，对喜爱的心计很是欣赏，他说："丁行长帮咱们约了戴县长今儿晚上坐一坐，戴县长点名要你作陪。"喜爱点点头："好的老板。是否请示一下戴县长，可不可以带上亭亭呢？"彼得想了想："嗯，你想得很周到，是得请示请示。好，你先去忙吧。"

就在晚上八点十分，平安县城万家灯火，一片祥和，滦河河畔工地人欢马叫挑灯夜战，高彼得、丁向东与戴俊德推杯换盏之时，周东旺建筑工地"二老白案件"调查取得重要进展，实施泼油漆作案的犯罪嫌疑人被抓获了。县公安局长薛卫民亲自到县委向马童力书记作了汇报。

马童力在屋里来回踱着步子，偶尔看看薛卫民，在思考着什么。薛卫民知道，马童力多么盼望，这只是一起普通的失足摔伤事故啊。可现实就是这么残酷，这竟然是一起刑事案件。他的目光随着马童力的身体移动着。

"难道，作案的这个家伙，真的不知道 MK 的真名实姓吗？"童力停住脚步看着薛卫民，问道。

薛卫民点点头，说："他们之间，看样子就是一种简单的雇佣关系。"

童力说道："你们一定要加紧侦破，尽快抓住这个 MK。"

薛卫民站起身，神情庄重地回答道："是。"

薛卫民走了之后，童力抓起话筒，拨通了戴俊德的手机。话筒里响起戴俊德略带沙哑的声音："马书记。"童力说道："戴副县长，刚才薛局长汇报说，已经抓到周东旺工地故意伤害案的作案嫌疑人了。你通知周东旺，他的工地从明天起恢复正常施工。但要提高安全和防范意识，严防再发生此类事故。"戴俊德说道："好的，我知道了马书记。"

饭店包厢外走廊里，戴俊德挂了手机，皱起眉头，大脑飞速运转着。抓到故意伤害案的作案嫌疑人了？通知周东旺恢复正常施工？这是不是意味着，那个主题公园还要周东旺来做呢？如果要他继续做，那片树林地他是否还会再要呢？可我已经批给了高彼得，这会不会给我引来一些麻烦呢？戴俊德站在落地窗户前，望着外面的璀璨夜景，细细地思量着。

亭亭出来了，走到戴俊德身边，小声问道："爸，出什么事了吗？"俊德看着女儿，笑着摇摇头，说："走，进去吧。"向东出现在包厢门口。"没事吧戴县长？"俊德摆摆手说："我透透气。"走进房间，坐回原处，只对喜爱笑了笑。

喜爱撕开一个湿巾包，将湿巾握在手心里，站起身走到俊德身边，柔声说道："戴县长，房间里有些闷，您擦一擦吧，会舒服一些的。"

俊德接过湿巾，笑着说道："好，还是喜爱体贴人哪。亭亭，你要学着点儿哦。"

亭亭乖巧地说道："遵命，老爸。"

向东夸赞道："亭亭真是一个知书达理，谦虚好学的姑娘啊！"

喜爱说道："我也要向亭亭多学习才是啊。"

亭亭歪着脑袋看着喜爱，说道："喜爱姐姐的嘴真甜，我顶喜欢你了。"

彼得说道："喜爱，给领导跟千金倒酒，我要好好敬敬……"后面的话被向东给截住了。

向东拽了下彼得的衣角，对喜爱说："别给领导倒酒了，还是倒点橙汁吧，晚上还是少喝点酒为好。"

俊德看着向东，对他笑着点了点头。

善于察言观色的向东，敏锐地感觉到，接完电话的戴俊德，已经有了心事。

第二天是个阴天。乌云翻滚，没有雷声。整个天空，好像有成千上万匹骏马在奔腾。东旺没顾上吃早饭，一头跑进指挥部工棚。付山泉和杜洪趴在一张图纸前正在说话。

东旺急切地说道："付县长，杜工，外面的天儿忒黑呀，跟锅底似的，气象台预报下不下雨呀？"

付山泉直起身，笑笑，说道："放心吧，我们已经问过省气象局了，没有雨。"

杜洪拍拍东旺的肩膀，说道："东旺啊，你可真是一个关心我们事业的好同志啊，怪不得童力书记老是夸你哪。"

东旺摇着手，呵呵笑着说道："你们忙吧，我不打搅了。我走了。"

东旺刚跑出工棚，二阳子气喘吁吁地跑来了，一边跑一边喊着"东旺哥"。东旺朝他喊："慢点跑——"二阳子跑到他跟前，呼哧呼哧光喘粗气，一句话也说不来了。东旺扶着他坐在草地上，说："别着急，喘匀乎了再说事儿。"二阳子没喘匀乎，就攥住东旺的手，说道："快……快跑，高……高彼得跟你玩……玩命来了……"东旺吃了一惊："他跟我玩命来了？因为啥呀？"二阳子晃着手说："不……不知道……快跑啊……"东旺问："他现在在哪呀？"二阳子说："咱们村工棚。"东旺站起身，朝村工棚大步走去。他的手机响了，是马北川打来的。"喂，北川，啥事？""周董，刚才县政府办公室送来了一份书面通知，咱们的工地可以恢复正常施工了，但一定要加强安全防范工作，不许再出现类似事故了。"东旺喜出望外："啊？真的？哎呀，太好了，太好了！你你你，马上召集工段长开会，强调一下安全防范工作，立刻开工。"东旺挂了电话，自言自语道："高粱杆跟我玩啥命来了？我的工地复工跟他有啥关系吗？咋会得罪他了呢？"

说着话，东旺走到了本村工棚区，听见从一个棚子里传出叫嚷声，他猜测彼得一准在那里，就走了进去。彼得果然在。二涛子、三核桃他们正拖拽着彼得极力劝说他。东旺喊了一声："把他放开。"大家全都看向东旺。彼得用力推开跟前的人，就要往东旺跟前冲。三核桃再次拽住彼得，喊："东旺你快出去——"东旺站着没动，说道："你放开他，我不怕他。"

这时候，高贺到了。他走到彼得跟前，骂了句脏话，狠狠地扇了侄子一记耳光。彼得当众蒙羞，愤愤地向二叔喊道："你打我干啥，是他坏了我的好事儿！是他鼓捣县里叫我眼睁睁跑了一个大项目！"东旺说："高彼得，你给我听好了，我周东旺可以对天发誓，我从来没干过坏你好事的事儿，没有！没有！"彼得喊："你干了，你干了，你干了！"高贺吼："给我闭嘴，你这个混蛋。还不给我滚！"彼得心里这个气呀！他不明白，二叔为啥偏向周东旺，简直是老糊涂了！还有眼前这帮村民，全都明显地跟周东旺是一伙的，跟这帮人已经没有理可讲了。事到如今，我高彼得只能以退为进了。想到这，他满眼哀怨地看了二叔一眼，一句话没说，默默地走出了工棚。

大伙围上东旺，纷纷问他出啥事了。东旺说："我也不知道咋回事，更不知道我咋就坏了他高彼得的好事儿。老支书你知道吗？"高贺说："我也不知道。但我清楚，你周东旺绝对不会干那种缺德事儿的，杆子他一准是冤枉你了。"大伙纷纷说："老支书说得对呀。""东旺根本就不是那种人。"东旺接着说道："谢谢老支书，谢谢大伙这么信得过我。告诉大伙一个好消息：县政府批准我们的建筑工地复工啦！"大伙一听，立刻欢呼雀跃起来。

外面有人喊道："快看哪，天放晴啦——"大伙涌出工棚，正想抬头看天。浩瀚的天空上，云开日出，投射下万道金光。大地亮得耀眼，河面上波光粼粼，几只雄鹰在搏击长空，自由翱翔。这时，上工的钟声敲响了。民工们扛上劳动的工具，意气风发，斗志昂扬，奔赴长长的河堤，开始了一天的奋战。

东旺站在高高的堤坝上，脱下上衣扔到地上，露出结实健壮的胸膛。他抡起手中铁镐，一下一下狠狠砸下去，震得堤坝砰砰响。在他的身前身后身左身右，人们一起砸，震得云彩碎了乱飞。谷香也在其中。她刚从医院来，元宝听燕子说截流工程已经开工，摸索着攥住谷香的手，神情庄重地说道："截流是大事，是造福滦河两岸人民的大事，比我的身体大得多。你必须上工地，哪怕去一天也得去！替我也挥上几镐！"她眼含热泪点点头，哽咽着说："我这就去。一定替你也干点儿。"她现在埋头苦干，想着丈夫说过的话，念着丈夫正在承受的病痛。一镐一镐刨下去，她要让滦河改变流向。她要让丈夫身上的病魔逃得无影无踪。她不停地挥舞钢镐，挥舞着，挥舞着……红霞喊东旺，东旺直起腰寻找红霞，却看见了谷香，心里头一阵说不出来的滋味。红霞朝他扬起手里的毛巾甩了过来，他接住毛巾擦着汗水，忍不住看谷香。谷香谁也不看，她感觉东旺在看她，心里酸酸的。她在心里听见东旺在对她说：歇着点干，别累着。东旺在心里接收到了谷香的声音：我知道。你也看着点儿。

66

彼得这些日子心情一直不好。一是当着村里那么多人的面，挨了二叔一巴掌；二是那块到手了的树林地突然又失去；三是丁向东要求他，不能再让喜爱单独与戴俊德在一起，否则就要他表妹离开公司；第四个是最要命的，他花钱雇请MK制造的这起"工地事故"，看起来并没有干倒周东旺。更要命的是，听说警方介入了调查，万一破了这个案子，抓到了MK，那高彼得可就完蛋了。

"老板，请你不要生我表哥的气，他从小就护着我，不愿意我受到一点伤害。"喜爱这样劝慰彼得。

彼得重重地叹口气，一拳砸在了桌面上，手指磕破流出血来。

喜爱从冰箱里取出小药盒，拿出酒精瓶和棉球，为彼得伤口消毒。

彼得疼得皱起眉，他想起啥，问喜爱："喜爱你分析，县里为啥把那块批给咱们的地又收回去了呢？"

喜爱认真地说道："老板，我一个小女子哪里懂得政府的事情呢？"

彼得说："你随便说说就可以，说错了也没事儿。"

喜爱想了想，说："会不会和周东旺复工有关系啊？他的工地出了事故被停工，那个要交给他做的主题公园，自然也就被暂时搁置了。可现在他的工地又复工了，那公园是不是也要继续交给他做了呢？如果是这样的话，那块地也就顺理成章，优先给他使用了。"

彼得觉得喜爱分析得头头是道，不禁连连点头；心里更加烦躁。他对喜爱摆摆手，靠在椅背上，闭上两眼不说话了。

喜爱轻轻地走到门口，刚一开门，高贺出现在门口，旁边还站着苏志新。喜爱对高贺鞠了一个躬，小声说道："伯父，高总在休息，您有事情吗？"高贺也小声说道："我们进去坐着等，不打搅他。"喜爱点点头，请高贺翁婿俩进屋，要给他们沏茶，高贺对她摇摇手。喜爱鞠躬，出去了。志新小声对岳父说："爸你先坐吧，我出去一下，一会儿就回来。"高贺点点头。志新出去了。

高贺蹑手蹑脚地走到侄子身边，坐在一把椅子上，看着他。他忽然发现侄子瘦了，好像左脸脸颊上还存留五个手指印哪，不禁埋怨自己打的那一巴掌，下手咋这么重呢？不禁鼻子一酸，心疼得落了泪。忍不住伸手摸摸侄子的脸，又怕惊醒他，连忙缩回了手。孩子忒累呀，操持这么大一个公司多不容易啊。到底周东旺坏了他啥好事呢？这个周东旺也是，一个村住着，从小光屁股长大，咋就总是这么扭头别棒的呢？还口口声声说过去的事就过去了，不往心里头搁了。可说话不算数，还是背地里较劲咳……

彼得其实没睡着。他哪里睡得着呢？他现在只不过跟谁也不想说话，就假装睡着了。他感觉到二叔走到跟前来了，知道二叔一准是后悔打他那一巴掌了。他知道二叔当时打他，是为了他这个侄子好，就从心底里原谅了二叔。为了安慰二叔，他假装熟睡，假装发出了很响的鼾声。他感觉到二叔的一只手贴在了他的脸颊上，轻轻地按着不动。然后，二叔的手放在了他的头发上，轻轻地摩挲起来。二叔喃喃地说道："杆子，你可别记恨二叔打你呀。你想想，你从小到大二叔打过你几回啊？……可这回二叔不打你，我真怕你干出啥傻事来呀……周东旺是咱村的支书，是马童力跟前的红人啊，你惹不起他呀……可二叔不该下手那么重啊，现在一准还挺疼的吧？二叔向你保证，从今往后再也不这么打你了，啊，二叔心里头也疼着哪……"二叔说不下去了。他听见二叔的话音哽咽了，心里头暖暖的发酸。他的眼泪也止不住流了下来。

高贺看见侄子流眼泪了，他原来醒着，知道他刚才说的话侄子都听见了，但侄子现在不睁眼还不想跟谁说话，说明心里烦着哪。高贺悄悄站起身，倒退着到门口，又看了看侄子，开门出去了。

彼得听见门"咔哒"响了一下，微微睁开眼看屋子里不见了二叔，控制不住感情趴在桌面上，像一个受了委屈的小孩子呜呜呜地哭开了。

一个月后的一天，碧空如洗，艳阳高照，滦河截流工程即将顺利完工。云秀来到了工地。马童力和童志也来到了工地。叶光明书记带领乡党委一班人全部来了。芳草乡各村书记村主任也都来了。各村能来的村民围满了工地四周。参加截流工程的民工们齐聚工地，只等上午九点钟整，总指挥一声令下，完成最后的大坝合龙任务。民工队伍中，周东旺手里擎着一杆红旗，他的全身都被红旗映红了，显得格外精神抖擞。

激动人心的时刻就要到了，东旺紧张得手心都出汗了。忽然听见有人说："金老师来了。"他立刻放眼寻找，只见谷香和燕子搀扶着元宝，来到了响马河村民工队伍里。元宝的身后跟着他的爸妈，还有谷香的爸妈，还有金怀远，他们身后还跟着两个穿着白大褂的医务人员。东旺不由得惊讶地看着谷香。谷香的目光跟他的目光相遇了，微微点了点头。东旺也朝她点了点头。他看见元宝一脸的庄重，就理解了元宝为啥带着重病来到了工地。

九点整。总指挥付山泉高高举起手里的小红旗，对着大喇叭喊道："开始合龙——"顿时，整个工地上响起了民工们的呐喊声，机器的轰鸣声，喇叭里的歌声，哨子声，这些声音汇集在一起，震天动地，响彻云霄。村民们激动地欢呼着。各村的锣鼓队把锣鼓敲得震天响，为自己村的民工呐喊助威。民工们干得更欢了，报社记者忙着拍摄下一张张珍贵的照片，电视台记者忙着录下一个个难忘的场景。

中午十二点整，大坝合龙顺利完成。滦河水绕了个弯，继续奔腾向前，一路高歌。付山泉大声宣布截流工程胜利完工。云秀、马童力、童志、叶光明走到主席台上剪彩。各村的秧歌队扭起了大秧歌，红霞和惹不起唱起了皮影戏，整个工地成了一片欢乐的海洋。

秦奶奶挣脱小云的手，走进村里的秧歌队，也扭起了大秧歌。老人家一下子好像年轻了二十岁。她越扭越欢实，引得不少老头老太太跟着一块扭了起来。谷香扶着元宝，随着人们一起欢呼着。元宝忽然推开谷香的手，摇摇晃晃地扭起了大秧歌。谷香跑过去，不放心地看着他。元宝的爸妈要劝阻儿子。东旺见状跑了过来，陪着元宝扭。扭着扭着，他对谷香招招手，要她也跟着扭。谷香站着没动。燕子和小云跑过来，强行把她拉进了秧歌队。谷香一走进秧歌队，整个人立刻来了精神。这段时间的压抑此刻得到了大释放，总算得到了释放，她脸上那久违的笑容又回来了，终于又回来了。

再看元宝那苍白的脸上，逐渐红润润的了。他那僵硬的肢体，逐渐变得灵活起来了。他似乎变成了一个健康的人，又变回那个吟诗作赋意气风发的金元宝。元宝此时感受到了一种从未有过的舒服，整个人好像腾云驾雾一样，眼前突然出现一片大花园，一望无际的花园，里面百花盛开，姹紫嫣红，把滦河映衬得格外鲜亮。他的心醉了。他大张开双臂，朝着那片鲜花扑了过去。他要拥抱那些花朵，亲吻花朵下面那片喷香的土地。啊，他终于卧在了百花掩映的沃土上了。他好想好想美美地睡上一觉。他闭上了两眼，轻轻地说了声："香，我睡了啊……"

谷香哭喊着："元宝，你醒醒啊，你睁开眼睛看看我呀……"她用力摇晃着丈夫的身体。怀远跪在爸爸跟前，大声喊着："爸爸——爸爸——"东旺瞪大眼睛看着元宝脸上挂着笑容，一动不动。医务人员检查一下元宝的生命体征，难过地对谷香摇了摇头。元宝的爸妈晕倒在他们的儿子旁边。燕子伏在哥哥身上悲痛不已。大贵和彩凤哭着蹲在了地上。乡亲们纷纷围在元宝身边，默默地抹着眼泪。

金元宝走了。他倒在了截流后的堤坝上。他倒在了不舍的妻子怀里。他倒在了自己一生钟爱的，散发着芬芳的故乡的土地上。

三天后，金元宝的骨灰被安葬在了自家的土地里，由五谷芳香陪伴到地久天长。下葬那天，元宝生前所在学校的老师来了不少，校长也都来了，叶光明和主管教育的妇联主任李卫红来了。高贺写的悼词，并在墓前朗读。东旺站在墓前，告诉元宝："元宝哥，你放心吧，我一定帮着谷香料理好你们这个家，照顾好你们的父母，照顾好你们的儿子。我会把谷香当我亲妹妹待的，不教她受一点委屈……"

按照冀东丧葬习俗，为元宝圆坟的第二天，谷大贵叫彩凤把闺女喊到家里来住几天，散散心。老两口担心怀远住校不在家，谷香寂寞难受。可谷香要去陪公婆。燕子的婆婆住院了她不能陪爸妈，老人跟前不能没人伺候啊。元宝爸妈本来就不爱说话，元宝一走，就更是沉默寡言了，吃不下睡不着的。谷香强忍着悲痛，变着法给老两口做这做那，可他们就是没胃口。这也难怪，白发人送黑发人，心里就跟刀割一样疼，咋劝慰也劝不到心里啊。谷香也只能干着急。

东旺叫红霞抓空多去陪陪谷香。红霞试探他的心思说道："还是你去吧，顺便合计合计村上的工作。"东旺摇摇头说："我去不合适，很容易惹出闲话儿。"红霞满意了，说："你还有救儿。"东旺没听明白："我哪还有舅啊，就一个还没了，这一晃没了七八年了。"红霞不想跟他解释，就顺着往下说："对呀，你跟我说过，没了七八年了。中啊，抓空我瞅瞅谷香去。"

"你来了，红霞嫂子。"谷香红肿着眼睛看看红霞，拿起小笤帚扫了扫炕沿，"来，快坐。"

红霞看看谷香手里的布料，问道："你这是忙乎啥呢？"

谷香说："给我妈做个坎肩，省得老肩膀疼。"

元宝妈对红霞说："香，好媳妇啊。"

元宝爸对红霞伸出一个大拇指，嘴巴动了几下，却没说出一个字。

红霞对他也伸了下大拇指，对元宝妈说："没啥事儿，你们俩出门溜达溜达吧，看看外头的景儿，上大坝上瞅瞅，水呀鱼呀船呀的，散散心，多好啊。"

元宝妈与老头子对视一眼，不说话，仰起脸看挂在墙上的儿子相片。

红霞小声对谷香说："你也别闷在家里头了，带着老两口转悠转悠，别憋出病来呀。"

谷香笑笑，点了点头。

钱彩凤进来了，手里端着个搪瓷盆。"哟，红霞在呀。"红霞看着盆子问："婶儿啊，给你闺女做啥好吃的了？"彩凤说："给他们三口子熬了点鸡汤，乌鸡熬的，可有营养了。"红霞问："我听说乌鸡比柴鸡价钱可贵多了，我大贵叔不知道吧？要是知道了能舍得？"彩凤戳了下红霞的脑门："侄媳妇儿，你可真会说话呀。"元宝妈对彩凤拍拍炕沿，意思是叫她坐。元宝爸见一屋子的女人，觉得怪难为情的，抬腿出去了。

彩凤问谷香："香啊，我咋听说县里头要成立那个啥来着……哦，旅游公司，是吧？"

谷香点点头，"嗯"了一声。

彩凤又问谷香："香啊，我还听说旅游基地跟前的村子，可以入股县里这家旅游公司？是吧？那咱村入还是不入啊？"

谷香看看母亲，轻声说道："妈，你让我清静会儿中吧？"

彩凤看看亲家母，再看看红霞，拍了拍自己的嘴巴，摇了摇手，不说话了。

外面大喇叭响了，是满仓在喊："谷香，谷香，谷主任，谷主任，听到广播后请赶快到村委会来，听到广播后请赶快到村委会来……"

彩凤看着闺女说道："是不是商量旅游入股的事啊？"意识到自己又多话了，打了下自己嘴巴，缩了下脖子。

谷香下了炕，对红霞说："你待着吧，嫂子，我去看看。"

红霞说："叫她们老姐俩待着吧，我得回家看看去了。"

两个人一块出了金家。一个回自家，一个去了村委会。

谷香进了村委会大院，满仓正往外走。"满仓哥，你干啥去呀？"满仓说："回家呀。你去吧，东旺在他那屋等着你哪。"谷香走到书记办公室门前，犹豫了一下，敲了敲门。门开了，东旺开的门。"来了，进来吧。"谷香看见朱明理也在，心里一阵释然，就迈进了屋。

"谷主任来了。"明理打了个招呼，倒了一杯水，放到谷香面前。

谷香对明理点下头，问东旺："啥事啊？"

东旺说："老支书上城里她闺女家了。之悦一大早去老丈人家帮忙盖猪圈去了。张平闹肚子了。二阳子跟兴文、金生一会儿该到了。惦着开个会商量一下旅游基地入股的事儿。"

正说着，二阳子跟兴文、金生推门进来了。看见谷香，都对她点下头，欲言又止的样子。

谷香说："你们甭想着安慰我了，放心吧，我想明白了，我得好好活着，元宝在天之灵才安心哪。"

大家都说"谷香说的对"。东旺说："咱们开会吧。县里旅游公司在咱家门口建旅游基地的事，大伙一准都听说了。今儿个，咱就商量商量自愿入股的事儿，一个是咱村里入不入，二是跟乡亲们说不说这事儿。"

在座的每个人心里早就琢磨这事了。东旺的话音刚落，明理便率先发言道："我看好旅游基地的事，我建议村里入点股，我个人也乐意入，我媳妇儿也批准了。"大伙笑。二阳子也说："我也看好旅游基地的事，我也建议村里入点股，我个人也乐意入，我媳妇儿也批准了。"大伙又笑。东旺说："兴文，你说说。"兴文咳嗽一下，说道："谁能保证县里开发的这个基地，就一准能赚钱呢？万一要是，我是说万一啊……"明理说："闭上你的乌鸦嘴，你要不入就一边待着去，别说丧气话。"谷香说话了："刚才兴文说的不是一点道理也没有，入股的事是得慎重。我的意见是，村里先别急着入，集体的钱赔了不好交代。自己个儿可以考虑入，赔了赚了都是个人的，好说。"一直没说话的金生说话了："我同意谷香的意见。"大伙一起看东旺。东旺琢磨了一会儿，说道："谷香说得在理儿，我也同意她的意见。大伙呢？"几个人全都点头表示同意。东旺说："那中。等几个缺席的村委回来了，我跟他们说一下，听听他们的意见，最后决定咋办。"

下午，李之悦回来了，东旺征求他的意见，他也赞成个人入股，村里先不入。东旺又去了张平家里，张平正蹲在茅房里，朝外喊："我的意见，村里先别入哪，公家钱儿，小心没大差。"东旺喊："那咱动不动员乡亲们入啊？"张平喊："跟大伙说说这事，入不入的各家自己个儿琢磨去呗。"东旺赶紧说："好了，我走了啊，我还有事哪。"第三天，高贺回来了。东旺跑去征求他的意见，高贺说了八个字："个人先入，集体慎入。"东旺心里有底了。

两天后，东旺把入股旅游基地的事，通过村民大会宣传出去了。村民们反响挺热烈的，可就是报名入股的不多。叶光明在各村村干部会上说了一句话，让东旺他们茅塞顿开。他说："入股旅游这事是一个新生事物，要让群众接受，必须要有一个认识的过程。"东旺说："对呀，当干部的不能一做起工作来，就指望群众立刻全都响应啊。"散会后，东旺找到宣传委员邵天翔，跟他要有关旅游股份公司方面的材料。邵天翔给了他一本宣传资料，他拿着材料回了村。

在村委会大门口，东旺看见谷香急匆匆地出来了，连忙问："干啥去呀谷香？"谷香一拍巴掌说："哎呀东旺你可回来了，快跟我上杨家营去一趟。"东旺问："干啥去呀？"谷香问："彭大叔闺女彭娟半年前得病死了你知道吧？"东旺吃了一惊："啊？不知道啊，得的啥病啊？"谷香说："大脑炎。"东旺说："大叔现在咋样了？"谷香说："这不嘛，刚才他们村主任安达来电话说，彭娟的丈夫对彭大叔特别不好，饱饭都不给吃，虐待老人。咱们去看看。"东旺气得咬了下嘴唇，吼："快走！"

两个人骑上自行车一溜烟儿地到了杨家营。彭娟家谷香来过。两个人直接敲开了彭娟的家门。开门的是彭娟丈夫田大拿，一脸的横肉，大秃脑袋："哎哟，是谷主任哪。"看看周东旺，笑嘻嘻地问道，"这是你老爷们儿啊？"谷香不喜欢听他说话，皱了下眉头，说："你咋上来就瞎说呀？脑子都不过一下。这我们村支书周东旺。彭大叔呢？"说着，推开大拿就往院里走。大拿琢磨了一下，紧跑几步到谷香身前，指着大屋说道："请请请，屋里坐屋里坐，嘿嘿嘿……"谷香停住脚，问他："彭大叔在哪屋呢？"大拿说："他出去溜达去了。"谷香扭脸看看西厢房，对东旺使了个眼色。东旺会意，向西厢房走去，谷香紧随其后。大拿喊："哎，站住，你们上厢房干啥去呀，里边乱糟糟的……"东旺走得快，几步到了门口，推门进去了。

一股臭不可闻的味道立刻扑面而来，熏得东旺和谷香差点儿背过气去。屋子的墙壁黑漆漆的，一件家具也没有，到处是灰尘。"大叔呢?"谷香没看见彭家林。东旺一眼看见了彭家林就躺在炕头墙角，身上盖着一条破被，蓬头垢面的，东旺几步过去，一把攥住彭家林脏兮兮的两只手，喊道："家林大叔，你……你咋成这样了啊?"彭家林瞪着两只浑浊的老眼，胆怯地看着东旺，嘴唇颤抖着刚要说话，一看见了大拿，立刻吓得缩回身子不敢抬头了。谷香探过身来，对彭家林说道："大叔别害怕，我跟东旺看你来了，过来，我给您老洗洗手脸……"

大拿眼珠子滴溜溜一转，转身要走。东旺一把揪住了他的脖领，瞪着血红的眼睛盯着他，吼道："有你这么对待老人的吗? 你他娘的还算个人吗? 啊?"大拿喊："我们家的事你他妈的少管，放开老子!"东旺骂了一句，一拳头捶在大拿胸脯上。大拿跟跄了好几步，仰面"咣当"一下倒在了门板上，脑袋磕在了板子上，疼得龇牙咧嘴。

东旺蹿上炕，伸手攥住彭家林的两手，颤抖着声音说道："我的大叔，走，咱回家去，我养您老一辈子……这些日子叫您老受委屈了……都怪我，都怪我，这些日子尽瞎忙了，没顾上看您，不知道您上闺女家住来了，也不知道彭娟妹妹她……我更不知道您老在这个家，遭了这么大的罪，我……我有罪呀，我对不起大叔您老啊，对不起您呀，我不配当这个村干部啊……"东旺越说越激动，越说越内疚，抡起胳膊抽起自己的嘴巴来，"啪啪啪"不停地抽，嘴角都流血了，他还在打。

谷香看着情绪失控的东旺，心里一阵阵地疼。她扑上去攥住东旺的胳膊，喊："你干啥呀东旺，别打了，别打了……"

第二十三章

67

谁也没有时光跑得快，一眨眼，一年一度秋风劲，一出溜，十年八载成为过眼云烟。滦河波涛拍打堤坝间，不知不觉已经是二〇〇六年的秋天了。

在这一年发生了一件大事——《农业税条例》废止了，农业税全面取消。农民生产活动获得了进一步的解放和自由。乡亲们不再独守着那几分地过日子了。不少人成了农民工。不过滦河两岸的村民们进城打工的人并不多。在县委县政府的策划运作下，以旅游基地为中心，旅游度假村、生态鱼餐饮、垂钓园、生态园林……一个个跟旅游休闲相关的产业应运而生，沿岸的村民们或是进入这些企业当工人，或是干脆自己当老板，小日子过得有滋有味的。

响马河村的人们也发生了很大变化。先说老一辈们。老支书高贺跟耿翠芝举家搬进了城里，颐养天年。秦奶奶九十岁高龄照样耳不聋眼不花，乐乐呵呵夕阳红。周秋山七十四岁了，身子骨还挺硬朗，一顿饭能吃两张大烙饼。他在自家地里种满了大棚甜瓜，一年四季忙得很，浑身上下都是甜瓜味。谷大贵还是那么抠门儿，不过对别人多少大方了点，因为他在度假村里开的"大锅鱼餐厅"生意红火，赚了不少钱。钱彩凤整天跟惹不起、红霞这群小一辈的女人唱唱皮影、打打麻将的，一天到晚不着家。

下面该说说周东旺他们这一辈的了。先说东旺。他今年五十三岁了，做村支书，团结带领乡亲们种水稻、编制手工艺品、参股旅游度假村，富了集体，也富了村民，村民年收入在全县数一数二。他的建筑公司在市场上打拼这些年，既积累了良好的信誉和口碑，又积累了丰厚的财富。现在，正计划在滦河河畔为全村乡亲盖新村。

再说谷香。谷香今年也五十三岁了，还当村主任哪。她一直没有再婚，除了忙村里的事，从东旺建筑公司撤出股份后，在城里开了家旅行社。积累了资金后，跟东旺一样，为乡亲们办了不少实事。

该说高彼得了。因为雇佣萧万千（绰号 MK）在东旺建筑工地制造"坠楼事故"，被判有罪而锒铛入狱。五个月前，他刑满释放。从监狱出来后，他重操旧业，利用过去的老关系，跟孙秋风、陆战海合伙注册成立了一个地产公司，取名秋海得房地产开发公司。他现在跟东旺几乎没有来往，他心里明镜似的，周东旺这辈子也不会原谅他了。

还有蒋状，人家现在是东旺建筑公司副总经理了，也是股东之一。他和彩彩相亲相爱，去年还当选为芳草乡"模范夫妻"了哪。就是有一点不如意，到现在还没有个孩子，是彩彩的毛病。不过，蒋状从没有嫌弃过媳妇儿。

再下面该说说怀远糖果他们这一辈了，这俩孩子已经大学毕业了，怀远自己在县城开了家育种公司。谷香要他帮着做旅行社，怀远想自己创业。谷香尊重儿子的选择，从经济上支持儿子。怀远邀请糖果跟他一起干，糖果同意，东旺不同意，理由是他俩性格上一个柔一个刚，不适合在一起干同一个事业。糖果觉得爸爸说得有道理，就自己在滦河旅游度假村开了一家旅游产品商店，连玩带赚钱，一天到晚乐颠颠的。

高绪从莫斯科大学毕业后，在俄罗斯干皮货生意，赚了不少钱。他爸爸入狱后，他回到平安县城，接手爸爸的房地产公司。开始几年干得还不错，就自以为是，谁的意见也不听了。二〇〇四年秋天，高绪看中一块商业用地要开发，公司高层全都反对与那个姓贾的女老板合作，但他一意孤行。结果，贾老板不讲信誉，卷走大批资金出逃，导致资金链断裂，公司赔了个一塌糊涂。彼得出狱后重组房地产公司，没有吸收儿子。高绪却想哪里跌倒，一定要在哪里站起来，非要干房地产。彼得咋劝也不听，气得吹胡子瞪眼睛犯了心脏病。最后，还是娜塔莎出面说服了儿子。

高彼得是个聪明的生意人。加上孙秋风和陆战海这两个经验丰富的合伙人，他们的房地产生意很快就做得风生水起了。彼得一看这行业这么赚钱，就想拉儿子进公司，多赚一份钱。可这时高绪却不同意加入了。彼得问他："放着赚钱的大买卖你不干，你还想干啥更赚钱的？"高绪说："我要到农村搞土地流转去。"彼得不理解："你惦着倒腾土地？这能有啥大钱可赚嘛。我劝你，还是别瞎折腾了，跟着老子轻轻松松数钱数到手抽筋吧。"高绪不再说话。彼得知道，儿子这是坚定了决心，他只好听之任之。

这天，丁向东来了。这个时候的向东已经是省农行的行长了。他来平安县城视察基层工作，顺便看看彼得。让彼得大喜过望的是，他居然把秦喜爱给带来了。数年不见，喜爱还是那么漂亮，气质还是那么高雅。彼得看得眼睛都直了。向东给了他一拳，说道："嗨，别把我表妹看眼睛里边拔不出来喽？"喜爱捂着嘴笑了。彼得捶了向东一拳，握住喜爱的玉手，埋怨向东道："我说哥，你刚才在电话里边，咋不告诉我喜爱也来了呀？诚心给我一个惊喜是吧？哎呀，我可太高兴了！哎，喜爱呀，你现在在哪发财呐？"喜爱小幅度地晃晃手说："比起高总，我可是小巫见大巫的。"向东自豪地介绍说："喜爱现在在上海一家外企做高管，享受的可是年薪制哦。"彼得挑起大拇指，连续说了六个"好"，还不过瘾，又追加了六个"才女"。

向东对彼得说："令公子前几天找我贷款了。"彼得问："令公子？还有姓令的？哪天给我引见引见？"向东开怀大笑。喜爱说："高总您可真幽默。"彼得被整蒙了，直么瞪眼看看喜爱，再看向东。向东止住笑，说："逗我玩是吧？"彼得一脸认真地说："没逗你，我真不认识这个叫令公子的人。"向东对喜爱说："表妹你给他翻译一下吧。"喜爱对彼得说："高总，表哥说的令公子指的是您的儿子。这是敬称。"彼得自嘲地笑了，不好意思地说道："哎呀没文化真可怕呀，往后我得多学习啊。"向东说："别扯淡了，走，找个地方喝点小酒去。"彼得兴奋地说："走，我带你们到我们这最高级的饭店……"向东扬手打断他的话："大饭店早就吃腻了，我现在就想吃农家小炒，只要环境干净，菜干净，不怕饭馆小。"彼得看着喜爱，为难地说："咱哥俩好说，可是不能委屈了喜爱小姐啊。"喜爱笑着说："我也喜欢整洁幽静的小地方。"彼得说："那好，我知道一个小地方，环境、饭菜、服务都挺好的。咱们走。"

在"小老乡"饭馆的小雅间里，彼得、向东和喜爱三个人，一人点了一道菜，老板还赠了一道凉菜。要了一扎啤酒，三人吃着喝着聊了起来。

彼得问向东："对了哥，刚才你说我儿子找你贷款了？"向东反问："他没跟你说？"彼得点点头，又问："你贷给他了？"向东反问："为啥不呢？"彼得说："他要搞啥土地流转。"向东又是反问："土地流转咋了？"彼得问："流转点土地，能赚钱吗？"向东说："弄好了能赚大钱哪。"彼得说："我还真没研究过土地流转这事儿。"向东说："农村土地流转哪，说的是农村家庭承包的土地，通过一种合法的形式，保留住承包权，把那个经营权转让给其他农户，或者其他的经济组织，也就是一些企业。这说明现在的农村经济发展到了一定的水平。要是高绪下好土地流转这盘棋，将来他就可以开展规模化、集约化、现代化的农业经营，这可是大有发展前途的朝阳产业啊！"彼得不敢相信："要是这么好，那为啥没人争着抢着去流转呢？"向东说："刚才你没听见我说的那个前提条件吗，我说的是，要是高绪下好土地流转这盘棋，如果没下好那就赔了呗。你记着，任何一个产业都是事在人为，有赚的就有赔的。"

真是无巧不成书。向东刚才跟彼得说的后半截话，几乎都被刚进来的东旺听去了。虽然没看见人，但他俩的声音他是熟悉的。他在心里对自己说："高粱杆要搞土地流转？一准是回村里搞啊。哼，他要是回村干事情，乡亲们一准又要倒霉了！不中，我要坚决叫他流转不成！"想到这，他也无心吃饭了，对准备点菜的服务员说了句："我有急事，改天再来。"跑出了饭馆，开着自己买的二手车，直接回村去了。

到了村委会，他给谷香打了个电话，跟她说了彼得要流转土地的事。谷香在电话里问:"他流转土地想干点啥?"东旺说:"我哪知道啊。反正我的意见是,绝不能把咱村的土地流转给他。"谷香沉默了会儿,说:"那得看他究竟惦着干啥。"东旺的口气斩钉截铁:"干啥也不给他。"谷香说:"我的意见,只要对乡亲们有好处,不伤害集体和国家利益,咱就应该成全他。"东旺笑:"我说谷香,你不了解高粱杆是个啥人咋的?你好好回忆回忆,他干过几件好事?你给我说出来一件就中。"谷香说:"这样吧,一会儿我回村,咱们开个会议议这事儿。"

挂了电话,东旺趴在窗台上琢磨事。他感觉谷香好像并不是反对高粱杆回村流转土地。她说只要对乡亲们有好处,不伤害集体和国家利益,咱就应该成全他。这不是糊涂话吗,他高粱杆能干对乡亲们有好处,不伤害集体和国家利益的好事吗?哼,打死我也不相信啊。可要是谷香同意成全高粱杆咋办呢?要是我坚持不流转给高粱杆,她会不会和我闹矛盾啊?我咋样才能说服她呢?他想来想去也没想出好法子。忽然想到给江天成打个电话,就拨通了他家的电话。天成一听到东旺的声音,立刻呵呵乐了,说:"你挺好的吧?村里乡亲们都挺好的吧?"东旺说:"都挺好的,你最近咋样啊,胃养得好多了吧?"天成说:"好多了好多了。就是想你们大伙啊,哪天回村看看你们去啊。"东旺说:"好啊,回来吧,我陪你上旅游基地好好玩玩,尝尝我给你做的滦河糖醋鱼。"天成说:"中,你这一说,现在我就馋了。哎东旺啊,咱村搞土地流转了吗?我小舅子他们村正搞着哪,可热闹了。"东旺说:"我正要跟你说这事。高粱杆要回村流转。"天成说:"哦?他要流转?他惦着干点啥项目啊?"东旺说:"你咋也问这个呀?你的意思是不是,只要对乡亲们有好处,不伤害集体和国家利益,咱就应该成全他呀?"天成说了好几个"对对对":"我发现你的水平见高啊,中,当支书就得以大局为重,容得下各种人。"东旺无奈地摇了摇头,说道:"要是我不同意流转给他呢?"天成说:"那就说明你小气呗,你是支书,你代表的是响马河村,不是你自己个儿。你喜欢一个人,记恨一个人,那是你自己个儿的事,跟村集体有啥关系啊?"东旺听着这些话挺入耳的,就说:"你说得对天成哥,做人是不能小气喽。"谷香推门进来了,没关门,敞着。东旺说:"我们得开会了哥,有空看你去。我挂了啊。"

"来了,喝水吧?"谷香摇摇手,看了眼东旺,说道:"高彼得跟你说,要回村流转土地的事了?"东旺说:"没有。他跟别人说,我听到了。"谷香笑了一下:"听风就是雨。人家还不一定哪,你倒先义愤填膺的了。"东旺说:"我想明白了,你说得对,只要对乡亲们有好处,不伤害集体和国家利益,咱就应该成全他。"谷香惊讶地看着他。东旺笑了,说:"我说的是真的。"谷香点点头,伸了下大拇指说:"这就对了。我还想再做做你的思想工作哪,现在看不用了。那好,我回城了,怀远找我有事商量。"

送走了谷香,东旺突然想到了怀远。对呀,怀远不是自己个儿开着公司吗?

叫他回村流转土地，不是最合适不过了吗？这小子绝对跟乡亲们贴心哪，土地交到他手里尽管放心啊！对对对，叫怀远回村。东旺兴奋起来了。赶紧拨通了谷香的手机。"东旺，有事儿啊？""谷香，你说，咱们叫怀远回村流转土地咋样？"谷香沉默了会儿，说道："我问问孩子，看他愿意不愿意吧。"东旺说："他要是不愿意，咱就想方设法说服他。"谷香说："我不同意这样做。孩子大了，有权利选择自己个儿要做的事。我们应该尊重他们的选择。"东旺有点不爱听，但又不好反驳，说了一句："中，你跟他说说，听听他的选择吧。"

东旺挂了电话，心情不悦。这个谷香咋变这样了呢？她对村里土地流转这事，为啥这么不热心呢？难道她忘记了自己个儿是大伙选出来的村主任了吗？手机铃声响了，是谷香打来的。他赶紧接通："喂，谷香……怀远不想搞流转？……嗯，我知道了……我挂了啊。"接完了电话，东旺的心情更加不好了，呆呆地坐在办公桌前生闷气。

糖果推门进来了。看老爸在愣神儿，走到跟前，拍拍他的肩膀，笑嘻嘻说道："老周同志，又纠结啥哪？说给闺女听听，我替你排忧解难。"东旺挥着胳膊说："去去去，小孩子家懂个啥呀。"糖果的手机响了："金怀远，我跟你说过多少回了，你咋就不长记性呢？我不爱看言情电影，哭天抹泪儿的，没劲，哪有战争片带劲啊，你一拳我一脚的，要不就是你给我一枪，我给你一炮的，哎呀爽死了！"糖果越说越兴奋，伸胳膊抬腿地比画起来了。踹翻了椅子，划拉掉了爸爸的茶缸子。东旺一把将闺女按倒在了桌子上，吼叫道："你个疯丫头，咋就没个稳当气呢？"糖果嘎嘎嘎地笑着，说："谁叫怀远不长记性，又约我看软了吧唧的电影哪。"东旺忽然心生一计，放开闺女，说道："哎糖果，你帮爸个忙吧？"糖果问："有奖励吗？"东旺说："有，想吃啥，爸给你买。"糖果说："那好，帮啥忙，你说吧。"东旺说："说服怀远回咱村流转土地来。"糖果问："为啥叫他呀？"东旺说："你甭管。""不告诉我因为啥，我就不帮你。"东旺只好告诉了她。糖果一听，笑了，说："我说老爸，你们大人之间的恩恩怨怨，就别往我们小字辈身上传了，我们可不乐意掺和你们的破事儿。"东旺打了闺女后背一下："胡说，这咋是破事儿呢？一点觉悟也没有，一点也不关心集体，哼！咱村的土地要是都被高粱杆糟践了，咱子孙后代就没有土地再种粮食了，种不了粮食吃啥，喝西北风啊？"糖果吐下舌头："这么严重啊？"东旺推着闺女往门口走："这下知道严重性了吧？快去找怀远吧。"糖果出了门口，又退了进来："我想吃满汉全席。"东旺说："没问题，正好我跟你爷爷，还有你妈也想吃哪。"糖果嘻嘻笑着走了。

东旺刚刚出了办公室，叶光明推着自行车走进了院子。"叶书记来了。"东旺朝叶光明走过去。叶光明握了下他的手，说："上你办公室去。"东旺看看叶光明的神情，心里嘀咕道：叶书记这是咋的了，脸色咋这不好看哪？进了屋，东旺拎起暖壶要倒水，光明摆摆手说："别倒了，我不渴。我今天来，是来通知你一件重要的事情。你们村有两个现役军人，一个在航天中心当宇航员，另一个在驻巴基斯坦大使馆当武官，对吧？"东旺点点头，说："对，当宇航员的叫苏宁，当武官的叫杨和平。他们可是我们村的骄傲啊！"叶光明沉重地说道："昨天上午，一股武装分子袭击了瓜德尔港科学家营地，杨和平同志为了保护科学家们的生命财产，以身殉职，光荣……牺牲了……"

东旺惊愕地张大了嘴巴，好一会儿没有合上。叶光明拍拍东旺的肩膀，继续说道："省委领导要亲自到首都机场迎接烈士回家。县委派童力副书记去迎接。鉴于杨和平同志是个孤儿，县委决定由你代表杨和平的亲属去迎接。烈士生前说过：他的骨灰要撒在家乡的滦河两岸！"东旺鼻子一酸，两眼涌出泪来，他用力点着头哽咽着说道："好，叶书记，请组织放心，我一定把烈士安全接回家里！"叶光明点点头："你准备一下，明天上午八点钟到乡里集合。"

68

糖果笑眯眯地站在了金怀远的面前，怀远惊讶得有点不知所措。他的不知所措是有道理的。糖果不愿意跟怀远一起做公司，已经让他遭遇了一次挫折。他担心自己跟糖果不能经常见面，会出现感情危机。现在，糖果突然站在了他的面前，他怎能不惊喜交加，手足无措呢？

"糖……糖果儿，你……你……我……我……那个……你咋……嘿嘿，真好……"怀远开始语无伦次了。

糖果白了他一眼，说道："你知道吗哥们，我顶看不上你这点儿了，我一不是仙女，二不是你的救命恩人，你至于看见我就这么激动吗？咋就拿不出个男人的劲儿来呢？"

怀远嘿嘿一笑说道："你不是我的救命恩人，可你是可以要我命的情人哪……"

糖果心头荡漾，嘴上却还是硬得很："去，谁是你情人啊？自作多情。你这小脑袋瓜子整天都琢磨些啥呀？没正事干了是吧？怪不得公司没啥起色哪。"

怀远一本正经地说："所以，我才一再盛情真情邀请你和我一起创业哪。我说你呀，就别再矜持了，快来拯救我于水火之中吧。"

糖果两手交叉抱在胸前，高傲地扬起头，不看怀远，说道："那好吧，现在就让我来拯救你脱离火海吧。"

怀远想笑，但憋住了。他学着皇宫里的礼节，单腿跪下，对糖果行了下抱拳礼，有板有眼地说道："请公主赐教。"

糖果也憋住了笑，拿腔拿调地说道："本公主念及你真心悔过，欲从今以后发愤图强，有所作为，特给你指出一条光明大道，那就是回村搞土地流转……"

怀远"啊"了一声，说道："启禀公主殿下，关于土地流转，在下母亲已经向我建议过了，我没有接受，理由是我不感兴趣。"

糖果说："土地流转有利于促进农民获得财产性的增收，你明白了没有啊？我来问你，土地流转的本质是啥你知道吗？"

怀远回答说："嗯……好像……好像是……时间长了我想不起来了。"

糖果说："你看你，不好好学习，不深入研究国家的政策。告诉你，土地流转的目的就是推进土地要素的市场化。市场化你懂吗？土地流转可以有效改善土地资源配置的效率，还可以进一步激活农业剩余劳动力的转移，为农业规模化、集约化、高效化经营提供广阔的空间。听清楚了吗？"

怀远点点头："听清楚了。你的意思是，我把土地给租过来，搞规模种植经营，是吧？"

糖果捶了一下他的肩膀，说道："对呀。你看啊，现在哪，种田辛辛苦苦一年下来挣不了几个钱，咱们农村不少劳动力都转移进城里打工去了，所以耕地抛荒现象就不可避免了。咱们就趁这个时机，把连片的抛荒地集中到一块，投入一定的资金和技术，开发经营，这样，既可以防止土地抛荒，又能合理利用土地，增加乡亲们的经济收入，这不是一举两得的好事吗？你说呢？"

怀远点点头，拧眉思忖着。

糖果又急了，对怀远翻着白眼撇着嘴，说道："看看看看，又犹豫不决了，我真是服你了，总是优柔寡断。"

怀远摇摇手，说："不是我优柔寡断，而是我已经有了一个不成熟的想法。本想成熟了再跟你商量，既然说到这了，现在我就跟你说了吧。"

糖果说："你说吧，我听着哪。"

怀远说："是这么回事。前天，东旺叔不是代表杨和平大哥的亲属，上首都机场把烈士接回家乡了吗？"糖果点点头，说："杨和平大哥真是好样的，满腔的爱国主义情怀，真值得我们好好学习啊！"

怀远说："是啊。还有咱村的苏宁，他不是在国家航天中心当宇航员吗，这是一个多么典型的爱国主义教育材料啊。我就想，能不能把咱村改造成一个爱国者小镇，成为一个爱国主义教育基地，以此来促进文化旅游事业发展呢？"

糖果儿思忖了一会儿，说："这个想法不错啊。"

怀远说："你也赞成这个想法是吧？我们是新时代大学生，不能把多赚钱作为自己的奋斗目标，更重要的是传承民族的精神和灵魂。糖果儿，你说是吧？"

糖果受到感染，情不自禁地攥住怀远的手，激动地说道："怀远，你说得对呀，我们是新一代大学生，我们还是农民的后代，应该扎根乡村，在这片生我养我的土地上，实现我们的理想和抱负啊。"

怀远两眼闪烁着灼灼光芒，他声音颤抖着喊了一声："糖果儿！"

糖果深情地喊了一声："怀远！"

两个年轻人深情对视，紧紧地拥抱在了一起。

夜幕降临。明月悬空，响马河村灯光点点，深蓝色的夜空格外空旷。暮色弥漫，田野里散发着温暖的潮气。映照在滦河河面上的霞光全都隐去，远处近处的景色越来越模糊了，整个村庄都隐没在无边无际的纱幕里了。家家户户炊烟袅袅，饭菜的香味聚集在一起，久久不肯散去。

东旺躺在炕头上想心事。两只大手交叉在脑袋下，两只大眼睛瞪着屋顶不眨一下。红霞熬好了香喷喷的小米粥。自家腌制的萝卜疙瘩切成丝，搁上香油醋，满屋扑鼻的香。红霞喊："爸，东旺，吃饭啦。"周秋山从房间里出来，问："糖果咋还没回来呀？打手机她也不接，我接接她去。"红霞说："你们爷俩吃吧，我上村口迎迎去。"

红霞在村东口碰到了谷香。谷香从汽车里探出脑袋，问道："干啥去呀红霞？"红霞说："谷香姐回来了，我等着糖果哪。你说这孩子，这么晚了不回来，也不知道打个电话告诉家里一下。给她打电话也不接。"谷香想了想，拨通了儿子的电话："怀远啊，你看见糖果了吗？……哎呀，我就想到你俩可能在一块哪，也不告诉大人们一声……好了好了，快点回来吧。"红霞说："这孩子。中了，知道他俩在一块我就放心了。快回家吧姐。我也回去了。"

谷香快走到家门口的时候，东旺迎了过来。"黑灯瞎火的你接她干啥呀？"红霞说："黑灯瞎火的才要接呀，你放心哪？不是你亲闺女是吧？"东旺说："跟怀远在一块有啥不放心的啊。"红霞问："你知道她跟怀远在一块儿？"东旺没回答，只说了句："快吃饭吧，我饿了。"两口子刚进屋，座机铃声响了。红霞赶紧抄起话筒："喂，是糖果吧……哎呀你这孩子，这么晚了咋还不回来呀……啊？找你爸？"东旺抢过话筒："喂闺女……哈哈，我就说嘛，我闺女一出场这小子一准投降……你现在还跟他在一块哪？快回来吧，爸去接你。……啊？不回来了？那你住哪啊？……住旅馆？就你自己个儿咋的？……哦，那你明儿个早点回家啊……好，早点睡吧。"

东旺刚把话筒撂了，紧接着又响了。东旺走过去拿起了话筒："喂……高绪？……我明儿个……你就说找我啥事吧……啥？你也要流转土地？哎呀，怀远也跟我说流转的事了，你们两家都流转，这事儿合适吗？不如琢磨干点别的……啥？他流转他的，你流转你的？这倒是……那你明儿个过来再说吧。"红霞问："高绪惦着流转土地？"东旺说："高粱杆他们爷俩一块回村流转来了。怀远也惦着流转，这下可有好戏看喽。"周秋山在过堂屋里说："也不是啥坏事儿，谁有本事谁流呗。"东旺说："看看高粱杆惦着干点啥项目吧。"秋山提高了嗓门："不管咋说，你总得给老支书点面子。"东旺说："事关群众和集体的利益，可不是面子不面子的问题。"秋山喊："那你就六亲不认吧。"红霞连忙说："吃饭吧吃饭吧，时候不早了。"父子俩吃饭的时候谁也没说话。吃完了，各回各屋。整个一晚上，东旺也没搭理媳妇。红霞知道丈夫的脾气，也没搭理他。

第二天早上，东旺正蹲在院子里刷牙，糖果跟怀远进来了。"叔，起来了。"怀远跟东旺打着招呼。东旺含着牙膏沫子说道："你俩咋这早啊，没吃饭吧？"糖果说："明知故问。妈——"红霞从过堂屋里出来："哟，怀远来了。"糖果说："妈快做饭，我俩都饿了。"红霞说："好，这就做。妈给你们烙糖饼摊鸡蛋啊。"怀远乐了："我就爱吃糖饼，谢谢婶儿。"

"我也爱吃糖饼，我也谢谢婶儿。"院门口响起说话声。大家一看，是高绪。他对东旺喊了声"叔"，对红霞喊了声"婶儿"。

糖果瞪了他一眼："二洋人你干啥来了？"

怀远看着高绪，见高绪正在打量他，对高绪点了点头："你好高绪。"

高绪也对怀远点点头："你好怀远。"

东旺说道："高绪，就你自己个儿回来了，你爸呢？"

高绪笑着说道："叔，我爸回来没有意义，因为是我自己要做流转的。"

东旺松了一口气："哦，你自己个儿流转哪。高绪呀，你惦着流转这事，只要是对集体对个人都有好处，村委会一准全力支持。"

高绪给东旺鞠了一躬，说道："谢谢叔叔。我走了，再见叔叔，再见婶儿，再见糖果，再见怀远。"说完，礼貌地倒退着走了几步，转身，走出了院门。

红霞看着高绪的背影，对丈夫说道："我看这孩子，比他爸强。"

东旺说了一句："但愿吧。"

糖果哼了一声："就冲他那个爹，他也好不到哪去。"

怀远说："你这想法可不对！你这不是血统论嘛。"

东旺说："嗯，怀远说得对。哎对了，怀远、糖果儿，高绪也惦着流转，你俩得跟他竞争了，我可不能为你们徇私情啊！"

怀远看糖果儿，糖果说："爸，我俩决定了，不搞土地流转了，我们要做一个新项目，现在还不能公开。"

东旺和红霞全都愣了一下，面面相觑。

高彼得听高绪说决定做土地流转了，沉默了一会儿，抬起头看着高绪说道："你要搞流转，打算做一些啥项目啊？"高绪说："我要搞'定向种植'，也就是先有订单，然后为签约企业或个人专门种植。而且我要种的全都是优质高效的经济作物，打破只种玉米高粱大豆这些农作物的传统做法。"彼得又沉默了会儿，说："儿子，听爸爸的，不要在响马河村搞流转了。"高绪一愣："您对谷香阿姨和金怀远还是不放心，是吗？"彼得摇摇头，说："别问了。到别的村流转去吧。"高绪还要说话，被妈妈拦住了。娜塔莎说："儿子，我明白你爸爸的心思。

这一次，你就听他的吧。好吗？"高绪点点头，说道："好吧，爸爸妈妈。"

东旺听说高绪突然退出本村流转的消息后，很不理解。高绪跟他说，是爸爸要他这样做的。东旺好一会儿一句话不说。在高绪临走的时候，东旺从冰箱里拿出一袋菜饽饽，递到他手上，说道："给你爸拿几个菜饽饽，河坝下头采来的野菜，他爱吃。"高绪鞠了一躬，走了。东旺看着高绪的背影，心想：我去做高粱杆的思想工作，支持高绪在响马河村搞土地流转。

主意一定，东旺准备去找高粱杆谈一谈，给他打电话，关机了。东旺想上公司的工地上去看一看。

这会儿，副县长戴俊德正在北川和天明两个副总的陪同下，检查工地上的安全工作。北川要给东旺打电话，俊德没让打。当东旺赶到工地的时候，俊德刚刚检查完，正要上车走。东旺说："对不起戴县长，我不知道您来。"转身埋怨北川和天明，"你们咋不给我打个电话呀？"北川说："戴县长没叫打。"俊德说："是这样，东旺，我考虑到你村子里还有一摊子工作，旅游度假村也有你们村的股份，还要管手工艺品厂子，实在太忙了，就没有叫你过来。"东旺问："戴县长，有啥地方需要整改的吗？"俊德说："目前没有，你们的安全工作做得很不错，但一定不要松懈哦。"东旺说："请领导放心，我们一定把安全工作一抓到底。"

送走了戴俊德，东旺在工地上又转了两圈，没有发现一点安全隐患，便放心地离开了工地，他要去旅游度假村看看去。有些日子没去那了，再忙也不能忽略了这一块工作，咱得为村民们入的股负责任啊。

东旺到了度假村的时候，正是中午时分，村子里比较安静，大家应该都在吃午饭。他把车停好，下了车，朝办公区走去。范占山跟范田父子俩迎面走了过来。占山也从支书的岗位上退了下来，负责在家给上初中的孙子做饭，闲的时候跟老哥几个下下棋、打打麻将。范田作为度假村一个大一点的股东，担任副总经理一职。"范支书，你好啊。"东旺主动打着招呼。占山笑哈哈地握住东旺的手，说道："哎呀周支书来了，走，咱们爷俩喝两盅去。"东旺说："中，喝点儿。咱们上哪喝去呀？"占山说："上我宿舍吧。"东旺问："你宿舍？"范田乐了，说："周支书你不知道，我爸现在在度假村上班哪，负责后勤这一块工作。"东旺也乐了："好啊，范支书，有点正事干，乐呵呀。走，上你宿舍去。"范田问："周支书你来度假村有事吧？"东旺说："也没啥事，我就是过来转转。"范田说："那你先跟我爸去宿舍，我去买俩菜来。"

范占山的宿舍不大，干净又整洁。东旺打量着屋子里的环境，说道："你真是个肆置人哪，小屋子收拾得多干净啊。"占山笑呵呵地说："不收拾干净不中，儿子不干，说我两回了。说我管后勤，自己个儿不干净没法管别人。"东旺说："范田儿这么做对呀。"占山笑笑，想起啥："哎，高支书咋没跟着掺和掺和这个度假村呢？"东旺说："他最近心脏不大好，沾不得累。"占山说："心脏不好可得加点小心。"东旺问："你们村搞土地流转了吗？"占山说："还没有，没合适人挑这个头儿啊。你们村操持这事了？"东旺点点头："高绪惦着干哪，可高粱杆不同意。我一定得说服他支持高绪。"占山羡慕地说："哎，还得是大学生啊，文化高的人就是有想法，有水平啊。啥时候也帮着我们村流转流转大农业去呀。"东旺说："流转土地好流转？那得投不少资金哪老伙计。"占山说："我知道，到时候我帮着想法子。"东旺说："那中。这样吧，我跟高绪说说。"东旺当即给高绪打电话，对他说："高绪呀，村委会开会研究了，支持你回村流转。至于你爸，我知道他因为啥不同意，你放心，我保准能说服他支持你的。"高绪在电话里高兴地说道："好啊叔，我一定好好干。"东旺接着说："不光咱村欢迎你流转，范家庄你占山大叔也欢迎你到他们村流转哪。把规模做大些，你愿意吧？"高绪说："愿意，愿意啊。就怕我的能力有限，辜负了乡亲们哪。"东旺说："放心，有大伙支持你哪，一定会干好的。"

范占山要过东旺的手机，在电话里跟高绪约好，第二天在村委会见面谈合作。

69

这天晚上八点钟，怀远在县城古塔旁边的银杏树下等候糖果。上高中的时候，他俩经常上这里来玩。照照相，共同吟诗作赋，畅谈理想。古塔见证了他们纯洁的友谊一天天增长，银杏树下留下了他们青春的脚步和欢快的笑声。上大学后因为路途遥远，他们四年没有来这了。毕业后回到家的第二天，他俩就相约来到了银杏树下，寻找过去的快乐时光和那份怦然心动的感觉。可惜，后来两人各忙各的事业，也没有再在这里相聚。今天，怀远主动约的糖果，糖果爽快地答应了。可约定的六点钟已经过了半个钟头了，还是不见糖果的影子。咋回事呢？过去哪一次约会，她可都没迟到过呀。

这人真是不经念叨。怀远正眼巴巴盼着糖果，糖果就哼着歌儿风风火火地来了。怀远朝糖果笑着说道："你咋来的，糖果？"糖果说："二阳子哥的出租拉我来的。"怀远抬腕看了下手表。糖果捶了他一下："你啥意思啊？嫌我来晚了是吧？哼。"怀远连忙摆着手说："我不是那个意思，不是那个意思。我是看看几点了，想带你吃饭去。"糖果从挎包里拿出一个食品袋，递到怀远手上，说："就因为买你最爱吃的肯德基，所以迟到了。你还怪我来晚了。"怀远嘿嘿嘿地乐了，赶紧打开食品袋，往里一看，立刻惊叹道："哇，全都是我最爱吃的，谢谢你了果果。"糖果咧下嘴，晃着手说道："哎呀，咋又叫我果果了啊，酸死我啦，不许这么叫我。"怀远笑嘻嘻地往糖果跟前凑。糖果伸手顶住了他的独白：

"停，离我远点儿。别忘了，距离产生美。哎，对了，爱国者小镇策划得咋样了？我都急着想跟我爸说了。"怀远说："千万别急着跟家里人说。方案策划出来不是主要的，关键是资金得到位。不然，全都是水里捞月，到头来落个一场空。"糖果儿说："这么说，一点进展都没有啊？"怀远说："马副书记给我介绍了一个开发商叫牛郎，牛总，他说要好好考虑一下，三天后给我答复。"

正说着，怀远的手机铃声响了，他一看来电显示，赶紧接通了："牛总您好……哦，我今晚有时间……好的好的牛总，晚上八点钟见，牛岛咖啡厅，不见不散。"

怀远挂了电话，脸上现出愉悦的神情。糖果捶了他一拳，笑嘻嘻地说道："祝贺你，有希望了哈。"怀远说："八字刚一半撇，这才哪到哪啊。"

晚上八点差十分，怀远走进了牛岛咖啡厅，选了一个2号包厢。这里的环境不错，简洁而舒适，轻柔的音乐袅袅萦绕，令人心旷神怡。怀远点了两份咖啡，坐下来等牛郎。八点差一分钟时，牛郎在服务员的引领下走进了2号包厢。

怀远站起来身体前倾，与牛郎握手。"牛总您好，请坐。"牛郎笑容可掬地说道："你好金总。坐。"服务员为二人斟好咖啡，退了出去。牛郎呷了口咖啡，直截了当地说道："金总，咱们都是生意人，时间就是金钱，咱就别绕弯子，有话直说好了。"怀远彬彬有礼地点点头，微笑地注视着牛郎："我赞成。您说。"牛郎说："建爱国者小镇可是一个需要大量投资的项目啊，你就不怕损兵折将弄个费力不讨好？"怀远摇摇头，笑着说道："我跟您说过，这是我中学时代生发的一种情结。小时候我和苏宁、杨和平老在一块玩儿，下河摸鱼捞虾，上树掏鸟蛋。有一回，我们在草丛里发现了三个鸟蛋，苏宁琢磨出一个游戏，就是一人一个鸟蛋，撞着玩，谁的撞碎了就预示他没好运，得等着另外俩人往他脸上抹烂泥巴。当时，就杨和平的鸟蛋碎了。谁想到，他刚刚二十六岁就……牺牲了……他是为国家捐躯的，是顶天立地的英雄，我要把他塑成雕像，立在爱国者小镇的主干道街头，供子孙后代和前来旅游的游客们瞻仰、学习。我一定要实现我的这个理想，无论遇到多么大的困难！"

牛郎静静地注视着怀远，等他说完了，点点头，说道："想不到金总年纪轻轻，却拥有一种家国情怀，佩服，佩服啊。我决定了，支持你开发爱国者小镇。"怀远激动地握住牛郎的手，说道："感谢牛总的理解和支持，我一定努力做好这个项目。"牛郎一扬手说："不过，我还有个条件。"怀远说："您说。"牛郎说："我想在滦河建一个观道家寺庙，这样更能吸引游客给我们小镇送钱来。"怀远思忖了一下，说道："牛总啊，咱们的小镇定位是爱国和文化两大元素，寺庙都是磕头烧香的地方儿，不合适吧？"牛郎的脸色有点阴。

怀远看出了牛郎的不悦，便转移话题问道："牛总，很喜欢旅游是吧？"牛郎站起身，对怀远说道："我对庙宇也有一种情结。这样吧，你再考虑考虑我的想法，考虑好了给我回个话。我还有事，先告辞了。"说完，从皮包里抽出几张钞票放到桌子上，朝怀远微笑着点点头，走了。怀远平静地看着牛郎的背影，脸上依旧挂着笑容。

这个时候，谷香正和糖果坐在大屋，等着怀远回家。糖果是个心里盛不住事的人，脸上的焦急越来越明显。谷香说："你这个孩子，怀远今晚上到底见啥人去了？跟我们还保密呀？"糖果说："这事不能怪我，是你儿子不叫我说的。放心吧，到该告诉你们的时候，自然会说的。"谷香问："那你急啥呀？屁股跟坐到刺猬身上似的。"糖果说："你还不了解我，有事没事跟自己瞎着急。这么晚了，黑灯瞎火的，人家就是……不放心嘛……"谷香笑了。

这会儿，东旺正在高彼得家喝茶说着话。高彼得一直用疑虑的目光看东旺。东旺知道他疑虑的是啥，狡猾地笑了，大声说道："我说杆子你还是个大老爷们吧？咋这么小小气气磨磨唧唧的呀？我不是跟你说了吗，过去的事就全都过去了，你咋还搁在心里头忘不了啊？"高彼得一脸无辜地说："我没有啊，我也跟你一样，早就忘了……"东旺一挥胳膊说："你快拉倒吧，我还不知道你小子那点小九九，你就是怕我当着支书手里有权力，给你儿子穿小鞋，是不是啊？你甭不承认，就是这么回事。我告诉你杆子，高绪是个好孩子，有头脑，有水平，有能力，他想回村流转回报家乡，是一个大好事，对乡亲们对我都有好处，我感谢他支持他，咋会给他使绊子害他呢？"彼得看着东旺，说道："我是担心他干不好，对不起乡亲……"东旺打断他的话说："好啦好啦，你啥也甭说了，一句话，你必须支持高绪回村流转，不支持看我咋收拾你，新账老账一块算！"

彼得看着一脸真挚的东旺，内心的疑云顷刻间烟消云散。他郑重地点点头，说道："那我就把孩子交给你啦！"东旺捶了他一拳，说道："我走啦。"

东旺从高彼得家出来，先给朱明理打了电话，叫他到谷香家开会，然后打电话喊出了二阳子。三个人一起去了谷香家。一进屋，见糖果也在，就问："糖果还没回家哪？"糖果说："你干啥来了爸？"东旺说："找你婶儿商量一下工作。"糖果给朱明理、二阳子打了个招呼。谷香起身给大家沏茶。东旺问谷香："怀远呢？"谷香说："办事去了。"东旺说："这么晚了咋还没来呀？给他打个电话问问哪。"糖果说："他电话静音了。"东旺问："他到底干啥去了？"糖果笑而不语。东旺扒拉一下闺女："你乐啥呀？又憋啥坏主意哪呀？"朱明理说："糖果儿，别叫你爸着急了，快点告诉他吧。"二阳子说："肯定是好事儿，要给咱们一个惊喜。对吧糖果儿？"糖果儿还是笑而不语。

谷香抿嘴笑着看看糖果儿，把茶碗分别送到东旺、朱明理和二阳子面前的桌子上。东旺哈哈笑了，看着糖果儿，说道："傻丫头，我早就知道了，跟怀远在一块的那个人已经给我打电话了。"糖果儿打了个愣，咯咯咯笑了，说："不可能，你又套我话儿哪，收起你这个小把戏吧。你能说出怀远现在在哪，我就告诉你他干啥去了。"东旺挠挠后脑勺，嘿嘿嘿地坏笑了。朱明理和二阳子对视一眼，也笑了。谷香白了东旺一眼，说："别跟孩子闹了，商量啥事，快说吧。"

东旺正经起来，说道："是这么回事。咱们不是讨论过，同意高绪回咱村流转土地了吗，我刚从高粱杆家回来，他也支持高绪流转了，咱们商量商量是不是应该配合着开展点啥工作了啊？"

谷香想了想，点点头，说："是该行动了。应该先召开一个村民代表大会，把土地流转的意义和目的给乡亲们说一说。"

东旺说："那咱明儿个上午就开一个村民大会？"

谷香说："我看中。"

朱明理说："我琢磨着，有的户可能不乐意流转，那我们该咋办呢？"

谷香思忖了会儿，说："那就得看我们的本事了，想法做通这些人家的思想工作。否则，土地连不上片儿，成不了规模，会影响今后的发展。"

二阳子说："我担心大伙不相信高绪，毕竟他是高粱杆的儿子啊。"

谷香说："所以需要我们帮着做工作嘛。高粱杆是高粱杆，高绪是高绪。我看高绪这孩子跟他爸不一样。"

东旺说："那就这么定了，明儿个上午十点开大会。先听听群众的反映再说。"看看朱明理和二阳子，对谷香说："那就散会吧谷香。"谷香点点头。朱明理和二阳子喝干茶水，抹抹嘴，走了。东旺对闺女说："走吧。"糖果说："你先回去吧。"谷香说："怀远还没回来，她人走了，心也走不了啊。"东旺说："那我走了啊。"

怀远一掀门帘进来了。"叔在哪。"怀远放下皮包，倒了一碗茶水，一口气喝干。谷香说："累了吧，快坐下歇歇。"东旺说："怀远哪，你惦着干点事儿，我和你妈都不反对，可我要提醒你的是，该跟我们长辈说千万别憋着，不管咋说，我们也比你们年轻人多吃了几年咸盐，哪怕帮你们出出主意哪，你说是吧？"糖果观察着怀远的脸色，说："咋的，不顺利？"怀远点点头，对东旺和母亲说道："叔，妈，这事我之所以一直没跟你们说，是因为资金目前还没有落实。至于这件事可不可以做，不用商量你们一准同意，一准会全力支持我的。"东旺和谷香异口同声地问道："啥事？"

这会儿，高绪正瞪大两眼看着父亲，惊喜地问道："您同意我回村搞土地流转了？哦，爸爸，谢谢您。"热情拥抱了父亲。高彼得笑着说道："你应该感谢你东旺叔，是他要我支持你的。"高绪说："好的爸爸，我明天就去专程感谢东旺叔。"彼得点点头，说："绪啊，你回村可得好好干哪，要对得起乡亲们，别给你东旺叔丢脸啊……"高绪郑重地点点头，说道："是，爸爸，我记住了！"

东旺和谷香惊讶地看着怀远和谷香。东旺对谷香说："怀远这个业创得好啊，想到我这个党支部书记前头了，年轻人哪就是比咱们厉害呀，我算是服了，真服了。"谷香点头,转脸看着儿子,笑了。糖果看着怀远,也笑了,将脸颊贴在了他的胳膊上。

东旺拍拍怀远肩膀,说道:"你做得对,爱国主义绝不能跟烧香跪拜掺和在一块,叔支持你。没事,这个牛郎要是不给投资了,咱再想办法,我就不信这么好的项目,没人乐意投资。"

谷香想了想,说:"我觉得咱们是不是借着这次老房子改造,在咱村文化广场把杨和平的塑像先竖起来呢?有了看得见的项目,也好拉来投资啊。"

怀远与糖果相视一笑,说:"我妈这个提议好啊,有了梧桐树才能招来金凤凰嘛。"

东旺朝谷香伸出大拇指,表示赞同。

怀远说:"另外,我们可以跟网络微盟平台对接,这样,招商的成功可能性会更大的。"

东旺问:"啥叫网络微盟啊怀远?"

糖果说:"哎呀爸,就是网上专门招商用的。往后你呀,还是多学学新知识吧,要不,你就跟不上时代进步的步伐了!"

怀远说:"别这么说,糖果儿,人从来就没有生而知之,咱们不也得不断学习进步嘛。"

东旺说:"哎,怀远说得对,这话我爱听。"

谷香白了东旺一眼,说道:"你还真能就坡下了。"

第二十四章

70

第二天上午九点钟，大喇叭里响起了东旺的声音："大爷大妈们，叔叔婶子们，大哥大嫂们，高绪要在咱们村做土地流转，搞现代大农业，回报社会回报响马河村。听到广播后，一家派一个代表赶快到村委会开会来，赶快到村委会开会来啊……"

正蹲在自家地里干活的周秋山听了会儿，自言自语道："这小子，这就操持上了。谁爱转就转，反正我不转……"蒋状扛着锄头跑过来了，朝他喊："大叔，招呼开会哪，快走啊。"周秋山说："我不去。"蒋状说："哦，对呀，你不用去，东旺就可以当家了是吧。"周秋山哼了一声，说道："土地流转可把你们这几个懒汉乐坏了是吧？再也不自己个儿种粮食了。"蒋状一本正经地说道："大叔，我现在算不上懒汉了，去年打下的粮食到今儿个还没吃完哪，那可都是我自己个儿劳动换来的呀。土地流转是为了发展大农业……"周秋山不耐烦地打断他的话，说道："得得得，用不着你给我上课，去去去，该干啥干啥去吧。"蒋状笑嘻嘻地走远了。

蒋状走进村委会大院的时候，院子里已经坐满了人，人人手里拿着一张纸，有的在低着头看，有的在交头接耳说着啥，有的围着东旺、谷香、朱明理、二阳子问这问那。他连忙走到满仓跟前，要过一张写满字的纸，看了起来。那上面全都是关于土地流转的政策解答。他正看着，东旺说话了："乡亲们，关于土地流转这方面的政策，谷主任发给大家伙的宣传单上都写得清清楚楚明明白白，我就不啰唆了。咋样啊？大伙回家商量商量，乐意流转的下午三点上村委会登记来，都听明白了吧？散会，都回家操持中午饭去吧。"村民们议论着说笑着，三三两两走了。

当天下午，没有一个村民来登记。东旺觉得挺纳闷，上午看着大伙参加流转的热情蛮高的呀，下午咋就都退热了呢？谷香分析说："大伙可能还是不放心，怕政策有变哪。"东旺眼珠子转了转，转身对满仓说道："满仓，你到大喇叭里广播一下，就说我、谷主任、明理、二阳子这几个村干部全都登记流转了。多广播几遍。"谷香会意，看着东旺，笑了。满仓很快把东旺说的话在大喇叭里广播了。果然，不大一会儿，来了不少村民，叫着喊着让满仓把自家登记上。东旺得意地问谷香："咋样啊谷香，这招挺管事的吧？"谷香白了他一眼："就你鬼头！"东旺说："咱们这么做也是对高绪的支持啊。"

一个星期后，周东旺公司承建的购物商场竣工了。经县验收部门严格查验，完全符合交付标准。但主题公园的设计方案，迟迟未得到省里批文。东旺召集公司高层开会研究，决定趁这个空当，在响马河村村民宅基地上，建造一批二层住宅楼，作为爱国者小镇的前期基础建设。他和怀远到省城一家雕塑美术工艺公司，请一位高手为杨和平塑像。

这个消息一经传出，立刻在村民们当中引发轰动，就连附近的几个村子也都啧啧称羡。范占山领着几个村干部特意来找东旺探听消息。听说是真的，大家备受鼓舞。占山表示，他们村也要研究一下，如何对村容村貌重新布局改造。

首批老房子改造户，东旺选的是五保户和烈军属户，首批中的首户选的是秦奶奶家，可把老太太高兴坏了。但乐过了之后，秦奶奶要求东旺不要她家当首户，说还是改为彭家林家吧。东旺没有同意，他说："首批户前后动工差不了多少天。重要的是你老人家跟那些家比较集中，紧挨着，便于施工。"彭家林也说："老嫂子，我家比你家晚不了几天住新楼，我先给你祝贺乔迁之喜，完事儿你再给我家祝贺不是一样嘛。"秦奶奶抿着嘴笑着点了头。

一个阳光灿烂的日子，金怀远和糖果、宇航员苏宁一起到省城接来了杨和平塑像。第二天上午，全村男女老少齐聚文化广场，为英雄塑像举行了揭幕仪式。外村人也来了不少。县报社和县电视台派来了记者。乡党委书记叶光明、乡长张楠、老支书高贺和秦奶奶为奠基仪式剪彩。

仪式结束后，东旺和谷香组织二阳子、大夯子他们一帮壮劳力，把村委会所有的办公室、会议室腾出来，让首批户搬进去暂住。三天后，小镇在一片锣鼓声和评剧唱段、大秧歌声中开工了。周东旺面对响马河村乡亲们，面对蓝天和滦河，大声宣布："响马河村爱国者小镇新居工程开工啦——"所有在场的人都欢呼起来，欢呼的声浪惊得小鸟和鸽子四处乱飞。高贺没有跟着呼喊。他静静地看着满面春风的东旺，在心里一遍遍地说道："高贺啊高贺，改革开放以后，你干得的确不如这个周东旺啊，这一点你必须得承认哪！你看人家为村民办的好事，那是一个接一个啊，这都是有目共睹的，群众真真切切地看到了，真真切切地得到了实惠啊！"想到这些，他对着东旺由衷地鼓起掌来。

马童力走了过来，高贺看出他是奔着自己这来的，立刻迎了过去。"马书记。"童力握住高贺的手，说道："老支书，咱们响马河村干部一心一意为群众办好事，这和你这个老领导言传身教分不开的呀。"高贺心里一阵温暖。有县委书记的肯定，说明领导对我离任前的工作还是满意的，我高贺应该知足了。这时，东旺走过来了，对他说道："走吧老支书，咱俩尽尽地主之谊，请几位领导庆祝庆祝吧。"高贺笑着说："好，应该坐一坐，庆祝庆祝。"马童力说："庆祝可以，但不要去饭店了，就在村委会坐坐吧。"东旺看高贺："你说呢老支书?"高贺说："咱就听马书记的吧。走，去村委会。"东旺说："老支书，你陪着几位领导先坐着喝茶水，我操持几个菜去。"

这会儿，高彼得正在住院部高级单间病房里输液。他犯胃病了。医生说主要原因是饮食不节制。彼得的饮食不好节制啊，身为公司董事长，方方面面的交际应酬实在是太多了，有不少时候，他不出面是难以成事的。应酬就要大吃大喝，大吃可以节制，少吃呗。可大喝咋节制啊，你不喝就容易被对方误认为，你缺乏诚意，甚至是一种不尊重。那接下来的合作还能顺利吗? 中国是一个礼仪之邦。酒文化是一项重要内容啊。孙秋风就是因为喝酒太多，在一个月前因为胃穿孔做了手术，现在还在医院住着哪。

"这下你老实了吧亲爱的?"娜塔莎不停地耸着肩膀，说道，"你们中国人劝酒的习惯太不好了，怎么就不知道适可而止呢?"

彼得闭着眼睛不说话。这句话娜塔莎说过无数次了，他高彼得能改变这种现状吗?

高绪来了，进病房就坐到父亲的身边，关切地问道："爸爸，您好些了吗? 胃还那么疼吗?"

彼得睁开眼睛看着儿子，心里感到一阵幸福，对儿子笑笑，说道："放心吧儿子，我好多了。你在范家庄流转的事进行得咋样了?"

高绪说："还算顺利。已经有七八十家的土地同意流转给我了。"

彼得摸着儿子的手说："需要资金支援，就跟爸爸说一声。"

高绪说："谢谢爸爸。但我不想用您的钱，希望您能理解。"

彼得说："你这孩子啊，是不是还埋怨爸爸叫你退出响马河村流转啊? 我也希望你能理解爸爸……"

娜塔莎插话道："不，亲爱的，你误会孩子了。他是一个坚强又自立的男子汉，他不愿意处处得到你的庇护是对的，是有骨气的表现。你应该感到自豪。"

高绪握住父亲的手，说："爸爸，您能理解我了吗?"

彼得说："如果真的是这样的话，爸爸当然感到自豪了。"

病房的门推开了，丁向东和秦喜爱进来了。"彼得老弟，我们看你来了。"说着，把手里拎着的补养品放到桌子上。娜塔莎对向东微笑着说道："你好行长先生。"高绪喊了声"丁叔"，对喜爱点下头，喜爱对他笑笑，两个人都多看了对方几眼。

彼得见是向东和喜爱，立刻来了精神，一下子坐了起来："哎呀，是你们哥俩呀，快坐快坐。"指着喜爱对娜塔莎说，"娜塔莎，她叫秦喜爱，上海外企高级主管。"娜塔莎走上前，与喜爱热情拥抱一下，夸赞道："你好漂亮啊。"喜爱灿烂地笑着："谢谢夫人夸奖。您身上散发出来的优雅气质，让我十分艳羡。"娜塔莎也笑得很灿烂，拍着手掌说道："哦，我太高兴了！谢谢!"

向东发现高绪和喜爱在悄悄地对视，不由得抿着嘴笑了，对喜爱说道："表妹呀，他叫高绪，是高董唯一的公子，是莫斯科大学毕业的高才生。高绪呀，我们喜爱也是个才女哦，你们两个可以多交流交流，相互学习嘛。"高绪主动走上前，对喜爱伸出右手，彬彬有礼地鞠下躬，说道："请喜爱小姐多多指教。"喜爱回了一个鞠躬，轻轻碰了下高绪的手，说道："高绪先生客气了，向你学习。"

向东对他俩说："我建议，你们俩也可以共同探讨探讨，如何让自己尽快找到自己的意中人，别让你们的父母为你们个人问题迟迟没有解决而操心劳神了。"他的这番话，使两个人不由得又多看了对方几眼。

彼得看出了儿子与喜爱之间的相互吸引，心里暗自高兴，说道："你向东叔叔说得对，高绪呀，你是得多向喜爱学习学习啊。"

高绪点下头，说："我知道了爸爸。"

娜塔莎明白了丈夫和向东的心思，立刻指着里间屋子对高绪说道："儿子，你带着喜爱小姐到里面坐一坐吧，我们和你丁叔叔说会话。"

高绪对喜爱做了个"请"的手势。喜爱微笑着看向东，向东说："去吧。"

喜爱也温文尔雅地对高绪做了个"请"的手势，跟在高绪的身后，进了里间屋。看着两个人进了屋，彼得跟向东还有娜塔莎三个人对视一下，捂住嘴巴会心地笑了。

在里间屋，高绪先请喜爱坐到沙发上，递给她一瓶矿泉水，说道："你平时喜欢看哪方面的书啊?"喜爱想了想回答说："文学方面的。你呢?"高绪说："我也是。你喜欢俄罗斯作家的作品吗?"喜爱说："喜欢。高尔基的自传体小说三部曲《童年》《在人间》《我的大学》，还有奥斯特罗夫斯基的《钢铁是怎样炼成的》，我已经读过好几遍了。"高绪笑了："你说的这些我也都反复读过了。除了读书，你平时还有哪些爱好呀?"喜爱说："我喜欢柔道、骑马、击剑。"高绪惊讶地看着她："哇，看不出，你看上去比较柔弱，想不到却喜欢这些带有一定风险的运动啊。"喜爱笑笑，说道："柔道是一种以摔法和地面技为主的格斗术。是日本武术中特有的一科，是由柔术演变发展而来的。在日语中是'柔之道'的意思。就是'温柔的方式'。我的理解是，用温柔的方式战胜对手。它是一种对抗性很强的竞技运动，因此我非常喜欢。"高绪赞许地点了点头，说道："我也喜欢这个从古代剑术决斗中发展起来的项目。喜欢它结合优雅的动作和灵活的战术，锻炼一个人精神的高度集中和身体的良好协调性，还有敏捷的反应。"喜爱补充说道："还有，沉着冷静一声不响地战胜对手。"高绪温热地注视着喜爱，说道："我发现你非常喜欢以柔克刚，这说明你的心理素质很棒。"

喜爱被高绪的目光看得不好意思了，将自己的目光转移到了墙壁上。墙上挂着一幅梵·高的《向日葵》，高绪和她一起欣赏着《向日葵》。过了一会儿，高绪问她："你也很喜欢这幅画，是吗？"喜爱点点头，说道："我喜欢作品用简练的笔法，完美准确地表现出了植物的形貌，充满了律动感和生命力。画面上不单充满了阳光下的鲜艳色彩，而且还描绘出了令人无法逼视的太阳本身，让人看过之后内心充满了一种激情，情不自禁地歌颂生命的美好！"喜爱说这番话的时候，两只眼睛闪烁出迷人的光彩，瞬间照亮了高绪的心房，一片暖洋洋。他的情绪被喜爱感染得激情澎湃，他热情地注视着眼前这个美丽的姑娘，一种从未有过的愉悦遍及全身。他陶醉了。喜爱注意到了高绪的表情，敏锐地洞察到了眼前这个儒雅的小伙子的内心世界。她知道，自己的情绪感染了高绪，和他产生了共鸣。她的心房荡漾起一种美妙的涟漪。她惊异地感觉到，自己生命中期待许久的那个人，已经站在了眼前。

高彼得住院的消息，很快传到了响马河村，传进了东旺的耳朵里。他问红霞："你说我是不是得上医院看看他去啊？"红霞想了想，说："看啥看哪，他这种人不管得啥病，都是报应，谁叫他老做坏事哪。"东旺想了想，没说啥。

在村委会，他问谷香："高粱杆住院了你知道不？"谷香点点头。东旺又问："你说我是不是该看看他去呀？"谷香想了想说："看也中。不看也中。谈不上该，还是不该。"东旺再问："为啥说看也中呢？"谷香说："这还理解不了？你跟他不管咋说，也是同村乡亲。再说，你还是支书，做人做事大度点儿好。"东旺点点头，说："你说得有道理。"

当东旺出现在彼得眼前时，彼得简直不敢相信自己的眼睛。"你？你……你咋来了？"东旺反问道："我咋就不能来了呢？"彼得一直瞪着眼睛，惊讶地看着东旺。娜塔莎从里屋出来了，看清是东旺，热情地打着招呼："啊，是东旺大哥来了，快请坐。"东旺对她笑着点点头，将手里的补养品放到床边，坐在了椅子上。彼得还在盯着东旺。东旺问他："你老看着我干啥呀？不认识了咋的？"彼得又问了一遍："你咋来了？"东旺说："你不是病了吗？""病了你就来看？你该巴不得我得场大病哪吧？""你这说的啥话呀？我周东旺是那种人吗？别瞎琢磨了，好好养你的病吧。"彼得低下了头。

娜塔莎把一个削了皮的苹果递给东旺，说道："你吃，很好吃的。"东旺接过来，拿起桌上的水果刀，把苹果切成两半，将另一半递给了彼得。彼得接过来，看着东旺，欲言又止，低下了头。东旺拍拍他的肩膀，问道："你得注意身体了，别老喝大酒了，伤胃伤身子啊。"彼得苦笑笑说："我懂这个理儿，可我是公司董事长，有不少的事我不出面不中啊。要是村里有啥事，你当支书的不出面能说得过去吗？"东旺说："你说这个我不跟你抬杠。可你总可以把控点自己个儿吧？能少喝一两，就不多喝这一两，这你总应该能办得到吧？"彼得点点头，说："你说得对，还是应该尽量把控着点儿。"

高绪和喜爱进来了。"东旺叔来了。"高绪主动招呼。东旺扭脸看是高绪，笑着说道："你来了高绪。"看到了他身边的喜爱，有些惊讶。喜爱对东旺笑笑，说道："你好周董事长。"东旺对她笑笑："你好。"指着高绪说，"你们俩现在在一个单位上班哪？"喜爱微笑着晃了晃手。东旺看着他俩，忽然明白了啥，转脸看着彼得。彼得看懂了东旺的眼神，凑近他的耳朵，小声说道："你猜对了，他俩是对象了。"东旺再次转过来看着他俩，笑了，说道："还挺般配，好啊。"喜爱的脸红了，低下头进了里屋。娜塔莎说："东旺大哥你坐，我去陪一陪喜爱。"跟进了里屋。

高绪对东旺笑笑，说："东旺叔挺忙的，还来看我爸，你看我爸多高兴啊。"东旺看看彼得，再看着高绪，说："打小一块长大的哥们嘛。哎，高绪，范家庄流转的事咋样了？"高绪说："挺顺利的。目前还差一部分资金，正在筹措。"东旺拍打一下彼得，说："你啥时候成了铁公鸡了？儿子干正事需要钱，你咋不帮他呢？"彼得说："你可冤枉我了，我说给，可这小子不要啊。"东旺问高绪："为啥不要啊？"高绪说："我都这么大了，既然是自己创业，那就啥困难都自己扛，动不动就指望父母，能有啥出息啊。"东旺一挑大拇指说："嗯，有骨气，好样的。"高绪不好意思地笑了。彼得看着自己的儿子，也笑了。

71

在村里的建房工地，工人们正热火朝天地干着活。打地基是顶重要的第一道工序，负责质量安全的天明要求非常严格，工人们都挺服他的。

现在，天明站在工地上，正巡视着地基情况，怀远和糖果来了。"吃饭了吗天明叔？"怀远问道。天明说："吃了。你俩咋来了？"糖果说："给你当助理来了。"天明说："好啊，欢迎欢迎。"怀远说："那就给我俩安排点工作吧。"天明说："你未来的老丈人没给安排呀？"糖果说："谁是他未来老丈人哪，我们不认识。"天明和怀远都乐了。怀远说："就是你爸呀，你咋弱智了？"糖果捶了他一拳，说："滚。"怀远被捶在了肚子上，疼得蹲在了地上。天明说糖果："你这丫头，下手咋这重啊？真舍得呀？"糖果说："谁叫他气着我哪。"天明的手机响了："喂，状子，我在秦奶奶家这边的工地上哪……嗯，我这就上你那边看看去。"挂了电话，他说："你俩在这帮我照看着吧，蒋状叫我过去哪。"糖果说："放心去吧，把这交给我们好了。"

天明刚走，一辆小面包车开了过来，直接停在了他们跟前，下来三个小伙子。一个瘦高个、两个矮胖子。领头的是那个瘦高个，三角眼，鹰钩鼻子。他对着怀远问道："谁是头儿啊？"怀远问："你们要干啥？"瘦高个说："哥们手头紧，惦着在工地上挣俩钱儿花花。"怀远跟糖果对视一眼，转脸对瘦高个说："我们这现在不招工。"瘦高个说："咋的，有难不帮，见死不救，是吧？"糖果说："你咋这么说话呢？啥叫有难不帮，见死不救啊？你要死啊？"一个矮胖子瞪着糖果，说道："小丫头说话客气点，咋跟我们大哥说话哪？"糖果一瞪眼睛说道："叫谁小丫头哪？小心姑奶奶撕了你的嘴。"另一个矮胖子攥着拳头走向糖果。怀远挺身挡在了糖果面前，看着矮胖子说道："你要干啥？不许你胡来。"瘦高个喊了声："二橛子。"那个矮胖子收住脚，回到瘦高个身后。瘦高个对怀远说道："真不招工是吧？"怀远点点头。瘦高个说："那这样吧，借给我们哥仨点钱，我们立马走人。"糖果喊："凭啥借你们钱啊，我们又不认识你们。"瘦高个没搭理糖果，眼睛盯着怀远。怀远平静地看着他，说道："请把你的身份证拿给我看看。"瘦高个冷笑一声，说："开玩笑，你又不是警察，看我身份证干啥呀？"怀远笑着说道："你不说借钱吗，可以，不过你得写一个借据吧？借据上边你得写上身份证号跟家庭住址吧？不然，你要不还，我上哪找你们去呢？对不对呀？"瘦高个不耐烦地说："借你俩钱儿咋这么啰唆呢？"一个矮胖子吼："少他妈扯淡，赶紧掏钱，不然叫你干不成活儿。"糖果喊："你吹牛哪。"瘦高个朝那个矮胖子吼："你他娘的闭嘴。"转脸对怀远："今儿个忘带身份证了，下午保证给你送来。"怀远平静地说道："那你们就下午再来拿钱吧。"瘦高个冷冷地说道："咋的，不给哥们面子是吧？"怀远笑着说道："那你等一下，我去问问派出所的牛所长，看这么着中不中，他就在我们村委会哪，我一会儿就回来。"三个人同时一愣，凑在一块嘀咕了几句。然后，瘦高个对怀远笑了，说道："中啊，那就下午再来找你。"说完，三个人上了面包车，一溜烟跑远了。

糖果看着面包车背影，埋怨怀远说："对他们这么客气干啥呀？给他们脑袋拍几砖头，多痛快。"

怀远说："退一步天地宽哪。"

天擦黑的时候，周东旺回到家里。正在过堂屋帮着做饭的糖果，举起一根黄瓜送到爸爸跟前。东旺接过黄瓜，说道："今儿个咋回来这么早啊老爸？"东旺说："回来晚了你们说我，回来早了还说我呀？"糖果撇下嘴巴说："挺大一个老爷们，事儿咋这多呢？"东旺轻轻打了下闺女，说："我去看你杆子叔了，工地也没啥事，可不就回来早了呗。"糖果眼睛立起来了："你去看高绪他爸了？"东旺"啊"了一声，往里屋走。红霞说话了："哼，你就多余看他，不值得看。"东旺说："别这么说，咋说也是打小一块长大的。"周秋山正好进来，说道："东旺做得对，该看，不看僧面还看佛面哪，人家是高贺的侄儿，老支书的面子总是要给的。"红霞不说话了。

吃饭的时候，糖果对爸爸说："今儿个早上，工地上来了仨小混混儿，上来就说要俩钱儿花花，我要跟他们好好理论理论，可怀远却答应给他们钱，就是要身份证的时候，他们拿不出来。怀远还惦着跟牛所长商量商量，到底给不给钱，还说牛所长就在村委会待着哪，其实根本就没在。你说他咋那软弱呀，气死我啦！"东旺问："后来呢？"糖果说："后来那仨人就走了。"东旺问："你知道那几个人为啥走了吗？"糖果说："拿不出身份证来呗。"东旺摇摇头说："不对，是怀远要身份证，还说要跟牛所长说说，把他们给吓跑了。这是他使的一个计策，你还说人家软弱，真是啥也不懂。"糖果不理解："计策？"秋山说："嗯，这个小怀远聪明啊，不费功夫就把那几个小子给镇住了。"糖果说："聪明？他还聪明？"东旺说："这就叫邪不压正。魔高一尺，道高一丈。你呀，好好跟人家怀远学着点吧，不是啥事都可以靠武力解决的。"糖果歪着脑袋思忖着。

这会儿，蒋状和彩彩也正在吃饭。馒头、大米粥、炒豆芽，还有几块酱豆腐。彩彩发现丈夫头发有点乱，就问："你上哪瞎钻去了，头发咋跟鸡窝似的乱糟糟的呀？"蒋状笑了，说："今儿个天明媳妇带孩子看他来了，小丫头才五岁，可机灵了，特别招稀罕。孩子跟我挺亲的，爱玩我的头发，我就随她摩挲……"发现媳妇低下了头不说话，意识到自己说走了嘴，就停住不说了。过了会儿，彩彩抬起头看着丈夫，说道："状子，要不咱俩离了，你再娶一个会生孩子的吧。"蒋状说："你看你，咋又说这种话了呢？我跟你说多少回了，没孩子就没孩子，咱俩过得不是挺好的吗？"彩彩眼睛里含了泪花。蒋状心疼了，摸着媳妇的手说："老婆，我真的不嫌弃你，都怪我刚才说别人家的孩子刺激你了，我再也不说了，啊。"彩彩扑到丈夫的肩上，默默地流泪。

院子里响起东旺的声音："状子在家吧彩彩？"彩彩连忙起身擦眼泪。蒋状喊："进来吧东旺哥。"东旺进屋："吃饭哪。"蒋状说："刚吃完。"彩彩不敢抬头看东旺，说："坐，东旺哥。"东旺答应一声，看了一眼彩彩，坐到沙发上。蒋状说："彩彩，给我们沏点茶来。"彩彩出去了。东旺小声问道："彩彩咋的了？你俩生气了吧？"蒋状说："怪我，我在她跟前提天明的孩子了。"东旺叹了口气，没说啥。蒋状问："有事吧哥？"东旺说："我听天明说，前几天进的一批钢筋有点细？"蒋状说："啊，是有这事儿。我已经跟厂家那边说了，要他们赶紧调换一批咱们要的型号。"东旺说："嗯，可得仔细着点儿，质量上一点也不能含糊。"蒋状说："哥你就放心吧，我保证不给咱公司掉链子。"

第二天是个雨天。东旺醒过来还没睁眼，就听到了哗啦哗啦的雨声，听着应该是下得不小。他立刻想到了工地，就赶紧穿好衣裳下了炕，到过堂屋舀水洗脸刷牙，然后拿起门后的一把雨伞，站在门口，看到外面大雨如注，所有的声响都被它覆盖住了，满世界只有雨声在纵情地喧哗着。他打着伞一头冲进了风雨中。雨水立刻在他的头顶上"吧嗒吧嗒"地乱响一片。

东旺走出了家门，看到大街上已经成了水的世界。看不见路面看不见马路牙子，看不见路边的花草。他自言自语道："看这情形，农村街道也应该有排水设施啊。"他一边深一脚浅一脚地朝工地走，一边在心里谋划着，有朝一日咋样对村里街道进行改造。"前头是东旺哥吧——"一个喊声在身后响起。他回头瞪大眼睛仔细看，是蒋状。就喊："状子——"蒋状快步赶了上来。他穿着一身雨衣。东旺问："下这么大雨，你干啥去呀?"蒋状说："我去看看工棚跟仓库漏不漏雨。"东旺看着蒋状，高兴地说道："状子，你真是变了，变得心里头装着集体了，好啊!"蒋状不好意思地笑笑，说："有你这个榜样，我咋着也得跟着变变哪。"东旺拍拍他的肩膀，大步朝前走去。

两人来到了工地，只见一个人趴在一间棚子顶上，正忙着什么，他们连忙跑了过去。二人朝顶棚上看那人，看不清。东旺喊："哎——上头是谁呀?"那人还在忙着，没搭理他们。蒋状说："肯定是听不见。"东旺说："你快去检查检查别处，我上去看看。"他顺着梯子爬上棚顶，见那个背对着他的人在铺油毡，就朝那人喊道："喂，你是谁呀?"那个人听见喊声转过身来，东旺不禁脱口而出："谷香?!"他愣住了。谷香看着他，喊道："傻看着干啥呀? 还不快点帮我干活儿。"东旺如梦初醒，答应了一声，爬上棚顶，和谷香一块铺油毡。

"下这么大的雨，你咋来了?"东旺问道。

谷香说："不下雨，我爬这上边来，神经病啊?"

东旺看着大半个身子已经湿透的谷香，内心涌起一阵感动。"你还惦记着跟你没有一点关系的工地，我真是……"

谷香看了他一眼，说道："少跟我说客套话啊。工地咋跟我没一点关系啊，我不还是这个村的主任吗?"

"啊，对对，跟你有关系，嘿嘿……谷香我……"

"别说话了，快点干活儿吧。"

东旺连声答应着："哎哎哎，干活儿，干活儿……"

两人正忙着，听见下面有好几个人在叫喊。朝下面看去，一大群人赶来了，正在散开朝四下里跑去。东旺不禁心头热了一下，对谷香说道："乡亲们来了，大伙都惦记着工地呀。"谷香也挺激动："农村变了，山变了，水变了，人也变了啊……"

风一阵紧过一阵，雨一阵大过一阵，雷一个接一个。大风大雨大雷，没有阻止这些人在工棚上爬上爬下。在大家的共同努力下，漏雨的地方很快就全都苫好了。东旺朝大伙喊道："谢谢大家了，快都回家歇歇去吧——"看着人群中的糖果和怀远，他笑了。

村民们陆陆续续散去。怀远走到糖果跟前，说道："衣裳都湿了，快回家换换去吧。"糖果点点头，想起了啥："对了，快回家上网络微盟去，有一家公司对咱的爱国者小镇感兴趣，约我谈谈哪。"怀远笑了："太好了，走。"两个人兴冲冲地走了。

雨说小就小了，不过风还在猛烈地吹。东旺走到谷香跟前，说："快回家换换衣裳去吧。"谷香说："你也回去吧。"东旺说："我上村委会去一趟。"谷香看一眼东旺，说："我去看看，看有没有漏雨的人家。"说完就走了。

在村委会里，秦奶奶他们正看着窗外的雨说着庄稼的事。

秦奶奶说："哎呀多亏了东旺跟谷香，领着大伙挖了那么多排水沟，要不啊，下这么大的雨，那庄稼非淹了不可呀。"彭家林说："可不咋的，这俩人真是咱们的好当家人哪。"梁满仓说："如今，又给咱们翻盖新房子，改善居住条件，心思都用在大伙身上了。"大家正说着话，东旺来了，进屋就问道："屋子没漏雨吧？"秦奶奶说："没漏。东旺啊，听说谷香你们带着大伙，上工地苦棚子去了？快坐着歇会儿。哎呀，你这身上的衣裳都湿透了，快回家换换干衣裳去，腾着多难受啊。"东旺拉着老人家的手说："我没事的奶奶。晚上能睡成宿觉吧？"秦奶奶说："差不多吧，年纪大了，觉少了。哎，谷香呢？"东旺说："她去检查谁家漏雨了。"秦奶奶说："好啊旺，你们这样的干部才受大伙欢迎哪。"东旺嘿嘿笑着说："这都是我们应该做的呀。"家林说："东旺你还是回家换换衣裳吧，我们在这都挺好的，你甭惦记了。"东旺说："哎，中。奶奶，家林叔，你们歇着吧，我走了啊。"他刚进家，糖果就满脸喜悦地走过来，对他说道："爸，北京一家绿地集团准备投资咱的爱国者小镇，过几天要来实地考察哪。"东旺一听立刻喜上眉梢："真的？"转脸看着怀远。怀远轻轻笑笑说："八字刚有一撇，看看吧。"糖果儿捶了他一拳："总是这么谨小慎微，真让人扫兴。"东旺说："稳当点好。你也学着点儿。"糖果撇了下嘴。

这天黄昏，家家户户烟囱冒出了袅袅炊烟。红霞也正在做饭，东旺走进厨房问："有吃的吗？"红霞说："饿了？这就该做好了。"东旺看见碗橱里有一个馒头，抓在手里，一边啃着一边往外走。红霞问："你干啥去呀？"东旺说："上工地看看去。"红霞说："你这几天不是叫怀远帮你盯盯工地吗，有他你还不放心哪？"东旺的手机响了："喂，糖果……"话筒里传出糖果的哭声："爸……"东旺心里一惊："咋的了闺女？别哭别哭，出啥事了？"红霞赶紧凑了过来，喊："闺女，你咋的了？"糖果说道："怀远……怀远他……"东旺的心提到了嗓子眼："怀远他咋的了？啊？快说呀……""他从脚手架上摔下来，不省人事了……"东旺的心缩在了一起："啊？怀远从架子上摔下来了？摔啥样了……"红霞手里的盆子"咣当"一下掉到了地上，赶紧抓住丈夫的手腕问道："怀远咋摔下来了？现在咋样了？"东旺挂了电话，说道："怀远现在昏迷不醒，正在去县医院的路上。你在家吧，我去看看。"红霞说："不不不，我也去我也去。"

东旺两口子坐着二阳子的出租车赶到县医院，刚进院子，蒋状就跑了过来，对他们说："怀远正在急救室抢救哪，糖果叫我接你们来了。"三个人跑到急救室门前，门口围了一帮人。糖果揽着谷香的胳膊，咬着下嘴唇不哭出声来。谷香哭得直不起身来了。蒋状说了一声："东旺哥来了。"谷香止住哭，瞪着东旺。东旺走到她的跟前，刚要说话，谷香突然站起身，猛地一把揪住他的脖领，哽咽着叫喊道："周东旺，我已经没了老爷们，就这一个儿子了，你竟然叫他上房上墙的给你看着盖房子，难道你不知道他不擅长干这种事吗？难道你不知道这工作危险吗？你安的啥心哪，啊？你成心叫我一个亲人也不剩，是吧？啊？"她说着，挥起拳头使劲捶起东旺。

红霞连忙上前阻止谷香，糖果对母亲说道："妈，你别管，叫谷香婶儿发泄发泄吧。"谷香还在一边哭一边打着东旺。东旺满脸都是汗水，顾不上擦。面对悲痛欲绝的谷香，他一句话也说不出来，他也不想说。此时此刻，他知道哪怕是说一个字都是多余的。他一动不动，任凭谷香发了疯似的打他，掐他。

不知过了多久，谷香打累了，偎在红霞的肩膀上一动不动了。东旺焦急地在急救室门前走来走去。糖果悄悄地坐在长椅上抹眼泪。蒋状走过来，对东旺说道："我去买点饭，这都快九点了。"东旺点点头，两只手抱着脑袋蹲在了地上。

急救室的门终于开了。一位男医生出来了，问道："谁是病人家属？"谷香、糖果、东旺连忙跑了过去。谷香急切地问道："大夫，我儿子他咋样了？"医生说道："放心吧，已经脱离生命危险了。"谷香松了口气，瘫倒在糖果的怀里。糖果问："那大夫，他会留下啥后遗症吗？"医生说："经过会诊，已经排除了这种可能。"所有在场的人都松了一口气。谷香哭着攥住医生的手，连声说道："谢谢大夫，谢谢你们救了我儿子的命啊……"东旺一把攥住红霞的手，自言自语道："我的妈呀，咋这吓人哪！"

怀远躺在担架床上被推了出来。谷香和糖果一边一个攥住他的手，光是哭。东旺说道："怀远哪，叔对不起你，不该叫你照看工地啊。"怀远微笑着，声音虚弱地说道："不怪你，叔，怪我不小心……"谷香一把推开了东旺，推着担架床进了病房。

两天后，绿地集团董事长宋援朝一行三人，驱车来到响马河村实地考察。怀远在医院休养，东旺和谷香、糖果接待了客人。东旺还请来了老支书高贺、乡党委书记叶光明。宋援朝是抗美援朝那一年出生的，父亲是老志愿军战士。他在参观完响马河村新居和爱国者文化旅游小镇规划后，对这个项目产生了浓厚的兴趣，深情地说道："为宣扬革命传统和爱国主义精神多做实事，是我多年来的追求，也是家父生前一再要求我的。我被你们日子过富裕了不忘本的家国情怀深深地感动了，我决定投资建设爱国者小镇，和你们一起共同努力，把小镇打造成爱国主义教育基地，红色旅游基地！"

周东旺、谷香等人被宋援朝这番话感动，逐一上前与他热情握手。送走宋援朝以后，东旺赶到医院，把宋援朝的话说给怀远听。怀远的两只眸子里闪射出明亮的光芒。

72

又一个金秋季节。滦河两岸，一片片等待收获的庄稼，散发着迷人的五谷芳香。阵阵秋风，将这芳香吹向湛蓝的天空。如洗的天空上被庄稼染得碧绿，很少能看到的云朵慢悠悠地飘着。一排排大雁向南方迁徙，叫声响遍苍穹。

在开镰收割的第二天，江天成回来了。他此次回村，一是想念自家的地了，回来看看，在地里收收庄稼，亲一亲自家的地；二是准备把地流转给怀远。他下了公交车，直接去了根发家的地。他家的地委托给了根发。根发一家人正在割稻子。二阳子一直腰看见了天成，朝他扬起胳膊喊："天成哥——"根发直起腰，朝天成乐了。天成快步走到他们跟前，喊了声："根发叔。"根发端详着他，笑着说："天成啊，我瞅着你脸上的气色可是好多了呀。"天成也笑了，说："我也觉着自己个儿比过去精神多了。你们都挺好的吧叔?"根发说："都挺好都挺好的。你媳妇没来呀?"天成说："可不嘛。一大早也慌慌着要来，可闺女下了学得回家吃饭，晌午就那么点时间，她自己个儿做忒追得慌，我就没叫媳妇来。"二阳妈和二阳媳妇也看见了天成，朝他招了招手。天成朝她们晃了晃手，然后猫下腰挽起裤腿，从背后裤带上抽出一把镰刀，准备割稻子。根发连忙说："哎呀你可别，你身体不好，这点稻子用不着你。"天成说："叔你就叫我干会儿吧。我有好些日子没在地里忙活了，手里头痒痒，心里头更痒痒啊!"根发说："我怕你累着啊。"二阳子说："爸你就叫天成哥找找干活的感觉吧，他心里头憋得慌啊。"根发想了想，对天成说道："那你就干一会儿吧，可就一会儿啊。"天成乐了："中，就干一会儿。"天成猫下腰，挥舞着手中的镰刀，"咔嚓咔嚓"地干了起来。一小片一小片的稻子很快就倒在了他的镰刀下。他的喉咙里不时发出愉快的哼唱声。根发与二阳子对视一眼，会心地笑了。

这会儿，东旺跟怀远和高绪正站在稻田地头，说着爱国者小镇和流转的事。东旺看看怀远，关切地说道："你身上的伤还没完全养好哪，别老站着了，快坐下。"怀远坐下了。东旺问高绪："流转土地的资金已经差不多了，在大农业方面你到底做啥主打产品啊?"高绪说："叔，我在怀远糖果他俩的帮助下计划好了，就在稻子上做文章，生产并加工大米。您看中吧?"东旺思忖了一下，说："中啊，咋不中呢?现在人们生活水平都提高了，对大米这种细粮需求量越来越大，种稻子对路。"高绪说："我们还要给大米起一个响亮的名字，已经想好了，就叫滦河牌大米。我们要做出一种品牌，逐渐打进全省个个超市，最终打进全国各大超市。然后，打进巴基斯坦，沿着'一带一路'打进世界各国。我们还要依靠科技，走上特色农业的道路。"东旺拍掌叫好道："好啊，还是你们年轻人想法多啊。嗯，滦河牌大米，特色农业，好，好啊!"忽然想到了啥，问道：

"大面积种植稻子，那可是需要好多工人啊，咱村可是没有那么多劳动力呀。甭说咱村，别的村也不富裕啊。"高绪说："这点您别担心。如今，咱农民给城里人打工，我们要城里人给咱农村人打工。我们都已经考察好了，不少没有工作的城里人都愿意来呀。"东旺兴奋起来了，他的两眼放着光，说道："叫城里人给咱农村人打工，嗯，这个主意好啊，城乡联盟嘛，咱农民活得越来越有滋有味的了。"

"可是……"怀远突然话锋一转，做出一副无可奈何的样子，"可是我姥爷还有爷爷一直没吐话参加流转哪，他们要是不参加，有些地就连不到一块儿，这可如何是好呢？"

东旺大手一挥，说道："放心，我来做他们的工作。"

怀远不放心地问道："叔，你中吗？这两位老人家的土地情结，可是不好解开呀。我和糖果费了九牛二虎之力，也没能说服啊。"

东旺想了想，说："我尽最大努力吧。按说，特色农业他们应该支持。"

谷大贵走过来了。怀远喊："姥爷——过来呀姥爷——"大贵看了看这边，继续走他的路。怀远还要喊，被东旺拦下了："心急吃不了热豆腐，你得沉住点气才对。"周秋山走过来了。怀远喊了声："爷爷。"秋山看了眼怀远，"唔"了一声。怀远刚要再说话，想起东旺刚才的话，看着秋山爷爷走远了。扭脸看东旺，发现他正愣神哪。

天成走过来了，东旺没看见他。怀远喊了声："天成叔来了。"高绪也喊了声："天成叔。"东旺看见天成手里拎着镰刀，乐了。"早就来了吧天成哥？"他问。天成说："啊，在地里干了会儿了。哎，高绪怀远你们商量事哪吧？那我先回避回避。"东旺说："别，天成哥，我们正说流转的事儿哪。"高绪问天成："天成叔，您家的地定下流转了吗？"天成说："定下了定下了，干大农业，又利集体又利个人，这好事儿我们一家举俩手拥护啊。"高绪说："那好，一会儿您就上村委会，找糖果办手续去吧。"天成答应一声，说："你们爷仨忙着，我先把手续给办了。"东旺说："天成哥你别急着回家啊，办完了手续我陪你上旅游度假村玩玩去。"天成说："你挺忙的，下回来再说吧。"东旺说："我正好上度假村有事儿。我在这等你啊。"天成答应一声，朝村口走去。

天成在村委会门口碰见了蒋状。"哎哟天成哥来了。"蒋状呵呵笑着走过来，亲热地拉住他的手，"听说你也把地流转给怀远他们了？"天成笑着说："你都流了，我能落后吗。哎，你这是干啥来了大保管员？"蒋状举了下手里的报纸说："取今儿个的报纸来了，抓空给大伙念念，一块学习学习。"天成说："中啊状子，当上宣传委员了？"蒋状嘿嘿乐了。天成说："快忙你的去吧，我上糖果那办手续去。回头再待着。"蒋状说："哎，后晌别走啊，喝两杯。"天成答应一声走进院子。

秦奶奶正挥着大扫帚扫院子。天成赶紧跑过去，喊了声"秦奶奶"，去抢老人手里的扫帚，"我扫吧。"秦奶奶乐了："天成你回来了？你媳妇没来呀？"天成说："没有，家里离不开。奶奶您身体挺好的吧？"秦奶奶点着头说："好，结实着哪，能吃能喝能睡的。"天成挑起大拇指，说："您老人家好福气啊！"秦奶奶说："托改革开放好政策的福啊！"

糖果从她那屋出来了，喊道："天成叔是来办手续来了吧？"天成说："是啊。"糖果说："我劝你别跟老太太抢扫帚了，她干活上瘾，不叫她干哪，你就算摊上大事了。"天成嘿嘿乐。秦奶奶白了糖果一眼："臭丫头，就你明白，当心我告诉你婆婆，说你欺负老太太。"糖果朝秦奶奶做了个鬼脸，说道："你要告我的状，我有好吃的就不给你了，把你假牙全都给馋掉喽。"秦奶奶嘎嘎嘎地开心大笑起来。

这会儿，东旺在地里割稻子，满眼都是金黄，满耳全是"咔嚓"声。他的心情格外好，弯着的腰一直没有直起来，一点也不觉得累。听见有人喊"爸爸"，声音那么熟悉，好像是姐姐的声。他直起身循声看去，果真是姐来了，还有姐夫戴春雨。东旺连忙朝他们跑了过去，边跑边喊："姐——姐夫——"东梅蹦着高朝弟弟喊："兄弟——"春雨也喊："旺子——"两个人朝东旺跑了过来。三个人跑到了一块，拥抱到了一块。嘻嘻哈哈地笑着。秋山看看他们，嘀咕了一声："看把他们给乐的。"

东旺问："姐你俩咋来了？帮着收稻子来了吧？"

东梅说："嘿，猜对了，加十分儿。"

东旺看着姐夫说道："你这领导干部亲自来帮工，密切联系群众啊，是吧？"

春雨捶了小舅子一拳，说："再不干点农活儿，我就该成不劳而获的寄生虫了。"

东梅看看父亲那边，小声说道："哎哎哎，别光顾了咱们自个儿，冷落了老爸可是罪过哦。"

三个人赶紧像小鸟一样，飞到了老爸跟前。东梅和春雨一边一个，搀扶着老人家的胳膊，亲亲热热地嘘寒问暖。东梅说："爸我想死你了！"春雨说："爸您身体看上去越来越好了。"秋山笑着点着头，说："都挺忙的，跑来干啥呀，甭惦记着我们。"东梅说："不惦记哪行啊。哎东旺，红霞跟糖果呢？"东旺说："她们娘俩在村委会给土地流转户办手续哪。"东梅说："咱们村也土地流转哪，都流转给谁呀？"东旺说："高绪。"东梅瞪大了眼睛："高绪？他这么小岁数，行吗？"春雨拽了下媳妇的胳膊，说道："如今的年轻人，可不是当年的咱们。他们是沐浴着改革的春风成长起来的，敢想敢干敢担当，我们哪，可不能小瞧了他们。"东梅白了丈夫一眼："又来教训我。"东旺说："姐你别不爱听，我姐夫说得对呀。"东梅哼了一声，对丈夫说："还傻站着干啥，赶快下去割稻子啊。"

春雨答应一声，从一个布袋子里拿出两把镰刀，递给东梅一把，挽起裤腿，拎着镰刀下了稻田。东梅也下去了。秋山说："你俩悠着点干，别累着。"东梅对父亲说："放心吧老爸，别看你闺女女婿有段时间没干农活了，可要干起来呀，绝对一点儿不差。"

东旺小声对姐姐说道："姐，咱爸不同意把咱家的地流转给高绪，你劝劝他，啊。"东梅问："他为啥不同意啊？"东旺说："他说把地转出去了，也就把自己个儿的命给转出去了。"东梅叹了口气说："我理解老爷子，在地里忙活了一辈子了，冷不丁叫他闲下来，难受啊！"周秋山咳嗽了一声，说道："你们俩好好干活，瞎嘀咕啥，我就是不流转，我的地坚决不叫他们瞎糟践。"东梅乐了，说："爸，您咋能这么想呢？这咋是糟践啊，高绪是受过良好教育的，眼界宽，有思想，有能力，有理想，能糟践您的地吗？"春雨说："爸，流转土地不是为了剥夺您的庄稼人的权利跟快乐，是为了形成规模化生产，是为了更好地发挥土地的作用，更快地帮助农民发家致富啊。"秋山抬头看着春雨，寻思了会儿，又低下头割稻子。

"哎哟，那不是东梅春雨吗？"天成乐呵呵地走过来了。

东梅和春雨看清是天成，立刻扔下镰刀跑上田埂，亲热地一人拉住他一只胳膊摇着笑着。

春雨说："江队长，听说你搬城里去了？回来收稻子来了？"

天成笑着纠正说："别叫我队长，早就不是了。对，我是搬城里了，这次回来是办流转手续来了。哎，孩子没跟你俩来呀？"

东梅说："双休日作业忒多，没空来。嫂子没来呀？"

天成说："看孩子做饭，她也没空来。"

春雨问："天成哥最近老胃病好多了吧？"

天成说："好多了，这得感谢东旺啊，给我找的中药是真管事儿了。"

东旺说："天成哥，有空你们再聊吧，跟我上度假村看看去吧。"

天成对东梅两口子说："你们忙吧，回头再待着。秋山叔，我走了啊。"

秋山说："中午上家吃来啊。叫红霞给你做你最爱吃的糖醋鲤鱼。"

天成说："中，叔，中午我陪您老喝两盅。"

在去度假村的路上，东旺一边开着车，一边和天成说着话。天成问："度假村现在经营得咋样了？"东旺说："听范田儿说，最近这俩月收入不太好，游客越来越少。"天成问："眼下可不是旅游淡季啊，越来越少得好好找找原因哪。"东旺点点头说："是得好好找找原因。我觉得很可能是管理跟服务没跟上，特别是监管不到位。梨花渡景区里头有一个金沙滩，经常有人违章采沙，造成整条沙滩到处坑坑洼洼，严重破坏了那里的自然景观。"天成问："这种事度假村管不了咋的？"东旺说："我问过范田儿，他说管不过来。还有，景区里边住的一些游客素质不高，垃圾随便扔，公共厕所里头骚臭熏天。还有服务员素质也不高，跟游客吵架呀，饭菜不新鲜哪，偷偷抬高物价呀，这些能不影响游客的人数吗。"天成说："问题挺严重的呀，你得给他们领导层提一提呀，咱村可是入了不少股啊，这哪中啊。"东旺说："我这次去，就是找他们几个老总级别的人，好好谈一谈，研究一下解决的办法。"天成说："嗯，是得好好研究研究。"

滦河度假村位于响马河村东南十二里处，占地面积120亩。分为绿色餐饮区，室内、室外休闲垂钓区，家畜禽养殖区，KTV，棋牌，客房住宿六个板块。范田给天成介绍说："在绿色餐饮区，游客们可以享用家庭烧烤、农家菜、大锅炖、农家散养各种鸡和大鹅。天成哥你看，度假村门前河水潺潺，环境多优雅呀。你再看周围，都是美丽的自然或田园风光，空气可清新了，人们可以在这里舒缓压力。店里边食宿条件可好了，可以同时接待旅游、绘画写生团体、户外运动爱好者二百多人住宿用餐哪。"东旺和天成站在一个修建在高处的凉亭，一边眺望着远远近近的景色，一边听着范田的介绍。东旺的眉头始终是皱着的，他在思忖着啥。

范田的手机响了，一看来电显示，说了句："是谷香大姐。"东旺侧脸看着范田。"喂大姐……我在度假村哪，有事啊……啊？你看见我了，我旁边是东旺哥天成哥，我们下去吧大姐……你上来？哎。"

不知咋的，东旺心里边感到莫名的兴奋。一兴奋，脸上就显露了出来，他是一个不会伪装的人。天成和范田谁都没注意到他。谷香很快就上来了，对天成笑着说："你啥时候来的呀天成哥？"天成说："一大早就来了，看看乡亲们，看看稻子，再把流转手续给办了。你咋来了谷香？"谷香说："我们旅行社准备给度假村送来一批游客，我提前过来看看。"东旺说："你提前过来看看，是不是对这儿不大放心哪？"谷香点点头说："嗯，是啊。我听到了一些游客反映，说这里的环境并不像宣传册上说的那样好，主要是卫生保持得不太好。"

大家看范田，范田脸上现出窘迫，不好意思地说道："我们现在正在整改，用不了几天就会焕然一新的。"东旺问："金沙滩采砂的事儿你们解决了？"范田说："我们董事长出面找了主管旅游的高副县长，在公安分局的介入下，已经圆满解决了。"东旺拍下巴掌说："太好了！"谷香环视一下环境，感叹道："这么美的地方，却没多少人来，太可惜啦，简直就是浪费！"范田说："是啊，我们一定好好整顿，重现游客如织的盛况。"

东旺看着谷香，欲言又止。谷香感觉到了，转脸看着他，说："想说啥你就说，啥时候学得吞吞吐吐的了？"东旺笑笑，说道："我是想说，你们的旅行社，能不能设立一条滦河度假村旅游专线，来这观光的人，免费坐专线车来去自由？"谷香想了想，说："嗯，你这个建议可以考虑。"东旺乐了。谷香接着说："我查了下资料，说这个度假村旅游啊，源自国内外的乡村旅游。人们为啥愿意来呢？

385

主要一点是，度假村把特有的乡村景观、民风民俗啥的融在一块儿，体现出了鲜明的乡土气息。我觉得现在咱们这儿，在这方面做得还很不够，你觉得哪范田儿？"范田点点头说："你说得有道理谷香姐，我们……"东旺说："你要觉得有道理，那你就赶紧写一个报告给你们董事长，抓紧整改，旅游旺季就该到了，时间可不等人哪。"谷香看了东旺一眼。东旺赶紧改口说："当然，整改是需要资金的，急不得呀。"天成看着东旺，笑了。谷香白了东旺一眼，也笑了。

大家往凉亭下边走的时候，东旺问谷香："大贵叔还没同意流转哪，哪天咱俩一块去做他的思想工作吧。"谷香说："他已经同意了。"东旺打了个愣："同意了？真的？你做的工作啊？"谷香说："应该说是秋山叔。"东旺乐了："啊？我爸？不可能。"谷香笑了，说："我听糖果说，秋山叔决定流转了，就告诉了我爸，并且提醒他，秋山叔都流转了，好像是最后一批了，您要是再不流转，往后想流转也流不成了，可别怪我跟您外孙啊。他一听，赶忙说那我也流转吧。"东旺仰起脸哈哈大笑起来，把天成和范田吓了一跳。谷香捶了他一拳，说："哎呀你干啥呀，疯了咋的？"说完，也跟着笑了起来。

第二十五章

73

时光在响马河水的流淌中，悄悄流逝着。转眼到了 2011 年。这一年，响马河村的村民们的生活发生了一个很重要的变化：在可支配的收入中，非农的收入首次超过了家庭经营收入，特别是工资性收入超过了农业经营收入。也就是说，村民们也跟城市人一样，是工薪阶层了。

农民收入不再主要靠地里"刨食"了。这就应了过去那句话——无农不稳，无工不富。随着越来越多的青壮年农民进城务工，制造业和建筑业的职工百分之八十以上都是农民工，农民成为新时代的产业工人阶级的主力军。而那些留在农村的人，也不再仅仅是种地，而是凭借各自的一技之长，从事一些非农业方面的项目。土地流转后，真正种地的劳动力不再全都是农民，有相当一部分是来自城里的工人了。有些农民深深地为这种农民不种地的现实，感到怅然若失。周秋山就是其中一个。

"啥叫农民啊？务农的人。不务农还有啥脸当农民哪！"周秋山愤愤地说。

东旺劝慰父亲道："爸，现在是新时代了，新时代的农民不应该仅仅是种田人的代称，应该解放思想，别再死守着那块地，要把眼光放远一点儿。"

秋山怒骂儿子："放屁！你这就是忘了祖宗，忘了自己个儿的根。"

东旺说："爸你看，高绪怀远糖果他们打出的'滦河牌'大米品牌，都已经进入全国超市了，实现了依靠科技走上特色农业之路的理想，赚了不少钱，咱村流转户哪一家的钱袋子不都盆儿满缸流？您说，这不比种地强多了吗？"

秋山说："我就是想不通，农民自己个儿不种地，招不少城里人来打工，这干得啥事嘛。"

东旺说："这是为了解放农民的思想跟手脚，转变成社会主义新型农民。县里马副书记不是在咱村召开过现场会，推广了高绪怀远他们的做法了吗？不是还号召别的村学习吗？这条路走得是对的，老爸，您思想落后了，赶快追上来吧。要不，乡亲们会笑话我这个支书的，笑话我没有做好您的思想工作。"

怀远和糖果进屋。他们已经结婚两年了。他们住在东旺家和谷香家中间的一座小二层楼。这个时候，全村人都住进了东旺公司开发建设的二层新楼了。"一进门口就听见你们爷俩吵吵，爸您能不能别气我爷了？"糖果说道。秋山白了孙女一眼，嘟囔说："哼，少在这装好人，都是气死人不偿命的主儿。"糖果听清了爷爷的嘟囔，立刻反驳道："爷，我咋装好人了？我咋气着您了？啊？"怀远拽了下糖果的胳膊，说道："你咋跟爷爷说话哪？"秋山瞪了怀远一眼，说道："你也不是个好东西。"怀远"啊"了一声："爷爷我……我咋……"糖果"扑哧"一声笑了。秋山说："你啥你，装五迷，哼。"怀远无辜地看着东旺，东旺笑了，对怀远他俩说："你爷是冲我发火的，没你俩事儿，上楼看电视去吧。"

厨房里传过来红霞的喊声："糖果，怀远，你俩来帮我做饭来。"怀远拉着糖果的手要走。糖果甩掉他的手，朝爷爷翻着白眼。东旺对闺女说："听话，你妈包饺子哪，这么多人她自个儿得包到啥时候啊，你俩帮帮忙去。"红霞喊："你俩磨蹭啥呢？快点的呀。"怀远搂住糖果的肩膀，连拉带拽地弄走了。

东旺对父亲说道："爸您歇会儿等着吃饺子。我上村委会去一趟。"秋山没搭理儿子。东旺刚走到院子里，蒋状来了。"干啥去呀哥？"东旺说："上村委会去。你有事啊？"蒋状说："没啥事。彩彩上她娘家了，我一个人懒得做饭。"红霞在厨房喊："快来呀状子，帮着包饺子来。"蒋状乐了："哎嫂子，我正馋饺子哪。哥我进去了啊。"东旺出了家门，朝村委会走去。

半路上，东旺碰见朱明理了。见他一脸的怒气，头发乱糟糟的。东旺连忙问："你这是咋的了明理哥？"明理啐了口吐沫，揉了揉腮帮子，愤恨地说道："别提了，你嫂子这个人，真他妈不是个好枣儿，她是真混哪……"东旺说："别这么骂嫂子啊，到底咋的了？"明理说："刚才呀，我们小孙子说想吃那个锅巴了，她就上小超市买来了几袋。儿媳妇进家看见孩子在吃，怕孩子不好好吃饭了，就不让他吃，孩子非要吃，你嫂子就偷着给孩子吃，小雯看见了，就说你嫂子不该惯着孩子，你嫂子不干了，张口就骂人家，小雯都哭了，她还骂。我上前劝你嫂子别骂了，她就骂我，还揪着我的头发打，幸亏我儿子回来了，我就跑出来了。他妈的这日子没法过了，咱惹不起可躲得起吧？离婚！"东旺说："哎呀你俩都多大岁数了，打打闹闹恩恩爱爱大半辈子了，离啥婚哪离婚。嫂子的脾气你又不是不知道，吃软不吃硬，你跟她说几句软乎话，哄哄她不就完了嘛。"明理说："我哄她好几十年了，还哄啊？惯得没样儿了。"东旺笑笑，说："我说你别不爱听啊，其实，你就不该掺和她们娘们之间的事儿，嫂子平日里把媳妇当自己个儿的亲生闺女待，大伙都看见了。因为一点鸡毛蒜皮的小事咯叽了几句，用不了多大会儿就和好了，你说你……"他说到这，停住不说了，扒拉一下明理，"快看哪明理哥——"明理顺着东旺手指的方向看去，老婆竟然跟小雯有说有笑地，横穿街道走过去了。东旺嘿嘿嘿地乐了。明理自言自语道："这个败家娘们儿，一会儿打一会儿好的，跟孩子没啥两样儿。"东旺拍拍明理后背，说道：

"走吧，回家吃饭去吧。正好，我找嫂子有点事儿。"

这会儿，红霞跟闺女、女婿还有蒋状正在包饺子。小白菜熟肉馅儿的，满屋喷香。蒋状擀皮，擀得圆不圆扁不扁的。糖果一把推开蒋状，说道："你擀的这是啥皮啊？快上一边去，还是我来擀吧。"怀远说："你咋这么说状子叔啊？擀啥样是啥样呗，到嘴里都是香的。"红霞也说："就是，讲究个啥呀。"糖果说："问题是，我看着他擀的皮没食欲了，你们说糟糕不糟糕，该不该罢免他擀皮的职权？"蒋状说："没食欲？八成是你怀上了哪，对吧嫂子？"糖果把擀面棍"吧嗒"一下拍在案板上，噘着小嘴瞪着蒋状。怀远连忙要劝媳妇，糖果喊了声："你闭嘴。"蒋状愣愣地看着糖果，不明白她为啥突然不高兴了。红霞劝闺女："糖果儿，你看你干啥呀，你状子叔没别的意思，快点擀皮儿，啊。"蒋状忽然明白过来了，立刻朝糖果赔着笑脸，说道："别生气了糖果，是我说错了，对不起对不起啊……"怀远悄悄扒拉一下媳妇。糖果给了丈夫一擀面棍。怀远"哎哟"叫喊了一声。红霞连忙问："咋的了？"怀远嘿嘿一笑，说道："还是糖果……擀的皮……好啊……"糖果"扑哧"一声笑了。

东旺走进明理家院子，叫喊道："嫂子——支书来了，快快迎接——"惹不起答应着从屋里跑出来。一看有丈夫在，立刻明白了几分，哼了一声，转身进了屋。明理转身往门口走。东旺一把拽住他的胳膊，向屋门口走去。明理不想进去，东旺硬推着他走。小雯出来了，喊了声"东旺叔"，对明理说："快吃饭吧爸。"惹不起喊："不给他吃。"东旺说："中了吧嫂子，我们都主动见你来了，还不依不饶啊？"惹不起喊："进来吧东旺兄弟，那个人不许进来。"东旺笑了，推着明理进了屋。惹不起坐在沙发上，正在嗑瓜子。"快坐这支书兄弟，嗑瓜子儿。"瞪了一眼丈夫，"你进来干啥？出去。"东旺拉了下明理的衣襟。明理会意，白了媳妇一眼，说道："快拉倒吧，还生气哪，骂也骂了，打也打了，你还想把我咋的呀？中了中了，东旺找你还有正事哪。"惹不起看着东旺："真的找我呀？"东旺点点头。惹不起朝丈夫说道："我们干部之间说事，没你啥事，快滚去吃饭。"明理笑笑，对东旺说："你们聊吧。"出去了。

惹不起问："找我说啥事啊？你说。"

东旺说："是这么回事嫂子。元宝一晃走了这些年了，谷香还孤身一人，怀远和糖果虽说住处离她家不远，可俩孩子忒忙，很少有空去陪陪她。大贵叔跟彩凤婶子倒是经常上她那，可不能一宿一宿地陪着她吧？"

惹不起说："你别说了，我知道你的心思了。你放心，这事儿搁我心上了，我一准给好好张罗张罗。"

东旺叮嘱说："你可别跟别人说，是我叫你张罗的啊，就是对谷香也别说。"

惹不起想了想，点点头，问："她想找啥样的啊？"很快她又拍下巴掌乐了，"我知道，就找你这样的。"

东旺不置可否，说道："就这么着啊嫂子，我还有事，我走了啊。"

在村委会院子里，刚走进来的东旺看见谷香正握着一个男人的手说着话，不由心里一动，多留意了那个男人几下。那个男人正对着东旺，身高得有一米八，略显发胖。五官比较周正，眼睛小了点，看上去面相比较和善。东旺对这个男人有了初步的好印象。谷香要送那个男人走，一转身看见了东旺。她犹豫了一下，对那个人说了句啥。那个人看着东旺，微笑着对他点了点头，说道："您好周总周书记。"东旺也朝他点了点头，说了句："您好。"谷香对东旺介绍说："这位是省城旅游公司的陈总。"陈总握住东旺的手，微笑着说道："陈传播。认识您很高兴。"东旺也笑着说："认识陈总是我的荣幸啊。"陈传播说："周总客气了。再见。"东旺说："陈总这就走啊？吃完晌午饭再走吧。"陈传播摇摇手，说："改天吧周总，我还要到县城赶一个饭局，您忙。"东旺和谷香送陈传播上了院门口的轿车。陈传播向他俩挥手告别。临走，多看了谷香几眼，东旺看在了眼里。

"你咋没去旅行社啊？"东旺边朝院里走边问道。

谷香说："乡里让汇总一下村里道德文化建设情况，在这写需要个啥材料方便。你干啥来了？"

东旺说："找份报纸，有一篇理论文章我再看看。"

谷香的手机响了，她接电话："喂……妈……好，我这就回家吃去……嗯。"挂了电话说："我吃饭去了，你找报纸去吧。"

东旺点下头："去吧，我找了报纸也回家吃饭去。"

东旺走进自己的办公室，拿出一摞报纸翻看起来。手机响了，他接通电话："喂……怀远哪，告诉你妈，你们先吃吧，我不太想吃……别等我了，我想吃了再说。"挂了电话，继续翻报纸。

门一推，高绪和喜爱进来了。喜爱怀里抱着他们两周岁的儿子，小吉米。"忙着哪叔。"高绪说道。东旺一抬头，立刻乐了，说："哎呀，是你们三口子啊。"紧走几步到喜爱跟前，抱过小吉米，在孩子的小脸蛋上亲了几下，说道，"你们咋来了？"高绪说："看您来了啊。"东旺看看高绪，再看看喜爱，笑着说道："看我？我一没病，二没灾儿的，有啥好看的啊？你俩有啥事要我帮忙吧？"喜爱说："东旺叔，我没有事，是他找您有事。"东旺看着高绪，问道："啥事？说。"高绪说："叔这都晌午了，咱们找个饭店一边吃着一边聊吧。"东旺看看墙上的石英钟，说："你婶儿她们包饺子哪，回家吃去吧。"高绪说："这个时候了，冷不丁又添了俩大人，一准不够吃，还是别麻烦我婶儿了。还是上城里吃去吧。"东旺说："那也中。我请你俩。"高绪说："中，你请客，我买单。"东旺说："那哪中啊，我是长辈。"喜爱说："叔，就让他买单，他的钱比你多。"东旺乐了。

在一家大饭店的包间里，高绪一口气点了六道菜，还要点，东旺连忙阻止他："不点了不点了，吃不了浪费，有罪。这六个菜就多了，退两个退两个。"高绪说："请我叔再点六个也不多呀。"喜爱对高绪说："绪，听叔的吧，吃不了的确是浪费。不够了我们可以再点嘛。"东旺说："听见了吧，还是喜爱实在。听叔的，退两个，不瞒你们说，要不是你们，晌午我都不想吃饭了。"高绪说："早晨吃多了吧？"东旺摇摇头说："早上我根本没吃，没食欲。"喜爱关切地问道："食欲不好这种情况有多长时间了？"东旺想了想："好像有个把月了吧。"高绪说："叔你应该上医院看看，好好检查检查。"喜爱也说："是啊叔，确诊一下是什么毛病，也好对症下药啊，千万不要拖着啊。"东旺摇着手笑了："我可没那么娇贵。放心吧，没啥事啊，就我这身体儿，啥毛病也没有啊。"喜爱说："还是检查一下好，可不能大意了啊。"

　　美味佳肴上来了。高绪打开葡萄酒，要给东旺跟前的高脚杯子里倒酒。东旺捂住杯子，说："我不喝酒，下午还有不少事哪。"高绪说："就倒一点点。"喜爱说："绪，叔不喝就不要勉强了。"高绪放下酒瓶，对服务员说："给我们沏一壶铁观音茶。"东旺喊住服务员："别沏了，我不爱喝茶。"高绪还要再说，被东旺摇着手制止了。喜爱抱着小吉米，喂孩子先吃。高绪见东旺拿着筷子却不吃，说道："叔吃菜呀。"说着，夹了一个大虾放进东旺的碗里。东旺夹起来送到嘴边，皱了下眉头，张嘴要吃，却忍不住呕吐起来。高绪赶紧为他拍打后背。喜爱关切地看着东旺，问道："叔你不要紧吧？"东旺停止呕吐，摇摇手，说："你俩吃，我歇会儿，喝口水再吃。"高绪说："叔你明儿个必须上医院看看去，我陪你去。"东旺摇摇手，说："你找我啥事，说吧。"

　　高绪看了眼媳妇，转过脸看着东旺，说道："叔，我爸看中滦河河畔的那片荒坡地了，惦着建一个高尔夫球场，您看中不啊？"

　　东旺打了个愣："高尔夫球场？高尔夫是啥球啊？还有高尔夫球儿？"

　　高绪笑笑，说："叔，高尔夫是 GOLF 的音译，由四个英文词汇的首字母缩写构成的，意思是'绿色，氧气，阳光，友谊'，它呀是一种把享受大自然乐趣、体育锻炼跟游戏结合在一块儿的运动，可好玩了叔。"

　　东旺问："这个高……高人儿猪咋玩儿啊？"

　　高绪乐了："叔，你听错了，不是高人儿猪，是高尔夫。玩儿的时候拿根棒子，想法把一个球儿打进一个小洞里头，就得分了。有专家认为它是由咱们国家古代的一种叫'捶丸'的球戏演变过来的，所以说呀，建高尔夫球场也是在弘扬咱们国家的传统文化呀，将来对咱的爱国者小镇文化旅游也是个促进哪，您得支持啊叔。"

　　东旺说："中，只要对传统文化建设有好处，我就支持。"

　　高绪与喜爱对视一眼，站起身，给东旺鞠了一躬，说道："谢谢叔，太感谢叔的鼎力支持了。”

74

周东旺和高绪喜爱他们吃完饭分手后，直接去了自己的公司。

冯北川正要出去，看见东旺来了，问道：“有事吗周总？”东旺摇摇头，问："你出去呀？”北川说：“我去见一个客户，他们要建一个大型超市。”东旺说："好，你去吧。”北川说：“天明副总在。”东旺点点头，进了自己办公室。坐在办公桌前，看了一下放在桌子上的材料，而后，仰靠在椅子上，闭上眼睛琢磨起高尔夫球场的事。

响起敲门声。东旺睁开眼，直起身，说了声：“进来。”进来的是马天明。"周总，有一批新招来的工人马上要接受岗前培训，您给讲几句吧？”东旺说："你讲就中了，我不讲了。”天明转身要出去，他喊住了他，说道："你知道高尔夫球吧？”天明点点头。东旺又问：“你知道建一个高尔夫球场得占多少地吗？”天明说：“老大老大哪。”东旺吃了一惊，说了声：“哦，你忙去吧。”天明出去后，他在心里问自己：“高尔夫球场要占好大块地，会占到大田地的呀！这事村里到底该不该支持呢？弘扬国家的传统文化，还可以帮助乡亲们致富奔小康，这是个好事啊，按理说应该支持啊。可是，球场占的可是种庄稼的大田地呀，支持不支持呢？……童力书记在乡里的时候就说过：我们国家耕地面积在世界上排第4位，够高的。可是一平均起来就很低了。世界人均耕地0.37公顷，我们国家人均只有0.1公顷！忒低啊！尽管我们国家已经解决了世界上五分之一人口的温饱问题，但非农业用地正在逐年增加，人均耕地将会逐年减少，因此，一定要保护现有的土地资源啊！”东旺又想起谷香说过的话：不管干啥事，都要把国家跟集体的利益放在第一的位置，千万不要光想着一个响马河村啊！想到这些，东旺睁开眼睛，猛地敲了两下自己的脑袋，自言自语道：“周东旺啊周东旺，你可又差一点儿犯错误啊，差一点儿就同意高粱杆流转那些大田地，差一点儿就损失掉国家的土地资源哪！真悬啊！”说完，他顺手抓起一支笔，在笔记本上用力写下了这么几个字：不能同意高粱杆流转那些大田地。

高尔夫球场的事一想清楚，东旺感到心里一阵放松。他忽然感到饿了，就出了办公室，下了楼，向楼后边的职工食堂走去。食堂大门紧锁着。他拍了下脑袋，想起这个时候食堂里的人都下班了，转身回楼。一个小伙子从宿舍里出来，喊道：“周总，还没吃饭吧？”东旺回头一看是食堂的小卢，就说：“算了，不吃了。”小卢说：“别不吃了呀，开下门又费不了啥事儿。”东旺笑了："那就麻烦你了。”小卢笑笑："麻烦啥呀。”走到门口开了门。东旺问："中午做的啥饭哪？”小卢说："馒头。西红柿鸡蛋，还有醋溜土豆丝。”东旺说："给我拿俩馒头，盛一份土豆丝。一共多少钱？"小卢说："算了吧。"东旺说："这可不中，我定的规矩，不能带头破坏了。"他交了钱，端着饭菜回到办公室，放到茶几上，狼吞虎咽地吃了起来。

晚上吃饭的时候，东旺又吐了一回。红霞特意给他做的糖三角，这是他最爱吃的，炒的是白菜大饹馇，还有黄瓜拌猪头肉。这也是他爱吃的，他高兴得在媳妇脸颊上亲了一口。红霞打了他一巴掌，说道："多大岁数了，没个正形儿。"东旺嘿嘿笑着："嗯，真好吃，真好吃。"糖果进屋，一看桌上饭菜，说道："好啊老爸，趁我不在偷馋哪。"抄起筷子夹了块猪头肉搁进嘴里。东旺戳了下闺女的脑门："馋丫头。"突然，他胃里一阵恶心，忍不住又呕吐起来。红霞连忙给丈夫捶着背，对糖果说道："这几天连着吐好几回了。"糖果问："上医院检查了吗？"红霞说："没有哪，老说忙，没空儿。"糖果一听急了，说："爸你咋这样呢？你不是答应我上医院了吗？"东旺摆着手说："我就是这些日子没睡好觉，有点火，没啥事啊。"糖果说："有没有事儿，那得医生说。你啥也别说了，明儿个一早我陪你去。"东旺说："明儿个我还有事哪，改天再说。"糖果儿生气了，大声说："不中，明儿个必须去！"东旺看着闺女，皱着眉头说："你嚷啥呀？"糖果更加大声叫喊起来："我就嚷我就嚷，谁叫你不拿自己的身体当回事呢？"糖果眼泪下来了，哽咽了，"你家里还有老爸老婆跟闺女女婿，家外边还有全村的乡亲，你以为你的身体就属于你自己一个人的吗？啊？你说你是不是太自私了？"东旺瞪大眼睛看着闺女，无言以对了。周秋山进屋，对儿子说道："孩子说得对呀，你赶紧上医院看看去吧，别耽搁了。"东旺心头热了一下，对闺女点了点头，说道："好了好了，爸明儿个就去。"

第二天，东旺在红霞、糖果的陪同下去了省城。B超、CT、血管造影、腹腔镜检查、肿瘤标志物测定等一番检查后，医生让他们回家等结果。一周后，东旺接到省城医院电话，通知他来医院。他想自己去医院。红霞和糖果都不放心，跟着去了。医生背着东旺告诉红霞母女俩，病人被确诊为胰腺癌。红霞当场瘫倒在了闺女怀里，泪如雨下。糖果也哭得不行，但后来还是强忍住了。她恳请医生不要把实情告诉父亲。医生说："放心，我不会告诉病人的。"糖果问道："大夫，我父亲的病要咋治疗啊？"医生说："根据目前病人的情况，需要做一个保留幽门的胰十二指肠切除手术。然后，根据术后情况，再决定继续治疗的方案。我们跟病人就说他得的是比较严重的胃溃疡。"

一周后，周东旺被推进手术室，为他做手术的是省城医院最好的专家。手术在三个小时后顺利结束，他被送进监护室接受观察治疗。五天后，东旺度过了危险期，被转进普通病房。村里早就急着要看望东旺的乡亲们，听说他转进了普通病房，立刻慌慌着上省城。谷香考虑到不能影响东旺休养，也不能影响到其他病人的休养，特意说服乡亲们分批前往。

第一批有秦奶奶、高贺、天成、明理、之悦、兴文、张平、金生等。东旺攥着秦奶奶的手，心里很过意不去地说道："咋还把您老人家给惊动了哪，这么远的道儿，别累着您哪。"秦奶奶摩挲着东旺的脸颊，心疼地说道："瞅瞅瞅瞅，这刚几天哪，人都瘦了一圈儿了，你现在啥也别琢磨了，给我好好养病，养得白白胖胖的，出了院再领着乡亲们好好干，听见没？"东旺说："放心吧，我一准听您老人家的话，保证养得跟一头猪似的。"众人大笑。

第二批来的是蒋状、二阳子、大夯子、三核桃这群年轻一点的。东旺埋怨他们道："我就做了个小手术，看我干啥呀，家里多少事哪，都赶紧回去。"

第三批是谷香、惹不起她们。惹不起一进屋就拉着东旺的手哭了，鼻涕一把泪一把的，说："兄弟呀，你可吃苦喽！"东旺心里热乎乎的，说："哎呀嫂子我没吃啥苦，这不是正好歇几天嘛。"

晚上，东旺在电话里，跟谷香说了高粱杆想流转河畔土地建球场的事。他问谷香啥态度，该不该支持，谷香反过来问他啥态度。东旺说："虽说对乡亲们有好处，可把国家有限的土地资源用作玩球上头，这不是浪费吗，这是损害国家利益的事儿啊。所以，不能支持。"谷香高兴地夸奖他："中啊东旺，思想觉悟见高啊，考虑问题不再就想着一个响马河村了！"东旺很开心。谷香最后说："不过，你就是再不只想着一个响马河村，也别想我的事儿，听见没有？"东旺问："啥意思啊？"谷香说："装糊涂是吧？你委托惹不起啥事了？"东旺笑了，说："我知道了，你跟那个陈传播……啊，是不是啊，嗯，哈哈……"谷香说："你嗯嗯啊啊个啥呢？我明确告诉你，不管陈总咋想，反正我不想。"东旺问："你没看上他？我觉得陈总这个人不错呀。"谷香说："他这个人是不错，可我目前不想考虑个人的事儿，不想。所以，以后你就别为我的事瞎操心了，知道了吧？"东旺问："为啥？"谷香"咔"地把电话挂了。东旺琢磨了大半宿，也没琢磨出谷香究竟因为啥不想再婚。

第四批是冯北川、马天明。东旺跟他俩召开了一个临时会议，商讨下一步公司的规划。当他听说公司又承接了一个建筑项目时，满意地笑了。他一再嘱咐两个副总，一定要绷紧安全这根弦，无论如何也不要再出现工伤事故了。

第五批高彼得一家五口全都来了。东旺对彼得说："建球场的那片地，全都是大田地，流转不得，你们还是再选别处的地吧。"彼得说："你先养病吧，这事往后再说。"

最后一批来的是马童力和叶光明。他们看着病房里堆积如山的补养品，笑了。童力说："东旺啊，你这儿可以开一家商店了。"东旺说："乡亲们非要我留下，我先留下了，然后叫糖果跟怀远一家家再退回去。"童力说："这倒不必，毕竟是乡亲们的一点心意嘛。"

再说高彼得父子俩。彼得对高绪说："这几天我又勘察了一下，河畔那块地最适合建球场了，别处真没有好地呀。可周东旺不吐口儿，这事就不好办了。"高绪说："您想占大田地，东旺叔当然不同意了。"彼得说："这要搁过去，我就强行圈地，管谁同不同意哪。再说，有你叔爷当支书，谁能把咱咋样啊。可周东旺这个人待咱不薄，挺大度的，我住院人家还买东西看我，我实在不好意思再跟他对着干了呀！"高绪思忖了会儿，说道："我看哪，您就放弃这个项目，再寻别的项目吧。"高彼得没言声。

两天后的夜里，高彼得带着两个手下，按照地主名单，挨家进去，说话之前，先把一摞人民币往炕上一搁，立刻就让这家人全都看直了眼。彼得告诉他们："除了高额转让金，每年还可以坐等红利分成，不用干活儿干拿钱，这么优厚的条件你们要是错过去了，可别怪我高彼得有了好事，不想着乡亲们哪。"听的人没有不心动的，可每一家都对彼得说这么一句话："等我们跟东旺说一声，就跟你签合同。"彼得一听，心里虽急，嘴上却平静地说道："我已经跟东旺打招呼了，你们就不用说了，他现在住院养病，咱们就别打搅他了。这么好的事，他能不支持吗？"于是，大家全都跟彼得签下了转让土地的合同。

"你说啥？转让合同你全都拿到手了？"高绪惊讶地看着父亲。彼得得意地点点头说道："人为财死，鸟为食亡。这年头，谁跟钱有仇啊？"高绪担忧地说道："你这是趁着东旺叔不在家得的手，他出了院这事可就兜不住了啊。"彼得说："我有合同在手，白纸黑字，是受法律保护的。人家地主都同意了，东旺不同意又能咋样呢？"高绪说："爸您可千万不要来硬的，这样会很麻烦的。"彼得说："中，我听你的，这事以后再说吧。"其实他心里却暗暗盘算着：我就来他个一不做二不休，趁着他还没回来，赶紧操持下一步，免得节外生枝。

第二天上午，彼得带着大队人马到了滦河河畔，按照设计图破土动工了。这个地方离响马河村比较远，加上地里干活的村民很少，人们一直没有注意到工地上的动静。有一天，范田领着一个客户在度假村周围转悠，无意间看见了人来车往的工地，不知道那是在干啥，就走过去问一个工人。那个工人告诉他："建高尔夫球场哪。"范田问："老板是谁呀？"那个工人说："叫高彼得。"范田当时没说啥，送走了那个客户，就立刻给东旺打了个电话。东旺一听高彼得背着他开工了，顿时来了火气，挂了电话就要去工地，红霞跟糖果咋劝也劝不住。大夫来了，总算按住了他。东旺无奈，给谷香打了电话，叫她去制止高彼得的行为。

谷香接了电话，当即放下手头工作，驱车赶到工地。高彼得不在，打他的电话，关机了。谷香问工人们谁是现场负责人，一个三十多岁的男子说："我是。"谷香说："叫工人们先停下来，你们这是在破坏耕地。"那个男子问："你是干啥的？"谷香说："我是响马河村的村主任。这片地是我们村的。"那个男子说："对不起，我当不了家，没有停工的权力。"谷香去村里想找那几户村民问个究竟，他们都说惦着跟周支书说一声的，可高彼得说他已经说了，就不要打搅东旺养病了。他们就把合同给签下了。谷香挂念东旺身体，对他撒谎说工地已经停工了。然后，她去县里工商局和土地局了解情况，得知高彼得建球场的手续是合法的有效的。她去找马童力。不巧的是，马书记去省里开会了。主管土地资源的副县长去外省考察学习去了。她每天都打几次高彼得的电话，但电话一直处于关机状态，她只好给高绪打电话。高绪很吃惊，对父亲的行为很气愤，挂了电话去劝说父亲马上停工。彼得不听，说："我的事用不着你管。"

东旺问谷香，高彼得的工地是不是完全下马了。谷香回答得支支吾吾，东旺不放心了。他软磨硬泡，终于办理了提前出院手续回了家。他早就住不下去了，村里、公司里有多少事啊，他哪躺得住啊。红霞说："你惦着工作我不拦你，可你得保证别累着，该歇就歇一歇。"东旺说："中，我答应你，保证做到。"他一回到村，还没进家就去了河畔。这一看不要紧，只见人欢马叫、机器轰鸣，干得热火朝天的。他气得不行，疯了一样大喊："高粱杆——高粱杆——你给我站出来——"红霞嘱咐他："你还没好利索哪，可别动气呀。"还真喊出了高粱杆。"哎哟东旺来了，你咋出院了？你这病得好好养养啊，可不能着急啊。"东旺朝他吼道："我再不着急，全响马河村的地，就都叫你给糟践了。"彼得笑着说道："你别发火啊，是这么回事。本来我是想等你出了院好利索了，再商量球场的事儿的。可几个合伙人不干了，就没再麻烦你，直接找了那儿家地主，他们见条件优厚，就都同意签合同了。工商局也审批通过给了执照，我就没跟你打招呼直接开工了。"东旺看着那一片片被铲得七零八落的庄稼，怒吼道："高粱杆你这个王八蛋，你还是农民的后代吗？就这么不心疼这些汗珠子掉地上摔八瓣的庄稼人吗？"

糖果和怀远赶来了，怀远对彼得道："高叔，你知道自己在干啥吗？你占耕地建娱乐项目是不对的，赶快把工停下来。"彼得说："金怀远，你听好了，我这个项目是得到批准的，你没有命令我停工的权力，知道吗？"跑来围观的村民越来越多，纷纷劝东旺当心身体，别生气了。东旺指着彼得，对乡亲们说道："我真没想到，你杆子竟然变这样了，跟咱们不是一条心了，光顾了你自己个儿的利益，别的啥也不顾了。你，你小子的良心叫狗吃了咋的？啊？"高彼得不急不恼，始终微笑着，他说："东旺，你还没好利索，千万别激动。我这个项目是经过县里批准的，政府都支持，你就别操心了啊。"东旺吼："谁批准的也不中，伤害到国家利益，就是天王老子我们也不答应！"糖果对彼得喊道："高叔，你先把工停下来，剩下的事坐下来慢慢说。"

高彼得向东旺伸出一只手："你把政府相关部门停工通知书拿来，我立马就停，绝不为难你。"怀远从高彼得手里抢过大喇叭，喊道："工地停工了，工地停工了——马上把活儿停下来，马上把活儿停下来——"高彼得去抢大喇叭，怀远一闪身，他扑空了，摔了个大马趴。围观的人一阵哄笑，高彼得又气又恼，爬起身揪住怀远的脖领子，挥拳就打了两下子。怀远的鼻子被打流血了，糖果尖叫一声，扑上来保护怀远。高彼得揪住糖果的头发用力抢着。大伙纷纷喊快撒手。红霞扑了过去，要跟彼得拼命，东旺从地上捡起一把铁锹，大喊一声："红霞你躲开——"一铁锹拍在了彼得的后背上，彼得被打了个趔趄，转过身瞪着东旺："你……你……"东旺瞪着血红的眼睛一铁锹拍在了他的右腿上。彼得捂着脑袋，在两个手下的掩护下，一瘸一拐地逃走了。干活的工人在后边追着他喊："老板，这活儿还干不干了啊？""高总，该给我们开工钱了！"

大伙围上东旺问长问短。东旺大声说道："乡亲们，我的病再养养就好了，大伙放心吧。打今儿个起，咱们村的土地一分儿也不能叫谁给糟践了，不跟农业沾边的，咱们坚决不答应！"人群里有人说："支书啊，我们想跟你商量来着，可高粱杆说是你同意把地转让给他的呀。"另一个村民说："是啊，不然，我们不会把地转给他建球场的。"东旺说："他趁我住院蒙你们的，没想到，这小子这么坏。"

75

糖果儿四处给爸爸寻医问药，可一直没有寻到，急得她吃不下睡不着。偏偏在这个时候，她怀孕了。谷香听儿子说糖果有喜了，高兴得第一时间跑到丈夫坟前，告诉了他。她也帮东旺四处寻医问药。东旺跟红霞知道闺女怀孕了，高兴得不得了，两口子特意在家里置办了一桌丰盛的饭菜，请来谷大贵老两口和谷香，好好庆祝了一番。

一天，陈传播来旅行社看望谷香，她请传播帮忙寻医问药，传播满口答应。五天后，传播打来电话，告诉谷香，他朋友的一个亲戚是一个老中医，专治疑难杂症，并将那个老中医的姓名和住址都告诉谷香了。

当天下午，谷香让儿子陪着她奔向山区。那位老中医热情地接待了他们母子俩，将配置好的药材交到谷香手上。谷香谢过老中医急着往回赶，在半山腰的山路上，不慎扭伤了脚脖子，疼得她满头大汗。怀远心疼不已，背着妈妈下了山，上了车。经过县城的时候，怀远要送妈妈上医院看看脚伤。谷香坚持要先把药给了东旺，再上医院。怀远拗不过妈妈，只好先回了村。

到了东旺公司门口，谷香没有下车，叫怀远把药送进去，并且嘱咐他不许把她脚伤的事告诉东旺。东旺接过草药，很高兴，问怀远："你妈咋没进来坐会儿啊？"怀远说："我妈说等着回公司就不进来了。"东旺说："那你替我谢谢她啊。"怀远笑了："爸，咱都是一家人，还谢啥呀。我走了啊爸。"东旺点点头："慢点开车。"怀远回到车上，立刻去了县医院。大夫检查了一下谷香的脚脖子，说："你现在还能持重站立，勉强走路，说明你的扭伤是轻度的，可以用热敷和冷敷的方式自行处理。"谷香问："您能不能说得再具体点啊？"大夫说："扭伤初期，破裂的小血管在流血，这个时候要用冷敷，可以让血管收缩凝血，控制伤势发展。二十四小时后，破裂血管流血停止，这时就可以用热敷了，热敷可以促使扭伤处周围的瘀血尽快消散。另外哪，还要正确按揉扭伤的局部。扭伤初期，可以在血肿处做持续的按摩。二十四小时以后，以肿处为中心，向周围各个方向擦揉。"怀远问："大夫，这些日子，我妈妈是不是需要静养啊？"大夫说："可以适当活动。不过，如果肿胀和疼痛逐渐加重，应当停止活动，抬高患肢静养。等到伤情趋于稳定以后，只要不是很疼，就可以逐步加大足踝部的活动了。"怀远点点头说："谢谢您大夫。"

晚上，东旺回到家跟红霞熬药的时候，糖果来了。红霞赶紧去搀扶闺女，说："黑灯瞎火的别乱跑，当心着点儿。"东旺说："哎呀别那么娇贵，她又不是纸糊的。"红霞问："怀远呢？他咋没陪着你呀，真放心哪？"东旺白了媳妇一眼："说啥哪，你这不是挑拨俩孩子的关系吗？"糖果搂住父亲的胳膊，笑嘻嘻地说道："哎呀老爸，我老妈咋会挑拨我俩不和呢？没那么严重。怀远他呀在家里照顾……"意识到说走嘴，她立刻停住了。红霞看着闺女："照顾谁呢？"东旺也问："是啊，谁咋的了？"糖果已经想好咋说了："啊，照顾他爷爷奶奶呗，那么大年纪了，洗个脸洗个脚的不得有人伺候啊？"红霞松了一口气："这孩子，吓了我一跳。"糖果推了父亲一下，说："你快去歇会儿吧，我帮我妈熬药。"东旺说："还是我熬吧，别熏着我外孙子。"糖果咯咯咯乐了："妈你看我爸呀，还没咋着就为他大外孙着想了。"东旺嘿嘿嘿地乐了。蒋状来了，手里拎着一只甲鱼，递到红霞手上，说道："给我哥补养补养。"红霞说："哎呀挺贵的东西，别老给他花钱了。"蒋状摆摆手："没花啥钱。"转脸对糖果说，"我说侄女，听说你要当妈了？也不请你状子叔高兴高兴？"糖果一本正经地说："状子叔你还别说，我还真的惦着请你哪。这样吧，我请你吃清炖鲨鱼，爆炒大鳄鱼，红烧大河马，醋溜……"蒋状抱着脑袋夸张地喊道："妈呀，救命啊，我不吃了，啥也不吃了，你甭请我了，求你啦……"几个人笑得前仰后合。

东旺拉着蒋状去了楼上书房。东旺一走，红霞突然不笑了，捂住嘴抽噎起来。糖果走到妈妈身边，小声说道："妈你干啥呀？叫我爸看见他会多心的。"红霞伏在闺女怀里，憋着不哭出声来。糖果轻轻地抚摸着妈妈的后背，陪着一起掉眼泪。过了会儿，红霞抬起头，抹着眼泪，说道："我心里特别特别难受，你爸他……还忒年轻哪，他今年还不到六十岁啊……老天爷咋这不长眼哪，你爸他尽为别人着想了，是一个多好的人哪，乡亲们谁不敬重他呀，老天爷咋就这么狠心呢？"糖果说："妈你别把这事儿想得这么严重，大夫不是说了吗，我爸现在只要配合治疗，是可以稳定住病情，甚至出现好转的。"红霞摇着头说："再咋说，他得的是不治之症，是要命的病啊！"糖果说："妈，你别这么绝望啊，你必须相信，这世界上啥奇迹都有可能发生的。你放心吧，就我爸这么善良正直的人，病魔都会躲着他走的。"红霞擦把眼泪，说："但愿这样吧。"

在楼上书房里，蒋状对东旺说道："大贵叔在南山上建了一个养鸡场，养了足有五百只鸡啊。"东旺惊讶地瞪大眼睛："嚯，养这么多哪。主要是提供给度假村的吧？"蒋状说："嗯。也往城里送。"东旺问："这么大的养鸡场，那得招不少工人哪。"蒋状说："大贵叔那个抠门劲儿你还不知道，没招几个工人。"东旺问："我没在家这些日子，你这个后勤供应没出啥咕咕鸟儿吧？"蒋状一拍胸脯说道："你兄弟是老供应了，出咕咕鸟还中？我还有脸来见你？"东旺说："嗯，这些年哥对你还是比较满意的。不过，你可别骄傲别放松啊，出了事儿哥可不饶你啊。"蒋状说："甭你不饶我，我自己个儿都饶不了我自己个儿啊。"

怀远跟糖果进来了。怀远叫了声"状子叔"，对东旺说道："爸，我跟糖果想和您商量点事儿。"蒋状说："你们说话吧，我回去了。"糖果说："叔您跟着听听吧，好事儿。"蒋状看东旺。东旺说："走啥走啊，没有背着你的事啊。说吧怀远。"怀远说："爸您听说过电子商务这个平台吗？"东旺和蒋状打了个愣，对视一眼，一起看着怀远，摇了摇头。糖果说："电子商务是利用现有电脑硬件设备跟软件，还有网络基础设施，通过一定的协议连接起来的电子网络环境，进行的各种各样的商务活动。"东旺瞪着两只大眼睛，看看糖果，再看看怀远，一脸迷惑不解。蒋状也摇摇脑袋，说道："你说啥呢？"怀远笑了，对糖果说："你说得太深奥了，爸他们听不懂。爸，叔，糖果刚才说的是理论，概括起来就是一句话，在网络上卖咱们的产品，联系咱们的业务找项目。现在你们听明白了吧？"蒋状点点头："这回听明白了。"东旺说："如今这社会真是发展太快了，在网络上可以做生意了。"怀远说："是啊，利用国际互联网，进行网上营销啊，网上服务客户啊，网上做广告啊，网上调查啊，凡是合法的经营活动都可以做。它可以分为三个大方面，一个是信息服务，第二个是交易，第三个是支付。目前，参与电子商务的实体有四类，一是顾客，二是商户，包括销售商、制造商、储运商、银行和认证中心。咱们要是参与的话，就属于商户。"东旺看一眼蒋状，对怀远糖果说道："你俩说得挺好，可网络上做买卖，这玩意儿有准成吗？别再叫人给糊弄喽啊。"糖果儿撇下嘴："爸我发现你岁数越大胆子越小了，这是高科技……"怀远说："爸的担心是有道理的，生活当中有欺骗，谁能保证网络上就没有欺骗呢？爸您的提醒是对的，我们一定擦亮眼睛，严防上当受骗。那您说，咱们还做不做电子商务了？"东旺说："这事儿我得跟你妈商量一下。"糖果说："我婆婆说了，她同意，就看你了。"东旺想了想，问道："那这块工作交给谁呢？"怀远说："您看糖果中吗？"蒋状说："我看中，糖果机灵，还聪明，交给她负责，一准能干好。"东旺看着糖果："你可得心细着点儿啊，出了差错跟乡亲们可是交代不了啊。"糖果说："哎呀老爸，你咋总把人家当孩子看呢？"东旺说："你本来就是孩子嘛。"

第二天上午，东旺和谷香召开了两委班子会议，讨论通过了让电子商务落户响马河村的决定。会后，东旺向乡党委书记叶光明做了汇报，光明肯定了这一做法，希望响马河村干出个样子，乡里开现场经验交流会的时候，传授给其他村。东旺很高兴，专门给糖果买了台新电脑，想让闺女先把商务平台建好了，然后再通知乡亲们，可以为大伙代卖产品。

这天，东旺和谷香、明理、二阳子几个人刚开完会，乡党委办公室来了电话，要求在两点钟以前，上报村里的文化建设材料。东旺对大伙说道："你们都回家吧，我加会儿班。"谷香说："吃完饭再写吧。"东旺说："写完了我就踏实了，别耽误了。"明理他们都走了，谷香还不走。东旺看着谷香："有事？"谷香说："我替你写吧，你今儿个从早起到现在还没闲着哪，歇会儿去吧。"东旺笑了："我没问题，还是我写吧，这是我支书的职责，我不累。"谷香说："别逞强了，当心自己个儿的身体。"东旺心里热了一下，说道："谢谢你谷香。我现在不能老歇着呀，日子本来就不多了，我得抓紧时间多干点事儿啊。"谷香心里惊了一下，看了东旺一眼："你瞎说啥哪？没个正形儿。"东旺一本正经地说道："谷香，我知道自己个儿得的是啥病，你们都不告诉我，是心疼我，这我知道。你放心，我不怕死，既然得了这个癌症，我害怕也没用，你说是吧？我就多干点事儿，好好配合治疗，保持好心情，兴许还能多活个三年五载的，你说……"谷香打断他的话："你别说了……"泪水流了满脸。

糖果开始做商务网站了。东旺抓空坐在旁边跟着学。糖果觉得挺奇怪，问他："爸你想亲自在网上做生意啊？"东旺说："艺不压身。能学点儿是点儿呗。"糖果很高兴，更来劲了，只用了几天就建好了网站。网站建好才两天，就做成了第一单生意，将秦奶奶做的一批儿童穿的"小老虎"布鞋卖了出去。老太太乐得一个劲夸奖糖果真厉害，不出家门就把东西卖出去了。糖果笑着说："是电脑厉害。"老太太说："电脑不也得听你摆布吗，还是你厉害。"糖果说："嗯，你老人家说得有道理。"东旺让怀远把这事一广播，立刻来了不少村民，手里拿着各自的产品，争先恐后地请糖果给产品拍照，发布到网站上去。然后就是在一众好奇新鲜急切的复杂心态中，等候产品卖出去的好消息。大家发觉，在期待中过日子真的是太有滋有味了。谁不乐意过有盼头的日子呢？心情一好，看啥都顺眼。村子里生气吵架的少了，积极干活挣钱的多了。叶光明召集各村支书和主任，到响马河村开了个现场会。会上，东旺给大家介绍了本村电子商务活动的开展情况，糖果给大家做了电商业务操作演示。叶光明号召各村都搞电子商务，带领本村村民把村里的优质农产品，通过互联网销售到全国各地，甚至是海外市场，与会人员受到极大鼓舞。

这一年的年底，大雪第一天，真的雪花漫天飞舞，将大好河山染得一片雪白，到处银装素裹，远远近近的景物分外妖娆。这天大清早，东旺刚起床他的手机就响了，是乡党委办公室打来的，通知他九点钟到乡里开会。东旺跟往常一样，第一个走进会议室。办公室的人正在做卫生，他跟着一起做。

九点整，会议开始。叶光明主持，他说："同志们，新一轮农村土地制度改革了。中央全面深化改革领导小组第七次会议审议了《关于农村土地征收、集体经营性建设用地入市、宅基地制度改革试点工作的意见》，被解读为农村土地改革'三箭齐发'。"东旺和村干部们互相传递着兴奋不已的目光。光明继续说道："改革开放刚开始的时候，在农村实行家庭联产承包责任制，把土地所有权和承包经营权分设，所有权归集体，承包经营权归农户，极大地调动了亿万农民的生产积极性，有效地解决了温饱问题，使农村改革取得了重大成果。现阶段深化农村土地制度改革，顺应了农民保留土地承包权、流转土地经营权的意愿，把土地承包经营权分为承包权和经营权，实行所有权、承包权、经营权分置并行，重点是推进农业现代化，这可是继家庭联产承包责任制以后，农村改革的又一重大制度创新。"东旺问道："叶书记啊，'三权分置'是不是让我们农民获得了更多的利益啊？"光明点点头："是啊，这是对农村基本经营制度的一次完善，符合生产关系适应生产力发展的客观规律，展现了农村基本经营制度的持久活力，有利于明晰土地产权关系，更好地维护农民集体、承包农户、经营主体的权益。同时，还有利于促进土地资源的合理利用，构建新型农业经营体系，发展多种形式适度规模经营，提高土地产出率、劳动生产率和资源利用率，推动现代农业的大发展。"村干部热烈鼓起掌来。

张楠补充道："同志们，我们要充分认识'三权分置'的重要意义，妥善处理好'三权'之间的相互关系。告诉大家一个好消息，农民土地三权分置政策落实以后啊，农户的宅基地也要颁发土地证，这下，农民的增收渠道可就大大拓宽了啊。"村干部们热烈地议论起来了。东旺感受到一种力量从心底里涌动着，他恨不得立刻回到村里，以最快的速度，把这个好消息报告给乡亲们。他情不自禁地自言自语道："党和政府真是咱农民的贴心人哪，得民心的政策一个接一个出台，我们农民的日子过得一准越来越好啊！"

东旺一回到村里，立刻跑进广播室，在大喇叭里向全村人报告了这个改革新政策。不大一会儿，村委会院子里挤满了村民。大家兴奋地议论着，围着东旺问这问那，东旺耐心地跟大家解释着。欢笑声、叫好声、鼓掌声此起彼伏。那股子热闹劲跟过大年似的。东旺看着眼前的景象，激动得浑身颤抖，无意间一转脸，正好和谷香的目光相遇了。他对她灿烂地笑了，谷香也对他笑了，笑得同样灿烂。

乡亲们议论着各回各家了。东旺对谷香说："走吧，该吃中午饭了。"谷香说："你先走，我等着怀远哪。"怀远来了。可谷香站着不动。东旺看着谷香，问："你咋还不走啊？"谷香说："你走你的，管我干啥呀？"东旺说："糖果电话里说，她和她妈在家蒸包子哪，你跟怀远一块吃去吧。"谷香摇摇手说："家里有饭。你头边走吧。"怀远也说："你先走吧爸，我们还有点事儿。"东旺觉得谷香挺奇怪的，又不便多问，就假装先走了，躲在大槐树后想看个究竟，却看见谷香被怀远搀扶着，一瘸一拐地进了主任办公室。谷香咋还受伤了？咋受的伤啊？她为啥不叫我知道呢？他抬腿朝院里走，想要问问谷香。可转念一想，不能进去问她，她不想让我知道，一准是有原因的。想到这，他转身出了院子，回家去了。

进了家，糖果正好从厨房里出来，一边走一边擦着手。东旺问她："你婆婆腿受伤了，你知道不？"糖果说："知道啊。"红霞出来问闺女："咋受的伤啊？"糖果说："就那天……哎呀，怀远说，我婆婆不叫我告诉你们。"红霞说："她那是怕我们花钱去看她，快说咋回事。"糖果说："那你们就装不知道这事儿了，中不？"东旺急了，说："你这孩子咋这磨叽哪，说呀。"糖果说："她那天上山区，给我爸找中医抓药，回来的路上把脚脖子扭伤了。"红霞沉默了，看着东旺。

东旺点点头，看看红霞，一句话没说，转身上楼去了。

第二十六章

76

轰轰烈烈的"美丽乡村"建设在全省拉开了帷幕。

在全县干部大会上，马童力代表县委首先传达了省委关于在全省开展"美丽乡村"的决定，号召全县干部群众积极行动起来，认真落实党中央关于生态文明建设指示精神和省委关于"美丽乡村"建设的指示精神，持续开展树立"六个重大理念"的宣传教育工作，全体干部群众要牢固树立山水林田湖是一个生命共同体的理念，要把我们的家乡，努力建成一个美丽幸福和谐的大家园。

叶光明在县委参加完会议，第二天召开了全乡干部大会，传达了省委和县委关于落实党中央开展生态文明建设的指示，建设美丽乡村的通知。他告诉干部们，党中央已经将生态文明建设与经济建设、政治建设、文化建设和社会建设一起，纳入中国特色社会主义"五位一体"总布局。将绿色发展纳入新发展理念，顺应了人民群众的热切期待，对扩大农村改革成果必将起到巨大的促进作用。张楠代表乡政府对活动的开展进行了周密的部署。

周东旺和谷香从乡里开完会回到村里，先召开了两委会，研究制定了活动落实的具体方案。然后，召开了全村村民大会，传达了省县乡三级党委关于开展"美丽乡村"建设的指示精神，动员大家从身边做起，从一点一滴做起，为建设美丽家园多做贡献。

村民大会结束后，东旺让怀远和二阳子、小云、燕子他们，在街道两旁画满了青山绿水，醒目地写上了习近平总书记的语录：留得住绿水青山，记得住美丽乡愁。这个活动受到了村民们的热烈拥护，大家都表态说，建设好咱们自己的家，是咱分内的事儿，是传给子孙后代的事儿，再苦再累也应该。

东旺和谷香对全村影响生态环境的地方，进行了详细的排查。谷大贵在南山上开的养殖场成为最大的污染源。谷香要找父亲说服他拆除养鸡场。怀远知道姥爷的脾气，主动赶在母亲之前去找老人谈这个事。谷大贵一听叫他拆掉养鸡场，立刻就火了，冲外孙喊道："小兔崽子，跟你丈人别的没学会，胳膊肘往外拐这一套倒学得挺快呀。拆鸡场，哼，说得轻巧，那么大个养鸡场，你知道我花了多少钱建起来的吗？这个钱谁赔我呀？拆了鸡场，那么多鸡咋办啊？"怀远说："姥爷您放心，您的损失我来赔。至于那些鸡交给我来处理好了。"大贵吼叫道："兔崽子，你好有钱是吧？啊？你的钱多得没处花去了是吧？你的钱？你的钱还不是我闺女的？啊？"怀远笑了，说："我亲爱的姥爷，您是知道的，我妈的旅行社跟我的大农业发展公司是各干各的，我的钱百分之百是我自己挣来的呀。姥爷，建设美丽乡村是省委县委和乡党委的号召，是在贯彻落实党中央的指示精神，这些，我丈人在村民大会上不是都说清楚了吗？咱家的养鸡场的的确确污染环境，这个您也承认吧？您说您要不拆掉，我妈您闺女这个当村主任的，还咋去做别人的工作呢？是不是啊？"大贵吼："放屁，我的鸡场在山上，离村子这么远，碍着谁了？污染啥了？"怀远说："姥爷，上级可没说山上可以随便污染哪。留得住绿水青山，记得住美丽乡愁。这句话啥意思您难道不知道吗？"大贵咬牙切齿地骂道："我打死你这个小兔崽子！"满山遍野追着打怀远。

怀远怕姥爷追不上他着急上火，故意让姥爷追上。大贵气归气，但并不想追上，他哪里舍得打孩子啊，可孩子故意叫他追上了，那就只好打了。自然打得不重，怀远朝姥爷嘿嘿地笑着。大贵说："你甭跟我嬉皮笑脸的，这个养鸡场我就是不拆！不拆！不拆！"怀远想上前搀扶姥爷，被一巴掌推倒在地上。老爷子气呼呼地走了。怀远看着姥爷的背影，好一会儿才悻悻地下山回家了。

谷香在厨房里做饭，大厅响起脚步声。她问："是儿子吧？"怀远应了一声便没声了。谷香想：堡垒一定没攻下。她也没急着问儿子，吃饭的时候，才对儿子说："别垂头丧气的了，做思想工作要是那么简单的话，那啥事儿都容易成功了。慢慢来嘛，一锹挖不出一口井来。"怀远叹了口气说道："我姥爷也真是的，思想这么落后，老顽固。"糖果说道："不许这样说姥爷。"谷香笑笑："给你一个拉近跟你姥爷感情的机会。后天哪，是你姥爷的生日，你给他操持操持，顺便做做他的工作，咋样？"糖果说："这可是个好机会。"怀远点点头，若有所思。糖果拨拉一下丈夫，说："哎哎哎，先吃饭，吃完了你再策划咋过好这个生日。"怀远看看媳妇，再看看母亲，笑笑，埋下头稀里呼噜吃饭。

"你要给你姥爷庆生包场唱皮影？"正在洗衣机旁洗衣裳的红霞，转身看着怀远。

怀远点点头："妈您就为了我姥爷高高兴兴过个生日，辛苦辛苦吧。中吧？"

红霞说："中倒是中，可小剧团是有偿服务的，我可以不收钱，其他人恐怕……"

怀远笑了："一唱就是好几个钟头，收费是应该的。人家就是不收费，咱还得硬给哪。"

红霞说："我担心的不是这个，是你姥爷，我是小剧团团长，跟他是亲戚，要是收他的钱，他一准对我不满意啊。"

怀远说："这好办哪，我掏这个钱，跟他就说不收费不就中了嘛。"

红霞说："纸还能包住火呀？小剧团那么多张嘴，你都管得过来呀？"

怀远不耐烦了，说："妈您就领着人唱就是了，剩下的事我来摆平。"

红霞想了想，说道："这样吧，唱完了以后我再掏钱送他家去，就说是退给他的，优惠。"

怀远点点头："也中。"

糖果抱着不到一周的儿子兵兵进来，问道："也中，中啥呀？又合计啥坏事呢？"

红霞接过外孙，亲了几下，白了闺女一眼："都当妈的人了，还这么说话没个分寸，张口就来是吧？"

怀远说："我想在姥爷过生日的时候，请咱妈的小剧团唱一场戏。你看咋样？"

糖果说："嗯，够孝顺的，挺好。"

两天后，红霞的小剧团在村里文化广场做专场演出，庆祝谷大贵生日。天刚一擦黑，广场上便亮起了所有的灯，其中还有彩灯，满广场灯火通明。特意早早吃过晚饭的村民们，胳肢窝里夹着小板凳，或是肩上扛着大板凳，说说笑笑坐在小舞台前，等候演出开始。东旺陪着周秋山来了，谷香抱着孙子跟糖果一起来了。钱彩凤和谷大贵来了。东旺对大贵抱拳作揖道："大贵叔生日快乐。"村民们也都喊着祝福之类的话。大贵面带笑容，频频点着头，不停地说着"谢谢谢谢"。谷大贵走到周秋山跟前时，握着他的手，说："等你过生日的时候，你也来他个包场。"秋山说："听你的，跟你学。"惹不起喊了声："我说秋山大叔大贵大叔啊，你们俩给孩子们下一道圣旨，叫他们赶紧地再多生几个吧。现在国家政策允许，多好啊！"不少人都跟着喊："生吧生吧……""生他一个班一个连的。""哈哈哈，老爷子受得了吗？"村民们一片善意的哄笑。谷大贵和周秋山乐得胡子直颤。

七点整，怀远登上舞台，拿着麦克风，对台下乡亲们说道："大爷大妈们，叔叔婶子们，大哥大姐们，弟弟妹妹们，大家晚上好！"台下乱纷纷喊道："好——"怀远接着说："下面，请我的姥爷老寿星谷大贵老人家闪亮登场——"在大伙的欢笑声中，谷大贵精神矍铄地健步登上舞台，朝大家挥手致意。怀远继续说道："今儿个是我姥爷八十五岁生日，我们全家恭祝他老人家笑口常开，幸福平安，福如东海，寿比南山，永远年轻！"台下人们纷纷喊道："给老爷子祝寿啦——""祝老爷子身体健康——"大贵朝乡亲们挥手致意，那架势真像领导在接见群众。怀远把麦克风交给了姥爷，大贵举着麦克风，大声宣布道："为了感谢乡亲们的美好祝福，今儿个我掏钱包场，请大家看皮影戏《美丽的新农村》。"台下响起一片鼓掌声。怀远和糖果搀扶着谷大贵走下舞台。

乐器声响起，演出开始了。怀远把姥爷送到正中间的座位上坐好。他的手机响了，假装接了电话后，他对姥爷姥姥说道："公司来客户了，我去看看啊。"彩凤说："你不看戏啦?"大贵挥着胳膊说："快去忙你的吧，去吧去吧。"

怀远一口气跑到村东口。二阳子、三核桃他们几个从墙根跑出来，聚集在怀远跟前。怀远说道："几位叔辛苦了，走吧。"二阳子说道："等一下怀远，我们刚才合计了一下，总觉得这事不妥呀，你不经你姥爷同意就拆了他的养鸡场，万一把老爷子气出好歹来，你可担待不起呀!"怀远说："不会的，我姥爷是个明白人，拆了也就拆了。抓紧时间干活吧，晚点儿就来不及了。"二阳子与三核桃他们还在犹豫。怀远急了："哎呀，放心吧，不会有啥事的。"三核桃说："怀远，咱们都是当庄住的乡亲，低头不见抬头见的，叫你姥爷知道是我们帮着拆的，往后不好见面了……"怀远说："我明白了。我就说是我从外村花钱雇来的人，中了吧?"大家点头说中。怀远说了声："快走吧。"一帮人消失在了黑暗中。

这会儿，高彼得正在二叔家里跟二叔喝啤酒，高绪也陪着他们喝。餐桌下放了八九个空瓶子。高贺脸红红的，放下酒杯，对彼得爷俩说："你们喝吧，我再喝就多了。"彼得对高绪说："那咱们也别喝了，回家吧。"高贺说："别，好像我赶你们走似的。你们喝你们的，我吃菜。"翠芝端着一盘拍黄瓜走进来，说道："这刚几点啊，忙啥呀，喝吧。"喜爱进来，对高绪说道："吉米说他困了，要不，我们娘俩先回家吧。"翠芝说："孩子困了就别折腾他了，就睡楼上吧，空屋有俩哪。"高绪对喜爱说："大晚上的，别把儿子折腾感冒喽，就睡楼上吧。"喜爱点点头，出去了。

彼得看着二叔，说道："我有一个想法，想跟您老人家请教请教。"高贺就喜欢别人把他当回事，满意地摸摸下巴上的胡子，说道："啥事，你说。"彼得说："我想在北山上搞一个农家乐庄园，现在城里人吃腻了鸡鸭鱼肉，都乐意吃乡村菜。再说了，现在不是提倡生态文明，搞绿色环保，建设美丽乡村吗，咱就搞一个绿色蔬菜园，自产自销，叫城里人吃着绝对放心。您老意下如何?"高贺思忖了一会儿，说道："想法倒是不错，可一定要选好了地址，起码要交通便利。还有，你得提前搞搞调研，看看城里人需求量大不大，不能打没准备之仗啊。"高绪对父亲说："还是我叔爷想得周到啊，爸您是得考虑周全再做决定。"

晚上十点多点儿，皮影戏唱完了。大家意犹未尽地回家了，一边走一边哼唱着其中的唱词。东旺问糖果："怀远呢?"糖果说："不是来客户了吗?"东旺说："这么晚了还没走哪?"红霞说："准是有重要事呗，你就别瞎操心啦。"东旺陪着父亲往家走。谷香挽着父亲胳膊，大贵推开闺女的手，说："用不着挽，好像我不中了似的。"彩凤连着"呸"了好几下，说道："今儿个是啥日子啊? 乱说不吉利的话。香啊，你回家去吧，甭送我们，这路灯这么亮，看得清道儿。"谷

406

香笑笑，坚持把老两口送到家门口，她才转身回家。

第二天早上，谷大贵像往常一样，起了床洗漱之后就去了养鸡场。早上的空气真好，小风吹得人浑身松松爽爽。他迈着大步，哼起了皮影小调，想想养鸡场又卖肉鸡又卖鸡蛋，天天把钱赚，他越走越带劲。走着走着，大贵觉得有点不对劲，养鸡场应该就在眼前了，咋还没看见呢？他怀疑走错路了，但很快就否定了这个怀疑。这条路他再熟悉不过了，闭着眼睛都能摸来。他心头涌起一股不祥的预感。他加快脚步朝前跑，看见了昨晚值班看鸡场的钱小贵正蹲在地上耷拉着脑袋一动不动。大贵一看，整个鸡场不见了踪影，脑袋立刻大了，连忙走到钱小贵跟前，颤抖着声音问道："钱小贵，出啥事了？我的鸡场呢？我的那些鸡呢？"钱小贵抬头看着谷大贵，一脸的哭相。他说："谷大爷呀，昨个晚上你外孙带着一帮人来了，喊里咯喳就把鸡场给拆了呀，我问他，你姥爷叫拆的咋的？他说，你甭管这事儿，也甭告诉我姥爷去。回你们村睡觉去吧。"我也不敢再深问哪，就先回家了。一宿我也没睡着啊，这不，一大早我上这等着您老来了。谷大贵脑袋"嗡"的一下，一阵头晕目眩，一屁股瘫坐在地上。钱小贵连忙搀扶住谷大贵，叫喊道："大爷，你没事吧？你没事吧？"谷大贵摇了摇手，问："我那些鸡呢？"钱小贵说："都装大汽车上拉走了，拉哪了我就不知道了。"大贵一阵急火攻心，晕倒了。

东旺是在村委会院门口，听明理说谷大贵住院的消息的。他问明理："大贵叔得啥病了？"明理说："叫他外孙你姑爷怀远给气的。"东旺觉得很奇怪："怀远咋气着他了？"明理说："昨晚上，怀远不是操持唱皮影了吗，他趁着老爷子看皮影的时候，带着一帮人把他的养鸡场给拆了。"东旺一听，"咳"了一声，说道："这小子，咋能这么干事呢？"撒腿就跑走了。

在谷香家门口，谷香抱着一堆东西正往汽车上放。东旺气喘吁吁地赶到了，问道："谷香，大叔住院了？被怀远给气倒的？"谷香点点头，准备上车。东旺拉开副驾驶门，说道："这孩子，你说他这不是蛮干吗，工作咋能这么做呢，老人家这么大岁数了，万一有个好歹后悔都来不及了。"谷香看看东旺，不说话，发动汽车。东旺说："你咋不说话呀？啊？被怀远给气成哑巴了？"谷香说话了："怀远这么做也是为了美丽乡村建设的顺利开展，我能跟孩子生气吗？"东旺说："那也不能不顾老人家的性命啊，对不对？思想工作那得慢慢做，你不是老说我急性子吗？"谷香说："可眼下容不得慢慢做，村主任老爸的养鸡场那么污染环境，大家伙都看着哪，他要不拆，咱还咋清除别人家的污染源？"东旺提高了声调："老人家要是有个三长两短，我看你咋跟列祖列宗交代！"谷香也提高了声调："我家的列祖列宗都是明白人，会理解我儿子为啥这么做的。"东旺吼叫起来："你这是不孝！"谷香吼叫道："不牺牲点个人利益，哪来的绿水青山？"东旺瞪大了眼珠子："你……你……"谷香叫喊道："我还开车哪，别气我了，下去！"东旺喊："下啥下，我要看大叔去。"谷香猛地一踩油门，车身朝前一蹿。东旺的脑袋磕在了前挡风玻璃上，疼得直叫唤。

77

怀远拆掉了他姥爷的养鸡场，这一举动让全村人震惊，震惊的是他竟然在养鸡场正赚钱的时候，坚决将它拆掉。这叫啥？借响马河村老寿星一百零五岁的秦奶奶的话说，这叫大义灭亲。老太太还说："古有诸葛亮挥泪斩马谡，今有金怀远挥汗拆鸡场。老少爷们都看见了吧，哪门家有该拆的，赶紧拆了。"不出五天，村里另外七家属于污染源的实体，纷纷主动配合村委会进行了拆除。

东旺带着糖果抱着小兵兵，上医院去看望谷大贵。大贵搂着重外孙亲了又亲，招呼东旺快坐，叫彩凤给外孙媳妇找好吃的，就是不叫提金怀远这孩子。第二天，谷香带着怀远去给他姥爷赔礼道歉，大贵说啥也不看怀远。怀远急了，说道："姥爷我办得是不妥，可您老就没错了咋的？您咋就看不开眼下这形势呢？咱家的养鸡场好几百只鸡，每天拉的粪便造成多大的污染，您心里真的没个数吗？"大贵梗着脖子说："小兔崽子，教训起你姥爷来了是吧？"谷香说道："爸您别生气了，这事儿我也说怀远了，的确不该背着您拆了鸡场。可眼下全省全县全乡，都在响应党中央提出的生态环境建设的号召，人人都在为建设美丽乡村做点事儿，您作为一名老同志应该起个好头啊，您说是吧？"谷大贵不说话了。

秦奶奶来了，小云在后边跟着。谷大贵连忙下了床上前迎接，"哎呀老嫂子你咋来了，咋还惊动你了呀？"大贵不知说啥好了。秦奶奶白了他一眼说道："听说你对怀远不依不饶的，我不来哪中啊，你是不折腾我这个老太婆，心里头不舒坦哪，是不是啊？"大贵连忙说好话："不敢不敢，兄弟不敢。你大驾光临，谁还敢放肆啊。你一句话，那就是金口玉言。"秦奶奶说："甭给我戴高帽儿。我说的话，你真听咋的？"大贵说："听，听啊。"秦奶奶说："那好，别跟孩子过不去了，自己个儿本来就错了，错了就是错了，那就承认，这一点也不寒碜。"大贵说："中，我听你的。"秦奶奶说："这就对了，你记着，往后做啥事啊多替儿女们琢磨琢磨，别忒自私了。"大贵不爱听这话，但没敢表现出来。"还愣着干啥呀？该干啥了？"秦奶奶说道。大贵看看秦奶奶，见她正在看怀远，明白她的意思了，对外孙说道："拆就拆了，这事就算过去了。"秦奶奶说："不中，你这态度好像是孩子错了。"彩凤捂住嘴笑。大贵只好硬着头皮说道："养鸡场的事儿是我……错了……"秦奶奶拍着巴掌笑了："哎，这才算过关了嘛。"怀远说："姥爷我也跟您道个歉，我不该背着您拆鸡场。"秦奶奶说："你甭道歉，你做得对，谁叫他说啥也不拆哪。这就是个教训。"大贵不好意思地嘿嘿笑了。

村里的污染源都清除了，可东旺没见有多高兴。他在琢磨村里还有哪些潜在

408

的污染源。他在院子里走着想着，红霞喊了一声："哎呀，踩着鸡屎了，看着点儿啊。"一句话提醒了他。对呀，眼下家家户户养的鸡就是污染源哪。"红霞呀，我又找着一个污染源，鸡，这些鸡就是污染源哪。"红霞不解地看着丈夫："鸡咋污染了？"东旺说："你看啊，鸡得吃得拉吧？拉得到处都是，这不就是污染环境了吗？"红霞想了想："那该咋办呢？"东旺说："咋办，都处理了呗，不养了。"周秋山说话了："你这么整群众一准会不支持的，吃鸡肉就不说了，吃鸡蛋咋办？都花钱买呀？"红霞说："爸说得对呀，这农户家里养了几百年鸡了，给咱们的日子帮了多大的忙啊。现在虽说日子过富裕了，可自家养鸡吃个肉吃个蛋的还是方便。你不叫大家养了，一准行不通。"东旺点点头："嗯，你们说得有道理。"在院子里踱着步，思忖着，忽然，拔腿跑出了院门。红霞喊："哎你干啥去呀？该吃饭了。"东旺没回答，跑没影了。

谷香开着车走在街道上，迎面跑过来东旺，朝她晃着手，示意她停下来。她停下车，从车窗探出头看着东旺。东旺问："你干啥去呀？"谷香说："怀远他们在网上订购的美国化肥到货了，我去看看。"东旺问："卸在哪了？"谷香说："他们公司仓库里呗。"东旺说："我找你有事。"谷香说："说吧。"东旺拉开车门坐到副驾驶上，说道："你先拉我上怀远那看看，然后再陪我上山根下头转转去。"谷香说："我还得上城里办正事去哪，哪有闲工夫陪你游山玩水呀？"东旺说："我这也是正事儿。快走吧。"谷香看了他一眼，继续开车。

到了怀远糖果的公司，怀远正在和工人们卸化肥。东旺和谷香下了车走进院子。怀远没看见他俩进来，东旺扛起一袋化肥就走。谷香喊："当心，别闪了老腰。"怀远看清是岳父，连忙跑过来说道："爸给我吧，您在边上指挥就中了。"东旺说："还有你妈。"怀远看到了母亲，走过去问道："妈您来有事吧？"谷香摇摇手说："忙你的吧，我就是看看。"东旺跟谷香帮着往工人们肩膀上放化肥袋子。

化肥卸完了，怀远对岳父和母亲说道："上屋坐会儿喝口水吧。"东旺摇摇头，说："我们还有事哪。"走了几步停住脚，看着怀远，问道："这美国化肥靠谱不啊？"怀远说："这种化肥呀，属于高性能氮磷二元肥料，适用于任何土壤跟绝大多数的作物，特别适合喜欢铵需要磷的作物，作基肥或者追肥都挺好的，还适合深度施肥。"东旺说："我看你还是慎重着点儿，别忘了，咱这是中国的土地！"怀远笑笑，点了点头。东旺拍拍姑爷的肩膀，说了一声："我们走了。"转身上了车。

谷香开着车，在山根下的小路上缓缓前行。连绵不绝的山峰在眼前起起伏伏。山上郁郁葱葱。东旺说："谷香你看看，这地方多美呀，不好好做做旅游，真的是白瞎了。"谷香说："嗯，咱这个地方主要是生态环境好，可是得保护好啊。"东旺伸着脖子好像在寻找什么。谷香问："你找啥呢？"东旺说："山坳。"

谷香又问："找山坳干啥？"东旺说："我想跟你商量个事儿。我惦着动员全村不再养猪养鸡了，那玩意儿也是污染源哪，对吧？"谷香想了想，说："你想把家禽牲畜挪到山坳里来养，是吧？"东旺说："聪明。由咱村委会在这偏僻的山坳里统一养，供应乡亲们吃肉吃蛋。你看咋样？"谷香思忖了会儿，说道："想法倒是不错。可要做起来也不是简单的事儿，得好好研究一下。"东旺说："是不简单，不过，你要支持这事就好办了。"

当天晚上，东旺和谷香召集两委会成员讨论山坳养殖的事，大家你一言我一语讨论得挺热烈。东旺听出来了，大伙对这个想法都还是支持的，只不过还有三点顾虑：一是如果村里派饲养员，工资谁来开？二是不让乡亲们自家养了，要买着吃，大伙会不会接受？三是如果让乡亲们自己来山坳里养，会不会嫌不方便？东旺思忖着该如何打消这些顾虑。谷香说道："我的想法还是叫乡亲们各养各的，这样好管理，也可以避免一些矛盾发生。"二阳子、明理之悦他们几个委员都点头赞同。东旺说："我也赞成谷主任的意见。有两个实际问题咱们得妥善解决。一个是养殖场的安全，得有人值班啊，防止被偷啊，出现意外啊，是吧？这个值班人员我建议就由村里选派，他们的工资由我的公司负责。第二，卫生问题，不能污染那里的环境，更不能破坏那里的生态，这一点，咱们必须高度重视，既要提高大家的环保意识，又要加强监督检查，有一点不好的苗头儿就要及时消灭掉。"谷香、二阳子等人一致表示赞同。

第二天上午，东旺和谷香在村委会召开了村民大会，动员大家把家里饲养的猪啊羊啊牛的，还有鸡鸭鹅统统转移到山坳里头去，统一饲养。大家听到这，立刻沸腾了。这个说："在家里养得好好的，为啥弄那么远的地方去啊？"那个说："这也太不方便了，赶上下大雨下大雪刮大风咋办哪？"还有的说："多少家都掺和一块儿，多乱哪。"谷香说道："乡亲们听我给你们解释一下，就明白为啥要这么做了。我问你们，院子里有猪圈，整天味儿不味儿？尤其到了夏天，是不是更味儿？"惹不起说："庄稼人，早就习惯了，嫌味儿大别养猪，别吃猪肉啊。"不少人跟着附和。谷香笑笑，继续说道："那满大院满街筒子的鸡屎大伙也都习惯了？就算是习惯了，可这样的习惯是你们特别喜欢的吗？难道就不想改一改吗？到处是鸡屎，猪圈臭烘烘，我们还咋建设美丽乡村呢？"大伙不说话了。

东旺趁热打铁："村里都替大伙想好了，关于养殖场的安全，由村里选派值班人员，看护咱们的家禽畜生，他们的工资由我个人负责。有一点，村委会要跟大伙强调一下，我们可不能污染那里的环境啊，更不能破坏那里的生态，听清楚了吧？这一点可坚决不能含糊啊，谁做不好就罚谁，到时候可别怪村里六亲不认啊。"大伙纷纷说中，就这么办。东旺高兴地对谷香、二阳子等人说道："看见了吧，咱们村的群众思想觉悟多高啊！"谷香说道："乡亲们真给力呀，这么支持咱们的工作，我们还有啥理由干不好呢？"

吃中午饭的时候，东旺正跟父亲说着话，听见院子里的红霞喊了声："哎呀，姐，姐夫，你们咋来了？"东旺一听连忙跑出屋，奔到姐姐两口子面前，亲亲热热地拉住他们的手，喊了声"姐"，再喊了声"姐夫"。东梅一看见兄弟眼泪就流下来了，她上上下下打量着东旺，颤抖着声音问道："旺啊，你瘦了，有病住院咋不告诉我们一声哪？啊？"春雨也说："是啊，东旺你不应该瞒着我们哪。"转脸对红霞说，"弟妹你也是，你咋不给我们打个电话说一声呢？"周秋山出来了，说道："你俩别埋怨了，是我吩咐不告诉你们的，寻思着大老远的，折腾你俩干啥呀，东旺又不是啥大毛病，住些日子就好了。"东梅说："都动手术了，还不是大毛病啊？爸你还真别不拿旺的病当回事，胰腺可不是小毛病，那得好好养着。"东旺问："你们是咋知道我有病的？"东梅说："谷香给我打的电话。"东旺心头热了一下。红霞说道："咱别在院子里头站着说话了，快进屋去吧。姐你俩还没吃饭吧？我这就给你们做去啊。"东梅说："别忙活了，我们在火车上吃过了。"秋山说："火车上还能吃好？再吃点吧。"大家说着话往屋里走。东梅握着兄弟的手，心疼地说道："动手术忒疼吧？流了不少血吧？现在咋样了啊？好点了吧？"东旺笑着说道："姐，我都多大人了，这点毛病不算个啥。现在好多了。"东梅说："好啥呀，你看你明显瘦了不少。"东旺说："有钱难买老来瘦嘛。"东梅说："别跟姐贫嘴，你给我好好保重身体听见没？姐不能没了你这个兄弟，咱爸不能没了你这个儿子，红霞不能没了你这个男人……"红霞听见了这些话，想到丈夫的胰腺癌，眼泪忍不住唰唰地流。

高彼得要建农家乐庄园的事，很快被东旺知道了，是喜爱悄悄给东旺打的电话。喜爱还在电话里说了自己的担忧，她说她担忧公爹建庄园，会破坏那里的生态环境。东旺佩服喜爱的觉悟。他说他要找高彼得好好谈一谈，了解一下情况。他给高彼得打电话，无人接听，他给高绪打电话，高绪却说没跟爸爸在一块，不知道他去哪里了。他给高贺打电话，高贺也说没有看见高彼得。东旺请他看见高粱杆了就给他回个电话。高贺说中。可一个星期过去了，他一直没回电话。东旺又打电话问高贺，高贺说："我告诉他给你回电话了啊，这孩子，咋回事啊。"东旺说："没事的老支书，许是忙忘了，我再给他打。"终于打通了。"杆子，你咋老不接我的电话啊？"彼得淡淡地回了三个字："没听见。"东旺知道这小子对他有意见，不动声色地说道："有空来村里一趟吧，我跟你有话说。"彼得嗯了一声，挂了电话。

又是一个星期过去了，彼得一直没来村里。东旺准备亲自去找他。这天早上，东旺吃完早饭，正要出家门，红霞喊道："还没吃药哪。"他返回屋里，吃了药，刚要走，红霞又喊："今儿个不是得上医院复查去吗？"东旺不耐烦了："明儿个再去吧。"红霞追到院子里，说："你忙，人家大夫就不忙啊？是为你一个人服务的呀？"东旺说："那就等大夫有空了再说。"糖果进院子，说道："爸，你今儿个必须上医院，走，我陪你去。"东旺说："我先去找一趟杆子。"糖果说："快去吧，他在河堤上哪。"东旺问："你咋知道的?"糖果说："我上度假村办事，看见他了。"东旺拔腿就跑了。红霞叹了口气，说道："看见了吧，你爸心里头就装着工作，一点也不装着他自己个儿。"糖果说："这样也好。忙忙活活的精神状态好，对养病一准有好处。"

东旺骑着摩托车一阵风似的上了河堤，却不见高彼得的影子，正疑惑间，一辆汽车驶了过来。范田从副驾驶车窗探出脑袋，问他："你找啥哪东旺叔?"东旺反问他："你看见高粱杆了吗?"范田说："看见了，往南山那边去了。"东旺朝他摆摆手，骑上摩托车往南疾驶而去。

高彼得站在南山根下察看地形，他的身边有两个助手，都是新招来的大学生，一个叫蔡文强，一个叫钟山。他俩正张着嘴巴，瞪大两眼，惊奇地欣赏着眼前的崇山峻岭。"咋样啊，我们这的景色天下数得着吧?"高彼得叉着腰，得意地看着两个手下。蔡文强伸出大拇指，由衷地说道："都说桂林山水甲天下。我看哪，冀东山水也是甲天下啊!"钟山吟诵起一首古诗来了："闻道稽山去，偏宜谢客才。千岩泉洒落，万壑树萦回。东海横秦望，西陵绕越台。湖清霜镜晓，涛白雪山来。八月枚乘笔，三吴张翰杯。此中多逸兴，早晚向天台。"他声情并茂的吟诵，让彼得兴致高涨，放声唱起一首《马儿啊，你慢些走》："马儿啊，你慢些走哎慢些走哎，我要把这迷人的风光看个够……"蔡文强与钟山对视一眼，笑了。

东旺骑着摩托车赶到了。"高粱杆——"他扬起胳膊，大声地喊了一声。彼得还在歌唱，没有听见。蔡文强听见了，但不敢打断兴致勃勃的老板。东旺快步走到高绪跟前，拨拉一下他。彼得扭脸看是东旺，停住唱，淡淡地问道："有事啊?"东旺说："你这小子，不是说好了有空来村里一趟吗? 咋没去呀?"彼得说："没看见我正忙着吗?"东旺没有计较他的态度，问道："听说你要在南山建一个农家乐山庄?"彼得看了一眼东旺，反问道："这是南山，也归你领导吗?"东旺平静地说道："不归我领导，可归国家领导，归芳草乡领导。"彼得冷笑一声，说道："我发现你可真不嫌操心，你是乡领导啊?"东旺说："别说这个，我问你，建庄园你惦着咋建啊?"彼得说："真新鲜，我还得跟你汇报一下啊?"东旺说："你听我说，高尔夫球场的事儿你的确是错了。如今你要建庄园，我还得好心提醒你，千万别破坏了这里的生态环境。"彼得白了他一眼说道："我谢谢你了啊周书记，周总，我记着你对我们高家的好哪，这辈子也忘不了。"文强和钟山听得出老板情绪不对，互相使了个眼色，躲到汽车里面去了。彼得瞪了东旺一眼，扭头朝汽车走去。东旺在他身后说道："杆子你别嫌我唠叨，我这是为你好。"彼得头也没回地说了句："谢谢。"一脚上了车，对司机吼了声："开车。"汽车猛地蹿出，卷起一股大烟尘，把东旺整个人都给罩没了。

78

高绪在客厅正抱着小吉米耍着玩,娜塔莎进来了,说道:"儿子,该给吉米洗澡了,快把孩子给我吧。"高绪又亲了几下孩子,依依不舍地送到了娜塔莎的怀里。娜塔莎说:"你们两个再给爸爸妈妈生一个吧,现在政府不是鼓励生二胎了吗?"高绪笑了,说:"好,等我们腾出闲空了就给您生。"娜塔莎拍着巴掌高兴地说:"哈拉绍,哈拉绍!(俄语:好)"

门"哐当"响了一声,高彼得气冲冲地进来了。高绪吓了一跳,看着一脸怒气的父亲,问道:"爸爸,出什么事了?"彼得"啪"地一拍茶几说道:"周东旺不叫我在南山建农庄!"高绪问:"为什么?"彼得气急败坏地说道:"他说建庄园会破坏那里的生态环境,我真不明白,那里有啥生态让我破坏的呢?"

院子里响起孙秋风的声音:"嫂夫人,高董在家里吗?"娜塔莎说:"在,请进。"孙秋风气喘吁吁地进来了,对彼得说道:"不好了高董,仙鹤园2号楼早上发生侧歪,被业主举报到住建局,刚才住建局通知我们,立刻吊销公司的营业执照,等候处理。"彼得脑袋"嗡"了一下,他一屁股瘫坐在沙发上,喃喃道:"完了完了,公司完蛋了,这么大的质量事故,我们非倒闭不可呀,完了完了……"孙秋风抹着脸上的汗水,说道:"高董咱们不能就这么完了呀,你得赶紧想想办法救救公司啊,上百个弟兄还等着吃饭哪……"彼得吼道:"现在知道要吃不上饭了?啊?我早就跟你们说,质量问题是大事儿,偷点工减点料是可以理解的,但千万不要过分,否则会出大事的,可你们谁听啊?全都当耳旁风了!"孙秋风说:"哎呀高董,事到如今,你埋怨我们也没用啊,你不是关系硬吗,现在找人疏通疏通还来得及。"彼得吼:"楼都倒了,现在谁还敢跟咱们来往啊,躲还来不及哪。"秋风哭丧着脸说:"那……那就等死啊?"彼得狠劲捶打着自己的脑袋,对高绪和秋风喊道:"你们都给我出去,出去,出去!"高绪问:"爸,那庄园的项目就别做了吧……"彼得吼:"出去!"高绪和秋风赶紧退出去了。彼得抄起茶几上的一个盖杯,用力往地上一摔,"啪",盖杯立刻粉身碎骨。

这会儿,在南山根下,糖果正在把她父亲强行往汽车上拽。东旺一边挣扎着一边喊着:"我不能上医院,高粱杆一会儿还会回来的。他要在这儿建庄园,一准会把这儿的生态给破坏了的。"糖果对怀远说道:"怀远,你在这看着,绝对不能叫高粱杆动这里的一草一木。我带爸上医院复查去。"怀远说:"好,你去吧。爸您放心吧,我保证看住。"东旺最终被糖果和红霞拉上了车。

在医院里,东旺的主治医生张主任给他进行了详细的检查后,当着东旺的面,非常高兴地对红霞和糖果说道:"病人的病情得到了控制,正在向好的方向发展。"红霞简直不敢相信自己的耳朵,急切地追问道:"张主任你说啥?他的病好转了？"张主任微笑着点点头："是啊，这简直就是一个奇迹！"糖果搂着父亲的胳膊兴奋得直跳："哎呀爸爸你好了，你就要全都好了呀……"母女俩高兴得直抹眼泪。东旺平静地笑着，握住张主任的手，说道："谢谢你了张主任，是你妙手回春，让我的病一天天好转了，我一定好好配合你的治疗，争取早一天彻底痊愈。"张主任用力点着头说道："好啊周东旺同志，祝贺你呀！"

在回家的路上，红霞靠在丈夫肩上，一句话不说，默默地流着眼泪。开车的糖果对父亲说道："爸您往后还是得继续好好配合治病啊，有了好身体才能为乡亲们干事啊对不对？"东旺说："对，你说得对，我一准好好保重自己个儿的身体。"他想起高粱杆建庄园的事，掏出手机给县环保局赵副局长打了个电话："喂，赵副局长吗……是我呀是我呀，我跟你反映个情况。我们村有一个叫高粱杆的，他要在我们村南山建一个农家乐庄园……哦，他现在改名了，叫高彼得了。啊，你知道这个事是吧……咳，他蒙你哪，根本不是就盖一个小饭店那么简单，他儿媳妇告诉我了，他要圈地盖房子，还要整娱乐设施，总之，一准要破坏那里的生态环境……对呀，所以你们千万不要批准他这个项目啊……哎好，好咧赵副局长……再见再见。"红霞说："糖果你看你爸，心里头就只有他的工作。"糖果笑了。

汽车到了村口，东旺的手机铃声响了。他接电话："是我呀……啥？真有这事……嗯，我知道了。"他刚挂了电话，蒋状迎面跑了过来，慌慌张张的样子，拼命地朝汽车挥舞着胳膊，嘴里还喊着啥。糖果说："状子叔这是咋的了？"东旺说："快停车糖果。"车停下了。蒋状跑过来拉开车门，对东旺说道："东旺哥，不好了，高家爷俩找你拼命来了。"红霞吓得叫了一声。糖果问："他们人呢？"蒋状说："正在你爸家门口踹门哪。"红霞说："东旺啊，赶紧报警吧。"东旺拍拍媳妇后背，说道："不至于，别害怕，他们就是咋呼得凶，不会把我咋着的。糖果，开车，回家。"蒋状说："你还是赶紧躲一躲吧哥，俗话说，好汉还不吃眼前亏哪。"东旺说："我周东旺从来就没怕过邪，开车。"

在东旺家门口，彼得正一边愤怒地叫喊着，一边拿石头砸门。"周东旺，你给我出来——你存心不叫我活了是吧？今儿个我跟你好好说道说道——你快点给我出来——"明理和之悦来了，劝他不要砸了，彼得不听。高绪始终站在旁边，对前来劝阻彼得的村民们说道："我劝我爸别建庄园了，可他说什么也不听啊……"惹不起说："你爸建庄园要占耕地，做得就是不对嘛。"高绪说："婶儿您说得对，我爸的确不该这样做。"

东旺赶到了，身后跟着红霞和糖果。东旺对糖果说："你跟你妈站一边去，别插嘴啊。"然后，他朝彼得大吼一声，"高粱杆，你给我住手——"

高彼得住了手，回身看着东旺，指着他的鼻子叫喊道："周东旺你还是个男人吗？啊？"

东旺说："砸门骂大街，这是男人干的事吗？"

彼得喊："谁叫你把我往死里逼呢？砸门是轻的，你以为我高彼得是好惹的，是吧？"

东旺说："今儿个当着乡亲们的面，你把话说清楚，谁把你往死里逼了？我都干了些啥对不起你的事儿了？"

彼得说："你叫大伙给评评理。我惦着在南山根下头建一个农家乐，到时候优先招咱们村的人进去做工挣钱，可周东旺硬说破坏生态环境了，然后一个电话打到了环保局，不叫他们给我批手续，害得我为操持这事花的十几万块钱打了水漂，大伙说，这不是把人往死里逼是啥？"

乡亲们都齐刷刷看东旺，开始窃窃私语起来。

糖果忍不住说话了："彼得叔，我来问你，南山上是不是有花岗岩石头？"

彼得打了个愣看着糖果："有啊，咋了？跟我们农家乐有啥关系啊？"

东旺说："咋没关系啊？你建农家乐不盖房子？你不盘院墙？你不种菜？高粱杆你敢说你把农家乐建到天上去？"

高彼得说道："周东旺，你咋就知道我一准要破坏生态环境呢？难道就你知道要保护生态环境吗？"

高绪说道："爸咱别在这闹了，快回家吧。破坏生态环境的事咱们不能干哪。"

东旺冷笑一声："高粱杆，你不承认破坏生态环境了是吧？那你把设计图纸拿来给我看看，真要是没破坏，我就去给你们作这个证。"

彼得"呸"了一声，说道："你算哪根大葱啊？给你看图纸，给你看个×毛。"

东旺指着彼得的鼻子说："说话别跟我带脏字啊，再带一个别怪我对你不客气啊。"

彼得撇了下嘴："我就带脏字了咋的，你还想跟我动手啊？"

红霞连忙走到丈夫跟前，拽住他的胳膊，说道："快进家去吧，别跟他吵吵了。"

东旺甩掉媳妇的手，对彼得说道："我劝你还是老老实实做生意为好，别整天心思不往正地方用，那样干下去，早早晚晚会出大事的。"

彼得说："你……你咒我出大事是吧？"

东旺说："还用得着我咒吗？刚才有人来电话告诉我了，你的公司开发的楼盘，有一栋楼发生侧歪，被住建局吊销营业执照了，有这事吧？"

村民们发出一片惊呼，愣愣地看着彼得。

高绪看着父亲，羞愧地低下了头。

彼得的脸一阵红一阵白的，呼吸不断加速，眼睛逐渐充血。终于，他忍无可忍，吼叫一声："周东旺，我跟你拼了——"一头撞向了东旺。东旺猝不及防，打了几个趔趄，仰面摔倒在了地上。彼得扑上前去，骑在他的身上挥拳就打。红霞和糖果尖叫着冲上去拖拽彼得。高绪跑上前劝父亲："爸，快住手，这是犯法的。"村民们叫喊着围上去，劝彼得快住手。彼得没听见一样，还是打，红霞被他踹倒了，被惹不起给扶了起来。蒋状掏出手机打电话："喂，派出所吗……"东旺大吼一声，猛地一个爆发力，将彼得掀翻在地，骑在了他的身上。彼得紧紧揪住东旺的脖领子，拼命地拉扯着。东旺毕竟有病伤了元气，很快就没了力气。糖果冲上去用身体护住了父亲。彼得瞪着血红的眼睛吼道："滚开！否则，连你一块打！"糖果一挺胸脯喊道："吹牛腿儿，你碰我一下试试！"明理和之悦还有惹不起一起把彼得和糖果拽到了一边。彼得要往东旺跟前凑，被蒋状拽住了。彼得对蒋状吼："拉偏架是吧状子？长能耐了是吧？松手，听见没有？"蒋状说道："彼得哥，乡里乡亲的，有话好好说，别动手啊。"彼得骂了一句脏话，要打蒋状，蒋状身子一闪躲开了，彼得抡起胳膊要打第二拳，一声呵斥响起："快给我住手！"大家一看，是高贺来了，身后跟着苏志新。高贺走到东旺跟前，问道："你没事吧周支书？"东旺摇摇头。高贺回头盯着彼得，吼道："还不快给我滚！"

东旺说道："老支书，别叫他们走。彼得，高绪，你们爷俩上村委会等着我跟谷主任去。灯不挑不明，话不说不透，今儿个咱们把心里边的话都倒出来，没有解不开的疙瘩。"

村民们纷纷喊："支书说得对呀。""乡里乡亲的，有啥话说不开的呀。"

高贺朝彼得高绪喊："上村委会等着我们去。"转脸对东旺说，"你看这事闹的，都怪我来晚了一步。"

谷香和谷大贵、周秋山、钱彩凤赶来了。秋山看见了高贺，走过来，问道："高支书来了，这么多人围着，出啥事了？"谷大贵听明理说了刚才的冲突，质问彼得："咋的，你刚才惦着打我外孙女？想蹲大狱你就说，我送你去。"彼得脖子一梗，叫喊道："谷大贵，你跟我叫板……"高贺怒吼道："高粱杆，你给我滚！"志新赶紧劝岳父道："爸您别动这么大的气，当心身体。"彼得看看愤怒至极的二叔，对高绪使了个眼色，走了。

东旺搀住高贺的胳膊，说道："别生气了老支书，走，上屋坐会儿去。"

高贺摇摇手说："先上村委会把他俩的事解决了再说吧。"

东旺点下头："那也好。"对谷香说道，"走吧谷香。"

在村委会会议室里，彼得和高绪正在说着话。高绪说："眼下正大搞生态文明建设，咱的农家乐山庄应该再好好设计设计，若影响生态环境了还真不好办。甭说周东旺了，就是环保部门那咱也不好过关哪。"彼得说："可问题是，不碍着一点儿生态环境可能吗？不可能啊。"彼得叹了口气，又叹了口气。高绪问："你咋跟东旺叔动起手来了呢？怎么这么不冷静呢？"彼得说："过去我是打不过

416

他。可如今他也是六十岁人了，而且他有病，好汉不及当年勇了。其实，我也是心情忒不好，房地产看样子是做不下去了，农家乐要是再开不成，你说我还有啥钱可赚？"

门一推，东旺和谷香、高贺进来了。彼得白了东旺一眼，扭过脸不看他。高绪站起身，说道："东旺叔，谷香婶儿，爷，你们来了。"高贺在高绪身边坐下了。谷香转身拿起暖壶倒水。东旺盯着彼得，坐下，说道："俩老头骨碌到了一块儿，像啥话呀，真不嫌丢人！"彼得哼了一声："你当支书的不嫌，我一个平头老百姓怕啥呀。"东旺问："你是平头百姓吗？你是地产大老板，高董事长。"彼得"砰"地捶了下桌子，喊道："你少在这挖苦我，你知道我的公司被吊销执照了，我现在就是一个平头百姓了，这下你高兴了吧？称你的心了吧？"东旺也"砰"地捶了下桌子，吼道："你放屁！我周东旺是啥样的人，你真不知道咋的啊？我能看你笑话吗？你完蛋了对我有啥好处啊？"谷香说："东旺，你喊啥呀，这么激动干啥？"高贺说："没事的谷香，叫他痛痛快快地喊吧，心里头舒坦点儿。"彼得哼了一声，说道："东旺你甭当着我二叔的面装大善人，其实你最不是个东西了，你一直记恨着我，因为我你没能跟谷香成一家人……"谷香说："彼得，过去的事儿还提它干啥。"高贺说："谷香，叫他们老哥俩想说啥就说啥吧。"彼得接着说道："你就是因为这件事，记恨我大半辈子了，然后就处处给我使绊子穿小鞋，害得我当不上村主任，承包不上戏曲基地，拿不到主题公园旁边的那块树林子地，干不成农家乐，这些是不是都是你干的？"东旺又"砰"地捶了一下桌子，猛地站起身，刚要说话，一阵恶心，连忙捂住嘴跑出去了。谷香跟着出去了。彼得看看门口，对高绪使了个眼色，高绪起身出去了。

高贺对彼得说道："东旺身体不好，你给我收敛着点儿，有话好好说，瞎咋呼啥呀？"彼得说道："哎呀我的好二叔，您可真是站着说话不腰疼啊。我的公司完蛋了，完蛋了。"高贺说："活该！完蛋了你怨谁呀？我早就嘱咐过你，千万要合法经营，合法赚钱，可你听了吗？"彼得嘀咕道："都是孙秋风跟陆海这俩合伙人害得我。"高贺呵斥道："好意思怪别人，你是董事长，不好好约束部下，你是干啥吃的呀？"

东旺谷香他们回来了。高贺关切地看着东旺："你脸色不大好，要不上医院看看去吧。"东旺摇摇手，说："没事，放心吧老支书。"转脸看着彼得，"不是我说你杆子……"彼得瞪了他一眼说："我现在叫高彼得。"东旺说："我就叫你杆子，咋的？"彼得梗着脖子不搭理他。东旺说："你说你咋就总干那些歪门邪道的事儿呢？不走正道长久不了，你咋就不明白这个道理呢？"高绪说："东旺叔，你也看到了，我爸他现在处境很是艰难，他觉得干不成农家乐就没有活路了，所以刚才才那么激动，跟您动了手。"东旺说："胡说，咋没活路了？高绪土地流转干得不是挺不错的吗？你也可以回村里来干，还愁没钱赚？"高彼得问：

"回村干？村子都成你们周家的天下了，哪有我们的立身之地呢？"东旺说："你这话更是胡说八道，响马河村咋就我们老周家的天下了？这是共产党的天下。我听怀远跟糖果他俩说，南方正在搞一种无土蔬菜大棚，你可以包一块地干这个呀。"彼得与高绪对视一眼，疑惑地看着东旺："无土蔬菜？"彼得说："没有土还能种蔬菜？你尽糊弄我。"谷香说："还真不是糊弄你们。这是一种新型产业，不用土壤，而是用一种培育出来的营养液种植蔬菜。这种栽培好处可不少哪，既能有效防止土壤发生病害，还可以充分满足作物对矿质营养、水分、气体等等环境条件的需要。还有哪，栽培用的基本材料可以循环利用。因此，这个产业省水、省肥、省工，还优质高产。你要是不想干，我们一宣传，一准有不少人等着干哪。"高贺说："可他也不懂这个技术啊。"东旺说："不会就学嘛。杆子生下来就会搞房地产开发呀？还不是边干边学啊？"高绪点点头，看着父亲。

彼得看看二叔，再看看儿子，问东旺："你真的给我一块地弄蔬菜大棚啊？"东旺问谷香："谷香你同意吧？"谷香点点头："我同意。"彼得看着二叔。高贺白了他一眼："看我干啥呀，还不谢谢人家周支书跟谷主任。"彼得说："我……我才不谢他哪，我谢谷香。"大家都乐了。高绪说："东旺叔，蔬菜大棚可是要花不少钱的，我爸现在哪里投得起这个资啊。"东旺说："这个好办，我借给他。"彼得和高绪愣住了。东旺问彼得："咋的，不乐意使我的钱？那就算了。"彼得连忙说道："别别别，既然你说了，我……我咋的也得给你个面子是吧？"东旺骂了他一句："德性！"然后，笑了。彼得看着东旺，也笑了。

一个月后，彼得的新公司——农家园绿色蔬菜公司获得营业执照，选择了一块非耕地，开始筹建大棚。他还专门去了南方，学习无土栽培技术。

就在这个时候，怀远发现大片土地严重板结，立刻告诉了岳父。东旺向县委副书记马童力做了汇报，马童力到县里请来了科技研究所所长罗平到现场查看。罗平看完之后，对东旺道："这里的土地已经深度污染，养护土地迫在眉睫啊！"东旺问罗平："我们该为养护土地做点啥呢？"罗平说道："首先是退耕还林防止水土的流失，要植树种草，防止土地的沙漠化。二是土地复垦，也就是对生产建设活动和自然灾害损毁的土地，采取整治措施，使它达到可以正常使用的程度。再就是搞植树造林，对已经开发利用的土地资源，一定要坚持因地制宜、合理耕种的原则，精心保护好我们有限的土地啊！"

周东旺认为，滦河河畔搞的旅游开发污染了土地。他这么想是有根据的。污水排泄呀，塑料袋乱飞呀，让河畔脏得不像样了。他花两个晚上写了一篇《救救我们的土地》，寄给了县委副书记马童力。马童力非常重视，亲自带着科研人员来河畔现场办公。他召集来全乡村干部，责成大家一定要采取切实有效的措施，为了子孙后代养护好脚下的土地，并命一名副县长负责主管这项工作。一场声势浩大的群众性"拯救土地，养护土地"活动迅速掀起，逐渐深入人心。

东旺找到高彼得，提醒他，无论如何也不要给大棚所占的土地造成污染，并且要求怀远对所有土地做好监督。他还不放心，召开两委会专门成立了他任组长、谷香任副组长的"土地养护领导小组"，将这项工作纳入日常工作的首位。并且让糖果撰写了相关的宣传资料，加强对村民的宣传教育，对不爱护土地的行为予以惩罚。

两个月后，首批六个无土蔬菜大棚建好。高彼得从省城请来两位技术员，指导培养蔬菜所用的营养液。半年后，无土栽培蔬菜实验成功，无刺黄瓜，金黄色辣椒、珍珠西红柿等等，一片片蔬菜长势喜人，郁郁葱葱，果实累累。东旺和乡亲们看着眼前的蔬菜大棚，绿油油的现代农业田地，眼里泛起泪光，心中充满了希望。很快，家家户户都吃上了无土栽培的新鲜绿色蔬菜。周东旺提议，给本乡各村送去一批，请大家尝尝鲜。

第二天，范占山叫常有理跟刘翠青来村里学习取经，准备节后也搞蔬菜大棚。其他村随后也纷纷由书记带队来学习。彼得对东旺说了自己的担心：各村都搞大棚了，会影响公司的收益。东旺说："你这个人，这么大岁数了，思想咋还这么落后呢？一个人富了那不叫富，也没多大意思，大伙都跟着富了，那才叫真正的富了哪，这种日子才越过越有滋味儿哪。"彼得白了他一眼："懂了哎，就你思想先进。"东旺认真地说道："你算说对了，要不，我这支书还有啥脸当啊。"

正月十五闹元宵。响马河村的男人们还是热烈期盼着这一天。不过，可不是去蹭大姑娘小媳妇们的胸脯子去了。如今响马河村的小伙子不愁娶不上媳妇了，响马河村的姑娘争着嫁本村小伙子。响马河村小伙子能娶来外村姑娘了，还能娶来县城省城里的姑娘了。响马河村的男人们都抬起头来了。

元宵节后的当天，怀远和糖果郑重其事地跟东旺商量一件事。东旺瞪大两只眼睛看着闺女和姑爷："啥啥啥？你俩要成立爱国者实业集团？"怀远说："爸，不是我俩，是咱们。"东旺问："你俩的意思是，把我的和你妈的，还有你们彼得叔爷俩的公司合并成一个集团？"糖果说："对呀，这叫作资源整合，利益共享，形成合力，谋求更大发展。您赞成吗？"东旺说："我赞成，就是不知道你妈跟彼得他们赞成不赞成。"谷香出现在门口，大声说道："我也赞成！"东旺回身看着谷香，乐了，说道："那我再去问问彼得他们爷俩。"他一口气跑到彼得家，说明了来意。高绪和喜爱也在。彼得转脸看娜塔莎，娜塔莎耸耸肩膀，说道："为什么不同意哪，亲爱的？"彼得再看高绪和喜爱。高绪看喜爱，喜爱笑了，说道："我不同意……"彼得娜塔莎高绪全都惊讶地瞪大了眼睛，喜爱接着说道："那才怪哪，咯咯咯……"东旺风趣地说："喜爱一个大喘气，吓了我一跳。"

经过一个多月的紧张筹备，四月一号这天，响马河村全体村民齐聚村文化广场，庆祝"爱国者实业集团"成立仪式。董事长周东旺、总经理金怀远、副董事长高彼得、副总经理高绪登台亮相。应邀前来祝贺的马童力代表县委发表了热情洋溢的讲话，他勉励响马河村勠力同心，以一种"筚路蓝缕，以启山林"的奋斗精神，勇于拼搏，永不止步，沿着社会主义康庄大道一直走下去。马童力讲完后，叶光明走上台，给乡亲们唱了一首革命歌曲《我们走在大路上》，感染得台下村民一起跟着唱了起来。

"披荆斩棘奔向前方，向前进！向前进……"周东旺跟着台下的村民们一起唱着、笑着。同时，过去的几十年像电影镜头一样，飞速地在他脑子里回放着。他想起了为凑够一大车粮食而东奔西走的年岁，想起了自己逃亡在外无家可归的那段日子，想起了竞争承包鱼塘时的那股子冲劲儿，想起了为村民们的粮食找销路时的心焦，想起了自己第一次被选为代理村主任的自豪感……想着想着，就有点控制不住情绪，就有点百感交集，就有点想流泪。我周东旺能走到今天不容易啊！响马河村能有今天不容易啊！周东旺的眼里泛起了点点泪花，怕被父老乡亲们瞅见，就悄悄离了席。

不远处的谷香看到周东旺离开了座位，一个人朝村外走去，心里纳着闷，跟了过去。"咋的啦这是？"看到眼泪汪汪的周东旺，谷香吃了一惊。周东旺摆摆手，连哭带笑地说："我这是高兴啊，激动啊，不知咋的，就想哭。谷香，你知道吗，我……""我知道，我知道，啥也别说了。这么多年了，我还不了解你吗？你的心情我也有啊！"谷香说着，把一张纸巾塞到东旺手里，微笑着看着他，说道："快点擦擦，让别人看见像什么话，我认识的周东旺可是不轻易掉眼泪哪。"周东旺透过蒙眬的泪眼，恍惚间，仿佛看见当年在河堤上跟自己劳动竞赛的谷香。

这时，台上响起了高彼得的声音："下面，有请我们的周支书，周董事长发表讲话——""周支书呢？周支书，东旺，东旺——"高彼得、马童力、怀远他们，还有台下的村民们都在急切地呼唤着周东旺的名字，寻找着他的身影。"叫你呢！"谷香推推还在发愣的东旺。

东旺回过神来，听着大家伙热切的呼唤，心头一热，大声喊："我在这儿呢！我在这儿呢！"说着，和谷香一起大步朝村民们走去。

尾 声

暑去秋来。漫山遍野的庄稼接近成熟了，一片丰收在望的可喜景象。九月底的一天，东旺正在秦奶奶家主持秦奶奶祝寿喜宴，手机铃声响了。是叶光明打来的。"啥指示啊叶书记？"他逗趣道。光明告诉他："东旺啊，特大好消息，县委批准你作为十九大党代表，进京参加这次盛会啦。咋样，高兴吧？"东旺激动得一连说了三个"高兴，高兴，高兴"。挂了电话就迫不及待地把这个好消息，告诉给了所有在场的人。谷香、周秋山、高贺、谷大贵、江天成、崔红霞等人鼓掌喊好。秦奶奶张着没了门牙的嘴巴开心地笑着，举着酒杯对东旺说道："旺啊，奶奶为你骄傲自豪，祝贺你！来来来，干了这一杯！"东旺举起酒杯，激动地喊道："祝福奶奶健康快乐幸福长寿！"秦奶奶喊："祝福咱们爱国者小镇上的所有人全都永远幸福快乐！大伙干杯！"大家都站起身举起杯，开怀畅饮。

金秋十月的一天，阳光明媚，晴空万里。小镇群众齐聚文化广场，为赴京参加政治盛会的带头人周东旺送行。谷香的秧歌队跳起了大秧歌。红霞的小剧团唱起了皮影戏。男女老少欢声笑语，那气氛热烈得像过大年。

秦奶奶拄着拐杖在小云的搀扶下来了。东旺迎上前扶住老人家的手，亲热地说道："奶奶，咋还惊动您老人家了呀？"秦奶奶打了下他的手，说道："这么大的喜事不告诉我哪中？旺啊，这可不是你一个人的光荣，是咱响马河村全村人的光荣啊！"东旺大声说道："奶奶说得好啊，光荣属于集体，属于大家啊！"

高贺激动地对东旺说道："想当年，我记得非常清楚，1956 年 9 月 15 日，我作为一名党代表去北京参加党的八大，那激动人心的情景现在想起来，还让我热血沸腾哪呀！"

叶光明握着东旺的手说道："东旺同志，今后，你肩上的担子更重了。希望你不忘初心，牢记使命，在中国特色社会主义建设道路上，不断前进，不断再立新功啊！"东旺按捺不住激动的心情，两眼闪动着晶莹的泪花："请组织放心，请领导放心，请乡亲们放心，我一定不辜负党和人民的培养和期望！"

张楠提议道："大伙照张相留个纪念吧。"大家纷纷说好。秦奶奶喊道："大伙站好了，咱们照一张全家福啦！"村民们请领导们站在中间。叶光明和张楠坚持请秦奶奶、高贺等老人坐在中间，然后，和村民们簇拥在苏志新的镜头前，拍下了一张具有非凡意义的"全家福"。

东旺要启程了。他满面春风地与叶光明、张楠、高贺、江天成、谷香、蒋状、明理、二阳子、之悦等人逐一握手,与秦奶奶、周秋山、红霞、谷大贵、高彼得、糖果、怀远、高绪等人拥抱后,在村民们的欢呼声中,登上了滦河河堤。他要走水路,好好看一看沿途的秀美风光。

周东旺上了船,看着满舱的滦河土,心潮荡漾。这些土是他和乡亲们,在治理好了的土壤中精选出来的。他要把这些凝聚着爱国者小镇深情厚谊的厚土,带到北京,献给北京人民。他站在高高的船头,极目远眺,心中激情澎湃。在他身后,欢笑声、歌唱声瞬间沸腾了滦河,奔涌的河水涛声轰然,好似千千万万的人在纵情歌唱。在他的身前,白帆点点,浪花朵朵,整个这条奔腾了千年的滦河,多么像一条腾空而起、奔向远方的巨龙啊。滦河两岸,气象万千,五谷飘香。此情此景,让周东旺觉得自己长出了一对翅膀,就要飞起来,在广阔的天空中搏击风雨,奋力翱翔。他在心底里一遍遍对自己说道:周东旺啊周东旺,你这个农民的后代有多幸运哪,赶上了改革开放的伟大时代!你其实没做多少贡献,组织上却给了你这么高的荣誉,你受之有愧啊!你必须要更加努力工作,多做出点成绩,才好回报党和政府,回报生你养你的这片土地,回报爱你的父老乡亲们啊!

周东旺去了北京,带着爱国者小镇乡亲们的殷殷之情,带着对伟大祖国的美好祝福,带着对未来日子的美好憧憬,他知道,更加激情燃烧的奋斗历程即将开始了。

在东旺赴京不在家这段时间里,谷香代理党支部书记一职。她在乡党委支持下,一方面加快爱国者小镇的建设步伐,另一方面带领群众继续加强对土壤的养护和对环境的治理工作。怀远和糖果深入滦河两岸村庄,多方挖掘孕育了悠久历史和灿烂历史文化的素材。高绪向他俩建议,搜集一些代表民俗文化的物件,譬如:小虎头鞋、针线筐箩、小泥人、大烟袋杆等等。他俩都觉得这个建议好,采纳了,并很快收集上来一批。高贺、周秋山、谷大贵、钱彩凤、彭家林这些老一辈人看着那些物件,恍如隔世,唏嘘不已。谷香、天成、明理、红霞、之悦这些人面对这些物件,立刻穿越回美好的童年时代,睹物思情,感慨万千。

十月底的一天,参加完盛会的周东旺,怀着按捺不住的急切心情,乘坐高铁回到了小镇。他要以最快的速度把党代会精神传达到小镇每一个人心坎上。他刚出了车站口,就被怀远、高绪拥抱住了。三个人喜悦之情溢于言表。怀远把一束鲜花捧送到他面前,大声说道:"热烈欢迎爸爸同志顺利归来!"东旺笑哈哈地说:"你小子,跟你岳父还整这个景儿啊?"高绪手捧着一个精美的小盒子,对东旺说道:"叔,我们无土栽培的大南瓜在省城农产品博览会上获得了金奖,这是组委会颁发给我们的奖牌!"东旺接过奖牌,心里像喝了蜂蜜一样甜。笑得满脸全是皱纹。

在回家的路上,东旺一直滔滔不绝地说着话,说的都是盛会见闻与感受。怀远和高绪专注地倾听着，不时相视笑一下。在路过乡政府的时候，东旺说："我要到乡党委那报个到，听取指示。"他下了车，走进叶光明办公室。正在看文件的叶光明立刻站起身，笑容满面地与东旺握手。"回来了东旺同志！"东旺激动地说道："叶书记我回来了！""咋样，感受一定很深吧？""是啊，党中央对咱农村非常重视，我感到浑身有使不完的力气啊！我来受领新任务来啦！"叶光明指着墙上挂着的《芳草乡新农村建设愿景规划图》，朗声说道："党中央为我们指明了前进的方向，周东旺同志，甩开膀子大干一场吧！"东旺的腰杆子挺得直直的，响亮地回答道："好咧，不管遇到多大的困难，豁出命来，我也要大干社会主义啊！"

在小镇大门前，东旺受到了乡亲们的热情迎接。秦奶奶来了，高贺老书记来了，周秋山谷大贵来了，谷香怀远糖果儿他们来了，乡亲们都来了，东旺朝大家挥手致意。整个小镇沸腾了，像是在过大年。

两个月后的一个朝霞满天的上午，爱国者小镇终于全面建成了。文化广场上矗立的塑像除了杨和平，还有林则徐、节振国、狼牙山五壮士这些古今民族英雄的塑像。每天都有好多人前来瞻仰。在周东旺的提议下，由二阳子负责，每天早晨在广场中心举行升国旗仪式，好多孩子跑来向国旗行少先队礼。怀远和苏宁在杨和平的塑像前，又玩起了撞鸟蛋游戏，情不自禁地回忆起和杨和平玩撞鸟蛋的情形，一边玩一边黯然落泪。结果，三个鸟蛋全都撞碎了。蛋汁闪动着金黄色的光芒。苏宁对杨和平塑像深情地说："和平，我们的鸟蛋都碎了，祝你天堂好运气！"怀远和苏宁抚摸着杨和平塑像，泪流满面。

经过半年多的发展，爱国者小镇取得了长足的进步。"戏曲基地"从县城群艺馆搬迁进了小镇。红霞和惹不起组织的评剧团、皮影剧团每天免费给南来北往的中外游客演出，获得了广泛好评，更名为"爱国者"的农产品，实现了销往巴基斯坦的心愿，并且顺着国家"一带一路"的路线，远销沿线各个国家。已经有三千多个分销商成为集团战略伙伴，日销售量突破千单。旅游产业呈现火爆景象，中外游客纷至沓来，年收入过亿元。爱国者小镇为响马河村赚取了外汇，受到了县委县政府的表彰和奖励。周东旺当选为省级劳动模范，爱国者小镇成了远近闻名的明星乡镇，前来参观学习的单位络绎不绝，一些外国政要也前来观赏。

八月份的一天，小镇迎来了一批日本游客，八个人，五男三女。东旺领着客人们先后参观了高彼得的无土栽培蔬菜大棚，高绪的稻田，小镇特色民居等，日本客人频频拍照留念喊"吆西"。参观完后，东旺请客人们吃了顿简单却具有独特乡村风味的农家饭。客人们大快朵颐，赞不绝口喊"伊奇邦要拉其那"（日语：非常好）。饭后，一个日本大叔对东旺用生硬的中文请求道："周先生，请带我们去看看滦河可以吗？给您添麻烦了！"东旺爽快地说："没问题，不麻烦，我们走。"

东旺带着这群日本客人到了滦河岸边，向旅游公司租了条大船，准备带客人们浏览一下沿途风光。客人们兴奋得叽里哇啦，东旺也听不懂他们在叫喊啥，不过，可以猜到他们一定是被滦河迤逦的风光陶醉了，不由得为自己的家乡如此妖娆而无比自豪。几个男客人站到了船帮上大喊大叫，胡乱摇摆。东旺连忙提醒他们注意安全，不要打闹。他们听不懂，闹得更厉害了。东旺想到日本大叔懂中国话，刚要跟他说，大船倾覆了。一伙人全都翻进了大河里。可这些客人面对突如其来的变故，表现出出奇的冷静，相互之间展开了救助。东旺却很焦急，好在手机还在手里，他立刻给旅游公司的救援队打了电话，然后开始救助客人。救援队很快赶来了，东旺心里踏实了，先后把日本大叔和一个女客人救上了岸。救第三个人的时候，两腿被杂草缠住了，咋也挣脱不开，最后精疲力竭，沉入了河底。

谷香是在文化广场上，听梁满仓说东旺的船出事的。她心急如焚，既担心东旺的安危，又担心日本客人的安危，那可是国际影响啊。她喊上怀远、糖果、二阳子几个人，火速赶到了出事地点。救援队王队长告诉她，日本客人已经全部脱险，就是东旺不见了，大家正在极力搜救。谷香大喊了一声："东旺啊——"奋力跳进河里，怀远、糖果、二阳子他们也相继跳进河里。谷香扎进水里瞪大眼睛四下搜寻，忽然，她看见了躺在河底的东旺。她又惊又喜，赶紧游到跟前，抱起东旺，奋力向水面升了上去。

在怀远、糖果、二阳子的帮助下，东旺被救上了岸。救援队王队长当即对东旺进行了抢救，几分钟后，东旺一连吐出十几口河水，苏醒了过来。几个日本客人高兴得一个劲向王队长和谷香鞠躬，嘴里说着："阿林阿多。"（日语：谢谢）会中国话的日本大叔挑起大拇指说道："中国农民，厉害！"在场的村民也都松了口气。二阳子悄悄对东旺说："这个会说中国话的日本人，登过咱们的钓鱼岛跟咱们叫板，不应该救他。"东旺说："这是两码事，他现在来咱这了就是客人，我们救了他表现了中国人的宽容，这也是爱国的一种表现。"日本大叔走过来，紧紧握住东旺的手，连续鞠着九十度的躬，激动地说道："周先生，为了救我们，你们几乎搭上了自己的性命，太感谢了！以后，我再也不会登钓鱼岛了，那是你们中国的领土！"东旺连说了三个"好好好"。在场的所有人都热烈地鼓起掌来。

这几个日本游客在小镇上住了两天后，准备启程回国了。东旺谷香送给他们一批土特产品留作纪念，客人们一再鞠躬致谢。日本大叔面对东旺谷香这些质朴善良的中国人，感动不已地说道："我是大田株式会社的总经理大岛藤田。我很喜欢你们的爱国者小镇。如果你们需要投资，可以给我打电话，不，不要打电话，国际长途太贵，写信好了。"大家都笑了。东旺自豪地说道："谢谢大岛藤田先生！我们中国农村不是改革开放前的农村了，每个人都打得起国际长途，与世界沟通毫无障碍！"

大岛藤田连鞠几个躬，和他的同事陆续登上了旅游车。车开走的时候，大家向客人们挥手告别。

　　日子好过了就觉得时间流逝快。用东旺的话说，一眨眼的工夫，一年就成了历史了。说着话，又是一个夏天到来了，成片成片的麦田里麦浪滚滚，此起彼伏。麦梢开始变黄，没几天，麦秆也开始变黄。离开镰收割为时不远了。

　　这天是六月二十一号，本是一个平常的日子，但因为昨天晚上，乡里通知各村二十一号上午十点整组织村民集体收看央视国务院新闻办公室新闻发布会直播而显得非同寻常。一大早，周东旺就叫怀远和高绪他们，把村委会的大彩电抬到了文化广场中间，并摆好了椅子和矿泉水。上午十点前，广场上已经坐满了村民。能参加收看的都来了。十点整，发布会开始了。国新办新闻局副局长龚艳春宣布：经党中央批准、国务院批复，自 2018 年起将每年农历秋分设立为"中国农民丰收节"。会场上先是一片寂静，紧接着响起热烈的掌声和欢呼声，大家相互击掌叫好，相互拥抱，一个个脸上绽开笑容，像开了花。

　　东旺看到屏幕上打出了"农业农村工部部长韩长赋"的字，连忙喊道："大家静一静，静一静，快听听韩部长是咋介绍丰收节的！"韩部长说道："……设立一个节日，由中央政治局常委会专门审议，这是不多见的，充分体现了以习近平同志为核心的党中央对'三农'工作的高度重视，对广大农民的深切关怀，是一件具有历史意义的大事，是一件蕴涵人民情怀的好事……"

　　周东旺专注地听着讲解，感到热血沸腾，整个身体激动得发抖战栗。他注意到身边的父亲、高贺、谷大贵全都热泪盈眶，身后的怀远、高绪、糖果这些年轻人一个个精神抖擞、情绪高昂，看完了发布会，东旺立刻组织村民分组进行了讨论，然后将讨论情况汇总后上报给乡党委。

　　两天后，叶光明召集各村书记主任，部署落实十九大精神，办好第一个"丰收节"的具体工作。会上，他满怀豪情地说道："当前和今后一个时期的首要任务，就是认真学习宣传和全面贯彻落实党的十九大精神，以新气象、新作为开启决胜全面建成小康社会，全面建设社会主义现代化国家的新征程。我们农业战线的每一个党员干部都要牢记使命，不忘初心，按照十九大提出的'产业兴旺、生态宜居、乡风文明、治理有效、生活富裕'的总要求，创造性地开展工作，为把乡村建设成为社会主义新农村不断做出新的贡献。关于第一个'丰收节'，我们要秉承'庆祝丰收、弘扬文化、振兴乡村'的宗旨，遵循'务实、开放、共享、简约'的原则，因地制宜，突出特色，展示科技兴农的新成果，产业发展新成就，乡村振兴新面貌。总之，要通过'丰收节'进一步调动广大农民的生产积极性，激发乡亲们的获得感、荣誉感和幸福感，从而形成一股强大的动力，促进农业事业沿着健康轨道实现更快发展。"叶光明讲话后，张楠乡长对工作的具体落实步骤做了布置，周东旺一边专心地听着一边认真地做着记录。

散会后，东旺对谷香说："开会前，马书记给我打电话，让上他那去一趟，咱俩走吧。"谷香说："马书记叫我了吗？"东旺说："哎呀还用得着点你的名？咋的，你不想老领导啊？"谷香白了他一眼："走吧走吧。"两人上了东旺开的车。走出一段路了，谷香想起啥，说道："你先给马书记挂个电话吧，领导忙，不一定啥时候方便见咱哪。"东旺说："还是你心细，我这就打。"电话通了。马童力说："我这有位客人，正在谈事情。你这样，先回小镇等我们去，我们谈完随后就到。"挂了电话，东旺说："真叫你说着了，马书记现在有客人，他叫咱们回家等他去。"谷香说："那就调头回去吧。"

两个人回到村委会，立刻召开了两委班子会，研究落实乡党委布置的工作。东旺说道："要说落实十九大精神，咱一条一条地说啊。第一条，产业兴旺，目前咱们村干得还算不错是吧，下一步还要继续努力，让我们的产业更兴旺。这块工作，继续由金怀远牵头。怀远哪，你有啥想法啊？"

怀远说："我的想法是继续以现代农业为基础，下一步重点发展仓储物流和农业社会化服务，以高新技术带动产业高效发展。"

高绪表示赞同："这个思路完全符合时代发展主流。"

东旺点点头："嗯，不错。第二条，生态宜居，这一块得分两部分说，一块是生态，一块是宜居。宜居哪，现在群众反映住的环境是比较舒心的；生态这块做得就不够了，生态养护，还有不少细致的工作要做。咋做，需要我们好好研究研究。这块工作我来牵头。第三条，乡风文明，这一条咱们落实得还是可以的，尽管也有不文明现象发生，但只是个别现象，都得到了及时的制止和教育。这块工作还是我来牵头，要不懈地抓下去。第四条，治理有效，这些年咱们对环境治理、治安治理等等方面的治理，有效果没效果大家都看见了，自有评价。下一步是继续抓下去，这块工作由谷香负责。"

谷香接过话头说道："在这方面，我考虑下一步要加强环卫基础设备，落实规范建设，加强管理，狠抓环境卫生长效管理责任制度，做到奖惩分明。"

东旺接着说："第五条，生活富裕，现在咱们的生活不说多富裕，起码没有贫困户了，家家有存款，户户有冰箱彩电，一半以上家庭打电话有手机，出门有小轿车，但我们不能满足，还应当继续朝着更富裕的目标努力，也就是不断提高我们的幸福指数。这块工作由高绪负责。"

高绪发言说道："我们农民的富裕生活，究竟是个什么样子的呢？我与乡亲们谈过，结合我自己的理解可以概括成这样：产业兴旺五谷丰登，劳动门第春常在，勤俭人家庆有余，山清水秀风光好，人寿年丰喜事多。各位看怎么样？"

大家纷纷喊好，热烈地鼓起掌来。

东旺对谷香点下头，说道："下面由谷主任说一说丰收年的工作。"

这会儿，高贺、江天成正陪着马童力和一位姓袁的记者参观民俗馆。袁记者饶有兴趣地看着，边看边拍照，高贺给记者做着介绍。东旺和谷香赶到的时候，一行人正好出来。马童力把袁记者介绍给东旺和谷香，袁记者掏出名片递给东旺和谷香，然后说道："我受报社领导指派，来咱们爱国者小镇采风，为撰写第一个丰收节准备第一手资料。给你们添麻烦了！"东旺连连摆着手说："袁记者客气了，不麻烦不麻烦，我们应该感谢你大老远来我们这替我们宣传。"谷香说："是啊袁记者，需要我们哪些方面的配合，您尽管说好了，我们一定全力协助。"袁记者两手作揖道："谢谢两位领导，谢谢！"

袁记者在爱国者小镇住了下来，亲眼看见了这个小镇的农民怀着怎样激动的心情收割麦子，怎样在流火的暑期辛勤耕耘，又是怎样用汗水和双手，将广袤的原野描绘成庄稼的海洋的，亲耳倾听了农民是以怎样急切的心情期盼丰收节的。他们人人憋着一股子劲儿，将期望化成了冲天的干劲，将干劲完完全全用在了生产上。他们向着北京方向庄严宣誓：一定要用最好的收成，迎接第一个丰收节。袁记者在他的笔记本上写道："滦河两岸到处呈现出一派丰收在望的美好景象，浅黄的是玉米，金黄的是稻子，雪白的是棉花，红彤彤的是苹果，紫红的是葡萄，碧绿的是冬瓜……这些五彩缤纷的色彩构成了一幅独特的乡村风景画，令人陶醉，令人心驰神往……这个时候我见到的农民，人人脸上挂着掩饰不住的急切与激动，我的心情和他们一样，都在热切地期盼着丰收节早一天到来……"

九月二十三号，农历八月十四，秋分。终于盼来了丰收节这一天！一大早，天还蒙蒙亮，睡梦中的袁记者被一阵说笑声惊醒了，连忙穿好衣服下了楼，看见文化广场上已经人山人海，摩肩接踵，欢声笑语此起彼伏，不绝于耳。袁记者扛起摄像机开始录像，镜头里出现了周秋山、高贺、江天成、谷大贵、谷香、蒋状、高彼得、怀远、糖果、高绪……大家都一脸的喜庆。东旺走过来，笑哈哈对他说道："袁记者呀，一会儿丰收节就要开始了，你拍的时候自己个儿当心着点儿啊，我挺忙的，顾不上照顾你了啊。"袁记者连声答应着："好好好，周书记，您放心吧，您忙您的吧。"

天大亮了，灿烂的阳光普照大地。周东旺与谷香相视一眼，脱掉外衣"哗"地往地上一甩，威风凛凛地朝着全体村民振臂高呼："庆祝第一个丰收节，开镰收割啦——"话音刚落，男女老少齐声呼喊着冲出广场，朝着广袤的田野奔跑而去，像一条钢铁洪流，势不可挡。每一块田地迅速涌进了人。天地间立刻响起了"咔嚓咔嚓"的收割声，人人脸上洋溢着无比喜悦的神情。袁记者扛着摄像机追着丰收的人们跟踪拍摄。在他的镜头里：一棵棵玉米棒子被运到了打谷场上；一朵朵棉花被垛成了雪山；一个个大冬瓜大南瓜被摆到了木板上；一挂挂白薯悬在了树杈间；一筐筐苹果好似孩子的笑脸；一嘟噜一嘟噜葡萄令人垂涎欲滴……爱国者小镇的每一家每一户每一个角落，全都堆满了丰收的果实，五彩缤纷的，活脱脱一幅乡村丰收画。

丰收节庆祝活动开始了，欢庆的锣鼓敲起来了。周东旺、金怀远、高绪、蒋状、高彼得、朱明理、二阳子穿着红色衬衣，挥舞鼓槌用力擂着大鼓。谷香带领众姐妹挥动彩绸跳起了大秧歌。红霞和惹不起与她们的小剧团演员，唱起了现代评剧。高贺和周秋山、谷大贵、彭家林在一块大白幕后，耍着影人唱起了皮影戏。秦奶奶张着没了门牙的嘴巴笑得合不拢了。村民们有的怀里抱着玉黍棒子、大冬瓜、大南瓜、大白薯、茄子、辣椒等，有的头上顶着大南瓜、大白菜等，大家尽情地跳着唱着笑着。欢唱声音乐声交织在一起响彻云霄。滦河水拍击着岸边，在为丰收节伴奏。朵朵白云翻卷着，在为丰收节伴舞。天地间喧闹无比，仿佛整个世界都在为丰收节纵情地欢呼着。

此情此景，让这些朴实、勤劳的农民们流下了激动的泪水，点点滴滴洒在脚下，洒在这片祖祖辈辈挥汗如雨的土地上。他们怎能不豪情满怀呢？怎能不壮志凌云呢？怎能不倍感喜悦幸福呢？因为今天，他们实实在在地感受到了，自己才是这块热土的真正主人！

周东旺、谷香、金怀远、糖果儿、高绪、朱明理满眼泪花地站在一起，注视着欢庆丰收节的乡亲们，从心底里感受到正有一股股力量弥满周身，感觉到两只肩膀上的责任更加沉甸甸。同时，也看到了在遥远的地平线上，一座座金谷银山随着大片大片的祥云冉冉升腾。那是大地长久歌唱、果实丰收的图腾啊！

在这些新时代农民的好带头人面前，累累果实铺成了另一条滦河，浩浩荡荡，奔向遥远的天际，怎么也看不到边，就像眼下这幸福的好日子，永远没有尽头！

2018 年 10 月 25 日　第三稿